CB073726

A cozinheira de Frida

FLORENCIA ETCHEVES

A *cozinheira* de Frida

Tradução:
Marianna Muzzi

🌐 Planeta

Copyright © Florencia Etcheves, 2022
Copyright © Editora Planeta do Brasil, 2023
Copyright © Marianna Muzzi, 2023
Todos os direitos reservados.
Título original: *La Cocinera de Frida*

Preparação: Andréa Dutra
Revisão: Mariana Rimoli
Diagramação e projeto gráfico: Vivian Valli
Capa: Anónima Agency /Lyda Sophia Naussán R
Foto de capa: Getty Images /Bettmann
Adaptação de capa: Camila Senaque

Dados Internacionais de Catalogação na Publicação (CIP)
Angélica Ilacqua CRB-8/7057

Etcheves, Florencia
A cozinheira de Frida / Florencia Etcheves; tradução de Marianna Muzzi. – 1. ed. – São Paulo: Planeta do Brasil, 2023.
496 p.

ISBN 978-85-422-2204-3
Título original: La Cocinera de Frida

1. Literatura argentina I. Título II. Muzzi, Marianna

23-1842 CDD Ar860

Índice para catálogo sistemático:
1. Literatura argentina

Ao escolher este livro, você está apoiando o manejo responsável das florestas do mundo

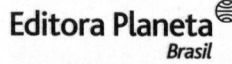

Este livro foi composto em Fairfield LH e Abril Display e impresso pela Gráfica Santa Marta para a Editora Planeta do Brasil em maio de 2023.

2023
Todos os direitos desta edição reservados à
Editora Planeta do Brasil Ltda.
Rua Bela Cintra, 986 – 4º andar
01415-002 – Consolação
São Paulo-SP
www.planetadelivros.com.br
faleconosco@editoraplaneta.com.br

PRIMEIRA PARTE

1
Buenos Aires, agosto de 2018

Minha avó era especialista em mortes alheias. A relação íntima e até carnal que os mexicanos têm com a arte de morrer a colocava em um lugar de autoridade. Ela tinha prazer em apelidar a morte com nomes zombeteiros, como se isso a ofendesse ou pudesse afastá-la dali: a ossuda, a maldita, a parca, a careca. Mas suas estratégias não conseguiram conter o inevitável.

— A morte espreita, mas não espera, minha querida — ela murmurou, enquanto eu apoiava a minha mão sobre a dela. Sua voz pujante tinha perdido a intensidade até transformar-se em um fio de som fraco e gasto. — A ossuda está chegando, eu já a vi. Você não consegue sentir o cheiro?

O quarto tinha um odor cítrico. Na mesa de cabeceira, uma jarra de vidro cheia de água com rodelas de laranja e pedaços de gengibre exalava um aroma que me transportava às tardes da minha infância, àquelas horas sentada à mesa da cozinha da minha avó seguindo as suas instruções precisas: cortar limões e toranjas em rodelas bem fininhas, fazer misturas de alecrim, louro, tomilho e hortelã em montinhos não maiores do que a palma da minha mão e triturar no pilão de pedra favas de baunilha e canela até que elas se tornassem apenas um pó tão volátil como a areia. A alquimista que me ensinou a produzir fragrâncias naturais estava na cama, deitada sobre travesseiros com fronhas brancas e coberta até a altura do peito com um desses cobertores de lã roxo-escuro que são encontrados em todas as camas das casas de idosos.

— Espero que a partida seja feliz, e desta vez espero não voltar — salientou.

Eu não soube o que responder. Simplesmente apertei forte a mão ossuda que o tempo havia desgastado até deixá-la do tamanho da mão de uma garotinha e cravei os olhos em um pote de creme que estava perto do perfume de laranjas. Abri-o com cuidado e afundei os dedos no creme branco; com a mão livre, puxei o cobertor roxo e levantei lentamente a sua camisola.

As pernas da minha avó continuavam com a forma e a tonicidade antigas. Ela sempre dizia que tinha pernas de bailarina, e ninguém se atrevia contradizê-la. Os anos haviam desbotado a sua pele morena; as veias que tinham conseguido manter-se ocultas começaram a aparecer até formar um desenho similar ao de um mapa sulcado por rios finitos que iam desde os tornozelos até as coxas, passando pelas laterais dos joelhos. Continuei o percurso das veias, salpicando nelas pequenas porções de creme hidratante. Quando as pernas da minha avó ficaram cobertas de pontinhos brancos, usei as palmas das mãos para massageá-las, lentamente, mas com firmeza. Cada músculo, cada poro, cada centímetro. Fiz uma pausa na mancha de nascimento que decorava a lateral da sua coxa direita, logo acima do joelho: uma pinta oval do tamanho de uma moeda. Minha avó usava saias compridas o suficiente para cobrir a tal mancha e, ao mesmo tempo, deixar expostas as curvas perfeitas de suas panturrilhas. O comprimento perfeito. Nas noites de verão, as camisolas de musselina permitiam-me ver essa pinta que, aos meus olhos de garota, a tornava especial.

Enquanto eu acariciava com o indicador o contorno de cor de chocolate escuro, lembrei-me da sua reação ao lhe perguntar, quando eu era bem pequena, por que ela tinha a perna manchada. Com um movimento rápido, minha avó puxou o vestido para baixo, como se eu a tivesse flagrado cometendo um pecado; cravou os olhos no chão e disse, em um sussurro, que, muitos anos antes, na cidade de San Pedro Mixtepec, em sua região natal de Oaxaca, um grupo de caçadores detivera-se em frente à pedra gigante de um cerro. Sobre a pedra havia o desenho da silhueta de uma mulher indígena que cobria o corpo apenas com as suas tranças longas. Ao lado da pedra, havia uma quantidade enorme de chumbo. Os caçadores, muito determinados, guardaram em suas bolsas o chumbo com que pretendiam fabricar balas. O boato correu como correm todos os boatos: de boca em boca. Formaram-se grupos de peregrinos que foram até a pedra, todos queriam conhecer a indígena mágica. Até que uma situação lhes serviu de alerta: muitos dos homens que haviam subido o cerro nunca mais voltaram. Os moradores dali juravam que à noite escutavam os gritos assustadores dos desaparecidos. Só um deles voltou. Com o olhar ainda atravessado pelo pânico, ele contava, a quem quisesse ouvir sua história, que a indígena das tranças e da pinta na perna estava amaldiçoada. Minha avó dizia que era descendente direta daquela mulher. Eu acreditava tanto nela que durante muito tempo desenhava, com uma canetinha da cor de café, uma pinta igual a dela. Foi a única forma que encontrei de me encaixar naquela linhagem à qual minha avó pertencia. Uma forma pouco eficaz, que se desfazia todas as noites com água e sabão.

— Acabou, Paloma. É hora de deixá-la partir. Ela tem que seguir o seu caminho — disse uma das enfermeiras, enquanto apoiava a mão afetuosa no meu ombro.

Nayeli Cruz, minha avó, a indígena mágica, morreu aos noventa e dois anos, sem que eu pudesse terminar de espalhar o creme hidratante sobre as suas pernas de bailarina.

2
Tehuantepec, dezembro de 1939

Como todas as manhãs, segundos antes de abrir os olhos, entre o sono e a vigília, Nayeli esticou os braços e, com a ponta dos dedos, examinou a lateral da cama. Não pensava em começar o dia sem colocar a mão na bochecha quente de sua irmã mais velha. Apesar dos três anos de diferença entre elas, muitos pensavam que eram gêmeas: as pernas finas de coxas arredondadas; os quadris largos; a boca carnuda com os cantos levantados, que davam a aparência de estarem sempre sorrindo, ainda que não o fizessem com muita frequência; e os tufos de cabelo preto, lisos, brilhantes, que desciam como uma cortina de seda até a cintura fina. Mas os olhos as diferenciavam. Os de Rosa eram puxados e castanhos, como a cor do rio Tehuantepec; os de Nayeli, redondos e verdes, como duas folhas de nopal. "Nós, as tehuanas,[1] temos no sangue todas as raças do mundo", costumava responder Ana, sua mãe, toda vez que alguém franzia a testa diante da figura de uma indígena de olhos claros.

Rosa tinha o dom do movimento: seu corpo parecia estar sempre dançando uma música que só existia na sua imaginação. As pessoas, algumas vezes com dissimulação e outras sem rodeios, passavam por seu posto de trabalho no mercado com o único objetivo de vê-la arrumar as frutas com seus dedos longos e finos, como se essa simples tarefa fosse um espetáculo por si só. Primeiro ela colocava as bananas, as mangas, os figos e as pilhas de ameixa sobre a saia bordada de flores; com um pano de algodão limpava o pó e as penugens, com a delicadeza de uma mãe que limpa o seu bebê; por último, antes de arrumar as frutas nos cestos, ela se despedia de cada uma delas com um beijo suave.

---

[1] Natural de Tehuantepec, distrito do estado de Oaxaca, no México. (N.T.)

Desde pequenas elas dividiam o quarto, o maior e mais espaçoso da casa de adobe construída e restaurada no terreno da família Cruz. A decisão de que dormissem juntas tinha sido tomada por Miguel, o pai da família, depois de uma febre violenta que quase levou a vida da bebê Nayeli. Ele sempre fora intenso, mas discreto, nunca teve de ser turbulento para que sua vontade fosse respeitada: era um homem de silêncios eloquentes. E ninguém se atreveu a discutir com ele.

Tentaram de tudo para salvá-la. Nem as três galinhas caipiras oferendadas a Leraa Queche, nem as velas acesas dia e noite para Nonachi, nem sequer a intermediação do mestre letrado ante os deuses extraterrenos conseguiram fazer com que a menina melhorasse: seu corpo se transformara em um pacote pequeno e quente como uma brasa, uma bola de carne e sangue que se agitava no afã desesperado por respirar. Foi Rosa, com apenas seis anos na época, que trouxe a solução.

— Uma mulher de cabelo branco me deu isto para a minha irmãzinha — ela disse com uma voz tranquila enquanto estendia as mãos, que seguravam uma cesta pequena feita de fibra vegetal.

Ana e Miguel, a mãe e o pai, tiraram de dentro da cesta uma mistura pegajosa de resina de copal e, ao mesmo tempo, olharam para a filha mais velha sem entender e sem saber o que perguntar. A menina continuou a história:

— Ela me disse que devemos esquentar a resina e aproximar Nayeli de sua fumaça branca.

A convicção com que a menina deu as instruções não deixou margem para dúvidas; tal era o desespero para salvar a vida da bebê que eles nem sequer repararam que Rosa tinha falado rápido e não usara a media lengua.[2] Tampouco se deram conta de que ela estava vestida com seu traje de gala: a saia e o huipil[3] de flores bordadas com fios vermelhos e dourados, e que seus pés, que sempre estavam descalços, calçavam as huaraches[4] de couro.

---

2 Língua formada a partir da mistura do vocabulário castelhano com a gramática quíchua. (N.T.)

3 Espécie de túnica sem mangas tradicional do México. (N.T.)

4 Sandálias tradicionais do México. (N.T.)

A madrinha Juana correu até a casa dela e buscou uma tigela de pedra que normalmente usava para triturar sementes. Untaram o seu interior com parte da resina e, no meio, colocaram o restante formando uma bolinha desforme. Miguel acendeu um pedaço de carvão pequeno e o afundou na copalera[5] improvisada. Não souberam de onde Rosa tirou a força para pegar a bebê nos braços, mas não ousaram questionar o que lhes parecia ser um desígnio divino: era ela quem dispunha de conhecimento e poder.

A fumaça esbranquiçada espalhou-se pela sala da casa, o aroma carregado de copal penetrou nos pulmões de todos. Rosa deitou Nayeli no chão, sobre um cobertor de algodão estampado nas cores azul e amarelo. Em um piscar de olhos, as nuvens de fumaça se juntaram e formaram uma única nuvem compacta que envolveu a bebê como se fosse um manto caído do céu. Ninguém se moveu por medo de quebrar o encanto; até Rosa, a única da família que trazia certeza ao infortúnio, ficou com os pés pregados no chão.

O grito pungente de Nayeli os fez sobressaltar. A nuvem desapareceu de repente, sem deixar rastro. A mãe e a madrinha taparam os olhos ao mesmo tempo – uma o fez com a parte de baixo do huipil; a outra, com a saia. Nenhuma das duas tinha coragem de comprovar o que havia acontecido com a bebê. Miguel, que acompanhara todo o ritual olhando pela janela para a grande ponte de aço que atravessa as praias arenosas do rio Tehuantepec, permaneceu na mesma posição, como se a intensidade do seu olhar fosse capaz de derrubar aquela construção.

— Vejam, aqui está a minha irmãzinha. Ela já não queima mais como uma brasa! — exclamou Rosa ao mesmo tempo que segurava Nayeli. — E ela sorri. Vejam, vejam! A bebê sorri.

Quando a mãe, a madrinha e o pai se juntaram a elas, Nayeli já não sorria mais, mas a febre tinha passado e o peito não tremia como o de um animalzinho ferido.

— Você salvou sua irmã, Rosa — disse Miguel. — A partir de hoje, você será a guardiã dela, sua protetora. Vocês dormirão juntas

---

[5] Cálice tradicional do México relacionado à deusa da fertilidade. (N.T.)

no quarto maior para que possa defendê-la dos demônios e dos jaguares que em algumas noites se aproximam daqui.

A irmã mais velha seguiu aquela ordem ao pé da letra. Ao longo dos anos, ela se transformou em um talismã: era a última coisa de que Nayeli precisava antes de dormir e a primeira ao acordar. Mas, nessa manhã, as pontas dos seus dedos não encontraram o calor do corpo de Rosa. Nayeli esticou um pouco mais o braço, e nada. Não teve outra opção senão abrir os olhos para comprovar o que suspeitava: sua irmã não estava ao seu lado na cama. Um coco embrulhado em um tecido branco com listras azuis e vermelhas ocupava seu lugar.

— Mamãe, mamãe! — gritava, enquanto corria pelo corredor longo que ligava os quartos ao resto da casa. Ela estava descalça, vestia apenas uma camisola de algodão branco e segurava junto ao peito o coco e o tecido. — Por que Rosa me deixou este presente se hoje não é o dia do meu aniversário?

Ana apenas olhou para cima quando a filha caçula entrou como um furacão na sala. Ela continuou quieta, sentada numa cadeira de balanço de vime com os lábios contraídos e os braços cruzados sobre o peito. Parecia uma garota mimada, de quem acabavam de tirar um doce. Nayeli não se lembrava de quando tinha sido a última vez que vira a mãe sentada, sem que suas mãos estivessem cozinhando, bordando huipiles próprios ou alheios ou fazendo cestos de uma infinidade de formas e tamanhos. A única coisa que assustou a mulher foi o estrondo que o coco produziu ao cair no chão, partindo-se ligeiramente. Nayeli pôde sentir a polpa gelatinosa da fruta se infiltrando entre os dedos dos pés.

O coco escorregou de suas mãos quando viu que a mãe estava usando seu traje de gala, o único que ela tinha, que costumava usar na festa do santo padroeiro, nas Velas,[6] nas missas especiais ou para se despedir dos mortos: o huipil de cintura alta, de musselina, bordado com motivos de flores e folhas com fios violeta, vermelho e escarlate; a saia de veludo combinando, de babado de renda liso e engomado. Pendurado no pescoço, o pingente de uma moeda de

---

6 Festas tradicionais mexicanas em homenagem a santos padroeiros. (N.T.)

ouro antiga e, para coroar essa imagem majestosa, ela usava um huipil de cabeça,[7] cujas várias pregas de renda emolduravam seu rosto, fazendo-a parecer uma guerreira.

— Mamãe — insistiu Nayeli, desta vez sem gritar. Apenas um fio de voz saiu de sua garganta —, onde está Rosa? Por que você está usando o seu traje de gala?

— Pedro a levou, minha querida — sussurrou Ana.

Miguel se aproximou da filha caçula e acariciou com ternura o cabelo preto que caía por suas costas.

— É a tradição, Nayeli — explicou. — Sua irmã já está na idade de formar uma família. A madrinha Juana, suas primas e suas tias estão na casa de Pedro Galván testemunhando que Rosa honrou esta casa e esta família.

Nayeli poderia ter gritado que sua irmã não estava apaixonada por Pedro, que a família deveria evitar esse casamento, que Rosa ainda era muito jovem para pensar em um lar com filhos próprios; no entanto, preferiu pisar com os pés descalços sobre os pedaços de coco espalhados pelo chão, bater a porta com força e correr as quadras que separavam a sua casa da casa da família de Pedro.

Diante do olhar atônito das mulheres seminuas que se banhavam ao mesmo tempo que lavavam roupa, encurtou caminho pela margem do rio. A garotinha de camisola e olhos verdes que corria pelos bancos de areia como se perseguisse o diabo surpreendeu todas elas.

A casa da família Galván era espaçosa, de paredes de tijolo à mostra e telhados metade de adobe e palha, metade de telhas. Eles haviam migrado para o istmo de Tehuantepec no ano de 1931, alguns dias depois que o terremoto de Oaxaca converteu o pouco que eles tinham em pó. O movimento brutal da terra não tinha assolado apenas a cidade, mas também o status social que os Galván ostentavam: eles passaram de ricos a humildes comerciantes de frutas e legumes no mercado. Nunca puderam esquecer a tragédia, o momento exato em que uma parte do teto desabou e as paredes

---

7 Um adorno de cabeça, geralmente rendado, tradicional do México. (N.T.)

racharam como se fossem de papel, os gritos dos vizinhos misturados com os rangidos da terra e o estrondo que a queda do sino da igreja de São Francisco provocou. O pai, a mãe e os filhos se ajoelharam na rua, à qual haviam conseguido chegar, e prometeram ao Altíssimo que, se sobrevivessem, nunca mais reclamariam de nada. A família Galván sobreviveu e cumpriu sua promessa. Todos menos Pedro, que não se lembrava de ter prometido nada a ninguém.

Nayeli não teve que entrar às escondidas nem inventar nenhuma desculpa para escutar e ver o que estava acontecendo dentro da casa. Todas as janelas e a porta de batentes verdes estavam abertas. Bastou aproximar-se da janela principal. A irmã estava deitada em uma cama pequena com lençóis branquíssimos; seu corpo coberto com uma manta de algodão também branca.

A madrinha Juana comandava a cerimônia. Ganhara esse posto graças a um passado dedicado a enterrar os mais humildes. Ninguém estava tão a par das tradições antigas que rodeavam a morte como Juana, e ninguém era tão eficaz na hora de fiscalizar o ritual zapoteca.[8] Por trás de seu corpo robusto, suas irmãs, Josefa e Leticia, contribuíam salpicando pétalas de flores vermelhas e papéis picados sobre o corpo de Rosa, que do seu lugar de repouso as olhava com um sorriso triste. Alguém lhe havia colocado um lenço bordô sobre a cabeça.

— Você está aqui por vontade própria, minha filha? — perguntou-lhe Juana.

Rosa se sentou na cama, com as costas apoiadas contra a parede e os braços cruzados sobre o peito. Do outro lado da janela, Nayeli tentou decifrar a demora de sua irmã mais velha para responder à pergunta.

— Sim, madrinha — disse Rosa com uma voz firme.

Suas bochechas escuras se acenderam e os olhos castanhos se encheram de pequenos laguinhos que ficaram estagnados nos cílios, como se fossem um dique. Os ombros nus tremeram e, por um segundo, o brilho do seu cabelo pareceu ofuscar-se. Rosa mentia, e Nayeli soube de imediato.

---

8 Os zapotecas são uma população indígena mexicana ancestral. (N.T.)

Os conselhos matrimoniais das mulheres que rodeavam a cama não demoraram a chegar e ressoavam nas paredes do quarto:

— Não é correto que você tenha fugido com seu noivo, mas entendemos que seja a tradição.

— A partir de agora, você terá uma nova família para respeitar e amar.

— Você não deve faltar com o respeito ao seu marido nem aos seus sogros.

— Você deverá educar seus filhos no trabalho e no esforço.

— Você não deve demorar para dar filhos à sua família, esse é o dom que nós, mulheres, temos.

Palavras e palavras que se negavam a entrar nos ouvidos de Rosa.

Nayeli sabia que tinha de resgatar a irmã, salvar a vida dela. Devia-lhe isso. Afastou-se da janela e, na ponta dos pés, contornou a casa. Desviou dos cestos que diariamente se enchiam de frutas e legumes da horta para serem vendidos no mercado, também contornou a estrutura de folhas de bananeira que, colocadas sobre varas de bambu, continham o dobro da mercadoria que os cestos comportavam. Ficou parada uns segundos diante de uma pequena porta que dava para a cozinha da casa dos Galván; o aroma do pão fresquinho e dos tamales[9] fizeram seu estômago roncar – na pressa de salvar Rosa, tinha se esquecido de tomar o café da manhã.

Quando chegou à porta principal, a de batentes verdes, entrou com tanta confiança que nenhuma das mulheres acomodadas nas cadeiras da sala lhe prestou atenção. Algumas entretinham-se descascando frutas; outras, estavam empenhadas na produção de umas coroas de rosas vermelhas. Nayeli atravessou um corredor escuro. A luz do sol, que iluminava todos os cômodos da casa, não chegava a esse conduto de paredes de adobe úmidas. Reconheceu o quarto que tinha visto pela janela, entrou devagarinho e se sentou em um canto.

Conseguiu ver o momento exato em que a irmã, da cama, entregava à madrinha Juana um lenço branco com manchas vermelhas.

---

[9] Um dos pratos mais típicos da culinária mexicana, trata-se de uma massa de milho recheada de diferentes modos e envolta em palha de milho ou folha de bananeira. (N.T.)

A madrinha, as tias e as primas exclamaram com entusiasmo, ao mesmo tempo que aplaudiam emocionadas. Não demoraram nem dois minutos para sair do quarto em procissão, com Juana à frente; em seus braços, a madrinha levava o lenço com o sangue virginal de Rosa como se fosse um bebê recém-nascido.

— O que você faz aqui, minha querida? — perguntou a irmã mais velha quando percebeu que tinham ficado as duas a sós.

— O que você faz aqui? Vista-se e vamos agora mesmo de volta para casa! — ordenou a irmã caçula. Ela pegou a saia e o huipil de Rosa, que estavam largados, amontoados no chão, e jogou as roupas em cima da cama. — Vamos, vista-se!

— Vem aqui, irmãzinha — disse a mais velha, com um tom maternal.

Nesse instante, Nayeli se deu conta de que acabava de perder a irmã. No entanto, obedeceu e se sentou ao seu lado, com a postura de quem vai visitar um doente. Rosa pegou as mãos dela, beijou-as e a advertiu:

— Você tem que ir embora. — Nayeli abriu a boca para interrompê-la, mas Rosa encostou-lhe o dedo indicador sobre os lábios e continuou falando. — Eu já sou a mulher de Pedro Galván, dei a ele meu corpo em troca do seu. Mas você não está a salvo, muito em breve o irmão dele, Daniel, irá atrás de você.

— O que você está dizendo? Não te entendo.

— Você é uma tehuana de olhos verdes, minha querida. Isso é muito valorizado pela família Galván. Eles insistem que, com isso, conseguirão de volta o status que perderam depois do terremoto.

— Nossa família não vai permitir. Vamos sair daqui agora mesmo.

— Eu vou ficar — disse Rosa com convicção. — Terei meus filhos e formarei minha família com Pedro.

— Mas você não o ama — disse Nayeli, à beira de lágrimas.

Rosa se levantou da cama. Estava totalmente nua. Uns hematomas nas coxas mostravam que o consentimento não havia feito parte da sua noite com Pedro. Caminhou lentamente até o lugar onde tinha ficado sua roupa tehuana, largada no chão. Apesar da inquietação e da resignação, seus movimentos foram suaves, ritmados, como se o seu corpo acariciasse o ar.

Vestiu em silêncio a saia e o huipil. De memória, dividiu o cabelo em duas partes e o trançou. Enquanto enrolava as tranças com uma fita violeta sobre a cabeça, reparou que Nayeli, sua irmã caçula, seu tesouro protegido, olhava-a com o mesmo fascínio de sempre. Não conseguiu evitar o sorriso. Ficou aliviada em saber que a perda da virgindade não tinha diminuído nem um pouco o seu magnetismo. Secou as mãos suadas nas laterais da saia e ajoelhou diante da irmã, que continuava sentada na beirada da cama.

— Você tem razão, minha querida. Eu não amo o Pedro. Mas você sabe, por acaso, o que é o amor?

Nayeli negou com a cabeça, enquanto mordia o lábio inferior em um esforço para não chorar.

— O amor é uma tragédia; alguns se obrigam a ele por vontade própria, outros são obrigados. Mas nunca se é feliz. O amor feliz não faz história, e eu quero que você seja feliz e que tenha uma história. Fuja, irmãzinha do meu coração, para longe, para bem longe.

— Quão longe, Rosa? — As perguntas saíam da boca de Nayeli como uma enxurrada. Sabia que a irmã nunca estava errada e não confiava em mais ninguém além dela. — E o que eu digo aos nossos pais? E com que dinheiro devo fugir? O cerro é o lugar mais distante que meus pés já me levaram.

Rosa apertou firme as mãos de Nayeli e cravou-lhe os olhos como nunca tinha feito antes. Tirou com cuidado um colar que estava dependurado em seu pescoço e, enquanto o passava pela cabeça da irmã, disse:

— Este amuleto sempre cuidará de você. Você é a filha do momento, Nayeli. E não vou permitir que se perca.

E foi o que aconteceu.

3
Buenos Aires, agosto de 2018

Alguns minutos depois que minha avó parou de respirar, entrei no banheiro do quarto dela para me olhar no espelho. Precisava desse momento sozinha para comprovar se já estava velha. Nayeli sempre dizia que, à medida que os nossos antepassados vão morrendo, os que sobram na terra começam a envelhecer.

Antes de me submeter ao exame, lavei o rosto. Imediatamente e sem interrupção – como costuma ocorrer quando os rios doces deságuam nas profundezas salgadas do mar –, a água fria se misturou com minhas lágrimas mornas. Sequei as bochechas, a testa e o pescoço com a toalhinha rosa que ainda mantinha o perfume do talco de Nayeli, um talco de violetas que ela usava para perfumar o corpo.

A pessoa que havia instalado o espelho quadrado sobre os azulejos brancos tinha sido bastante descuidada: uma inclinação para a esquerda me obrigou a tombar um pouco o corpo para o lado contrário. Por um segundo, temi que a minha imagem fosse desaparecer pela lateral do espelho torto. Eu não tinha rugas novas, apenas as linhas de expressão que começaram a aparecer no ano passado, quando completei trinta anos; nenhum fio de cabelo branco surgiu de repente, meu cabelo ainda era preto e brilhante. Levantei um pouco a cabeça e me certifiquei de que a pele do pescoço estava firme, sem papadas. Também não havia rugas na pele do peito. A teoria da minha avó se desvanecia: eu não me enxergava mais velha porque ela havia morrido. Embora já começasse a me sentir mais sozinha.

A voz de Gloria me obrigou a lembrar que, do outro lado da porta, estava o cadáver da minha avó e que cabia a mim cuidar de uma despedida para qual eu não estava preparada.

— Paloma, querida, você está bem? — ela disse, e acompanhou a pergunta com três golpes fortes na porta.

Aos seus noventa anos, Gloria Morán havia assumido o papel de guardiã da Casa Solanas, a residência de idosos que havia se tornado o lar da minha avó. Ela controlava tudo, até o canto do pátio onde as enfermeiras haviam colocado uma mesa pequena de madeira pintada de branco e uma poltrona de vime. Quando elas se deram conta de que Gloria tinha decidido passar ali todas as horas do seu dia, adaptaram o lugar e colocaram sobre a mesa um vaso de flores, uma garrafa térmica que sempre tinha chá de pêssego quente, uma xícara de porcelana verde e um guarda-sol para que o sol do verão não recaísse diretamente sobre a cabeça da mulher. Gloria tinha completado a decoração com as suas coisas: uma lata na qual mantinha organizados os seus lápis de cor, os cadernos de folhas brancas que preenchia com desenhos de animais e uma pilha de jornais dos quais, com muito cuidado, arrancava a última página para recortar a tabela de um jogo de loteria que a afligia.

Saí do banheiro. No quarto, além de Gloria, estava dom Eusebio Miranda, o diretor da Casa Solanas. Ele vestia um terno de linho marrom. A gravata de seda no mesmo tom, com pequenas bolinhas amarelas, e o gesto típico para a ocasião formavam parte do figurino: a boca franzida, o olhar úmido e o queixo levantado, como se de cima pudesse ver a morte.

— Senhorita Paloma Cruz, lamento muitíssimo a sua perda, que é também uma perda para todos nós. Vamos sentir muitas saudades de Nayeli — ele disse, declamando uma frase aprendida de memória que, em uma residência de idosos, usava com muita frequência.

Só prestei atenção à primeira parte do discurso. Fiquei paralisada por alguns minutos, pensando no meu nome: Paloma Cruz. Cruz como a minha mãe. Cruz como a minha avó. Esse sobrenome que herdei do istmo de Tehuantepec, no México. Quatro letras que marcaram o destino de três mulheres sem homens. "As três Cruzes", costumava repetir Nayeli entre risos, trazendo humor ao orgulho de criar sozinha uma filha e passar isto para ela, minha mãe, a mesma Cruz:

viver sem um homem que se atrevesse a marcar com seu sobrenome uma linhagem que poderia prescindir de qualquer tipo de proteção.

Tinha que ligar para a minha mãe, essa notícia lhe interessaria. Minha mãe é daquelas pessoas que mostram empatia quando veem um cadáver sobre a mesa. Esses são os momentos nos quais ela arma seu show: óculos escuros; vestido preto justo para mostrar que, apesar da idade, mantém a cintura fina; cabelo penteado para trás, preso em um rabo de cavalo, e uma corrente com talismãs tão energéticos como testados. Felipa Cruz sabe dizer adeus como se estivesse sofrendo. Ela é uma artesã certeira das despedidas.

"Adeus", disse com os olhos cheios de lágrimas na manhã em que me deixou na casa da minha avó, com a intenção de voltar apenas nos meus aniversários e nos natais. Lembro-me de que não lavei o rosto por três dias, não queria que a água e o sabão apagassem o beijo vermelho que seu batom tinha deixado na minha testa.

— Senhorita Cruz, estou à disposição para o que precisar — disse Eusebio Miranda, com essa mistura de gentileza e ansiedade que costumam mostrar as pessoas quando querem se livrar de algo. Esse "algo" era o cadáver da minha avó.

Passei os dados para funerária que tinha feito, uns meses antes, o serviço para uma vizinha do nosso bairro. Naquele momento, tive a iniciativa de registrar o número sabendo que, mais cedo ou mais tarde, precisaria dele.

O ambiente começou a me sufocar. A mistura de perfume cítrico, talco de violetas e creme hidratante – que a morte me impediu de continuar passando nas pernas da minha avó – me provocou náuseas. Como se pressentisse o que acontecia em minhas entranhas, Gloria veio me socorrer.

— Vamos ao pátio, querida. Não há mais nada que possamos fazer neste quarto. Vamos esperar lá fora para que venham retirá-la. — Ela colocou a mão no meu ombro, apertou com firmeza e baixou o tom da sua voz. — Nayeli, sua avó, não está mais aqui. Ela deve estar em algum paraíso cozinhando suas iguarias para os deuses.

Não pude deixar de imaginá-la entre verduras, frutas, panelas, nuvens e asas de anjos, e sorri.

— Ou jogando Cadáver Exquisito[10] — sussurrei.

— Ou repetindo suas verdades irrefutáveis — arrematou Gloria, também sorrindo.

Ela tinha razão: minha avó era irrefutável, nunca tinha dúvidas. Fazia afirmações com um rigor científico, apesar de ser desprovida de ciência. Os buracos que tinha em seu conhecimento ela os preenchia com uma imaginação atroz. Era perita em tecer conspirações e tramas macabras e em distorcer os finais das histórias. A realidade ou os fatos eram, para ela, circunstâncias menores que podiam ser modificadas a seu capricho. Talvez por isso, minha infância navegou no limite difuso entre realidade e fantasia, um limite que minha avó se encarregava de refazer diariamente.

"Vamos jogar Cadáver Exquisito", ela dizia todas as noites, enquanto arrumava a mesa para nós duas. Ela não se interessava pelos assuntos da escola nem pelas lições de geografia ou matemática que habitualmente ficavam pendentes; tampouco se preocupava com as brigas com as minhas amigas. Só escutava com atenção quando eu lhe descrevia os meninos de quem eu gostava. "O amor é uma boa razão para que todo o resto dê errado", ela repetia e colava a frase nos intervalos do meu relato, para que eu me lembrasse de que amor e fracasso são coisas que caminham de mãos dadas. Ela adorava jogar Cadáver Exquisito. Começava com um pedaço da história inventada, eu continuava com a segunda parte e ela, em seguida, com a terceira. Podíamos passar horas decorando nossas histórias e, no final, não teríamos certeza de quanto do que havíamos dito era real e quanto era produto da nossa imaginação.

O pátio da Casa Solanas podia ser usado tanto no inverno quanto no verão; um teto retrátil de metal se adaptava a todos os tipos de clima. Com o movimento de uma equilibrista com artrite, colocando ambas as mãos nos joelhos e um vaivém de quadris, Gloria se sentou em uma das cadeiras. O vestido de algodão rosa amarrotado no meio

---

[10] Jogo de tabuleiro inventado na década de 1920. (N.T.)

de suas coxas roliças. Consegui ver a quantidade de veias fininhas encadeadas que decoravam a sua pele branquíssima.

— Vou sentir saudade daqueles pratos mexicanos que ela cozinhava para mim. Nunca consegui aprender os nomes, mas que delícia era a comida que a sua avó preparava — lembrou Gloria, enquanto alisava as rugas do seu vestido. — Com um pouco de farinha e leite, alguns ovos e açúcar, ela fazia pães fofinhos, e todo este lugar se enchia de um aroma maravilhoso. E te digo mais, em algum lugar por aqui deve ter um caderno cheio de suas receitas. Ela mesma as escrevia de próprio punho.

— Minha avó escrevia as receitas dela? — perguntei, surpresa.

Apesar de ter aprendido a ler e a escrever na adolescência em seu México natal, ela não gostava de insistir nessa prática; dizia que as letras saíam todas amontoadas, como se fossem gatinhos enrodilhados nas linhas. A única coisa que ela lia eram os cartazes com os preços no supermercado, e isso demorava muito tempo.

— Claro que sim. Ela se sentava aqui mesmo, neste pátio, e com uma caneta-tinteiro escrevia e escrevia — respondeu Gloria.

— Onde está esse caderno? Gostaria de tê-lo como recordação.

Gloria levantou os ombros, era sua maneira de fingir desinteresse.

— Não tenho a menor ideia. Deve estar no meio das coisas dela.

Assenti com um leve movimento de cabeça. Entre os poucos pertences que minha avó mantinha na Casa Solanas, o caderno não se encontrava. Eu sabia bem. Costumava arrumar a roupa dela, seus produtos de higiene e sua caixinha de costura.

— Chegaram da funerária — interrompeu o sr. Miranda.

Acenei de novo com a cabeça, mas dessa vez o movimento não foi tão leve. As horas que se seguiram ao anúncio do sr. Miranda ainda estão confusas na minha cabeça, embora algumas poucas imagens sejam claras na memória: a camisola que eu decidi que ela vestisse na despedida, uma de musselina branca na qual Nayeli tinha bordado pequenas flores na altura do peito; o vazio com a forma do seu corpo que ficou na cama quando os homens vestidos de macacão azul a colocaram no caixão; o gosto metálico do café que uma funcionária com maquiagem pesada servia sem parar na sala de velório; as rezas de dona Lourdes, uma companheira da Casa Solanas que não controlava bem o tom da sua voz porque tinha ficado surda; a aspereza do lenço azul-claro que peguei da mesa de cabeceira da minha avó e com o qual sequei as lágrimas durante quase toda a noite. E a chegada de minha mãe.

Felipa Cruz fez sua entrada com uma habilidade espantosa: sem estridências, conseguiu chamar a atenção de todos. Calça de linho preto com um caimento perfeito; camisa de seda creme, abotoada até o colarinho; uma pequena bolsa-carteira de couro forrada de cetim, com alça de madeira; o cabelo preso na nuca com uma fivela prateada no formato de uma borboleta e uma maquiagem leve que destacava os traços exóticos e dava profundidade aos seus olhos verdes, herdados de Nayeli.

As colegas da Casa Solanas, as três enfermeiras, a moça da funerária e o sr. Miranda deixaram de lado o que estavam fazendo para observar os detalhes que emanavam de minha mãe. Ela atravessou a antessala sem tirar os olhos do caixão de cedro polido, visível pela porta dupla que conectava com a sala principal. A força de seus passos nos sapatos de salto alto foi perdendo intensidade até desaparecer a menos de um metro do lugar no qual descansava minha avó, sua mãe.

— Por que você pediu que fechassem o caixão? — ela me perguntou. Não houve beijos nem abraços, nenhum tipo de saudação.

— A vovó sempre me dizia que não gostava de mulheres deitadas — respondi. — Ela não iria querer que ninguém a visse nessa situação.

Minha mãe levantou uma das sobrancelhas, esse gesto tão característico e indecifrável que fazia com frequência.

— Que pena. Eu teria gostado de tê-la visto uma última vez — concluiu.

Poderia tê-la visitado na Casa Solanas, ou telefonado para ela rapidinho todos os dias, ou inclusive tê-la levado para dar um passeio pelo parque que ela tanto gostava... uma sucessão de palavras que saíram da boca do meu estômago, subiram pelo peito, atravessaram minha garganta e, no entanto, ficaram presas na ponta da língua.

Preferi fazer o que sempre fiz diante de minha mãe: ficar em silêncio. Quando eu era pequena, foi a decisão mais simples que tomei diante do medo de que ela deixasse de me amar; quando entendi que ela não me amava, as palavras não ditas se transformaram em um depósito voluntário de tranquilidade. Um espaço no qual eu escolhia expulsar a sua presença inquietante.

— Uma pena, com certeza — foi a única coisa que eu disse enquanto a observava tirar da carteira uma bolsinha de veludo verde-escuro.

Aproximei-me dela o suficiente para sentir a fragrância adocicada de seu perfume e ver o que os seus dedos, com unhas perfeitamente esmaltadas, tiravam de dentro da bolsinha. Muito lentamente, ela foi desenrolando uma trança longa feita com uma fita fina de couro; no meio, um nó segurava um pedaço de pedra preta e brilhante.

— O que é isso? — perguntei-lhe.

Minha mãe se assustou. Era tanta a concentração que ela tinha no colar que foi incapaz de perceber a minha presença. Nesse momento, tentei me lembrar da última vez que nossos corpos estiveram tão próximos. Não consegui.

— Um amuleto. Era da sua avó — ela respondeu, enquanto rodeava o caixão com a testa franzida, avaliando qual seria o melhor lugar para depositar a peça.

Depois de alguns minutos que me pareceram eternos, ela decidiu prender a fita de couro em um dos ramos de flores brancas que Gloria tinha deixado sobre a cruz de metal que decorava a tampa do caixão.

— Esta pedra preta é obsidiana — minha mãe continuou explicando sem que eu lhe tivesse perguntado nada —, um vidro vulcânico que se forma quando a lava esfria rapidamente e não chega a cristalizar. Talvez porque venha do centro da terra, nós, mexicanos, lhe atribuímos dons protetores. Nós a usamos como se fosse um escudo contra todo o mal.

Cravei os olhos na pedra preta que se destacava entre as pétalas brancas do arranjo de flores. Minha mãe gostava muito de me excluir para me magoar: as mexicanas de um lado e eu, sozinha, do outro.

— Você foi criada na Argentina, mamãe. É mais portenha que o Obelisco — eu disse sem conseguir conter, desta vez, as palavras.

Fiquei esperando a resposta maldosa. Minha mãe tinha a língua afiada; no entanto, dessa vez foi ela quem optou pelo silêncio. Guardou a bolsinha de veludo vazia em sua carteira e ajeitou o cabelo que estava desarrumado.

— Vou tomar um café — ela disse.

— Eu te acompanho.

Felipa Cruz, minha mãe, levantou a mão direita e me encarou com aqueles olhos que sabiam ser de gelo.

— Vou tomá-lo na minha casa. Você fica aqui.

Suas costas erguidas foram a última imagem que vi dela. Minha mãe se retirou como a Rainha de Copas de Alice no país das maravilhas, cortando a minha cabeça.

4
Tehuantepec, dezembro de 1939

Com a mão direita, Nayeli apertou a pedra de obsidiana que a irmã tinha colocado em seu pescoço, e o fez com tanta força que as bordas irregulares de vidro lhe provocaram pequenos ferimentos na palma. Não pareceu importar-se com isso. Toda a sua atenção estava em correr o mais rápido que suas pernas finas lhe permitissem. Parou ao chegar à Plaza de Armas. Teve de franzir os olhos para que o reflexo do sol sobre a água não a cegasse.

Os telhados estavam como sempre: cinza e sépia. Alguns se achavam desbotados do sol. As vigas rústicas que sustentavam as telhas com musgos e as colunas que as mantinham em pé continuavam no mesmo lugar. Do lado oeste, o único visualmente limpo, assomava o rio. Mas o movimento do mercado não era o habitual. As mulheres que chegavam um pouco antes do amanhecer e as que se juntavam ao entardecer para vender, comprar e exibir seus vestidos não estavam ocupando seus postos. Os cestos cheios de flores, legumes da horta e pães de açúcar mascavo pareciam abandonados; as mantas tecidas, estendidas no chão com potes e filtros de barro acomodados em cima delas, não tinham quem as protegessem do sol impiedoso.

O lugar onde as mulheres são rainhas sem coroa tinha sido ocupado pelos homens. Alguns vestiam calças amarradas na cintura com fitas de couro, sem camisa; outros tinham o peito suado, apenas coberto com trapos de tecido branco. Todos trabalhavam sem descanso e contra o relógio para a preparação de um salão ao ar livre: cavaletes de madeira, cadeiras e poltronas, panelas enormes apoiadas em fogueiras que lentamente começavam a queimar e uma decoração de flores, folhas e pedaços de tecido tingido que tentava dar o toque festivo ao trabalho.

E no meio daquela barulheira ela reconheceu o pai, trajando a calça de festa e a camisa preta, com seu chapéu de palha e, ao redor do pescoço, a bandana vermelha. Miguel Cruz suportava o calor como ninguém: não transpirava, não sofria com o abafamento e, quando as temperaturas indomáveis do istmo deixavam todos com a cabeça entorpecida, arrastando os pés, ele andava aprumado, com a roupa alinhada, sem uma mancha sequer de suor nas costas ou nas axilas.

— Papai, o que está acontecendo? — gritou Nayeli, sabendo que o pai reconheceria sua voz entre as muitas que soavam na Plaza de Armas.

Miguel cruzou a faixa de pedestre. O barulho de seus passos firmes sob a plataforma de tábuas soltas foi ofuscado pelos acordes dos tambores, o assobio das ocarinas de barro e o tilintar dos guizos: a banda de músicos estava ensaiando. Aproximou-se da filha e colocou uma mão sobre o ombro dela.

— O que você está fazendo aqui? Deveria estar em casa ajudando sua mãe com os preparativos para hoje à noite.

Nayeli lembrou que estavam no final de dezembro, época das Velas de Tehuantepec.

— Hoje é a noite de Velas? — ela perguntou.

O pai assentiu com a cabeça e respondeu-lhe dando uma ordem:

— Vá preparar seu vestido de gala e ajudar na montagem das coroas e das velas.

As noites de Velas sempre foram as favoritas de Nayeli. Noites de festa, noites nas quais as tehuanas tornavam-se o centro do universo, e ela era uma tehuana. Uma tehuana de olhos verdes. As mulheres desfilavam seu esplendor enfronhadas nos vestidos que faziam com as economias de um ano inteiro. As mulheres de sua família tinham, além disso, um destaque: as saias que lhes cobriam as anáguas eram tingidas de um vermelho vivo obtido das secreções do maurice, um molusco que pegavam nas rochas das lagoas de Tehuantepec.

Sua avó havia passado para as mulheres Cruz essa técnica milenar. Duas vezes por ano, conforme a lua, a família inteira se empenhava no trabalho de extrair das ranhuras das rochas, um por um, os pequeninos caracóis. Enquanto alguns procuravam, os outros ficavam parados com os novelos de fios de algodão enrolados nos antebraços. Rosa e Nayeli, por terem mãos mais finas, eram as responsáveis por remover os moluscos das pedras com cuidado, para que não se danificassem. Miguel se ocupava de encher de ar os pulmões e soprar com força sobre os bichinhos, irritando-os até que eles excretassem o corante valioso. Nesse exato momento, os guardiães dos novelos juntavam os fios ao líquido viscoso que os tingia de amarelo-limão; depois, a água e o sol se encarregavam de transformar a cor em um vermelho apreciado e invejado por todas as vizinhas. Nayeli retomou a corrida até a sua casa pensando no pouco tempo restante até o começo da festa que mais a alegrava e teve medo. O passado pode tornar-se tenebroso, sobretudo se você foi feliz, e ela tinha vivido catorze anos felizes.

A casa dos Cruz era um formigueiro. As mulheres da família se arrumavam para um dos maiores momentos do ano. Todas juntas. Algumas cantavam; outras, aos gritos, ditavam às mais jovens as regras a serem seguidas durante a Vela, como se elas não soubessem, e algumas terminavam de preparar os pratos deliciosos e rebuscados com os quais pretendiam exibir-se diante das pessoas do bairro.

Tinham trabalhado o ano todo a fim de economizar dinheiro suficiente para comprar as sedas, as rendas, as moedas para os colares e brincos, as fitas e os fios que, com a habilidade de suas mãos calejadas, convertiam-se na vestimenta que marcava, de modo único, a sua identidade tehuana. Essa indumentária especial que as transformava em mulheres fabulosas tornava-as sobretudo um lugar: o seu lugar. Era impensado repetir saias, babados e huipiles de anos anteriores. Às vezes, só às vezes e secretamente, era permitido reciclar os fios ou algum veludo.

Ana Cruz estava deslumbrante. Cada vez que via a mãe vestida para a festa, Nayeli abria os olhos e a boca como se precisasse expulsar de seu corpo a sensação de admiração que ela lhe provocava. Dessa vez, a roupa da mãe era de veludo azul-petróleo; a saia e o huipil foram bordados com franjas de motivos geométricos, salpicados com flores de fios brilhantes; os babados da saia eram feitos de uma renda que ela mesma tinha costurado à mão durante meses. Sobre o busto, um colar de moedas douradas que tilintava a cada movimento, fazendo que seu corpo parecesse uma espécie de instrumento musical tocado por anjos. Havia colocado um huipil grande sobre a cabeça, de tal maneira que as dobras de renda formavam um tipo de touca que emoldurava seu rosto de feições delicadas.

— Nayeli, filha! — exclamou ao vê-la. — O que está fazendo vestida ainda de camisola e com os pés cheios de barro? Seu traje está em cima da sua cama. Tem água em uma bacia atrás da casa. Limpe-se e troque de roupa. Hoje é noite de Velas.

Juana a deteve antes que Nayeli chegasse ao seu quarto. A madrinha também vestia seu traje de gala, ainda que muito mais simples do que o de sua mãe: a saia e o huipil eram de seda bordada. Ela tinha decidido trançar o cabelo escuro, fitas de cores diferentes prendiam as tranças ao redor da cabeça. As mechas de cabelo branco davam ao penteado um aspecto senhoril.

— Vi você na casa da família de sua irmã... — criticou ela.

Nayeli a interrompeu enfurecida:

— A família Galván não é a família de Rosa. Esta é a família dela.

Como resposta, obteve por parte da madrinha um sorriso condescendente e um carinho leve na bochecha.

Assim como a mãe lhe havia dito, encontrou seu traje sobre a cama. A imagem de suas roupas, arrumadas cuidadosamente, a fez esquecer por um momento a partida da irmã e seus próprios planos de fuga. Naquele ano, a mãe havia escolhido para ela a cor vermelha. Nayeli acariciou os bordados que ornamentavam a borda inferior da saia e fechou os olhos. Sentiu como cada um dos fios de algodão formavam figuras geométricas perfeitas. Não conseguiu conter o sorriso.

Seu huipil era modesto, adequado para uma jovem de catorze anos; entretanto, Ana tinha colocado sobre o travesseiro um colar simples, do qual pendia uma cascata de pequenas moedas. Nayeli estava emocionada: era seu primeiro colar de festa.

Passou-o pela cabeça e, ao caírem-lhe sobre o peito, as moedas chocaram-se contra a pedra de obsidiana, o amuleto que Rosa tinha lhe dado. Esse barulhinho a trouxe de volta à realidade, a sua realidade: esta noite ela iria aproveitar os devaneios e as distrações da festa de Velas para fugir.

5
Buenos Aires, outubro de 2018

Em um domingo, ao meio-dia, dois meses depois de sua morte, minha avó me deixou definitivamente. Nayeli, mesmo da clínica de idosos, cuidava para que na geladeira da minha casa sempre houvesse comida: bifes à milanesa empanados por suas mãos, porções de tortas de legumes variados, todos os tipos de molhos, caldos, tortilhas de farinha de milho e pães sovados durante horas.

Quando seus ossos começaram a falhar e morar sozinha em sua casa tornou-se difícil, foi ela quem decidiu ir viver em um lar de idosos. Não quis escutar a minha recusa, nem sequer aceitou a possibilidade de que eu voltasse a morar com ela. Embora sempre soubesse que tentar mudar as ideias e decisões de Nayeli fosse impossível, eu tentei: insisti, implorei, chorei, apelei aos sentimentos e às cenas mais variadas, inclusive à fúria. Não funcionou. Minha avó tinha um desejo: queria passar os últimos anos de sua vida na Casa Solanas. Dizia que nesse lugar viviam muitas de suas amigas antigas do bairro de Boedo e queria compartilhar com elas seu tempo de acréscimo.

Na cozinha da Casa Solanas, minha avó continuou sendo minha avó. Sempre dizia que quem cria uma pessoa não é quem ensina boas maneiras ou lê livros para ela. Dizia que a criação está nas mãos daqueles que cozinham a comida que se leva ao estômago. Minha avó me criou até depois de morta, até esse domingo em que comi a última comida que restava no meu freezer. O adeus teve sabor de guisado de feijão preto.

De qualquer forma, meu luto começou muito antes. Em várias ocasiões, contive o impulso de pegar o ônibus que me deixava a três quadras da casa de idosos; várias vezes teclei os primeiros números do telefone com a certeza de que, do outro lado da linha, encontraria aquela voz tão grossa como a de Chavela Vargas que me diria, "Olá, minha menina, é um prazer", e até comprei na drogaria o talco de violetas, ainda que me desse alergia. Os mortos demoram muito para sair do corpo de quem os ama e ficam brincando com nossas iniciativas. Depois de um tempo mais prudente para os outros do que para mim, voltei ao palco. Minhas três companheiras da FemProject, a banda que tínhamos formado por hobby, receberam-me com ansiedade, alegria, beijos, abraços e uma garrafa de uísque.

— Temos cinco apresentações antes do Natal, e estou tentando fechar um contrato para fazermos a abertura de um festival feminista em San Isidro — anunciou Natalí, que, além de guitarrista, era a nossa manager. Ela tinha trabalhado durante anos como assessora de imprensa em uma empresa multinacional e lidava como ninguém com as relações públicas e com os números. — Acho que deveríamos dedicar o verão a compor mais músicas. Não podemos continuar espremendo "Dilúvio"...

Sabrina se levantou da cadeira do bar como se alguém a tivesse espetado com um alfinete. O lápis que prendia seu cabelo no topo da cabeça formando um coque deslizou e deixou sua madeixa fabulosa exposta. Distraí-me olhando para o brilho dos fios de cabelo dourado. — Nem penso em considerar a possibilidade de que "Dilúvio" deixe de estar no nosso repertório! — exclamou. — Sem "Dilúvio" não tem banda.

"Dilúvio" era o nosso hit, uma música bem simples, mas contagiante, que conta a história de uma garota que é abandonada pelo namorado no meio de uma tempestade. Uma melodia suave, que vai crescendo ao ritmo das lágrimas da mágoa que se confundem com a água da chuva. Nada de especial, mas as redes sociais fizeram mágica e foi impossível fugir do assunto.

— Chegou a hora de nos libertarmos um pouco de "Diluvio", Sabri. Já estou cheia dessa música. Escuto os primeiros acordes, plim, plim, plim, e fico morrendo de raiva — disse Natalí, enquanto tocava as cordas de um violão imaginário, seguindo o ritmo da canção. — O que vocês acham?

A pergunta me pegou desprevenida, pois eu não tinha uma opinião formada a respeito. Preferi cravar os olhos em Mecha, que acompanhavam a discussão enquanto jogava Tetris no celular.

— Não faço ideia, meninas — disse Mecha sem tirar os olhos da tela. — Para mim dá exatamente na mesma: "Dilúvio" ou não "Dilúvio".

Senti que toda a atenção estava voltada para mim. Ter que decidir entre Sabrina e Natalí me parecia muito complicado. Com um pouco de culpa, apelei ao cadáver de minha avó.

— Na verdade, meninas, venho de uma situação dolorosa... Vocês já sabem — comecei com o tom mais sofredor que encontrei. Por um segundo agi como minha mãe. — Não estou em condições de tomar uma decisão. Vamos esperar, temos tempo.

Enquanto eu construía a minha pequena cena, Sabrina esvaziou seu copo de uísque com um único gole, colocou-o com determinação em cima da mesa fazendo barulho e com o ardor de quem está prestes a enfrentar a última batalha. Fiquei pensando que os soldados que carregam suas armas para saírem à guerra dedicam às balas o mesmo empenho que minha amiga demonstrara para esvaziar o copo. Não consegui conter o riso quando ela se levantou para defender sua posição. A alça do seu vestido de couro deslizou pelo ombro, revelando a renda vermelha do sutiã. Ela parecia uma guerreira pornô e embriagada.

— Eu não vou esperar de jeito nenhum, Paloma. — O uísque fez efeito, as palavras saíram entorpecidas de sua boca. — Quero que todas me escutem bem. "Dilúvio" não é uma música qualquer, que possamos descartar como se fosse lixo. "Dilúvio" é o espírito da nossa banda, um espírito que nos identifica e que nos constrói a cada show. Temos que cuidar desse espírito, porque se existe algo pior do que maltratar um espírito é não cuidar dele.

Os argumentos de Sabrina congelaram meu sorriso, e só consegui balbuciar:

— O que você disse, Sabri?

— Eu disse que "Dilúvio" não é uma porcaria...

— Não, não. O que foi que você disse sobre os espíritos? — interrompi.

— Ah, que "Dilúvio" é um espírito do qual devemos cuidar — respondeu sem se dar conta de como suas palavras tinham me atingido.

O debate continuou, mas, embora meu corpo permanecesse sentado ali, tenso, junto à mesa do bar, minha cabeça tinha viajado para muito distante, até o pátio da casa da minha avó. O pátio da minha infância. Eu quase podia sentir o perfume dos jasmins plantados em jardineiras de cimento. Parecia até que ouvia o canto dos passarinhos que vinham todas as manhãs devorar as migalhas de pão que eu colocava para eles às escondidas de minha avó. As vozes das minhas amigas foram desvanecendo e o tom acalentador de Nayeli preencheu a minha memória.

Lembrei-me dela e de mim: as duas sentadas em poltronas de vime, tomando limonada numa tarde de verão. Ela costumava me contar histórias que pareciam contos de fada; com o passar dos anos, descobri que muitas delas eram lembranças de sua terra natal. Uma dessas histórias tinha me deixado com um monte de perguntas durante muitos dias. Era a história de uma mulher que mandara o filho buscar lenha e flores para fazer uma oferenda aos mortos de sua família. O menino era jovem e muito preguiçoso, e preferiu passar a tarde tirando um cochilo depois do almoço na beira de um rio. Quando ele quis voltar para a casa, deparou-se com uma fila de pessoas que o seguiam; na procissão reconheceu seu pai, sua avó e uns tios que já estavam mortos quando ele ainda era muito pequeno. Eles tinham um aspecto horrível, estavam com fome, com frio; alguns deles inclusive choravam. Nesse momento, o menino percebeu que quando os mortos chegassem à sua casa não teriam nenhuma oferenda que os aliviasse, e já era tarde.

Os espíritos se enfureceram e decidiram deixar o menino preso a uma árvore durante toda a noite. De nada serviram as súplicas nem os pedidos de desculpas. As almas penadas são muito impiedosas. Na manhã seguinte, os mortos voltaram a passar pela árvore. Estavam mais bem-humorados e tinham um aspecto melhor. Depois de uma discussão acalorada, decidiram soltar o menino, não sem antes avisá-lo de que essa era a última vez que eles perdoariam um descaso como aquele.

— Estamos votando, Paloma. Vamos, é a sua vez — disse Sabrina, enquanto sacudia o meu braço.

Olhei para o grupo como se tivesse acabado de acordar de um longo sono. Fiz um esforço para me lembrar do motivo da discussão. "Dilúvio", sim, "Dilúvio". Sabrina continuava com o sutiã à mostra e com o cabelo dourado como uma chuva sobre os ombros; Natalí franzia a boca, e uma das luzes do teto criava um efeito estranho sobre o piercing em seu nariz; Mecha tinha deixado o celular de lado e apoiava a cabeça com as duas mãos de dedos tatuados. Respirei fundo, soltei o ar devagar e disse:

— "Dilúvio" é um espírito. Temos que honrá-lo.

Ninguém percebeu que minha decisão tinha pouco a ver com a música e muito a ver com as minhas origens. Sorri com satisfação.

6

Tehuantepec, dezembro de 1939

Com o passar do tempo, a família Galván tinha conseguido ocupar um lugar de destaque na comunidade. O fato de terem sobrevivido ao terremoto que devastou Oaxaca ajudou em grande parte. Eram um exemplo de resistência, e resistência sempre agrada.

    Dolores Galván, a mãe, estava exultante: nenhuma outra mulher poderia sequer se aproximar da imponência do seu traje de tehuana. Tinha passado meses economizando para comprar a melhor seda e os melhores fios para que o bordado da saia e do huipil se destacassem e parecessem flores de verdade. Ela nascera sem a habilidade manual das outras mulheres de sua família e suportou em silêncio essa falta de talento, que sentia como se fosse uma desonra. No entanto, o status econômico da época dourada de Oaxaca lhe deixara vários contatos, entre os quais o de Nohuichana, uma tehuana anciã que, sem marido e sem filhos, refugiou-se em um ranchinho perto da costa. Em troca de chocolate, leite, flores para a oferenda dos mortos e vasilhas cheias de mole[11] fresquinho, dedicava seu tempo — que era muito — e sua habilidade — que era ainda maior — aos trajes da senhora Galván. Nohuichana bordava de noite, no escuro, mesmo que às vezes apenas iluminada pelo brilho da lua. Ela contava que eram os deuses que lhe diziam o lugar exato de cada ponto, de cada giro do desenho e, inclusive, afirmava que a escolha das cores de cada ano lhe era sussurrada em sonhos do além. Dolores Galván não se interessava muito pela liturgia das Velas, desde que seu traje continuasse se destacando em todas as festas.

    Naquela noite, nas Velas de Tehuantepec, terminava o ano em que ela e seu marido haviam exercido os papéis de xuaana e

---

11 Um refogado tradicional mexicano preparado com carne e outros ingredientes. (N.T.)

xelaxuaana, autoridades máximas da vila, uma espécie de donos do sistema de memória coletivo.

— Dolores, querida, não se esqueça de levar o caderno. Não quero que neste último dia não estejamos à altura dos cargos que nos confiaram — disse Alfonso, o pai, enquanto ajeitava a bandana vermelha ao redor do pescoço.

Dolores assentiu com a cabeça. O movimento dos seus aros de moeda de ouro se converteu em uma musiquinha suave e harmônica. Chamou o filho caçula e pediu que se incumbisse do caderno. Daniel atravessou a sala espaçosa e passou para a mãe uma pilha de folhas ásperas, feitas de algodão e celulose. Escritas com carvão e com letra minuciosa, ali estavam todas as contribuições que os convidados faziam durante as celebrações; algumas em dinheiro, outras em espécie. As folhas estavam primorosamente encadernadas entre duas capas de madeira esculpida, presas por uma fita de couro.

— Muito bem — disse Dolores, apertando o caderno contra o peito. — Esta será a última Vela em que seremos responsáveis pelas contribuições. Em quatro dias as chaves da vila serão entregues a outro casal durante a missa na igreja de São Domingo. Mas não perderemos nosso prestígio.

A situação a deixou angustiada e de mau humor. No fundo do seu coração, entregar o domínio simbólico da comunidade lhe parecia tão aterrador como as lembranças do terremoto. Dolores Galván não estava preparada para perder mais nada na vida. Guardou o caderno em uma cesta e chamou Pedro, seu filho mais velho. A família Galván orbitava ao redor dessa mulher robusta, que soube fazer a diferença entre seus pares. Para se distinguir, adotou uma postura que foi aperfeiçoando até torná-la sua, e dar ordens era o que fazia de melhor.

— Diga, mamãe, do que precisa? — respondeu o rapaz em voz alta, enquanto atravessava a sala com pressa. Ninguém fazia Dolores esperar.

— Preciso que sua futura esposa esteja pronta o mais rápido possível, não quero chegar tarde. E diga a ela que é para levar as flores de papel que tenho que entregar esta noite.

Apesar de ter sido a responsável por convencer toda a família de que Rosa Cruz era a mulher ideal para Pedro, e por ordenar que seu filho a conquistasse pela razão ou pela força, ainda custava a Dolores Galván dizer o nome da jovem. Pronunciar o nome de sua futura nora era, para ela, o mesmo que lhe conferir uma identidade, e, por enquanto, queria mantê-la invisível. Por isso, conseguiu impor seu desejo de presenteá-la com o traje de tehuana para as Velas. Controlar as roupas de Rosa era um bom começo para atingir seus objetivos.

Comprou um algodão simples para a saia e o huipil, e contratou no mercado uma bordadeira humilde, mas correta: folhas em diferentes tons de verde; uma ou outra flor para dar cor ao tecido e uns solzinhos amarelos, que eram usados mais nas roupas infantis do que nas de moças casadeiras. Julgou que não era necessário o huipil longo e reciclou algumas fitas azul-claras de anos anteriores para as tranças.

Na casa da família Cruz, a agitação não era menor. Miguel e Ana Cruz eram os mayordomos[12] da vila. Sua fama de gente tranquila e honesta tinha sido decisiva na hora da nomeação, embora também inflenciasse o fato de que Juana, a madrinha dos Cruz, tivesse insistido que a mayordomía havia sido revelada a ela em sonhos. Os dons da mulher para adivinhar, curar e aliviar física e emocionalmente a todos eram muito respeitados. Eram os Cruz que receberiam o caderno da família Galván e todas as contribuições dos convidados; durante o ano, iriam decidir o destino dessa pequena fortuna, produto do esforço coletivo.

Saíram da casa formando uma procissão encabeçada pelas mulheres, com Ana à frente. Era inevitável que quem deparasse com essa marcha ritmada se sentisse ofuscado diante do esplendor de sua aparência. As Cruz dominavam os códigos do devaneio e da sedução como poucas. Iam deixando ao longo do caminho as flores de papel que haviam confeccionado durante dias: um rastro que perpetuava a passagem matriarcal. Os demais iam se juntando pouco a pouco,

---
12 Pessoa responsável pela organização das Velas. (N.T.)

reproduzindo uma coreografia planejada por seus ancestrais. Os homens de camisa branca, calças pretas, chapéu e bandana vermelha; as mulheres, como abelhas-rainhas, donas do paraíso. Nayeli acompanhava o ritmo e a marcha e cantava em voz baixinha as estrofes de "La Sandunga".

Na Plaza de Armas, as mesas estavam postas. Ana, ostentando sua posição, tinha dado as sugestões para o banquete de petiscos. Dezenas de mãos colaboraram para que a comida ficasse pronta a tempo: frango com cenouras e jalapeños, chiles, tacos recheados de carne de rês moída, mangas em conserva, chocolate, pão e atole[13] de leite, servidos em louças de cerâmica queimada ou em cestas decoradas com flores.

Dolores Galván tinha chegado cedo. Da cadeira que mandara trazer de sua casa, vigiava para que tudo estivesse em ordem.

— Anita, querida, venha aqui — chamou aos gritos, fazendo soar as moedas de ouro que pendiam de seu pulso.

Ana se aproximou. As duas mulheres compararam, sem disfarçar, seus trajes de tehuana. A estocada inevitável estava à vista de todos. Dias depois, muitos comentariam que os bordados de Dolores não tiveram concorrência; outros, que a originalidade do veludo azul-petróleo do vestido de Ana nunca fora antes vista na região.

— Tenho aqui o caderno — disse Dolores. — Todas as contribuições foram anotadas.

Ana fez a reverência de respeito e agradeceu em voz alta. Nenhuma competição pessoal deveria interferir no protocolo a ser seguido. As pessoas aplaudiram e se aproximaram para receber as flores de papel que Dolores, a xelaxuaana', distribuía antes de passar seu cargo. Alfonso Galván, o pai e xuaana', abriu a festa.

A banda começou com uma melodia pausada, que convidava a movimentos finos, letárgicos e elegantes. Os homens deram início ao cortejo timidamente e quase invisíveis ante a pompa de sedas, algodões, rendas e plissados que envolviam os corpos volumosos de suas tehuanas. Nayeli aproveitou o momento; parte de sua família

---

[13] Bebida quente típica do México, preparada com farinha de arroz ou de trigo e leite. (N.T.)

dançava e parte devorava as delícias oferecidas. Seu pai, Miguel, já estava bêbado por conta do mezcal.[14]

— Rosa, Rosa — sussurrou nas costas de sua irmã mais velha.

Rosa não comia, não dançava, não sorria. Com a desculpa de que estava mal do estômago, conseguiu que sua futura sogra a deixasse se sentar em uma cadeira, debaixo de uma das arcadas da Plaza de Armas. Nayeli estava a ponto de criticar o traje de tehuana que ela usava, mas poupou o comentário quando descobriu que a irmã mais velha tinha chorado. Os olhos vermelhos e inchados não a deixavam mentir.

— Nayelita, meu tesouro — disse, sorrindo —, tenho tudo preparado. Vem comigo.

As duas, uma atrás da outra, atravessaram a praça em silêncio e desviando dos dançarinos. Apesar da tensão que lhe corria pelo corpo, Rosa caminhava com maestria; por suas veias não corria apenas sangue: os sons zapotecas se misturavam na torrente, fazendo que a folga de seu traje humilde tremulasse como se fosse feito de seda de alta qualidade.

Contornaram a estrutura do mercado. Na parte de trás, a festa parecia não ter chegado: não havia flores nem bandeiras, tampouco guirlandas que escondessem as vigas cobertas de musgo; a fumaça das copaleras também não chegava ali, e o cheiro da podridão das frutas encheu-lhes os seus pulmões. Com as mãos, espantaram as moscas grandes e verdes, e sacudiram os pés calçados com as huaraches de couro para repelir a possibilidade de que alguma cobra se aproximasse. Rosa colocou um cesto no chão.

— Toma, aqui está — disse, e entregou um volume de roupas à irmã. — Encontrei no quarto de Daniel, acho que servirão em você.

Sem questionar, Nayeli tirou a roupa e vestiu uma calça preta, uma camisa branca e um chapéu. O cheiro de suor impregnado nas roupas a fez franzir o nariz.

— Você acha que ninguém vai perceber que sou mulher? — perguntou, preocupada.

Rosa deu risada e apontou para a cabeça da irmã.

---

14 Licor mexicano. (N.T.)

— Se você não tirar essas fitas do cabelo, será difícil acreditarem que você é um menino.

Embora o chapéu de palha fosse de aba larga, as tranças de Nayeli não cabiam dentro dele e algumas fitas coloridas escapavam com rebeldia. As duas tentaram acomodar o penteado. Mas foi em vão. Bastou um olhar para elas saberem o que tinham de fazer.

— Fique aqui que eu volto já — ordenou Rosa.

Sem deixar de contorcer-se, um pouco por gosto e um pouco para disfarçar, Rosa atravessou a praça. A Vela estava no auge. A banda tinha se dividido e tocava músicas diferentes em dois pontos distintos da festa. Era muito difícil identificar qualquer melodia, mas ninguém parecia se importar com isso.

— Querida, onde você estava? Seu futuro marido está te procurando — disse Dolores à futura nora e colocou as mãos carnudas sobre os ombros dela.

— Estou indo à mesa pegar um mole e algo para beber. No caminho vou encontrar com Pedro. Quero dançar com ele — mentiu Rosa.

A sogra a olhou com toda a desconfiança de que era capaz. Soltou-a e advertiu-a:

— Existe um universo no qual as coisas são magníficas, querida, mas nem sempre é o universo que lhe cabe. Posso fazer com que seu universo seja ainda pior. Depende apenas de você.

Os lábios de Rosa tremeram e ela se viu obrigada a baixar o olhar para que Dolores não visse seus olhos úmidos. Respirou fundo e deu a volta. Não podia perder tempo: sua irmã era a prioridade. Ela se aproximou de uma das mesas de comida e fingiu um sorriso.

— O que lhe sirvo, senhorita? — perguntou um rapaz desengonçado, com a camisa aberta e suada de tanto dançar.

— Um taquito dorado[15] — respondeu —, mas quero ele com a carne de rês que está naquela vasilha grande do fundo.

Todos os anos, as Cruz eram responsáveis por organizar as delícias; Rosa lembrava de memória onde estava cada prato do banquete e cada utensílio.

---

15 Tortilhas mexicanas recheadas geralmente com carne e outros ingredientes. (N.T.)

— Muito bem, senhorita. Já lhe busco essa carninha especial — disse o rapaz, piscando um olho e se metendo atrás do tablado.

Rosa não perdeu um segundo e passou para o outro lado da mesa. No chão, coberta por um tecido de algodão branco, estava a caixa de madeira com os utensílios que haviam sido usados para partir os alimentos. Pegou uma faca de lâmina afiada e, com um movimento rápido, escondeu-a na cintura, entre a saia e o huipil. Não esperou que lhe servissem o taco dorado. Não havia tempo a perder e, além disso, o nervosismo tinha fechado seu estômago. Sem pedir permissão e empurrando com as mãos e os ombros os dançarinos e as tehuanas que abarrotavam a praça, atravessou a pista e voltou ao lugar onde a irmã caçula a esperava.

Nayeli estava sentada no chão com as pernas cruzadas e as costas apoiadas em uma das colunas que sustentavam o teto do mercado. O cabelo solto caía-lhe como uma cascata pelas costas; os olhos verdes estavam fechados.

— Levanta, menina, que não há tempo! — exclamou Rosa.

Ela pegou a irmã por um braço, fez que ficasse de pé e girasse ao redor de si mesma. Com delicadeza, mas com firmeza, separou o cabelo de Nayeli em mechas e, ajudada pela faca roubada, começou a cortá-lo. Ao redor do corpo de Nayeli foi-se formando uma pilha fofa de cabelo cacheado.

— Pronto, vire-se — disse a cabelereira improvisada quando terminou seu trabalho.

Sem a mata castanha, os traços da menina se destacavam ainda mais: o ovalado perfeito do rosto; as maçãs do rosto altas; o pescoço comprido e fino; a pele escura e macia; a boca larga, em formato de coração; e os olhos, sobretudo os olhos.

— Bom, agora sim — disse Rosa com satisfação, enquanto ajeitava o cabelo curto atrás das orelhas da irmã e punha-lhe o chapéu na altura das sobrancelhas.

— Como estou? Agora já pareço um menino? — perguntou Nayeli.

Rosa lhe deu um abraço e, sorrindo, sussurrou:

— Claro que sim, meu menino.

7
Buenos Aires, novembro de 2018

"Bateu as botas", "Foi para o beleléu", "Abotoou o paletó", "Bateu a caçoleta", "Bateu o cachimbo", "Dormiu o sono eterno", "Foi desta para uma melhor": durante anos escutei, primeiro com espanto e depois com gargalhadas, a infinidade de expressões populares que minha avó usava para se referir ao ato de morrer. Fui testemunha das discussões acaloradas que ela tinha com as vizinhas da casa em que morávamos: "Não zombe da morte do meu irmão". "Não zombo, porque não é tão grave assim". "Você não chora pelos seus mortos". "Não choro porque os mortos me visitam". "Você está louca". "A louca é você". E assim durante horas e horas, até que anoitecesse e elas deixassem a calçada, que era o campo de batalha oficial, e cada uma voltasse murmurando maldições à tranquilidade de seus lares.

Minha avó repetia que a comunicação entre o mundo dos vivos e o mundo dos mortos era a prova incontornável de que o equilíbrio celeste tinha sido quebrado e que ambos — eles e nós — tínhamos de fazer um esforço para que a ordem pudesse ser restabelecida. Essa corda se tensionava, sobretudo, no Dia dos Mortos. "Os parentes voltam como almas penadas. Eles moram em um lugar muito parecido com o nosso, por isso temos que esperá-los com suas comidas, sua música e seus cheiros. Temos que ter cuidado para que eles não se percam; os mortos costumam ser muito distraídos. Se construirmos na frente da casa um caminho com pétalas de cempasúchil,[16] nós os ajudaremos a chegar ao nosso lar. Temos que deixar a porta aberta para que nada lhes seja ocultado", explicava-me Nayeli todos os anos.

A impossibilidade de conseguir cempasúchil em Buenos Aires nunca amedrontou minha avó, que era uma expert em assuntos

---

16 Flor laranja-amarelada nativa do México, ofertada no Dia dos Mortos. (N.T.)

quiméricos. Comprávamos um rolo de papel crepom amarelo e, apelando ao reservatório de sua memória – já que eu nunca tinha tido nas mãos essa flor que, segundo ela, era mágica e perfumada –, cortávamos as folhas rugosas e montávamos uns enfeites cafonas gigantes e compactados ao redor de uns arames fininhos. O toque final acontecia minutos antes de montar o caminho de boas-vindas: Nayeli acomodava as flores de papel sobre a mesa da sala e as borrifava com um perfume barato que comprava no armazém de dom Petronilo. "Não rezamos pelas almas dos mortos, rezamos para elas", dizia enquanto regava a calçada com as flores.

Voltar à casa de minha avó, a casa da minha infância, foi mais fácil do que imaginei; nem sempre é má ideia voltar aos lugares em que fomos felizes. A casinha em Boedo, com corredor largo e venezianas de madeira nas janelas; com pátio de gerânios vermelhos plantados em latas de doce de batata-doce e piso de madeira lustrada com cera perfumada; com guarda-roupas enormes de carvalho e camas de estrados rangentes; com pé-direito alto, azulejos azul-claros e paredes que sempre pediram uma mãozinha de tinta; essa casinha em que fui quase feliz continuava no mesmo lugar aos cuidados de Cándida, a vizinha. Ela se encarregava de que os gerânios não morressem, de ventilar todos os cômodos, de varrer, passar cera no piso e cloro no banheiro. Recusava-se a receber dinheiro em troca do cuidado amoroso que tinha com as coisas de Nayeli; no entanto, uma vez por semana eu costumava lhe enviar uma compra grande de supermercado. "Querida, inclua na compra um vinhozinho ou algum espumantezinho, porque o álcool ajuda a melhorar os idosos", ela me disse uma vez. Eu obedeci ao seu pedido com todo o rigor.

Abri primeiro a grade e depois a porta de madeira. Atravessei o corredor. Os mosaicos do chão estavam molhados e tudo cheirava a desinfetante de pinho. Sorri pensando em Cándida. Dentro da casa de Nayeli, o sol entrava pela janela, deixando à mostra o pó sobre os móveis, o desgaste das almofadas da poltrona de veludo vermelho e as impressões digitais de Cándida estampadas nos vidros. Não me detive aos detalhes nem me deixei arrastar pelo drama esperado. Fiz o mais rápido possível o que tinha de fazer.

Cruzei o pátio de gerânios vermelhos; no fundo, o quarto pequeno que costumávamos usar como depósito era o único da casa que não tinha sido ventilado. Quando abri a porta de ferro, o asco me fez retroceder uns passos. As caixas de papelão escritas com a letra que eu tinha na minha adolescência continuavam nas estantes, com a particularidade de que, nessa época, eu escrevia tudo em letra minúscula, algo tão comum agora. Enquanto espirrava por causa do pó que pairava no ar, conferi cada uma das plaquinhas: "enfeites da árvore de natal", "ferramentas", "livros e revistas", "cobertores de inverno", "lençóis velhos", "pratos de madeira para grelhados" e "discos de vinil".

Senti alívio quando vi que as ratoeiras, apoiadas nos cantos do quarto, estavam vazias. De qualquer forma, não me atrevi a puxar os dois baús de madeira que estavam no meio do cômodo. Contentei-me em rodeá-los enquanto decifrava cada um dos volumes, até que finalmente encontrei o que tinha ido buscar: a mala de couro marrom.

Eu a arrastei até o pátio prendendo a respiração. Uma nuvem de pó fez que meus olhos enchessem de lágrimas. Espirrei. Fiquei um bom tempo parada no meio do pátio, observando a pequena mesa de ferro com tampo de vidro e as duas cadeiras, também de ferro. As almofadas de lona listrada de verde e branco estavam encardidas e manchadas. Pude sentir no paladar o sabor de pão torrado com manteiga e doce de leite, o sabor dos lanches da minha infância e das frutas cortadas em pedacinhos bem pequenos que foram protagonistas de todos os cafés da manhã. As lágrimas umedeceram minhas bochechas. E não tinham nada a ver com o pó. Foram as lembranças dessas trivialidades que transformaram a outra em um hábito indispensável; a outra tinha sido para mim Nayeli, minha avó.

— Quem está aí? É você, Paloma? — A voz de Cándida veio do outro lado da cerca que separava os dois pátios.

— Sim, Cándida, sou eu. Fique tranquila. Vim buscar umas coisas — gritei enquanto carregava a mala para a saída.

Como resposta, a vizinha atenta subiu o volume do rádio. Roberto Goyeneche cantando o tango "Desencuentro" foi a trilha sonora da despedida.

★ ★ ★

No dia seguinte, todos me esperavam na Casa Solanas. Eusebio Miranda concordou quando liguei para lhe dizer que eu queria prestar uma homenagem a Nayeli e que, levando em consideração a idade de suas companheiras e amigas, o melhor lugar para o evento era, sem dúvida, a residência de idosos.

Ao cruzar o portão de ferro, pensei que seria pela última vez. Por isso caminhei devagar, passo a passo, como quem decide saborear lentamente a última colherada de sorvete de chocolate ou dançar a última música em uma festa que está prestes a terminar. A pintura azul-clara estava bastante descascada. O passar do tempo, o sol, a chuva, os invernos e os verões tinham deixado sua marca. Toquei com a ponta dos dedos uma das vigas e deslizei a mão para baixo. O esmalte das minhas unhas estava descamando; fiquei aliviada ao pensar que minha avó não veria esse desleixo. Para ela, nossas mãos nos retratam, especialmente quando se trata das mãos das mulheres. Ela tinha razão: eu me sentia destruída, surrada como o esmalte das minhas unhas.

Concentrei-me nos ladrilhos antigos que cobriam o pátio da frente do casarão: cada lajota tinha no centro o desenho de uma flor-de-lis marrom; o fundo, de um rosa pálido, ressaltava cada uma das pétalas. Alguns azulejos estavam trincados. As fissuras escuras, finitas e sutis tinham mudado a aparência do piso em que tantos pés tinham caminhado. Na primeira vez que entramos ali de braços dados, minha avó ficou tensa e examinou com atenção o prado de flores-de-lis que a recebia. "Parecem ratos mortos", disse com aquele vozeirão que enchia de intensidade cada palavra que saía de sua boca.

Ela também não gostou da sala de estar. Não lhe importou que fosse enorme e luminosa, nem que em todos os cantos houvesse vasos com plantas e flores; tampouco lhe pareceram adequadas as poltronas de couro, que pareciam bem confortáveis com seus assentos almofadados e os transforavam em um espaço em que dava vontade de se atirar de cabeça. "Esta sala parece uma funerária, Palomita", disse com as mãos na cintura, enquanto examinava o lugar com seus olhos puxados. "É tão grande que tem espaço até para os caixões dos defuntos. Tenho certeza de que eles devem colocar aqui algum mortinho de vez em quando. Tenho certeza de que fazem isso para ganhar um trocadinho extra. Não tenho dúvidas disso", acrescentou.

Gloria Morán me esperava, como sempre, em sua poltrona. Só de olhar notava-se que tinha levantado cedo. O penteado que lhe ressaltava com elegância a madeixa branca, a maquiagem suave nas bochechas e nos lábios, a escolha cuidadosa de brincos, gargantilha e pulseira e o vestido de linho azul-marinho impecavelmente passado não eram produtos de alguns minutos; ela tinha gastado horas para conseguir esse efeito perfeito. Mas Gloria não estava sozinha. A seu lado, dona Lourdes também esperava. Tinha optado pela simplicidade do seu penhoar de matelassê floral, que ela completava com um anel dourado com uma pedra gigante. Ao comitê de boas-vindas se juntaram Rebeca, a primeira companheira de quarto que minha avó tinha tido, toda vestida de preto – saia e blusa de algodão –, e as gêmeas Emita e Esther Rodríguez, que, como sempre, se vestiram idênticas, com calça creme e camisa no mesmo tom. Apesar dos anos, elas não tinham conseguido superar a imagem duplicada que o espelho lhes devolvia.

Eu também havia me arrumado para a ocasião. Embora minha avó nunca tivesse dito nada sobre as tatuagens que decoravam minha pele nem sobre as mudanças de cor do meu cabelo – e se limitasse a franzir os lábios diante das minhas saias de couro ou dos meus sutiãs de renda –, eu quis que, caso sua alma comparecesse, ela me visse com o conjuntinho que me dera no dia em que me formei no conservatório de música: um vestido de linho rosa cinturado, com dois bolsos na altura dos quadris, e sapatos de couro de salto baixo. A madeixa penteada para trás, presa na altura da nuca com uma fivela dourada.

— Bom dia, senhorita Cruz — cumprimentou-me Eusebio Miranda, vestido com seu terno de linho marrom, o que ele usa nos velórios. — Diga onde quer fazer a homenagem à nossa querida amiga Nayeli.

Naquele momento, decidi que o pátio da residência era o melhor lugar para a cerimônia que eu tinha pensado. Lina, a funcionária da limpeza, tinha acabado de limpá-lo. Tudo cheirava a uma mistura de cloro com desinfetante de limão. Minha avó gostava muito de pátios, sempre dizia que eram os pequenos espaços de liberdade daqueles que vivem enjaulados nas cidades. Ela odiava as cidades.

— O que tem nessa mala tão grande? — perguntou Gloria.

— Trago algumas coisinhas para a homenagem a Nayeli — respondi.

Fiquei alguns minutos conversando com Gloria e as outras mulheres, até que Lina apareceu.

— Senhorita, já coloquei a mesa onde o senhor Miranda me pediu — disse, mostrando uma mesa média de plástico branco colocada contra uma das paredes do pátio.

— Perfeito, Lina — respondi com um sorriso.

Sem perder tempo, ajoelhei-me nas lajotas úmidas e abri a mala de couro marrom de Nayeli. Gostei de fazê-lo rodeada por suas amigas, que se aproximaram curiosas. Dobrada e engomada, sobressaía a toalha branca com bordados de flores. Desdobrei-a e cobri a mesa de plástico. Ao lado da mala, estavam os dois rolos de arame grossos, mas flexíveis. Apelando à minha memória, montei um arco e, com fita adesiva, prendi as pontas nas laterais da mesa. Continuei com a fita de cetim violeta e cobri o arame com cuidado para não deixar nem um centímetro sequer descoberto; na parte superior, prendi quatro laços enormes que minha avó tinha feito com musselina de cores variadas. Sobre a mesa, coloquei duas tigelas de pedra cheias de pedaços de pau-santo. No fundo da mala, dentro de duas bolsas de náilon, estavam as flores de cempasúchil feitas com papel crepom.

— Preciso que me faça um favor — pedi a Lina, enquanto acomodava no chão, em frente a um altar, umas cestas de palha. — Faça um caminhozinho com estas flores de papel da entrada da residência até este pátio.

— Sim, senhorita — assentiu Lina, confusa.

Finalmente, desembrulhei um pacote que havia preparado na noite anterior. Sorri, satisfeita, quando deixei exposto o conteúdo da minha bandeja de metal.

— O que é isso? — perguntou Gloria.

— Um pan de muerto[17] — respondi.

— Quem está morto? — perguntou Lourdes aos gritos, com cara de espanto.

Não conseguimos conter o riso. A surdez de Lourdes, às vezes, era encantadora.

Forçando um tom de mestre confeiteira, recitei a receita:

— Um quilo de farinha, oito ovos, duzentos gramas de manteiga em temperatura ambiente, trezentos gramas de açúcar, uma colherada de água de flor de laranjeira, trezentos gramas de fermento dissolvido em meia xícara de água morna e uma colherinha de sal.

— Quantos detalhes têm a sua receita, Paloma! — exclamou Gloria, e com mão fez um gesto para que eu continuasse a descrição.

— Espalhe a farinha sobre o balcão da pia e faça um buraquinho no meio. Coloque ali todos os ingredientes e os ovos um de cada vez. Depois, amasse até que a massa solte das mãos. Deixe a massa descansar durante uma hora, volte a sová-la e a deixe descansar mais uma hora. Finalmente, leve ao forno a duzentos graus por aproximadamente trinta minutos.

Apoiei a bandeja com o pão sobre a mesa. Os convidados se aproximaram, não conseguiam tirar os olhos do pão enorme e dourado.

— O que é essa decoração tão estranha? — perguntou Eusebio Miranda.

— O crânio e os ossinhos — eu disse com naturalidade. Diante do olhar atônito de todos, decidi explicar melhor. — Essas tirinhas de massa imitam os ossinhos do morto e a bolinha na ponta seria o crânio. No México, o país em que Nayeli nasceu...

Não consegui terminar minha explicação. Fiquei muda diante da presença da mulher que passou pela porta e atravessou o pátio. Levava

---

17 Pão doce mexicano, tradicional no Dia dos Mortos. (N.T.)

nas mãos uma das flores de papel crepom com as quais Lina tinha montado o caminho até o altar improvisado. Usava um vestido de algodão azul-claro; apesar da simplicidade da roupa, estava muito elegante. Pé ante pé, a coreografia simples do caminhar lhe requeria um esforço notório. Corremos para deixá-la passar. Sabíamos que ela se dirigia ao altar porque que não tirava os olhos da mesa ornamentada. Eva Garmendia sempre tinha sido assim: enigmática. Quando apoiou a flor sobre a toalha branca, pude ver suas mãos cheias de veias e manchas. Ela tinha unhas compridas, esmaltadas de vermelho. Tossiu baixinho para limpar a garganta. Pensei que fosse falar, mas, em vez disso, começou a cantar:

— *No sé qué tienen las flores, Llorona, las flores de un campo santo. No sé qué tienen las flores, Llorona, las flores de un campo santo...*

Sua voz era rouca e entrecortada, uma voz escondida durante muito tempo. Ela tinha decidido desempoeirá-la com a música que Nayeli cantou durante minha infância:

— *... que cuando las mueve el viento, Llorona, parece que están llorando. Que cuando las mueve el viento, Llorona, parece que están llorando.*

Aproximei-me na ponta dos pés, não quis quebrar o encanto. Enquanto Garmendia entoava "La llorona", coloquei no centro do altar uma foto de minha avó emoldurada em metal dourado. Durante muitos anos, essa foto decorou minha mesa de cabeceira. Antes de dormir, e ao acordar, eu gostava de ver a imagem de Nayeli. Ela parecia jovem, tinha sido tirada antes de minha mãe nascer. Os olhos verdes repuxados, as maçãs do rosto altas, a boca realçada com um batom rosa e a madeixa de cabelo preto que emoldurava o formato ovalado perfeito do seu rosto. A parte inferior mostrava apenas os ombros arredondados e as tiras finas do que parecia ser um vestido vermelho.

— Que sorte você ter saído do quarto, Eva! — disse Miranda, e colocou suavemente a mão sobre o ombro ossudo da outra. A mulher parou de cantar.

Eva Garmendia tinha noventa e seis anos de idade. Era a residente com mais primaveras vividas na Casa Solanas, mas, para mim, significava muito mais do que isso: tinha sido a amiga íntima de Nayeli e, ao mesmo tempo, a única pessoa de quem minha avó poupou-me a convivência. Quando eu era pequena e Eva nos visitava na casinha de Boedo, minha avó se apressava para me tirar do caminho; com desculpas atrapalhadas e nervosas, mandava-me buscar pão na padaria mais distante ou ficar na fila longa da mercearia para comprar rolos de fios pretos de que ela não precisava. Em uma gaveta de sua mesa de cabeceira, guardava caixas de bombons, sacos de caramelos, pares de meia-calça com desenhinhos, fitas para o cabelo e outros tantos presentes que Eva me trazia, mas que Nayeli se recusava a me dar. Eu nunca soube os motivos pelos quais minha avó me privava do contato estreito com Eva, mas, na minha cabeça de menina, essa mulher que cheirava a rosas sempre me pareceu tão linda que tê-la próxima por alguns instantes era minha prioridade. Até que um dia eu não soube mais nada dela, minha avó apagou-a da minha infância sem qualquer explicação. Anos depois, encontrei-a na Casa Solanas e entendi por que Nayeli tinha insistido tanto para se mudar para aquela residência.

— Vim me despedir da minha amiga — anunciou Eva.

Soube que as palavras dela eram dirigidas a mim.

— Parece-me uma boa ideia, Eva. Minha avó quis passar os últimos anos de vida perto de você — disse com mais vontade de lhe perguntar do que de lhe dar as boas-vindas, mas preferi me calar. Não era o momento.

Eva se virou até ficar na minha frente e levou a mão ossuda à minha bochecha.

— Paloma — murmurou.

Assenti com a cabeça e coloquei minha mão sobre a dela. Fechei os olhos e Eva aproximou a boca do meu ouvido.

— Com o tempo, o passado dos velhos deixa de estar cheio de amor.

Ao escutá-la, abri os olhos. Eva Garmendia deixou de sussurrar palavras para cuspi-las como se elas queimassem em sua língua.

— Nosso passado está cheio de pecados. O da sua avó Nayeli Cruz e o meu também.

8
Tehuantepec, dezembro de 1939

Nayeli cruzou a celebração da Vela sem que ninguém a reconhecesse. A princípio, teve medo de que algum olhar atento arruinasse a farsa, mas bastaram alguns metros para que ela se sentisse poderosa. Estar vestida como um rapaz lhe deu uma confiança que nunca tinha tido antes, afastou-a por um momento dos olhares que a incomodavam desde a adolescência. As orientações de Rosa tinham sido bem claras: caminhar até a estação de trem de Tehuantepec, procurar um lugar isolado onde pudesse passar a noite e, quando o sol começasse a nascer, ir até a plataforma e procurar por Amalia.

A estação de trem estava vazia. O guarda noturno tinha deixado seu posto de trabalho para ir comer um lanche, tomar um mezcal e dançar algumas músicas. Ninguém em sã consciência poderia censurar a sua ausência. Além disso, a essa altura da noite, quase ninguém mais estava em seu juízo perfeito. A construção de adobe pintada de um rosa pálido, e que sustentava o telhado de chapas de metal acanaladas, recebia a luz de uma lua cheia e brilhante. Os ramos das árvores refletiam nas paredes, fazendo-as parecer vivas.

Nayeli rodeou a estrutura e procurou, como lhe havia indicado a irmã mais velha, um lugar afastado. O nervosismo das últimas horas, unido à tristeza de uma fuga que ela ainda não entendia bem, faziam-na se sentir esgotada. A cabeça latejava como se o crânio fosse menor que seu cérebro; os músculos das pernas ardiam e seu pescoço estava tão duro quanto uma tábua. O estômago também queimava e a saliva passava-lhe pela garganta como se fosse óleo fervendo. Ela alcançou um flamboyant frondoso, a única árvore que tinha sobrevivido a poucos metros da estação. Deslizou o corpo com as costas coladas ao tronco áspero da árvore, até ficar sentada na grama macia e fresca que crescia abaixo.

O cesto que Rosa tinha lhe dado arrancou-lhe um sorriso e várias lágrimas ao mesmo tempo. Enrolados em uma toalha, pôde sentir o cheio dos pães quentinhos. Mastigou e comeu apenas um, devagarinho. Tinha de fazer que as provisões durassem ao máximo, não sabia quando iria comer de novo nem como faria para conseguir comida. Debaixo do lanche, havia uma pilha de roupas dobradas. Apesar da luz escassa, Nayeli reconheceu sua roupa de tehuana; com as pontas dos dedos, acariciou os bordados do huipil, os fios de seda que formavam algumas flores perfeitas de nopal, sua planta favorita.

Um tilintar suave fez com que a sua mão desviasse. No fundo do cesto, Rosa guardara o colar de moedas pequenas; seu primeiro colar, a peça adorável que sua mãe tinha deixado sobre a sua cama apenas algumas horas antes. Esse presente era as boas-vindas ao mundo das tehuanas. Ninguém lhe havia explicado nada, mas ela sabia. Tinha nascido rodeada de pessoas que nem sempre precisavam de palavras para comunicar grandes acontecimentos.

Enquanto ponderava sobre comer ou não comer outro pãozinho, sua mão continuou tateando o conteúdo do cesto. Topou com a nervura de uma folha de bananeira, dobrada, formando um quadrado perfeito. A irmã mais velha fizera um envelope; dentro das dobras da folha, tinha guardado algumas notas e moedas. Naquele cesto estava tudo o que restava da sua vida passada. Um volume tão simples e leve, que ela conseguia carregar sem esforço com apenas uma mão, tornou-se de repente umas das coisas mais longínquas do mundo.

Ela colocou o cesto sob a cabeça para usá-lo como travesseiro e cobriu o rosto com o chapéu de palha. Enquanto seus olhos de pálpebras pesadas se fechavam, ela pôde escutar a voz agradável da irmã dando-lhe a última recomendação: Enquanto não estiver com Amalia, não tire essa roupa de homem. Ser um homem vai te proteger. Agarrou com uma mão a pedra de obsidiana que levava pendurada no pescoço e, tal como estava, com a calça preta, a camisa branca e a bandana de Daniel Galván, adormeceu debaixo da árvore.

* ★ *

Nem o calor, nem as flores do flamboyant que foram caindo uma a uma durante a noite sobre seu corpo, nem sequer o incômodo de dormir no chão a despertaram. Foram os gritos, os gritos de uma mulher. Ela arrancou o chapéu do rosto e se pôs de pé de um salto. Por alguns segundos, não se lembra de onde estava. A parte dos fundos da estação de trem de Tehuantepec lhe trouxe de volta à realidade. Daquele lugar vinha o barulho. Colocou o chapéu na linha das sobrancelhas e guardou a bandana no cesto, depois caminhou seguindo o eco das vozes.

A porta dos fundos estava aberta. O lugar era espaçoso e ainda mantinha o frescor da noite. Um homem magro e desengonçado varria com uma vassoura de palha o chão de terra batida, enquanto um grupo de pessoas fazia uma fila para comprar as passagens do trem. Nayeli atravessou a estação e chegou à plataforma pela porta da frente.

— Eu não vou te dar nada! Minhas coisinhas são todas mexicanas! Vá procurar os contrabandistas de verdade! — gritava cada vez mais alto uma mulher roliça, de tranças longas.

Ela se vestia de tehuana, com huipil e uma saia simples, sem bordados. Com as mãos, puxava um volume envolto em uma manta tricotada dobrada para os lados, desafiando o homem uniformizado que queria tirá-lo dela.

— Você não me engana. Aqui dentro você leva coisas contrabandeadas — argumentava o homem que, apesar de ser mais forte, não conseguia vencê-la.

Nayeli ficou pregada na porta, tentando entender o que acontecia ali, até que outras duas mulheres, no afã de ir à plataforma socorrer a suposta contrabandista, a empurraram contra um banco de madeira. Uma delas usava a saia amarrada na altura dos joelhos, deixando à mostra as panturrilhas finas como gravetos; a outra empunhava na mão direita um galho de árvore com folhas verdes. Aos gritos e golpes com o galho, elas conseguiram recuperar o volume da primeira mulher. O funcionário, envergonhado, tomou uma decisão: tirou algumas folhas que tinham ficado presas em seu cabelo crespo, com as duas mãos ajeitou o paletó e, antes de dar meia-volta, ameaçou:

— Não vão se livrar de mim, senhoras. Esta viagem acaba de começar. Não lhes será fácil chegar a Coatzacoalcos...

A dona do pacote interrompeu-o sem parar de gritar, era expert em armar espetáculos enormes para público escasso.

— Pare de nos amaldiçoar, porque a bruxa aqui sou eu. Não se meta comigo nem com minhas irmãs. Somos descendentes da Didjazá.

— Chega, Amalia — disse a segunda mulher. Ao mesmo tempo que desamarrava o nó que lhe prendia a saia com uma mão, com a outra ela segurava o braço da companheira. — Deixe que ele vá embora. Nós ganhamos esta partida.

Nayeli abriu os olhos surpreendida e seu coração deu um salto. A que dizia ser uma bruxa era a tal Amalia, a mulher que sua irmã tinha lhe indicado. Ela atravessou a plataforma rapidamente. Nunca pensou que as calças masculinas fossem tão cômodas.

— Senhora Amalia — falou e tirou o chapéu. — Sou Nayeli, irmã de Rosa.

As três mulheres ficaram em silêncio. Olharam de cima a baixo o rapaz de olhos verdes, cabelos pretos atrás das orelhas e voz de menina. Nayeli percebeu o espanto que sua imagem lhes causava e correu para explicar:

— Bem, estou vestida como um menino, mas na verdade sou uma tehuana...

Amalia colocou as mãos na lateral dos quadris largos e suavizou a expressão furiosa que estampava no rosto depois da confusão com o funcionário da estação.

— Sim, sim, claro! Rosa me falou de você. Ela me pediu que cuidasse de você até que conseguisse estar longe de Tehuantepec. No começo, recusei — ela confessou. — Já estou velha demais para cuidar de uma criança, mas quando soube que isso estragaria os planos de Dolores, aceitei.

— O que passou entre você e a mãe da família Galván? — Nayeli perguntou com curiosidade. Dolores sempre lhe parecera uma mulher incrível, quase tão incrível quanto sua mãe, Ana.

Amalia trocou um olhar rápido com as duas companheiras que seguiam com interesse aquela situação.

— Nada que te interesse, garota. Tem coisas na vida que nunca deixarão de existir. E elas se repetem — respondeu, cortante, e mudou de assunto. — Bem, chega de fofoca. O trem já deve estar chegando. Temos uma viagem longa pela frente. Espero que você esteja descansada, porque vai ter trabalho duro mais adiante. Tire essa roupa de menino.

— Tenho meu vestido de tehuana, que usei ontem à noite na Vela — disse Nayeli mostrando o cesto que tinha deixado no chão, aos seus pés.

Em segundos, como se tivessem uma coreografia já ensaiada, as três mulheres desdobraram umas mantas enormes e as juntaram ao redor do corpo da menina tehuana, criando um lugar reservado para que ela pudesse trocar de roupa.

— Uma menina tehuana de cabelo curto! — exclamou a mulher de pernas finas entre risos.

— Deixe a menina em paz, Lupina — repreendeu-lhe Amalia, e deu para Nayeli um cesto grande, cheio de totopos.[18] — Você irá na nossa frente, vendendo os totopos. Não se comova com as mães que pedem alguns para seus filhos. Se elas querem, elas têm que pagar, certo?

Nayeli confirmou com um aceno de cabeça sem deixar de olhar para a quantidade de pequenos triângulos de farinha de milho destinados à venda. Pareciam fresquinhos, o cheiro da gordura morna era inebriante. Amalia percebeu o olhar da menina.

— Você pode comer alguns, se quiser, mas só alguns. Pois isso é um negócio, menina.

O som dos totopos crocantes entre os dentes de Nayeli foi silenciado pelo barulho do trem chegando à estação de Tehuantepec. Os

---

18 Nome que recebem os nachos, tortilhas fritas cortadas em triângulos pequenos, no México. (N.T.)

passageiros tomaram toda a plataforma: homens, mulheres e crianças que começavam uma viagem que os levaria até o Golfo do México. Alguns viajavam para conhecer parentes do outro lado do istmo; outros em busca de uma nova vida. Esses últimos eram facilmente identificados: carregavam cestos e volumes enormes nos quais haviam conseguido fazer caber seus pertences, mas sobretudo se lhes notava o adeus no olhar. Também faziam fila aqueles que subiam no trem a trabalho, procurando lugares que estivessem em uma fase de prosperidade. E por último havia as vendedoras ambulantes. Grupos de mulheres oriundas das vilas ao redor das estações. Sua ocupação era vender os produtos locais nos vagões ou em outras cidades. Muitas delas também se dedicavam ao escambo. Compravam barato em suas redondezas camarão, tecido, mezcal, cacau, cigarro e os revendiam mais caros em outras localidades.

Amalia, Lupina e a mixteca Rosalía eram ambulantes; não tinham marido, filho, pai ou irmão que lhes pusessem o pão na mesa e por isso saíam para ganhá-lo de vagão em vagão, de povoado em povoado. Na estação de Tehuantepec fizeram-se respeitar. Sem temor algum, enfrentavam os fiscais e, além disso, eram as únicas que, às escondidas, conseguiam algumas mercadorias contrabandeadas da Guatemala e de El Salvador. Elas tinham o dom de camuflar nos cigarros locais o tão apreciado fumo perfumado que os mais ousados transportavam cruzando o rio Suchiate para burlar a fiscalização.

Nayeli nunca tinha viajado de trem. Tinha escutado uma infinidade de histórias verídicas e inventadas a respeito daquela coisa comprida e barulhenta que passava com frequência por sua vila. Os assentos de ferro e madeira junto às janelas imensas lhe pareciam fascinantes. Ela não se importou com o calor nem com o cheiro de suor alheio e do óleo que lubrificava os trilhos. Toda a sua atenção estava voltada para as pessoas que subiam, se acomodavam ou disputavam um melhor lugar para suas bagagens.

— Vamos, menina. Não fique aí parada com essa cara de boba, comece a oferecer os totopos ou eu te desço daqui agora mesmo — gritou Amalia e a sacudiu por um braço.

A menina tinha alguma experiência em vendas; mais de uma vez acompanhara a irmã Rosa e as primas ao mercado. Apelou à memória. Em suas lembranças, a felicidade sempre vinha acompanhada de sua irmã mais velha, por isso não lhe custou sacar o sorriso mais encantador de que dispunha. Começou a percorrer os corredores dos vagões aos gritos de "Totopos fresquinhos feitos por mãos tehuanas".

Suas primeiras horas como vendedora ambulante foram um sucesso. O cesto ficou vazio e juntou um punhado de moedas que mal cabiam em sua mão. Amalia a parabenizou.

— Muito bem, menina. Você se saiu muito bem. Você tem o dom e a classe indispensáveis de uma vendedora ambulante.

O último vagão não tinha assentos nem janelas. Metade estava ocupada com as bagagens das pessoas que viajavam na primeira classe. A outra metade era usada, com a cumplicidade dos agentes ferroviários e em troca de um mezcal ou de algum charuto importado, pelas ambulantes. Amalia arrastou Nayeli, Lupina e Rosalía até aquele local em que elas podiam passar a noite deitadas sobre o piso de madeira ou sobre as malas dos ricos. Lupina preparou uma merenda com pãezinhos, mole e camarão. Comeram em um silêncio acompanhado, quase fraternal. Nayeli sentiu que estava voltando para seu lar. Um novo lar.

9
Buenos Aires, novembro de 2018

O quarto de Eva Garmendia sempre esteve no primeiro andar, mas quando suas pernas deixaram de ter força suficiente para subir e descer as escadas, dom Eusebio decidiu mudá-la para um lugar onde não corresse risco: o andar térreo, no fundo. Gloria me contou que a mudança de Eva foi um dos momentos mais escandalosos de que ela se lembrava na Casa Solanas. Enquanto comia as fatias do pan de muerto molhadas no café com leite, ela se pôs a fazer o que mais gostava: falar dos outros para evitar falar de si mesma. A falta de decoro sempre me pareceu fazer parte do seu encanto.

— Ela ficou louca. A velha fala pouco e não divide as coisas dela com ninguém. É muito egoísta e manhosa. Como vem de uma família de muito dinheiro, ela acha que pode manipular as coisas a seu bel-prazer. É uma velha muito mal-acostumada — disse sem piedade.

Achei engraçado que Gloria tenha chamado Eva de "velha"; entre elas, havia poucos anos de diferença. Não ri, embora tivesse vontade.

— E por que se zangou? — perguntei, enquanto guardava na mala marrom os elementos do altar da minha avó.

— Ela dizia que na mudança iriam roubar as suas coisas e que, na verdade, a mudavam de quarto para apressar sua morte. Tudo entre gritos e insultos. Não havia como acalmá-la.

— Mas a mudaram assim mesmo...

— Claro que sim! Ela não conseguia subir as escadas. Uma noite ela dormiu na poltrona da sala com medo de que Eusebio se desse conta de que estava quase inválida para subir os degraus. — Gloria fez uma breve pausa para cortar outra fatia do pan de muerto e retomou o relato. — Quando viu o quarto novo, ela se acalmou um pouco. Ficava no fundo do corredor, longe da agitação diária deste lugar. Nós, velhas, vamos ficando surdas, somos muito barulhentas e rimos muito, aos gritos. O riso é a única coisa que nos resta. Além disso, o lugar era maior e mais claro, e tinha espaço para colocar umas poltronas pequenas com uma mesinha, para arrumar sua salinha privada. A velha gostava muito de receber as pessoas como se fosse uma senhora importante, mas a única que passava as tardes ali dentro era Nayeli.

Ouvir o nome de minha avó em outra boca que não fosse a minha continuava parecendo um espinho que se cravava em algum lugar que eu não conseguia identificar.

— Sim, foram amigas durante anos — disse sem dar maiores explicações.

Gloria revirou os olhos, queria deixar bem claro o desgosto que lhe causava tudo relacionado à velha.

— Já sei. Eram unha e carne. Sua avó era muito boa e a velha... era um ser horrível. Nayeli passava horas e horas na cozinha. Dizia que cozinhava para todas, mas era mentira: só queria bajular a Eva.

— Bem, ela tinha carinho especial por ela — disse, querendo desculpá-la.

— Não é possível gostar da Eva. Ninguém gosta.

Falou com raiva, tanta que, quando tirou o pedaço de pão de dentro da xícara, derramou um pouco do café com leite sobre a mesa. As gotas deslizaram e formaram uma poça pequena no chão.

— Ai, não se preocupe, Gloria. Vou na cozinha buscar um pano para limpar isso. Está tudo bem.

— Não estou preocupada, querida. Na minha idade a cota de sensibilidades já está esgotada.

Eu também não me preocupava com o café com leite derramado no chão. Tive um impulso, uma necessidade de visitar Eva Garmendia, desta vez sem me sentir culpada por estar traindo a vontade oculta de minha avó de me querer longe dela. Levando em conta os poucos detalhes que Gloria tinha me contado, caminhei pelo corredor longo, até o final. Ela tinha razão: à medida que eu avançava, o silêncio se intensificava. Era como entrar em uma bolha. Apenas se escutava, como um murmúrio, o tango que alguém tinha sintonizado no rádio.

A porta que encontrei no final do corredor era diferente de todas as outras portas da Casa Solanas. A madeira robusta não tinha sido pintada de branco, estava em sua cor original. Assim como na grade da entrada e nas mulheres da Casa Solanas, as partes desgastadas marcavam o passar do tempo. Com o punho fechado dei duas batidas tímidas e apoiei a orelha na madeira. Pude escutar o som de dois passos arrastados. Esperei uns segundos e nada. Insisti com duas batidas mais energéticas. Mais arrastos. E nada.

— Eva, sou eu, Paloma. Vim cumprimentar você — falei com um tom gentil.

A voz do outro lado da porta me assustou. Ela estava perto, apenas a porta nos separava.

— Já nos cumprimentamos. Não tem por que insistir — ela respondeu.

— Sim, tem razão. Quero conversar com você.

— As mentiras não são uma boa carta de apresentação. São indecorosas e ordinárias — ela disse.

Respirei fundo e soltei o ar de uma só vez. Senti-me exposta e perturbada.

— Certo, certo. É verdade, agi mal. Na realidade, gostaria que você me explicasse o que disse durante a homenagem a Nayeli.

— Não me lembro do que disse. Por conta da minha idade, as palavras têm para mim a mesma fugacidade que o pó.

— Você falou dos pecados da minha avó — insisti, dando a última cartada, sem mencionar que ela também tinha falado dos próprios pecados.

Eva ficou calada. Tomei seu silêncio como um bom sinal. De repente, ela tinha razão, e a única carta que vale a pena jogar é a da verdade. A porta se abriu de um puxão. A mulher que estava na minha frente, a poucos centímetros de distância, parecia outra. Havia colocado um vestido longo que ia até os tornozelos, azul-escuro com bolinhas brancas; um cinto de couro marrom preso com uma fivela dourada que destacava sua cintura fina. Os cabelos brancos penteados para um lado lhe davam um ar aristocrático que combinava perfeitamente com o colar de pérolas de duas voltas que ornamentava o pescoço longo.

— Que bonita você está, Eva — eu disse com falta de jeito. Não me ocorreu outra frase para quebrar o gelo.

Com uma elegância demolidora, ela sacudiu a mão com a habilidade de quem está acostumada a elogios.

— Não fale bobagens, Paloma — disse em tom taxativo e se afastou da porta. — Se quiser entrar, entre. Embora não pareça, eu estava te esperando.

Tal como Gloria descrevera, o quarto era espaçoso e a luz que entrava pela janela dotava o ambiente de um calor natural. A cama de casal com um edredom de meia-estação, a mesa de cabeceira de madeira de cerejeira, os pequenos vasos de cristal com ramos de violetas e o lustre-candelabro criavam um clima suntuoso. Eva me indicou o espaço que tinha reservado para as visitas: duas poltronas de couro pequenas ao redor de uma mesinha redonda com tampo de vidro lustroso. Eu me acomodei sem deixar de pensar no tanto que Nayeli devia ter desfrutado desse lugar tão diferente de todos os outros em que morou. Determinada, compartilhei meus pensamentos com Eva.

— Sim, é verdade — ela respondeu enquanto também se sentava na outra poltrona. — Sua avó adorava vir conversar comigo. Foi a única coisa boa da mudança para este andar. Ela não gostava de subir as escadas.

— E sobre o que vocês conversavam?

Eva cravou os olhos no chão.

— Da vida. Das coisas dela e das minhas — respondeu.

— E dos pecados — aventurei-me.

— Dos pecados, com certeza.

Minha estratégia de ficar em silêncio para que o outro continuasse falando dessa vez não funcionou. Eva não sentia a necessidade de preencher os espaços vazios com palavras. Muito pelo contrário, espaços vazios eram o seu refúgio.

— Gostaria de saber mais sobre a minha avó. Gloria me contou que ela escrevia receitas em um caderno. Acho estranho que ela não tenha compartilhado comigo essas anotações. Talvez tenha outras coisas que eu não saiba sobre Nayeli.

— Gloria é uma mulher fofoqueira. Se ela se dedicasse mais à contemplação e menos à tagarelice, você poderia levá-la em consideração, mas não. Não perca seu tempo com ela.

A inimizade entre as duas mulheres era evidente; nenhuma delas dissimulava, nem por delicadeza. Cada oportunidade para manchar a imagem da outra era aproveitada ao máximo. Estavam interessadas em destruir o inimigo.

— Por isso vim conversar com você, Eva — disse, e me senti um pouco culpada. Não tive outra opção a não ser parar de um lado do abismo que existia entre elas. — Você falou de pecados... Que pecados tinha a minha avó? Têm coisas da vida dela que eu nunca soube. Ela não falava muito sobre isso.

— Ela fez bem. Nayeli foi uma mulher muito inteligente.

— Mas eu quero saber — insisti.

— Sua avó sempre me dizia que você era muito curiosa, que não sabia guardar segredos e que não sossegava quando metia algo na cabeça. Vejo que ela não exagerava.

Eva Garmendia ficou de pé e com as duas mãos alisou as pregas do vestido. Fez um movimento estranho com o quadril – para um lado e para o outro, como seu eu a tivesse desestabilizado. Caminhou até a janela e ficou um tempo olhando para fora. Fiquei em silêncio, muda; temia que qualquer gesto ou comentário pudesse atrapalhar o que lhe passava pela mente naquele momento. Eva estava tomando uma decisão.

— Você vai ter que me ajudar a cumprir uma missão que minha querida Nayeli me deixou — disse, virando de costas para mim, e em seguida acrescentou. — Porque eu sei guardar segredos.

— Claro — murmurei.

— Na prateleira de cima do armário, atrás das caixas onde guardo os chapéus, você vai encontrar algumas respostas.

Eu me levantei da poltrona como se estivesse eletrificada. O armário ocupava toda a extensão de uma das paredes do quarto. Portas de madeira lustrada com talhas nas laterais e, em cada uma das portas, puxadores de bronze majestosos. Uma peça de marcenaria destinada a poucos. Eu o abri com o fascínio de uma criança. A Nárnia de minha avó estava atrás daquelas portas.

— No meu banheiro tem uma escadinha de alumínio — disse Eva. — A prateleira superior é muito alta.

Os degraus de alumínio rangeram debaixo dos meus pés.

— Vou tirar as chapeleiras de lugar rapidinho — avisei, segurando um espirro. O cheiro de naftalina, único jeito que Eva tinha encontrado de manter as traças longe dali, era penetrante. — Tem muito pó aqui em cima. Se quiser, eu peço para a Lina vir aqui limpar.

— De jeito nenhum. Nem pense em mexer nas minhas coisas — respondeu rudemente. — Não seja intrometida. Sua avó também falava isto: "Palomita é uma intrometida".

— Certo, certo. Não se zangue comigo — falei.

Atrás das caixas dos chapéus não tinha nada. Só se via o fundo do armário. Estiquei o braço e passei com cuidado a palma da mão sobre a prateleira, até que as pontas dos meus dedos encontraram um objeto liso e achatado. Eu o peguei com cuidado. Era um passaporte mexicano. A capa verde-escura estava toda empoeirada, e parte do escudo dourado, muito desbotado. Fiquei curiosa e o abri.

A foto de uma Eva muito jovem provocou em mim o mesmo impacto que sua figura de mulher esbelta e elegante me causava, quando eu era pequena, toda vez que ela ia visitar Nayeli na casa de Boedo. Ela tinha adotado com tanta naturalidade o jeito de falar argentino que eu havia me esquecido de que Eva também era mexicana, como minha avó, como minha mãe. Voltei a guardar o documento no lugar.

— Eva, aqui não tem nada da Nayeli.

— Procure melhor — ordenou.

Tirei o celular de um dos bolsos do meu vestido e usei a lanterna para iluminar o fundo. Um pequeno brilho de luz chamou a minha atenção. Eu me estiquei e, com as pontas dos dedos da outra mão, alcancei o achado: uma chave dourada. Desci da escada e mostrei-a a Eva.

— A chave — ela disse.

— Sim, estou vendo. Mas de onde ela é? — perguntei, impaciente.

— Não tenho a menor ideia, querida. Uns dias antes de morrer, sua avó mandou me chamar e me entregou essa chave — disse Eva sem deixar de me olhar nos olhos. — Fazia algum tempo que ela não conseguia se levantar e passava o dia inteiro deitada. Ela mantinha a chave escondida debaixo do travesseiro. Pediu que eu a guardasse, porque era muito importante para ela. Também me disse que, quando morresse, a chave teria que chegar às suas mãos, não antes disso. E é isso o que acabo de fazer: cumprir minha missão.

Senti que tinha chegado ao final de um túnel sem saída.

— E ela disse algo mais, alguma coisa que me ajude a descobrir o que esta chave abre? — perguntei com um toque de esperança.

— Não, nada — respondeu sem muita convicção.

Guardei a chave em minha bolsa e agradeci a Eva pelo tempo que havia me dedicado. Uma cortesia que saiu bastante forçada. Esse tempo não tinha sido muito proveitoso: cheguei ao quarto com uma dúvida e saí de lá com um mistério.

Quando estava na metade do corredor, refazendo o caminho até a saída, escutei alguém dizer às minhas costas:

— A história vale mais que o quadro. A história é a verdadeira obra de arte.

Virei-me e fiquei olhando para ela. Eva estava apoiada contra o batente da porta. Sorria.

— Foi isso que sua avó, Nayeli Cruz, me disse quando me entregou a chave.

Nem cheguei a abrir a boca. Eva Garmendia deu meia-volta e entrou no quarto. Pude escutar sua voz cantando "La llorona" atrás da porta.

10
Ferrovia de Tehuantepec, caminho para Coatzacoalcos, dezembro de 1939

O barulho cadenciado do trem sobre os trilhos provocava um ritmo que fez Nayeli mergulhar em um sono profundo. Nem a rigidez da mala que ela tinha escolhido aleatoriamente para apoiar a cabeça nem o ronco de Amalia interromperam seu descanso. Quando ela abriu os olhos, ainda era noite. Parada na ponta dos pés, pôde ver através da janela pequena que o céu se dividia em dois: acima, era azul-escuro, quase preto; abaixo, era de um laranja intenso. Estava amanhecendo.

— Garota, o que você faz acordada a esta hora? — perguntou Amalia, que continuava deitada no chão com a cabeça apoiada em um cesto cheio de sedas.

— Falta pouco para o dia clarear — respondeu Nayeli, sem deixar de olhar para o céu.

A mulher ordenou que ela dormisse um pouco mais. O dia ia ser longo e ainda havia muito para vender. Enquanto se acomodava outra vez sobre o volume, Nayeli encheu a boca de perguntas:

— Amalia, você é bruxa?

— O que está dizendo, garota! — exclamou em voz baixa para não acordar Lupina nem Rosalía. — Veja as bobagens que está me perguntando a esta hora.

— Você gritou para o guarda da estação, disse a ele que era uma bruxa descendente de Didjazá.

Durante alguns minutos as duas ficaram em silêncio. Uma pensava, a outra esperava.

— Bem, um pouco disso é verdade — disse Amalia. — Tenho o sangue da Didjazá. Foi o que minha mãe me contou.

— E quem é Didjazá?

— Ai, garota, por favor! Que tipo de tehuana é você? Didjazá era uma indígena zapoteca, a mais linda que já se viu em todo o istmo de Tehuantepec. Ela era jovem, muito esbelta; tinha a pele morena e brilhante, como se os deuses a tivessem lustrado. Andava vestida com saias de tecidos listrados ou lenços de seda ao redor do corpo. De um modo ou de outro, era perfeita. Muitos a viram com huipiles de seda vermelhos ou laranja cheios de bordados de ouro. Ela tinha o cabelo longo até a cintura, macio como se fosse feito de fios de algodão, mas era preto, muito preto. — À medida que Amalia descrevia Didjazá, sua voz ficava mais suave. — Algumas vezes ela usava o cabelo solto, e outras o trançava com fitas coloridas.

— Ela era uma bruxa? — perguntou Nayeli com o fascínio de uma menina a quem nunca ninguém tinha contado histórias mais distantes do que as que aconteciam no pátio de sua casa.

— Claro que era. Ela se comunicava diretamente com os bruxos e os espíritos do monte. Com todos, viu? Ela sabia de cor que males curar com cada uma das ervas de Oaxaca.

— E você também sabe essas coisas?

— Claro que sei — mentiu Amalia. — Por isso carrego nas veias o sangue de Didjazá. Também faço, como ninguém, cigarros de folhas aromatizadas com anis e jasmim do istmo. Esse também é um dom que recebi da deusa zapoteca.

Nayeli se conformou com as respostas, acreditou em cada palavra de Amalia. Ficou tranquila em saber que a mulher era uma bruxa boa, mas ainda tinha dúvidas.

— Você aceitou o pedido de Rosa para arruinar os planos da Dolores... — O suspiro de enfado de Amalia não assustou a jovem, que continuou perguntando. — Por que você odeia tanto Dolores Galván? O que ela te fez?

— Já chega, garota! Não tenho interesse em trazer para este lugar os nomes dos demônios. Não evoque mais o nome dessa mulher. Tudo que ela toca se transforma em desgraça.

Elas voltaram a ficar em silêncio. A letargia gerada pelo devaneio do trem não impediu que Amalia enchesse a cabeça de recordações.

Aquela época feliz em Oaxaca antes do terremoto, quando ela e sua irmã, Dolores, foram as rainhas de todos os eventos. Dolores sempre fora a mais bela, encantadora e elegante das duas; todo mundo – homens e mulheres – ficava aos seus pés. Essa devoção coletiva pela irmã, longe de incomodar Amalia, provocava-lhe um orgulho enorme. Ela também ficava hipnotizada de vê-la dançar, mover-se e conversar. Gostava de se mostrar com a irmã mais nova, esse vínculo a validava diante de uma sociedade que exigia padrões de conduta muito elevados. Até que as duas se apaixonaram por Alfonso Galván, o jovem mais forte e elegante de Oaxaca.

Amalia o amava de modo ensurdecedor e confidenciou à irmã a novidade; Dolores o amava em silêncio, tecendo sua estratégia para vencer uma competição que ainda nem tinha começado. Diante de sua graça e de seus trajes de tehuana, do movimento de seus quadris, de seu sorriso de dentes brancos e do olhar travesso, Alfonso não teve muita escolha. Seria difícil escapar da rede de Dolores se ela decidisse jogá-la no mar. Depois veio a tradição do rapto zapoteca, o casamento e os filhos. Amalia se esforçou muito para gostar de Pedro e Daniel, seus sobrinhos, mas não conseguiu. Tê-los por perto era o mesmo que ver os filhos que ela jamais teria com o homem que nunca a amou e que sua irmã lhe havia roubado.

Sentou-se com as costas apoiadas em uma das paredes do vagão e olhou para a jovem que fingia dormir. Sorriu. Pela primeira vez sua irmã Dolores não tinha conseguido, como de costume, controlar as pessoas e colocá-las para orbitar ao seu redor. Nayeli não iria fazer parte do seu séquito.

★ ★ ★

Foram tantos os quilômetros, tantas as horas, tantos os passageiros que compraram a mercadoria e tantos que ficaram com vontade de comprar que, por alguns momentos, Nayeli chegou a esquecer sua vila e sua família. Mas, à noite, quando se aninhava entre os cobertores, ela sentia uma queimação na boca do estômago e o barulho do trem se transformava na voz de Ana, sua mãe, cantando "La Sandunga".

Faltando pouco para chegar à estação de Limones, última parada antes do destino final, o clima dentro do trem ficou hostil. Os fiscais estavam muito irritados e mais de uma vez tiravam as vendedoras dos corredores a empurrões; um grupo de mulheres que tinha subido no trem em Jáltipan circulava de um vagão ao outro competindo com mercadorias mais originais e mais baratas. Pela primeira vez, Amalia ordenou a Nayeli, Lupina e Rosalía que não deixassem suas coisas em qualquer lugar; tinha aparecido um novo perigo: os roubos. Nayeli, que não conseguia entender por que alguém ficaria com pertences alheios, decidiu não expor suas dúvidas e optou por uma medida pessoal de cuidado: escondeu o cesto que Rosa lhe havia dado atrás das bagagens dos passageiros da primeira classe.

— Preparem tudo, vamos descer em Limones — ordenou Amalia com um gesto tão sério que nenhuma das três garotas se animou a contradizê-la.

Enquanto Rosalía e Amalia despachavam as últimas sedas que estavam no fundo dos cestos no primeiro vagão, Lupina e Nayeli arrumavam os pertences de todas elas em volumes amarrados com mantas de lã. Com esse peso sobre as costas, as duas tehuanas cruzaram todo o trem até chegar ao ponto de encontro.

Viram que Amalia estava sentada em um dos assentos, conversando com uma mulher tão roliça quanto ela, mas muito mais velha.

— A coisa ficou feia — murmurou Rosalía, curvada sobre um parapeito, e informou: — Amalia está arrumando os passes com a Sem Olho.

De todas elas, Lupina era a mais antiga no ramo de vendas ambulantes. Tinha começado em trechos curtos na rota da ferrovia pan-americana, mas quando o homem que lhe tinha jurado amor eterno desapareceu sob a saia primorosa de uma tehuana mais jovem, ela tomou a decisão de ir embora. Deixou o coração em Juchitán de Zaragoza, sua vila natal, e rapidamente começou a aventura.

— Vamos descer em Limones para ajudar as confiscadas — disse com firmeza.

Nayeli tentou continuar a conversa com suas companheiras. Apesar de querer saber o que eram os passes e as confiscadas, ela não perguntou; sua atenção estava voltada para a mulher que conversava com Amalia. A primeira coisa que a impressionou foi que lhe faltava o olho direito; em seu lugar, a pálpebra se enrugava como se alguém a estivesse puxando de dentro da cavidade ocular. A cor do cabelo também era estranha: de longe parecia branco, mas, ao se aproximar, mechas de cabelo amareladas eram vistas. A pele morena do rosto tinha inúmeras rugas; as maçãs do rosto e a testa estavam, além disso, atravessadas por sulcos profundos que pareciam cicatrizes.

Nayeli se aproximou às escondidas. Sempre tinha sido boa em escutar as conversas alheias, mas, dessa vez, foi impossível. Amalia e a Sem Olho falavam em zapoteca a uma velocidade muito superior aos escassos conhecimentos da garota.

Amalia levantou-se de repente e caminhou até a porta do vagão. A Sem Olho a seguiu.

— Vamos, garotas. Aqui termina a viagem — gritou fazendo gestos no ar com as mãos.

O grupo desceu em Limones. A estação era bem maior que a de Tehuantepec e a multidão mais heterogênea. As mulheres não eram apenas tehuanas; muitas eram mixtecas que esperavam o trem com seus trajes e mercadorias típicos. Os homens também eram bem diferentes de todos os que Nayeli já tinha visto na vida: roupas elegantes, gravatas borboleta no pescoço e sapatos de um couro brilhante.

A Sem Olho colocou-se à frente. Não foi preciso que dissesse nada; elas a seguiram em fila, tentando desviar dos passageiros que se amontoavam para encontrar bons lugares no vagão. À medida que elas se afastavam da estação, o rastro de urbanização desaparecia; as ruas de pedra se transformavam em caminhos finos de terra, rodeados de arbustos e nopais. As casas não eram como as de Tehuantepec. Não tinham cores nem flores nas janelas, tampouco coberturas de redes tingidas. Tudo em Limones era ocre como a terra.

Elas caminharam em fila durante meia hora até chegar a uma casa enorme, feita de tijolos de barro e teto de madeira, coberta com palhas secas acomodadas de maneira organizada. O conjunto era pitoresco. A porta estava aberta. Não parecia com as casas que Nayeli conhecia. A construção não tinha quartos nem divisórias, era apenas uma grande sala; na parede do fundo, uma janela enorme também estava aberta. O lugar estava abarrotado de mercadorias, embora houvesse um espaço no centro para poder caminhar.

— Entrem, entrem. Aqui está mais fresco — convidou a Sem Olho. — Bem-vindas ao meu pequeno reino.

Os cestos maiores, que ocupavam um dos lados, estavam transbordando: roupas de algodão liso ou bordado, sedas com relevos suaves, rendas ideais para os huipiles de cabeça e fitas de dezenas de cores. Em cofres de madeira trabalhada havia colares e brincos de moedas de ouro falso. Uns recipientes de barro cozido cheios de água fresca continham laticínios de Tonalá, famosos pelo sabor azedo. Peixe seco empilhado em fatias, garrafas de mezcal, folhas de tabaco e montanhas de cacau completavam o cenário que deixou Nayeli de boca aberta. Ela nunca tinha visto tantas coisas bonitas juntas, nem mesmo no mercado de Tehuantepec. Amalia, Lupina e Rosalía também observavam atentamente a mercadoria, mas sem espanto algum: estavam acostumadas a percorrer galpões. Elas faziam isso devagar, calculando o valor de cada objeto exibido.

A Sem Olho ficou de pé no meio do lugar e, com naturalidade, começou a despir as peças de seda da parte de cima e os rolos de renda que trazia escondidos debaixo das anáguas. O corpo robusto, que tanto tinha chamado a atenção de Nayeli, transformou-se em tronco, cintura e quadris não muito maiores do que os de Ana, sua mãe.

— Ah, você tem coisa boa aí, mentirosa! — exclamou Amalia entre risos.

As vendedoras se ajoelharam no chão de terra batida e começaram a avaliar os materiais, que ainda mantinham o calor do corpo da Sem Olho.

— É tudo importado — disse, orgulhosa. — Foram trazidos por umas amigas vendedoras oriundas de San Gerónimo. São sedas especiais de El Salvador, só para tehuanas com muito dinheiro.

Não é qualquer uma que pode fazer um huipil ou uma saia com esse material.

Amalia apalpava as rendas e as levava ao nariz. Segundo ela, a maneira de comprovar que tinham sido trazidas de outro país era cheirá-las. Os traficantes cruzavam o rio Suchiate a pé, era a única forma de burlar os agentes da fronteira. Roupas, fios, algodões, sedas e rendas chegavam ao México empapados das águas turvas do rio; ainda que estendessem tudo ao sol durante horas e chegassem secos nas mãos das vendedoras zapotecas, o cheiro metálico do Suchiate continuava ali, em cada fio.

— Isso é muito bom — disse depois de sua verificação. — Coisas lindas e muito originais. Posso ganhar um bom dinheiro com elas. Conheço tehuanas dispostas a pagar qualquer coisa para se exibirem diferentes em uma Vela.

A Sem Olho sorriu e as cicatrizes de seu rosto escureceram. Nayeli cravou o olhar no chão. Aquela mulher lhe dava muito medo.

Elas não chegaram a travar a habitual negociação de troca ou dinheiro. Uns gritos que vinham da rua as interromperam.

— Para trás! Vão para atrás dos vasos agora mesmo! — gritou a Sem Olho enquanto voltava a esconder os produtos importados debaixo das anáguas.

Rosalía puxou Nayeli por um braço e a arrastou até o lugar que lhes havia indicado a dona da casa. Jogaram-se no chão e ficaram de bruços. O cheiro da água que refrescava os laticínios era enjoativo. As duas tamparam a boca para conter a ânsia de vômito. As moscas verdes zumbiam perto de seus ouvidos.

Duas moças entraram correndo na casa. Uma delas, a mais jovem, chorava; a outra não parava de gritar.

— Precisamos de ajuda, irmãs, por favor! Os policiais entraram em nosso depósito e estão confiscando a nossa mercadoria. Levaram minha mãe presa — disse entre soluços e lágrimas.

Amalia, a Sem Olho e Lupina não chegaram a responder nada. Três homens uniformizados entraram de repente e apontaram armas de fogo para elas.

— Quietas todas vocês! Meto chumbo aqui mesmo em quem se mexer — disse um deles.

— Calma, senhores, calma — pediu Amalia, assumindo o controle da situação. — Aqui não tem nada ilegal. Tudo o que vocês veem é tipicamente mexicano.

Nayeli e Rosalía conseguiam espiar a cena pela fresta entre dois vasos enormes. Trocaram um olhar de pânico e de modo tácito concordaram em ficar quietas. Os policiais não as tinham visto.

— Isso não nos importa, senhora. Essas duas contrabandistas — disse o outro homem apontando para as moças — vieram aqui buscar refúgio. Vocês são todas cúmplices, então. Vamos, estão presas e à disposição da justiça.

Foi impossível se opor a eles. Chegaram outros quatro policiais agitados e suados para ajudar seus companheiros e obrigaram as mulheres a colocar as mãos na nuca.

— Isto é um despropósito, senhores! — gritou Amalia. — Santa Eulalia vai impor a vocês o pior castigo.

Isso foi a última coisa que Nayeli e Rosalía escutaram antes que um dos agentes uniformizados fechasse a porta e as deixassem sozinhas, sem sequer ter percebido a presença delas.

11
Buenos Aires, novembro de 2018

Saí da Casa Solanas e caminhei sem destino. Minha cabeça girava ao redor da chave que Eva Garmendia tinha me dado. Em um bolsinho, no fundo da minha bolsa, estava aquela pequena peça de bronze que escondia os segredos de minha avó.

Entrei na primeira estação de metrô que encontrei pelo caminho; depois de duas baldeações forçadas, cheguei ao meu bairro. Belgrano sempre foi uma região inspiradora para mim, o lugar em que eu sonhava viver. Na rua Melián ficava a casa da garota mais rica da minha turma do colégio. Mercedes Saavedra usava roupas da moda, arrumava o cabelo no salão de beleza, viajava a Punta del Este no verão e ia esquiar no sul quando o frio chegava. "Vou para a neve", dizia uma semana antes das férias de inverno. Não nomeava nenhuma vila ou cidade; mais que um anúncio, ir para a neve era um conceito que não pertencia à minha realidade. Eu nunca tinha visto neve.

Ao mesmo tempo que comecei a estudar no conservatório, consegui um trabalho como professora de música em uma escola. Nayeli não me dirigiu a palavra durante dois dias quando eu lhe disse que queria morar sozinha. Enquanto eu tentava convencer minha avó de que precisava ter meu espaço e que eu não tinha nenhum problema com ela, percorria as imobiliárias de Belgrano, esse bairro que eu só conhecia pela boca de Mercedes. Naqueles dias, aprendi duas coisas: a primeira, que há um Belgrano dos ricos e outro Belgrano da classe média, uma faixa da população que, com um trabalho como o meu, podia alugar um apartamento simples em alguma daquelas ruas arborizadas e comerciais; e a segunda, que minha avó não conseguia ficar calada por mais de quarenta e oito horas.

Eu não tinha vontade de ficar trancada no meu apartamento e, além disso, precisava tomar uma cerveja; a última garrafa na minha geladeira estava quase vazia. O bar da esquina foi a melhor opção. Sentei-me à minha mesa favorita, a que ficava colada na janela. Acrescentei à cerveja um pratinho com algumas fatias de salame e uns cubinhos de queijo. De brinde, dom Plácido, o proprietário, juntou umas azeitonas de qualidade duvidosa. De todo modo, agradeci o gesto.

Eu me distraí um tempinho olhando fotos no Instagram: as garotas da banda atualizavam as contas das redes sociais, a atriz da novela da tarde tinha subido fotos de sua filhinha tomando sorvete, o Museu de Arte de Nova York oferecia um novo passeio, a modelo do momento mostrava seus cachorrinhos recém-nascidos e a diretora do colégio em que eu dou aulas tinha acabado de postar uma foto com sua neta na praça. Na minha conta não tinha nenhum post novo, eu estava em falta. Olhei ao redor em busca de algo bonito e interessante para fotografar. Nada chamou a minha atenção.

Enfiei a mão dentro da minha bolsa e peguei a chave que abria sabe-se lá o que da minha avó. Eu a olhei atentamente de um lado e do outro. Era brilhante e bastante nova. Comparei-a com as chaves do meu apartamento e a diferença me pareceu enorme: o bronze era mais opaco e tinha algumas marcas quase imperceptíveis; também achei muito mais áspera ao tato. Parecia que a chave de Nayeli não tinha sido muito usada. Eu a coloquei sobre a mesa. A cor vermelha da fórmica ressaltava o dourado da chave. Tirei uma foto e coloquei um filtro para destacar o contraste das cores.

Fiquei alguns segundos procurando uma frase que combinasse com o post – nunca fui muito boa com as palavras, a música é a minha praia. Desde muito pequena, cada objeto que eu tocava se transformava em um instrumento: latas, baldes, recipientes de comida, colheres. Até o contato com o chão resultava em um ritmo lindo: eu tinha o dom do sapateado. Optei por algo curto e um pouco brega: "A chave do meu coração".

Terminei a cerveja em dois goles. O frescor borbulhante na minha garganta me arrancou um pequeno sorriso. Pensei em Ramiro, o cara com quem eu tinha jantado três vezes na Costanera, jogado boliche e tomado um sorvete em Puerto Madero; além de várias horas de um sexo urgente e cuidadoso. Seu apelido é Rama e, segundo minhas amigas, é o cara mais bonito que elas já tinham visto comigo. Não estavam erradas.

Voltei ao meu telefone e entrei na conta de Instagram do Rama. Ele a usa bastante, uma foto por dia no mínimo. Nunca posta imagens do rosto nem do corpo dele; à primeira vista, parece uma conta bastante impessoal, embora não seja. Seus desenhos dizem tanto sobre a sua personalidade que qualquer outra coisa seria um desperdício de informação. Naquele momento, muitos dos esboços que ele fotografava eram em preto e branco: mãos de mulheres, costas sombreadas, bocas carnudas, olhos puxados ou cabelos volumosos. Com apenas um pedaço de carvão ele conseguia fazer magia. No entanto, de vez em quando, exibia desenhos coloridos. Sempre na mesma paleta de cores: amarelos e ocres. Aquarelas, acrílicos, canetinhas, lápis; ele não desprezava nenhum material. Seus desenhos nunca eram completos: Rama tem o dom de desmembrar um corpo e fazer com que nós imaginemos o resto.

Em seus stories, mostrava o processo de produção de uma série de desenhos em que o número três era o protagonista: três frutas, três sóis, três luas, três rosas, três diabos, três anjos. Antes de mandar uma mensagem de WhatsApp para ele, dei um like em seu último post: o esboço de pés femininos pequenos, delicados, exibindo um anel no dedão. Não eram os meus pés. Senti o ciúme fazendo cócegas na boca do meu estômago.

Enquanto esperava alguma resposta da parte dele, comecei a ler as notificações que recebi na foto da chave de Nayeli. As garotas da banda, que pareciam estar sempre conectadas às redes, encheram de emojis de corações; uma ex-colega do conservatório previu que quem abrisse o meu coração seria feliz para sempre; meu vizinho do segundo andar colocou emojis de foguinhos. A mensagem de Liliana, a recepcionista do colégio onde dou aula de música, chamou a minha atenção: "Que chave linda, tão novinha. Não sei se abrirá o seu coração, mas com certeza abre um arquivo de metal. Conheço um, ha ha ha".

 Apoiei os cotovelos sobre a mesa e comecei a tentar me lembrar. Não me vinha à memória nenhum arquivo de metal na casa da minha avó. Estava prestes a pedir a Liliana que me enviasse uma foto do arquivo dela quando Rama respondeu a minha mensagem. Ele também queria me ver. Sorri e, em comemoração, pedi outra cerveja.

★ ★ ★

A música que estávamos compondo com os alunos do quinto ano me deixou entusiasmada. Um rap com o qual aproveitavam para se queixar dos pais, do colégio, dos irmãos mais velhos e de tudo que lhes impusesse algum tipo de limite. Alguns se ocupavam da melodia e outros, da letra. Eles compunham em papeizinhos arrancados dos fichários de outras disciplinas ou de alguma agenda velha. Depois da aula, como se fosse um segredo, dobravam as folhinhas e as escondiam em livros ou nos estojos. Eu gostava de ser testemunha dessa pequena e primeira revolução. Depois de cada aula, eu me escondia na sala dos professores para tomar um café ou um chá, comer algumas das delícias que minhas colegas cozinhavam para acompanhar o mate: palmeritas,[19] croissants ou pudins. Durante anos, tive de levar uma vez por semana algum doce. O pan de muerto recebia aplausos. Nunca lhes contei sua origem mortuária; em segredo, chamava-o de pan de esponja. Desde que minha avó morreu, não repeti a tradição. Também ninguém se atreveu a exigi-la.

 — Tenho algo para te mostrar — disse Liliana e fechou a porta da sala dos professores. Aproximou a mão dos meus olhos e, na palma, havia uma chave dourada. — É a chave do arquivo de metal da biblioteca da escola, uma tralha que tem mil anos.

 Peguei minha chave na bolsa e coloquei as duas sobre a mesa, uma ao lado da outra. A de Liliana era mais opaca e alguém tinha pintado um círculo com esmalte vermelho na cabeça da chave, para

---

19 Biscoitos feitos de massa folhada e açúcar. (N.T.)

identificá-la. Tirando esse detalhe e algumas ranhuras diferentes na tinta, eram idênticas.

— Você acha que é de um móvel similar? — perguntei, esperançosa.

— Sem dúvida — respondeu, triunfante. — Onde você a conseguiu?

— Ela apareceu debaixo da cama, na minha casa. É muito estranho — menti.

Por um tempo ficamos conversando sobre vários assuntos: o aumento dos salários que estava por vir, a nova namorada do professor de inglês e os vestidos de verão floridos que estavam sendo vendidos a um bom preço na loja situada a uma quadra do colégio.

— Lili, tenho que ir. Preciso passar no banheiro antes da próxima aula — voltei a mentir.

Não tive que procurar muito. A biblioteca tinha poucos móveis: estantes que cobriam todas as paredes, uma mesa grande com cadeiras para ler e o famoso arquivo de metal debaixo da única janela. Em algum momento a peça foi da cor azul-clara, mas, com o passar do tempo e por conta da umidade, ficou tão oxidada que era difícil identificar os restos da pintura original. Tinha um metro e meio de largura e chegava na altura da minha cintura. Na frente do arquivo havia duas lâminas de metal com uma fechadura pequena. Peguei meu celular e tirei uma foto, talvez alguma das amigas da minha avó se lembrasse dele.

A casa de Nayeli ficava na metade do caminho entre o colégio e a minha casa. Como todas as quartas-feiras, passei no mercado para comprar algumas coisas gostosas para Cándida e a garrafa de vinho que ela sempre me pedia. Toquei a campainha e ela abriu, como sempre, sem demora. Há tempos percebi que a idosa tinha colocado uma poltrona de vime atrás da porta; sentava-se durante horas esperando que algum de seus filhos ou netos viesse visitá-la, o que acontecia de modo cada vez mais esporádico.

— Eu te trago umas comprinhas — anunciei, enquanto entrava.

A casa de Cándida era igual a de Nayeli: corredor longo, uma sala ampla, cozinha comprida, dois quartos com pé direito altíssimo e um pátio cheio de plantas e gaiolas vazias, que em algum momento abrigaram canários.

— Obrigada, Paloma querida. Vejo que você me trouxe um vinhozinho... que alegria! Esta noite tomarei uma tacinha enquanto leio um livro de poemas que ganhei da padeira.

— Muito bom — disse. — Poemas e vinho, não consigo pensar em um plano melhor.

Depois de guardar os iogurtes e a geleia na geladeira, peguei meu celular e lhe mostrei a foto do arquivo da biblioteca do colégio.

— Alguma vez você já viu um móvel parecido com este na casa da minha avó? Eu não me lembro dele — perguntei.

Cándida foi até a mesa da sala e pegou uma lupa que estava sobre o livro de poesia.

— Vou olhar com a lupa porque os óculos já não são mais suficientes — comentou entre risos.

Olhou a foto por um bom tempo, com a testa e os lábios franzidos.

— Me soa familiar. Deixa eu tentar me lembrar, Paloma — sussurrou, e ficou pensando uns minutos mais.

— Pode deixar, Cándida. Se você não se lembrar, não se preocupe. Talvez Nayeli nunca tenha tido um móvel assim.

— Ela teve sim! — disse, de repente. — Eu dei a ela um movelzinho muito parecido. Como não tinha lugar em casa, ela guardou nele umas bugigangas e o deixou aqui. Se quiser, eu te mostro.

Aceitei a oferta, imaginando que por trás daquela história tinha alguma mentira: a casa da minha avó era tão grande como a de Cándida.

— Venha por aqui — disse, indo para o pátio. — Está guardado no quartinho das coisas velhas e inúteis.

Enquanto a seguia, assumi, como um pouco de raiva, que Nayeli tinha me escondido várias coisas.

— Há uns anos, pedi ao rapaz da quitanda que o guardasse aqui no fundo — continuou falando. — Perdi a chave, na verdade, era uma tranqueira inútil.

Fiquei gelada no meio do corredor. Não podia acreditar no que tinha escutado.

— Como você perdeu a chave, Cándida? — perguntei com uma ansiedade que há muito tempo não sentia.

— Ah, querida, quando ficamos velhos, perdemos e esquecemos as coisas. Sei lá!

O quartinho em que ela guardava as suas tranqueiras era igual ao que minha avó tinha do outro lado da parede. Embora o de Cándida estivesse mais vazio e um pouco mais limpo.

— Aí está — ela disse, apontando para o móvel.

Não fora azul-claro nem estava tão oxidado como o da biblioteca; era um pouco mais alto, mas tinha, à primeira vista, a mesma largura. As duas lâminas de metal que formavam a porta eram exatamente iguais. A fechadura também.

Peguei a chave e hesitei. A letargia que gera a incerteza se apoderou de mim durante uns minutos. Para ganhar tempo, caminhei ao redor do arquivo com a chave nas mãos, enquanto Cándida começava a me contar uma história.

— Antes de me aposentar, trabalhei muitos anos como secretária do gerente de um banco. Dediquei quase trinta anos da minha vida a esse homem com cara de cachorro. Sempre zangado, de mau humor. Eu aguentava e aguentava porque precisava de trabalho. No último dia, meus colegas do banco me deram um envelope com o dinheiro que haviam arrecadado. Nessa época era muito comum esse tipo de presente. Sabe o que fez o cara de cachorro do meu chefe? — perguntou e continuou, sem esperar a minha resposta. — Ele disse que eu podia levar embora esse arquivo de merda. Peguei assim mesmo, né? Não ia deixar absolutamente nada para ele.

— Você fez muito bem, Cándida — disse, e lhe mostrei a chave. — Encontrei esta chave e parece que é a do móvel do seu chefe com cara de cachorro.

Ela deu uma gargalhada e aplaudiu como se fosse uma menina diante do seu bolo de aniversário. Respirei fundo e coloquei a chave na fechadura. Ela fez um ruído metálico. Girei um pouquinho para a direita e depois para a esquerda a fim de amolecer a fechadura endurecida pelos anos. Não tive que fazer muito esforço. A fechadura abriu de repente.

— Ah! Olhe, Paloma! Está cheio de bugigangas. É tudo da sua avó, querida. Leve o que você quiser, é tudo seu.

A primeira coisa que peguei foi uma caixa cilíndrica de veludo rosa bem intenso. Gravadas em letras douradas, as palavras diziam: Shocking de Schiaparelli. Parfum. Dentro, o frasco de perfume mais lindo que vi na minha vida. Estava vazio. O vidro tinha a forma de um torso feminino nu. Sobre o corpo, e ocultando a tampa, um ramo de flores brancas e rosas entalhadas conferiam à pequena escultura uma delicadeza que me comoveu. Aproximei o nariz para comprovar se o frasco ainda conservava algum cheiro que me remetesse a Nayeli, mas nada. Não cheirava a nada. Apoiei a caixa e o frasco no chão, colocando-os de lado. Com cuidado, peguei um pacote leve envolto em papel de seda branco.

— Parece roupa, não é? — murmurou Cándida.

Ela tinha razão: eram roupas. Mas não eram roupas corriqueiras. Estendi diante dos meus olhos uma blusa vermelha de um algodão que, de tão fino, era quase transparente. Tinha mangas curtas e, no colarinho, uns bordados geométricos. Eu a dobrei lentamente, com medo de que se desfizesse.

— Essa outra é uma saia, não é? — perguntou Cándida.

Assenti com a cabeça, em silêncio. A saia também era vermelha. Costurada por baixo, via-se uma anágua branca com babado de renda que se destacava na parte inferior. As duas peças eram bastante pequenas, pareciam ter sido feitas para uma criança. Dentro do pacote, entre as pregas da saia, havia dois lápis: um amarelo e outro azul-claro. A ponta de ambos estava afiada: parecia que os lápis tinham acabado de ser apontados. Quando estiquei o papel de seda para guardar as peças de roupa, um tilintar chamou a nossa atenção. Era um colar de ouro muito opaco, quase preto. Havia uma cascata de moedinhas de diferentes tamanhos penduradas na corrente.

O arquivo parecia vazio, como se tivesse cismado em não querer me entregar mais nada de minha avó. No entanto, antes de fechá-lo, dei uma última conferida e meti a mão no fundo, assim como tinha feito quando encontrei a chave no armário de Eva Garmendia. Meus dedos tocaram um tubo áspero. Estava preso na diagonal, entre os cantos superior e inferior do móvel.

— Aqui tem mais alguma coisa — disse, enquanto tentava arrancar o objeto do fundo do arquivo.

— Pego uma lanterna para você, querida? — perguntou Cándida.

— Não, não, obrigada. Já consegui. Já peguei.

Fiquei sentada no chão com as pernas cruzadas, segurando com as duas mãos um rolo de tela dura, rugosa e amarelada. Desenrolei-o aos poucos. A tela escondia outra menor. Calculei que não tinha mais de quarenta centímetros de comprimento por trinta de largura. Ali estava muito escuro; a lâmpada, pendurada em um dos cantos do teto, apenas produzia uma luz tênue, que não chegava a iluminar toda a superfície.

— Peguemos todas as coisas e vamos para o pátio — eu disse a Cándida.

Embora começasse a anoitecer, lá fora ainda havia luz natural suficiente. Coloquei as duas telas sobre a mesa de azulejos do pátio. Por um bom tempo, Cándida e eu ficamos em silêncio, sem tirar os olhos da tela menor.

— É uma pintura... E muito ousada, por sinal — afirmou.

Eu tive de me sentar. Uma mistura de frio na barriga e dormência nos joelhos não me permitiu continuar de pé. Realmente, Cándida tinha razão: era uma pintura muito ousada. A única protagonista era uma mulher nua. Ela estava semiagachada e de costas, com uma mão apoiada em um joelho e a outra, na coxa. A silhueta das costas, a redondeza dos glúteos e o braço ocultando-lhe estrategicamente os seios eram hipnotizantes. A pele escura revelava uma beleza selvagem, animal. Ainda que a cabeça estivesse virada para baixo, deixando cair na frente madeixas longas e densas, fortemente onduladas, era possível ver nitidamente o perfil esquerdo de seu rosto e o pescoço longo. A única coisa que ela usava era um batom vermelho intenso, que fazia de sua boca entreaberta uma provocação mais avassaladora que a própria nudez.

O fundo não revelava nada, ou, talvez, revelasse tudo. À primeira vista, parecia uma figura posta sobre um amarelo intenso, mas umas pinceladas esverdeadas em forma de círculo, ao redor das panturrilhas, davam a sensação de que a mulher estava se banhando em um rio. Uma parte do quadro era indecifrável. No canto inferior direito, uma mancha de tinta vermelha não mostrava quase nada da água na qual a mulher se banhava.

— Que linda essa bailarina, não é?! — perguntou Cándida, apontando para a mancha vermelha.

Olhei-a com surpresa e um pouco de ternura ao mesmo tempo. Ninguém em seu juízo perfeito poderia ter visto a figura de uma bailarina em uma mancha que, claramente, estragava um desenho precioso.

— Acho que alguém deixou cair tinta vermelha nesse canto — afirmei com segurança, aproximando-me mais da obra. Pelo canto do olho, pude ver que Cándida negava enfaticamente.

— Ah, querida... entendo que meus olhos não funcionam muito bem, mas esse vermelho é uma bailarina.

Sua insistência despertou a minha curiosidade. Aproximei-me da mesa encostada contra uma das paredes do pátio e apoiei o desenho na vertical. Certa vez, alguém me disse que é preciso olhar as pinturas a uma determinada distância para poder apreciá-las em sua totalidade. Eu me afastei alguns passos. Demorei uns segundos para mudar de opinião. Diante dos meus olhos, a mancha se transformou em uma bailarina mergulhada em um fundo vermelho mais claro. Os braços levantados, a cabeça para trás, as pernas finas com os pés terminados em ponta. Tudo estava exposto. Aproximei-me de Cándida e lhe dei um beijo na bochecha.

— É verdade, agora a vejo perfeitamente. É uma bailarina e, além do mais, acho...

Tive que parar de falar. As palavras ficaram presas na minha garganta. O interruptor das luzes externas estava ao lado da porta do pátio. Acendi todas elas. O foco que incidia justamente sobre a pintura a iluminou por completo. Como eu tinha deixado escapar algo tão óbvio? Aproximei-me novamente. Na coxa da mulher, na cor ocre, redonda e do tamanho de uma moeda, havia uma marca parecida com a mancha de nascença da minha avó.

Enquanto eu tentava me recuperar da revelação, Cándida tinha entrado na sala para buscar a lupa. Ao voltar, apoiou os antebraços sobre a mesinha onde estava estendida a tela que protegia o desenho.

— *No quiero que nadie vea lo que hay dentro mío cuando mi cuerpo se rompa. Quiero volver al paraíso azul. Eso es lo único que quiero*[20] — a mulher leu em voz alta.

Debrucei-me ao lado dela. Em uma lateral da tela, pude reconhecer a letra de Nayeli, a letra tímida e insegura daqueles que aprenderam a escrever tarde e mal.

— Foi a minha avó quem escreveu isso — disse.

— O que será que ela quis dizer com isso, hein? — perguntou-se Cándida em voz alta. — Sua avó sempre foi muito estranha.

Sorri com tristeza, com os olhos cravados na pintura. Não conseguia deixar de encarar essa mulher nua, voluptuosa; essa mulher de um erotismo atroz. Essa mulher que eu acabava de descobrir, também, que era Nayeli Cruz. Não tive nenhuma dúvida: a mulher nua que se banhava no rio era a minha avó.

---

[20] "Não quero que ninguém veja o que tem dentro de mim quando meu corpo se romper. Quero voltar ao paraíso azul. Isso é a única coisa que eu quero." (N.T.)

12
Limones, istmo de Tehuantepec, janeiro de 1940

A primeira que saiu do esconderijo foi Nayeli. Depois de ter passado quase meia hora deitada sobre a poça de água imunda ao redor dos vasos que mantinham os laticínios de Tonalá frescos, o peito e parte da frente de sua roupa de tehuana estavam ensopados; ao menor movimento, um cheiro intenso a rodeava.

— O que fazemos agora? — perguntou.

Rosalía se aproximou franzindo o nariz. O cheiro também a perseguia.

— Primeiro, vamos a um rio que fica aqui perto para nos limpar, depois veremos o que fazer. — Ela apontou para os cestos do galpão e ordenou. — Pegue comida e algumas coisas para vender. Daqui a pouco os guardas vão voltar e levarão tudo para fazer suas negociatas.

Elas estenderam alguns panos de algodão no chão e, sem perder tempo, pegaram cigarros, algumas garrafas de mezcal, tecidos de seda e cacau. Às pressas, engoliram alguns pãezinhos que a Sem Olho não teve tempo de oferecer às visitas e foram embora.

O rio do qual Rosalía tinha falado não era um rio, era apenas um córrego de água marrom e quente. Depois de se certificar de que estavam sozinhas, elas tiraram a roupa e limparam-se da melhor forma possível.

— O que você tem na perna? — perguntou Rosalía.

Com a anágua, Nayeli cobriu a mancha de nascença que decorava a sua coxa. Apesar de sua mãe sempre lhe dizer que os olhos verdes e a mancha em forma de moeda eram sinais que a tornavam especial e diferente, ela nunca conseguira deixar de sentir vergonha disso.

— Não é nada, apenas uma mancha — respondeu sem tirar os olhos da água.

Com uma careta, Rosalía mostrou desinteresse pela resposta.

— Certo, pronto! Vamos recolher tudo e voltar para a estação.

Refizeram o caminho que tinham percorrido havia poucas horas. Como costuma acontecer, a volta sempre parece mais curta que a ida, ainda que a distância seja a mesma. Os sítios, que salpicavam a paisagem ocre de Limones, deixavam às claras os sinais de vida que estavam ocultos durante as primeiras horas do dia: galinhas e galos bicavam tudo que encontravam pela frente, inclusive os pedacinhos de terra seca; algumas vacas pastavam em uns pastos amarelados; as crianças menores ficavam ao redor das saias coloridas de suas mães, que, sob a sombra dos telhados, faziam cestos como se a vida delas dependesse disso.

— Onde estão Amalia e Lupina? — perguntou Nayeli.

— Ah, cale a boca! — respondeu Rosalía, irritada.

Na estação de Limones havia uma multidão de pessoas. As garotas rodearam a construção; elas não tinham passagens para embarcar no trem – a encarregada desses assuntos sempre fora Amalia. Apesar do desamparo, Rosalía estava segura sobre os passos a seguir. Caminhava com firmeza, a cabeça erguida e segurando firme os volumes. Em momento algum olhou para trás para verificar se Nayeli a seguia ou se tinha se perdido no caminho. Não fizera trato algum com ninguém para cuidar da menina nem estava interessada.

A poucos metros da plataforma, um grupo de mulheres tinha armado uma espécie de acampamento: toldos sustentados com paus para se protegerem do sol; uma panela sobre o fogo, na qual cozinhavam mole, e volumes redondos que usavam para apoiar o corpo. Duas delas cantavam em voz alta e mexiam o corpo enorme ao ritmo da música; as outras aplaudiam o show e alguns viajantes jogavam moedas em um chapéu de palha colocado sobre o chão.

Rosalía se aproximou e ficou pensando por um bom tempo, com as mãos na cintura. A jovenzinha ao seu lado optou por fazer silêncio; já tinha percebido que suas perguntas incomodavam a mulher.

— Alguma de vocês é Eulalia? — perguntou Rosalía em voz bem alta.

Nayeli a olhou com surpresa. Lembrou-se das maldições que Amalia lançara aos policiais quando eles a prenderam: Santa Eulalia vai impor a vocês o pior castigo. Eulalia não era nenhuma santa vingativa; essa mensagem tinha sido um aviso para Rosalía.

Uma tehuana com tranças enormes se aproximou. Os brincos pendurados em suas orelhas eram tão grandes e pesados que os lóbulos pareciam estar prestes a se romper. Era a única do grupo que não estava descalça; suas huaraches, apesar de surradas, conferiam-lhe um status superior ao das outras.

— O que aconteceu com você? — perguntou, olhando para Rosalía com desdém. Seu hálito cheirava a mezcal.

— Amalia me mandou aqui. Ela foi levada presa.

As duas que cantavam "La Sandunga" interromperam o show para participar da conversa.

— E o que a gente tem a ver com esse incidente? — perguntou uma delas.

— Nada — respondeu Rosalía —, mas eu preciso de ajuda para continuar a viagem até Coatzacoalcos.

Eulalia foi a primeira a dar uma gargalhada, e as outras a imitaram com esse afã lastimoso que alguns têm de se irmanar com os que mandam.

— Somos vendedoras ambulantes, mixteca. Não somos santas da igreja para sair ajudando as pessoas — disse.

A cantora, que estava mais afastada, tomou a palavra. Era a mais velha do grupo; sua palavra era valorizada, apesar da liderança de Eulalia.

— Vamos ver... Você veio pedir ajuda, mas o que tem para oferecer em troca? — perguntou com os olhos cravados nos pacotes que Rosalía carregava nas costas.

A mulher tinha trabalhado durante muitos anos como vendedora ambulante no grupo de Amalia, conhecia os contatos que lhes conseguiam mercadorias importadas. Por causa dos caprichos de Eulalia, seu grupo nunca tinha conquistado a confiança das mulheres de Oaxaca, que lidavam com os objetos mais valiosos ou faziam trocas mais vantajosas. Eulalia esvaziou a garrafa de mezcal com dois goles, limpou a boca com o dorso da mão e jogou a garrafa no chão.

— Não vou ajudar ninguém, Cutuli, ninguém! — gritou. — Eu me fiz sozinha, sem a ajuda de ninguém e sem ter que cuidar de ninguém.

Cutuli se fez de surda aos berros da companheira. O huipil estava muito apertado, a fita deixava à mostra sua barriga roliça. Ela subiu a saia para dissimular as curvas e parou perto de Rosalía.

— Eu repito: o que você tem para nos oferecer em troca de ajuda? Cacau? Fumo salvadorenho? Você me fala...

Rosalía sorriu, deu meia-volta e puxou Nayeli por um braço.

— Eu tenho esta garota para te oferecer. Ela trabalha duro, é saudável, tem força para carregar pacotes e cestos. — De um empurrão, colocou a menina na frente de Cutuli. — Além disso, olhe bem... Ela é bonita e tem olhos verdes. As pessoas vão comprar qualquer coisa oferecida por uma tehuana de olhos verdes.

Em vez de chorar, gritar ou tremer, Nayeli ficou tensa. Embora seu corpo estivesse a poucos metros de distância da plataforma da estação de Limones, rodeada por mulheres desconhecidas que a disputavam como se fosse uma mercadoria para avaliar ou descartar, sua cabeça afundou-se nas lembranças e viajou até o fundo de sua casa de Tehuantepec, até o jardim onde brincava e que estava destinado à horta de sua mãe. Ela ia às escondidas com sua irmã Rosa àquele espaço reservado para praticar técnicas de defesa pessoal. Costumavam fazer isso antes do pôr do sol, enquanto a família Cruz dormia. Ainda que sua vila fosse uma terra de mulheres fortes, que não hesitavam em carregar sobre os ombros os negócios, o comércio e as festas; ainda que suas roupas incríveis as colocassem em destaque, desafiando a invisibilidade destinada a muitas outras mulheres; apesar de tudo isso, a violência sempre esteve ali, escondida, esperando alguma distração para aparecer e ferir, lacerar ou matar. Rosa sabia disso e com suas colegas do mercado aprendera a estar preparada: as tehuanas sempre estão preparadas.

"Você deve aproveitar as partes duras do seu corpo – joelhos, cotovelos e dentes – para usá-las contra as partes macias dos outros:

rosto, barriga e, se for homem, você sabe, lá em baixo", repetia Rosa enquanto dava cotoveladas e joelhadas no ar. E mostrava sua dentição perfeita, como se fosse uma leoa defendendo seu filhote. Também a tinha advertido de que, se as partes duras do corpo não bastassem, seria preciso procurar algo do lado de fora. Nayeli morria de rir. Os gestos e movimentos de sua irmã eram desajeitados e descoordenados.

Apesar de sua tenra idade, um dos dons que Nayeli possuía era o de detectar quando um momento de sua vida tinha chegado ao fim. Seu estômago endureceu como se fosse uma pedra e uma necessidade imperiosa de remover essa pedra do corpo a invadiu. Suas ferramentas eram lembranças que se escondiam em algum lugar da cabeça, imagens que vinham à tona e ditavam os próximos passos.

A pressão dos dedos firmes de Rosalía apertava seu braço; pelo canto do olho, Nayeli pôde ver que a mulher dava tapinhas no ar com a mão que estava livre para ratificar as palavras que saíam de sua boca. Diante delas, Eulalia e Cutuli a escutavam interessadas, mas hesitantes. O restante das mulheres do grupo tinha retornado às suas atividades, estavam cansadas do escândalo.

— Eu não estou bem — mentiu Nayeli. — Vou vomitar.

Rosalía olhou-a com nojo e soltou seu braço como se ele queimasse. A garota se abaixou rapidamente e pegou do chão o maior caco de vidro da garrafa de mezcal que Eulalia tinha quebrado minutos antes.

— Calma, garota! — exclamou Cutuli, buscando a cumplicidade de suas companheiras. — Olhem as coisas que alguém tão pequeno pode fazer com apenas um pouco de liberdade.

Apesar da magreza e baixa estatura, Nayeli conseguiu amedrontar as tehuanas. Os pés fincados no chão, as mãos empunhando um pedaço de vidro que não descartava usar e os olhos verdes queimando de raiva. Era um animalzinho encurralado, capaz de fazer qualquer coisa, com o furor dos que sabem que já não têm nada a perder.

Pendurou seu cesto nas costas. Mais uma vez a imagem de Rosa preencheu seu universo. Viu claramente o rosto de olhos puxados e queixo pontiagudo da irmã: Tenha cuidado quando você entrar no rio. Há uns peixes que quando sentem o cheiro de sangue se juntam ao redor do seu corpo e te devoram viva. Eulalia se aproximou a passos largos e Nayeli cortou-lhe a bochecha com o vidro. Tal como lhe havia dito Rosa, o sangue era uma grande exibição; nem os peixes nem as tehuanas resistiam a ele.

Jogou o vidro manchado de sangue no chão, aproveitou a atenção focada na mulher ferida e correu sem saber para onde. Só sabia que não podia parar. E não parou.

Horas depois, quando abriu os olhos, Nayeli estava encolhida em uma caverna de terra batida, ao lado de um cerro plano. Apenas seu corpo cabia naquele espaço que certamente servia de refúgio a algum animal selvagem. Pensou nos jaguares e começou a tremer. Tinha a boca seca. A língua pastosa e inchada lhe dificultava o simples ato de engolir a saliva. Sua mão direita ainda estava suja com o sangue seco de Eulalia.

Alguns gravetos e folhas secas cobriam de maneira descuidada a entrada da caverna. Não se lembrava do momento em que montou esse esconderijo tão eficaz, tampouco conseguia calcular quanto tempo tinha passado desde que tomara a decisão de escapar do leilão das ambulantes. Mas o que ela sabia é que estava sozinha e que sozinha teria de se virar. Voltar para Tehuantepec, para sua casa e para sua família, já não era sequer uma opção. Rosa tinha sido muito clara, e para Nayeli a palavra da irmã mais velha era sagrada.

Rastejou para fora da caverna. O céu noturno de Limones era de um azul tão escuro que parecia preto, mas as estrelas tinham uma potência e um brilho iguais aos das estrelas do céu que lhe viu nascer. Suas pálpebras estavam pesadas, sentia-as inchadas e a pele do seu corpo ardia.

Aproveitou a solidão da noite para fazer uma das coisas de que mais gostava: tirar a roupa para que a brisa quente entrasse por seus poros. A saia e o huipil ficaram ao lado, a anágua também. Deitou-se, observando o céu, sobre um colchão de grama úmida, a única coisa verde que tinha visto em Limones. Aproveitou aquele momento como se fosse uma bênção. O entorpecimento da febre, o cansaço e a adrenalina tinham deixado todos os músculos do seu corpo sem capacidade de reação. Com a pouca força que lhe sobrava, tocou o peito e apertou firme a pedra de obsidiana.

A voz de Rosa, outra vez, meteu-se entre o cheiro de suor seco e o zumbido dos mosquitos: Um dia iremos à Cidade do México, Nayelita. Hoje veio um vendedor ambulante ao mercado e me contou muitas coisas. Ora, ora, não me diga que era um charlatão, claro que era. Todos os ambulantes o são, mas a cidade do México existe, é real e iremos para lá juntas. Você quer que eu te conte as coisas que têm lá? Claro que sim, você é muito curiosa. Para começar, ele me contou de uns homens chamados de leiteiros, que de carro vão de casa em casa entregando leite e também pão, mas que esses outros são chamados de padeiros. Contou que existem lojas pequenas onde as pessoas compram as mesmas mercadorias que nós vendemos no mercado. Esses são chamados de merceeiros. Iremos comprar nossas frutas nas mercearias e passearemos pelas ruas bem lisinhas, que não são de terra, não, não. As ruas são de pedra para que os bondes, caminhões e carros andem bem direitinho. Não tenha medo, irmãzinha, ninguém irá nos atropelar. Na cidade do México, as pessoas sabem dirigir os carros...

Nayeli abriu os olhos de repente. Apertou com mais força o amuleto que a irmã lhe dera; tinha certeza de que essa pedra de obsidiana era um canal direto para comunicar-se com ela. De algum lugar, subiu-lhe uma explosão de energia. Tateou ao redor até encontrar o cesto. Meteu a mão no fundo e tirou de dentro a folha de bananeira que estava dobrada em quatro partes. Com a ponta dos dedos acariciou as moedas – todas as economias de Rosa estavam guardadas ali. Sua mente clareou tanto ou mais que as estrelas que iluminavam o céu. Ela sabia o que tinha de fazer.

13

Buenos Aires, novembro de 2018

O Museu Pictórico de Buenos Aires esconde muitas mentiras; de tão óbvias, algumas são invisíveis. Até a escadaria de mármore que une a calçada à porta principal, a joia de boas-vindas que o edifício exibe, é falsa. Não há nenhuma página da internet nem catálogo que certifique que as escadarias são de mármore creme marfim original. Não é preciso ir tão longe com as mentiras nem documentar a fraude para que seja eficaz. O diabo se esconde nos detalhes: na lateral da entrada, na parede, uma placa de acrílico diz em letras pretas: "É permitido tirar fotos da escadaria". Essa frase simples é suficiente para que cada visitante crie na sua imaginação um certificado de autenticidade e tenha como primeira ação guardar em seus telefones enquadramentos curtos, longos e médios dos famosos degraus. Nenhuma pessoa normal pensaria em levar uma garrafa de vinagre e derramar um pouco sobre a pedra só para comprovar se aparecem as borbulhas que apenas o mármore creme marfim original é capaz de produzir. O único que o fez não é uma pessoa normal. Emilio Pallares, curador e diretor do museu, em segundos atestou a fraude dissimulada e ordenou a retirada da placa de acrílico que manipulava a ingenuidade dos visitantes.

"Ninguém é mais vulnerável que os ignorantes. Qualquer coisa que lhes diga ou lhes mostre, qualquer história com palavras grandiloquentes, qualquer narrativa dita com um terno elegante e uma gravata bonita a fazem legítima. Acreditam-na, fotografam-na e a repetem. O ignorante quer dissimular sua ignorância, mas é muito preguiçoso para tomar precauções. Para isso estamos nós neste mundo, os que sabemos, os que estudamos, os que acumulamos conhecimento: para cuidar do ignorante como se ele fosse uma criança. Porque, no fundo, os ignorantes são isto mesmo: crianças", costumava dizer Pallares.

A segunda ordem que deu poucas horas depois de ser nomeado para seu cargo foi mais complicada do que a remoção daquela simples placa. Naquele dia, ele tinha chegado muito cedo, uma hora antes da abertura do museu. Aproveitou para desfrutar um café da manhã tranquilo em um bar na esquina: um café com leite de amêndoas e um prato de frutas cortadas em fatias; devolveu a toranja e a laranja. Emilio Pallares só comia frutas que pudessem ser cortadas em fatias perfeitas. Os gomos finos e suculentos dos cítricos arruinavam o que ele considerava um prato com critério estético.

—A toranja e a laranja têm casca externa e interna, suco, um eixo central e sementes — explicou para a moça, enquanto mostrava cada uma das partes da fruta com a faca. — Elas são muito decoradas. São frutas que não têm modéstia, não têm elegância. Tire-as da minha vista, por favor.

O arrebatamento de mau humor não lhe permitiu ler as manchetes dos principais jornais. Mastigou com desânimo alguns pedaços de pêssego, esvaziou a xícara depois de três goles e caminhou os poucos metros que o separavam do museu. O segurança apressou-se para lhe abrir a porta de entrada com o crachá. O hall ainda conservava o frescor da noite.

— Bom dia, senhor Pallares — cumprimentou o homem.

— Isto é um despropósito — respondeu Pallares, com as mãos na cintura. Estava parado em frente às duas saídas do hall. Olhou uma das arcadas e depois virou a cabeça para a outra. — Como permitiram uma coisa dessas?

O guarda pôs-se ao seu lado e tentou decifrar o que irritava o novo diretor. Mas não conseguiu.

— Desculpe, chefe. Não sei do que o senhor está falando — disse, finalmente.

Pallares suspirou e ajeitou o nó da sua gravata de seda.

— Bem, vou lhe dizer. Preste atenção. É importante que, pouco a pouco, e na medida das suas possibilidades – que, espero, sejam muitas –, você possa entender a magnitude de determinados assuntos — disse, usando o tom de professor universitário que lhe caía tão bem.

O guarda tirou o quepe e o segurou entre a axila e o braço, como se precisasse da cabeça descoberta para assimilar as palavras de Pallares.

— Veja bem, meu amigo. Quando chegamos a este hall, a primeira coisa que encontramos são as entradas. Uma à direita e outra à esquerda. Você as vê bem? — perguntou, apontando para as duas portas. O guarda assentiu. — Perfeito. Também vemos esta placa que diz esquerda e direita, com suas respectivas flechas para que os visitantes não duvidem de qual é qual. Olhe, não tem nada de errado. Há pessoas que precisam de ajuda, inclusive com as coisas simples. Mas esse não é o problema. Eu lhe pergunto: Para onde nos leva a saída da direita?

— À sala das esculturas — respondeu assertivamente o guarda.

— Muito bem! Impecável! — exclamou Pallares. — Vamos retomar o que temos até agora... Há duas saídas, uma para a direita e outra para a esquerda. Se alguém decidir usar a da direita, dará na sala das esculturas. Eu lhe faço outra pergunta: Para onde nos leva, então, a saída da esquerda?

— À sala das esculturas — respondeu o guarda.

Pallares concordou. Parou no meio das duas saídas, debaixo da placa, e levantou o braço.

— Como é possível que um museu deste nível tenha duas saídas que conduzem ao mesmo lugar? Onde já se viu semelhante disparate? — perguntou, enquanto o guarda coçava a cabeça sem saber o que dizer. — Isso é uma tapeação, outra deste lugar. Eu não vou permitir isso. Quero que você comunique os funcionários de manutenção sobre a derrubada dessa parede com duas portas. Quero que haja apenas uma única saída. Ampla, que desemboque na sala das esculturas, está claro?

— Sim, senhor.

Emilio Pallares era apelidado de "o Lorde". Seu porte físico, a maneira de se vestir, de falar, de caminhar, tudo o aproximava de alguém que poderia ter nascido no seio da coroa britânica. No entanto, Pallares não podia ostentar nenhum título de nobre, nem sequer um passaporte que não fosse o argentino. Seu pai trabalhara toda a vida como motorista de uma família da elite portenha; sua mãe, como governanta. Graças à generosidade afetada de seus patrões, tinha tido acesso a bolsas de estudo nos melhores colégios de Buenos Aires. Mas a humildade de seus pais e a escassez de dinheiro não interferiram em suas escolhas nem na sua determinação.

Com a certeza de ter dado uma ordem que chegaria aos ouvidos não só dos trabalhadores do museu, mas também de muitas pessoas do mundinho da arte, ele cruzou a sala das esculturas e atravessou o corredor que o levava até seu escritório. Fechou a porta e ficou um bom tempo olhando pela janela. Os ipês que rodeavam o parque em frente lhe pareciam o paradoxismo da falta de atrativos, mas contra isso ele não podia fazer nada. Ao longo dos anos, aceitara que nem sempre se pode ter um mundo esteticamente perfeito.

Sobre sua mesa só havia o essencial: um laptop, um caderno com capa de couro preto, uma caneta Montblanc Classic com detalhes de ouro rosa e um telefone fixo antigo, um aparelho velho que o chefe da manutenção teve de resgatar do depósito. Emilio Pallares não gostava de falar ao telefone celular, usava-o o mínimo necessário. Não gostava de deixar registros de suas chamadas; para ele, a privacidade era um dos poucos pilares que ainda restavam de pé em um mundo em que o exibicionismo se aproveitava das pessoas todos os dias, a cada minuto, a cada segundo.

Tirou o telefone do gancho e, de memória, foi girando o disco, número por número; oito no total, até que do outro lado da linha, depois de dois toques, atendeu um homem de voz grossa, que o cumprimentou com um grunhido.

— A quantas anda com a "Martita"? — perguntou o Lorde. — Amanhã mesmo ela já tem de estar pendurada de novo na sala.

— Ela não vai estar seca para amanhã.

— Cristóbal, te digo pela última vez: amanhã o quadro tem que estar pendurado na sala — reiterou o Lorde.

Do outro lado da linha, Cristóbal sabia que o ultimato era sério. Emilio Pallares raramente pronunciava o seu nome. Para todos ele era Cristo, um apelido de que gostava por razões mais que óbvias. Cristo não teve tempo de responder, o Lorde desligou o telefone como sempre costumava fazer depois de dar uma ordem.

"La Martita", como essa obra era conhecida no jargão dos especialistas de arte, era um óleo sobre tela de quarenta e cinco centímetros de largura por cinquenta de comprimento. Sobre um fundo de folhas verdes, via-se o retrato de um cavalo preto de crinas longas, pintadas com uma técnica tão perfeita que, ao parar em frente ao quadro, podia-se sentir a brisa que despenteava o animal. Mas seu valor não tinha nada a ver com os pigmentos nem com as pinceladas; tinha a ver com sua história, um detalhe que muitas vezes determina uma cotação.

A autora, Marta Limpour, havia pintado o cavalo em 1870, quando tinha apenas dezesseis anos. Ela o fez envolta numa polêmica para aquela época: costumava tirar o vestido para meter-se em calças masculinas e, dessa maneira, percorrer os estábulos nos quais buscava os modelos equinos para as suas pinturas. Apesar da fúria de seus pais, das provocações de seus vizinhos do campo francês e dos castigos de seus professores, a menina passou anos vestindo-se de homem para pintar. Embora tenha se tornado uma artista relevante com o tempo, com suas obras nos melhores museus da Europa, o quadro do cavalo esteve guardado durante cento e cinquenta anos no depósito de um museu de Madri. O trabalho veio à luz depois que movimentos feministas de diferentes países exigiram, por meio das redes sociais, que os curadores levassem em conta as artistas mulheres. E assim, "La Martita" começou a circular por outros continentes.

⋆ ★ ⋆

Antes de aceitar a incumbência, Cristo passou boa parte da tarde de primavera no Museu Pictórico de Buenos Aires. Entrar nos museus acelerava o seu coração. Nunca houve praças nem parques de diversão quando era pequeno, também não houve sorveterias nas tardes de bicicleta pelas ruas arborizadas. Sua infância transcorreu nos corredores dos museus, em ateliês de artistas renomados e dos outros, e nas aulas de desenho, pintura e outras técnicas. Seu pai sempre lhe dizia que ele tinha nascido com um dom nas mãos e que os dons não devem ser ignorados. Seu irmão também tinha talento para as artes plásticas, mas Cristo sempre se sobressaía nos concursos em que os dois se inscreviam, à custa de seu talento e determinação. Ele não gostava de perder em nada, muito menos se competia com o irmão. Havia sofrido bastante com a dissimulação de sua mãe, a preferência dela pelo irmão caçula era evidente. Cristo pensava muitas vezes que, felizmente, o câncer a tinha a levado cedo.

 A primeira coisa que ele fez quando "La Martita" chegou ao seu ateliê envolta em náilon e com as normas do protocolo de segurança, foi admirá-la durante um tempo impossível de se quantificar, seguindo um ritual que o ajudava a entrar na obra. Ele apoiou o quadro em um cavalete, em frente a uma poltrona velha, mas cômoda, que o acompanhava desde a adolescência; abriu uma garrafa de vinho tinto e, saboreando gole por gole, seus olhos percorreram cada traço, cada mancha, cada intenção que a autora tinha deixado plasmada na tela. Depois, deixou a taça de vinho no chão e colocou as mãos sobre a barriga. Podia ficar horas e horas nessa postura até que as pontas dos dedos começassem a arder. Primeiro ele sentiu apenas umas cosquinhas leves, depois precisou estalar as falanges. A coceira foi aumentando e finalmente veio o calor, muito calor. No momento exato em que o ardor começou a subir pelas palmas de suas mãos, Cristo levantou-se, misturou suas tintas a óleo, seus pigmentos de seiva de nogueira, escolheu os pincéis e, em uma tela de linho virgem curtida com chá, começou a copiar a obra como se estivesse possuído.

 Passados os oito anos em que esteve preso, o tempo deixou de ser para Cristo uma unidade de medida. Não lhe importava se uma obra demorava duas horas, três ou cinco; menos ainda se as horas se convertessem em dias. Esse era o principal conflito que ele tinha com Emilio Pallares. Para o Lorde, o tempo urgia e essa ansiedade atentava contra o trabalho artístico de Cristo, porque ele se considerava um artista. O melhor.

"La Martita" estava quase pronta. Enquanto o forno amornava, enxaguou a boca com água mineral e enfiou a mão dentro de um pote de sementes de café colombiano; na palma da mão, acomodou um punhado de grãos e afundou o nariz. Precisava ter o olfato limpo para quando o quadro estivesse dentro do forno. O óleo ia secar e, pouco a pouco, começaria a craquelar; pelo cheiro, Cristo sabia quando era o momento exato de desligar o forno.

Apoiou a tela esticada sobre uma placa de metal e, como se fosse uma carne com batatas, colocou-a na grade do forno e fechou a porta. Enquanto o calor fazia sua mágica, ele se dedicou ao detalhe final: a parte de trás do quadro.

O cavalo verdadeiro, pintado por Marta Limpour há mais de um século, continuava no cavalete, uma testemunha muda de como Cristo, com seu talento infinito, havia clonado cada um de seus detalhes com uma maestria que poucos no mundo tinham. Empregando a delicadeza com que costumava despir as mulheres, tirou o quadro da madeira e virou a obra. Um pedaço de fita, um selo lacrado, alguma outra anotação ou um número de inventário são as informações importantes que todas as obras de arte têm na parte de trás, dados que competem em importância com a frente. Colecionadores, museus, revendedores, leiloeiros, todos deixam a sua marca para documentar o percurso do quadro no decorrer dos anos.

"La Martita" tinha seguido um caminho simples antes e depois de ter sido abandonada no porão do museu. Só havia duas marcas na madeira que sustentava a tela: uma fita adesiva amarela com o número do inventário do museu espanhol e, na parte inferior, provavelmente escrita em tinta chinesa, uma frase: Sale à manger. Não era a primeira vez que Cristo encontrava um quadro no qual o autor especificava o lugar onde imaginava que sua obra deveria ser pendurada. Martita pintou o retrato do cavalo pensando em vê-lo exposto na sala de jantar da sua casa.

Em papel especial e com uma caneta bico de pena, Cristo escreveu várias vezes as três palavras. A última tentativa o fez sorrir: estava perfeito. Arrancou a fita com um bisturi e tirou o quadro do forno. Serviu-se outra taça de vinho e, como se estivesse vendo uma partida de tênis, passeou o olhar de um quadro para o outro. Do falso para o verdadeiro. Do verdadeiro para o falso. Voltou a sorrir. Sua magia continuava intacta.

14
Cidade do México, janeiro de 1940

Tinha apenas algumas moedas. O trem não chegava até a cidade do México, mas o guarda lhe havia dito que se ela descesse na última parada, poderia encontrar ali outros meios de transporte. Nayeli não se atreveu a perguntar a que outros meios de transporte o homem se referia nem qual era o nome da última parada; não sabia se poderia pagar a parte final da viagem com o pouco dinheiro que tinha. O medo de que descobrissem que ela era tão jovem e tão caipira fez com que não voltasse mais a abrir a boca.

Apesar de ter quatorze anos, sua aparência a ajudava a enganar os mais ingênuos. Ela era muito alta e sua roupa de tehuana, a única que tinha, fazia que parecesse uma mulher jovem. Na plataforma, sentiu que todos a encaravam, o cabelo tão curto não era comum para uma mulher. De vez em quando, respirava fundo e guardava o ar no peito, puxava os ombros para trás e levantava o queixo. Era a postura que tinha visto tantas vezes em pessoas recém-chegadas à sua vila de Tehuantepec. Com altivez, enfrentavam os primeiros dias como vendedoras no mercado; a única forma de ser aceitas no lugar era ostentar uma segurança que não tinham.

O barulho do trem ocupou absolutamente tudo. O ar, o céu, as nuvens, o sol e até a terra tremeu quando a máquina, como um touro exausto, freou na estação.

— Sobe, não fique aí parada — disse uma mulher, e gentilmente empurrou Nayeli para o vagão.

O instinto a fez apertar o cesto contra o peito com a força de quem guarda um mundo ali dentro. Seu mundo cabia nesse espaço tão pequeno e teria sido capaz de defendê-lo com a vida se fosse preciso. Ficou em silêncio, ao lado da porta, do lado de dentro. Ela não sabia o que fazer. Homens, mulheres e crianças avançavam ao mesmo tempo, tentando pegar os melhores assentos, os que ficavam junto às janelas. Enquanto alguns ocupavam os lugares, outros se esticavam para acomodar as bagagens na parte de cima do trem.

Nayeli não conseguia tirar os olhos da mulher que, segundos antes, tinha falado com ela. Sua voz, a maneira de ajeitar a saia preta justa que lhe marcava os quadris, a trança de cabelos claros presa por uma fita de veludo e as mãos finas de unhas esmaltadas de rosa a hipnotizaram. Ela nunca tinha visto uma mulher assim. Também viajava sozinha, mas com uma experiência que fazia parecer que o trem era seu lar. Sentou-se junto à janela e limpou o vidro com um lenço branco que tirou de uma bolsa pequena, a fim de deixar um espaço grande, redondo e brilhante para olhar para fora. Antes de guardar o lenço, dobrou-o com muito cuidado até formar um quadrado perfeito. Depois levantou a cabeça e seus olhos se encontraram com os de Nayeli.

— Ei, menina! — disse com um sorriso, levantou a mão e a cumprimentou. Um anel dourado apanhou o reflexo do sol. — Não fique na porta porque é perigoso.

O coração de Nayeli parou por um instante. Olhou para os lados e para trás: não havia outra menina. A mulher loira falava com ela.

— Vem aqui. Sente-se ao meu lado — disse a mulher, dando umas batidinhas com a mão sobre o assento, e acrescentou com o tom baixo e gestos corporais de quem faz uma confissão: — Este lugar seria ocupado por meu esposo, mas, na última hora, ele cancelou a viagem. Melhor que não venha mesmo comigo, preciso de umas férias solteira.

Sem deixar de apertar seu mundo contra o peito, Nayeli percorreu o curto trajeto que as separava.

— Obrigada — sussurrou, e se sentou no lugar do marido ausente.

— Como você se chama?

— Nayeli. Nayeli Cruz — respondeu de maneira automática. Toda a sua atenção estava voltada a adivinhar a flor com a qual tinham feito o perfume que formava uma áurea ao redor da mulher.

— Que nome mais bonito! Eu me chamo Marivé. Para onde você está indo?

— Para a cidade do México — respondeu Nayeli com firmeza. Nas últimas horas, o destino de sua viagem parecia ser a única coisa da qual tinha certeza.

Marivé abriu a boca e os olhos ao mesmo tempo, parecia uma menina que acabava de receber uma boa notícia.

— Que ótimo! — exclamou. — Também vou para a cidade do México. Podemos ir juntas. Se você quiser, é claro. A menos que alguém esteja te esperando na última parada...

— Não tem ninguém me esperando — esclareceu Nayeli. — Estou viajando sozinha.

— Ah, que curioso! Tão novinha...

— Não sou novinha. Deixei de ser novinha há muito tempo.

Nayeli não mentia. Sua infância estava muito distante, na sua vila de Tehuantepec.

— Claro, claro. Desculpe. Bem, o que você me diz? Vamos juntas? — insistiu Marivé.

Não foi preciso responder, a cara de Nayeli se iluminou com seu sorriso de pele escura e dentes brancos.

Marivé de los Santos tinha a habilidade de falar quase sem respirar e de contar histórias próprias e de outras pessoas sem continuidade. Acrescentava gestos e caretas aos seus relatos, até imitava a voz das pessoas que lhe vinham à cabeça. Não era uma mulher recatada. Tinha, inclusive, a habilidade de falar muito bem com a boca cheia.

Quando anoiteceu, dividiram alguns pãezinhos que Nayeli tinha guardado e umas tortilhas deliciosas feitas, segundo Marivé, com suas próprias mãos; tomaram também um suco de pêssego comprado de umas vendedoras ambulantes.

No começo da viagem, a mulher contou com detalhes as doenças de todos os pacientes que seu marido atendia, o médico Amadeo Glorían. Na hora do jantar, o médico se transformou em político; o futuro presidente dos mexicanos, segundo ela. Pela manhã, dom Amadeo tinha se tornado um poeta, um homem da cultura que convivia com a elite das letras mexicanas. Nayeli assentia e fingia surpresa a cada transformação do senhor Glorían. No final da viagem, ela chegou a pensar que Amadeo Glorían não era real, que só existia na imaginação de Marivé.

— Vamos, vamos, acorda! Já estamos chegando — sussurrou Marivé, enquanto sacudia o braço da tehuana.

Quando Nayeli abriu os olhos, encontrou uma mulher bem diferente daquela com quem havia comido e conversado horas antes. Tinha os cílios longos pintados com rímel preto; uma sombra azul cobria-lhe as pálpebras; as maçãs do rosto pareciam muito mais rosadas e sua boca lembrava uma flor vermelha, brilhante. Também tinha soltado o cabelo: uma manta com ondas douradas chegava até seus ombros. Era a primeira vez que Nayeli via alguém tão loira e tão branca.

— Você parece um anjo — disse, sem tirar os olhos de Marivé.

— Ou um demônio — completou a mulher, faceira.

Elas se levantaram. A maioria dos passageiros tinha formado uma fila diante da porta fechada do vagão. Quando o trem parou, as folhas de vidro e aço se abriram e um ar fresco entrou de repente.

— Ai, que frio! — exclamou Marivé. — Espero que você tenha uma mantilha para se cobrir.

Nayeli não respondeu. As peças de roupa que tinha no cesto eram as que Rosa pegara do irmão de seu novo marido.

A estação estava abarrotada de gente, pessoas muito diferentes das que Nayeli tinha conhecido na vida. Pareciam-se muito mais com Marivé do que com a família e os vizinhos com os quais tinha crescido. Ninguém estava descalço e poucos usavam huaraches. Nunca tinha visto tantos sapatos de couro de cores diferentes nos pés de homens e de mulheres. Podia contar nos dedos algumas saias tehuanas; as demais eram saias escuras, de um tecido áspero que envolvia as pernas e os quadris, deixando à mostra as panturrilhas. Não usavam tranças nem flores para decorar o cabelo, muito menos fitas com moedas. Os penteados eram pequenas construções de mechas presas na altura da nuca, com fivelas invisíveis. Todos caminhavam eretos, olhando para a frente, mirando um ponto fixo; não havia devaneios nem distrações no andar. Ninguém se olhava. Seguiam um caminho reto ao longo do qual não havia lugar para saudações nem sorrisos.

— Nayeli, esse ônibus nos leva até a cidade do México — disse Marivé apontando para um ônibus comprido, de janelas pequenas. — Estamos a algumas horas de distância.

— Eu só tenho algumas moedas... — confessou a tehuana.

Como resposta, Marivé deu uma gargalhada e pegou-a pela mão. Os assentos eram duros. Com o passar das horas, as ripas de madeira acabavam espetando as costas e as nádegas. Apesar do desconforto, Marivé e Nayeli reclinaram-se como puderam e adormeceram.

Muitos passageiros desceram nas várias paradas e outros tomaram seus assentos. Quando o ônibus chegou à cidade do México, quase todos os viajantes eram outros.

— Em alguns minutos chegaremos a Coyoacán! — gritou o motorista.

Nayeli franziu os lábios e acordou a companheira de viagem com delicadeza.

— Tem um problema, Marivé. Parece que não estamos na cidade do México. O homem disse que estamos indo para Coyoacán — disse Nayeli com preocupação.

A gargalhada soou forte e cristalina. Marivé não poupava gestos na hora de manifestar suas emoções, e a ignorância de Nayeli lhe provocava, ao mesmo tempo, riso e ternura.

— Mas, minha querida, um dos bairros da grande cidade do México é Coyoacán, o lugar dos coiotes! — exclamou.

— Tem coiotes nesta cidade? — perguntou a jovem com os olhos arregalados.

— Fique tranquila, não tem coiote nenhum — respondeu Marivé sem parar de rir. — Tem um mercado muito grande e bonito, e algumas casas imponentes. Também tem igrejas e parques. Vou para um pouco mais longe, tenho que chegar até o Zócalo.

Nayeli prestou atenção em cada palavra de sua companheira de viagem. Um arrebatamento de esperança aqueceu-lhe o peito.

— Como é o mercado da cidade dos coiotes? — perguntou.

— Grande. Ocupa uma quadra inteira e sempre está cheio de gente indo e vindo. Vendem frutas, legumes, queijos. Também peças de roupas e colares. Têm muitas mulheres que colocam sua cadeirinha, acendem um fogo e cozinham tortilhas e mole. É um lugar muito bonito.

— Vou descer em Coyoacán — anunciou Nayeli. Desde pequena, levavam-na ao mercado de Tehuantepec. Sabia o que fazer e como conseguir trabalho. Sentia-se em casa nos mercados.

Marivé concordou e ficou aliviada. Cuidar de uma adolescente não estava em seus planos. No entanto, antes de Nayeli descer em Coyoacán, e como forma de despedida, colocou dentro do cesto algumas notas e um batom vermelho. Abraçaram-se como duas velhas amigas e beijaram-se de forma estridente nas bochechas.

— Coyoacán! Coyoacán! — gritou o motorista.

Nayeli desceu do ônibus abraçada a seu cesto. Ficou parada no meio de um parque até que o ônibus se tornou um ponto distante. As poucas pessoas que tinha descido com ela afastaram-se a pé por caminhos estreitos, que desembocavam em ruas empedradas. Apesar de espaçadas, as árvores eram frondosas. Caminhou por um daqueles caminhos e foi apoiando a palma da mão em todos os troncos; tocar as árvores a tranquilizava. Alguns arbustos cresciam perto de uns bancos de madeira e ferro. Todos estavam vazios.

Acomodou-se no mais afastado de uma rua bastante movimentada. O barulho do bonde e de uns caminhõezinhos verdes a atemorizavam. Tentou decifrar as palavras das placas que estavam nas fachadas das lojas, ao redor do parque. Mas foi em vão. Nayeli não sabia ler. Apertou com muita força a pedra de obsidiana que trazia no peito e se concentrou em tentar ouvir a voz de sua irmã Rosa. Chegariam tão longe as suas orientações amorosas?

Os gritos de uma mulher prenderam a sua atenção. Ela era tão roliça quanto as mulheres de sua família zapoteca, mas não usava roupas de tehuana. Também não vestia aquelas saias como as de Marivé. Uma túnica ocre lhe cobria por completo. Caminhava a passos ágeis, enquanto duas crianças pequenas se penduravam na parte de trás do vestido para acompanhar o ritmo da mãe.

— Vamos, vamos! Caminhem depressa, tenho que chegar a tempo ao Mondragón! — gritava a mulher repetidamente.

— Você vai comprar um sorvete para mim? — perguntou o menino mais velho.

— Claro que sim! Mas ande mais rápido.

A pedra de obsidiana ficou quente de repente, tão quente que Nayeli teve de soltá-la. Interpretou a temperatura como uma mensagem de Rosa. Levantou-se e apressou-se em seguir a mulher. Saíram do parque e caminharam em linha reta por uma rua de calçadas fininhas e pavimentadas. O meio, onde passavam os carros, era de terra batida e firme. Nayeli não tinha olhos para ver tudo o que acontecia ao redor: lojas com pessoas que entravam com a mesma rapidez que saíam; mães com seus filhos a tiracolo; homens apressados, carregando pastas de couro. Nas esquinas, algumas barracas de comida exalavam aromas que faziam seu estômago roncar e lembravam-lhe do tempo que tinha passado desde o último lanche com Marivé.

Tentou encontrar a mulher da túnica ocre, mas não conseguiu. Em desespero, olhou para todos os lados. Ela e seus filhos tinham desaparecido. Teria de voltar ao parque, ali tinha se sentido segura.

Ao dar meia-volta para refazer seus passos, o reflexo de sua imagem na vitrine de uma loja a hipnotizou. O vermelho do seu huipil e da sua saia já não brilhavam como quando se vestira para ir à festa da Vela, uma vida atrás. A mancha escura na altura da cintura cobria parte dos bordados geométricos e os saiotes da anágua estavam tão sujos que quase não restava mais nada do branco original. O cabelo mal cortado estava muito ondulado e enchia as laterais. Agora sua cabeça parecia grande demais em comparação com o corpo franzino. Timidamente, como se essa que ela via fosse outra pessoa, aproximou-se do vidro. Seu rosto lhe pareceu muito mais anguloso do que se lembrava, e seus olhos verdes, maiores. Sem pensar duas vezes, colocou a mão dentro do cesto e pegou o batom que tinha ganhado de Marivé. Passou-o lentamente nos lábios. O efeito foi imediato: seu rosto se iluminou. Na bochecha direita, desenhou uma lua crescente, e na esquerda, um sol.

Decidiu não voltar ao parque e continuou caminhando até uma esquina. À sua direita, uma casa enorme lhe chamou a atenção. Estava bem no cruzamento de duas ruas pouco movimentadas. Quatro janelões retangulares davam para uma das ruas; para a outra, outras quatro janelas e uma porta de duas folhas. Exceto pelas bordas, que eram vermelhas, as paredes estavam pintadas de um azul intenso.

Ela atravessou pelo meio da rua. A curiosidade venceu o medo. Exceto um, todos os outros janelões estavam cobertos por cortinas brancas de renda. Nayeli Cruz quis espiar e, sem sequer disfarçar, parou a menos de um metro da janela aberta. Do outro lado, havia uma mulher. Seu rosto parecia abrigar toda a tristeza do mundo.

15

Buenos Aires, novembro de 2018

Arrumei meu apartamento em menos de meia hora. A técnica que uso é realmente boa: arrumo a cama e cubro o amarrotado da colcha com umas almofadas coloridas; limpo os objetos do banheiro com um pano úmido e coloco toalhas limpas; lavo as xícaras de chá que costumo largar pela metade na sala ou no meu quarto; deixo a bancada da cozinha brilhante e desinfetada com cloro e acendo umas velas de baunilha. Gasto cerca de quinze minutos, às vezes, até menos.

Depois de tomar banho, olhei-me no espelho. Ainda gosto do meu corpo nu, embora minha cintura não pareça tão fina como era uns anos atrás. Felizmente, compenso esse detalhe com pernas longas e torneadas, que herdei da minha família materna. Da família do meu pai nunca soube muito. E do meu pai, menos ainda.

Escolhi um conjunto de lingerie de renda preta e um vestido solto e muito curto. Fazia calor e, além disso, Rama não tem muita paciência na arte de tirar a roupa. Decidi que não ia secar o cabelo, minha madeixa platinada ficava bem sexy sem muita arrumação.

Rama chegou mais tarde do que o combinado, como sempre. E, como sempre, deixei para lá o atraso. Talvez porque meu pai tivesse me acostumado a esperar pelos homens desde pequena, mesmo que às vezes não tenham sequer a decência de aparecer tarde, ou simplesmente porque gosto muito do Rama.

Ele usava calça jeans azul-clara e camiseta branca; porém, sua simplicidade parecia intencional, feita com total premeditação. Seu sorriso de garoto despreocupado e a garrafa de um bom vinho fizeram que eu ficasse nervosa e que a bandeja com duas taças que eu tinha preparado caísse das minhas mãos, o que produziu um rastro de cristais pelo chão. Naquele momento, não me arrependi de ter ficado nervosa, mas de não conseguir disfarçar; ri mesmo assim. Nós rimos.

Rama tem a virtude de reagir de maneira original e inesperada diante de qualquer coisa.

— Para! Para! — exclamou, enquanto abria sua mochila de lona marrom. — Não pegue nada, não limpe. Vamos tirar algo de bom desse desastre.

Fiquei quieta, com a vassoura na mão, na expectativa. Rama sentou-se no chão, bem perto dos cacos das taças de cristal; cruzou as pernas e apoiou um caderno de desenhos sobre os joelhos. Não consegui tirar os olhos dos dedos de sua mão direita: o jeito como ela segurava o lápis preto me deixou excitada.

A concentração dedicada a cada traço, cada sombreado, cada linha, me deixou hipnotizada. O grafite acariciava a rugosidade do papel dando à luz imagens perturbadoras. Deixei a vassoura de lado e, como uma cinderela interrompida, acomodei-me ao lado dele para acompanhar mais de perto o processo criativo.

— O que é isso, Rama? — perguntei em voz baixa para não quebrar o encanto.

— Os cristais — respondeu de maneira mecânica.

— Mas eu vejo pedaços de corpos humanos — corrigi.

— Sim, claro. Parecem-se bastante — respondeu-me com um leve sorriso perverso.

Pés, mãos, cabeças, olhos desorbitados, bocas abertas como em um grito. Tudo fragmentado, cortado, em partes. Outra, no meu lugar, teria se assustado, mas, para mim, as perversões são amigáveis. Afastei-me um pouco para poder apreciar em perspectiva o desenho que Rama parecia estar a ponto de terminar. Uma cabeleira caindo na lateral de um rosto lembrou-me o quadro que uns dias atrás eu tinha encontrado na casa de Cándida. O quadro de Nayeli.

— Rama, quando você terminar eu quero te mostrar uma coisa de que vai gostar muito — falei, entusiasmada com a possibilidade de surpreendê-lo.

— Nunca termino de desenhar. A arte não tem fim nem começo — disse ele, e me olhou com intensidade. Passaram-se apenas alguns segundos, até que ele suavizou a postura ao ver a minha perplexidade. — Mas, mostre-me agora. Sou curioso.

Desde aquele dia, eu não tinha voltado a olhar para o quadro de minha avó; um pouco porque tudo o que tinha a ver com ela me causava uma dor aguda e pulsante no meio do peito, e outro pouco por raiva. Nayeli tinha tido uma vida sobre a qual nunca me contara; vê-la retratada assim, nua diante de olhos desconhecidos e compartilhando uma intimidade que era estranha para mim, deixava-me incomodada. Eu tinha a sensação de estar calçando um par de sapatos um número menor.

Quando voltei para a sala com o rolo de tela na mão, os olhos de Rama se iluminaram. Ele percebia com os sentidos tudo o que cheirava a arte. E, embora eu não gostasse muito, o quadro de Nayeli era arte. Pegou o rolo nas mãos, com a delicadeza de quem segura um bebê recém-nascido, e imediatamente aproximou o nariz de uma das pontas.

— Que maravilha! — sussurrou, enquanto o cheiro da tela velha chegava-lhe até os pulmões.

— Pode desenrolá-lo onde quiser — sugeri, tentando chamar sua atenção para mim.

Primeiro, competi com os cristais; depois, com a pintura. Eu me sentia deslocada em minha própria casa, em meu próprio encontro romântico. Não sei se ele compreendeu a mensagem implícita em minhas palavras, porque limpou a mesa em seguida e alisou a toalha de algodão branco com as duas mãos. Com muito cuidado, desdobrou a tela maior; o rolo menor, o da pintura, ficou como estava, no meio. Rama não se mostrava ansioso.

— Você tem um alfinete ou uma agulha? — ele me perguntou.

Corri como um cachorrinho de estimação para a gaveta onde eu guardava algumas coisas de costura. Dei-lhe a caixinha com alfinetes de vários tamanhos. Ela não tinha sido aberta desde o último Natal quando Gloria, a companheira de Nayeli na residência de idosos, me dera de presente. Rama escolheu um alfinete mais comprido e atravessou com a ponta uma das bordas da tela. Teve de fazer um pequeno esforço, o metal não passava com facilidade.

— É antiga — sentenciou.

— Não entendo a que você se refere — comentei, ofuscada, já um pouco cansada de me sentir fora do radar das pessoas que me interessavam.

— É uma tela de linho antiga, não é nova — explicou. — Se fosse nova, o alfinete teria passado sem dificuldade. Esta tela está dura.

Dei de ombros diante do óbvio.

— Já sei que não é nova. Era de minha avó — disse, com sarcasmo.

Rama ignorou as minhas palavras e, com uma habilidade que me deixou passada, desenrolou a pintura. Não apena seu rosto, mas também seu corpo inteiro adotou uma postura estranha. Tudo nele se contraiu de repente, como se atingido por uma descarga elétrica. Ele franziu tanto a testa que seu rosto se encheu de rugas e os olhos se arregalaram.

— Paloma, preciso que você pegue esta pintura e a segure bem retinha, na altura do seu peito — indicou-me, e foi quase uma súplica.

Segui as instruções. Rama parou na minha frente, a quase um metro de distância. Apesar do ar-condicionado estar ligado, notei que ele estava suando.

— De onde você tirou essa pintura? — perguntou sem afastar os olhos dela.

— De um móvel. Era da minha avó — expliquei, corrigindo-me. — Na verdade, *é* a minha avó.

Pela primeira vez naquela noite, algo que eu disse chamou a atenção dele.

— Que paleta de cores mais estranha e que traços mais toscos! O que mais você sabe da pintura?

— Não muito mais que isso. A mulher nua da pintura é a minha avó, quando jovem.

Não lembro por quanto tempo segurei a pintura diante dos olhos de Rama, mas em certo momento meus braços se cansaram.

— Bem, Ramiro. Cansei — falei com um sorriso forçado e apoiei o quadro sobre a mesa.

Ele suspirou como uma criança de quem tiram um brinquedo e se desculpou. Depois pedimos uma pizza e ficamos um bom tempo conversando, entre vinhos, muçarela e beijos. Percebi que, de relance, ele continuava olhando a pintura que tínhamos deixado sobre a mesa, mas preferi me fingir de tonta. Não queria cortar o clima da noite.

Fizemos sexo. Uma transa que alternou momentos intensos e de ternura. Muito embora eu continuasse percebendo – talvez por causa de minhas inseguranças – que uma parte de Rama não estava em minha cama, entre minhas pernas, sobre meus lábios. Adormecemos, entrelaçados e apenas cobertos com o lençol que eu tinha estreado naquela ocasião.

Não sei quanto tempo passou nem qual foi o motivo pelo qual eu despertei de repente, suada e com o coração acelerado. Sentei-me na cama e olhei à minha volta. Tudo estava em seu devido lugar; até Ramiro continuava na mesma posição: de bruços e abraçado ao travesseiro, tal como o tinha visto antes de fechar os olhos.

Levantei-me devagar e, na ponta dos pés, caminhei até a sala. Ainda era noite, mas o azul do céu, misturado a um laranja escuro, anunciava o amanhecer próximo. As taças quebradas continuavam no mesmo lugar; o caderno de desenhos, também. Levei-o para a cozinha e comecei a passar as folhas enquanto tomava uma água gelada direto da garrafa.

Tinha desenhos em quase todas as páginas. Um deles chamou a minha atenção e me inquietou ao mesmo tempo: era o retrato de uma mulher. Algumas rugas no queixo e a pálpebra caída a faziam parecer uma mulher mais velha. Só se via uma metade de seu rosto, a outra estava coberta por um sombreado de carvão preto. Cabelos ondulados e curtos, acima da orelha; um lóbulo do qual se pendurava um brinco com um crucifixo pequeno e uma mecha de cabelo que caía sobre o nariz reto. Ao pé da página, escrito com tinta e em letras maiúsculas, um nome: "GINA". Procurei Gina em outros desenhos, mas não encontrei nada. Era o único que tinha uma identificação, uma identidade; o único, além disso, que escapava à lógica do desmembramento, algo tão comum nos retratos de Rama.

— O que você está olhando?

Rama estava totalmente nu, apoiado contra a porta entreaberta da cozinha.

— Eu estava olhando para Gina.

Ele não disse nada. Limitou-se a esvaziar a garrafa de água que eu tinha deixado sobre o balcão da cozinha.

— Eu não gosto que você espie as minhas coisas — repreendeu-me com calma, sem aborrecimento.

— Estava no chão da minha casa, junto com as minhas taças quebradas... — tentei me justificar.

— É verdade, mas o caderno é meu, são os meus desenhos. E quando eu desenho, revelo coisas escondidas dentro da minha cabeça...

Ainda que não achasse que ele tinha razão, desculpei-me e coloquei o caderno nas mãos dele.

— Pelo que pude ver, dentro da sua cabeça têm mulheres partidas, gritos, partes soltas e... Gina — eu disse com ironia.

— Gina não existe.

Com essa afirmação, Rama deu por terminada a conversa. Pensei que talvez um bom café da manhã pudesse aliviar a tensão que eu mesma tinha criado. Tostei algumas fatias de pão integral, fiz café e coloquei tudo em uma bandeja de metal.

O pouco tempo que levei para preparar o café da manhã foi suficiente para Rama se vestir. Quando entrei na sala, ele estava parado em frente à mesa, hipnotizado de novo com o quadro de minha avó. Pareceu-me que movia os lábios, como se conversasse com essa mulher nua na água.

— Posso tirar uma foto? Conforme vou olhando para ele, eu gosto cada vez mais. É estranho o efeito.

— Sim, claro. Estou pensando em levá-lo a algum lugar para emoldurá-lo...

Ele reagiu de repente, e disse com um tom de voz firme:

— Não, Paloma. Nem pense nisso. Esse tipo de obra tem que ser tratada com cuidado, você não pode levá-la a qualquer lugar.

— É uma lembrança que desejo ver todos os dias em alguma parede deste apartamento — expliquei.

Ramiro suspirou e, com as mãos, pegou as mechas de cabelo que caíam sobre a sua testa. Parecia perturbado. Já não existia nenhum vestígio daquele homem que tinha me enchido de beijos e de carícias algumas horas antes.

Deixei a bandeja sobre a mesinha de centro e fui até meu quarto. Peguei um roupão de algodão do armário e o vesti. Não sabia dizer os motivos pelos quais eu precisava me cobrir. Provavelmente, foi por causa de uma mistura de temor, insegurança e confiança quebrada. Ninguém pode escapar nu caso tenha de fazer isso; bem lá no fundo, senti que essa não era uma possibilidade tão descabida assim.

— Bem, Ramiro, tenho coisas para fazer — menti, enquanto apertava o cinto do roupão. Pela primeira vez desde que o vi passar pela porta com a garrafa de vinho na mão, queria que ele fosse embora. — Quero ficar sozinha.

— Sim, claro. Já vou andando — disse, e tirou duas fotos do quadro de minha avó com o telefone celular.

Embora minutos antes eu o tivesse autorizado a tirar as fotos da pintura, incomodou-me que ele o fizesse agora. Ultrapassei aquele limite claro em que se passa de querer tudo com alguém a não querer nada. Em silêncio, me aproximei da porta e a abri sem tirar meus olhos dos dele. Em silêncio, Rama guardou o caderno na sua mochila e, também em silêncio, foi embora.

Fechei a porta de um golpe para que não restasse dúvida do meu descontentamento. Espiei-o pelo olho mágico. Ele estava parado em frente ao elevador. A distância me permitiu ver que tinha colocado a mochila no chão, ao seu lado. E que seus dedos agitados tocavam a tela do celular.

16
Coyoacán, janeiro de 1940

Estava cansada de escutar que esses papéis sobre a mesa amarela eram o passaporte para a felicidade. O que sabiam aqueles que repetiam esse disparate, reiteradamente, sobre o que é felicidade? Com que atrevimento ousavam explicar a ela, justo a ela, o que era melhor para a sua vida? Ela, que tinha se transformado sozinha, sem a ajuda de ninguém, em uma obra de arte. Que tinha se reinventado para se salvar. Que tinha se tornado uma donzela indígena. Que tinha estado quarenta e cinco minutos pendurada no teto com um arnês que a segurava; que de sus tornozelos finos pendiam, atados a uma corda, dois sacos com dez quilos de areia cada um. Ninguém sofrera o suficiente para falar de felicidade com uma mulher que passava por um calvário com o único propósito de esticar sua coluna despedaçada.

Antes de assinar os papéis, esvaziou uma garrafa de brandy. Por força do hábito, virou-a com apenas quatro talagadas. Usou o dorso da mão como guardanapo e secou a boca. O batom laranja, seu preferido, deixou um rastro colorido de um lado.

Tinha passado as primeiras horas da manhã diante de uma caixa de lápis, escolhendo com qual deles ia assinar os papéis do divórcio. Decidiu-se por um preto; para ela, o preto equivalia a nada, a realmente nada. A última folha tinha uma linha pontilhada. Seu amigo, o historiador de arte mexicana, dissera-lhe que tinha de colocar seu nome bem naquele lugar. Não conseguiu deixar de continuar o pontilhado até a margem da folha, e bem no finalzinho desenhou uma caveira pequena. Ela era boa com caveiras.

Então virou a página. Estava toda branca e lisa. Quem era capaz de manter virgem um branco imaculado? Ela não era. Com letra cursiva, prolixa e arredondada, escreveu sua própria sentença de divórcio:

Diego – começo
Diego – construtor
Diego – meu menino
Diego – meu namorado
Diego – pintor
Diego – meu amante
Diego – "meu esposo"
Diego – meu amigo
Diego – minha mãe
Diego – meu pai
Diego – meu filho
Diego = eu
Diego – Universo
Diversidade na unidade.

Ficou um bom tempo relendo o que tinha saído do seu coração. Virou a página e, sobre a linha pontilhada, assinou: "Magdalena Carmen Frida Kahlo Calderón".

Embora seu médico lhe repetisse que era preciso usar a cadeira de rodas, o equipamento fora deixado em um canto; em sua casa, ela se recusava a usá-la. Com os anos, tinha aprendido a dosar as rebeldias que levava ao palco. Dentro de casa e sozinha, tudo era permitido, inclusive abrir outra garrafa de brandy. Ela merecia. Tinha sido um dia difícil.

O que ela tentou controlar foram os goles: em vez de grandes e generosos, optou por encher a metade da boca, mantendo o líquido âmbar entre a língua e o palato o máximo de tempo possível.

Caminhou até a janela que dava para a rua Allende. Sua mente a levou a essa mesma janela que a encantava quando era apenas uma menina de seis anos, quando essa sala ainda não era a sala: era seu quarto. Toda vez que se sentia sozinha, realmente sozinha, na solidão mais absoluta, uma brincadeira devolvia o rugido do sengue às suas veias: exalava no vidro um sopro de respiração até deixá-lo embaçado e, com o dedo, desenhava uma porta. Por essa porta, sua imaginação – que sempre fora exuberante –, escapava-lhe com alegria, com urgência. Então atravessava uma planície imensa até chegar a uma leiteria que se chamava Pinzón. O "o" do nome estava aberto, e uma amiga imaginária a esperava do outro lado. Uma menina alegre, que ria muito sem fazer barulho. Era ágil e dançava como se fosse uma pluma.

Frida lembrou que costumava contar à pequena bailarina todos os seus problemas de garota doente, seus problemas secretos, e que a menina corria com seus segredos escondidos por todo o pátio da Casa Azul e os escondia debaixo de uma árvore de verbena. Como tinha sido feliz com sua amiga imaginária! Sempre que se lembrava dela, aproximava-se mais do seu mundo.

Encheu os pulmões de ar e os esvaziou lentamente. Com as duas mãos, ajustou as fivelas prateadas da cinta que mantinha suas costas eretas; uma cinta de couro curtido, engraxado e modelado à mão. Sentiu como seus órgãos, dentro do peito, comprimiam-se contra as costelas. Não se importou, estava acostumada.

Puxou as cortinas de renda da janela e bafejou sobre o vidro, um hálito que cheirava a brandy. Uma nuvem redonda de vapor cobriu a parte superior, a que estava na altura de sua cabeça. Apelando à memória, desenhou uma porta com o dedo e, dentro da porta, o "o" mágico. Uma imagem a fez dar uns passos para trás. Abriu e fechou os olhos várias vezes para apagar o impacto. Não conseguiu. O sonho continuava ali.

Frida apoiou as palmas das mãos no vidro e espiou através do "o" que acabara de desenhar. Do outro lado, havia uma jovenzinha de cabelo curto e ondulado, vestida com roupa de tehuana. Magra, alta e com uma aparência desengonçada. Olharam-se por um bom tempo. Os olhos verdes de uma se misturaram aos olhos cor de café da outra. A tehuana sorriu. Frida sorriu. A amiga imaginária tinha voltado.

17

Buenos Aires, novembro de 2018

Cristo tinha entregado a falsificação de "La Martita" no tempo e forma previstos. O quadro, com suas pinceladas e pigmentos, além do registro que documentava o percurso da obra na parte de trás, estava pendurado em uma das paredes principais do Museu Pictórico de Buenos Aires, no mesmo lugar e sob as mesmas luzes que tinham abrigado "La Martita" original durante muito tempo. O destino do quadro verdadeiro não era algo que importasse demais a Cristo. Muitos dos originais que duplicara com seu enorme talento foram parar em coleções privadas e, em alguns casos, secretas, ou em salas de mansões nos lugares mais remotos do mundo. Uns meses atrás, tinha chegado aos seus ouvidos a informação de que alguns eram usados como pagamento de dívidas fiscais em diferentes países.

Ele sempre soube que eram necessários um artista e muitos ignorantes com os bolsos cheios de dinheiro para que seu trabalho existisse. Também tinha a certeza de que sua tarefa era muito valiosa; não se dedicava a fazer meras cópias: o que Cristo fazia era pura arte. Gostava de se autodefinir como "criador de autênticos falsos". Os apelidos de "enganador" ou "golpista" o ofendiam. Ele colocava toda a sua alma na criação de obras sem hipocrisias, obras que diziam o que eram. Em resumo, qual é o valor do falso? Qual é o valor da verdade?

Toda vez que terminava e entregava um trabalho, Cristo visitava seu melhor amigo na prisão de San Roque, uma penitenciária de regime aberto em que cumpriam pena os presos de idade avançada, com muitos anos atrás das grades; homens que não sabiam viver em liberdade, nem lhes interessava. O Avô era um dos prisioneiros mais respeitados não só pela população carcerária, mas também pelos guardas. Nunca uma irritação, um ato de violência, uma rebeldia, um motim. Nunca uma delação. Homem de poucas palavras e de gestos gentis. Mas as coisas nem sempre correram bem para ele atrás das grades. Os primeiros dias foram um pesadelo, um inferno.

Naquele tempo, ninguém o chamava de "o Avô", porque ele ainda não era; para todos, ele era Arjona, "o Assassino". Tinha sido condenado à prisão perpétua por matar uma mulher e seu filho de quatro anos. Arjona sempre afirmou que se arrependera, que não tinha tido a intenção, que, se pudesse voltar no tempo, mudaria a sua vida contanto que aquela desconhecida e seu filho continuassem vivos. Ele não era um assassino. Mas nenhum de seus lamentos conseguiram mudar o que aconteceu naquela noite, depois da fuga. Aquela véspera de Natal não tinha sido muito diferente da de tantas outras: os gritos, os risos, os aplausos e as celebrações podiam ser escutados dos terraços, das varandas e dos jardins; e houve, como sempre, testemunhas silenciosas que se abraçavam no interior de suas casas. Talvez por isso, e porque o bairro da Recoleta é um dos mais seguros da cidade de Buenos Aires, as autoridades do Museu Nacional de Belas Artes tinham tomado uma decisão da qual se arrependeriam horas depois: deixar apenas um guarda noturno a cargo da vigilância e permitir que os homens da segurança fossem brindar com seus familiares.

José Barraza nunca imaginou que os andaimes e as estruturas metálicas que os pedreiros usavam na reforma da parte de trás do museu iriam se transformar em trampolins ideais para que um grupo de ladrões se infiltrasse portas adentro. A possibilidade era tão remota que, depois de comer uma marmita e percorrer sem muita vontade a calçada do prédio, Barraza se meteu na salinha destinada aos seguranças, tomou meia garrafa de sidra bem gelada e adormeceu profundamente. Quando o encontraram no dia seguinte, a polícia pensou, em um primeiro momento, que o homem encolhido no chão estivesse morto.

Enquanto José Barraza dormia como um bebê, Miguel Arjona e os primos Danilo e Esteban Páez subiram pelo andaime, desconectaram o precário sistema de alarmes e percorreram os corredores amplos e fabulosos do museu. Depois, foram até o lugar exato que havia sido indicado para eles. A ordem fora muito precisa: a coleção das vinte peças de jade e a obra *Muerte amarilla*, do pintor argentino Leopoldo Blates.

Seguindo as instruções, e em menos de duas horas, os três ladrões conseguiram roubar as obras avaliadas em mais de vinte milhões de dólares. Guardaram o tesouro no porta-malas e, antes de entrar no carro, os Páez e Arjona celebraram seu próprio Natal: abriram uma garrafa de champanhe Veuve Clicquot, comprada para a ocasião, e brindaram na calçada. Esse foi o erro que cometeram – o único, mas definitivo. Tempos depois, atrás das grades, eles se lembrariam com pesar daquele momento.

Uma mulher que saía da casa de sua mãe deu o alerta. Com as mãos cheias de sacolas de presentes de natal, ela entrou em seu carro luxuoso e procurou um policial nas redondezas. "Vá à porta do museu. Algo muito estranho está acontecendo ali", disse ao baixar a janela, e deu mais detalhes: "Tem um carro azul metalizado e três homens negros tomando um champanhe caríssimo na calçada. Reconheço essa marca entre milhares, o rótulo amarelo é inconfundível. Vá lá e veja o que está acontecendo, que é para isso que pagamos seu salário".

Mónica Urquillo de Estrada foi a primeira testemunha da denúncia que se instauraria horas depois e a pessoa que forneceu os dados para os retratos falados. O policial falou pelo rádio e pediu reforços; sabia que, nesse bairro, qualquer vizinho podia fazê-lo perder o emprego.

Imediatamente, uma viatura se dirigiu ao Museu Nacional de Belas Artes. Miguel Arjona foi o primeiro a ver as luzes azuis da radiopatrulha que se aproximava pela avenida Libertador. Apenas um grito foi suficiente para que os três entrassem no carro rapidamente – Arjona ao volante e os primos Páez no bando de trás.

A perseguição se estendeu por mais de cinquenta quadras. Quase chegando à estação do Retiro, uma mãe e seu filho pequeno atravessavam a rua. A mulher segurava o menino por uma mão enquanto, com a outra, ele abraçava o urso de pelúcia que Papai Noel lhe trouxera de presente. Arjona não conseguiu desviar. A frente do carro atingiu os dois em cheio. A mulher ficou jogada no meio da pista. Horas depois, os jornalistas salientavam que, apesar do impacto, a mulher nunca largou a mão do filho e que o menino também não largou seu urso de pelúcia. Arjona não freou o carro, concentrou-se em continuar a fuga. E conseguiu. Às suas costas, dentro do porta-malas, carregava vinte milhões de dólares.

Cristo apresentou seu documento na entrada de segurança da penitenciária. Passou pela revista e viu como os guardas destruíam o pudim de limão que ele tinha levado, procurando drogas ou alguma arma branca. Não se alterou; estava acostumado a comer bolos, pães e biscoitos picados em mil pedaços. Os oito anos passados atrás das grades o tinham preparado para tudo.

O Avô o esperava, como sempre, sentado sob a parreira do jardinzinho onde os presos haviam plantado uma horta comunitária. Ele tinha feito um chimarrão que, também como sempre, estava frio.

— O que faz aqui, garoto? Que bom te ver! — cumprimentou.
— Fazia muito tempo que você não vinha me visitar... Aposto que andou pintando, não é?

Cristo sorriu e assentiu com a cabeça. Desdobrou sobre a mesinha de metal uma bolsa de náilon com uma montanha de pedaços de pudim. Durante um bom tempo, eles tomaram chimarrão e mastigaram as migalhas.

— Fiz uma "Martita" que ficou impecável — disse Cristo.

— Opa! Que linda obra é a "La Martita" — exclamou o Avô, pensativo. — Tem que ser rápido. É uma pintura discreta, tranquila e que vale uma boa grana. Além disso, não é difícil de fazer...

— Realmente não é. Foi uma bobagem, até entediante, confesso.

O Avô deu uma risada e bateu no ombro de Cristo.

— Certo, amigo. Nem sempre podemos pegar as melhores mulheres nem tomar os melhores vinhos, menos ainda falsificar os melhores quadros. Mas é preciso fazer para sobreviver.

— Exatamente. Nem tudo na vida é um Blates.

O quadro *Muerte amarilla*, do pintor Leopoldo Blates, tinha marcado a vida de ambos. Depois de atropelar a mulher e o filho dela, e sem saber se tinha matado ou não os dois, Arjona seguiu o roteiro tal como estava planejado. Conseguiu livrar-se dos policiais e dirigiu para o sul da cidade de Buenos Aires. Uma bodega na rua Suárez, no bairro de La Boca, era o lugar em que o esperavam. Dois homens que ele nunca tinha visto antes verificaram as peças de jade uma por uma e, por último, tiraram o pano de algodão do quadro de Blates.

Essa foi a primeira vez que Arjona viu Cristo. O rapaz que, naquela época, não tinha a barriga saliente e cuja madeixa ainda era bem densa, aproximou-se do quadro. Parecia hipnotizado pelas pinceladas perfeitas que retratavam um dos acontecimentos mais dramáticos da história portenha. Em 1871, catorze mil pessoas morreram de febre amarela em Buenos Aires. Sempre se pensou que os mosquitos infectados tinham chegado ao porto em um barco proveniente de Assunção do Paraguai. As águas do porto e as poças nas ruas de terra abrigaram uma praga impossível de se combater, e que arrasou as pessoas mais pobres que viviam nos subúrbios portuários.

Para pintar sua obra, Leopoldo Blates baseou-se em um relatório policial de 17 de março de 1871, escrito pelo inspetor Luis Gutiérrez. Alertado por um vizinho, Gutiérrez chegou à pensão da rua Cochabamba, 113. Em um dos quartos, encontrou uma mulher morta; uma criança pequena estava deitada sobre seu corpo, mamando de seu peito. O quadro era uma espécie de fotografia perfeita do drama: a mulher, o menino, o quarto humilde com apenas algumas coisas de muito pouco valor. Grande parte da cena pode ser imaginada. Blates escolheu cores escuras para narrar o momento.

"Sim, eu posso fazer", disse Cristo com uma certeza esmagadora.

Foi o suficiente. Voltaram a cobrir o quadro com o pano e, no dia seguinte, um homem misterioso deixou a obra na porta da casa do rapaz.

— E como você está, garoto? — perguntou o Avô com interesse genuíno. — Alguma namorada? Algo novo?

— Não, nada de nada. Saio às vezes com uma vizinha do meu bairro, mas não é uma relação formal nem séria. Ando com vontade de viajar para a Europa para estudar pintura.

— Ah, isso é uma bobagem, um desperdício de grana. Você não precisa estudar merda nenhuma. Você é o melhor, nasceu com o estudo já feito — disse o Avô.

Cristo gostava de escutar elogios sobre sua arte, mas, apesar do que lhe dizia Arjona, a vontade de aperfeiçoar sua técnica era maior. Além disso, nos últimos anos teve de recusar algumas encomendas. As pinturas luminosas não eram fáceis para ele; a especialidade dele sempre fora o escuro, o lúgubre. Além disso, tinha percebido que o mercado estava mudando: procuravam cópias de Kandinsky ou de Pollock.

— Como está seu irmão? — perguntou o velho para mudar de assunto. Percebeu que Cristo não tinha recebido bem a pergunta, então acrescentou. — O pentelhinho continua pintando?

Cada vez que alguém falava de seu irmão, Cristo não tinha opção a não ser fingir um amor fraternal que nunca tinha sentido por ele. Ainda que, durante anos, o irmão o idolatrasse e o perseguisse por todos os lados para que pintassem juntos, não teve jeito: Cristo o odiava. Toda vez que o via, sentia uma vontade atroz de bater nele, mas se continha, e suas brigas infundadas se acumulavam como lixo no fundo do porão. Apenas uma vez não conseguiu controlar sua fúria e deu um soco no menino, de apenas onze anos, que o deixou largado no chão e com o lábio cortado. Foi na noite em que ele começou a copiar o quadro de Blates.

O quarto de Cristo funcionava como seu ateliê. Um colchão largado em um canto, uma mesinha de cabeceira de madeira cheia de livros de pintura, caixas e mais caixas de tinta a óleo, telas, pincéis e dois cavaletes encostados na janela era tudo de que ele precisava para ser feliz. Dobrou o pano, colocou o quadro que tinha sido roubado do museu em um dos cavaletes e voltou para observar com atenção os detalhes. Estava cada vez mais convencido de que poderia fazer uma cópia idêntica. Quando ele se preparava para montar a paleta de cores de que precisava, o irmão entrou em seu quarto sem pedir licença e o chamou pelo nome completo. Em uma única ação, o menino fez as duas coisas que mais o incomodavam.

— Cristóbal, você viu o que estão falando na televisão? — perguntou com aquela vozinha que o tirava do sério.

— Não e não me importa. Feche a porta e suma daqui — respondeu Cristo sem levantar os olhos das cores que estava misturando.

— Venha ver! Venha, estou te falando! — insistiu o garoto. — Alguns ladrões roubaram um museu e mataram uma senhora e o filho dela. O noticiário mostra um quadro igual e esse que você tem aí. É igualzinho!

Cristo sentiu as mãos formigarem lentamente. Seu coração galopava no meio do peito. De que mortos falava seu irmão? Saiu do quarto como um furacão e parou em frente à televisão da sala. Quando viu a foto da mulher e do garotinho na tela, pensou que fosse desmaiar. Ninguém lhe contara que o quadro posicionado em seu cavalete a poucos metros dali estava manchado de sangue. Ele se lançou sobre o telefone e digitou um número para o qual raramente ligava.

— Puta que o pariu! — disse assim que escutou a voz do outro lado. — Estou vendo o noticiário. Ninguém me contou nada e mostraram a foto do quadro. Eu tô fora! Mande alguém vir buscar o quadro aqui agora mesmo! — gritou sem se dar conta de que o irmão acompanhava a conversa com os olhos arregalados.

— Quem dá as ordens sou eu, Cristóbal — disse uma voz calma. — Continue o trabalho que do resto cuido eu, como sempre.

Cristo não pôde continuar falando. A única pessoa que podia ajudá-lo tinha tomado uma decisão: que ele seguisse com a falsificação do Blates. O garoto esperou o irmão mais velho desligar o telefone e aproximou-se, impaciente.

— Cristo, você é um dos ladrões do quadro? — perguntou.

O soco foi certeiro e atingiu o meio do rosto. O garoto ficou caído ali mesmo, ao lado do telefone. O sangue que lhe escorria pelo pescoço manchou sua camiseta. Naquele momento, com apenas onze anos, Rama jurou que se vingaria do irmão.

18
Cayoacán, janeiro de 1940

Frida abriu a porta de sua casa. Estava destrancada, como sempre; tinha certeza de que ninguém se atreveria a entrar em um santuário sem autorização, e a Casa Azul era o seu santuário. Atravessou a rua Londres, na diagonal até a rua Allende. Não se preocupou se vinha carro ou ônibus, não olhou para os lados. Não era uma mulher prevenida. Seu talento consistia em lidar com as consequências. Os saltos de suas botas vermelhas afundaram nas rachaduras da terra úmida que contornava os paralelepípedos da calçada. Não podia nem queria tirar os olhos de sua amiga imaginária. Nem sequer se atreveu a pestanejar diante da possibilidade de que ela desaparecesse.

A jovem tehuana continuava no mesmo lugar, com sua saia e seu huipil vermelhos, segurando um cesto que lhe pendia do ombro magro. Quando estava a menos de um metro de distância, Frida quis abraçá-la e confessar baixinho que tinha sentido muita saudade dela. Quis que as duas levantassem os braços e dançassem em roda como quando ela era pequena. Mas ela não pôde. Ela não quis.

— Por que a senhora está chorando? Aconteceu alguma coisa? — perguntou Nayeli.

A menina também não conseguia deixar de olhar para a mulher que estava na sua frente. Tudo nela era excêntrico diante de seus olhos. A saia longa verde-escura, a anágua de babados de renda que lhe cobria os pés e o huipil branco com folhas bordadas a fizeram se sentir por uns minutos em Tehuantepec. Mas as fitas de couro com fivelas prateadas que rodeavam o peito da mulher e seu andar desconjuntado causaram em Nayeli uma grande curiosidade.

— Você me aconteceu — respondeu a mulher com um sorriso, ao qual imediatamente seguiu uma pergunta. — Você é real?

— Sim, claro. Bem, acho que sou — disse, levantando o ombro direito. — Meu nome é Nayeli Cruz.

A mulher repetiu o nome várias vezes. Ela o fez em voz baixa, como quem deseja que as letras sejam impressas no cérebro, e respondeu o que Nayeli não tinha perguntado:

— Meu nome é Frida. Frida Kahlo. Você quer vir à minha casa e brincar com as minhas bonecas?

Nayeli travou o impulso de aplaudir. Nunca tivera uma boneca própria; em sua casa só havia uma de pano e palha, que ela dividia com Rosa.

— Obrigada, senhora Frida, mas não quero incomodar — respondeu. A firmeza da educação recebida da mãe tinha vindo à tona.

A mulher se aproximou e pegou-a pelo braço. Essa foi a primeira vez que Nayeli testemunhou uma das características de Frida: pela razão ou pela força, ela sempre conseguia o que queria.

Quando entrou pela primeira vez na Casa Azul, ela não imaginou nada do que estava por vir, mas jamais esqueceu as sensações encontradas que se acomodaram em seu peito, bem ali, onde está o coração. A porta de madeira pintada de um verde furioso dava para um pequeno corredor de paredes do mesmo tom de azul da fachada. À esquerda e no alto, alguns Judas enormes e coloridos, feitos de papel machê, davam as boas-vindas. Nayeli não pôde deixar de olhá-los com fascinação, mãos atrás das costas e cabeça para trás.

— Eles são bonitos, você não acha? — perguntou Frida, acostumada com que todos parassem para observá-los. — Foram feitos por Carmencita, uma artista querida, meus "Judas" de cabeceira. Ninguém faz peças tão maravilhosas como ela.

Ela colocou uma mão nas costas da jovem e pressionou com suavidade, convidando-a continuar o caminho. O corredor desembocava em um pátio que, à primeira vista, parecia descuidado: arbustos crescendo fora dos canteiros, nopais no meio da passagem e uma quantidade enorme de ferro e chapas de metal tingidos de cores variadas. No entanto, quando o visitante se acostumava ao caos, a beleza aparecia.

Nayeli soltou-se da mão de Frida e correu para chegar até a fonte de pedra. O som da água cristalina, que saía em forma de jato, atraiu-a como se fosse um ímã. Era o mesmo som do seu rio, do rio de Tehuantepec. O fundo da fonte roubou a primeira de tantas risadas que deixaria escapar na Casa Azul: dois sapos esparramados, pintados sobre mosaicos partidos, pareceram-lhe muito divertidos e originais. Frida, que era a melhor companheira de bebedeiras, lágrimas e risos, não hesitou em juntar-se à jovem.

— Fiz esses sapos em homenagem a Diego, que também é um sapo feio e gordo — disse, e mudou de assunto com maestria. — Vamos à cozinha comer alguma coisa e me fale sobre você.

Nayeli aceitou, não tinha outras opções nem outros planos. A alegria transmitida pelo jardim da casa contrastava com a escuridão da sala. As janelas e cortinas fechadas deixavam passar apenas alguns poucos raios de luz; o cheiro do confinamento e do tabaco era asfixiante; na mesa havia várias garrafas vazias, papéis, pratos e copos sujos. O chão precisava de uma boa varrida; e nos cantos, viam-se pequenos fragmentos de terra que alguém tinha juntado para tirá-los do caminho. No meio da sala, entre um dos janelões e uma arcada que levava à sala de jantar, havia uma cadeira de rodas.

— De quem é essa cadeira de rodas? — perguntou Nayeli.

— É minha. Tudo aqui é meu — respondeu Frida, batendo no peito.

— Mas, eu não entendo... Você caminha.

— Não tão bem como antes. — Ela levantou a saia e adiantou sua perna direita. — Olha como esta perna é fina, viu? Tive poliomielite quando era pequena e fiquei assim, como uma perna de pau.

Nayeli observou, interessada. Realmente, a deficiência era clara.

— E é por isso que você anda com esse colete de alças no corpo? — perguntou, apontando para o peito de Frida.

— É claro que não. Essa é outra história. A infelicidade sempre me acompanhou. Tive um acidente que rompeu a minha coluna e o meu pescoço em milhares de pedaços. Esse acidente mudou a minha vida e me deixou destruída.

— Eu não te vejo destruída — disse Nayeli, que achava a mulher mais dramática do que a sua madrinha Juana.

Frida cobriu as pernas de novo com a saia e colocou a mão áspera sobre a bochecha da garota. Fez isso com uma ternura sem fim.

— Claro que estou. Pode não parecer, mas, por dentro, estou destroçada como um cristal arrebentado. Quando tinha mais ou menos a sua idade, sofri um acidente. Foi um acidente bizarro. Não houve violência. Foi silencioso, lento e maltratou a todos. E me maltratou ainda mais — disse, pensativa.

— Conte-me mais sobre o acidente — pediu Nayeli. Todas as histórias a faziam se lembrar dos relatos de sua avó. Não importava se lhe contavam verdades ou mentiras. Ela escolhia acreditar.

Frida sentou-se na cadeira de rodas. Algumas horas por dia, fazia concessões ao destino. Nayeli se juntou a ela no chão, com as pernas cruzadas, pronta para escutar a mulher falar de seu assunto favorito: ela mesma.

— Nessa época, eu tinha um namorado. Ele era agradável e muito bonito. Chamava-se Alejandro. Estávamos na região de Zócalo e pegamos um ônibus para voltar a Coyoacán. Pouco depois que entramos, aconteceu o acidente. Havíamos pegado outro ônibus antes, mas descemos porque eu tinha perdido uma sombrinha de papel muito bonita. Você gosta de sombrinhas de papel? — perguntou Frida, interrompendo o seu relato. — Enfim, o acidente aconteceu bem na esquina do mercado de San Juan. Do lado contrário, vinha um bonde. Ele vinha muito devagar e o nosso motorista era um rapaz impaciente. O bonde, ao dar a volta, arrastou o ônibus contra uma parede.

Frida fez silêncio e apontou para uma garrafa de brandy que estava sobre um móvel amarelo. Nayeli se levantou de um salto e alcançou a garrafa. Depois de dois goles longos, Frida continuou:

— E, naquele momento, o do acidente, só pensei em um balero[21] muito bonito que eu trazia na mão e que voou com o impacto. Não avaliei o tipo de lesões que sofri porque não sentia dor nenhuma. É mentira que alguém se dê conta de um acidente, é mentira que

---

21 Brinquedo tradicional mexicano feito de madeira. (N.T.)

chore. Eu não derramei lágrimas, e olha que o corrimão atravessou todo o meu corpo como se fosse uma espada. Um homem me levantou e me colocou sobre a mesa de bilhar de um bar lá perto, até que chegaram os médicos da Cruz Vermelha.

— Com pau e tudo? — perguntou Nayeli com os olhos arregalados.

— Com pau e tudo. Eu só me lembro de vozes e vozes que gritavam: *A bailarina! A bailarina!* Tempos depois, Alejandro me contou que, no ônibus, viajava um pintor que levava um saco de pó dourado e que, com o impacto do acidente, o pó caiu sobre meu corpo e eu fiquei toda dourada, como uma bailarina. Não é bonita essa imagem? Considero sangue e ouro muito bonitos.

Embora Nayeli tivesse dito a ela que também achava lindo, tinha ficado muito chocada, na verdade. À medida que a garrafa de brandy esvaziava, Frida, entre um gole e outro, contou-lhe sobre os meses em que esteve internada; sobre as operações, os tratamentos e os esforços que fez para que seu namorado Alejandro a visitasse.

— Eu não sabia que meu príncipe tinha ido estudar longe daqui e ficava escrevendo cartas de amor para ele, enquanto a morte dançava ao redor da minha cama todas as noites. Assinava o papel com beijos de batom vermelho que minha irmã, Cristina, levara para mim no hospital, e dentro do envelope eu colocava penas rosa de um travesseiro que, certa tarde, rasguei em um acesso de raiva. Naquele momento, eu ainda não tinha me acostumado ao sofrimento. Depois, trouxeram-me para esta casa, deixaram-me deitada sobre uma cama com o corpo todo engessado como seu eu fosse uma múmia. Você não imagina a vontade de rir que me causava tentar fazer desenhos bonitos no gesso.

— Não consigo achar graça, senhora Frida. Deve ter sido muito doloroso — respondeu Nayeli.

Frida deixou a garrafa vazia no chão, ao lado da cadeira de rodas, e a encarou.

— Nada é mais valioso do que o riso, isso você tem que aprender. É preciso força para rir e deixar-se levar, para ser muito leve. A tragédia é algo extremamente ridículo.

Essa foi uma das primeiras lições que Nayeli aprendeu com Frida. A partir desse momento, ela jurou que o riso seria seu aliado para toda a vida.

— Certo, certo — disse a mulher, e com dificuldade tentou colocar-se de pé. Com um olhar fatal recusou a ajuda que Nayeli lhe oferecia. — Vamos conhecer as minhas bonecas, foi por isso que eu te convidei, não foi?

Caminhava de lado, como se fosse uma torre prestes a desmoronar. Apesar da dificuldade, conseguia manter o equilíbrio desafiando a lei da gravidade. Depois de cada movimento brusco, ela ajustava as alças de couro do colete. Nayeli a acompanhou de perto, com as mãos ao lado do corpo, prontas para segurar Frida caso seus ossos não resistissem. Ela parecia tão fraca, tão frágil e tão efêmera; quase a ponto de desaparecer.

O quarto de Frida era pequeno. As paredes brancas e o piso e os rodapés de madeira lustrada davam ao lugar um aspecto sóbrio, monástico; muito diferente do restante da casa e de sua dona. Uns quadrinhos pequenos com fotos velhas e uma estante para livros eram a única decoração.

A cama despertou a curiosidade de Nayeli, ela nunca tinha visto nada semelhante. O colchão de solteiro era alto e estava coberto por uma colcha de linho branco com uns bordados delicadíssimos de flores alaranjadas e folhas de diferentes tons de verde em ponto cruz, um ponto que só as melhores bordadeiras conseguiam fazer, como as de sua família de Tehuantepec. Ela nunca fora suficientemente aplicada no bordado nem tinha a paciência necessária. Sobre o travesseiro, uma almofada de tela com mais bordados – nesse caso, um azevinho natalino e, no centro, tecida com fios vermelhos, uma palavra curta que Nayeli não soube ler.

— O que está escrito da almofada? — perguntou.

— "Carinho" — respondeu Frida com preocupação. — Você não sabe ler?

Nayeli não respondeu. Limitou-se a olhar para a ponta dos pés, com a cabeça baixa.

— Que barbaridade! Isso não pode acontecer! — exclamou, furiosa. — A verdadeira revolução é a de que todos os mexicanos e mexicanas saibam ler, tenham acesso à educação. Levante a cabeça agora mesmo, Nayeli. Vergonha e cabeça baixa deveriam ter aqueles que não levaram a revolução até você. Eu serei a sua revolução, você verá.

A jovem levantou a cabeça e sorriu. Uma das coisas que sempre quis saber e nunca conseguiu foi ler e escrever. Respirou fundo e conteve a vontade de chorar.

— Vem aqui, me ajude a me deitar na cama. Minha espinha dói como o diabo — disse Frida. — E deite aqui comigo.

Os braços de Frida eram finos como gravetos. Logo que Nayeli os segurou, teve que diminuir a força por temer quebrá-los. Acompanhou o corpo da mulher e colocou o travesseiro sob a cabeça dela. Seu nariz inundou-se do cheiro das flores que decoravam as tranças pretas de Frida e rodeavam-lhe o alto da cabeça. As duas ficaram deitadas de barriga para cima, uma grudada na outra, olhando para o teto de madeira acima da cama, sustentado por quatro pilastras. Um espelho as refletia da cintura até a cabeça.

— Por que você tem uma cama com teto e espelho? — perguntou a tehuana.

— Para me olhar, para eu não me perder — respondeu Frida. — Esta é a cama que usei durante os meses em que estava me recuperando depois do acidente. Meu rosto era a primeira coisa que eu via quando abria os olhos e a última antes de fechá-los. Ninguém olhou tanto para mim como eu mesma. O acidente me desviou do caminho que eu havia traçado, me privou de muitas coisas. Mas eu nunca me perdi. Estou aí no espelho, aí você me vê.

Nayeli, que tinha sido criada vendo o rosto da irmã, Rosa, todas as noites e todas as manhãs, dessa vez cravou os olhos no espelho e se concentrou no rosto de Frida. Sentiu a mesma paz, a mesma ternura. As duas adormeceram. Uma moída pelo cansaço de tantos dias de uma viagem de aventuras incômodas; a outra, entorpecida por medicamentos e brandy.

Uma voz grossa e áspera as acordou. Vinha forte do outro lado da casa.

— Frisita, Frisita! Pombinha dos meus olhos, onde está você?

Com dificuldade, Frida sentou-se na cama, com as costas apoiadas na cabeceira de madeira.

— Lá vem aquele sapo gordo, gritando como um louco — disse com uma raiva mal disfarçada. — Deve estar com fome, aposto. Essas pirralhas com quem ele anda mal sabem preparar uma tortilha.

Nayeli ajudou a mulher a se levantar. Os gritos do homem não paravam.

— Por que ele te chama de "Frisita"? — perguntou. — Seu nome não é Frida?

— Porque as crianças brincam com as palavras, e esse sapo gordo é uma criança — respondeu, enquanto saía do quarto e se dirigia ao lugar de onde vinha a voz.

Nayeli não entendeu duas coisas ao mesmo tempo: nunca tinha escutado uma criança com voz tão grossa e agora Frida se mostrava muito mais frágil do que havia estado antes, quando conversava com ela. Não apenas caminhava retorcida, mas se apoiava nas paredes como se fossem a sua bengala. Como em um passe de mágica, seu gesto cintilante e gentil tinha se transformado em uma careta dolorida e moribunda. Até a cor de sua pele parecia ter mudado de um moreno brilhante para um amarelo pálido.

Saíram em outra parte do jardim e subiram alguns degraus de pedra largos. Misteriosamente, Frida fez isso com agilidade. Entraram em uma sala ainda mais ampla que a principal. Todas as paredes eram janelões de vidro limpíssimos. A luz e o sol banhavam tudo. No meio havia uma mesa enorme de madeira lustrada, a maior que Nayeli já tinha visto em toda a sua vida. Do outro lado da mesa, não havia nenhuma criança.

Parado, com as duas mãos apoiadas na cintura, um homem gigante olhava para as duas com um gesto de surpresa e curiosidade. Ele vestia terno preto e camisa branca com o colarinho engomado. Usava um chapéu de feltro que o fazia parecer ainda mais alto do que realmente era, um cinto largo de couro com uma fivela de metal e sapatos de mineiro que tinham deixado pegadas de barro no chão. Duas características sobressaíam desse corpo descomunal: a barriga redonda e os olhos verdes e esbugalhados. *Frida tem razão. Ele tem cara de sapo*, pensou Nayeli.

— Frisita, minha querida, olhe como você está! Não pode sequer ficar de pé! — exclamou Diego. Deu a volta na mesa e, com um movimento firme e quase sem fazer esforço, carregou Frida nos braços com a facilidade de quem levanta um bebê. — Você deve andar na sua cadeira de rodas até que esteja melhor ou ficar de repouso, querida pombinha. Seus médicos gringos já te disseram isso.

Frida afundou a cabeça no peito do homem e respirou fundo, como se pudesse encher o nariz, os pulmões, o sangue e até o cérebro com o cheiro forte de suor e o perfume do sabão de lavar roupa.

— Coloque-me nessa poltrona pequena — apontou Frida —, a que está ao lado da minha pintura.

Quando Nayeli se aproximou para cobrir as pernas da mulher com a manta que encontrara no apoio de braços da poltrona, Frida a interrompeu.

— Deixa, deixa. Não estou com frio. Olhe bem para este homem, Nayeli. Não se esqueça jamais de seus detalhes — disse, cerimoniosa. — Ele é o maior muralista que você vai conhecer na vida. Melhor dizendo, ele é o único que existe. Ele é Diego Rivera.

Diego e Frida aplaudiram como se acabassem de escutar a apresentação de um show.

— Certo, certo, pombinha. Você sempre exagera. Eu não sou o único — disse Diego entre risos. — Também tem Siqueiros y Orozco...

— Nem os nomeie nesta casa! — gritou Frida. Nayeli se assustou, a voz da mulher parecia ter saído de suas entranhas. — Aqui não se nomeiam os traidores nem aqueles que te prejudicaram, meu querido. Bem, olhe esta pequena garota tão linda de olhos verdes. Chama-se Nayeli Cruz e é a minha amiga imaginária.

Diego aproximou-se de Nayeli com uma mão estendida, como se ser a amiga imaginária de alguém fosse algo muito normal. Com a outra mão, tirou o chapéu e o segurou contra o peito em sinal de respeito.

— Bem-vinda, Nayeli Cruz. É um prazer tê-la aqui. As amigas de Frida são também minhas amigas — disse e apertou a mão dela com firmeza.

— Obrigada, senhor. Mas eu não sou imaginária, sou de verdade.

Frida e Diego voltaram a rir ao mesmo tempo. Pareciam coordenados em reagir às piadas e aos estímulos que só eles entendiam. Tinham a capacidade espantosa de montar um mundo próprio em segundos, do qual todo o resto ficava de fora.

— Claro que sim, eu vejo que você é real — respondeu Diego enquanto recolocava o chapéu. — Mas, sinta-se honrada de ter entrado no plano imaginário da minha pombinha Frisita. Nem todos têm essa sorte.

Frida aproveitou as saudações entre Diego e Nayeli para abrir uma garrafa de conhaque que estava escondida debaixo da poltrona em que estava sentada. O segundo gole na garrafa deu-lhe o empurrão de que precisava para falar do que ele não queria.

— O que está fazendo aqui, Diego? Já assinei os papéis do divórcio que você me mandou. Já está claro para mim que você quer me abandonar...

— Não diga isso, Frisita — interrompeu Diego, angustiado, com os ombros caídos para a frente e a cabeça tombada para um lado. — Você sabe que não é falta de carinho, eu te amo demais para te causar sofrimento e tormentos futuros.

— Você ganhou, meu querido. Eu te deixo livre. Embora você sempre tenha sido. Você sempre cortejou as mulheres que quis cortejar, e eu permiti. Meu problema é quando se envolve com mulheres indígenas ou inferiores a mim. Isso é o que você não entende.

Diego deu meia-volta e ficou de costas para Frida e Nayeli. Contemplar o jardim da Casa Azul sempre o ajudava pensar melhor.

— Mas, Frida... se deixo você traçar essa linha, permito que restrinja a minha liberdade...

— Ai, sapo gordo! Ai, meu Dieguito! — exclamou. — Você é uma vítima depravada dos seus apetites sexuais. O divórcio é uma mentira que você me impõe e o mais grave é que a impõe a si mesmo.

Eles ficaram em silêncio. Diego, com a atenção fixa nos nopais do jardim; Frida, esvaziando a garrafa de conhaque. Nayeli tinha a incômoda sensação de estar sobrando, escutando uma conversa privada e de adultos. Mas Diego e Frida tinham o costume de subir ao palco na esfera privada, como se seus assuntos tivessem de ser analisados por todos.

— Você já pode ir, meu Diego — disse Frida, rompendo o silêncio com um sorriso luminoso. — Eu fico aqui com Nayeli, minha amiga imaginária, minha boneca tehuana.

A mulher pediu a Nayeli que acompanhasse Diego Rivera à porta, como se o homem não conhecesse o caminho; foi a maneira que encontrou de fazê-lo se sentir estranho em sua própria casa. A garota obedeceu.

— De onde você saiu? — perguntou-lhe Rivera enquanto atravessava a sala principal, até a saída da rua Londres.

Nayeli não soube o que dizer. Pela primeira vez, sentiu que esse lugar onde queria ficar estava ameaçado. Diego Rivera já não usava mais o tom contemplativo que dispensara a Frida.

— Eu sou a nova cozinheira, senhor Rivera — mentiu. — Eu sou a cozinheira de Frida.

19

Buenos Aires, dezembro de 2018

Depois de nossa noite fracassada, Rama me deixou várias mensagens. Não respondi nenhuma delas. Às vezes, nós, mulheres, precisamos ter o controle das coisas e, quando isso acontece, temos de assumi-lo. Minha rebeldia foi pequena, embora eu a tenha percebido imensa. Rama se opusera a que eu emoldurasse o quadro, e era isso o que eu ia fazer: emoldurá-lo.

Enrolei a tela com a imagem da minha avó e a coloquei em uma sacola de lixo. Depois de uma pesquisa rápida na internet, decidi levá-la a uma loja que, segundo os comentários do Google, era "familiar e de confiança"; além do mais, ficava a uma quadra da casa de Cándida, um detalhe nada desprezível que me permitia passar ali para vê-la. Ela era o mais parecido que eu tinha a uma avó, e a falta desse tipo de vínculo me dava uma angústia terrível no meio do peito.

Enquanto me encontrava no metrô rumo à desobediência, lembrei-me da minha mãe. Quanto da história de Nayeli ela sabia? Desde a morte da minha avó, só tínhamos trocados algumas mensagens de cortesia: "Como você está?"; "Você está melhor?"; "Que dia lindo". Na última, dizia que tinha me achado "mais gordinha" no dia do velório. Não sei se me irritava mais a brevidade dos modos de minha mãe ou o uso desmedido dos diminutivos quando se dispunha a magoar alguém; como se o fizesse aos poucos, como se gostasse de provocar uma ferida com uma faca afiada. Ela estaria a par de que a própria mãe tinha posado nua diante dos olhos de sabe-se lá quem?

A imagem do colar com a pedra de obsidiana que ela tinha deixado sobre o caixão de Nayeli voltava outra vez à minha memória. Por vezes, eu me arrependia de não o ter tirado do buquê de flores em que fora deixado, mas, ao mesmo tempo, parecia certo que elas compartilhassem um segredo de mãe e filha; inclusive, isso até me comoveu.

Sempre soube que minha mãe não queria ter sido mãe. Ela nunca me disse, mas se encarregou de me fazer saber, e a revelação, longe do que se poderia imaginar, me tranquilizou. O problema não fui – nem sou – eu. O problema é a sua incapacidade de entrega. Tudo que precisa de sua atenção ou de sua presença acaba se despedaçando: a tartaruga que caiu de uma varanda, o gato que escapou pelos telhados e as plantas que sempre terminavam murchas em vasos de terra seca. Eu não me despedacei graças à minha avó. No entanto, eu, sim, prestava muita atenção em minha mãe; na realidade, todos prestavam.

Nayeli sempre contava que ela tinha sido uma menina brilhante e esperta, uma adolescente inteligentíssima e independente. Eu conheci uma mulher excêntrica, que seduzia as pessoas em todos os lugares por onde passava: em reuniões do colégio, em aniversários, natais, festas. Com a mesma elegância com que esvaziava garrafas de champanhe sem que sua conduta se alterasse por conta do álcool, ela parava em qualquer lugar, enfiava a mão na carteira e começava a distribuir dinheiro como se as notas fossem folhetos de publicidade. Ou tirava os sapatos e, na ponta dos pés, interpretava de maneira majestosa alguma peça de balé. Depois voltava à postura de senhora conservadora e rígida com tanta rapidez que seus disparates eram esquecidos e ninguém se atrevia a classificá-la de louca. Felipa ainda intimida com o olhar ou com as palavras, o que venha primeiro; manipula suas armas letais com a mesma perícia.

Muitas vezes, pensei que eu tinha sido adotada. Ainda penso nisso, de vez em quando. Nenhuma foto de minha mãe grávida, nenhuma história de seu parto. Nada. Ela me falou do meu pai uma única vez. Descreveu-o como um homem de uma noite só, a quem nunca voltou a ver; um homem do qual nem sequer chegou a saber o nome. Secretamente, eu inventava nomes para ele, apelidos e traços físicos. Hoje, ele é uma sombra tão difusa quanto desnecessária. Só preciso da lembrança da minha avó e, um pouco, da presença da minha mãe.

Desci na estação de Boedo e caminhei três quadras até a loja das molduras de quadros. Era um local pequenininho. A vitrine estava cheia de pó, e com muitos espelhos e molduras de diferentes materiais empilhados com relutância. Em um dos cantos, dormia placidamente um gato malhado. Foi inevitável pensar em Borges, seus tigres e seus espelhos. Sorri. Mas o sorriso escapou-me rapidamente quando vi a plaquinha branca, com letras azuis, anunciando que o local estaria fechado para as férias até a próxima semana.

Quando estava prestes a dar meia-volta para ir embora, percebi um movimento atrás do balcão da loja. Aproximei o rosto do vidro e, para neutralizar reflexo e enxergar melhor, coloquei as mãos na lateral dos olhos. Um homem magro, vestido com um macacão de trabalho azul-escuro, verificava as gavetas de um movelzinho em um canto. Bati suavemente na porta. O homem levantou a cabeça. Com um gesto de aborrecimento e arrastando os pés, ele caminhou até onde eu estava. Abriu a porta, apenas um pouco.

— A senhorita não sabe ler? — perguntou. Apesar da hostilidade do questionamento, seu tom era gentil.

— Sei, sim. Vi o cartaz, mas tomei a liberdade de chamá-lo porque preciso emoldurar um quadro e todos no bairro me disseram que o senhor é o melhor para a tarefa — menti.

O homem pensou durante alguns segundos até que finalmente abriu a porta. Fez-me passar com relutância. O cheiro de cola para telas e madeira era forte, mas agradável, embora não conseguisse apreciá-lo totalmente. Meus olhos começaram a arder e eu não pude deixar de esfregá-los com as mãos.

— A senhorita viu que o local está fechado. Vim buscar umas contas para pagar. O cheiro é muito forte para quem não está acostumado, mas, enfim, não reclame — explicou o homem.

— Não estou reclamando — disse com os olhos irritados e cheios de lágrimas.

Em um gesto de piedade, o homem ligou um ventilador pequeno que estava sobre o balcão e o colocou na minha frente.

— Esse arzinho vai ajudar — disse. — Vamos fazer isso rápido. O que precisa emoldurar?

Sem mais rodeios, tirei da bolsa de náilon o rolo com a pintura de Nayeli. O homem limpou o balcão e a estendeu sobre a fórmica.

— Muito linda a pintura, senhorita. Como quer emoldurá-la? — perguntou.

— Pensei que, talvez, uma moldura fina e dourada ajudasse a ressaltar ainda mais as cores.

— Eu não faria em dourado. Melhor em preto. Fina e preta — respondeu com a decisão tomada.

Sorri e levantei as duas mãos com resignação.

— Muito bem, o senhor é quem sabe. Quando estaria pronta?

O homem anotou um telefone celular em um pedaço de papel que arrancou de um bloco de notas.

— Ligue-me na semana que vem. E me pague quando o trabalho estiver pronto.

Guardei o papelzinho na carteira e olhei as horas. Se me apressasse, talvez chegasse a tempo para almoçar com Cándida. No fundo da minha bolsa, iam-se acumulando várias chamadas perdidas de Rama. Eu não as escutei.

20
Coyoacán, janeiro de 1940

A janela era retangular e ocupava a parte superior de uma das paredes. Uma moldura de madeira pintada de verde dividia o vidro em quadradinhos perfeitos, através dos quais o sol entrava destacando todo o amarelo que decorava a cozinha: mesa, cadeiras, estantes, despensa, cristaleiras e vasos. O amarelo dominava. Amarelo felicidade. Amarelo intuição.

— Por que há tantas coisas amarelas? — perguntou Nayeli enquanto caminhava lentamente pela cozinha, um cômodo espaçoso que, soube, iria se transformar em seu refúgio.

— Porque é a cor que chama a fertilidade. Ainda que, a esta altura da vida, eu acredite que esse feitiço não tenha funcionado em mim — respondeu Frida com aquele tom de resignação dolorido que lhe caía tão bem.

Nayeli não percebeu a maneira bastante indecorosa com que Frida tentava comover; sua atenção recaía sobre a fileira de panelas, acomodadas uma ao lado da outra, em cima de um balcão de concreto revestido de azulejos azuis e amarelos. Aproximou-se e tocou as bordas de cada uma delas. Eram de barro cozido. Não pôde deixar de sorrir. Desde pequena, em seu rancho de Tehuantepec, a advertência que mais escutara tinha a ver com as panelas. Ninguém, no seu juízo perfeito, cozinhava feijões em panelas de aço, de ferro ou de cobre. "O verdadeiro mexicano se nutre dos sabores que vão acumulando no barro ancestral dos recipientes nos quais ele cozinha", repetia sua mãe toda vez que carregava a panela pesadíssima para a fogueira – que servia para cozinhar e também era o lugar onde a família Cruz se reunia. As panelas da cozinha de Frida eram novas, pareciam peças de museu.

— Ninguém come feijão nesta casa? — perguntou Nayeli, apavorada com os fundos impecáveis das panelas.

— Claro que sim! Somos mexicanos! — exclamou a mulher, com uma gargalhada. — Pelas nossas veias correm feijões de todos os tipos. Os meus preferidos são os pretos, poderia devorar um pacote inteiro.

— E onde vocês os cozinham? Aposto que não é nestas panelas — insistiu Nayeli.

— Claro que não. Meu Diego é um sapo comilão. Deixei que levasse todos os utensílios para a nova casa dele, para que Irene preparasse seus caldos, tamales, enchiladas e um ou outro antojito[22] — respondeu com as mãos na cintura, enquanto movia a cabeça e seus brincos tilintavam ao redor. — O que você sabe de feijões?

— Eu sei todos os segredos da cozinha — respondeu a garota.
— Irene é a cozinheira de dom Diego?

Frida balançou as mãos com desdém.

— O quê? Irene é uma pintora horrível. É a nova queridinha do sapo gordo do Diego. Mas não quero falar dessa mulher, que é apenas mais uma. Quero que cozinhe para mim. Olhe como estou magra, quase cadavérica. Preciso nutrir meu corpo e minha alma. Você se anima?

Nayeli concordou com entusiasmo, sem imaginar que a alma da mulher à sua frente poderia devorar muito mais do que pratos e pratos de feijão. Desde que Diego tinha se mudado da Casa Azul para se instalar na casa-ateliê de San Ángel, Frida alimentava-se de licor e tequila; de vez em quando, mastigava sem vontade um pãozinho com manteiga e tomava um copo de leite que mantinha fresco dentro de um balde cheio de água gelada.

— Você gosta de leite? — perguntou de repente. Lançar frases soltas e perguntas com a rapidez de um raio era sua marca pessoal. No cérebro de Frida fervilhavam mil ideias, todas ao mesmo tempo, e ela as expressava de uma vez só, de maneira atropelada.

---

22 É um petisco, um snack, típico do México. (N.T.)

— Sim, claro — respondeu Nayeli. — É um dos meus alimentos favoritos.

Frida começou a dar voltas. A saia de seda verde flutuou entre suas pernas com tanta desenvoltura e leveza que chegou a disfarçar a dureza dos movimentos do corpo enferrujado. Mas só conseguiu dar duas voltas completas. Pegou uma das cadeiras de madeira e se deixou cair sobre ela, como se fosse um saco de batatas. Tinha o peito agitado, e uma das flores que decorava seu cabelo caiu sobre a orelha esquerda; parecia uma boneca desconjuntada, mas, ainda assim, uma boneca. Sorriu com a satisfação de uma mulher solitária em busca permanente de companheirismo.

— Que felicidade você me trouxe, Nayeli! Até ensaiei uns passos de dança, tamanha a alegria que sinto. O leite também é meu sabor preferido, e tenho certeza de que esse gosto aparece ao nascer. Esse líquido quente, branco e espesso foi meu primeiro prazer, o mais intenso da minha vida inteirinha. Pouco depois do meu nascimento, minha mãe adoeceu, e foi uma ama de leite indígena que me amamentou. Ela era muito cuidadosa, limpava os seios antes de me dar de mamar. Lembro-me perfeitamente, ela usava um pano branco — disse, olhando para cima, na direção da janela.

Nayeli ouviu com desconfiança. Não era possível que Frida se lembrasse daquele detalhe sendo apenas uma bebê, mas não disse nada. Adorava escutar histórias, mesmo que não fossem verídicas. Frida continuou fazendo uma das coisas de que mais gostava, além de pintar: falar de si mesma.

— Minha mãe tinha ataques nervosos e não conseguia tomar conta de mim. Foram minhas irmãs, Matilde e Adriana, que cuidaram de mim e me papericaram, e a ama de leite também, claro.

— O que aconteceu com sua mãe? — perguntou Nayeli, e se sentou no chão com as pernas cruzadas.

— Sofrimentos, um atrás do outro. E meu pai também. Éramos todos infelizes na minha família. Minha mãe testemunhou o momento em que seu primeiro namorado se matou, ali mesmo, diante dos olhos dela. E meu pai teve que assistir à morte de sua primeira mulher durante o parto. Tão jovens e tantas tragédias! — exclamou, pensativa. — Mas Nossa de Senhora de Guadalupe fez a sua parte e os uniu no amor, embora a tragédia tenha se misturado no DNA e me tomado por inteiro, todinha em mim. Minha mãe não sabia ler nem escrever, só sabia contar dinheiro. Era muito boa nisso. E meu pai era um artista, um fotógrafo que tirou fotos de todas as pessoas, inclusive dos pobres. Não só os ricos têm direito a um rosto. Por isso eu pinto todos eles. Se bem que, na maioria das vezes, eu pinto a mim mesma, porque é o tema que conheço melhor.

À medida que as palavras saíam da sua boca, a voz de Frida se ofuscava. O ímpeto com que arrancava cada relato ia se desvanecendo aos poucos, como se o seu corpo fosse um balão se esvaziando. O sorriso transformava-se em uma careta de dor mal dissimulada; o brilho de seus olhos pretos se apagava até torná-los duas bolinhas de gude que pareciam flutuar em uma pequena poça de água, formada por gotas de terminavam rolando por suas bochechas.

— Se quiser, eu preparo um antojito para você — disse Nayeli, e se levantou. Sabia quando as histórias chegavam ao fim, embora o relato não tivesse tido um final evidente. — Sou muito jeitosa na cozinha, você vai ver...

Frida sorriu e, por si só, levantou-se da cadeira. As vértebras de sua coluna estalaram a cada movimento. As pernas finas apenas podiam sustentar o corpo maltratado, que se inclinava para o lado como um junco arrastado por um furacão. Nayeli aproximou-se para segurá-la. Com a mão para cima, Frida a proibiu. Um orgulho nascido nas entranhas a impedia de ser socorrida.

— Posso ir sozinha, Nayeli. É a minha vontade de me sentir viva. Não quero ignorá-la porque, desde que você chegou, nunca senti tanta disposição.

Nayeli não precisou se lembrar das inúmeras orientações que Frida lhe dera enquanto ajeitava o lenço de algodão e colocava, no ombro, o cesto que a pintora usava para ir às compras.

Enquanto caminhava pela primeira quadra da rua Allende, percebeu com todos os seus sentidos o que tinha de fazer: o mercado estava ali perto.

Sua vista se encheu de mulheres de todos os tipos: altas, gorduchas, mais esbeltas; algumas com suas curvas à mostra; outras, que apenas podiam esconder as pernas esqueléticas sob as saias largas. Todas carregavam seus cestos. A maioria, nos dois braços, embora as mais experientes conseguissem levá-los sobre a cabeça. Os ouvidos se inundavam de sons que de tão conhecidos a emocionavam. *Todos os mercados têm o mesmo barulho e o mesmo cheiro*, pensou Nayeli. No fundo do nariz, pôde sentir a ardência dos aromas que emanavam das montanhas de tomates que as vendedoras empilhavam sobre as mantas; a doçura da canela, do cravo e do anis.

Nayeli caminhou alguns metros; a cada passo respirava e exalava a percepção. Todos esses aromas se misturavam em seu sangue. Nada a deixava mais entusiasmada do que a ideia de transformar seu corpo em uma bolsa grande de produtos nascidos da terra.

— Olhe, tehuanita. Você pode provar este pedaço de abacaxi — gritou um garoto magricela com um chapéu de palha que, de tão grande, escondia completamente seu rosto.

Nayeli não soube o que lhe deu mais prazer, a possibilidade de saborear a fruta que parecia fresca e suculenta ou que seus ares de tehuana continuassem intactos. Decidiu desfrutar das duas sensações e o sentido do paladar exacerbou todos os outros. Os mercados eram seus lugares preferidos, e o de Coyoacán a fez se lembrar tanto de seu lar que ela teve vontade de chorar. E chorou.

Enquanto fazia o caminho de volta para a Casa Azul, Nayeli descartou uma quantidade de receitas de antojitos que estavam guardadas em sua memória e em seu paladar, até que finalmente tomou uma decisão: empanadas de ricota. Tinha certeza de que Frida iria gostar. Crocantes por fora, com aquele recheio surpreendente que era o queijo fresco quentinho.

— Mas, Nayeli, você demorou muito — exclamou Frida de sua cadeira de rodas. — Quase saí para ir te buscar.

A tehuana foi direto para a cozinha e, sem abrir a boca, como se estivesse em transe, deixou que suas mãos evocassem a destreza das cozinheiras ancestrais de Oaxaca. Conseguir que a massa da tortilha ficasse tão redonda, grande e fina não era tarefa fácil; entretanto, Nayeli o fez em apenas alguns minutos. De tão concentrada que estava, nem sequer percebeu o rangido das rodas pouco lubrificadas da cadeira de Frida, que, de um canto, observava o processo com fascínio.

Nayeli dividiu a massa em dez partes e colocou cada uma sobre a mesa amarela. Com seus braços finos, e com esforço, pegou uma tigela enorme cheia até o topo de flores de abóbora, ricota bem coada, folhas de epazote picadas e chile triturado. Com uma colher de pau foi recheando cada uma das tortilhas ao mesmo tempo que formava bolsinhas perfeitas.

— Que maravilha! — sussurrou Frida.

— Espero que esteja com fome. Quando terminar de fritar, é preciso comê-las bem quentinhas — disse Nayeli com uma certeza que pareceu mais uma ordem.

— Mas é claro, minha barriga está roncando. Faz dez dias que não como nada. Dez dias e dez noites, é claro — exagerou Frida, como de costume.

Em silêncio, as duas saborearam as empanadas de ricota conforme a garota as tirava da frigideira cheia de óleo fervente. Pela primeira vez, desde que Diego tinha abandonado a Casa Azul, Frida não acompanhou o momento com álcool; trocou a tequila e o conhaque por um copo enorme de leite morno.

O cheiro da fritura ficou suspenso no ar até muito tempo depois de elas terem terminado de comer. Frida não deixou que Nayeli abrisse as janelas para ventilar a cozinha, queria conservar o ar da primeira refeição juntas.

— O que foi? Por que me olha desse jeito? — perguntou Nayeli depois de lavar os pratos e as panelas.

De sua cadeira de rodas cravada no meio da cozinha, Frida não tirava os olhos de cima dela. Com uma intensidade cirúrgica que só ela alcançava, observava os huaraches, a saia, o huipil, os braços e os cabelos curtos da garota como se tivesse acabado de descobri-la. Por um segundo, Nayeli achou ter notado uma pitada de ódio.

— Você é uma tehuana de verdade — disse Frida.

— Sim, eu sou — acrescentou com um sorriso. Nada no mundo lhe provocava mais orgulho. Essa era a única coisa que a identificava: ser tehuana.

— Você só tem essa saia e esse huipil vermelho? — perguntou a pintora. Apesar de já saber a resposta, era a sua maneira de abordar os assuntos. Nunca de forma direta, sempre com rodeios.

— Sim, são os únicos que tenho — respondeu Nayeli com vergonha. — Duas outras peças de roupa ficaram na minha casa em Tehuantepec, uma que eu usava para as tarefas diárias e o mercado, e a outra para visitar meus parentes. Este era o meu traje de Velas.

Frida empurrou as rodas da cadeira com as duas mãos e se aproximou da jovem.

— Vem comigo, tenho várias peças de roupa que vão lhe servir. Eu também sou tehuana.

Elas atravessaram o pátio da Casa Azul esquivando-se dos nopais e dos arbustos. Durante um bom tempo, Frida se distraiu acariciando os três cachorros e os dois gatos vira-latas que costumavam passar algumas temporadas na exuberância daquele lugar. Para chegar ao ateliê em que a pintora passava quase o dia inteiro, elas tiveram de deixar a cadeira de rodas no pé da escada de pedra e subir os degraus, um por um, com esforço extremo. Como sempre, Frida se negava a receber ajuda, como se as pernas finas e a coluna lascada pudessem sustentar o peso leve de seu corpo. Com vontade e teimosia chegou até lá em cima, quase sem ar nos pulmões. A cada movimento, o colete que a mantinha ereta cravava em suas costelas. Mas ela aguentava, estoica e orgulhosa.

No fundo da sala, em um armário de madeira enorme, ela guardava seus tesouros, aquelas roupas que a transformavam em quem não era.

— Eu sou excêntrica para não ter que ficar me justificando — disse, enquanto apoiava as costas em uma das portas. — Vamos, abra este móvel. Vai ver o que quero dizer.

Nayeli girou a maçaneta de bronze e a porta de madeira se abriu como em um passe de mágica. Um perfume penetrante inundou o ateliê; de repente, tudo cheirava a Frida. As notas do único perfume que ela usava eram inebriantes. Os olhos de Nayeli ficaram mais verdes, mais brilhantes e maiores do que nunca. O que havia dentro do armário era tanto que não cabia na voracidade do seu olhar.

Na prateleira superior, várias pilhas de huipiles perfeitamente dobrados se assemelhavam a um arco-íris: feitos de seda, de chiffon, de algodão; bordados, pintados à mão ou cheios de pedrinhas brilhantes; azuis, vermelhos, verdes, amarelos e até alguns dourados e prateados. Na segunda prateleira, estavam os lenços, cuja maioria era de uma lã fina e suave, mas havia alguns com apliques de penas fúcsia, as preferidas de Frida. Em um canto e penduradas em umas armações de metal, as saias eram as estrelas: as de festa, feitas de veludo de cores escuras e elegantes, com babados de renda que encostavam na base do móvel; as do dia a dia, que eram de um tecido claro salpicado de florzinhas ou estrelas bordadas com fios de seda, e as mais diferentes tinham figuras geométricas de um artigo furta-cor que se transformava em violeta de acordo com a luz.

— Feche a boca, Nayeli, para as moscas não entrarem — exclamou entre risos a mulher. — Tenho coisas lindas, não é?

A garota fechou a boca, embora a surpresa permanecesse ali.

— Eu nunca tinha visto algo tão, tão, tão...

— Você está exagerando — continuou Frida, rindo. — Vamos, escolha o que você quiser. Uma tehuana legítima como você não pode andar vestida sempre com a mesma roupa. É uma ofensa aos seus antepassados.

Nayeli não conseguia escolher, era impossível; apenas se atreveu a passar a ponta dos dedos devagarinho pelo veludo da saia azul-petróleo. O fascínio era tão grande que ela nem se deu conta de que Frida tinha deslizado por uma das portas do armário até ficar sentada no chão, com as costas contra a parede. A dor, como tantas outras vezes, tinha vencido; no entanto, as câimbras não a impediram de falar.

— Tudo o que você vê aí é o artifício da minha maior mentira. Eu criei um personagem para esconder meu próprio ser. Muitas vezes, é preciso ser outra pessoa para se fazer desejável. Isso é algo que você tem que aprender desde já — disse no tom que uma mãe usaria com sua filha. — Eu sou tehuana para agradar a Diego.

Nayeli deixou de alisar as roupas como se queimassem. Esse homem enorme, barrigudo e arrogante que ela tinha visto apenas uma vez na vida estava começando a tornar o epicentro de seu ódio. Cada vez que Frida pronunciava o nome de Diego, ela murchava um pouco mais.

— Somos tehuanas porque está no nosso sangue. Não procuramos agradar a ninguém, Frida. Somos o que o destino nos reservou — murmurou Nayeli com o único propósito de consolá-la.

— Pois eu não sou. Você, sim, é. Eu nasci nesta casa na cidade do México. Durante muito tempo acreditei que este lugar grande, com suas salas amplas e seus janelões, com seu jardim repleto de nopais e fontes de água, era um paraíso para Diego, meu sapo gordo. Mas não é. Há anos, ele me disse com todas as letras: o istmo de Tehuantepec é o paraíso, e as tehuanas são as rainhas. — Ela fez um silêncio breve e olhou com ternura para a pequena rainha que tinha diante de si. — E você sabe o que eu acho? Acho que todo o México cabe no corpo de uma tehuana.

— Você é sim! — insistiu Nayeli, quase aos gritos.

— Não, eu só tento. A roupa de tehuana equivale ao retrato na ausência de uma única pessoa.

— Que pessoa?

— Eu mesma — respondeu Frida com segurança.

Finalmente, a insistência de Frida fez que Nayeli escolhesse dois trajes de tehuana: um de saia rosa e huipil amarelo com fitas verdes nas bordas, e outro de saia violeta com o huipil na mesma cor. Também pegou emprestado os lenços com estampa de folhas, ramos e flores.

— Eu gosto do seu cabelo — afirmou Frida.

— Eu não tenho cabelo — respondeu Nayeli —, só uma mecha curta e maltratada. Antes eu tinha tranças longas como as suas, e minha mãe as trançava com fitas e flores, como você faz.

Usando as mãos e a parede como apoio, Frida se pôs de pé. Seu rosto não se alterou; ela tinha aprendido a esconder a dor quando necessário. Caminhou até a grande mesa de madeira cheia de pincéis, vasos com água, latas de tinta, paletas manchadas de cores e tubos de tinta a óleo. Em apenas um segundo, encontrou o que tinha ido buscar: uma tesoura.

— Vem aqui, Nayeli — disse com o entusiasmo de quem acaba de tomar uma decisão importante. Sem vacilar, estendeu a mão com um anel em cada dedo e deu a tesoura para Nayeli. — Tire as minhas tranças e corte meu cabelo igualzinho ao seu.

A garota negou com a cabeça enquanto procurava nos olhos da pintora algum sinal de loucura. Só uma mulher louca poderia pedir uma coisa dessas.

— Eu te digo que sim, tehuanita — insistiu. — Faça o que estou mandando. Nada me faria mais feliz do que ver como a minha cabeleira cai no chão. Você acha que vai formar uma montanha ou um prado?

— Não, você tem um cabelo...

Frida levantou a mão vazia e esse gesto foi suficiente para que Nayeli entendesse que não havia outra opção senão obedecê-la.

— Está bem, como você quiser, mas sente-se.

Frida deu alguns passos esforçados e acomodou-se na poltrona pequena que usava para pintar. O estofado estava todo manchado de tinta e alguém tinha prendido umas almofadas com cordas no encosto, para que ela pudesse descansar as costas quebradas.

Com muito cuidado, a jovem tirou primeiro as flores, depois as fitas azuis e, por último, desamarrou as duas tranças que Frida tinha ao redor da cabeça. O cabelo cobria as costas da mulher até a altura da cintura. E de novo aquele cheiro, aquele perfume que remetia apenas a um corpo: o corpo de Frida Kahlo. As mechas foram caindo ao redor das duas. Não formaram nem uma montanha, nem um prado.

— Um labirinto! Olha! — exclamou Frida. — Formou um labirinto com os resquícios de sensualidade que me restavam.

Nayeli sorriu. Por um segundo, sentiu que eram bem parecidas.

— Ficou muito bonito em você — disse, com segurança. — Você é muito linda.

Com a ponta das botas vermelhas que sempre usava, Frida começou a brincar com os vestígios do que, segundos antes, tinha sido o seu cabelo.

— Não é verdade. Eu só tenho um corpo. Uma coisa é ter um corpo e outra muito diferente é ser bonita. Isso você tem que aprender, também.

21
Buenos Aires, dezembro de 2018

O trabalho de Lorena Funes consistia em construir amizades para lhes roubar os segredos. Contava com essa habilidade desde pequena, mas, à medida que foi crescendo, decidiu profissionalizar esse dom para ganhar dinheiro. Ela gostava tanto do dinheiro quanto dos mistérios alheios, e das duas coisas não conseguia se esquivar.

Seu pai, Belisario Funes, tinha trabalhado desde a adolescência em uma joalheria em Bogotá, Colômbia. Começara limpando o chão e as vitrines, mas, em pouco tempo, sua rapidez e inteligência o transformaram no braço direito do joalheiro. Cresceu catalogando uma infinidade de peças pré-colombianas que os contrabandistas encontravam na selva. Algumas eram vendidas a turistas ricos que compravam tesouros como se fossem balas; outras, as de ouro, acabavam fundidas em fornos grandes para ser transformadas em pulseiras, colares ou brincos. Com o tempo, Belisario decidiu ele próprio se meter na selva em busca de riquezas para vendê-las à exclusiva lista de clientes que roubara da joalheria.

Lorena nunca sofreu privações, nunca teve carências. A fortuna acumulada por Belisario serviu para manter sua mulher argentina e sua filha como rainhas. A menina estudou nos melhores colégio de Bogotá, especializou-se em História da Arte nos Estados Unidos e fez cursos e oficinas na Europa com museólogos de alto nível. Mas foi um golpe de sorte que lhe abriu a porta da frente para o mundo da arte.

Lorena Funes ouviu por acaso, e entre taças de um champanhe caríssimo, a confidência de uma marchande suíça que lhe garantia ter no cofre de sua mansão em Lucerna o original do Evangelho de Judas, encontrado no Egito nos anos 1970. Meses depois dessa conversa, ocorrida no bar da estação de esqui de Gstaad, apareceram nos jornais algumas fotos do documento que, segundo se presumia, fora escrito no século II e revelava não ter sido Judas Iscariotes o traidor de Jesus. Sua proprietária não teve outra opção senão negociar a entrega do manuscrito em troca de que seu nome ficasse livre de qualquer acusação.

Por baixo do pano, alguém espalhou o boato de que fora Lorena Funes quem tinha arquitetado a estratégia para recuperar um dos documentos mais polêmicos da história do cristianismo. No entanto, ela adorava negar a sua participação na descoberta, ainda que costumasse dizer, com um sorriso enigmático, que a chave de sua vida era saber negociar com os vilões para recuperar as obras roubadas. Sua fama cresceu no mundinho da arte, sobretudo no universo da falsificação. Da noite para o dia, tornou-se uma referência no assunto.

Ela nunca ficava mais de três meses na mesma cidade nem mais de seis no mesmo continente. Gostava de andar de avião quase tanto quanto visitar museus e galerias em todas as capitais. Dizia que o mundo era muito grande para se restringir a um só lugar. Apesar disso, Buenos Aires e Bogotá eram suas cidades preferidas, as únicas onde sentia um vínculo direto com seu pai e sua mãe.

— Mas que prazer em vê-lo de novo, Ramiro. Não pensei que tivesse vontade de repetir nada comigo — exclamou logo que abriu a porta de seu apartamento em Puerto Madero. — Na última vez, as coisas entre a gente não terminaram nada bem.

Rama ignorou as palavras de Lorena. Conhecia as manipulações sentimentais da mulher e preferia ignorá-las. O trabalho que muitas vezes faziam em equipe era mais importante do que as várias noites de paixão que tinham tido e que, sem dúvida, pensavam em continuar tendo.

— Tenho uma informação que me passaram de dentro do Museu Pictórico — disse Rama sem se incomodar em cumprimentá-la, enquanto se sentava em uma das poltronas de couro da sala de Lorena. — Seria bom que prestasse atenção.

Lorena caminhou até o bar que tinha montado em um canto do apartamento. Sobre prateleiras de vidro, expunha uma coleção de garrafas de uísque compradas em cada país que visitava. Escolheu um malte puro de Nikka e serviu duas doses em copos de vidro temperado. Antes, com dissimulação, verificou sua aparência no espelho da parede. O cabelo preto, estilo carré, liso e brilhante, emoldurava um rosto de pômulos altos e ressaltava seus olhos verdes. O porte aristocrático era uma marca registrada que fazia com que qualquer roupa lhe caísse elegantemente; a calça básica de gabardine preto e a camisa de algodão da mesma cor faziam que parecesse vestida a rigor.

— Sempre estou atenta, Ramiro, e vejo que sua obsessão com algumas coisas não diminui. Nem tudo o que acontece nos museus de Buenos Aires tem a ver com seu irmão. Cristóbal é apenas um grãozinho de areia no mar da falsificação no mundo.

Com um leve desalinho de seus quadris generosos, ela se sentou ao lado do rapaz e passou-lhe o uísque.

— É japonês. Prova, você vai gostar. Quem passou essa informação que o trouxe até mim outra vez? — perguntou, flertando com ele.

— Uma funcionária da limpeza.

A gargalhada de Lorena foi escandalosa e cristalina, ela sabia rir com cada parte do corpo. Ramiro colocou o copo sobre a mesa de centro e a olhou com a testa franzida.

— Não entendo o seu riso. Já vi você encher de dólares os bolsos de gerentes de edifícios, garçons de restaurantes e até garotas de programa com o único propósito de conseguir informações, uma pista, um fio para puxar a fim de chegar a alguma obra de arte perdida. Você foi minha professora em vários assuntos — disse e sorriu —, inclusive nesse. Sua frase ficou gravada...

Lorena colocou a mão sobre o joelho de Rama.

— A informação vem de baixo para cima? Sim, sim. Mas essa frase não é minha. É do meu pai.

— Tudo bem, nesse caso o "de baixo" é uma funcionária da limpeza — insistiu Rama.

— Okay, Okay, você me convenceu — concedeu Lorena. — Dê-me o título.

Ramiro se pôs de pé e ficou olhando pela janela. As nuvens carregadas de chuva aproximavam-se da cidade.

— "La Martita" — disse.

— Obra linda. Marta Limpour, 1870 — completou Lorena.

— Exato. Há alguns dias a tiraram do museu para trabalho de conservação.

Lorena bebeu o último gole de uísque e ficou em silêncio, pensativa. Eram poucos os museus no mundo que continuavam com o trabalho de limpeza ou reparação de obras de arte. Ainda que, durante anos, tenham sido práticas comuns para que os quadros recuperassem o brilho original, os especialistas lançaram uma polêmica ao defender que a manipulação alterava as camadas superiores dos pigmentos e, além disso, fazia que as obras perdessem a coisa mais importante: sua originalidade.

— Você me surpreendeu, Rama. Não achei que Emilio Pallares permitisse semelhante brutalidade contra uma obra de arte. Pensei que fosse um homem mais refinado. Ele continua no comando do museu?

— Sim, ninguém se atreve a discutir nada com ele. Mas discordo de você, Lorena. Não vejo inocência nem brutalidade nessa decisão...

Lorena voltou à prateleira de vidro e acariciou umas das garrafas com a unha esmaltada de azul.

— "La Martita" já voltou ao museu ou continua em um ateliê?

— Voltou — respondeu Rama sem deixar de olhar as nuvens pela janela —, e é esse tipo de quadro que meu irmão sabe pintar. Pressinto que ele tenha voltado aos maus hábitos.

— Muito bem. Eu cuido disso. Você quer outro copo de alguma dessas delícias?

— Não, obrigado. Preciso de outro favor.

— Ai, meu querido, isso vai te custar muito caro! Não sou o tipo de mulher que faz tantos favores ao mesmo tempo — exclamou com graça.

Ramiro aproximou-se com o celular na mão e o entregou para ela.

— Olhe estas fotos. O que vê aqui? — ele perguntou, ansioso.

Com uma careta de tédio, Lorena agarrou o telefone e colocou os óculos. Deu a primeira olhada com desdém; a segunda, com curiosidade.

— É isto? — perguntou sem tirar os olhos da tela.

— O que vê? — insistiu Ramiro.

— Bem, vejo uma mulher nua que parece estar se banhando em um lago ou em um rio. Vejo uma mancha que cobre parte do desenho original.

A voz de Lorena foi mudando conforme ela descrevia a foto do quadro de Nayeli; aos poucos, começou a ver muito além do que suas palavras podiam relatar. Em silêncio, aumentou a imagem e deu foco no cabelo que cobria o rosto da mulher nua, nas ondas das águas em que ela se banhava, na curva das suas costas e na pincelada escura que dava volume a uma das coxas.

— De onde você tirou esta foto? — perguntou.

— É de um quadro que uma amiga herdou, por parte da avó — respondeu Ramiro sem dar muitos detalhes.

— E por que você quis me mostrar?

Nenhum dos dois queria manifestar suas suspeitas. Ambos eram jogadores de xadrez experientes.

— Só te digo uma coisa: a avó de Paloma era mexicana.

— Paloma do quê? — perguntou Lorena. Para ela, as pessoas eram importantes ou não segundo o seu sobrenome. Gostava de estudar as linhagens familiares da alta sociedade dos países.

— Paloma Cruz — respondeu Ramiro.

Lorena assentiu levemente com a cabeça. Seu lábio inferior começou a tremer como sempre acontecia quando surgia algum mistério.

— Deixa eu ver a foto com luz natural — disse, enquanto se aproximava da janela e ampliava a imagem com os dedos. — Quem foi a besta que manchou a pintura de vermelho? Se foi essa sua amiga, também quero vê-la pessoalmente para lhe dar uma bofetada.

Rama aproximou-se de Lorena.

— Não foi Paloma. É uma mancha original, ou não tão original, não tenho certeza. Mas estou convencido de que a mancha também é antiga e a pintura...

— Então, você a viu de perto? — perguntou Lorena sem deixar de olhar para a mancha vermelha.

— Claro que sim. E a foto não lhe faz justiça, é uma pintura preciosa. Tem uma potência na calma, uma intensidade...

— Uma paixão — completou Lorena. — Na mancha, digo. Quero vê-la de perto. Tem algumas coisas que...

— Quê? — interrompeu Rama e colocou a palma da mão sobre a tela do celular. Queria que Lorena olhasse para ele. — Que coisas chamam a sua atenção?

A mulher devolveu o celular e ficou em silêncio, com os olhos cravados nas nuvens que se via pela janela. A cautela sempre fora uma de suas armas mais poderosas e ela não ia deixar de ser cautelosa agora. Com as mãos, arrumou o cabelo atrás da orelha. Conseguia sentir a ansiedade de Rama, uma energia que saía de cada poro da pele dele.

— Se você conseguir que eu veja essa obra pessoalmente eu te ajudo com a "La Martita" — disse, usando o tom que imprimia em todas as negociações.

— Combinado — concordou Rama, e sorriu.

22

Coyoacán, abril de 1940

A última tragada no cigarro foi tão profunda que lhe provocou uma tosse. Uma tosse seca, afogada. Gostou da sensação, um prazer incômodo e passageiro. Com um gole de licor freou a tosse e a fantasia de ficar sem ar, esvaziada de oxigênio até que sua pele ficasse azul e o branco de seus olhos se tingisse de pequenas veias vermelhas ou roxas. Enquanto imaginava as cores que seu corpo revelaria no caso de morte por asfixia, afundava um de seus pincéis, o mais grosso, nos recipientes de acrílico. Sua mente ditava-lhe as misturas, os pigmentos, os resultados e as combinações cromáticas. Azul-claro. Verde-bandeira. Vermelho-escuro. Amarelo-ouro. Cinza-escuro. Preto nada. A obra mais intensa estava diante dela, à altura dos seus olhos. Ela a via e se via. Uma Frida, duas Fridas, três Fridas. Qual delas era ela? Talvez todas. Ou nenhuma.

Esvaziou a garrafa de reserva que tinha debaixo das mantas com as quais cobria as pernas quando se sentava na cadeira de rodas; as duas coisas aconteciam com frequência cada vez maior: o uso da cadeira e as garrafas vazias. Pintar com o colete de metal e couro que apertava as suas costelas e forçava as peças do quebra-cabeça em que se transformara a sua coluna, era uma tortura que aumentava a cada pincelada, a cada traço. No entanto, Frida encontrava na dor uma cota de autoflagelação de que gostava em certos momentos. Estava certa de que tinha aprendido a manter uma relação idílica com a dor. Seu corpo doía. Diego doía. E, definitivamente, Diego e seu corpo eram a mesma coisa.

Girou as rodas da cadeira para trás com as mãos; precisava de certa distância para avaliar o trajeto final do quadro que pintava há meses. Curvou a cabeça para um lado e para o outro. Fechou um olho, abriu-o; fechou o outro, abriu-o. Segurou o pincel com os dentes em um lado da boca e cruzou os braços sobre o peito. Ela gostou do que viu. A tristeza refletida em cada canto do quadro era uma marca registrada que não podia dispensar. Ainda que usasse as cores mais brilhantes, os guaches mais luminosos ou abusasse dos contrastes do círculo cromático, a angústia estava ali. Era o seu destino.

O riso de Nayeli veio do jardim. O sol ainda aquecia o suficiente para que os janelões do ateliê da Casa Azul estivessem escancarados. Frida arrastou a cadeira de rodas até a porta de vidro que desembocava em uma escada de pedra. Apenas dez degraus a separavam da fonte de água, dos nopais, dos cactos, dos bancos de madeira e ferro com que seu pai, com dons de marceneiro, a havia presenteado anos atrás, e de seus animais de estimação queridos. Essas criaturas puras que nunca a machucaram nem a abandonaram.

Desceu da cadeira com cuidado e sentou-se no degrau mais alto. O frio da pedra passou pela saia longa de algodão e arrepiou-lhe os pelos das panturrilhas e das coxas. De cima, ela podia ver detalhadamente como a tehuana brincava com os bichos, corria entre as plantas e colhia flores para decorar a casa. Frida se sentiu como a princesa na torre. Um de seus cachorros preferidos perseguia a jovem por todos os lados. Preto e sem um único pelo, o pelado mexicano tinha se tornado a sombra de Nayeli, que dava a ele os restos das comidas que sobravam nos pratos e nas panelas; os dois gatos, no entanto, deslizavam pelos muros, olhando para a rua, esperando o retorno de Diego.

— Ei, Nayeli! Olhe, não se distraia! — gritou Frida, morrendo de rir, enquanto apontava para o limoeiro que cobria um dos cantos do pátio. — Olha que lindas as araras.

Nayeli apoiou um ramo de rosas no chão, levantou a cabeça e viu Frida no alto da escada. Com seus dedos cheios de anéis, a mulher apontava para os galhos do limoeiro que cobriam um dos cantos do jardim; as pulseiras de metal e acrílico tilintavam a cada movimento do braço fino da pintora, e a cada tilintar as araras se encantavam: macho e fêmea estendiam as asas como se fossem leques.

— Você viu que lindas, Nayeli? — perguntou aos gritos. — A vermelha e amarela, com o bico branquinho, é o macho. Chama-se Dieguito, como o sapo gordo. A laranja de asas turquesa é a fêmea.

Nayeli correu até as escadas e as subiu de lado. Não conseguia deixar de olhar a dança que as araras ofereciam a Frida. Não apenas as aves, os outros animais a percebiam como mais uma do bando. Suas cores, seus risos, seu cheiro; a maneira de zangar-se, de estar cansada, de chorar; o frio de suas mãos ao acariciar, o calor de seu peito ao abraçar. Tudo transformava Frida em uma criatura magnética para qualquer ser que tivesse um coração pulsante, e isso incluía os bichos de estimação.

— Já dei comida para os cachorros e espinafre para o periquito Bonito — disse Nayeli, enquanto ajudava a pintora a sentar-se outra vez na cadeira de rodas.

— Ah, muito bem! Que mimado esse periquito! Me alegra que você tenha se afeiçoado a ele. Leve-me de volta ao ateliê, porque tenho de terminar uma obra bem grande, para pessoas que se acham muito importantes. Preciso de dinheiro gringo ou mexicano, tanto faz — disse em voz alta. Embora olhasse para ela atentamente, Frida não falava com Nayeli. Frida falava consigo mesma. — Não quero que Diego me dê uma moeda sequer. Não quero nada desse sapo gordo, nadica de nada. Isso você também tem que aprender. Não receba dinheiro de nenhum homem na sua vida. Você deve ser capaz de conseguir seu próprio dinheiro. O que está fazendo com os pesos que te dou para que cozinhe para mim?

— Guardo todos, cada um deles. Guardo o meu dinheirinho em uma bolsinha de tecido, no fundo do meu cesto — respondeu Nayeli com orgulho.

Frida sorriu satisfeita. Com essas pequenas coisas, sem perceber, Nayeli estava começando a se vingar em nome de todas as mulheres oprimidas que tinha conhecido na vida, inclusive ela mesma.

A pintora voltou a prestar atenção no quadro gigante que tinha de terminar. Amarrou ao redor da cabeça a fita preta de algodão que sempre deixava pendurada em um lado da cadeira de rodas. O rosto limpo, sem um pingo de maquiagem, emoldurado pela madeixa preta e curta, a fazia parecer uma jovem.

— Nayeli, o que você acha deste quadro? — perguntou com interesse genuíno, sem tirar os olhos da tela.

A pergunta a pegou desprevenida. Como sempre acontecia quando ficava nervosa, o lábio inferior de Nayeli começou a tremer. O que sabia de obras de arte? Por que sua opinião seria importante para uma mulher tão decidida como Frida? Respirou fundo e soltou o ar lentamente. Olhou o quadro enquanto desamarrava a fita preta que decorava a cintura de sua saia. Sem pensar, imitou o gesto que vira Frida fazer segundos antes: amarrou a fita ao redor da cabeça até conseguir um penteado idêntico.

Dentro e fora do quadro havia duas Fridas. Uma tinha sido fabricada com tintas a óleo e pigmentos; a outra, de carne e osso, com dores e fitas pretas na cabeça.

— Diga-me, tehuanita, o que você vê? Não minta para mim, hein, que você tem olhos de um verde tão transparente que é possível até ver os seus pensamentos.

Ela estava tão nervosa quanto Nayeli. A opinião da jovem lhe importava muito mais do que a enxurrada de palavras que, sem dúvida, iam dizer os críticos de arte arrogantes e desalmados. O quadro era enorme. Frida tinha pintado um autorretrato como quase sempre fazia, mas, nesse caso, tinha feito isso usando o método da dupla entrada.

— Vejo você duas vezes. Uma Frida está com saia e huipil de tehuana, segurando a mão de outra Frida que se veste de maneira estranha — disse Nayeli quase em um sussurro.

— Claro, a outra Frida está usando um vestido branco com rendas, bordados e babados ao estilo europeu — acrescentou Frida. — Uma é a mexicana, a que Diego amou, a outra é uma Frida que se esconde em seus antepassados europeus, longe da mexicanidade tão procurada...

— As duas têm o coração exposto, dois corações nus — a jovem a interrompeu. — São estranhos, nunca os imaginei com esse formato.

— São corações sofredores. E são exatamente assim: vermelhos, inchados, prestes a explodir. E veja que eu os uni com uma artéria bem vermelha; a Frida rejeitada está quase dessangrada. O quadro ainda não tem nome, mas é importante que tenha. É uma infelicidade uma coisa que não possa ser nomeada. Que nome você tem em mente?

Nayeli deu alguns passos mais para a frente e ficou a centímetros do quadro. Sentiu a ardência do solvente no nariz, não se importou. Encostou a orelha sobre a imagem da Frida tehuana e esperou que o segredo lhe fosse revelado.

— As duas Fridas — disse, minutos depois. — Esse é o nome que o quadro deseja ter.

Frida arrancou a tampa de metal de uma garrafa de licor com os dentes, aqueceu a garganta com um gole e repetiu em voz muito baixa o nome que as Fridas tinham dito a Nayeli.

— Muito bem, se chamará *As duas Fridas*.

Com a decisão artística tomada, Frida e Nayeli saíram do ateliê e atravessaram a Casa Azul. A pintora insistiu em fazê-lo a pé. Garantiu que seus médicos a obrigavam a caminhar para que seus ossos não se transformassem em ramos secos; dizia também que, por recomendação médica, tinha que beber bastante licor para lubrificar as articulações. Nayeli assentia, embora, no fundo, soubesse que tudo era uma grande mentira que Frida, como uma manipuladora de marionetes, sabia sustentar como ninguém.

A cozinha cheirava a frutas frescas, caldos de guisado, especiarias e pão fresco. Desde que a tehuanita tinha se apropriado dos poucos metros cheios de panelas, cestos e utensílios, um universo novo se formava nesse canto da Casa Azul.

— Me entristece muito que Diego não possa desfrutar dos sabores que saem das suas mãos mágica. Ele é um gordo muito comilão, poucas vezes vi alguém comer tantos feijões ao mesmo tempo, tortilhas e enchiladas. Diego é um bebê elefante — disse Frida, enquanto deixava cair seu corpo sobre uma das cadeiras e se debruçava sobre a mesa da cozinha. — Acho que você deveria ir a San Ángel cozinhar alguma coisa ou levar suas tortilhas de Oaxaca para ele. Ainda que, com certeza, esteja enrolado com Irene, e sabemos que quem está apaixonado come menos...

— Não ficou claro para mim quem é Irene — disse Nayeli.

O rosto de Frida se ensombrou. Não havia tristeza, angústia nem choro; só uma sombra transformou sua cabeleira preta em mais preta ainda, as cavidades ao redor dos olhos em pequenos fossos escuros e seus lábios, sempre pintados de vermelho ou laranja, em duas linhas finas e apertadas. Colocou o dedo indicador na boca e com a saliva escreveu "IRENE" sobre a mesa amarela.

— Ninguém importante — respondeu categoricamente. — Apenas uma mulher destinada a sofrer.

Nayeli sentou-se ao lado da pintora e segurou a mão dela.

— Por que a tal Irene está destinada a sofrer, Frida?

— Porque sim. Todas as mulheres sofrem com Diego. É o preço que se tem de pagar. De qualquer forma, quero que você vá a San Ángel e leve as suas tortilhas para ele.

Nayeli concordou com entusiasmo. Tinha muita vontade de ver as casas de San Ángel. Frida lhe contara que uma era azul e a outra vermelha, e que eram unidas por uma passagem. No entanto, disfarçou a expectativa que tinha de conhecer esse homem que vira apenas uma vez, dois meses atrás; esse homem incômodo, razão das obscuridades de Frida e responsável por muitas de suas lágrimas. O famoso Diego Rivera.

— Bom, tehuanita bonita — disse Frida. Levantou-se e apertou as duas primeiras fitas de couro do colete com a mão direita. Sorriu triunfante: tinha conseguido deixar as costas retas. — Prepare tudo para ir visitar Dieguito. Vou pedir ao motorista Benancio que te leve, não é perto. E lembre-se: minha fraqueza não é a coluna, nem o pescoço quebrado, nem minha perna de pau, nem minha saúde frágil. A fraqueza não está em nós, sempre está no que temos do lado de fora. E eu tenho Diego do lado de fora. Isso você também tem que aprender.

23
Buenos Aires, dezembro de 2018

Boedo é um bairro tranquilo. Com exceção do mês de fevereiro, quando as bandas de carnaval ocupam as ruas com seus ensaios e desfiles coloridos, a calmaria tem seus horários bem definidos: bem cedo, pela manhã, senhoras que saem em busca das ofertas do dia ou das mercadorias mais frescas com seus carrinhos e sacolas de compra; à tarde, depois do almoço, na hora da sesta, um silêncio cadenciado com uma ou outra conversa perdida de calçada em calçada; de noite, poucos carros e o som de algum rádio que se ouve das varandas.

Ao redor das avenidas principais, as casas baixas e arborizadas criam uma paisagem bem diferente da de qualquer outra na cidade de Buenos Aires. Algumas famílias conseguiram reaproveitar e modernizar a fachada da casa de seus avós; outras, não. Essa mistura de novo e antigo, dos que puderam com os que não puderam, transforma o bairro em uma pintura desigual que tem seu charme. O armazém, a padaria, a peixaria não têm um nome comercial, e se o têm, ninguém o usa. A identidade dos comércios é marcada pelo nome de seus proprietários: do Carlos, da Sarita, do Román. Inclusive, continuam usando o nome daqueles que atendiam os vizinhos no passado, mesmo depois de mortos. Sempre gostei que minha avó Nayeli, tão mexicana, morasse em um dos bairros mais tangueros e portenhos da cidade.

— Come outro pedaço da colomba que comprei na rotisseria da Clara — insistiu Cándida. Apesar de não ter fome, aceitei.

As visitas que costumava fazer à vizinha de minha avó repetiam-se com mais frequência, mas, naquele dia, eu tinha ido almoçar com ela com o propósito de comunicar-lhe uma decisão, não muito pensada, que eu tinha tomado.

— Cándida, tenho vontade de deixar o meu apartamento de Belgrano e vir morar aqui outra vez, na casa da minha avó.

A mulher ficou um tempo com o olhar pregado na torta de legumes, enquanto esfregava as mãos secas em um pano de prato azul.

— Acho que é uma ótima ideia — disse. — Eu cuido da casa de minha amiga com muito carinho, mas há dias em que sinto muita dor nas articulações e mal consigo andar os poucos metros que nos separam. Na verdade, Paloma querida, é uma casinha velha, que precisa da presença humana.

— Sim, eu sei. Eu tinha pensado em vendê-la. Há muitos anos minha avó decidiu colocar a casa em meu nome — disse, e o rosto de Cándida se desfigurou diante da possibilidade. Rapidamente, esclareci que não iria fazê-lo. — Mas prefiro vir e pronto. Minha avó teria gostado muito.

Com uma ternura pouco habitual, ela apoiou a mão calejada sobre a minha e apertou com força.

— Fico muito feliz, querida. Quando você se muda?

— Ainda não sei. Acho que vou começar a trazer algumas coisas no fim de semana.

A conversa foi breve e a coroamos com um pedaço de pudim de doce de leite. Foi impossível não lembrar a competição silenciosa que, durante anos, Cándida e minha avó Nayeli mantiveram em torno do famoso pudim de doce de leite. A vizinha dizia que era uma sobremesa argentina, a melhor sobremesa jamais inventada. Minha avó se enfurecia e rebatia essa afirmação; segundo ela, a melhor sobremesa era bolo de milho, obviamente mexicano. A única ganhadora dessa disputa sempre fui eu, que passei anos desfrutando dos pudins de uma e dos bolos de milho da outra, várias vezes por semana.

Antes de aceitar a xicrinha de café que Cándida me ofereceu após a refeição, apressei-me para buscar o quadro de Nayeli. O senhor da loja de molduras tinha mandado uma mensagem naquela manhã avisando-me que o quadro já estava pronto. Caminhei as poucas quadras até o local observando com atenção o bairro que, em pouco tempo, voltaria a ser meu. Poucos metros antes de chegar, um grupo de vizinhos chamou a minha atenção. Eles estavam amontoados em uma esquina, tentando ver o que acontecia mais adiante. Um homem que passeava com seu cachorro na coleira parou ao meu lado sem prestar atenção nos latidos agudos; quando estava a ponto de lhe perguntar o que tinha acontecido, vi a fita de isolamento que a polícia tinha colocado na calçada e também na rua. Não podiam passar carros nem pessoas.

Refiz o caminho que eu tinha percorrido e tentei chegar à loja dando a volta na quadra. Eu não era a única; com gestos mal-humorados, outras pessoas faziam o mesmo para contornar a interdição. Quando virei a esquina, deparei com uma policial. Antes que eu tentasse continuar meu caminho, ela esticou a mão para me impedir.

— Você não está autorizada a passar — disse com firmeza.

Suspirei, aborrecida.

— Preciso ir a um lugar que fica bem nesta quadra — expliquei, também com firmeza.

Olhei por cima do ombro da mulher e percebi que a operação policial ocorria bem na porta da loja de molduras. Meu coração bateu mais rápido. A vontade de saber o que acontecia transformara-se em necessidade.

— O que aconteceu? — perguntei.

— Um roubo em uma loja desta quadra — respondeu a policial com pouca vontade de me fornecer detalhes.

— Na loja de quadros e espelhos? — perguntei, torcendo por uma resposta negativa que não veio.

— Sim. Mataram o proprietário — respondeu.

As palavras da policial me fizeram retroceder dois passos. Às vezes, as afirmações têm a potência de um soco ou de um empurrão. Foi isto que eu senti: um soco e um empurrão. Os dois ao mesmo tempo.

— Não pode ser — balbuciei. — Ele me escreveu esta manhã...

— Quem te escreveu? — Pela primeira vez ela não me via como um incômodo, e não dissimulou.

— O dono da loja de molduras — respondi de maneira mecânica.

A mulher falou ao rádio e, antes que eu pudesse entender o que ela tinha dito, um homem vestido de terno e gravata desarrumada aproximou-se de nós. Ele era jovem, ainda que sua forma de se mover, falar e vestir o fizessem parecer bem mais velho.

— Bom dia, sou o inspetor responsável pelo caso — disse, e me estendeu a mão. Retribuí a saudação apertando com força seus dedos magros e frios. — A policial Arana comentou que você esteve em contato com o senhor Dalmiro Mayorga.

Ele não me deixou responder. Assim que abri a boca para falar, ele me segurou suavemente pelo cotovelo e pediu que o acompanhasse até a porta da loja. Também não tive tempo de recusar. Minhas elucubrações sobre a liberdade de ação das pessoas duraram os poucos metros que percorremos para chegar à porta da loja. O que vi do outro lado da vitrine me provocou ânsia de vômito e um frio no corpo.

No meio da loja, deitado no chão, estava o homem que havia me atendido sem qualquer gentileza na semana anterior. Estava vestido exatamente igual, com o macacão de trabalho e sapatos pretos, mas seu cabelo branco e esponjoso tinha se transformado em um pastiche pegajoso com sangue. A boca e os olhos abertos, com a expressão de quem viu a morte chegar e não pôde fazer nada para impedir; os cacos de vidro de um espelho quebrado, espalhados ao seu redor; a escrivaninha desarrumada e, jogada em um canto da loja, a bolsa de náilon amarela na qual eu tinha levado o rolo com a pintura da minha avó.

— A que horas recebeu a mensagem, senhorita? Eu gostaria de lê-la.

A voz do inspetor me arrancou do assombro; olhei-o com a estranheza de quem desperta de um pesadelo. Demorei uns segundos para me lembrar da mensagem.

— Ah, sim, sim. Já lhe mostro — disse, enquanto tocava na tela do meu celular com os dedos frios e trêmulos.

Eu não tinha salvado o número de Dalmiro Mayorga, mas a mensagem era simples e clara: "Senhorita Cruz, o quadro está pronto. Venha quando quiser". O inspetor não se interessou pelo conteúdo, só estava interessado na hora. Olhou o relógio em seu pulso e perguntou à policial quando haviam recebido a denúncia do crime. Uma moradora do bairro que estava indo ao mercado foi a primeira pessoa que, da calçada, percebeu a tragédia. Sem pestanejar, discou 911. Segundo os registros, o pedido de ajuda da mulher ocorrera às onze e quinze da manhã.

— Registre na ata que a vítima ainda estava com vida e mandou uma mensagem de trabalho às dez e seis da manhã — ordenou o inspetor à mulher. Ele deu meia-volta e colocou a mão no meu cotovelo outra vez. — Senhorita, pode descrever o quadro mencionado pelo senhor Mayorga?

— Sim, claro. É uma pintura familiar — respondi.

Forneci os detalhes durante um bom tempo, inclusive me ofereci para entrar no local. Mas não me autorizaram. O inspetor tinha pressa em determinar se o que devia investigar era um homicídio por ocasião de roubo ou se havia algo mais. Enquanto esperavam que o legista chegasse para retirar o corpo, pude escutar da boca dos investigadores algumas coisas que chamaram a minha atenção: havia dinheiro na caixa registradora do escritório; não tinham roubado o anel de ouro que estava no dedo mindinho de Dalmiro Mayorga nem seu telefone celular, um smartphone sofisticado que ficara sobre a mesa.

Depois de quase uma hora, o inspetor pediu meus dados. Garantiu-me que a promotoria de justiça iria me ligar porque, segundo o que eles sabiam até aquele momento, eu tinha sido a última pessoa que a vítima havia contatado antes de morrer. Eu disse a ele que não haveria problema algum, sem dúvida. Antes de ir embora, perguntei sobre a única coisa que me interessava: a pintura da minha avó.

— Inspetor, gostaria de recuperar o quadro. É uma lembrança de família e é importante para mim — disse, sentindo-me um pouco culpada por pensar em meus interesses a poucos metros do cadáver ainda quente de um homem.

O inspetor cravou os olhos em mim e me deu uma dessas respostas genéricas que algumas pessoas costumam dar diante de questionamentos despropositados.

— Não se preocupe. Manteremos contato.

Trocamos um cumprimento de mãos. A policial me acompanhou até a fita de isolamento e se despediu com um tímido "obrigada por sua colaboração".

Voltei à casa de Cándida. Uma necessidade urgente de lhe contar o que tinha acontecido no bairro fez que eu percorresse as poucas quadras que me separavam de sua casa quase correndo. Desde a morte de minha avó Nayeli, eu não tinha vontade de partilhar meu dia a dia com ninguém. Uma avó é sempre um espaço de boas-vindas, e Cándida estava começando a se transformar nisto: um lugar para onde voltar.

Ela abriu a porta com um gesto de surpresa. Havia tirado a blusa branca e a saia café para vestir um de seus tantos roupões de flores, bolsinhos e botões de madrepérola.

— Cándida, voltei porque tenho que te dar uma notícia um pouco triste — anunciei.

Ela me fez entrar com a parcimônia de sempre – talvez os anos tivessem acalmado sua curiosidade ou sua capacidade de se espantar. Falou para eu me sentar à mesa da sala e me ofereceu o café que ficara pendente. Contei-lhe que tinham matado o dono da loja de molduras em um roubo. Ela tampou a boca com a mão direita. O assombro durou apenas um segundo.

— Que desgraça! Já levei vários espelhos para serem lustrados na loja de Dalmiro, que pena tão grande. Eu gostava muito daquele homem porque era bem pobrezinho, de poucas palavras, poucas luzes… muito simplório — disse, numa tentativa de criar um obituário pouco convencional.

— Eu o vi apenas uma vez e ele foi muito seco. O que me preocupa é que não tenho mais o quadro da minha avó. O inspetor me disse que…

Cándida abriu os olhos e voltou a tapar a boca, dessa vez, com a outra mão, e me interrompeu:

— Mas, Paloma, que barbaridade! Que coisa mais estranha esse quadro! Primeiro ele aparece escondido nesse armário velho, depois tocam a campainha para me perguntar sobre ele e agora... desaparecido de novo.

— Não entendo — disse, surpreendida e confusa. — Quem tocou a campainha e perguntou sobre o quadro?

— Uma senhorita apareceu aqui ontem. Eu não te contei?

— Não, você não me contou nada.

— Ah, tenho a memória perdida em algum lugar. Ontem apareceu uma senhorita muito atenta e tocou a campainha da casa da sua avó. Eu estava no pátio, por isso escutei. Abri a minha porta e perguntei o que ela queria — contou, enquanto me servia o café. — Ela perguntou por você...

— Por mim?

— Sim, sim. Disse que procurava por Paloma Cruz. Eu respondi que aquela era a casa da sua falecida avó e que você não morava ali. E foi isso.

Coloquei uma colherinha de açúcar no seu café e ela me deu um sorriso.

— Cándida, e o que você falou do quadro com ela? Você me disse que ela perguntou sobre o quadro — insisti.

— Ah, sim. Que memória mais ruinzinha eu tenho! Quando eu disse que aquela era a casa da sua falecia avó, ela me perguntou se a sua avó era a dona de um quadro com a pintura de uma senhorita nua... — Fez uma pausa, tentando lembrar a conversa. Esperei uns segundo que me pareceram séculos e ela continuou. — Eu disse a ela que sim, que aquela pintura era da sua avó. Acho que ela me perguntou se estava guardada na casa e eu disse que você a tinha levado para ser emoldurada na loja do Dalmiro, que Deus o tenha em sua santa glória. E é isso, nada mais. Essa é a verdade. Você me disse que iria emoldurá-la na loja do Dalmiro, eu não minto nunca.

Dissimulei o tremor nas mãos para não alertar Cándida e tomei o café em goles pequenos. Foi a única maneira que encontrei de suavizar o nó que sentia no meio da garganta.

Saí dali com uma certeza esmagadora: alguém havia matado pelo quadro que foi da minha avó.

24

Coyoacán, casa da rua Viena, agosto de 1940

A casinha da rua Viena guardava um silêncio sepulcral. Apenas ao meio-dia as portas se abriam para que os funcionários recebessem as compras do mercado. Como em todas as casas, os pedidos também eram austeros: leite, alguns ovos, um eventual pedaço de queijo, frutas, verduras e tortilhas pré-preparadas, prontas para o consumo. Caridad, a encarregada do abastecimento, conquistara confiança suficiente para levar os pacotes para a cozinha. Era a única que tinha visto com os próprios olhos o homem sobre o qual muitos cochichavam em Coyoacán. Alguns o chamavam de "o Velho"; outros, "o Comunista".

Depois de guardar a compra em uma estante de madeira que tinha sido transformada em despensa, Caridad pegou uma vassoura que alguém tinha deixado apoiada na bancada de metal e varreu o chão de concreto nivelado. Juntou as cascas de batatas, as migalhas de pão e algumas bitucas de cigarro. Colocou tudo em um saco de náilon e jogou o lixo em uma lata de metal que sempre estava ao lado da porta que dava para o jardim.

O Velho havia se recusado categoricamente a aceitar que Caridad trabalhasse como empregada na casa; segundo dizia, o lugar era pequeno e todas as pessoas deveriam ser capazes de fazer coisas tão importantes como cozinhar seus próprios alimentos ou limpar a própria sujeira. Ainda que ninguém fizesse uma coisa nem outra na rua Viena.

Natalia, a mulher do Velho, passava o tempo caminhando pelos corredores rodeados de nopais do jardim da casa. Estava sempre vestida com saias retas estilo tubo que lhe cobriam os joelhos, camisas brancas abotoadas até o pescoço e boinas de diferentes cores, caídas para um lado de sua cabeça. As visitas de Caridad costumavam terminar da mesma forma: ela ficava uns minutos na porta que ligava a cozinha ao jardim, olhando boquiaberta para a senhora Natalia. Custava-lhe acreditar no que as pessoas comentavam no mercado e nas mercearias de Coyoacán, não era possível que o Velho tivesse traído uma mulher tão distinta com a falsa tehuana da Frida Kahlo. Para Caridad, isso parecia um despropósito e ela defendia o nome da suposta rejeitada diante de cada pessoa que espalhava esse rumor que, de tanto ser repetido, tinha se transformado em verdade.

Ela nunca tinha visto uma mulher tão elegante, tão sóbria. Caridad não se enganava. Natalia Sedova tinha nascido em uma família de nobres ucranianos e cada gesto e trejeito seu estava ligado à sua origem aristocrática, uma espécie de marca registrada. Mas essa mulher pequena, dona de uma madeixa grisalha que apenas lhe tocava as clavículas esculpidas, era muito mais que uma recopilação de modos de gazela. Ela era uma revolucionária ativa que desde a adolescência tinha enfrentado tudo o que considerava opressivo e que não hesitara em arriscar a própria vida para acompanhar o marido, o Velho, ao exílio mexicano.

Natalia era especialista em fingir-se desatenta. Ninguém jamais sabia por quais lugares longínquos passeavam os seus pensamentos; nem sequer seu marido, pai de seus filhos, era capaz de adivinhar. No entanto, sempre estava atenta. Pelo canto do olho, viu Caridad. Não era a primeira vez que notava como a mulher acomodava o corpo roliço, secava as mãos nas laterais da saia e durante um bom tempo não parava de encará-la. Natalia estava acostumada a ser espiada e até delatada, mas as coisas no México eram bem diferentes: não entendia o idioma, o calor a irritava, os alimentos condimentados provocavam-lhe dores estomacais fortíssimas, aqueles que a acolheram e também a seu marido a incomodavam, a maioria das pessoas que a rodeavam não tinha recato e demonstrava prazer em bisbilhotar a vida dos outros. Caridad era o exemplo mais preciso de tudo o que ela tanto odiava do México.

Natalia deu a volta por um dos corredores externos e, sem levantar a cabeça, distanciou-se da mulher; pôde sentir a bisbilhotice às suas costas, até que seu corpo minúsculo se refugiou na casinha dos fundos. Era uma construção pequena, mas acolhedora, que tanto seu marido quanto ela usavam como lugar de trabalho. O cheiro da madeira que revestia o piso era úmido e penetrante; por um janelão, os últimos raios de sol iluminavam a mesa cheia de livros, documentos e papéis escritos com sua caligrafia perfeita e arredondada. Muitas das palavras que saíam de sua cabeça de mulher lutadora seriam repetidas, em público ou em reuniões privadas, por seu marido Leon, Trotski.

Ela passou os dedos finos de unhas curtas limpíssimas pelas capas de couro dos livros empilhados em um canto do escritório. O pó ficou impregnado nas pontas dos seus dedos. Ela levantou o olhar e deparou-se com o quadro. Muitas vezes, fantasiou em tirá-lo da parede e cortar a tela em tiras bem fininhas com uma tesoura para que ninguém jamais pudesse reconstruí-lo. Sempre esteve a ponto de fazê-lo, mas nunca o fez. Essas tentativas fracassadas acrescentavam um ódio que se expandia por seu corpo como trepadeira nos muros.

Na parede principal, como uma rainha bela e jovem, como uma borboleta preparando a entrada em um paraíso de cortinas brancas, estava Frida Kahlo. Ela vestia um traje de tehuana: saia rosa com flores brancas e um huipil roxo com bordas de ouro; um lenço caramelo se fundia com delicadeza à sua pele morena. Tranças pretas ao redor da cabeça, presas por flores com folhas de um verde intenso, e nas mãos um papel escrito com letra harmoniosa e um pouco infantil: "A Leon Trotski dedico esta pintura com todo carinho no dia 7 de novembro de 1937. Frida Kahlo, San Ángel. México".

Havia quase três anos, todos os dias e todas as noites, que Natalia dividia e escritório com o fantasma de tinta a óleo, pinceladas e cores de Frida. Ela era tão arrogante que tinha pintado a si mesma como presente de aniversário para seu marido.

O pôr do sol foi rápido. A luz que costumava despedir-se acariciando o quadro de Frida o deixou, de repente, em completa escuridão. Natalia sorriu. Essas eram as pequenas batalhas que ela vencia; as poucas que, no fundo, sabia que podia ganhar da pintora.

Fechou a porta do quarto e atravessou o jardim. Seu marido a esperava na sala pequena, sentado na ponta da mesa, batendo de leve com os dedos na toalha de plástico que cobria o móvel. Ali estava ele, elegante como sempre. As revoluções de seu pensamento jamais se mostravam em sua aparência. Suas calças e casaco de flanela marrom pareciam sempre recém-estreados, embora fossem os mesmos três conjuntos de sempre que ele alternava conforme a ocasião; as camisas brancas e engomadas; o cabelo grisalho, arrumado com água todas as manhãs, e os óculos característicos que, com o tempo, tinham-se convertido em um selo de identidade.

No centro da mesa, uma panela de barro fumegante. O guisado de carne, batatas e verduras perfumava todo o cômodo. Leon esperou que Natalia se sentasse em seu lugar, diante dele, e começou a servir a comida em umas tigelas de madeira, o primeiro presente que receberam quando chegaram ao México, país que os tinha protegido de um final trágico na Rússia.

Comeram quase em silêncio. Apenas trocaram algumas poucas palavras. O cotidiano estava em cada gesto: Natalia cortou duas fatias de pão e deu uma ao marido sem sequer olhá-lo; Leon serviu um pouco de vinho em cada uma das taças e com uma mão deslizou um guardanapo de algodão que Natalia pegou como que em uma coreografia perfeita. Enquanto saboreavam o guisado condimentado, nem ele nem ela imaginavam que esse seria o último jantar juntos, nem que a poucos metros dali, atrás do portão que separava o jardim da rua, um ataque feroz estava prestes a acontecer.

25

Buenos Aires, dezembro de 2018

A bofetada soou tão nítida como se tivesse sido uma explosão. A palma da mão ficou vermelha e ardente; o corpo, tremendo. Durante alguns segundos esperou o contra-ataque. Sabia que Cristo era um homem violento e de reações nervosas; no entanto, o revide não veio. O homem optou por endireitar a cabeça que tinha ficado inclinada para um lado com a força do golpe; olhou para ela com os olhos inundados de lágrimas. Lorena soube que não era vontade de chorar, nem tristeza, nem angústia. Era ódio, o mais intenso dos ódios: ódio reprimido, contido em um dique que a qualquer momento poderia se romper. Pensou em desculpar-se pelo acesso de fúria, mas não o fez. As manifestações de poder nunca podiam se curvar; do contrário, a dominação poderia ser desfeita como um castelo de areia debaixo d'água.

Ajeitar o cabelo atrás das orelhas e endireitar a lapela do casaco de seda com um puxão foram as maneiras que ela encontrou para controlar o nervosismo. Limpou a garganta, não queria que sua voz soasse fraca. Tudo nela se tornou encenação.

— Por que você o matou? Essa morte nunca esteve nos planos — disse, medindo cada palavra.

Cristo abriu e fechou os punhos várias vezes; a raiva tinha endurecido todas as falanges de seus dedos.

— O único plano era recuperar a pintura — respondeu, enquanto tirava o quadro de um saco grande —, e aqui está. Toda sua. Cumpri com o combinado. Sou um homem de palavra.

Cristo não entendia de limites; sempre fora um homem descontrolado que se defendia das pessoas inoportunas – e das outras – da mesma maneira: com violência. Mais de uma vez imaginou o som que faria o pescoço de Lorena ao ser quebrado ou quantos minutos poderia aguentar sem respirar até que seus pulmões explodissem ou até que os seus lindos olhos claros se tingissem de vermelho. Em mais de um sonho se viu cavando covas profundas e perfeitas, escavando e escavando, com o único propósito de convertê-las em uma tumba para essa mulher que ele amava, odiava e desejava com a mesma intensidade. Ela tinha sido sua salvadora, mas, com o passar dos anos, transformara-se em sua carcereira, em uma droga pesada que ele não podia nem queria abandonar.

Sempre soube que o momento em que a viu pela primeira vez tinha muito a ver com tudo o que aconteceria depois. Mas foi inevitável: ele era jovem; tinha medo, ódio e estava preso. Naquela ocasião, cinco anos haviam se passado desde o assalto ao Museu Nacional de Belas Artes durante a noite de Natal. Alguns meses depois do roubo, o quadro *Muerte amarilla*, de Blates, que Cristo falsificara com perícia, apareceu como por um passe de mágica em uma bodega na zona sul da província de Buenos Aires. Uma ligação anônima para o número 911 forneceu a informação sobre o quadro. Policiais, um juiz, um fiscal, especialistas em arte e até os meios de comunicação chegaram ao lugar; não suspeitaram que eram peças indispensáveis de uma encenação que, poucas horas depois, teria repercussão internacional.

Ninguém prestou a devida atenção na obra falsificada. O ato de devolução ao museu, entre brindes e felicitações dos nomes mais proeminentes da arte portenha, foi um evento que as autoridades não queriam perder por nada. Enquanto a obra falsa atraía centenas de pessoas em uma parede do museu, o verdadeiro quadro com as pinceladas originais de Leopoldo Blates brilhava na sala de um colecionador europeu. Um homem misterioso que passava todas as noites de sua vida bebendo e fumando charutos, sentado em uma poltrona diante dessa obra de arte única e singular que valia cada um dos milhões desembolsados por ela no mercado clandestino.

Esse quadro beneficiou muitas pessoas. Algumas receberam dinheiro; outras, prestígio e heroísmo. Mas, como sempre, as consequências recaem sobre os mais fracos e os ladrões que colocaram a cara a tapa no roubo caíram em desgraça. Miguel Arjona, o homem que durante a fuga tinha atropelado e matado uma mulher e o filho dela de quatro anos, foi preso uma semana depois do ocorrido. O mecânico que recebera o carro com as marcas da batida e as manchas de sangue foi quem o delatou.

A detenção de Arjona arrastou com ele os irmãos Danilo e Esteban Páez. A vizinha dos Páez jurou para a polícia que o homem que aparecia na televisão tinha visitado os irmãos em várias oportunidades. Esse homem era Arjona. Cristo, no entanto, teve mais sorte: cinco anos a mais de indulto, que terminaram em uma tarde de chuva, depois do enterro de sua mãe, Elvira.

O adeus à mãe era um acontecimento de sua vida com várias lacunas em sua memória, e, por isso mesmo, era tão transcendente. As lembranças tinham a ver mais com as percepções do que com o ocorrido. Por exemplo, ele nunca esqueceu o aroma de terra molhada misturada com o mau cheiro das flores dos túmulos que apodreciam, até desaparecer, ao ar livre. Toda vez que passava por um quiosque de flores ele preferia mudar de calçada. Esse cheiro, longe de lhe parecer agradável, provocava-lhe náuseas e ódio.

No dia do enterro de sua mãe ele amanheceu irritado, disso se lembrava. Sentiu-se com a coragem e o desespero necessários para desobedecer a ordem de seu pai, que tinha lhe dado uma lista escrita à mão com nomes, sobrenomes e telefones de todas as pessoas que ele tinha de convidar para a despedida de Elvira. Cristo não se contentou em não chamar ninguém, precisava fingir que nada do que estava acontecendo existia: queimou o papel com um isqueiro e limpou as cinzas com um guardanapo. Dessa maneira, apagou sua mãe e os contatos dela. A única coisa que restou de Elvira foi um brinco pequeno, um brinco em forma de crucifixo.

A despedida de Elvira foi desoladora. Nuvens carregadas no céu, uma chuva gélida que por um momento se transformou em temporal; um caixão de madeira brilhante, decorado com uma cruz de bronze, e as palavras anódinas e repetidas de um padre desgrenhado;

Cristo, Rama e o pai deles vestidos de calça, casaco e gravata, e penteados com gel. A única nota de cor e afeto chegou em forma de um ramo de flores amarelas, a cor preferida de Elvira, que Rama, então com dezesseis anos, colocou sobre a cruz do caixão.

— Por que não tem ninguém aqui, Cristo? — perguntou em voz baixa, para não interromper a solitária corrente de oração que seu pai murmurava com o olhar perdido em algum lugar do céu.

— Ninguém gosta da mamãe — respondeu com a maldade dos que querem e sabem como ferir.

Rama subiu o tom de voz. Seu irmão tinha conseguido tirá-lo da compostura habitual.

— Mentira! Onde estão a tia, as amigas da oficina de bordado, o professor de pintura? Não pode ser...

Cristo não deixou que ele continuasse enumerando as pessoas.

— Não seja maricas — respondeu, e deu-lhe um soco de leve na nuca. Depois mentiu. — Eu me esqueci de avisá-las. Serão gratas, eu lhes fiz um favor. Ninguém gosta de ter que vir ao cemitério em uma tarde de merda como esta. Agora, cale-se e nem se atreva a contar isso ao papai. Se você contar, eu te cubro de porrada. Entendeu?

Rama mordeu o lábio até que o sabor metálico do próprio sangue inundou sua boca. Assentiu com a cabeça enquanto tomava a decisão mais importante de sua curta vida: ia falar, não ia se calar. Ele também sabia ser desobediente. E quando falou, anos depois de ter flagrado o irmão falsificando o quadro roubado de que falavam na televisão, o terremoto de suas palavras arrasou com o pouco que ainda restava em pé da sua família.

Toda família é um sistema, e se esse sistema se mantém firme é porque beneficia todos os seus membros. Assim funcionava a família Pallares. Emilio Pallares, o pai, era quem tinha controlado os fios da trama durante anos com uma técnica implacável: colocar os filhos para competir. Desafios pequenos que foram perfurando o vínculo fraternal até transformá-lo em um inferno. Um sorvete, balas, elogios ou humilhações em público, viagens, bicicletas ou afetos eram os prêmios pelos quais Rama e Cristo competiam desde pequenos.

Quando adultos, só almejam um objetivo: a admiração paterna, que lhes era dada a conta-gotas.

Elvira tinha sido vítima de sua própria decisão. Desde os primeiros anos do casamento, soube que, se quisesse formar uma família com Emilio Pallares, ser uma mulher indefesa não era uma opção válida. E buscou para si uma forma de resistência que permitiu todo tipo de abuso emocional: o silêncio. Elvira não falava nada, não reprovava nada, não questionava nada, não escutava nada. Nada. Elvira escrevia. Todos os dias, enchia uma página do seu diário. Anos de cadernos de capa laranja que ela enchia com sua letra pontiaguda e perfeita, quase caligráfica. E escondia. Escrevia e escondia. E queimava. Escrevia, escondia e queimava.

Cristóbal Pallares acostumara-se a ser o vencedor. Seu talento para o desenho e a pintura e sua força física o transformaram em uma pessoa ruidosa dentro da cápsula familiar. Ramiro Pallares, a mistura perfeita entre a mãe e o pai, não emitia suas insatisfações. Limitava-se a aceitar com o corpo e a planejar vinganças com a mente. Cristóbal era o menino terrível. E os meninos terríveis assumem o mal, não as revoluções. Ramiro era a revolução. Foi ele quem deu o basta. Foi ele que entendeu que nunca se vence um homem perverso – que, no máximo, é possível aprender algo consigo mesmo. E aprendeu.

A revolução de Ramiro Pallares explodiu tudo pelos ares. Os pedaços da família Pallares impactaram de maneira distinta cada um de seus membros. Emilio, o pai, foi mandado para um exílio mais distante e solitário do que o habitual; Cristóbal, o irmão, terminou preso. Por sorte, Elvira não estava viva para presenciar o desastre.

— Foi meu irmão que me delatou. Este foi meu erro, subestimei o alcance do seu temor — contou Cristo a Lorena na primeira vez que se viram na sala de visitas da penitenciária de San Gregorio. — Estiquei demais a corda. Pensava que eu era o diabo, mas o diabo era ele.

O que menos interessava a Lorena Funes era a história da saga familiar dos Pallares, na qual ela só via uma versão medíocre da história de Caim e Abel. Apesar do tédio, fingiu interesse e continuou escutando o relato. O Caim dessa história tinha em suas mãos um dom raro: a capacidade infinita da falsificação.

Depois que Ramiro Pallares, sem se identificar, apresentou-se à justiça para denunciar o irmão, as peças do jogo se modificaram. O garoto entregou as provas que demonstravam muito mais do que o simples trabalho de um jovem que investia seu talento na imitação de obras roubadas. Sem saber, Ramiro revelou que o quadro exposto durante cinco anos no Museu Nacional de Belas Artes como uma obra recuperada era, na realidade, uma falsificação.

A princípio, os investigadores não prestaram muita atenção nele, era apenas um adolescente; além do mais, a acusação contra um familiar direto só tem peso para a justiça se a vítima do delito for o denunciante. Esse não era o caso de Ramiro. Mandaram-no de volta para casa com a advertência de que não perturbasse um sistema judicial saturado. Mas Ramiro Pallares não ficou de braços cruzados e traçou um plano que levou adiante com maestria.

— Quando eu digo que meu irmão é o diabo, não estou exagerando, né? — insistiu Cristo. Ele gostava de exagerar sobre Ramiro e, além disso, estava preso em uma penitenciária, rodeado de homens. Ter por perto uma mulher como Lorena o fazia soltar a língua. — Sabe o que ele fez? Entrou em contato com o marido da mulher que morreu atropelada durante a fuga. O homem estava na dele, acreditava que os assassinos estavam presos, mas não, a praga do meu irmãozinho encontrou-o e encheu a cabeça dele. Contou-lhe que havia um cara que tinha se safado e que esse cara era eu...

— Bem, isso é verdade — interrompeu Lorena.

— Não, não é verdade. Eu não matei ninguém — respondeu. Ele se levantou da cadeira de madeira e gritou. — A justiça acreditou no viúvo, isso é diferente. Eu não matei ninguém e estou aqui, preso por ser cúmplice de algo que não fiz.

Os companheiros de prisão de Cristo eram criminosos de todos os tipos, de maior ou menor grau de periculosidade. Alguns tinham cometido delitos irreversíveis; outros, roubos menores, venda de drogas ou alguma fraude. Mas todos, absolutamente todos, sempre souberam que podiam ser presos em algum momento; cada dia em liberdade era vivido com a certeza de que a possibilidade de ir para a prisão os esperava em cada esquina. Cristo não, nunca pensou que poderia terminar enjaulado por pintar um quadro. E por isso se sentia mais preso do que os outros. Tudo o afetava muito mais.

Um agente penitenciário aproximou-se deles e pegou Cristo pelo braço. Com um gesto, Lorena pediu que o homem se retirasse, estava tudo bem.

— Cristo, sente-se. E me faça o favor, deixe de exagerar. Tenho uma oferta que pode te interessar. — E terminou com uma frase-chave. — Vim a pedido do seu pai. Ele sempre esteve ao seu lado.

A partir daquele momento, a vida de Cristóbal Pallares deu uma reviravolta. Saber que o pai não estava do lado de Ramiro era mais que suficiente, mas Lorena Funes não foi apenas a portadora de uma mensagem. Foi ela quem voltou a colocar em suas mãos o que ele mais amava: telas, pincéis e tintas. Os anos de prisão de Cristo passaram entre pequenas cópias de obras de valor moderado, retratos extraídos de fotos para pessoas endinheiradas e até esboços em carvão de peças pré-colombianas que serviriam de guia para falsificações posteriores. O diretor da penitenciária aceitou de bom grado que um de seus presos mais agitados finalmente se acalmasse com o que, para todos, era um passatempo. Ninguém sabia que, na verdade, atrás das grades e à vista de todos, Cristóbal Pallares era a engrenagem de um negócio milionário.

Quando conseguiu que a justiça lhe outorgasse o benefício da liberdade condicional por boa conduta, ele deixou os pincéis descansarem. Tinha dinheiro suficiente na conta bancária. Embora, na verdade, suas férias tivessem apenas uma motivação: que seu pai e Lorena implorassem para que ele voltasse à ação. Cristo gostava de ser requisitado. Por isso, não hesitou quando seu pai lhe pediu que falsificasse "La Martita" nem quando Lorena chegou de madrugada em sua casa e, com ares de gatinha manhosa e voz de menina indefesa, entre beijos e carícias, pediu para que ele roubasse um quadro de uma loja de molduras no bairro de Boedo. Por isso os olhos de Cristo se encheram de lágrimas e a fúria lhe corria pelas veias como se fosse lava vulcânica. Por que foi errado atender o pedido de Lorena? Que planos havia traído? Tinha imaginado um agradecimento com lençóis de seda, champanhe e luxúria, mas só recebeu uma bofetada.

— Eu te pedi um quadro e você me trouxe o quadro e um cadáver. É sério que não percebe a gravidade do assunto? — insistiu Lorena.

No final, a mulher perdeu a compostura e a confiança. Por sua cabeça passavam dezenas de perguntas ao mesmo tempo. Havia alguma testemunha do crime contra o comerciante? As câmeras de segurança da cidade de Buenos Aires teriam a imagem de Cristo chegando e saindo do local? E se tivessem ficado impressões digitais ou algum rastro que levasse os investigadores até Cristo ou, pior, até ela?

Lorena deu meia-volta e parou de caminhar de um lado para o outro da sala de sua casa. Enquanto fincava os saltos altos no tapete que revestia o piso de carvalho da Eslovênia, murmurava insultos discretamente. Parecia uma leoa enjaulada, avaliando como poderia escapar do confinamento. Cristo continuava de pé, com os músculos tensos. Seus olhos acompanhavam, de maneira imperceptível, todos os movimentos de Lorena. Os anos atrás das grades, cercado de criminosos de toda espécie, treinaram-no para estar alerta. Ele sempre estava: de noite, de dia, inclusive enquanto dormia. Tudo ao seu redor podia se transformar em um alarme prestes a soar.

Lorena ficou quieta, congelada. A adrenalina parecia ter se esvaído de seu corpo. Ele moveu o pescoço para aliviar uma tensão e pegou o quadro emoldurado. Em suma, isto era o mais importante: o quadro. O trabalho do comerciante era simples e de qualidade questionável. A pintura tinha sido enquadrada com uma moldura esmaltada de preto e coberta com um vidro comum, como se fosse uma página arrancada de qualquer revista. Lorena não pôde deixar de lamentar a falta de cuidado dele.

Seus lamentos se transformaram em ira, uma ira que fez ferver seu sangue: Cristo tinha matado o dono do local sem motivo e a pintura fora manipulada pelas mãos mais inexperientes que ela jamais tinha visto. Sentiu o mesmo esgotamento moral que sentia todas as vezes que assistia às aulas de arte em diferentes lugares da Europa, essa sensação de solidão provocada ao se perceber como única e profissional em um mundo de pessoas inúteis. A única pessoa à sua altura era Ramiro Pallares, mas esse segredo poderia levá-la à tumba. Tinha certeza disso, então se calava.

Voltou ao quadro e voltou a sentir os sinais do seu instinto, essa campainha que soava em seus ouvidos toda vez que estava diante de uma obra de arte; esse tilintar que a ensurdeceu quando Rama lhe mostrou as fotos da pintura de sua amiga Paloma. Paloma Cruz, ele tinha dito, e Lorena gravou esse nome a fogo em sua cabeça.

Pesquisou-a nas redes sociais e no Google; analisou as fotos de seus perfis, seus posts e seu breve currículo profissional. Parou mais uma vez nas fotos em que Paloma posava sexy sobre um palco enquanto cantava. Sentiu-se incomodada ao se dar conta de que era o tipo de mulher de quem Ramiro poderia gostar. Ela censurou essas distrações. Era uma mulher de negócios e a tal Paloma era apenas uma peça no que ela supunha ser um negócio monumental.

A parte de trás da pintura tinha ficado descoberta. Lorena fechou os olhos e passou a ponta dos dedos sobre a tela original. Não podia deixar de sorrir. Os especialistas precisavam de provas técnicas e científicas, luz ultravioleta e produtos químicos para saber se uma tela era antiga ou nova, banhada em chá para dissimular a cor. Ela não precisava de nada disso. Os poros de sua pele estavam preparados para identificar as diferenças; seu olfato era o de um cão de caça que conseguia perceber a acidez de qualquer substância e detectar, com uma aproximação assombrosa, o ano em que os materiais tinham sido fabricados. Desde pequena, seu pai a preparara para ser uma máquina humana que diferenciasse o verdadeiro do falso. Só errava, e em poucas ocasiões, com os homens, coisa que não a preocupava muito; ela não os considerava obras de arte.

Lorena tinha colocado o nome de Paloma Cruz em um buscador que costumava usar para verificar a condição financeira de seus clientes; não encontrou nada de extraordinário. A situação da jovem com o fisco estava em ordem e as parcelas de um pequeno crédito pessoal, em dia; ela não tinha investimentos nem títulos do tesouro nem prestações. Seu único patrimônio era uma casinha no bairro de Boedo, na capital federal.

Ela tentou tirar a pintura de dentro da moldura com duas pinças de depilar. Enquanto fazia isso, torcia para que o falecido não tivesse usado cola para unir a tela ao suporte de papelão. Puxou primeiro de uma ponta e depois de outra. Estava nervosa, gotas de suor corriam por suas costas. Teve de deixar as pinças sobre a mesa para respirar fundo e se recuperar.

Aquilo despertou a curiosidade de Cristo e, aos poucos, ele se aproximou da mulher. Queria saber o que ela estava tentando fazer e, sobretudo, por que esse quadro era tão importante. A loja de molduras era um lugar de bairro, sujo, desordenado, sem nada que pudesse interessar a alguém como Lorena. Além disso, queria dizer a ela que ele não era um assassino, que não tinha tido outra opção senão empurrar o comerciante e que quando sentia raiva, costumava esquecer o que seu corpo fazia; sua mente ia para um lado e suas mãos, para o outro. E o comerciante o havia irritado. Negava-se a entregar o quadro, insistia que era de uma cliente e não parava de lhe oferecer as poucas notas que tinha na caixa registradora e um telefone celular. Cristo disse a ele várias vezes que não precisava daquele dinheiro, mas o homem insistia em lhe dar porcarias para que fosse embora. Não lhe restou outra opção senão lutar e, no último puxão, quando já não tinha mais nada para proteger, o homem caiu para trás e abriu a cabeça com a batida. Cristo não fugiu correndo, não se escondeu nem reparou se algum vizinho testemunhara o ocorrido. Não tinha nenhum motivo para fugir como um rato: ele não era assassino nem ladrão.

— Não vai me dizer por que diabos esse quadro é tão importante? — perguntou.

Lorena deu um pulo. Estava tão concentrada em sua tarefa que nem se lembrava da presença ameaçadora de Cristóbal. Não soube o que responder e deixou que ele seguisse falando.

— Antes de te dar essa coisa velha — continuou Cristo —, olhei atentamente a pintura. Não tenho os seus conhecimentos, mas também não sou um ignorante, e a verdade é que não vi nada que me chamasse a atenção. É uma pintura muito precária, sem técnica, sem graça. Falta-lhe profundidade, coração... não sei. Não tem nada de especial, e além disso essa mancha vermelha é um desastre. Parece o desenho de uma criança na aula de educação artística da escola.

Lorena não pôde deixar de sorrir. Sem dizer uma palavra, pegou de novo as pinças e conseguiu tirar a tela original da moldura. Por sorte, o trabalho do comerciante fora tão descuidado que ele nem sequer tinha colado as bordas. Ela fechou os olhos e aproximou a pintura do nariz. Aos poucos, encheu os pulmões com o cheiro ácido da obra. Cristo a olhava desconcertado, testemunhando um ritual que lhe parecia ridículo.

— Você vai me responder, Lorena? Ou quer que eu arranque essa porcaria das suas mãos e a rasgue em pedaços?

Lorena cravou os olhos nele com surpresa, como se acabasse de vê-lo pela primeira vez.

— Enquanto eu cuido do desastre que você causou em Boedo, peço que comece a estudar as pinceladas e os traços de um artista que de pueril não tem nada — disse, enquanto enrolava a pintura. — Vou pegar uns livros que vão te ajudar.

Cristóbal sentiu que a raiva e a confusão desapareciam como que por magia. Aos poucos, a sensação de ser importante e necessário afrouxou os músculos dormentes do seu corpo. Até que o tom de sua voz mudou. Soava como o de alguém simpático e gentil.

— Muito bem, princesa. Qual o nome do artista a quem devo oferecer meu talento?

— O único, o melhor de todos. Você vai ter que falsificar um autêntico Diego Rivera.

26

Coyoacán, agosto de 1940

Suas costas pararam de doer. A lateral do quadril em que sua perna ruim estava fincada como se fosse uma faca desinflamou de repente. A micose que surgira em suas mãos de um dia para o outro parecia ter sumido: os dedos não ardiam e as formigas vermelhas imaginárias que vagavam pelas palmas haviam sossegado. Não foi por causa dos médicos, dos medicamentos nem do licor que ela alcançara o estado de graça. Foram a fúria, a raiva e o desespero que transformaram o corpo maltratado de Frida em uma pluma leve, sem tormentos.

Depois da terceira tentativa, ela conseguiu o que queria: falar ao telefone com Diego. Ligar do México para os Estados Unidos não era uma tarefa fácil.

— Por que você o trouxe para o México? A culpa é sua. Você banca o herói e agora ele está morto. Sempre, sempre, sempre tudo gira ao seu redor — gritou Frida, entre o pranto e a angústia que apenas a deixavam pensar com clareza. Ela tinha dificuldade em respirar.

— Do que você está falando, minha Friducha linda? O que está te deixando tão transtornada? — respondeu com perguntas Diego Rivera, resignado a conter os rompantes de quem agora era sua ex-mulher.

— Mataram ao velho Trotski. Você está escutando? Mataram-no. Morto. Ele está mortinho. E você aí na Gringolândia, andando numa boa com essas que agora são as suas heroínas. Conte para a Irene e para a Paulette que a culpa foi toda sua.

Leon Trotski estava morto, agora sim. Apenas três meses haviam se passado desde o atentado a tiros malsucedido na casa da rua Viena, e então o destino mudou as regras do jogo. Um destino com nome e sobrenome. Com o nome e sobrenome de um assassino. E a fúria, que era de Frida e não de Diego, tomou-a de repente, como uma onda de tormenta, como a lava de um vulcão. Leon Trotski estava morto. Eles tinham conseguido.

"Serei assassinado por alguém daqui ou por algum dos meus amigos do exterior, mas por alguém com acesso à casa", tinha dito Trotski pouco depois de chegar ao México, fugido das ameaças de Stálin. E seu presságio finalmente se cumpriu. Dessa vez, não houve explosões nem rastros de pólvora, tampouco hordas anticomunistas ou cenas heroicas. Uma picareta, uma picareta simples e comum cravada na cabeça dele colocou fim à vida do Velho. E Frida, em vez de chorar, explodiu. Era de sua natureza. Frida Kahlo sofria como um vulcão.

A conversa telefônica com Diego foi breve. Apenas uns insultos, algumas opiniões cruzadas, umas reprovações e uma ordem: era imperioso resgatar seus pertences de San Ángel. Embora Rivera tivesse conseguido fugir para os Estados Unidos alguns dias depois do atentado, ele estava na mira dos olhares e dos rumores.

Ninguém se importava com as disputas internas no Partido Comunista Mexicano nem com as idas e vindas do muralista Siqueiros, menos ainda com as histórias que Diego fizera circular antes de subir no avião que o levou à San Francisco. Todos sabiam que Rivera amava tanto o perigo como os holofotes e, se para conseguir as duas coisas ele tivesse que mentir, o faria sem ficar vermelho.

— Nayeli, isso que aconteceu é muito grave. Devemos ir a San Ángel para resgatar os pertences de Diego. Há coisas de muito valor. Faz anos que ele gasta todo o dinheiro que tem em esculturas pré-colombianas. Não podemos permitir que elas caiam em mãos inimigas...

A tehuana olhava para Frida com estranheza. Várias questões chamavam a sua atenção. Enquanto Frida enumerava os itens que, segundo ela, estavam em perigo, as lágrimas molhavam seu rosto por completo. Não eram lágrimas derramadas pelos objetos nem por Diego. Frida nunca sentia apego por nada que tivesse sangue e coração, e as lágrimas por Diego vinham acompanhadas de gritos e insultos. Essas lágrimas eram diferentes. Eram outras.

— Não entendo o que está acontecendo. De quem são as mãos inimigas? O senhor Diego está em perigo? — perguntou Nayeli com um fio de voz.

— Não, não, minha querida. Não fique angustiada, já temos o suficiente com meus nervos — respondeu, e acariciou-lhe a bochecha. — O sapo Diego está bem nos Estados Unidos, está a salvo graças a você. Esta vida não me será suficiente para retribuir o que fez por ele.

As palavras de Frida a relembraram que, havia três meses, fora ela quem ajudou Diego Rivera a fugir da polícia. Algumas horas antes, um grupo de homens tinha atacado a tiros a casa de Leon Trotski, foi a primeira vez que quiseram matá-lo e não conseguiram. Naquele momento, as autoridades policiais acreditavam que as disputas internas do Partido Comunista Mexicano estavam diretamente relacionadas com o atentado e foram à procura de Diego Rivera na casa-ateliê de San Ángel.

Nayeli, que tinha ido ao lugar para levar uma bandeja de doces, sem querer foi testemunha e protagonista de um acontecimento histórico. Nos dias seguintes, Frida transformou-se em uma criança que precisava ouvir a mesma narrativa várias vezes. Perseguia a jovem pela Casa Azul para que ela contasse a história pelas manhãs, tardes e antes de dormir; enquanto cozinhava ou dava de comer aos animais de estimação; do outro lado da porta, enquanto tomava banho, e até no meio da noite.

— Conte-me de novo como foi que você salvou meu Dieguito da polícia, Nayeli. Não economize nenhum detalhe, vamos, me conte...

— Naquela manhã em que fui à casa de San Ángel, fiz tudo o que tinha que ser feito: levei os doces para o senhor Diego e a carta que você tinha escrito para ele. Tudo estava calmo até que uma ligação fez que o senhor Diego empalidecesse. Ficou branco, branquinho, como se estivesse falando com o diabo.

Frida costumava interromper o relato em determinados momentos, para fazer sempre as mesmas perguntas. Repetidamente.

— Quem comeu os seus doces? — perguntava com a ansiedade de quem não sabia a resposta.

— O senhor Diego, a senhorita Irene e eu.
— Você acha a senhora Irene bonita?
— Não, ela não é bonita — mentia Nayeli.
— Menos bonita do que eu?
— Muito menos! Você é bonita. Ela, não.

Frida sorria contente e com um gesto a encorajava a continuar falando. A parte em que Nayeli conseguia enganar a polícia para que Diego e Irene escapassem pela porta dos fundos de San Ángel não era a preferida de Frida. Entretanto, o que acontecia depois a interessava muito. A presença de uma terceira mulher na história a intrigava.

— Conte-me tudo sobre essa tal Paulette — insistia Frida. Apesar de conhecer a atriz Paulette Goddard, ela fazia-se de desentendida.

— Quando os policiais foram embora, eu fiquei sozinha em San Ángel — retomava Nayeli. — Fiquei muito contente, acho que fiz o que tinha que ser feito. Não fiquei nervosa e eles acreditaram em mim quando menti ao lhes dizer que o senhor Diego não estava ateliê. Não me lembro de quanto tempo passou, mas quando decidi sair na rua para ver como voltaria para cá, algo muito curioso aconteceu...

— Ah, Nayeli do meu coração, minha amiga eterna! Nunca terei como te agradecer por ter salvado o meu Dieguito. Continue, continue...

Apesar de Frida ter escutado uma dezena de vezes os detalhes daquele dia, surpreendia-se e fazia exclamações como se todas as vezes fossem a primeira.

— Uma senhora aproximou-se de mim, pegou-me pelo braço e falou para eu a acompanhar, porque ela sabia onde estava o Diego.

— Como era a senhora? Era bonita?

— Sim — Nayeli tinha decidido não mentir sobre Paulette. Ela não conseguia dissimular o impacto que aquela mulher tinha lhe causado. — Ela se parece muito com um anjo ou uma divindade. Tem a pele branca, branquíssima, e os olhos de uma cor bem turquesa, uma cor parecida com essas que você usa para fazer as suas pinturas. E um cabelo ruivo que apenas lhe cobria o pescoço. Eu a segui, não consegui recusar. Foi muito estranho, porque eu não entendia o que ela me dizia. Falava uma língua esquisita, como se estivesse usando um código secreto.

— Inglês, minha querida. Paulette é uma gringa, uma atriz gringa. Meu Dieguito e eu a conhecemos na Gringolândia. Ela é sem sal, como todas as gringas. Não tem alma nem coração. E aonde ela te levou?

Nayeli teve de descrever com detalhes as instalações do hotel San Ángel Inn, o luxuoso edifício que ficava bem em frente à casa de Diego. Como Paulette estava debruçada em um dos janelões de seu quarto, pôde ver como as viaturas rodeavam a casa do pintor e fez a chamada telefônica. Com palavras precisas, a atriz alertou Diego.

— O quarto era enorme, enorme. Nunca tinha visto nada igual. Ainda que tudo, tudinho, estivesse no mesmo lugar: a cama, a mesa, as cadeiras e até uma cozinha pequena com uma garrafa de café e duas xícaras — descreveu Nayeli. — O senhor Diego estava esparramado na cama, não tinha tirado aquelas botas que ele usa, e a atriz o repreendia enquanto lhe mostrava os lençóis brancos, todinhos manchados de barro. Mas eu não entendia o que ela dizia. O senhor Diego ria muito.

Nessa parte da história, Frida gargalhava. A distância, ela também ria das mesmas coisas que Diego achava engraçadas, sofria pelas mesmas coisas que ele e, quando não tinha notícias do estado de ânimo do seu gigante, ela se esvaziava por dentro. Não sentia nada. Mas agora, três meses depois da fuga de Diego, Leon Trotski estava morto. Aqueles que sonharam em vê-lo debaixo da terra tinham cumprido a missão.

Frida envolveu-se em um lenço amarelo que sempre ficava pendurado no encosto de uma das cadeiras da sala. Um frio mortal havia tomado seu corpo. A pintora acompanhava cada movimento com um pranto calmo, mas angustiado. Esforçava-se para encobrir a tristeza com palavras, orientações e ordens. Frida não chorava por Diego nem pelas esculturas da casa de San Ángel; muito menos por ela. Sem deixar de observá-la, Nayeli percebeu o que estava acontecendo: Frida chorava por Trotski.

As lembranças dos dias que se seguiram ao atentado à casa da rua Viena ainda estavam frescas na memória da jovem. Uma tarde, inclusive, a curiosidade a fez caminhar algumas quadras para ver os projéteis sobre os quais todos comentavam no mercado e que tinham ficado incrustados no muro da fachada. Nayeli se lembrava dos dias e das noites em que um senhor, a quem Frida chamava de "o Velho", aparecia como se fosse um espectro. A primeira vez que o viu, ela tomou um susto enorme.

Ele não batia na porta para comunicar a sua chegada nem fazia barulho nas latas que Frida havia pendurado na entrada para que os vendedores anunciassem a entrega de alimentos. O velho tinha encontrado, com a cumplicidade da pintora, uma maneira de entrar em silêncio. Suas roupas pareciam um disfarce: calça de lã, colete xadrez e um casaco grosso e comprido que chagava aos tornozelos; um chapéu grande sempre lhe cobria a cabeça, e usava óculos escuros que trocava por outros redondos e de armação dourada quando entrava na sala da Casa Azul.

Quando cruzava a porta, dizia a mesma frase como saudação: "Por acaso meu tempo acabou, minha querida Frida?". E Frida ria alto, com o prazer de quem se reconhece poderosa. Nenhuma pessoa tem mais poder do que aquela que pode determinar o tempo ou as horas do outro, e isso era Frida para o Velho: um oráculo.

Nayeli costumava ficar atrás de alguma porta escutando as conversas do casal. Muitas vezes, não conseguia entender nenhuma palavra, falavam em outro idioma. No entanto, percebia que o tom de voz de Frida mudava, era outra mulher diante daquele velho misterioso. Uma mulher mais completa, menos sofrida. Apenas uma vez atreveu-se a perguntar sobre o visitante noturno e pôde ver nos olhos de Frida um vislumbre de terror, o mesmo brilho que aparecia nas pupilas das cabras de Tehuantepec segundos antes de serem degoladas. Um brilho de morte. E não perguntou mais. Nayeli não queria mais saber. Frida escondia tudo o que dizia respeito ao visitante noturno. Inclusive no final, até dissimulava a despedida.

27
Buenos Aires, dezembro de 2018

Saí da delegacia com o tecido que envolvia a pintura de minha avó apertado contra o peito, mas da pintura em si, sem notícias. O inspetor de polícia informara desta forma, com estas palavras, que meu objeto estimado estava desaparecido: "Sem notícias". Também não tinham notícias da pessoa que havia matado o comerciante; por preguiça ou por desleixo, consideravam que o quadro emoldurado para mim não tinha nada a ver com o homicídio. Eu não pensava o mesmo. Tinha certeza de que o crime estava relacionado com a pintura de Nayeli. Apesar de ter sido criada por minha avó em um mundo que girava ao meu redor, construído por ela para que eu o habitasse, meu egocentrismo não tinha nada a ver com isso. Eu podia senti-lo, podia imaginá-lo. Aquele quadro estava amaldiçoado.

Caminhei várias quadras, precisava organizar meus pensamentos. Estava inquieta, com aquela sensação que geralmente sentimos quando temos de tomar uma decisão e nos esquivamos dela, como se estivéssemos em uma praça brincando de pega-pega com um cachorro. Tudo o que tem a ver com tomada de decisão acontece no durante. Nunca antes, nunca depois. É questão de um momento. E nesse momento, quando chega a força do impulso, ela não pode ser freada. Não há volta atrás.

Detive-me em uma esquina. Dobrei o tecido e o guardei em um canto da minha bolsa. Estiquei a mão e parei um táxi. O impulso tinha chegado.

Demorei menos de quarenta minutos para chegar à casa de Rama. Ainda que a noite estivesse ideal para passear, o trânsito estava tranquilo. Coisa rara em Buenos Aires. A decisão de passar na casa de Rama sem avisar teve mais a ver com a urgência das minhas suspeitas do que com a curiosidade em saber o que ele fazia quando não estava comigo. No entanto, embora eu tivesse avaliado a possiblidade de ele estar com outra mulher, não me importei.

Antes de tocar a campainha de seu apartamento, não pude deixar de notar a minha aparência no vidro da porta de entrada do prédio. Esta manhã, sem saber, tinha escolhido muito bem meu visual. As calças de couro marcavam todas as curvas do meu corpo, e a blusa preta de algodão com mangas longas afinava a minha cintura. Meu cabelo não estava em seus melhores dias, mas corrigi esse pequeno inconveniente com um elástico de emergência que sempre levava enroscado no pulso. Retoquei os lábios com um brilho salmão e coloquei umas gotas de perfume atrás das orelhas.

— Sou eu, Paloma — disse, quando escutei sua voz do outro lado do interfone.

Depois de alguns segundos de silêncio que atribuí à surpresa da visita, ele me mandou entrar. Quando saí do elevador, Rama estava me esperando com a porta aberta. Sorria.

— Fico muito feliz em te ver — disse, cumprimentando-me.

Naquele momento, eu me esqueci da pintura de minha avó e do comerciante assassinado. A sensação de fim do mundo que me levara àquele lugar desapareceu em um instante. Tive vontade de chorar pelo simples fato de estar perto dele outra vez.

Com a porta ainda aberta, ele me beijou. Um beijo calmo de boas-vindas. Quando fechou a porta, voltou a me beijar. Depois dos beijos, perguntou se eu queria tomar alguma coisa. Entre tantas coisas, esta era uma que eu amava no Rama: ele priorizava a gentileza em detrimento da curiosidade. Não tinha pressa em saber o que eu fazia em sua casa no meio da noite, sem avisar. Nem sequer me censurou pela quantidade de chamadas sem respostas que ele tinha feito. Apenas me ofereceu uma bebida.

— Vinho — respondi.

Eu o esperei na sala. Um sofá de três lugares, uma mesa de centro e uma estante cheia de livros de arte eram as únicas peças de decoração; parecia a casa de alguém capaz de fazer uma mudança em menos de duas horas. São detalhes como esse que tornam as nossas diferenças mais evidentes: sou uma pessoa que tende a permanecer e ele é alguém sempre pronto a levantar voo.

Em um canto, perto da porta que dava para um corredor, havia um objeto que eu não tinha notado na única vez que estivera em seu apartamento: um cavalete de madeira com ferraduras de bronze, que parecia antigo. No suporte, uma pintura inacabada atraiu a minha atenção: era o retrato de uma mulher. Eu me aproximei e não resisti em tocar a pintura com a ponta dos dedos, precisava comprovar que não era uma foto. A perfeição dos detalhes era deslumbrante.

— Durante anos guardei essa imagem na minha memória — disse Rama às minhas costas. Não estava mais sozinha. — O rosto ovalado, o formato dos olhos, a curvatura do nariz. Nas oficinas de arte que frequentei por toda a minha vida, ensinaram-me isto: deve-se desenhar do maior para o menor. Eu me acostumei a memorizar da mesma forma.

— Quem é? — perguntei quase em um murmúrio.

— Minha mãe. Ela morreu há anos, e pintá-la é minha maneira de evocá-la. Faz tempo que tento pintar o retrato perfeito. Dezenas de rascunhos descartados. Provas de grafite, de intensidade, de sombreado. Mas nada é suficiente... Falta.

Eu me virei, comovida. Ainda que tivéssemos tido várias noites de sexo, era a primeira vez que partilhávamos uma intimidade. Nada mais íntimo do que desenterrar um falecido diante dos olhos de outra pessoa, muito mais íntimo do que despir-se.

— É um retrato lindo — disse, enquanto tocava a bochecha dele coma mão. — Parece uma foto. É perfeito.

Ele me passou a taça de vinho. Entendi que era hora de mudar o rumo da conversa. Toda vez que um assunto se esgotava, minha avó Nayeli costumava dizer: *os feijões passaram do ponto*. E foi isto que senti: os feijões tinham passado do ponto.

— Que bom, Paloma. Fico feliz que tenha vindo, mas surpresas não são a sua especialidade — disse, recuperando o ímpeto. Esse era o Rama com quem eu me sentia mais confortável. As mulheres Cruz navegam melhor em águas turbulentas. — O que aconteceu?

Nós nos sentamos no sofá e comecei a contar a história. O sangue mexicano que corria em minhas veias tinha me transformado, desde pequena, em alguém que sabe contar histórias, e as histórias têm começo, meio e fim. Costumo mascarar os finais para gerar surpresa, gosto muito de observar a reação das pessoas que me escutam, mas, desta vez, meus dons de Sherazade caíram por terra. Assim que cheguei à parte em que a operação policial dificultou minha chegada à loja das molduras, Rama me interrompeu com uma pergunta.

— Onde está a pintura da sua avó? — Ele perguntou com tanta urgência que não tive tempo de ficar ofendida com a interrupção do meu relato.

— Não sei. Está desaparecida e é por isso que estou aqui.

Terminei de contar a história do comerciante morto enquanto remexia a minha bolsa.

— Olha, a única coisa que a polícia recuperou foi este tecido de proteção. Hoje me ligaram para que eu fosse reconhecê-lo e o devolveram.

Rama desdobrou o tecido com cuidado. Era a primeira vez que eu o mostrava. Não me parecia importante e, além do mais, achava que a mensagem escrita de próprio punho e com a letra de Nayeli era algo particular, familiar.

— *No quiero que nadie vea lo que hay dentro mío cuando mi cuerpo se rompa. Quiero volver al paraíso azul. Eso es lo único que quiero* — leu Rama.

— Isso foi escrito pela minha avó. É a letra dela, seu último desejo — esclareci.

Ficamos um tempo em silêncio. Eu procurava as palavras para expressar minhas incertezas; dúvidas que, com o passar do tempo, começaram a me parecer mais infantis e infundadas.

— Rama, desde que vi aquele homem morto no chão tenho a sensação de que o mataram por causa da pintura. Sei que parece meio absurdo, mas uma mulher esteve na casa da minha avó um dia antes, perguntando por mim...

— Bom, isso não significa nada — interrompeu, na tentativa de me tranquilizar. Tinha percebido que minhas mãos tremiam.

— Não foi apenas isso. Quem a atendeu foi Cándida, vizinha da minha avó. A mulher perguntou a ela se minha avó era a proprietária do quadro de uma mulher nua.

Pela primeira vez, Rama mostrou-se interessado em meu relato. Percebi que a atenção que me dispensara até aquele momento tinha sido pura cortesia.

— Isso, sim, é estranho. Quem mais sabe da sua herança?

Não consegui deixar de sorrir. Classificar como herança uma pintura velha me pareceu muito presunçoso.

— Ninguém. Bom, você, a vizinha e eu... Além do comerciante morto. Parece que essa mulher estrangeira também sabe.

— Estrangeira?

— Sim. Cándida insiste que ela falava com sotaque venezuelano ou peruano, não soube dizer ao certo.

— Colombiana? — perguntou Rama com ansiedade.

— Sim, também pode ser. Argentina com certeza não era, tampouco mexicana. Os anos de amizade entre Cándida e minha avó deixaram a vizinha com o ouvido treinando para identificar sotaque mexicano.

Rama respirou fundo e soltou rápido pelo nariz. Foi um gesto quase furioso. De um pulo, levantou-se do sofá em que estávamos sentados e ficou pregado diante do retrato da mãe, com os braços cruzados sobre o peito.

— Ela se chamava Elvira. Minha mãe se chamava Elvira. Sempre que as discussões com meu irmão se acaloravam, ela usava uma frase. Ela a dizia em voz alta, quase aos gritos. Sempre soube que falava só para mim. Meu irmão era uma circunstância. Ela dizia que em todo cenário de sobrevivência, ficar quieto é uma sentença de morte. Aquele que não se mexe, morre.

Eu também me levantei, aproximei-me dele e apoiei a palma da minha mão nas suas costas. Fixei os olhos em Elvira. Sua madeixa ondulada na altura do pescoço, o nariz reto, as rugas ao redor dos olhos que não ofuscavam o brilho de seu olhar, o pescoço longo e nu e os brincos de crucifixo pequenos. A voz de Rama interrompeu meus pensamentos.

— Vamos nos mexer, Paloma. Minha mãe sempre teve razão em tudo.

28
Coyoacán, agosto de 1940

O caramelo tinha dourado aos poucos. A magia da água, do açúcar e do anis girando lentamente no fundo da panela de ferro quente deixava Nayeli encantada. Quando a calda começou a ficar amarronzada, apagou o fogo e a deixou descansar. Como dizia sua mãe: "Os alimentos precisam de repouso para economizar energia". Esquentou mais água em outra panela, adicionou anis e um pedaço grande de manteiga, e esperou que começasse a ferver. As borbulhas em profusão indicaram-lhe que era o momento de polvilhar a farinha peneirada sobre a preparação. E outra vez, magia. O líquido foi engrossando até formar uma massa branca, suave e perfumada. Ela fechou os olhos e encheu de ar os pulmões, pôde sentir como o anis a invadia por dentro. Sorriu.

Não teve paciência de esperar que a massa esfriasse; uma necessidade urgente de afundar os dedos na gomosidade que parecia de algodão impeliu-a a enfiar as mãos com o amor de uma mãe que acaricia seu bebê recém-nascido. Aguentou o calor da massa quente; não se importou ao imaginar as pontas dos dedos derretendo até se fundirem na mistura escaldante. Pareceu-lhe, inclusive, uma boa ideia. Esticou a massa sobre uma tábua com um rolo de madeira. Formou um círculo perfeito e, com um movimento rápido e certeiro, juntou os dois ovos que tinha acabado de bater. A espuma amarela transformou a mistura em uma bola suave de cor marfim. Cobriu-a com um pano de algodão. A massa também precisava de descanso. A última parte da receita lhe deu mais trabalho. O garrafão de óleo pesava quase seis quilos e o vidro gordurento quase escorregou de suas mãos. Finalmente, conseguiu despejar uma boa quantidade na frigideira.

O barulhinho agudo das rodas da cadeira de Frida chegou segundos antes de sua voz. Nayeli tinha se acostumado com essa preliminar metálica que antecedia a presença da pintora, uma espécie de prelúdio.

— Que cheiro maravilhoso! O que você está cozinhando? — perguntou Frida. Seu vozeirão grave soou esmaecido, parecia desgastado.

— Buñuelos del cielo[23] — respondeu Nayeli, enquanto separava a massa em pedaços e, com habilidade, a dividia em pequenas bolinhas. — A viagem até San Ángel é longa e com certeza chegaremos famintas.

Frida fez silêncio. Passaram vários pensamentos por sua cabeça, um atrás do outro, confusos, misturados. A mente descansou de repente e se lembrou de que tinha sido ela quem havia pedido à jovem que a acompanhasse à casa-ateliê de Diego para resgatar a coleção de estatuetas pré-colombianas do pintor.

A bola de massa rendera mais do que Nayeli tinha imaginado. Enquanto ela fritava os bolinhos, contou-os um por um. Usou os dedos das mãos para não se perder, as contas costumavam confundi-la bastante. Vinte e três bolinhos mornos umedecidos com uma calda dourada. Acomodou as bolinhas em um prato grande de cerâmica decorado com formas geométricas e o cobriu com um pano de algodão rosa. No fundo de um dos cestos da despensa, Frida guardava uma dezena de fitas de várias cores, que muitas vezes usava para decorar as tranças de seu cabelo. Nayeli escolheu uma roxo-escura que foi suficiente para prender o pano sobre o prato e dar um laço no centro.

Deixou o prato sobre a mesa da cozinha e arrumou a casa. Frida não estava em seu quarto nem no ateliê. Uma ligeira preocupação se alojou na boca de seu estômago; antes de sair para procurá-la na rua, Nayeli olhou por uma das janelas que davam para o jardim. Entre o matagal de arbustos, nopais e flores, pôde ver o lenço amarelo; estava largado no meio do mato.

Desceu correndo as escadas. Quando chegou ao jardim, viu que os três cachorros de Diego e os dois gatos de Frida não foram ao seu

---

23 Doce típico mexicano feito para a celebração do Dia dos Mortos. (N.T.)

encontro como de costume. Meteu-se entre as jardineiras e pegou o lenço do chão.

— Estou aqui, estou aqui, bailarina! — disse Frida.

Com o lenço apertado contra o peito, Nayeli caminhou até o lugar de onde vinha a voz da pintora. Encontrou-a a poucos metros dali, sentada sobre a terra e com as costas apoiadas contra uma das árvores. Seu rosto estava banhado em lágrimas; os olhos pretos, inchados; a maquiagem, borrada. O cabelo solto cobria o peito. Tinha os olhos cravados no vazio.

— Preparei buñuelos para levar a San Ángel — murmurou Nayeli. — Estou sentindo cheiro de sangue, Frida, não precisa se esconder. A ferida existe, ainda que ninguém a veja. Eu a vejo.

— Nada vale mais que o sorriso — respondeu Frida. — A tragédia é a coisa mais ridícula que o homem experimenta. Os animais sofrem, claro que sim, mas se escondem. Embora sofram, não exibem sua aflição em teatros abertos nem fechados. Sua dor, acredito eu, é mais verdadeira. Por isso, bailarina linda, quero sofrer como os animais. Estou cansada de representar a dor. Está na hora de viver a dor como os animais, com verdade e decoro.

Nayeli não entendeu as palavras de Frida. Quase nunca entendia as divagações provocadas pelo licor, pelos opiáceos e pelos delírios da pintora; no entanto, podia percebê-la ou imaginá-la. Nunca se enganava com ela. Ainda que, dessa vez, tudo fosse diferente. Não era Diego o causador de suas lágrimas.

A memória de Diego, o sapo, fervia em sua cabeça como em tantas outras vezes. O homem tinha nascido com o dom de provocar nos demais um sentimento de evocação permanente; mesmo distante, ele conseguia estar presente. Sentiu uma pedra crescer no meio do peito, mas saber que ele continuava em segurança nos Estados Unidos fez com que a pedra se convertesse em asas de borboleta. As cosquinhas do bater de asas a habitaram por completo.

Três meses tinham se passado desde a última vez que ela o viu no quarto de Paulette Goddard. Depois soube por Frida que Diego viajara para bem longe. Durante esse tempo, ela nunca teve coragem de perguntar à pintora quão longe era bem longe. Para ela, as distâncias se mediam entre Tehuantepec e a Casa Azul de Coyoacán. Fora essa rota, não havia nada. Diego Rivera caíra no esquecimento. Nayeli sacudiu a cabeça para que seus pensamentos se acomodassem em algum lugar pequeno e escondido de sua memória, aproximou-se de Frida e a ajudou a se levantar. A viagem a San Ángel era longa e o ideal era voltar à Casa Azul antes que anoitecesse.

Quando chegaram à cozinha para pegar o prato de buñuelos, umas batidas estrondosas fizeram-nas estremecer. Um grupo de quatro policiais liderados pelo mesmo inspetor que as havia visitado três meses antes, quando Trotski tinha sido atacado a tiros, entrou pelo corredor de entrada da Casa Azul sem pedir permissão. Dois deles ficaram hipnotizados olhando os judas de papel machê que decoravam a entrada. Tinham ouvido falar que a senhora de Rivera era uma bruxa, mas nunca imaginaram semelhante excentricidade.

Nayeli e Frida não chegaram a reagir. Enquanto tentavam cruzar o corredor até a sala, os homens já estavam no meio da cozinha. Dessa vez, tinham cara de poucos amigos. Os bons modos já não existiam mais.

— Viemos lhe fazer algumas perguntas — disse o inspetor sem rodeios, dirigindo-se a Frida. — O lugar onde dormirá esta noite dependerá de suas respostas.

Frida entendeu a ameaça, mas não demonstrou temor algum. Levantou a mão cheia de anéis e pulseiras como forma de concordância.

— A senhora conhece o senhor Ramón Mercader?

— Não — respondeu a pintora. Nunca tinha escutado aquele nome.

O inspetor deu uma olhada na caderneta com as anotações que ele segurava com as duas mãos e continuou falando:

— A senhora conhece Jacques Monard?

— Sim, claro que sim.

— Bem, então conhece Ramón Mercader — rematou o homem com um gesto de triunfo.

A pintora ficou paralisada. Buscou o olhar de Nayeli como quem busca um tronco no meio do mar. A tehuana seguia palavra por palavra do interrogatório, mas não tinha ideia de quem eram aquelas pessoas que ele nomeava. Frida nunca tinha mencionado Mercader nem Monard.

— Conheci o senhor Monard em Paris, enquanto eu participava de uma exposição com minhas obras. Ele me ofereceu um buquê de flores muito bonitas, que eu não aceitei. E me procurou várias vezes depois — explicou Frida, tentando se lembrar. Ela sempre se esforçava para apagar de sua memória as experiências que lhe pareciam lamentáveis, uma perda de tempo. E essa exposição tinha se revelado uma coletânea de obras de vários artistas mexicanos sem sentido algum. Depois acrescentou: — Ele me pediu que lhe conseguisse uma casa aqui em Coyoacán, uma casa perto da casa de Trotski...

— E a senhora conseguiu? — perguntou o inspetor, enquanto anotava as declarações de Frida.

— De jeito nenhum. Eu estava muito doente e debilitada para sair à procura de uma casa para um desconhecido. Mas ele continuou vindo ao México por causa de Sylvia, acho que eles têm planos de se casar.

À medida que falava, Frida percebia uma realidade que nunca tinha imaginado: Sylvia Angeloff, a trotskista norte-americana de quem tanto gostava, era a secretária de Leon Trotski. Pôde sentir o cheiro da traição e, pela primeira vez, seu medo se transformou em terror.

— O que fez Monard? — perguntou com um fio de voz, ainda que seu instinto lhe ditasse a resposta.

— Matou Trotski — respondeu o inspetor. — A senhora terá que nos acompanhar. Frida Kahlo, a senhora está presa.

O prato de buñuelos escorregou das mãos de Nayeli. O estrondo veio acompanhado de uma chuva de cristais de açúcar esparramos pelos ladrilhos do piso da sala. A possibilidade de que Frida fosse presa enfraqueceu todos os músculos do seu corpo, ela mal conseguia ficar de pé.

A pintora olhou para ela e a abraçou com o olhar. Era o único ser humano na Terra capaz de transformar pupilas e pestanas em abraços.

— Volto já — foi a última coisa que ela disse.

Frida Kahlo cobriu-se com seu lenço amarelo e, sem deixar que colocassem a mão sobre ela, acompanhou os policiais. Dentro da viatura, ela começou a cantar. Cantou baixinho, como quem canta uma canção de ninar para si mesma: *Yo no tengo ni madre ni padre que sufran mi pena. Huérfano soy.* As estrofes de "El huérfano" sempre a acalmavam. Foi Pablo Picasso quem ensinou a música a ela depois de visitar a exposição de Frida em Paris e cair aos seus pés. Naquela mesma mostra em que o agente secreto se fizera passar por outra pessoa a fim de enganá-la e se aproximar exílio mexicano de Trotsky.

O descaramento dos policiais quando a arrancaram da Casa Azul converteu-se em violência dentro da delegacia de polícia. Antes que Frida pudesse se dar conta da situação em que se encontrava, empurraram-na para dentro de uma cela em semipenumbra. A luz escassa entrava por uma janelinha minúscula no alto de umas quatro paredes. O lugar cheirava a urina e confinamento. Quando as grades da porta se fecharam, a pintora não conseguiu evitar o choro. Nem sequer lhe tinham permitido levar os remédios que ajudavam a aliviar as dores de seu corpo.

O pranto a deixou esgotada. Com as poucas forças que lhe restavam, ela esticou o lenço no chão e acomodou os ossos contra a parede como pôde. Concentrou-se em evocar a figura de Jacques Monard, o homem por quem tanto lhe haviam perguntado. Apenas um buquê gigante de flores vinha à sua memória e o abraço de Kandinsky comovido, diante de todos os participantes da mostra parisiense, murmurando em seu ouvido elogios sobre as suas pinturas. E Nayeli, sua bailarina invisível, onde estava? Precisava dela mais do que nunca.

Depois de várias horas, um dos policiais que estivera em sua casa a tirou do buraco úmido em que a tinham metido. O rapaz, jovem e com cara de susto, teve a gentileza de não lhe apressar o passo. A coluna de Frida, a bacia e, sobretudo, sua perna fina estavam dormentes.

O cômodo era apenas mais agradável do que a cela de confinamento. Não tinha manchas de unidade nas paredes e cheirava a café recém-passado. No meio havia uma mesa de metal e duas cadeiras. O chefe de polícia estava sentado em uma delas e, com um sorriso gelado, ordenou que Frida se sentasse.

— A senhora pode tomar esse café — disse, mostrando uma xícara de louça branca. — Está fresquinho.

Frida aceitou e esvaziou a xícara de um gole. Teria trocado a sua perna saudável por uma garrafa de conhaque. O homem passou um bom tempo olhando para a pintora. Ele percebeu que ela estava muito mais magra do que da última vez que a vira, três meses antes, depois do atentado fracassado contra o agora falecido Trotski. Seus olhos, escoltados pelas sobrancelhas grossas, pareciam maiores e mais redondos. Embora o tronco não se mantivesse ereto, seu corpo emanava uma energia animal, quase sexual. Podia imaginá-la nua; a saia, o huipil e o lenço se tornavam invisíveis.

Para fazer o momento durar, ele contou a ela que Trotski havia chegado ao hospital moribundo e que o homem que ela tinha conhecido em Paris era, na realidade, um agente secreto da polícia política de Stálin que conseguira se infiltrar na casa da rua Viena com uma desculpa infantil e um salvo-conduto perfeito: Sylvia, a secretária de Trotski. Ele também contou com riqueza de detalhes sobre o trabalho que os médicos fizeram na cabeça do velho para tentar salvar a vida dele. Um trabalho inútil. Não tiveram sucesso.

Frida não tirava os olhos de cima dele: estava quieta, fria, sem gestos. Nenhuma peripécia médica a impressionava; tinha passado por todos os procedimentos imagináveis. Para ela, sangue era uma cor. A vermelha. Sua favorita.

— Ele disse alguma coisa antes de morrer? — ela perguntou.

O policial não dissimulou a surpresa diante da pergunta. A pintora era mais estranha do que lhe haviam contado.

— Os que estavam na casa da rua Viena asseguraram que ele disse: "Natalia, eu te amo".

Frida assentiu com a cabeça muito lentamente, como se estivesse assimilando as quatro palavras de modo gradual: "Natalia, eu te amo". E seu coração se partiu um pouco. Mais ainda.

29

Buenos Aires, dezembro de 2018

A ligação entre Lorena Funes e Emilio Pallares era mais intensa do que uma relação de pai e filha. Havia admiração, bondade e conveniência, mas sem as responsabilidades que um vínculo de sangue requer. Entre eles não circulava afeto; circulava dinheiro e prestígio, duas coisas pelas quais ambos teriam dado a vida.

A primeira vez que se viram foi em Madri. Lorena era, na ocasião, muito jovem aos olhos de qualquer um. Poucos sabiam que por trás de uma imagem de senhorita ingênua se escondia um mulherão de inteligência e habilidade aguçadas. Emilio Pallares, como tantos, rejeitou-a de início, mas soube dar uma guinada a tempo e ver o diamante bruto que se escondia por trás dos trejeitos e dos cílios postiços de Lorena.

Era verão. Os madrilenos não caminhavam pela Gran Via, arrastavam-se. Passos lentos, roupas suadas, gestos de tédio e braços com câimbra de tanto se abanar. Porém, da cobertura do apartamento de Joaquín Valdez, aquele apocalipse parecia distante. Ali, no alto, tudo era risos, música de orquestra ao vivo, cervejas e tapas.[24] Ninguém sabia o que se estava festejando, mas brindavam mesmo assim. Valdez dizia que o simples fato de respirar já merecia ser celebrado. E ninguém contradizia Valdez.

Enquanto o grupo de vinte e sete pessoas se divertia, Lorena percorria a sala e os corredores despreocupada. Cada parede, cada móvel, cada estante pareciam ter sido tirados de um museu ou de vários. E ela estava ali para comprovar que isso, na verdade, era um fato. Não precisava fazer anotações nem tirar fotos, sua memória e

---

24 Aperitivo, pequena porção de comida, que geralmente se serve como acompanhamento de alguma bebida, típico na Espanha. (N.T.)

seus conhecimentos bastavam. Armazenava em seu cérebro os catálogos das principais salas de exposição e leilões do mundo. Enquanto as mulheres da sua idade memorizavam as marcas de perfumes ou de maquiagens, ela usava aquele espaço para identificar quadros, esculturas, peças de ouro e joias.

— Que mesa imponente, não é? — perguntou Emilio Pallares sem tirar os olhos dela.

O passeio de Lorena pelo apartamento não passara despercebido a um homem que tinha o olhar treinado para detectar o erro, o diferente e, sobretudo, os bisbilhoteiros.

— Sim, é bonita. Século dezesseis — respondeu.

Pallares sorriu, surpreso.

— Nunca imaginei que uma jovem tão bela pudesse situar uma obra de arte no século correto — disse.

Lorena o olhou impassível, apenas um brilho nos olhos a diferenciava de uma estátua.

— O que o senhor não imaginava é que uma mulher com estes peitos pudesse situar uma obra de arte no século correto ao mesmo tempo que situa um senhor deslocado em um apartamento de Madri — disse, enquanto se virava com a intenção de deixar Pallares estático diante da mesa. Mas respirou fundo e voltou ao seu lugar. Nunca sabia quando parar seus ataques de fúria. — E lhe digo mais, senhor. O que tampouco imaginava é que eu também conseguisse perceber que há uma cópia gêmea desta mesa em um museu na França, duzentos anos mais nova.

Assim que disse a última palavra, ela tampou a boca com as mãos. Toda uma infância sendo constantemente alertada pelo pai sobre a importância de saber se calar na hora certa não tinha servido de nada. Emilio Pallares abriu os olhos até que onde as órbitas lhe permitiram. A revelação da garota o fez esquecer por completo a grosseria que acabara de escutar – ainda que, para ele, as palavras vulgares fossem como chicotadas que determinavam o fim de qualquer conversa. Como ela sabia que, com a desculpa de restaurar essa mesa, um dos melhores marceneiros europeus tinha feito a troca? E pior: como sabia que ele próprio tinha sido o responsável pela mesa original acabar na sala de Joaquín Valdez? Optou por fazer o que melhor sabia: dissimular.

— Desculpe-me, senhorita. Às vezes nós, homens, caímos em lugares-comuns. Nem sequer os mais refinados conseguem escapar desse horrível destino de julgar pelas aparências — disse, usando um tom mais encantador. — Gostaria de percorrer este apartamento ao seu lado. Interessa-me tudo que possa contar sobre as obras de arte que temos diante dos olhos. E lhe peço, por favor, que não confunda as minhas intenções. Você tem a idade dos meus filhos, jamais me atreveria a tal coisa.

Lorena tinha o mesmo dom que Emilio Pallares, o da dissimulação, e decidiu aceitar sua proposta. Naquela noite, no apartamento de um dos colecionadores mais importantes da Espanha, entre aquarelas de Cézanne, grafites de Matisse, bailarinas de Degas e óleos de Renoir, Lorena e Emilio começaram uma amizade que duraria anos.

O barulho que seus saltos faziam no piso de mármore dos museus era um dos sons que mais dava prazer aos ouvidos de Lorena. O carrara do Museu Pictórico de Buenos Aires era o Stradivarius dos pisos. As portas ainda não tinham sido abertas ao público, mas, com sua credencial do Departamento de Proteção do Patrimônio Cultural da Argentina, ela podia entrar e sair como se os museus fossem a sua casa. Avançou pelo corredor principal e, na metade do caminho, decidiu virar à direita. A sala menor ainda estava com as luzes apagadas. Foi até o painel e as acendeu. Na parede principal estava "La Martita". Aproximou-se da tela com um meio sorriso.

— Olá, moça bonita. Como está você? — murmurou.

Tirou uma lupa da carteira e começou a examinar os detalhes do quadro: as sombras entre as folhas obtidas com tons de verde distintos, o efeito das crinas do cavalo, o brilho que o óleo tinha conseguido dar à testa do animal e o reflexo do sol em um dos olhos, que situava a obra em um momento determinado do dia: o amanhecer.

— Ficou muito bom, não é?

A voz de Emilio Pallares às suas costas a assustou. Sabia que estava infringindo as normas. Em nenhum museu do mundo permitia-se tão pouca distância entre o observador e a obra. Essa era uma das poucas regras que Lorena Funes costumava obedecer. Entretanto, dessa vez ela não conseguiu deixar de transgredi-la.

— Sim, ficou muito bom — disse, enquanto se posicionava atrás da linha amarela marcada no chão. — Seu filho Cristo continua sendo o melhor. As pinceladas são impecáveis. Atrevo-me a dizer que os sombreados são melhores que os de Marta Limpour.

Pallares nunca conseguira deixar de se incomodar diante dos elogios feitos aos seus filhos. Em mais de uma ocasião, Elvira o repreendera por essa espécie de inveja que sentia quando Ramiro ou Cristóbal o superavam em algo.

— Sabia que seu filho Ramiro está atrás da "La Martita", não é?

Lorena não era mulher de trair as pessoas sem motivos. Além disso, Ramiro não representava uma ameaça para ela, mas, nesse caso, havia um motivo. E decidiu fazer um favor a Pallares que ele não havia pedido, mas que, em breve, ele iria lhe cobrar. Embora estivesse acostumada às extravagâncias de seu sócio, a reação de Pallares a surpreendeu: virou a cabeça de um lado para o outro a fim de aliviar a tensão e tirou um vidrinho de perfume do bolso do casaco. Com uma olhadela, Lorena identificou que era de cristal de rocha. O homem abriu a tampa dourada e passou perfume nos punhos e atrás das orelhas. Ele o fez com movimentos lentos, cadenciados.

— Palo Santo? — perguntou Lorena, que não era especialista em aromas.

— Ah, querida, por favor. Acha que tenho cara de hippie ou de pitonisa ao luar? — respondeu Pallares, entretido.

Ele gostava das pequenas falhas de Lorena. Sem dar importância ao que não tinha, ele aceitou a informação sem fazer nenhum esforço.

— Que dúvidas tem meu filho mais novo agora?

— Ramiro nunca tem dúvidas, Emilio. Parece que você não conhece o filho que tem. Ele disfarça com dúvidas as suas certezas, o que é bem diferente. — Ela deu meia-volta e olhou o quadro outra vez. — E ele não está muito errado. O tipo de obra, as pinceladas, as cores. Marta Limpour, em 1800, pintava como se soubesse que um tal Cristóbal Pallares iria falsificá-la e facilitou a vida dele.

Pallares assentiu em silêncio. Era verdade. Cristo era imbatível com determinados tipos de pintura, pareciam ter sido criadas por ele. Em muitos casos, inclusive, ele aprimorava as obras dos autores originais.

— O que ele sabe?

— Ramiro? Não sabe muito, mas é apenas questão de tempo — respondeu Lorena, desfrutando o momento. Ela também gostava de apontar as falhas de Pallares. — Quem está com a "La Martita" original?

— Lorena, querida, por favor. Você está passando dos limites. Sabe que, no nosso negócio, não existem nomes e sobrenomes; não têm importância.

A jovem o olhou com aceitação. Discrição era uma virtude que ela admirava, um sinal de elegância que, em seu meio, valia milhões de dólares.

— Preciso que você me coloque em contato com Martiniano Mendía. E o mais rápido possível — disse. Fez o pedido rapidamente, quase sem respirar.

M.M., como Mendía era conhecido no mundo da arte, era um fantasma. Muitos, inclusive, acreditavam que ele não existia. Bem poucos tinham tido acesso ao universo de M.M., e nessa quantidade mínima de pessoas residia o mistério. Emilio Pallares era um dos membros da lista.

O homem olhou para os lados como se alguém pudesse ter ouvido as palavras de Lorena. Ninguém falava de Mendía com tanta ousadia e em lugares públicos. Aquele tipo de provocação enfurecia Pallares. Se pudesse, ele teria dado uma bofetada nela para colocá-la em seu lugar. Mas, como sempre, escolheu a melhor opção: a reserva.

— Vamos ao meu escritório — disse.

Atravessaram o museu em silêncio. De longe, ouviam-se as vozes dos visitantes que faziam fila para entrar; faltavam poucos minutos para que liberassem o acesso ao público. Os funcionários da segurança iam de um lado para o outro, a última ronda antes da abertura. Em algumas salas, os mármores do piso estavam úmidos; as funcionárias da limpeza deixavam os retoques para o último instante. Cumpriam a ordem de Pallares: o brilho da água destacava as nuances do mármore. E isso era o que mais importava para o diretor: os visitantes deveriam ficar impactados com os detalhes. Para ele, tudo estava nos detalhes. Seu objetivo de vida era educar os incultos.

— Você quer um chá? — ofereceu Pallares assim que fechou a porta do seu escritório.

— Não, eu não quero nada. Bem, sim. Eu já disse o que eu quero.

— Sim, eu ouvi — disse Pallares, enquanto enchia de chá preto o difusor de prata que o acompanhava havia muito tempo. — Você pode imaginar, Lorena, que o contato de Mendía não é um número telefônico ou um endereço de e-mail que alguém passa de mão em mão como se fosse uma indecência qualquer. Estamos falando de alguém... Bem, eu não saberia defini-lo. Poderia dizer "uma pessoa especial".

— Essa lenga-lenga eu já sei de cor. A verdade é que não me assusta nem um pouco o quão especial M.M. possa ser. Preciso marcar uma reunião com ele — insistiu, enquanto se preparava para dar uma cartada, talvez a última que tivesse. — Ele continua morando em Montevidéu?

O jarro de água, na temperatura perfeita para infundir o chá, tremeu na mão direita de Pallares. Se Lorena estivesse na frente dele, poderia ter visto a veia que lhe marcava a testa todas as vezes que ficava nervoso, como se o sangue do corpo se juntasse naquele lugar para sair aos borbotões. Respirou devagar e terminou de encher a xícara. Depois afundou o difusor e ficou olhando, abobado, como a água tingia-se de repente. De onde Lorena tinha tirado aquela informação sobre a residência de Martiniano Mendía? Poucas pessoas conheciam essa intimidade e ele era uma dessas pessoas. Pensar que as suspeitas por divulgar essa informação pudessem recair sobre as suas costas o inquietava demais. M.M. não era homem de tolerar desculpas nem delações.

— Por que você precisa se reunir com M.M.?

Ele acabava de ter uma ideia. Às vezes, as crises podem ser transformadas em oportunidades, e Lorena, ao invés de representar um entrave, poderia se tornar salvo-conduto.

— A única forma de suas demandas chegarem até Mendía é por meu intermédio. Diga-me o que tem e eu me ocupo disso.

— Tenho uma obra maldita — disse Lorena, levantando uma das sobrancelhas.

Pallares sorriu. Fazia anos que Lorena não usava as palavras-chave. A última vez que fizera isso, eles tinham embolsado uma fortuna que souberam investir no que mais amavam: arte. Os dois compartilhavam um cofre blindado em um banco europeu onde deixavam esfriar muitas das obras que obtinham como pagamento por devolver, falsificar ou recuperar obras de maior valor ou mais transcendentes.

"Obra maldita", Lorena tinha dito aquela vez e cortara a comunicação. Essas duas palavras foram suficientes para que os dois subissem no primeiro avião que os deixou no Aeroporto Internacional Jorge Chávez de Lima, Peru. Três horas depois da aterrisagem, recuperaram a pintura *Mulher ocre,* de Willem de Kooning, que estivera durante anos escondida atrás da porta de um quarto em uma casinha humilde no bairro de Miraflores. Pagaram apenas cinquenta mil dólares por uma obra avaliada em milhões.

— Por que você precisa do Mendía? — perguntou Pallares. — Nós dois sempre nos viramos bem.

— Isto é diferente. Vamos precisar de autenticações, verificações, estudos, análises. Talvez algum tipo de restauração. E uma cotação aproximada.

— E pode-se saber do que se trata?

Lorena ficou de pé. Precisava criar um clima especial para fazer o anúncio. Ensaiou seu sorriso mais pitoresco e disse:

— Diego Rivera.

Não foi preciso acrescentar nem uma palavra, nem um gesto a mais. Nada. O eco do nome do pintor mexicano soou como um trovão nos ouvidos de Pallares. Sempre soube que as obras mais falsificadas do México eram as de Diego Rivera, as de José Clemente Orozco, as de Rufino Tamayo e as de Frida Kahlo, e que, inclusive, entre seus colegas, costumavam brincar que havia mais quadros de Frida no mundo do que ela teria sido capaz de pintar em cem anos. Mas a palavra de Lorena trazia uma validação enorme. Embora jamais fosse reconhecer em voz alta, a colombiana tinha os olhos e a intuição mais certeiros do mundo da arte. Os dois selaram o encontro com um aperto de mãos e o compromisso de Pallares: iria mover os pauzinhos para que Martiniano Mendía tivesse acesso à obra maldita.

Lorena Funes saiu do museu quase dançando. Teve que conter o impulso para dissimular os movimentos de seu corpo. Estava feliz, ia conhecer Martiniano Mendía, e a distância entre o topo e ela estava a um rio da Prata de distância.

Dirigiu até o seu apartamento em Puerto Madero com as janelas do carro abertas. O vento bagunçou seu cabelo e levou-o à sua boca, ela não podia deixar de sorrir. Enquanto estacionava na garagem, repassou em sua cabeça a marca de cada um dos uísques que guardava como se fossem um tesouro na cristaleira da sala. Decidiu que ia abrir o mais caro de todos para essa comemoração particular. O entusiasmo a distraiu e, quando percebeu que havia outra pessoa às suas costas, era tarde demais. Um homem a empurrou para o interior do elevador e colocou uma arma em sua cabeça.

A memória de Lorena devolveu-lhe uma frase que estava escondida, uma frase que sua avó, a vidente, tinha lido em suas cartas de tarô em uma Bogotá longínqua: *Morrerá como morrem as sereias*. Lorena Funes nunca soube como morrem as sereias, mas tinha certeza de que não se despediam do mundo com um tiro no meio dos olhos. O cano da arma estava frio, isso foi a primeira coisa que ela sentiu. A segunda foi raiva, muita raiva.

— Vamos entrar na sua casa — disse Rama sem deixar de apontar a arma para ela e com um tom de voz glacial.

Lorena não chegou a se assustar. O sentimento de surpresa ao ver-se ameaçada por Ramiro dominou-a imediatamente. A primeira coisa que pensou foi que Cristóbal tinha razão: seu irmão era imprevisível. Enfiou a mão na bolsa para pegar as chaves. Encostou no braço direito de Ramiro com o cotovelo; estavam quase grudados. Em segundos, chegaram ao andar do apartamento.

— Cuidado com o que você tira daí de dentro — avisou Rama.

— Baixe a arma, não vou fazer nada. Nem conseguiria, mesmo que quisesse — pediu Lorena, sem deixar de adverti-lo. Era o seu estilo.

Ramiro não lhe deu ouvidos e continuou com a arma levantada, mesmo quando entraram na sala. Passado o impacto de se ver diante de uma arma de fogo, Lorena decidiu tomar o controle da situação. Nunca tinha sido mulher de se render com facilidade. E se tivesse de lutar, iria fazê-lo. Mas, antes, precisava entender o que estava acontecendo.

— Rama, por favor, não estou entendendo nada. Podemos conversar sem que você me aponte essa arma? — disse, e se encorajou.

— Eu te dou dez segundos para fazer isso ou vai ter que me matar. Se me deixar viva, eu não vou ficar calada e você vai terminar preso.

Ramiro não baixou a arma e ainda deu uma risada carregada de cinismo.

— Tenho certeza de que calada você não vai ficar, e com relação a ir preso... Não sei. Eu não mandei matar nenhum comerciante.

As pernas de Lorena ficaram bambas. Ela não imaginou que Ramiro chegaria tão longe. Cristo tinha falado com ele? Pareceu uma ideia descabida que ela descartou de imediato. No entanto, o rapaz estava muito seguro, com uma informação compartilhada por apenas duas pessoas. E ele não deixava de apontar a arma para ela.

— Não sei do que você está falando — respondeu para ganhar tempo, enquanto pensava na possibilidade de pegar o spray de pimenta que guardava no móvel perto da porta para desarmá-lo e decidir que atitude tomar.

— Dê-me a pintura de Paloma — disse Ramiro.

Paloma! Com certeza, esse é o rasto que ele seguiu para chegar até a informação sobre o crime, Lorena pensou enquanto media, com o canto do olho, a distância entre ela e o spray de pimenta. Quase dois metros e, no meio, Ramiro, um Ramiro desconhecido que a amedrontava.

— Okay, está bem — disse, com as mãos para cima. — Mas vamos negociar...

— Não há nada para negociar — Rama interrompeu.

Lorena Funes, como tantas vezes, optou por sua vida. Caminhou escoltada por Rama até seu quarto e abriu o armário. No fundo, enrolada e metida dentro de um tubo de plástico vermelho, estava a pintura. Depois de verificar se tudo estava em ordem, Rama guardou a arma e saiu do apartamento com o rolo debaixo do braço. Não foi preciso amordaçar Lorena, nem a amarrar, nem subir o tom das ameaças. Ela tinha muito mais a perder do que ele. Embora já tivesse perdido o mais importante.

30

San Francisco, setembro de 1940

No aeroporto, um grupo de estudantes de belas artes a esperava. Estavam eufóricos e nervosos. A esposa do importante muralista mexicano, Diego Rivera, tinha chegado ao país. Os motivos, um mistério.

— Comecei a pintar por tédio — começou Frida, respondendo a uma das muitas perguntas que os jovens lhe gritavam enquanto a acompanhavam ao estacionamento. —Depois de sofrer o acidente que fraturou minha coluna, um pé e outros ossos, passei um ano na cama. Na época, eu tinha dezesseis anos e muita vontade de fazer o curso de medicina. Mas tudo mudou com o acidente. Eu era jovem como vocês. Esse infortúnio não assumiu, naquela ocasião, contornos trágicos. Eu tinha energia suficiente para fazer qualquer coisa. E, sem perceber, comecei a pintar.

— Suas pinturas são surrealistas? — perguntou uma das garotas.

— Não sei, não tenho certeza. Mas sei que representam a mais sincera manifestação de mim mesma. Eu pintei pouco, sem pensar em glória, apenas com a convicção de satisfazer a minha vontade e de poder me sustentar com meu trabalho. Mas consegui tirar duas coisas positivas de tudo isso: tentar ser eu mesma sempre que puder e ter consciência de que muitas vidas não seriam suficientes para eu pintar como gostaria e tudo que eu quisesse.

— Você se autorretrata porque se acha bonita? — perguntou um jovem de camisa branca impecável.

Frida ficou uns segundos ruminando a resposta.

— Não. Eu faço autorretratos porque sempre estou sozinha.

Desde o momento em que Nayeli entrou no avião junto com Frida, ela quase não abriu a boca. Fez isso apenas duas vezes: a primeira para comer um pãozinho com manteiga que a aeromoça lhes servira, e a segunda para vomitar dentro de uma bolsinha de papel que Frida lhe entregara. A viagem do México a San Francisco foi um pesadelo, mas ela não se atreveu a perguntar como um tubo de metal cheio de assentos podia se manter no ar, entre as nuvens, sem que caísse por causa do peso. Preferiu não saber nada e se entregou nos braços de Frida. Confiava nela.

Os estudantes, que olhavam a pintora como se ela fosse uma divindade excêntrica envolvida em babados, argolas e flores, não prestaram atenção na jovem magricela e desengonçada que a acompanhava. Mas o motorista do carro que as esperava se deu conta de que Frida não estava sozinha.

— Sejam bem-vindas, senhoritas. Espero que tenham feito uma boa viagem — cumprimentou em um espanhol bem aprendido, enquanto tirava o chapéu de feltro e o apertava contra o peito. — Querem passar primeiro no hotel ou eu as levo direto até o senhor Rivera?

Frida acomodou-se no assento traseiro e, antes de responder, tomou um gole grande do conhaque que tinha trazido em um cantil de prata.

— Não vamos a hotel nenhum deste país — disse e olhou para Nayeli, que estava sentada ao seu lado. — Sabe o que aconteceu comigo na última vez que estive aqui na Gringolândia? Os funcionários dos hotéis me encaravam com desdém, como se olhassem para uma coisa insignificante, para alguém inferior. Não vou a hotel nenhum.

O motorista sorriu e assentiu com a cabeça. Sabia muito bem a que se referia a pintora. Seus pais, também mexicanos, tinham estado muitas vezes sob o crivo dos mesmos olhares.

— Tudo bem, senhora Rivera — respondeu —, eu a levo até o senhor Rivera.

Dentro do corpo de Nayeli passavam muitas coisas ao mesmo tempo. Pela janela, a paisagem parecia avassaladora: os prédios mais altos e grandes que ela jamais tinha visto na vida, ruas largas e cheias de carros e um céu tão claro e tão azul como o de Tehuantepec. O mais inquietante, porém, era o nó que ela sentia no meio do peito, uma pressão que quase não a deixava respirar. Cada vez que o motorista mencionava o senhor Rivera, o nó aumentava e parecia que ia esmagar seu coração.

Demoraram pouco mais de uma hora para atravessar a ponte de San Francisco, o engarrafamento fazia que todos andassem a passos de tartaruga. Nayeli não se importou, poderia morar lá em cima, vendo do alto toda a baía. Seus olhos não bastavam para memorizar tantas coisas juntas.

Quando chegaram à Ilha do Tesouro, ela sofreu uma pequena desilusão. Ninguém lhe contara que se tratava de um pedaço de terra artificial criado para abrigar uma exposição que mal havia começado. Em sua imaginação frondosa, a Ilha do Tesouro era um lugar mágico, cheio de piratas e sereias procurando ouro em cantos escondidos. A gargalhada de Frida, quando Nayeli comentou ao seu ouvido sobre seus sonhos aventureiros, a deixou envergonhada um bom tempo.

A estrutura onde estavam instalando a exposição da Golden Gate era mais larga do que alta. Muitas pessoas, homens e mulheres de diferentes idades, zanzavam por ali. Ninguém queria perder o espetáculo. Dois homens de costas muito largas e vestidos com ternos azuis idênticos aproximaram-se de Frida e Nayeli. Estavam esperando por elas. Apresentaram-se como membros da comitiva de segurança do senhor Rivera. Diante da cara de espanto de Frida, explicaram que temiam que ele fosse atacado por stalinistas ou por trotskistas. Rivera era alvo de controvérsia entre os dois bandos.

Eles acompanharam as duas mulheres por todo o percurso que circulava a estrutura. Conduziram-nas por uma porta traseira quase tão larga quanto a parede. Assim que chegaram, Frida teve de descansar alguns minutos; a perna e as costas doíam mais do que nunca e ela tinha se recusado a usar o colete que a ajudava a manter-se ereta. Não queria que Diego a visse com o sutiã de couro e metal. Nayeli enfiou a mão dentro da bolsa da pintora e lhe entregou o cantil. Sabia como ninguém os momentos em que ela precisava do álcool para voltar à realidade. Eram cada vez mais frequentes.

— O senhor Rivera a espera na sala principal — disse um dos homens.

— O sapo nunca está à espera de ninguém — respondeu Frida, e secou os lábios com o dorso da mão. — Ele está acostumado a ser esperado.

A pintora não se enganava. Ninguém conhecia Diego como ela.

A sala principal era imensa, decorada apenas com dez painéis que formavam um retângulo de sete metros de altura por vinte e três de comprimento. Em um andaime, com uma paleta de madeira em uma mão e um pincel grosso na outra, Diego Rivera estava prestes a terminar o maior mural já visto. Usava o macacão de trabalho azul--escuro com uma camiseta branca por baixo; sua barriga, cada vez maior, não lhe permitia fechar os botões.

Como que num passe de mágica, Frida ficou ereta, como se, de repente, sua coluna tivesse endireitado. Colocou as mãos na cintura e apertou os olhos. Algo no mural não lhe agradava.

— Que prazer, minha pombinha linda, minha Friducha do coração! — gritou Diego sem olhar para baixo e sem parar de pintar uma figura redonda de vermelho. Ele não tinha visto Frida, mas a sentia. — Se vai se zangar com alguma coisa, deixe-me primeiro descer daqui e te dar um abraço.

— Tomara que você quebre a cabeça em dez pedaços descendo daí — respondeu Frida.

Atrás de algumas cercas de madeira, um contingente presenciava o show com entusiasmo. Alguns, os que entendiam espanhol, aguardavam com expectativa a resolução da disputa. Alheia ao espetáculo, Nayeli não conseguia desviar a atenção dos desenhos do mural: cores gritantes, pessoas que ela nunca tinha visto, mas que pareciam reais, e tudo ao redor de uma máquina gigante com rodas, parafusos e engrenagens que uniam o conteúdo de cada um dos painéis.

— Olha! Ali está você, Frida! — exclamou Nayeli, apontando para o meio da obra. — Olha que bonita você ficou!

A pintora aproximou-se do painel central. Queria analisar de perto cada uma das pinceladas que Diego tinha dedicado à sua imagem, queria compará-las com as de outra mulher com a qual dividia o protagonismo. Essa mulher de vestido branco era o motivo de sua raiva.

Diego desceu pelas escadas do andaime, e o fez rapidamente, embora a gordura o colocasse à beira da queda várias vezes ao dia. Teve receio de que Frida pegasse um balde de tinta e arruinasse tudo o que estava em seu caminho. Frida era uma pessoa de reações rápidas e ardilosas.

— Olhe bem, Friducha. Olhe o vestido de tehuana que pus em você, o seu favorito. Olhe, olhe as cores vermelha e amarela e o babado branco — disse Diego, como uma criança que busca a aprovação de sua mãe.

— Você não pôs nada em mim. Não sou uma boneca para a qual você escolhe as roupas — respondeu a pintora cada vez mais perto da parte central do mural. — Quem é essa porca vestida de branco?

Nayeli, como Rivera, achava que a figura de Frida era linda e que aquelas cores da saia e do huipil lhe caíam maravilhosamente bem, mas preferiu não se meter naquela discussão. Tudo entre os dois sempre acontecia num âmbito que de tão público se tornava privado. Interferir naquele universo era entrar no olho de um furacão. Ela deu alguns passos até ficar ao lado de Frida, seus braços se tocaram. A pintora tinha a pele quente, uma energia furiosa que saía de todos os seus poros.

No mural, a mulher vestida de branco estava no centro, sentada no chão, atrás de Frida. Tinha cabelos castanhos e um corte moderno, pernas torneadas compridas e os pés descalços. Diante dela, um homem gordo, vestido de azul e também sentado, segurava suas mãos.

— Essa é a sua gringa, sua heroína, a que te tirou do México — assegurou Frida.

— É Paulette Goddard — assentiu Diego.

Nayeli aproximou-se e reconheceu a figura. Era a mesma mulher que tinha visto meses atrás, naquele dia em que, graças à rapidez dela, Diego Rivera pôde escapar da polícia de San Ángel. A jovem queria dizer a Frida que ela não tinha motivos para ficar com raiva, que Diego não tinha pintado a outra com muito apuro, que a imagem dela era, sem dúvida, a mais bem-feita e a mais intensa, mas preferiu se calar. Sabia que não era o momento e, além disso, Frida a pegou pelo braço com a intenção de irem embora dali.

— Vamos, Nayeli. Já vi tudo o que tinha para ver...

Diego a deteve. Ele não queria que Frida fosse embora, tinha sentido saudades dela. Ninguém discutia melhor com ele do que ela, e aquelas discussões e questionamentos faziam que sua vida se prolongasse por anos.

— Fique, Friducha. Daqui a pouco vão servir umas comidas deliciosas. Têm muitos mexicanos neste projeto e eles me alimentam com os sabores da minha terra.

Frida continuou conversando com Nayeli. Ela gostava de ignorar Diego e deixá-lo tagarelando sozinho, como uma criança malcriada, porque ele era isto: uma criatura que se comportava mal.

— Veja, Nayelita do meu coração. É assim que esse sapo gordo paga para dormir com as mulheres. Ele as desenha, as coleciona, as expõem para que todos fiquem sabendo de suas aventuras. Que homem mais desagradável!

Antes de sair dali, Frida fez uma advertência, um anúncio e uma previsão:

— Vou me internar aqui em San Francisco para que o doutor Eloesser cure a minha coluna despedaçada. E quando eu me recuperar, quero que varra da sua companhia todas essas velhas que você mantém como se fossem lixo ao seu redor. — Respirou fundo, sorriu e olhou para o teto da sala. Passeou os olhos como se, no lugar do cimento branco, tivesse um céu azul cheio de nuvens rosa, as suas favoritas. — Sinto no meu coração que o amor está próximo.

Diego também sorriu, satisfeito. Se soubesse que o amor iminente de Frida não tinha nada a ver com ele, seu sorriso teria desaparecido num piscar de olhos.

31
Buenos Aires, dezembro de 2018

Perdi a conta das vezes que olhei para o relógio. Quatro, cinco, seis ou mais vezes durante a hora que Rama demorou para sair do prédio de Lorena. Esse era o nome que ele tinha pronunciado: *Lorena*. Não me contou quem ela era, tampouco os motivos pelos quais entramos no seu carro e fomos para Puerto Madero.

Foi a arma que me assustou. Pouco antes de descer do carro, ele enfiou a mão embaixo do assento do motorista e tirou uma arma pequena e polida. O brilho do cano e da culatra chamou a minha atenção. Talvez as armas fossem todas iguais, mas era a primeira vez que eu via uma tão perto de mim. Ele desceu sem dar explicações, eu também não as pedi, mas fiquei pensando na confiança. Na dele, que sacou uma arma diante dos meus olhos, e na minha: jamais me passou pela cabeça que ele pudesse apontar a arma para mim ou me matar. Fiquei feliz que não tivesse feito isso por duas razões: a primeira, porque ninguém gosta de estar na mira de uma arma; a segunda, porque esse desejo que eu tenho de ser sempre simpática tinha desaparecido.

Não deixei de olhar para a porta do prédio. Só interrompia a contemplação para verificar o relógio, até que finalmente o vi sair. Ele olhou para os dois lados e atravessou a rua com uma tranquilidade espantosa. Debaixo do braço direito, carregava um tubo de plástico vermelho. Não havia sinal da arma. Com um movimento rápido, estiquei-me entre os assentos e abri a porta do motorista. Uma Bonnie ajudando seu Clyde.

Mordi o lábio inferior e pensei de que forma eu conseguiria romper o silêncio de Rama, mas uma dificuldade penosa para falar tomou conta de mim e eu desisti com um suspiro. Contentei-me em olhá-lo até que fosse o momento certo. Ele guardou a arma e o tubo vermelho debaixo do seu banco, colocou o cinto de segurança e segurou o volante com mãos apertadas. As juntas dos dedos ficaram brancas. Toda a calma que ele aparentava era uma fachada que suas mãos revelavam.

Rama percorreu toda a zona baixa portenha a mais de cem quilômetros por hora, reduzindo a velocidade somente para entrar em uma rua e atravessar a Recoleta. Nosso destino era um hotel-butique em frente ao cemitério.

Eu o acompanhei como um robô, sem capacidade de pensar nem de recusar. Não tive medo nem curiosidade muito grandes. O deixar-me levar em situações confusas é uma reação calculada, são águas em que nado mais à vontade. Era minha avó Nayeli que atiçava meu instinto letárgico. "Deixe comigo", costumava dizer diante dos meus problemas escolares, das brigas com minhas amigas ou dos conflitos com minha mãe. Ela resolvia. Eu a acompanhava sem fazer perguntas.

Entramos no elevador do hotel sem nos apresentar no balcão da recepção. Ele caminhava confiante, com o tubo vermelho debaixo do braço, e eu atrás dele. Descemos no quinto andar e entramos no quarto 512. A primeira coisa que me surpreendeu foi o cheiro que, de tão intenso, fez-me fechar os olhos.

— Vou abrir a janela para ventilar — disse Ramiro. — O verniz, as tintas a óleo e os solventes são muito fortes.

O ar fresco aliviou a coceira do meu nariz de imediato. Quando abri os olhos, deparei com um território fora do tempo e do espaço. Não tinha cama nem mesa de cabeceira, também não tinha frigobar nem televisão pendurada na parede. Tudo o que é esperado em um quarto de hotel fora removido. Minha cara de surpresa deve ter sido muito visível porque o riso de Ramiro me distraiu daquela cena.

— É estranho, não é? Aqui é meu ateliê, ou, melhor dizendo, meu refúgio nuclear — explicou sem parar de rir.

— Chegou o apocalipse zumbi e você me trouxe para cá?

— Não, não, ainda não. Fique tranquila, sou bom em matar zumbis.

— Ah, é para isso que você usa a arma que guarda no carro...

Paramos de rir ao mesmo tempo. O momento de humor tinha acabado. Rama suspirou, agora era a sua vez de encontrar as palavras para se explicar.

— Recuperei a pintura da sua avó — disse.

Ele foi astuto para mudar o eixo do meu interesse, mas, como as tartarugas que saem da neblina espessa do inverno mais ativas do que nunca, eu não cedi.

— Qual o motivo da arma, Rama?

Voltou a suspirar resignado e cravou os olhos em mim.

— Porque estamos diante de gente perigosa, gente que lida com armas e nós não podemos deixar por menos.

— Nós? O que eu tenho a ver com gente perigosa e armada?

— Você é a herdeira, Paloma — respondeu.

Voltei a ficar muda. A palavra herdeira era grande, enorme. Para uma mulher nascida em um bairro de trabalhadores, criada com o necessário para sobreviver, a ideia de herdar algo que não fossem dívidas ou uma ou outra bugiganga era impensada. Herdeira me soava como milionária, bem-nascida, berço de ouro, pessoas com sobrenomes ilustres. E eu não era nada disso.

Cravei os olhos no tubo vermelho. Ele me passou o cilindro sem hesitar. Não pensei muito. Eu o abri e desenrolei a pintura. Ali estava a minha avó outra vez: nua, inclinada para um lado, com o seu cabelo espesso cobrindo o peito, a mancha vermelha no canto e sua marca de nascimento na perna. Eu me tranquilizei. O efeito Nayeli continuava intacto.

— Isto se qualifica como herança? — perguntei sem deixar de olhar a imagem.

— Talvez a mais importante do mundo artístico dos últimos anos — respondeu Rama.

— Não entendo — murmurei. — Juro a você que não entendo.

Rama ficou ao meu lado e acariciou-me suavemente a cabeça. Deslizou a mão pelo meu queixo e o levantou para que nossos olhares se cruzassem. Pareceu-me que seus olhos verdes estavam úmidos, emocionados. Eu continuava sem entender.

— Paloma, essa pintura que sua avó te deixou não é uma pintura qualquer. Acho que estamos diante de uma obra original de Diego Rivera.

Eu nunca me interessei por pintura. As duas ou três vezes na vida que entrei em um museu eu ainda era pequena. No colégio público em que estudei, os professores achavam uma boa ideia enfiar os alunos no micro-ônibus da escola de vez em quando e nos levar em excursão àqueles lugares enormes e sombrios. Caminhávamos pelos corredores enquanto fingíamos escutar as histórias longas e tediosas que nos contavam. Durante aquelas visitas eternas, minha cabeça se concentrava nos pãezinhos doces que minha avó sempre colocava no fundo da minha mochila, enrolados em uma toalha branca.

A música sempre foi a minha praia. Posso recitar de memória as listas de músicas de todos os discos das bandas mais transcendentais: Beatles, Rolling Stones, Genesis, Guns N' Roses ou Bon Jovi. As letras de suas canções e os acordes não guardam segredos para mim. Entretanto, o mundo dos quadros é um mistério que nunca chamou a minha atenção. Mas eu já tinha ouvido falar de Diego Rivera, o marido abusivo de Frida – assim o descreviam em várias páginas da internet.

Olhei para Ramiro com uma mistura de surpresa e pena. Até aquele momento, eu nunca tinha pensado que, talvez, faltasse alguma coisa no cérebro desse homem exótico de quem eu tanto gostava. Também comecei a sentir um pouco de medo. O que eu fazia sozinha em um quarto de hotel transformado em ateliê com um tipo que delirava e que, havia pouco tempo, circulava pela cidade com uma arma?

— Ah, Rama, por favor — disse. Não me ocorreram outras palavras. Contive o impulso de sair correndo dali.

Incomodou-me que ele se aproximasse mais e continuasse a acariciar minha cabeça como se eu fosse um cachorrinho vira-lata. Seu tom de voz contemplativo também não me agradou, mas essa mania horrível que tenho, de ficar quieta diante de uma discordância, fez que o deixasse prosseguir.

— Paloma, me escute e acredite em mim. Tenho fortes indícios de que a pintura que você tem nas suas mãos é um Diego Rivera. Poderia ser avaliada em milhões de dólares, apesar dessa mancha vermelha...

— É uma bailarina — interrompi.

Não gostei que ele minimizasse a mancha que cobria parte da pintura. Um impulso para defender a imperfeição tomou-me por completo. Ele deixou de tocar meu cabelo e prestou atenção à pintura. Gostei que minhas palavras tivessem peso.

— Você tem razão, parece uma bailarina — murmurou Rama —, mas isso não tira o valor do que está pintado por baixo, Paloma. Consegue entender o que eu estou dizendo?

Novamente o desconforto. Novamente a raiva.

— Já chega, basta! Eu me cansei de você me tratando como uma menina tonta! — exclamei, enquanto enrolava a pintura sem nenhum tipo de cuidado. — Você está louco. Não há chance de que esta pintura seja de Diego Rivera. Eu não sou especialista em arte, mas sei quem é Diego Rivera e minha avó não tem nada a ver com esse senhor. Pronto. Obrigada por recuperar a lembrança de Nayeli, mas cheguei no meu limite. Estou indo embora.

Assim que tentei me aproximar da porta de saída, Rama colocou seu corpo na frente do meu e juntou as duas mãos em forma de súplica.

— Você já se esqueceu do assassinato do comerciante? — perguntou com um fio de voz desfalecida.

— Foi um roubo, uma casualidade — assegurei, tentando convencer mais a mim mesma do que a ele. — Você está armando uma aventura policial onde não há absolutamente nada.

— O que você sabe da sua avó? — perguntou. Outra vez o mecanismo que ele manipulava tão bem: dar guinadas nas conversas que vão de encontro a muros intransponíveis.

— Eu sei tudo da minha avó — menti. — Ela foi a mulher que me criou. Fez por mim o que não fez pela minha mãe.

— Bem, muito bem, mas não é isso o que eu quero saber — insistiu. — O que você sabe da sua avó com relação ao país de origem dela?

— Ela nasceu no México, mais precisamente em Tehuantepec. Criou-se com a sua família em uma pequena aldeia rural. Dedicavam-se à venda de frutas e legumes que eles mesmos colhiam. Quase não pôde ir à escola. Apaixonou-se por um garoto da sua aldeia e engravidou. Trabalhou como cozinheira. Veio com sua patroa e sua filha para Buenos Aires e, anos depois, eu nasci dessa filha. Isso é tudo.

Enquanto eu me ouvia contando as palavras que tantas vezes escutei de minha avó, Ramiro negava com a cabeça. Minha história, as histórias de minha avó e minha mãe não o agradavam ou, talvez, não coincidiam com suas fantasias.

— Isso é tudo? Temos que saber mais. Isso não é suficiente.

Eu não sabia se deveria rir, gritar, sair correndo ou dar um tapa na cara dele. A impunidade com que ele punha em dúvida a minha vida e a das antecessoras de minha família me enfureceu. Mas, como sempre, optei pela reação mais elegante e menos comprometedora: a de não reagir, seguida da de fugir. Com minha bolsa em uma mão e o tubo de plástico vermelho na outra, dei a volta no corpo de Rama e precipitei-me pela porta. Eu o olhei com a intensidade da despedida. Quis guardar na lembrança cada traço de seu rosto.

— Já chega, pronto. Obrigada por recuperar a minha pintura. Acho que terminamos por aqui.

Ele não fez nada para impedir que eu fosse embora. A última coisa que ficou entre nós foi a batida da porta.

Caminhei algumas quadras pelo bairro da Recoleta. Sempre o achei sem graça, como se as almas dos corpos enterrados no cemitério vampirizassem a energia dos vivos. A morte, para mim, não tem a cor, a celebração nem a intensidade que tinha para Nayeli. Ela não conseguiu me passar a reverência pelo além, mas me deixou uma pintura.

Apertei o tubo contra o peito sem deixar de caminhar. Eu me negava a levar em consideração as palavras de Rama, mas não conseguia apagá-las da minha cabeça. Elas iam e voltavam ao ritmo dos meus passos: herdeira, Diego Rivera, milhões, dólares, comerciante morto, perigo. Mas nenhuma dessas elocubrações me doía tanto quanto o espinho que, sem saber, Rama tinha cravado em minha história. Uma pergunta simples e concreta que funcionou como álcool em uma ferida aberta: *O que você sabe da sua avó?* Nada. Pouco e nada. Apenas uma lista breve, retalhos de uma vida que Nayeli contava de memória, como quem conta a vida de outra pessoa. Uma outra que mal conhece.

Virei na avenida Callao e parei em uma banca de flores. Escolhi um buquê de frésias, as mais coloridas da pilha. Pressionei o nariz contra as flores e consegui me acalmar. O sol se refletia na embalagem dourada e projetava uns pontinhos iluminados nos paralelepípedos da calçada. Eu me senti a Dorothy do *Mágico de Oz* pisando sobre o caminho amarelo. Nesse momento, minha cabeça clareou de repente. O Mágico de Oz não é mais que um velho assustado, escondido atrás de uma cortina, e eu decidi que não ia me esconder nem ter medo.

A decisão que acabava de tomar me fez chegar à entrada do metrô quase correndo. Eu sabia o que tinha de fazer. Apertei mais forte o tubo contra o peito e desci as escadas. Não olhei para trás. Deveria ter feito.

32

San Francisco, setembro de 1940

O quarto do hospital Saint Luke's era pequeno. Tinha uma cama, uma mesa de cabeceira e, em um canto, uma poltrona individual para as visitas. Tudo era branco: as paredes, os lençóis, o piso de linóleo, o teto.

— Nayeli, acho que você tem que trazer as minhas pinturas e os meus lápis. É terrível ficar trancada no meio de tanto branco — disse Frida da cama em que estava deitada. — Repare que tudo grita pelas minhas cores. Deixaram-me embrulhada nesta nuvem, sinto que é uma provocação.

Ela se recusara a usar uma camisola, também branca. Com seu jeitinho, Frida tinha convencido as enfermeiras de que a deixassem usar uma roupa simples de tehuana. A única coisa que dava vida ao quarto era esse corpo pequeno e destruído, vestido de azul e roxo. Nayeli a tranquilizou e lhe disse que iria falar com Diego para que ele conseguisse os materiais de desenho, foi a única a ideia que lhe ocorreu. Frida, muitas vezes, parecia se esquecer de que sua cozinheira e amiga era uma adolescente sem outro recurso que fosse seguir cada passo que a pintora quisesse dar.

Um homem baixinho, de cabelos duros e pretos, entrou no quarto sem bater na porta. Estava vestido de médico: camisa branca abotoada até o pescoço, jaleco engomado e calças pretas com um vinco impecável que percorria a parte da frente das duas pernas. Em uma mão carregava uma pilha de papéis e na outra, uma viola de arco que, de tão lustrada, brilhava. O rosto de Frida iluminou-se. Enquanto endireitava o corpo e tentava manter-se sentada contra os travesseiros da cama, exclamou:

— Que alegria enorme! Meu amigo e médico veio me visitar!

Frida olhou para Nayeli, precisava que os dois ficassem amigos. Eram as únicas pessoas no mundo em quem confiava.

— Olhe, tehuanita. Este é o doutor Eloesser, o homem que vai me deixar nova em folha.

O médico se aproximou de Nayeli, que o observava com curiosidade. Ela nunca tinha ouvido falar dele; contudo, não teve medo como das outras vezes que um desconhecido se aproximava. O doutor Eloesser tinha o sorriso mais encantador que ela vira desde que pisara nos Estados Unidos, um país que não entendia muito bem. Não foi preciso que Frida apresentasse a jovem, o médico estendeu-lhe a mão solenemente e disse que se colocava à sua inteira disposição.

— Toca uma música, doutor, algo bonito para celebrar este encontro — pediu Frida. — Só assim podemos comemorar. Essas enfermeiras amarguradas tiraram as minhas garrafinhas de tequila.

Eloesser sentou-se no braço da poltrona de visitas e apoiou a viola sobre o peito. Antes de começar a acariciar as cordas com o arco, disse a Frida que tinha lhe preparado uma surpresa. Ela aplaudiu como uma criança e parou quando os acordes encheram o quarto. Frida fechou os olhos e se deixou levar pela música de câmara que o doutor interpretava tão bem. Nayeli aproximou-se e não conseguiu deixar de se ajoelhar, bem perto do instrumento musical; parecia-lhe fascinante que as cordas tirassem música ao serem acariciadas por aquela varinha longa. No último acorde todos aplaudiram, inclusive Eloesser. Nada o deixava mais feliz do que curar as pessoas com a sua ciência e com a sua música. Estava convencido de que as duas áreas estavam estreitamente relacionadas.

— Como anda o meu México querido, Frida? — perguntou, enquanto lustrava a viola com um pano tirado do bolso.

— O México está como sempre, desorganizado e entregue ao diabo. Resta-lhe apenas a imensa beleza de sua terra e dos indígenas. O infame Estados Unidos lhe rouba mais um pedaço a cada dia, isso me deixa muito triste, mas as pessoas têm que comer e, como sempre, o peixe grande engole o pequeno.

— É assim mesmo, minha amiga querida, mas este país é grande e tem de tudo. Você só sabe ver o lado extremo das coisas — respondeu o médico.

Frida levantou as mãos para interrompê-lo. Sempre lhe custava aceitar a opinião das outras pessoas, sobretudo quando quem opinava era alguém do seu círculo íntimo e, para ela, o doutor Eloesser era intimíssimo.

— A Gringolândia está dominada pelo high society. Esses ricaços que conheci em minha última viagem não me agradam nem um pouco, fazem parties e compram vestidos luxuosos enquanto seus compatriotas morrem de fome pelas ruas. Falta-lhes sensibilidade e bom gosto. — Ela fez silêncio. Frida sabia quando suas palavras causavam incômodo, sabia parar a tempo e mudar de assunto usando seu sorriso como escudo. — De toda maneira, meu doutorzinho preferido, devo lhe dizer que aqui na Gringolândia eu tomei os melhores coquetéis da minha vida. Um ponto a favor dos gringos.

O médico também sorriu. Tinha pela frente um trabalho duro com essa mexicana excêntrica que se tornara um desafio profissional e pessoal. Por dentro, o corpo dela era um despojo de ossos machucados e torcidos que mal conseguiam sustentar a carne e a pele. Após anos de tratamento, ele aprendera que os avanços e os retrocessos na saúde de Frida tinham a ver, quase sempre, com suas idas e vindas sentimentais. O amor e a paixão a arrasavam, empurravam-na para o abismo.

— Como andam as coisas com Diego? — perguntou.

— Estamos divorciados, mas não é tão ruim quanto parece. Os divórcios são fáceis, complicados são os casamentos.

Nayeli sentou-se na beirada da cama de Frida. Sempre queria estar por perto quando o assunto era Diego Rivera. Tudo que dizia respeito ao pintor provocava-lhe uma curiosidade irresistível.

— E acho, minha querida, que a cirurgia indicada pelos médicos mexicanos não é necessária. Acho que o que está te ferindo tanto é uma crise emocional, nervosa. Você sabe que Diego gosta muito de você e você gosta dele, mas ele tem duas grandes paixões: a pintura e as mulheres. Você deveria refletir muito sobre o que quer fazer. Pode aceitar os fatos e voltar para ele sob essas condições, ou não. É uma coisa ou outra — ele disse, com o tom de voz mais suave que encontrou.

Os três permaneceram por muito tempo em silêncio. Frida brincava com os anéis que decoravam seus dedos, o doutor Eloesser a olhava ansioso e Nayeli fazia força para conter as lágrimas. A indecisão da pintora causava-lhe uma tristeza profunda. A tensão muda foi interrompida por um vozeirão do outro lado da porta. Frida revirou os olhos, reconhecia aqueles gritos entre milhares de gritos no universo.

A porta abriu-se de repente. A figura de Diego Rivera ocupou quase todo o espaço; dentro do quarto tão pequeno, ele parecia muito maior do que realmente era. Rivera não estava sozinho; acompanhava-o um jovem de olhos claros, redondos e grandes. Ele era quase tão alto como o pintor, mas bem mais magro; de aspecto frágil, mas elegante.

— Aqui está ela — disse Diego, mostrando a cama. — É Frida Kahlo em pessoa, a melhor artista que já pisou neste mundo. Amigo querido, espere até conhecê-la, vai gostar muito dela. Tudo nela é perfeito.

Heinz Berggruen não disse uma palavra sequer. Seu trabalho em relações públicas e seu modo de agir habitual não lhe serviram de nada. O impacto que Frida lhe causou deixou-o paralisado, sem reação. Foi ela que, sem tirar os olhos dele, apresentou-se à sua maneira.

— É impossível saber com precisão quando acaba o dia e a noite começa, mas ninguém confunde o dia com a noite.

Diego franziu a testa e olhou de relance para o doutor Eloesser. Ninguém entendeu o que Frida quis dizer, mas Nayeli a interpretou detalhadamente. Ela, sim, a entendeu.

33

Buenos Aires, dezembro de 2018

Rama tinha razão. Nunca iria admitir para ele, mas Rama tinha razão. Deve ter pensado que a batida que dei ao fechar a porta tinha a ver com a arma, com seus mistérios, com o quadro de Nayeli. Mas não, nada daquilo me amedrontou, nada daquilo me fez sair correndo. Ele estava certo sobre outra coisa, o verdadeiro motivo da minha fuga. Escapei da verdade, de uma verdade que sempre me doeu em silêncio, uma verdade que Ramiro colocou em palavras e abreviou em uma pergunta: *O que você sabe da sua avó?*

O argumentou que repeti para ele e que repito a mim mesma há anos não era suficiente, nunca foi suficiente. Eram meras palavras de uma mulher que sempre preferiu se calar; uma mulher que escolheu definir-se em quatro ou cinco linhas curtas, simples e sem rodeios. Que vida poderia ser resumida em apenas algumas linhas? Nenhuma. Mas minha avó conseguiu e me fez cúmplice do seu silêncio e de sua definição.

Ramiro tinha razão.

O vagão do metrô estava praticamente vazio; sentei-me em um dos assentos. Apoiei a cabeça contra a janela e fechei os olhos. Não estava com sono, mas precisava colocar os pensamentos em ordem, os próximos passos a serem dados. O ritmo compassado do trem, a voz metálica que anunciava cada estação e a música que saía dos fones de ouvido do garoto que se sentara ao meu lado me tranquilizaram.

O apartamento de minha mãe cheirava a sálvia, seu aroma favorito. Ela costumava usá-la para dissimular outros cheiros: o dos cigarros que fumava escondida ou o dos perfumes fortes que usavam os homens que passavam pela sua cama. Desde pequena, sempre que minha mãe borrifava o ambiente com aromatizantes de sálvia, eu sabia que ela tinha fumado ou feito sexo. Ou as duas coisas.

Quando ela abriu a porta, a suavidade do cheiro da sálvia entrou pelo meu nariz. Sorri para mim mesma, sem fazer careta. Com o passar dos anos, entendi que minha mãe era uma mulher, tão mulher como eu. Duas mulheres com um passado marcado pela devastação. Ela escondeu a surpresa e não perguntou como eu estava nem o que fazia ali, tocando a sua campainha sem avisar; tampouco me deu um beijo ou me abraçou. "Paloma", disse. Apenas isso.

Ela me fez entrar em sua casa com um gesto, fechou a porta e me ofereceu um café. Tudo ao mesmo tempo. Aceitei e esperei por ela sentada em um sofá, enquanto a escutava reclamar da cafeteira na cozinha. Minha mãe costuma se irritar como os objetos: a máquina de lavar roupas que demora para centrifugar, o secador de cabelo que sopra ar muito quente, a estante que não tem espaço suficiente para seus livros ou a cafeteira que solta o jato de café muito lentamente. Era uma mulher tão triste que proclamava a sua insatisfação a cada oportunidade.

— O que te traz aqui? — ela perguntou e me entregou a xícara de café. Estava meio vazia, ela não tinha tido paciência de esperar que a cafeteira terminasse o processo. — Até que enfim se lembrou de sua mãe, hein?

Deixei passar a crítica e me distraí com o roupão de seda que ela usava. Era violeta, sua cor preferida, e lhe caía muitíssimo bem. Minha mãe tinha nascido para vestir-se de violeta. Esvaziei a xícara de um gole. O café estava morno e aguado.

— Conte-me sobre a vovó — disse sem rodeios. Sempre soube que longos preâmbulos a irritavam.

Ela abriu bem os olhos verdes e encolheu os ombros duas vezes, como se quisesse sacudir meu pedido.

— Você a conhecia mais do que eu. Sempre quis viver com ela.

Outra vez, deixei a crítica para lá.

— Antes de mim, quero saber algumas coisas sobre a minha avó que antecederam ao meu nascimento. No dia do velório, na Casa

Solanas, você colocou um colar com uma pedra de obsidiana sobre o caixão dela. Nayeli nunca me contou sobre aquele colar.

— Amuleto — corrigiu minha mãe. — Era um amuleto.

— Eu nunca soube, por exemplo, do que o amuleto a protegia — insisti. — São muitas coisas que não sei.

Minha mãe sempre foi uma mulher esquiva, fria, carente de todas as emoções. Entretanto, se alguém tivesse se dado o trabalho de prestar atenção em seus gestos, teria encontrado algum calor nela. Eu me dei esse trabalho, e percebi como a rigidez de sua pele perfeita suavizava-se aos poucos.

— O amuleto não a protegia, protegia a mim. Ela o pendurou no meu pescoço quando eu tive uma gripe muito forte, ainda pequena. Sempre acreditou que a pedra tinha salvado a minha vida. Ela acreditava nessas coisas — respondeu —, e eu um pouco, também. Por isso me pareceu correto devolver-lhe o objeto para que o levasse em sua viagem para a outra vida. Você sabe que a morte sempre foi algo sério para a sua avó.

— O que ela te contou sobre a vida no México? E não repita o que escutei tantas vezes, essa versão muito curta e adocicada.

— Nem todas as vidas são interessantes, nem todas as pessoas protagonizam filmes de aventura, Paloma, por favor. Ou, por acaso, sua vida é muito mais excitante do que a vida contada por Nayeli?

Minha mãe tinha uma habilidade espantosa para atiçar e aliviar a ferida. Uma carícia, um golpe; uma gentileza, uma afronta. Ela transitava com facilidade pelos dois terrenos. Um tempinho em um, um tempinho em outro. E eu aprendi a ignorar seus vaivéns.

Ela se levantou e ensaiou, diante dos meus olhos, aqueles passos de balé que sempre praticou em sigilo. Seus braços longos sobre a cabeça, seus pés perfeitos em ponta, as pernas para cima e para baixo e o pescoço esticado como um cisne. A música sempre estava na sua imaginação, apenas ela a escutava. Pela primeira vez, prestei atenção em seus movimentos. Eram suaves, elegantes, soberbos. O bom gosto com que tinha decorado o apartamento era o cenário perfeito.

A cor das paredes, as cortinas, os estofados, as taças de cristal sobre o balcão, os lustres com pingentes.

De repente, tudo ficou estranho. Algo estava fora do lugar. As imagens da casa de Nayeli vieram à minha cabeça, o chalezinho de Boedo onde minha mãe e eu crescemos. Nada era elegante no interior daquelas paredes: os móveis eram humildes e simples, comprados em prestações em uma fábrica do bairro; a toalha da mesa, um quadrado emborrachado com desenhos de flores que foram desbotando ao ritmo da limpeza com cloro; as paredes brancas, sem quadros; sobre a única estante não havia livros, mas vários enfeites de cerâmica que minha avó colecionava. A única coisa pomposa eram as plantas, dezenas de vasinhos coloridos com galhos roubados dos jardins das casas vizinhas. Nunca houve cortinas cobrindo as janelas.

De onde minha mãe tinha tirado o seu bom gosto? Quem tinha lhe ensinado a escolher os tecidos para os estofados? Como uma jovem humilde, de escola pública, transformara-se em uma aristocrata? Onde aprendera a dançar balé? Cheguei à casa de minha mãe para saber quem tinha sido Nayeli Cruz e estava saindo de lá com outra pergunta: *Quem era a minha mãe?*

Pedi licença para ir ao banheiro. Precisava lavar o rosto, eu estava confusa e um pouco enjoada. Ela esticou o braço e os dedos longos e finos na direção do corredor. Fechei a porta e abri a torneira. Coloquei os punhos debaixo da água fria e respirei fundo. O banheiro era muito maior do que a cozinha, via-se que minha mãe passava muito tempo fechada naquele lugar: um cesto com revistas de moda, velas ao redor da banheira, uma taça de vinho vazia e um monte de livros empilhados em um canto. Depois de molhar as bochechas, eu me sequei com uma toalha rosa macia; cheira a sálvia, como todo o resto.

O móvel de madeira debaixo da pia estava entreaberto, tive de espiar. Não consegui evitar. Atrás de maquiagens e perfumes descobri uma quantidade enorme de remédios psiquiátricos. Isso também era a minha mãe.

Ela bateu na porta delicadamente. Eu não estava demorando muito; contudo, a ansiedade vencera. Quando abri a porta, ela estava parada do outro lado. Já não dançava mais. A música de sua imaginação havia desaparecido. Nas mãos, ela segurava o tubo de plástico vermelho que eu tinha deixado no sofá, estava aberto e vazio. Antes de começar a falar, ela me olhou com aquele ar de mistério perpétuo que utilizava tão bem.

— Onde você encontrou a pintura? — indagou.

A pergunta veio com uma resposta incluída. A pintura de Nayeli não era uma surpresa para minha mãe.

— No meio das coisas dela — disse. Eu não quis dar muitas explicações.

— Claro, já tinha me esquecido dela. Acho que eu ainda era criança da última vez que a vi. Durante muito tempo, essa pintura esteve pendurada em uma das paredes da casa de Boedo.

— E por que ela a guardou? — disse, com um tom desentendido.

— Não sei. Não importa. Sei lá! Alguma mudança na decoração ou ela se cansou de vê-la. Sei lá. Sua avó sempre foi muito misteriosa.

Ela desenrolou a pintura sobre a mesa de mármore da sala. A raiva me dominou de repente, como geralmente me invade esse sentimento, como as ondas do mar, sem avisar.

— Estou cansada de que você a critique toda vez que fala dela! Nem depois de morta é capaz de deixá-la em paz! — gritei. — Nayeli cuidou de mim, me deu de comer, me contou histórias todas as noites, limpou meu nariz e minhas lágrimas e sempre ocupou o lugar que você deixou vazio, mamãe. Não vou permitir que lance suspeitas sobre ela.

Minha mãe voltou a cravar os olhos em mim e pude ver um vislumbre de lágrimas represadas. A música recomeçou a tocar em sua cabeça e ela voltou a dançar. Por um segundo, ficou imóvel. Os dois braços acima da cabeça, pé direito sobre o joelho esquerdo e o tronco apenas tombado para um lado.

Olhei para a pintura de Nayeli, a mancha vermelha em forma de bailarina. A mesma postura, a mesma elegância.

Enrolei a tela e coloquei-a de volta no tubo. Estava nervosa, tinha dificuldade para respirar. As discussões com minha mãe sempre me tiravam do eixo, mas, dessa vez, minha avó não estava aqui para me tranquilizar com uma de suas sopas mexicanas. Saí da casa de minha mãe sem me despedir. Ela continuava em seu mundo, em seu teatro Colón imaginário. De momento, não consegui ver que minha mãe, com sua loucura dissimulada, havia me dado mais naquele encontro do que em toda a sua vida.

Caminhei duas quadras com minha bolsa pendurada em um ombro e o tubo vermelho abraçado contra o peito. Poderia ter andado dezenas de quilômetros sem perceber, de tão desorientada que estava. Mas não consegui atravessar a terceira quadra. Um braço forte me envolveu por trás. Quis gritar. Não consegui. Um homem encostou um objeto duro nas minhas costas, imaginei que fosse uma arma. Com um puxão suave, ele me virou e consegui vê-lo, ou quase. Um cachecol tampava parte do seu rosto. Os olhos estavam cobertos com óculos escuros. Com delicadeza, ele pegou o tubo vermelho. Não tive coragem de resistir. Olhei para os lados buscando algum tipo de ajuda. Na calçada, estávamos apenas o homem encapuzado e eu. Também não tive coragem de gritar.

De um salto, ele subiu na moto em que tinha chegado e arrancou a toda velocidade, sem respeitar o sinal vermelho. Fiquei parada sem poder mover um músculo sequer. Tremia e chorava. Uma senhora se aproximou correndo e me perguntou se eu estava ferida, também falou algo sobre os assaltantes motorizados no bairro e me deu vários conselhos sobre segurança que eu não conseguia escutar. Agradeci-lhe a preocupação rapidamente, queria me livrar dela.

Caminhei alguns metros e me sentei nas escadas da entrada de um prédio. Consegui me acalmar. Outra vez voltei a pensar em Ramiro e que ele tinha razão.

34

San Francisco, setembro de 1940

"Bom dia, meu menino-menina!", exclamava Frida toda vez que Heinz entrava pela porta do quarto do hospital onde estava internada. Ele sorria com os grandes olhos claros brilhando e com as bochechas coradas. Nayeli também via em Heinz uma beleza singular, uma beleza de mulher mais do que de homem. Ele sempre trazia caixas de chocolates e flores. Buquês enormes que quase não cabiam no quarto e iam se acumulando. Havia flores brancas, vermelhas, laranja e amarelas. Algumas nem tinham murchado ainda quando eram substituídas. Frida chorava de rir.

Heinz, como todo homem apaixonado, também trazia presentes para Nayeli. Percebera imediatamente que a jovem era como uma filha para a pintora, e queria ficar bem com ela. Tudo que os olhos de Frida enxergavam com amor era igualmente valorizado pelo rapaz de feições femininas.

O tratamento do doutor Eloesser começava a dar frutos. Depois de um check-up completo, identificaram que Frida tinha uma infecção renal que prejudicava ainda mais sua perna maltratada. Teriam de medicá-la para que pudesse descansar, e ela não deveria consumir álcool.

— Ei, Nayeli. Quero que você me ajude a arrumar meu cabelo e a pintar meus lábios de uma cor bem bonita — pediu Frida na manhã em que teve alta do hospital. — Também quero tirar esta roupa de doente que me obrigam a usar aqui. Preciso voltar a ser Frida Kahlo.

— Mas você sempre foi Frida Kahlo. — Nayeli tinha dificuldade de entender as ambiguidades em que a pintora costumava cair.

— Pois veja que não. Sem cores eu não sou nada. Minhas roupas fazem parte de mim, minhas roupas sou eu — explicou com a seriedade de quem pronuncia um discurso. — Inventei meu personagem para esconder meu próprio ser.

Nayeli sentou-se ao lado da cama e colocou uma das mãos de Frida entre suas mãos.

— Seu ser é belo, Frida. Seu ser me salvou — disse com doçura.

Frida sempre tinha sido uma especialista do sofrimento. Uivava a sua dor com estardalhaço, com show, com encenações. Entretanto, a emoção a desconcertava. Ela não se sentia confortável com essa fronteira difusa que existia entre rir ou chorar, e fazia todo o possível para fugir para um lado ou para o outro. Daquela vez, escolheu o riso.

— Minha garota meiga — disse entre gargalhadas estridentes —, você me salva quando cozinha seus pratos zapotecas para mim ou quando me traz sorrateiramente uma garrafinha de conhaque. Agora salve a sua Frida do seu ser e faça dela uma tehuana completa. Não quero ignorar esta vontade de viver porque nunca tive tanta.

Em menos de uma hora, a mulher magra, desajeitada, de pele opaca e cabelos pretos cacheados e desarrumados transformou-se em uma explosão de cor. Entre todas as saias que Frida tinha trazido em suas malas, Nayeli escolheu a mais colorida: cheia de flores bordadas com fios de seda e ramos e folhas pintados de dourado. Combinou-a com um huipil branco de renda. Colocou sobre a saia da pintora uma caixa de madeira cheia de colares, argolas e pulseiras.

A pintora passou um bom tempo pendurando colares de contas de cerâmica, madeira e acrílico no pescoço. Como não conseguiu se decidir por nenhum, usou todos eles.

— Trouxe as suas flores e borboletas de cabelo — disse Nayeli.

Com um pente de madrepérola, a menina arrumou o cabelo de Frida e o repartiu na metade. Trançou cada uma das partes e as uniu com uma fivela prateada no alto da cabeça.

— Coloque em mim as borboletas — pediu Frida. — Quero que minha cabeça tenha asas, como se pudesse levantar voo para se desprender do meu corpo.

O batom laranja deu o toque final. Era a cor que lhe caía melhor.

— Você está impressionante — balbuciou Heinz assim que entrou pela porta. As palavras mal saíam de sua boca. A mulher que estava diante dele parecia ter saltado dos quadros que ela mesma pintava.

Frida tinha planos. Sempre os arquitetava em silêncio, sem consultar ninguém. Fazia e desfazia de sua vida e da dos outros em sua cabeça. Podia passar horas inventando situações, passeios, cenas de sexo, vidas inteiras que ela moldava dentro de sua imaginação fértil. Muitas vezes, o que tinha germinado na mente era vomitado por sua boca e a chamavam de mentirosa. Ela não se importava. Definitivamente, Frida só dava forma às histórias que queria contar.

— Nós vamos a Nova York, meu menino-menina! A grande cidade de arranha-céus e luzes! — exclamou, enquanto aplaudia a própria ideia.

Nayeli e Heinz trocaram olhares cheios de incerteza. Heinz, porque não sabia o que fazer com semelhante proposta, e Nayeli, porque não sabia o que era Nova York. O doutor Eloesser autorizou a aventura e até Diego julgou que o passeio seria a cereja do bolo na recuperação completa de Frida.

O apartamento que uma amiga artista e dona de uma galeria havia lhe emprestado no subúrbio de San Francisco estava bem modificado. Era pequeno: dois quartos e uma cozinha em que apenas Nayeli cabia. "Os gringos não sabem nada de comida", tinha exclamado Frida ao vistoriá-lo, sem muito interesse. Toda a sua libido estava concentrada em Heinz, o jovem que a fez se sentir desejada e amada, o centro do universo. Pela sala mal se podia caminhar: havia malas, sacolas, caixas, cestos e vestidos, além dos baús cheios de latas de tinta, telas e pincéis. No centro, um cavalete de madeira gigante que Diego lhe havia dado de presente.

— Não levaremos quase nada, Nayeli, apenas alguns vestidos que podemos dividir. Estou tão magra que seu tamanho me serve perfeitamente — exclamou, enquanto andava por toda parte como se a laceração de seu corpo não existisse. O ímpeto a mantinha de pé. — Vamos levar os colares e as argolas. Essas joias são invejadas pelas gringas que querem me imitar. Você vai ver em breve, parecem pássaros vestidos de tehuanas.

Nayeli não conseguia se mexer. Tinha se levantado várias vezes durante a noite para vomitar, sentia um nó na barriga e suas bochechas ferviam.

— Meu Deus! — exclamou Frida, enquanto tocava a testa dela com uma de suas mãos cheias de anéis. — Você está com febre, minha querida. Vou te trazer algo fresco para beber agora mesmo e ligarei para o doutorzinho Eloesser, um mago que cura tudo.

A água que Frida lhe deu transformava-se em lava a cada gole. Sua garganta ardia como se estivesse em carne viva.

Eloesser apareceu com sua figura impecável e vestido de médico. Entre os torpores, Nayeli se perguntava se a única roupa que ele tinha era o jaleco branco.

— Esta garota tem uma gastroenterite virótica — declarou. — Tem que fazer repouso, tomar muito líquido e descansar até a febre baixar.

— Isso é impossível, doutor — disse Frida com carinho. — Em algumas horas vamos para Nova York com Heinz.

O médico negou com a cabeça, e com aquele tom de voz, mistura de deuses e humanos, insistiu que Nayeli não estava em condições de viajar a parte alguma.

— Vão vocês sem mim — murmurou a jovem.

A porta do apartamento tinha ficado aberta. O costume de deixá-la fechada era um sofrimento para Frida. Ela sempre vivera em casas de portas abertas, onde as pessoas entravam e saíam à vontade. De nada serviam as recomendações de seus amigos norte-americanos; para ela, a fronteira entre o lado de fora e o lado de dentro sempre foi difusa. Diego Rivera chegou em partes, como fazia sempre: primeiro ouvia-se o seu vozeirão e depois seu corpo enorme enchia todos os cantos.

— Ora, ora, ora, o que temos aqui? — perguntou, em forma de saudação.

Seus olhos percorreram a bagunça da sala e cravaram-se em Nayeli, que continuava esparramada em um sofá, com um lenço branco e úmido sobre o rosto. Diego não soube se a imagem lhe parecia assustadora ou encantadora, mas soube que, se pudesse, a teria plasmado em algum de seus cadernos de desenhos. A jovem vestia uma saia lavanda, que de tão amassada parecia preguada com papel; o lenço roxo cobria-lhe o peito e sua madeixa brilhante coroava o lenço branco como se fossem raios de um sol moreno.

— Ah, Diego, que bom que você se dignou a vir nos visitar! — disse Frida, misturando os agradecimentos às reclamações. — Nayeli está muito ruinzinha da barriga e o doutor não a deixa viajar com a gente para Nova York. Preciso que você cuide dela.

O coração de Nayeli paralisou. Sob o lenço úmido, a temperatura de seu rosto aumentou tanto que, por um momento, ela teve medo de que soltasse faíscas. Ficou imóvel e muda, lembrando a atitude que costumam ter os cães quando acham que a inércia os faz invisíveis. Em primeiro plano, escutava o borbulhar de seu sangue correndo pelas veias; em segundo plano, as medidas que Diego e Frida ajustavam para sua estadia aos cuidados do pintor.

Frida comunicou-lhe as novidades como se ela não estivesse presente durante toda a discussão: Diego se mudaria para o apartamento e cuidaria dela. A jovem apenas conseguiu assentir com a cabeça.

A partida de Frida era iminente. A desordem dos preparativos expulsou o médico e Diego – com a desculpa de voltar às suas atividades impostergáveis, eles decidiram deixá-las sozinhas. A pintora estava tão nervosa quanto exaltada. Cantava, ria e falava sem parar de vários assuntos ao mesmo tempo que terminava de fazer as malas. Do sofá, Nayeli a seguia com os olhos; seus músculos estavam tão fracos que ela mal conseguia se mexer.

— Estou bonita? — perguntou Frida, e parou na frente de Nayeli como uma menina que precisa da aprovação materna.

A garota não teve de mentir nem exagerar: Frida estava encantadora. Depois de idas e vindas, tinha decidido tirar as roupas de tehuana e pegar do fundo de uma mala o seu traje gringo, como ela gostava de chamá-lo: uma saia de lã preta que lhe cobria os joelhos, uma camisa branca com uma fita de renda amarrada no pescoço e um casaco de fio de seda roxo que combinava com a cor do seu batom.

— Muito linda, Frida — respondeu Nayeli. — Você parece uma senhora rica, como essas que vimos na Ilha do Tesouro.

Frida franziu o nariz com desgosto.

— Ai, que a Virgenzinha de Guadalupe me salve de tal coisa! — exclamou, e correu até o quarto. — Vou consertar esse mal-entendido.

Segundos depois, voltou à sala com a caixa em que guardava as fitas, as flores e as presilhas de cabelo. Ela não precisou de espelho para arrumar o penteado que sabia fazer de memória. Dividiu o cabelo em duas partes e as trançou com rapidez. Seus dedos magros pareciam dançar entre os cachos pretos. Com dois movimentos precisos, uniu as tranças no alto da cabeça e as prendeu com uma presilha de metal decorada com uma flor amarela: a flor de cempasúchil. Enfeitou as laterais com outras flores menores de cores variadas.

— Agora está melhor? — perguntou, maliciosamente.

Nayeli a observou atentamente e sorriu.

— Acho que falta a sua marca — disse.

Frida correu para o quarto de novo. Voltou com outra caixa, a de suas joias. Antes que a abrisse, a jovem disse:

— O colar de pedras grandes azuis, o outro menor de contas amarelas e os seus anéis dourados. Não se esqueça deles.

À medida que Nayeli descrevia os adereços, Frida ia os colocando um por um.

— E as lindas argolas de ouro com pedrinhas — acrescentou a jovem.

A pintora obedeceu. O resultado final foi impactante, tudo nela era impactante. As duas riram. Sabiam que o figurino que tinham montado sobre o corpo destroçado de Frida era uma travessura que só elas entendiam como tal, e sabiam também que muitos apontariam para ela e comentariam pelas suas costas que a artista mexicana era ridícula. Elas não se importavam.

Frida deitou-se no sofá ao lado de Nayeli. A jovem recostou a cabeça sobre o peito dela. O nó no estômago desatou-se ao ritmo do coração de Frida, um galope suave e compassado. Ela fechou os olhos e encheu o pulmão com o aroma perturbador de Shocking de Schiaparelli, o perfume favorito da pintora.

— Ouça, tehuanita — disse Frida com sua voz rouca e melosa. — Não se permita ser pintada por Diego. Posar para Diego é dar carne ao corpo dele, não apenas à sua arte. Nunca se permita. Confie em mim.

35

Buenos Aires, dezembro de 2018

Ramiro soube o que era dormir uma noite inteira quando seu irmão foi preso. Naquela noite, ele entrou debaixo dos lençóis e, pela primeira vez, pôde apagar a luz. O monstro, o seu monstro, estava atrás das grades.

— Você não é Ramiro Pallares — sussurrava o irmão mais velho em seu ouvido todas as noites de sua infância.

Cristo podia se transformar em um fantasma. Entrava no quarto sem fazer barulho, como se flutuasse. Também conseguia abrir a porta, embora Ramiro a fechasse com uma pequena chave de bronze que pendurava no pescoço em uma corrente prateada.

Todas as manhãs, durante anos, Ramiro tomava o café com a convicção de que não era quem seus pais diziam que ele era. Não era Ramiro Pallares. No decorrer do dia, a certeza desvanecia pouco a pouco. Na hora do jantar ele se sentia forte, certo de que seu irmão mentia, de que dormiria abraçado à segurança de ser Ramiro Pallares e à chavezinha de seu quarto. Até que o fantasma voltava e tudo começava outra vez.

Ele jamais pediu a intervenção dos pais. Nunca lhes contou nada sobre os socos que Cristo lhe dava com a desculpa de ensiná-lo a jogar futebol, nem as vezes em que o deixou trancado durante horas na despensa. Também não lhes contou que certa vez, quando apareceu com dois dedos da mão fraturados dizendo que havia caído da bicicleta, tinha mentido. Não era preciso que o irmão mais velho o ameaçasse para conseguir seu silêncio. O pavor que Ramiro sentia dele era suficiente. Cristo não precisava de nenhum aviso. Porém, Ramiro o admirava profundamente. Passava horas escondido atrás de um móvel para vê-lo pintar.

Cristo era outro quando pegava os pincéis. Seus gestos se suavizavam, a tensão de seus ombros relaxava e ele até parecia ter menos músculos do que tinha de fato. O garoto que pintava não era Cristóbal Pallares, pensava Rama, evocando a frase que aterrorizava as suas noites. Com o passar dos anos, o medo tinha desaparecido e transformara-se em ódio, um ódio sem rompantes. Um ódio tranquilo, suave, permanente. Uma farpa pequena e fina que nunca quis nem pôde remover.

Ramiro nunca foi visitar Cristo na prisão. Sabia que seu pai, Emilio Pallares, ia lá de vez em quando, mas ele nunca teve vontade de saber se o irmão estava bem ou mal. Simplesmente deixou de se importar. Ele visitava a mãe. Duas vezes por mês, comprava flores de várias cores e passava boa parte da tarde sentado junto ao túmulo dela, desenhando. Em cada visita, os lápis que levava eram de uma cor diferente. Podiam ser vermelhos, azuis, amarelos ou violeta – os tons mudavam, mas o desenho era sempre o mesmo: o rosto de Elvira. Ramiro estava convencido de que evocar os traços, a forma dos olhos, a boca, a distância entre as orelhas, a curva do nariz ou as ondas do cabelo era a única forma de não a esquecer. E em cada rascunho ele a encontrava; mesmo que só por algumas horas, sentia que ela, de algum lugar, ditava os movimentos de sua mão.

Subiu as escadas do Museo Pictórico, e o fez devagar para adiar o momento do encontro com seu pai. Embora a relação entre eles fosse frágil, seca e carente de qualquer forma de carinho, Ramiro procurava a aceitação paterna. Tinha escolhido para aquela visita a sua melhor camisa, uma calça e um casaco de linho; sabia que o pai prestava atenção nesses detalhes. Emilio nunca o perdoou por ele ter denunciado Cristóbal; no entanto, nunca o criticou. Este era o seu *modus operandi*: manter o filho em permanente expectativa para o momento do choque, de um impacto que, talvez, nunca fosse acontecer. Ou talvez fosse.

Atravessou o corredor da nave central e parou alguns minutos diante da "La Martita". Suspirou com uma mistura de raiva e admiração. Seu irmão continuava sendo o melhor.

— Oi, querido. Que surpresa! Quanto tempo! — cumprimentou-o Sofía alegremente, a secretária de Pallares. — Veio ver seu pai?

Ramiro olhou para cima, para uma das câmeras de segurança do teto, e apontou para ela.

— Ele já sabe que eu estou aqui, não é? — perguntou.

— Sim, ele me disse que está à sua espera no escritório.

Tudo o que acontecia no museu era monitorado por seu pai. Os quadros, as esculturas, os andares, as escadarias. Ele verificava os antecedentes de cada um dos empregados, dava a mesma atenção tanto a um curador de arte quanto a um funcionário da limpeza ou da segurança. Não lhe escapava nenhum detalhe.

Bateu duas vezes na porta e abriu-a antes que Pallares lhe desse permissão para entrar. Essas pequenas rebeldias mantinham Ramiro em tensão constante. Seu pai era daquelas pessoas que ele devia irritar. Sempre.

— Pensei que iria me ligar antes de vir. Você teve sorte de eu não estar em nenhuma reunião — disse Pallares em forma de saudação.

— Sou um homem de sorte — respondeu Ramiro e sentou-se em uma poltrona Berger original. Sabia que seu pai suava cada vez que alguém ousava se aproximar daquele móvel de 1700.

— O que te traz aqui?

Emilio Pallares era conhecido por ir direto ao ponto, acreditava que seu tempo valia ouro. Ramiro decidiu jogar com as mesmas cartas.

— Cristóbal não vai conseguir copiar o Diego Rivera. Ele não tem talento para isso.

O silêncio foi curto e tenso. Ramiro desfrutou de cada segundo, pôde sentir como o pai se partia por dentro. Imaginou uma rachadura enorme, que ia do estômago até a cabeça. Apesar de ter mantido o rosto sério, por dentro ele gargalhava. A satisfação das pequenas vitórias.

Antes de falar, Emilio tossiu. Uma tosse curta e seca.

— Não sei do que você está falando — disse com toda a firmeza de que foi capaz. — Está na hora de você parar de cuidar do seu irmão.

— Vamos falar a sério ou seguiremos com esse show de embaraços, papai? — perguntou Ramiro, enquanto cruzava as pernas. — Estou a par de tudo. E também sei que Lorena está metida nisso.

Emilio Pallares fora responsável por Lorena Funes e seu filho mais novo se conhecerem. Durante um tempo, alimentou a esperança de poder usar todo o potencial de Ramiro como negociador; ninguém resistia a ele, possuía um carisma e um dom para negociar que nem o pai, com toda a sua experiência, tinha alcançado. Com Cristóbal preso e fora do jogo, precisava de alguém próximo e influenciável para o negócio. Mas era tarde quando se deu conta de que o filho não era tão próximo nem tão influenciável assim. Também se deu conta de que, no fundo, Lorena era uma mulher como as outras, que se ofuscava diante de um homem tão bonito como Ramiro.

— Filho querido, você comete o mesmo erro desde pequeno — disse com ironia. — Sua arrogância o faz acreditar que sabe tudo, e não é bem assim. Depois que delatou seu irmão, você deve bem imaginar que não é alguém de minha estreita confiança.

O confronto que Ramiro tinha esperado durante tantos anos finalmente se estabelecera: pela primeira vez, seu pai o criticava pela atitude tomada aos dezesseis anos e, sem saber, confirmava as suas suspeitas. Emilio Pallares estava por trás do roubo da pintura de Diego Rivera.

— Quero participar — disse Ramiro sem se alterar. — Você também não sabe os segredos que eu sou capaz de guardar.

Pela primeira vez em anos, o curador olhou com atenção para o filho. Ergueu a sobrancelha direita, como fazia todas as vezes que avaliava possibilidades.

— Percebo uma ameaça em seu tom de voz. Estou errado?

Ramiro se levantou da poltrona Berger e caminhou pelo escritório com as mãos na cintura.

— No canto inferior direito da "La Martita" está a marca de Cristóbal. Eu a vi, e conhecendo seu nível de detalhamento para tudo, também sei que você a viu. — Andou até a mesa de trabalho do pai, apoiou as duas mãos nas laterais e aproximou seu rosto do dele. — A mesma marca que está no Blates recuperado, a mesma marca que aparece escondida em tantos outros quadros, em tantos museus.

— Sente-se, Rama — interrompeu Pallares. Chamou-o pelo apelido numa tentativa de aproximar suas posições. — Vamos conversar tranquilamente.

— Eu estou tranquilo. — Ramiro tirou do bolso uma folha com rascunhos e começou a ler. — Museu Lautaine de Paris, Museu Internacional de Madri, Art Institution de Nova York, Museu Lopolis de Atenas...

Conforme Ramiro somava nomes à lista, o ar que Pallares respirava ficava cada vez mais denso. Entrava pelo nariz com dificuldade, ficava preso na garganta e o pouco que lhe chegava aos pulmões transformava-se em gelo. De um puxão, ele desabotoou o colarinho da camisa.

— Também umas esculturas pré-colombianas em duas galerias de arte do Peru, o Museu Art Figures de Londres, o Central de Barcelona...

— Chega, Ramiro! — exclamou finalmente Pallares. — Você está me ameaçando?

Ramiro sorriu, satisfeito. Dobrou meticulosamente o papel em quatro partes e o deixou sobre a escrivaninha, entre seu pai e ele. Naquela lista estavam enumerados todos os delitos que poderiam levá-lo à prisão. Alguns eram recentes; outros foram cometidos anos atrás, muitos deles quando Ramiro ainda nem tinha nascido.

A cabeça de Emilio Pallares parecia um motor girando com mais rotações do que ele era capaz de aguentar. De onde seu filho tinha tirado toda aquela informação? A primeira imagem que apareceu em sua cabeça foi a de Lorena Funes, mas ele a descartou sem maiores análises. Muitos dos quadros falsificados que estavam pendurados nas paredes dos museus que Ramiro acabava de listar não tinham passado pelas mãos da galerista e, além disso, muitas daquelas transações milionárias tinham acontecido quando ela era apenas uma garotinha que corria pelas ruas de Bogotá. Mas a pergunta que o corroía por dentro era outra: Por que agora?

— Certo, meu filho querido — disse, usando a ironia uma vez mais, embora não conseguisse disfarçar o medo. — O que quer em troca do seu silêncio?

— Quero participar.

— Mais nada?

— Mais nada.

A proposta não era descabida. No fundo, ele próprio não tinha sonhado muitas vezes que seu filho mais novo também fizesse parte do negócio? Mas seu instinto tinha ligado todos os alarmes. Um garoto que o ameaçava sem nenhum tipo de decoro, inclusive com certo prazer, não era alguém digno de confiança. Pallares preferia mil vezes as explosões selvagens de Cristóbal à perversão dissimulada de Ramiro. Naquele momento, porém, ele não tinha escolha. Assentiu com a cabeça, enquanto avaliava como ganhar tempo.

— Muito bem, filho — disse, mostrando as palmas das mãos. — Bem-vindo à família da arte, então.

Ramiro sentou-se novamente na poltrona Berger e mexeu os braços para relaxar a tensão muscular. Conversar com o pai nunca tinha sido uma experiência prazerosa.

— Certo, aceito as boas-vindas. Muito obrigado. Agora vamos falar das condições.

Aí vem, pensou Pallares. A essência de seu filho mais novo o intrigava. Depois de ter tido de navegar em águas turbulentas contra uma corrente que Ramiro soube gerar com destreza, ele não teve tempo de relaxar. O turbilhão que o garoto arquitetava era sempre maior, muito maior, incontrolável. Desde muito pequeno, ele aprendeu a contornar os desastres que eram provocados por outras pessoas, até que se cansou e começou a provocar seus próprios desastres. Ele fazia isso em silêncio, de maneira ardilosa, como Elvira, sua mãe.

Emilio nunca soube quando a submissão de sua mulher deixava de ser um caminho de aceitação para se converter em uma estratégia de guerra. Ela sempre quis que os filhos fossem artistas, dedicara-se a esse plano com mais intensidade do que a qualquer outra coisa. Seu conceito de arte era elevado. Para Elvira, a sensibilidade das pessoas passava pelo que elas fossem capazes de manifestar com as mãos. E se não havia beleza, então não havia nada; apenas vazio e desolação.

Desde pequenos, Ramiro e Cristóbal frequentaram aulas de desenho, de pintura, de aquarela. Os dois tinham o dom de transpor para o papel as coisas que passavam por sua fértil imaginação infantil. Mas Elvira não levou em conta que os passos artísticos fossem acompanhados de perto pelo pai dos meninos, Emilio Pallares. Em cada desenho dos filhos, em cada traço, em cada pincelada, suas fantasias se tornavam maiores até que, em um domingo chuvoso, ele colocou sobre a mesa a sua coleção de livros de grandes artistas e lançou um desafio: aquele que copiasse melhor *A ronda noturna*, de Rembrandt, ganharia uma bicicleta.

A mesa familiar se encheu de folhas de rascunho, lápis e carvão. Tudo foi preparado para que o momento fosse agradável, lúdico, mas não aconteceu assim. A tarde transformou-se em um pesadelo. Cristóbal não precisava de extrema concentração para copiar uma pintura. Seus olhos eram máquinas capazes de captar técnicas e detalhes alheios, e suas mãos o acompanhavam com maestria. Ramiro funcionava de maneira bem diferente. Copiar não era o que mais gostava de fazer nem o que fazia melhor. Seus dons estavam ancorados na imaginação. Seus desenhos saíam de sua cabeça e ele sentia enorme frustração ao ter de se apropriar das ideias de outras pessoas. Mas o prêmio era tentador. Uma bicicleta era tudo que os dois mais queriam.

Eles demoraram quase oito horas para terminar a competição. O pai não se comoveu com os movimentos que os meninos faziam para tentar aliviar as câimbras das mãos. Eles tinham de chegar ao final, só estavam autorizados a respirar. Cristóbal foi quem ganhou a bicicleta. Além disso, Emilio concedeu-lhe um prêmio que, sabia, era muito mais gratificante para seu filho mais velho: rasgar em pedaços o desenho do irmão.

Elvira, ao contrário, apenas teve olhos para Ramiro, o perdedor. Ela percebeu as lágrimas contidas do menino, as bochechas vermelhas que ardiam de raiva, os punhos e os dentes cerrados. A mulher soube que o pesadelo que desgraçaria seus filhos tinha começado.

O tempo havia acomodado as coisas e agora era Ramiro que ostentava o poder. Um poder herdado dos cadernos de capa laranja que sua mãe não chegara a queimar. Elvira, a mulher que escutava e calava, documentou durante anos os delitos cometidos pelo marido. As obras roubadas, as copiadas, as escondidas e as falsificadas exibidas nos museus. Em muitos casos, o destino dos quadros era incerto, mas, em outros, a mulher conseguira fazer um rastreamento minucioso. Além disso, fora ela quem tinha colocado nas mãos de Cristóbal o brinco em forma de crucifixo que o garoto usava como assinatura secreta em seus quadros. Ela não fez isso por amor materno nem com a intenção de construir um laço simbólico com seu filho mais velho. Ela fez isso para que seu filho mais novo, o mais frágil, o mais castigado, pudesse sobreviver. Era a ferramenta de que Ramiro dispunha para dobrar o irmão, se necessário. A prova de seus delitos.

— Ramiro, você veio me pedir que o colocasse no negócio. Muito bem, eu aceitei o seu pedido. Não entendo por que agora você também quer ditar as condições! — exclamou Pallares. Ele estava incomodado, tentando controlar sua fúria. Não estava acostumado a que seus filhos o encurralassem.

— Esse é o seu problema, papai. Eu não vim te pedir nada. Eu vim te apresentar duas opções: ou eu entro para o negócio ou você vai preso — disse Ramiro em tom monótono. — Você sempre foi um homem cauteloso e soube escolher a opção mais elegante. Não é o tipo de pessoa que apreciaria alguns anos atrás das grades. Nisso, Cristóbal não te puxou, ele conseguiu aguentar.

— Seu irmão sempre foi melhor do que você — disse Pallares com a convicção de quem sabe que as palavras podem se transformar em punhais.

O rapaz assentiu com a cabeça. Talvez seu pai tivesse razão.

Uma ligação no telefone de Ramiro os assustou. Pallares revirou os olhos. Nada lhe parecia mais vulgar do que celulares estridentes;

para ele, as pessoas educadas sempre mantinham seus aparelhos no modo silencioso. Era Paloma ao telefone. Ramiro deu uma olhada na tela e desligou a chamada. Antes que tivesse tempo de guardar o celular, chegou uma mensagem de WhatsApp. Paloma nunca tinha sido tão insistente. Ele leu: "Não quis te incomodar antes porque isso não é problema seu, mas queria que soubesse que roubaram a pintura da minha avó. Foi um homem em uma moto. Talvez você tenha razão e minha herança seja importante".

Ele respirou fundo e voltou a assentir com a cabeça. Paloma não estava contando nenhuma novidade. Tinha sido ele, encapuçado e com sua moto, quem roubara a pintura de Diego Rivera.

36

San Francisco, setembro de 1940

Os remédios e as recomendações do doutor Eloesser aliviaram o corpo de Nayeli. Quando ela conseguiu se levantar, na solidão do apartamento, tinha as mãos irrequietas. As pontas de seus dedos manifestavam uma vontade enorme de cozinhar: afundar-se em massas brancas e macias, descascar as frutas para deixar as polpas suculentas expostas e livres, debulhar os alimentos para transformá-los em mole. Cozinhar era tudo de que ela precisava, a única coisa que a acalmava. Nesses momentos, as texturas e os sabores a transportavam a Tehuantepec. Seu lugar, sua terra.

Frida tinha deixado dinheiro sobre a mesa, algumas notas de cor verde que Nayeli não conhecia. Ela não tinha a menor ideia de quanto valiam ou quanta comida podia comprar com cada uma delas. Vestiu o lenço, pegou um cesto que encontrou em um canto e aventurou-se pelas ruas.

A primeira quadra encheu-a de medo. O barulho dos motores e as buzinas dos carros, as pessoas que passavam ao seu lado sem notá-la e as roupas estranhas quase a fizeram desistir. Mas a curiosidade venceu. Um cheiro forte de óleo reutilizado a fez franzir o nariz. Na esquina, uma mulher roliça de cabelo curto, com um avental manchado de gordura, servia salsichas fritas dentro de pães de uma cor que lhe pareceu estranha. O espaço onde ela trabalhava era pequeno e feito de madeiras pintadas. Nayeli tentou decifrar as letras da placa enorme que cobria a parte da frente. Mesmo que Frida a tivesse ensinado a ler algumas poucas coisas, ela não conseguiu entender uma palavra sequer.

— Bom dia, senhora. Pode me dizer onde fica o mercado? — perguntou, elevando o tom de voz. Ela tinha percebido rapidamente que havia duas opções em San Francisco: impor-se ou deixar-se levar.

A mulher inclinou a cabeça para um lado sem parar de olhar para a jovenzinha que lhe falava em uma língua que ela não entendia, mas que tampouco lhe parecia estranha. Ela levantou o braço e chamou um garoto magro que varria a calçada a poucos metros dali. Nayeli não precisou que o menino abrisse a boca para saber que era mexicano. O cabelo preto e brilhante, o sorriso que preenchia todo o seu rosto e a malandragem nos seus olhos escuros a fizeram se sentir em casa. A mulher falou algo em inglês para ele enquanto apontava para Nayeli.

— Bom dia, senhorita — disse o garoto e lhe estendeu a mão. — Em que podemos ajudar?

— Estou procurando o mercado.

— Ah, claro. Hoje é seu dia de sorte. Do outro lado da rua tem um mercado bem bonito. Não é como os nossos, mas lá tem muita coisa. E, além do mais, muitos mexicanos trabalham lá, a língua não será um problema — ele respondeu e deu uma piscadinha de olho.

O mercado era pequeno, mas bem sortido. E o garoto tinha razão: as pessoas que vendiam, berravam os preços e a variedade de produtos, as que recomendavam as melhores frutas e verduras, eram mexicanas. Faziam isso com a paixão e o conhecimento dos que sabem aproveitar tudo que brota da terra. Ela encheu o cesto com verduras, frutas, legumes, arroz e condimentos. Uma das notas que Frida lhe deixara tinha servido ainda para comprar duas panelas de barro, uma colher grande de madeira e um pilão de pedra.

Na saída do mercado, o garoto da banca de salsichas esperava por ela. Apoiado contra a parede, fumava um cigarro para dissimular que o único motivo para ele estar ali era Nayeli. Os olhos verdes da garota o impactaram. Ele a ajudou a carregar as compras, apenas trocaram algumas frases. A tehuana tinha aprendido muito com Frida: *Diante dos desconhecidos, seja sempre discreta*, ela costumava dizer.

Depois da despedida formal, Nayeli entrou no apartamento e concentrou-se em organizar um reino no qual não precisava de coroa. A cozinha, o seu reino. Ela cobriu o arroz com água quente e esperou cinco minutos para escorrê-la. Quando o óleo ferveu, colocou os grãos para fritar e se divertiu vendo como o branco se transformava em um marrom bem clarinho. Ela cozinhava com as mãos na cintura e o quadril para um lado, sustentando o peso do corpo em uma só perna, a mesma postura que Frida adotava quando esperava que seus papéis de algodão absorvessem as cores de suas aquarelas.

Ela encheu o pilão com tomates, cebolas e alho. Durante um bom tempo, triturou com força e de olhos fechados. O aroma picante e adocicado encheu seus olhos de lágrimas. Ela misturou a pasta moída com o arroz frito e escumou com a colher de madeira. Tudo se tingiu de um tom coral perfeito. A mãe sempre lhe dizia que um bom prato não se resume ao sabor, deve também alimentar os olhos e o olfato. A comida boa é uma mistura de sentidos, nenhum deles pode ser esquecido.

Diego chegou na hora do jantar, era sempre pontual. Seu estômago faminto funcionava como um relógio perfeito. Ele não se importava com as pinceladas pendentes, muito menos em deixar uma modelo sozinha e posando nua. A hora do jantar era sagrada, impostergável. O cheiro dos solventes e da pintura que manchavam seu macacão de trabalho misturavam-se com o aroma do arroz. A presença de Rivera cheirava a cozinha e arte.

— Que maravilha, Nayeli! Você conseguiu colocar o México todinho nessa panela! — exclamou, enquanto afundava um pedaço de pão no molho.

O apartamento não tinha sala de estar nem de jantar; um cômodo único servia para tudo: comer, tomar cerveja, escutar o rádio e, no sofá, dormir. Entretanto, Nayeli encontrou uma maneira de disfarçar a falta de abundância. Ela arrastou uma mesa de madeira pequena para o meio da sala e cobriu-a com uma manta de Frida. Em uma tigela de madeira, colocou algumas frutas; ao lado, arranjou dois pratos com talheres e duas taças de cristal, as únicas coisas que os antigos inquilinos tinham deixado para trás. Um copo de vidro serviu de vaso de flores improvisado para exibir algumas margaridas que ela tinha arrancado do jardim da casa vizinha.

Eles começaram a comer em silêncio. Diego não gostava de interromper com palavras as atividades que lhe davam prazer, e comer era uma delas. A cada colherada ele fechava os olhos, gostava de sentir como os sabores colonizavam o seu paladar e desciam pela garganta até se perderem dentro de seu corpo. Quando a sensação desaparecia, outra mordida a renovava.

Nayeli se contentou em observá-lo se deleitar. Alternava a sua atenção entre o prato que mal tinha tocado e o rosto de Diego. Ela nunca tinha estado tão perto dele. Aquela figura de tamanho monumental perdia seu aspecto ameaçador à medida que a distância diminuía. Seus olhos não eram tão verdes como pareciam de longe, alguns respingos amarelos davam ao seu olhar um efeito dourado, como se fossem duas folhas redondas com gotinhas de mel. A pele do rosto de Diego também era diferente: as bochechas e a testa eram rosadas, um rosa pálido que se misturava com todo o resto, e seu cabelo ralo e mal arrumado sobre a cabeça era, na verdade, branco e suave como os tufos de algodão com que as tehuanas tecem nos mercados.

Alguns grãos de arroz ficaram espalhados sobre a barriga dele. Nayeli conseguia contá-los. Aquela foi a estratégia que ela usou para acalmar seu nervosismo: contar os grãos de arroz.

— Nayeli, repito: definitivamente, você é o México! — disse Diego Rivera depois de saborear a última colherada de arroz.

Um tímido obrigada foi a única coisa que saiu da boca dela. Rivera gostava de escutar a si mesmo, gostava muito mais até do que ser escutado. Conforme as suas palavras ressoavam em seus ouvidos, as histórias se engrandeciam. Ele sabia tecer abismos entre a realidade e a fantasia.

— Um arroz igualzinho a este foi minha primeira refeição, a primeira que recebeu esta pancinha — disse, dando tapinhas nas laterais de sua barriga saliente. — A primeira de muitas. Em meus três primeiros anos, eu só comia este prato, por isso é o meu favorito. Tem gosto de leite materno.

— As crianças não comem arroz — disse Nayeli, interessada. — Os grãozinhos podem ficar presos e elas podem sufocar.

— Depende da criança — insistiu Diego. Ele gostava que duvidassem de suas palavras, assim podia rebater os disparates e aumentar suas histórias. — Eu não vim a este mundo sozinho, vim com meu irmão gêmeo. Ele se chamava Carlos María. O pobrezinho morreu cedo, logo que aprendemos a andar a parca o levou. Foi uma tristeza enorme, inclusive minha mãe, coitadinha, entrou em depressão e não conseguiu me criar. E aí vem a parte do arroz.

Ele ficou em silêncio. Com a colher, misturava um arroz imaginário dentro do prato vazio. Rivera era especialista em interromper suas histórias nas partes mais interessantes; como todas as pessoas que se nutrem do clamor dos outros, ele esperava que lhe pedissem para continuar.

— E como continua a história? — perguntou Nayeli sem perceber que era a primeira vez que caía no feitiço de Rivera.

— Meus pais me mandaram para a casa da minha babá, dona Antonia, uma boa mulher que foi como uma mãe na minha primeira infância. Ela era tehuana como você, e cozinhava esse arrozinho todas as manhãs, tardes e noites para mim. Eu nunca sufoquei. Jamais. E, veja, Friducha também cozinhava esse arrozinho para mim. É comida de mães tehuanas, claro que sim. As melhores mexicanas, claro que sim. As únicas mulheres que não dependem física nem emocionalmente da classe estrangeira. — Ele olhou para Nayeli com admiração e ternura. Uma mistura que era marca registrada de sua personalidade sedutora. — Nunca deixe de se vestir como você se veste nem de ser quem você é. Sua alma sempre estará em Oaxaca, nunca se esqueça disso.

Nayeli estava acostumada ao mundo do faz de conta. Ela não se importava se as histórias eram verdades, mentiras ou desejos disfarçados de anedotas. As melhores lembranças que guardava de sua avó, de sua mãe e de sua irmã tinham a ver com as palavras que uniam ou separavam, que gritavam ou sussurravam, que ocultavam ou revelavam. Talvez por isso ela tivesse facilidade para encontrar o fio condutor que inflamava cada narrativa como se fosse um fogo. A faísca de Diego era Frida, o nome que unia cada uma de suas histórias intermináveis.

Depois do jantar, Nayeli lavou os pratos, as taças e os talheres. Ela os lavou cinco vezes, uma depois da outra, e cada vez que recomeçava, passava o pano com sabão mais lentamente. Enquanto suas mãos brincavam na água, sua atenção estava voltada para Diego.

Ela escutou o roçar da roupa quando ele a tirou no quarto de Frida e não pôde deixar de imaginar como seria o seu corpo nu. *Ele teria a pele tão rosada como a de seu rosto?* Ela sacudiu várias vezes a cabeça como se os movimentos rápidos pudessem espantar aquelas ideias, e teve medo. Qualquer coisa que pudesse privá-la do afeto de Frida a aterrorizava, e Diego era um motivo de disputa.

As madeiras da cama do quarto rangeram. Diego tinha se deitado. Antes que Nayeli recomeçasse a lavar os pratos já limpos, os roncos ritmados tornaram-se rugidos esporádicos. A garota sorriu.

O sofá da sala era grande e confortável. Em um canto, Frida tinha deixado o jogo de lençóis de linho que levava em todas as viagens; segundo ela, não se podia confiar aos gringos nada que tivesse relação com os sonhos. Entretanto, a Ilha do Tesouro parecia um sonho, e Nayeli não hesitou em aceitar o convite de Diego. Ela iria testemunhar um momento histórico no mundo da arte: a última pincelada de Rivera no icônico mural da Exposição Internacional da Golden Gate. Esse último retoque foi feito com um vermelho-escuro sobre a saia que a imagem de Frida Kahlo vestia, bem no centro da obra. Mais uma vez ela, sempre ela.

— Nunca fui um marido fiel — Diego comentou com Nayeli, como de passagem, enquanto devoraram alguns pãezinhos com manteiga de amendoim que os organizadores da exposição serviam em pratos primorosos. — Sempre me entreguei aos meus caprichos, aos meus desejos. Agora que não a tenho mais, eu me dediquei a fazer meu próprio inventário como companheiro conjugal, e a verdade é que há muito pouco que eu possa dizer.

Nayeli o escutou memorizando cada uma de suas palavras. Ela sabia que Frida iria fazer com que repetisse aquela conversa mais de uma vez.

— Eu não me divorciei de Frida por falta de amor, eu me separei dela porque a amo demais e só sirvo para fazê-la sofrer. Eu insisti tanto que ela finalmente aceitou. A minha vitória foi o meu fim, só trouxe tristeza ao meu coração. Eu só queria ter liberdade para cortejar qualquer mulher que eu quisesse.

— Eu nunca escutei Frida se opor a isso — interrompeu Nayeli. Ela sentia uma necessidade enorme de defender sua mentora diante de qualquer pessoa que a difamasse, mesmo que essa pessoa fosse Rivera.

— Claro que não. Ela nunca se opôs, mas questionava cada um dos meus namoricos. Ela não suportava que eu andasse com mulheres indignas ou inferiores a ela. Dizia que isso a humilhava.

Nayeli ficou pensando em como seria difícil para Diego encontrar uma mulher que fosse superior a Frida. Para ela, a pintora era a criatura mais fabulosa jamais inventada. A armadilha de Frida era perfeita: encontrar alguém melhor do que ela era impossível.

Atrás das grades que protegiam o mural, juntavam-se cada vez mais pessoas. Homens, mulheres e crianças que tinham sido convidados com o objetivo de disseminar por toda a cidade a maravilha que fora gestada e que embelezaria a exposição: as imagens intensas do muralista mexicano.

A primeira fila era composta de mulheres. Altas, baixas, jovens, velhas. Todas haviam se arrumado como se tivessem sido convidadas para uma festa. Chapéus, vestidos, saias, camisas de seda, saltos altos, penteados elaborados e maquiagem, muita maquiagem.

Nayeli observou as cutucadas, os risos de cumplicidade, o bater de pálpebras e os sussurros que Diego provocava em todas elas. Ele movia o corpo gordo com habilidade, levantava os braços e com as mãos fingia tirar as medidas de cada painel que compunha a obra. Com a ponta dos dedos, acariciava cada uma das figuras que havia retratado. Ele ajeitava o cabelo despenteado sem tirar os olhos de todos os detalhes com um gesto de concentração, como se estivesse detectando um erro imaginário. Cada agitação do pintor provocava uma onda de suspiros femininos.

— Você viu como as mulheres ficam por minha causa? — perguntou Diego em voz baixa. — Eu não entendo o que elas veem em mim. Se soubessem que quanto mais eu gosto de uma mulher, mais procuro feri-la, sairiam correndo da minha presença. Mas elas não sabem disso.

— Ou elas não se importam — finalizou Nayeli.

Diego ficou ponderando a resposta da jovem durante alguns segundos. E voltou a um dos assuntos a que sempre voltava.

— Minha Friducha é a vítima mais óbvia desta minha desagradável condição.

Uma onda de fúria arrasou Nayeli. A clareza e a indiferença com que Rivera assumia a dor de Frida provocaram-lhe náuseas. Foi ela quem precisou magoá-lo, usar por um segundo a arma letal que o pintor ostentava.

— Frida não é mais seu animalzinho ferido, senhor Diego. Frida é uma das mulheres, talvez a única, que saiu correndo. Foi para longe batendo suas asas de pomba machucada. Voou como pôde, mas voou.

Sem dizer sequer uma palavra, Rivera se afastou de Nayeli e aproximou-se de seu mural. Apesar da quantidade enorme de personagens que havia retratado, ele só tinha olhos para Frida, a sua Frida. E no centro, bem no centro.

SEGUNDA PARTE

37

Montevidéu, janeiro de 2019

Fizeram os trâmites migratórios sem se falar, como se fossem desconhecidos. Nem um sorriso, nem uma palavra. sabiam que o barco levaria uma eternidade para cruzar o rio da Prata. Ocuparam um pouco do tempo no free shop. Chocolates, algumas latas de balas de mel e dois perfumes. Mas não foi suficiente, a viagem acabava de começar.

Ramiro Pallares quebrou o silêncio e ofereceu um café ao pai. Emilio Pallares aceitou, ainda que lhe embrulhasse o estômago pensar na infusão de baixa qualidade, feita em uma máquina comercial. Sentaram-se em dois assentos na primeira classe, duas poltronas confortáveis separadas por uma mesinha de madeira e fórmica. Eles tomaram o café sem se olhar; os olhos dos dois estavam pousados nas águas do rio cor de leão.

Emilio recapitulou cada palavra dita na reunião que haviam tido algumas horas antes; um encontro tenso, ocorrido em seu escritório do Museu Pictórico. A primeira condição imposta por Ramiro em troca de seu silêncio não foi fácil de cumprir, mas ele não teve escolha e apelou para sua estratégia de vida: deixar para depois arrumar a bagunça que suas ações costumavam provocar. Longe do que tinha imaginado, lidar com Lorena Funes foi muito mais fácil do que acalmar Cristóbal.

Ele havia combinado de se encontrar com os dois no museu; teve medo de se reunir com eles em sua casa. Embora jamais fosse reconhecer em voz alta, as reações de seu filho mais velho o atemorizavam. Na prisão, Cristóbal tinha deixado de ser o jovem educado com severidade; as atitudes selvagens tinham vencido o jogo. Ele foi o mais objetivo e convincente possível. Deixar dúvidas teria sido um erro que não estava disposto a cometer.

— Eu os chamei aqui para informar que vocês estão fora do negócio com a suposta pintura de Diego Rivera.

A reação de Lorena causou o impacto de um rojão abafado.

— Emilio, você não pode me deixar de fora do meu próprio negócio. Fui eu quem te trouxe essa obra maldita...

— E onde ela está? — interrompeu o homem com cinismo. Lorena desviou o olhar para o chão. — Você não está com ela, querida. Você deixou que roubassem a pintura das suas próprias mãos, como se fosse uma amadora.

Ele gostou de ver o esforço de Lorena para não o insultar. Percebeu que ela também tinha medo de Cristóbal e que antes de revelar sua relação com Ramiro ela era capaz de fechar a boca e aguentar todos os golpes, como um boxeador contra as cordas.

— Eu fui roubada — balbuciou, enquanto pedia piedade com os olhos. — Eu não consegui fazer nada.

Ele também se lembrou do comportamento de Cristóbal, quando o rapaz deixou de prestar atenção em um dos quadros na parede central do escritório. Seu filho mais velho nunca mostrava interesse na engrenagem do negócio, isso o entediava. Ele falsificava as obras e cobrava por seu trabalho, mas a confissão de Lorena o havia surpreendido.

— Como que te roubaram a pintura, Lorena? Você não me contou nada. Eu poderia ter te ajudado a recuperá-la, também tenho meus métodos — disse, com a testa franzida e os braços cruzados sobre o peito. E ela fechou a boca outra vez. Mesmo com um olhar suave, conseguiu fazer Cristo compreender que a única opção era ficar de boca fechada.

Um movimento de Ramiro tirou Emilio de suas divagações.

— Eu vou dar uma volta. Preciso esticar as pernas.

Pelo canto do olho, ele conseguia ver como seu filho caçula tirava da mochila o tubo vermelho em que guardava a pintura que os tinha feito embarcar naquela viagem rumo ao Uruguai; não estava em seus planos deixar a obra aos cuidados do pai. Esse gesto de desconfiança de Ramiro o agradou; para ele, o sague também não era garantia de nada. Enquanto o observava atravessar a primeira classe do barco e se dirigir à varanda, voltou a pensar em Cristóbal; recordou a mistura de desilusão e desespero que a possibilidade de ficar fora do negócio daquela obra maldita tinha causado nele.

— Quem vai copiar o Rivera? — perguntou.
— Você não é o único com talento, filho.
— Mas eu sou o melhor.
— Nem sempre. Nem em tudo.

Naquele momento, Emilio Pallares tinha sentido uma estranha sensação de liberdade que, longe de gratificá-lo, incomodara-o. Ele tinha experiência: os arroubos de felicidade eram efêmeros e as quedas, sempre abruptas e dolorosas.

★ ★ ★

A cidade de Montevidéu os recebeu ensolarada, ostentosa, principesca. Com aqueles prédios, vislumbres de outra época, de que Ramiro tanto gostava. Entretanto, ele iria ter de abrir mão dos passeios pelo centro histórico e deixá-los para outro momento. Sua cabeça não tinha espaço para ruas de pedestres nem parques, nem sequer para um chivito[25] no porto. Além do mais, a companhia de seu pai o inquietava; ele não estava acostumado a dividir nada com ele e tampouco tinha interesse em tentar.

Um carro alugado os esperava no porto para levá-los à propriedade de Martiniano Mendía, em Carrasco. Durante a viagem de quarenta minutos, o motorista mostrou-se muito interessado pela Argentina: o futebol, o governo, o dólar, o turismo e tudo o que ele imaginava que acontecia do "outro lado do Atlântico", como gostava de repetir. Mas Ramiro e Emilio Pallares apenas lançavam algumas palavras soltas, por obrigação.

A mansão de Mendía, que ocupava uma quadra inteira, estava a poucos metros da rambla República de México. Ramiro tomou a referência como um sinal. O portão automático de barras de madeira

---
[25] Sanduíche típico do Uruguai. (N.T.)

e ferro abriu-se lentamente, as câmeras de segurança tinham registrado a chegada do carro.

Eles foram recebidos por um pequeno bosque, perfeito: árvores densas, jardins primorosamente arranjados. A distância, via-se um lago artificial onde nadava um grupo de patos. O caminho fora recentemente arrumado e terminava em um cercado de metal branco. Um homem com uniforme de gabardina preta saiu da guarita de segurança, localizada do lado direito, e se aproximou da janela do motorista. Havia um coldre de couro com uma arma pendurado na sua cintura.

— Eu trago os senhores Emilio e Ramiro Pallares. Eles são convidados do senhor Mendía — anunciou o motorista enquanto baixava o vidro.

— Muito bem. Vou pedir um documento de identificação aos senhores e que desçam do carro.

Ramiro acatou a ordem sem questionar. Ele gostou de ver a perplexidade do pai, que não estava acostumado a ter de dar tantas explicações; nos círculos portenhos em que Emilio circulava, as portas se abriam de imediato à simples menção de seu nome.

— Desculpem a demora — disse o guarda, enquanto revisava os documentos dos Pallares. — Agora tenho que passar o detector de metais nos senhores — ele avisou antes de deslizar o tubo plástico com luzes pelo corpo dos visitantes e do motorista. Em seguida, avisou pelo rádio que a entrada estava autorizada.

Uma placa grande indicava que, dentro da propriedade, não era permitido ultrapassar o limite de trinta quilômetros por hora. Eles atravessaram um caminho mais longo que o anterior. À medida que avançavam, a vegetação ficava mais verde e havia mais flores; no fundo, sobre uma colina, erguia-se um casarão branco e fabuloso. O motorista estacionou em frente à entrada e desceu para abrir as portas traseiras. Emilio Pallares deu-lhe uma gorjeta generosa e despediu-se com um gesto sisudo.

— Bom dia, meu nome é Aurelia. Sejam muito bem-vindos — disse a governanta da casa.

O uniforme e os sapatos brancos da mulher combinavam com seu cabelo grisalho. O único toque de cor era o laço azul-escuro que prendia seu cabelo na altura da nuca. Ela os conduziu a uma sala com piso de mármore, paredes revestidas com um tecido bordô de arabescos bordados com fios dourados e dois janelões imensos que davam para uma piscina com água turquesa. O contraste cromático era perfeito.

Enquanto os olhos extasiados de Ramiro Pallares percorriam o lugar e pousavam em cada obra de arte que decorava a sala, os de Emilio Pallares funcionavam como máquinas de informação.

— O abajur principal é de cristal veneziano e aquele pequeno, do canto, é de cristal francês. O primeiro data do século XVIII e o segundo, do XIX — disse com voz monotônica. Ele se virou e mostrou dois murais que estavam instalados nas paredes de um corredor. — Aqueles são originais de Soriano Fort e Juderías Caballero, dois artistas que trabalharam sob o patrocínio do marquês de Cerralbo.

Ramiro não pôde deixar de prestar atenção. As idas e vindas passadas ao longo de uma relação falida não ofuscavam a sua admiração pelos conhecimentos artísticos do pai. Nas poucas boas lembranças que tinha de sua infância, eles estavam sempre juntos percorrendo museus.

Uma das portas de madeira talhada da sala abriu-se lentamente. Uma folha primeiro, depois a outra. A mulher que os recebera não estava sozinha: Martiniano Mendía vinha na frente dela, em uma cadeira de rodas. A calça de linho azul e a camisa celeste, também de linho, pareciam ter sido feitas sob medida para aquele corpo magro que conseguia ficar ereto graças ao sistema anatômico da cadeira. As rugas ao redor dos olhos e da boca contrastavam com o cabelo preto, brilhante e sem um fio grisalho. Ele o tinha penteado para trás, com muito cuidado. Ao redor do pescoço, um lenço de seda em tons avermelhados e ocre completavam o traje elegante e simples. Enquanto dona Aurelia empurrava a cadeira até o meio da sala, um cheiro azedo e penetrante de laranjas amargas os envolveu.

Ramiro dissimulou a surpresa. Seu pai nunca lhe contara que o famoso M.M. estava quase prostrado. De repente, ele entendeu os motivos do mistério ao redor de sua figura, que jamais foi vista nos leilões mais importantes da Europa e dos Estados Unidos nem nos eventos mais exclusivos do mundo da arte.

Emilio aproximou-se do homem com naturalidade e lhe estendeu a mão para cumprimentá-lo.

— Querido Martiniano, que honra este convite — disse com uma eloquência pouco habitual para ele. — É um prazer enorme poder estar aqui rodeado de tanta beleza.

Martiniano retribuiu o cumprimento em silêncio, com o gesto típico de pessoas acostumadas às bajulações. Pallares se virou e lançou um olhar rápido para Ramiro.

— Quero lhe apresentar meu filho mais novo, Ramiro Pallares — acrescentou, com menos entusiasmo.

— É um prazer, muito obrigado pelo convite — disse Ramiro sem sair do seu lugar.

Mendía o olhou de cima a baixo, com curiosidade e sem dissimulação. Por um momento, seus olhos cor de aço, que sempre pareciam estar vagando por lugares longínquos, suavizaram-se. O garoto alto e com porte atlético que estava na sua frente lembrou-o do que ele poderia ter sido se, naquela tarde de verão, tantos anos atrás, seu cavalo Imsira não tivesse dado o coice que o derrubou da sela e o fez cair de cabeça no chão duro do picadeiro.

— Você também trabalha com arte, como seu pai e seu irmão? — ele perguntou, interessado. Nunca tinha ouvido falar dele em nenhum lugar.

— Não, de jeito nenhum — respondeu Ramiro, e acrescentou com uma certeza avassaladora. — Temos valores bem distintos, especialmente em relação a Cristóbal.

Para Ramiro era impossível se referir a Cristóbal como seu irmão. Mendía registrou aquele detalhe.

— Ramiro tem um grande dom para o desenho, uma mão de mestre — interveio Pallares. Seu filho era indomável e ele preferia elogiá-lo a ter de escutar seus arroubos. Além disso, ele realmente acreditava no talento de Ramiro. — O que ele não consegue com a tinta a óleo, consegue com o grafite ou com outros materiais. Sua especialidade são as figuras humanas, sobretudo as femininas.

— Que bom. Nada relacionado às mulheres é uma tarefa fácil — acrescentou Mendía e riu da própria piada. — Um dia, gostaria de conhecer suas aptidões. Desde que a minha humanidade deixou de ser uma figura, fiquei muito aficionado pela forma humana.

Dona Aurelia interrompeu a conversa com habilidade. Ela sabia quando era o momento certo.

— Senhores, se não se importam, poderíamos passar para a área da churrasqueira a fim de tomar um aperitivo enquanto terminam de assar a carne. Faz um dia lindo e talvez queiram desfrutar um pouco do ar livre.

Os três concordaram. Mendía ligou o motorzinho da cadeira de rodas e encabeçou a saída. Eles atravessaram um corredor comprido, apenas iluminado por algumas luminárias de cristal com luzes amarelas de pouca intensidade, as luzes que costumam ser usadas à noite nos museus para que as obras de arte não sejam danificadas. Ramiro parou diante das obras penduradas em uma das paredes do corredor. Havia apenas oito quadrinhos pequenos, separados por uma distância idêntica. Em cada um deles havia uma rosa desenhada, as famosas rosas de Pitels. A rosa número cinco chamou a sua atenção. Ele se aproximou mais do que seria permitido e, depois de conferir que Martiniano se distanciava em sua cadeira de rodas, pegou o telefone celular e tirou uma foto com rapidez; logo em seguida, guardou o aparelho no bolso e retomou o caminho.

Mendía abriu o portão com um controle remoto; do outro lado os esperava uma galeria ao ar livre, coberta com um toldo branco. A mesa estava posta de forma simples. Uma toalha de algodão branco, pratos redondos de madeira e taças de cristal. No centro, um arranjo feito com as flores que cresciam nas jardineiras do parque. Ao longe, dois churrasqueiros profissionais se encarregavam do churrasco.

Dona Aurelia abriu uma garrafa de vinho tinto e deixou o líquido descansar um pouco; depois ela se serviu do vinho e provou-o antes de servi-lo nas três taças.

— Confio cegamente em Aurelia, meus queridos — disse Mendía. — Se ela diz que o vinho está bom, não tenham dúvidas.

— Que maravilha poder confiar tanto assim em uma pessoa! Sinto uma inveja boa — comentou Pallares olhando de relance para o filho.

Ramiro ignorou a indireta do pai e distanciou-se alguns metros. Uma peça no canto da galeria o atraiu como se fosse um imã. Ele tinha escutado falar muitas vezes do relógio monumental misterioso, uma peça única construída pelo relojoeiro francês Eugène Farcot e pelo ourives Ferdinand Barbedienne. O pedestal de mármore com a esfera do relógio, os números romanos em relevo e dois ponteiros brilhava sob os raios de sol, que pareciam acariciá-lo num dos lados. Sobre o mármore, impunha-se a escultura em bronze de uma Penélope olhando para baixo, com a cabeça inclinada para a esquerda, uma fita no pescoço e o cabelo cacheado dividido ao meio.

— Você sabe por que dizem que esse relógio é misterioso? — perguntou Mendía. Ele tinha percebido a fascinação do rapaz e não quis perder a oportunidade de falar sobre o assunto pelo qual era apaixonado: a sua coleção de arte.

Ramiro virou-se e o observou em silêncio durante alguns segundos antes de responder:

— O maior mistério é saber se o original é este ou o que está exposto no Museu Espanhol.

— Não, errado. Ele é chamado de relógio misterioso porque o mecanismo de funcionamento está escondido — disse Mendía, esquivando-se das palavras de Ramiro.

— Bem, cada um escolhe o mistério que prefere. Eu pouco me interesso pelos esconderijos dos mecanismos dos relógios... — respondeu o garoto.

Embora apreciasse os desafios, Mendía levantou a palma da mão para interrompê-lo. Emilio Pallares sentiu a necessidade de intervir na conversa, como um pai que tenta proteger o filho após uma insolência.

—O monumental misterioso original que está exposto no Museu Espanhol tem um pêndulo em forma de esfera azul, esmaltada.

Esse não tem, por isso não vejo problema algum nessa obra — disse com cautela.

Ramiro cedeu com um gesto e arriscou:

— Não deveriam estar os dois como peças gêmeas à disposição do público? Acredito que o segredo desta peça não tem nada a ver com a relojoaria, mas com o fato de que não há informação sobre a sua existência...

— E é isso o que faz desta obra de arte uma peça tão especial — concluiu Mendía, enquanto acariciava o pedestal de mármore que estava na altura de sua cadeira de rodas. — O furtivo, o segredo, o sorrateiro, o velado. Eu busco isso. Eu quero isso.

— É isso que eu tenho — murmurou Ramiro, sabendo que suas palavras seriam escutadas e valorizadas por Martiniano Mendía.

— Por isso convidei vocês — ele respondeu. — Agora eu quero ver.

Os Pallares, pai e filho, trocaram um olhar. Talvez o primeiro olhar de cumplicidade que tinham trocado em toda a vida. Ramiro abriu a bolsa, da qual não tinha se desgrudado um segundo sequer, e tirou de dentro dela o tubo de plástico vermelho.

38

Coyoacán, janeiro de 1941

A breve passagem de Diego, Frida e Nayeli pelos Estados Unidos deixou várias almas destroçadas; a primeira foi a do jovem Heinz. Ele nunca se esqueceria dos seus dias com a pintora na cidade de Nova York. Aqueles dias em que os sabores não tinham nada a ver com a comida, mas com a paixão.

Ainda que sempre tivesse sido muito magra e, segundo alguns de seus amantes, lhe faltasse um pouco de carne nos ossos, Frida era linda. A cintura marcada terminava em quadris arredondados, de glúteos generosos. Seus peitos com mamilos escuros, pequenos e firmes, cabiam dentro de uma mão. A pele suave realçava as suas costelas e todos os ossos de suas costas. Mas sua verdadeira arma erótica, aquilo a que nem homens nem mulheres podiam resistir, eram as suas expressões: boca entreaberta, bochechas cheias de fogo, olhos reluzentes. Todos os instintos sexuais cabiam no corpo desejoso de Frida. Ela não amava, ela devorava. E na cidade das luzes, Heinz foi devorado por ela.

O vulcão mexicano, como costumavam chamá-la, o tinha convertido em pouco tempo em um homem que só podia respirar se fosse debaixo das asas magnéticas da pintora. Ele segurava a vontade de chorar. O simples fato de tê-la por perto lhe provocava uma angústia feroz. Embora tentasse com muito empenho ser o único fora e dentro de sua cama, ele não conseguiu.

— Você não é uma exceção só por querer ser — Frida lhe disse na primeira noite em que dormiram juntos em um hotel de Manhattan.

A sentença não o desalentou e durante alguns dias se transformou no que ela precisava: um suporte. As longas caminhadas sempre terminavam da mesma forma: Frida com o joelho da perna ruim inflamado, deitada sobre a cama do quarto do hotel e envolta em um mar de lágrimas. Ela chorava com o corpo, com a voz e até com o espírito, e acusava Heinz de ser o culpado.

— Como é possível que você não perceba, Heinz? — ela dizia com uma mão sobre o rosto. — Esta cidade é pura desigualdade. Tem tanta riqueza e tanta miséria ao mesmo tempo que eu não entendo como as pessoas podem suportar tanta diferença social. Há milhares e milhares de pessoas que morrem de fome, e milionários que gastam os seus milhões com besteiras. Dói na minha alma ficar passeando por esta cidade.

Heinz a escutava em silêncio, enquanto massageava seus pés cheios de bolhas. Frida se recusava a usar sapatos confortáveis. Não havia meio de fazer com que ela tirasse as botas de couro vermelho.

— Você viu como as gringas velhas me olham? Elas me odeiam — insistia. — Elas dizem que gostam de mim, que meus vestidos e meus colares de jade chamam a sua atenção. Elas querem que eu pose para seus retratos. Você entende? Acham que eu sou uma coisa mexicana com a qual elas podem brincar. É desastroso.

— Mas, Frida, minha querida — Heinz tentava acalmá-la todas as noites —, você já esteve aqui em Nova York, disse que amava esta cidade e que era uma maravilha.

— Claro que é! E é mesmo. Mas não sou boba, posso ver a face oculta das coisas. A alta sociedade daqui leva a vida mais estúpida que se possa imaginar, mas tudo bem, eu tenho os meus contatos. Enfim, essas velhas são as pessoas que compram meus quadros.

As discussões e acessos de raiva de Frida sempre terminavam do mesmo jeito. Ele pedia à recepção uma jarra de café bem forte e um prato de torradas. Ela beliscava uma fatia e adicionava ao café uma dose generosa de conhaque. Heinz contentava-se em observá-la. Ele nunca se atreveu a fazê-la cumprir as recomendações do doutor Eloesser com relação ao álcool. Não ia questionar nem interromper a felicidade da mulher que amava. Até que, certa manhã, ela deu um basta e a lua de mel sem casamento acabou com a mesma rapidez com que tinha começado. Frida também era isto: uma enxurrada de decisões confusas que ela levava a cabo sem medir as consequências.

Voltou para San Francisco renovada e com três casacos novos: um para Nayeli e dois para ela. Quando a jovem perguntou sobre Heinz, a pintora olhou-a com espanto, como se o pobre rapaz fosse uma bolsa esquecida em alguma cafeteria do Upper West Side.

— Estamos voltando, bailarina! — exclamou sem fazer qualquer referência ao amante. — Passaremos o Natal em nossa casa. Já tivemos muito de Gringolândia, mais do que sou capaz de aguentar.

— E Diego? — A pergunta saiu de repente, desesperada. Nayeli teria dado dez anos de sua vida em troca de poder voltar aqueles segundos e engolir a dúvida sobre o que mais lhe importava: Diego Rivera.

Frida sorriu e apoiou a mão ossuda e fria sobre uma das bochechas da garota.

— Diego sabe se transformar em alguém necessário. Esse é o dom dele.

Elas não voltaram mais a falar sobre ele. Sua figura tornou-se um fantasma que, apesar de suas aparições, todos preferiam ignorar. Até que em uma manhã fria de janeiro, já instaladas na cozinha da Casa Azul, em Coyoacán, Frida manifestou a sua preocupação: a saúde do muralista. O doutor Ismael Villegas tinha sido claro: o corpo de Diego estava esgotado e precisava de cuidados especiais.

Durante anos, ele tinha trabalhado consumindo energia equivalente à de uma dezena de homens. Pintava durante horas, sem descanso. Não se importava se o frio lhe penetrava os ossos ou se o sol arrasador, de mais de quarenta graus, consumia a sua pele; ele continuava e continuava sem parar. Para aproveitar a umidade que saía dos muros à noite, ele desistia de dormir e adicionava horas sob a lua às suas jornadas diurnas.

Houve épocas em que ele se empenhava em perder peso, estava convencido de que sua gordura o deixava instável sobre os andaimes em que subia para pintar os murais mais altos. Para emagrecer, submetia-se a dietas terríveis: doze frutas ácidas por dia; saladas de folhas; nada de açúcar, de farinha nem de proteína. As roupas pendiam como se vestissem um esqueleto, seu rosto afundava ressaltando os olhos esbugalhados e a pele ficava da cor do óleo que ele mais odiava: terra queimada. Os meses em que ele esteve separado de Frida deixaram sua saúde por um fio.

— Nayeli, vem aqui. Isto que estou fazendo é muito importante — disse Frida, enquanto se sentava em uma cadeira à mesa da cozinha.

A garota aproximou-se hipnotizada, sem tirar os olhos da caixa de madeira cheia de lápis de cor.

— Sente-se ao meu lado e tire essa cara de espanto, parece que você viu um fantasma. Tenho que fazer um relatório detalhado das recomendações que o doutorzinho fez para Diego. Nem você nem eu podemos nos esquecer de cumprir com esta lista ou aquele sapo vai explodir diante dos nossos olhos. Agora, vamos escrever.

— Eu não sei escrever — disparou Nayeli, ainda que, segundos depois, tenha colocado em dúvida as próprias palavras. — Bem, talvez eu saiba escrever algumas coisas. Minha irmã mais velha me ensinou algumas letras. Rosa fazia parte do exército infantil da revolução.

Frida abriu os olhos e colocou as duas mãos sobre o peito.

— Que maravilha! — exclamou. —Fui professora honorária durante um tempo. Depois fiquei sabendo que meu Diego andava por todo o México levando cultura para os mais necessitados. Olha que coincidência, nós dois não nos conhecíamos e, no entanto, fizemos parte da revolução. Estávamos destinados a isso. É lindo, não é?

A tehuana assentiu com a cabeça, ela também acreditava no destino.

— Os professores honorários chegaram à minha vila de Tehuantepec. Eu ainda não tinha nascido, mas minha mãe dizia que os burgueses acabaram se cansando de ensinar crianças cheias de piolho e sarna a escrever e voltaram para a sua vida de ricos.

O comentário deixou Frida em silêncio. Seus pensamentos congelaram. Com as palavras de Nayeli, toda a saga heroica da qual tanto Diego quanto ela se vangloriavam explodiu em seu rosto como um quebra-pote de aniversário. *Ela não era aquilo*, pensou, *não era uma burguesa cansada.*

— Serei a sua revolução tardia — ela disse, decidida. — Vamos, não fique aí parada como se fosse um nopal. Escolha um lápis da caixa e venha escrever comigo.

Nayeli escolheu o lápis vermelho. Pensara muitas vezes que vermelho era a sua cor preferida, ainda que também gostasse muito de violeta. Ela hesitou alguns segundos até que, intuitivamente, escolheu a primeira opção.

— Muito bem, você fez uma boa escolha. Vermelho é uma cor vital, é a cor do sangue que bombeia o coração — disse a pintora.

Durante horas elas se dedicaram a desenhar cada uma das letras que formavam as palavras da lista feita pelo médico de Diego; o lápis vermelho as descarregava, uma a uma, sobre a folha de papel branco. No começo, os traços pareciam leves, inseguros, mas, com o passar do tempo, a mão de Nayeli foi ganhando firmeza. No final do dia, as duas ficaram admiradas diante de tudo o que tinham conseguido juntas.

- *Levantar-se às 8 horas. Antes de sair da cama, medir a temperatura e anotar.*
- *Banho com água morna. Rápido.*
- *Pintar apenas três horas e ao ar livre.*
- *Descansar uma hora ao sol.*
- *Deitar-se depois do almoço, em absoluta inatividade.*
- *Medir de novo a temperatura.*
- *Diversões moderadas: ler, escrever ou escutar músicas.*
- *Ir cedo para a cama.*

Frida pediu que a jovem lesse as recomendações em voz alta. À medida que Nayeli decifrava as palavras e as pronunciava com orgulho e firmeza, a pintora aplaudia mais forte. Finalmente, elas passaram cola na parte de trás da folha com um pincel e a grudaram em uma das paredes da cozinha. Frida desenhou algumas caveiras e alguns corações nos espaços que tinham ficado em branco. Apesar do entusiasmo, as duas tinham uma certeza interior que preferiram não expressar: Diego não iria cumprir nenhum dos pontos da lista.

A reconciliação entre os dois artistas, com casamento incluído, tinha modificado a dinâmica do casal, mas algumas coisas eram inalteráveis: Rivera só encontrava força vital com seus pincéis na mão e Frida continuava tratando-o como se fosse uma criança grande. Era verdade o que tinha escutado tantas vezes: as mulheres gostam da maternidade. E cada uma é maternal do jeito que pode.

Nayeli estava cansada, sua mão direita doía de segurar o lápis vermelho por tantas horas e a lateral de sua cabeça latejava. Ela não se lembrava de ter se empenhado com tanto afinco em alguma coisa em toda a vida.

— Vai descansar um pouco — ordenou Frida. — Eu como uma fruta. Não quero que você cuide da cozinha hoje.

Antes de ir para o seu quarto, a tehuana deixou-se vencer pela tentação e entrou no espaço que Frida tinha arrumado para Diego na Casa Azul. Havia uma cama de madeira no meio, a maior que Nayeli jamais vira; larga e comprida para aguentar a anatomia de Rivera. Ela se aproximou na ponta dos pés. Seus dedos acariciaram todos os travesseiros que foram primorosamente bordados com flores coloridas. A única coisa que decorava a parede era um cabideiro de madeira lustrada; Frida sustentava a ilusão de que alguma vez na vida seu marido abandonaria o hábito de deixar o macacão de trabalho, sempre manchado de pintura e com cheiro de formol, largado em qualquer canto. Em frente à cama, um móvel que tinha pertencido à mãe de Frida se destacava pomposo, criando um contraste com a simplicidade de todo o resto. Sobre o tampo do móvel, acomodadas uma do lado da outra, as figuras pré-colombianas que Diego colecionava com devoção e que tantas vezes tinham sido motivo das discussões conjugais. Frida odiava que quase todo o dinheiro conseguido à custa de sua saúde fosse destinado a um monte de bonecos de barro que, a seu ver, não serviam para nada. Nayeli os observou atentamente; ela os achou lindos com suas barrigas arredondadas, olhos esbugalhados e braços muito grandes para troncos tão pequenos.

Frida tinha montado um pequeno lar para seu marido, embora soubesse que, no ateliê de San Ángel, Diego mantinha o espaço no qual ele não apenas pintava, mas também recebia todas as suas amantes. Mas algo nela havia mudado, e aquela mudança estava relacionada com uma carta de várias folhas que ela guardava como se fosse um tesouro debaixo do seu travesseiro, para relê-la nos momentos em que fraquejava.

Diego é essencialmente triste. Procura o calor e determinado ambiente que sempre estão exatamente no centro do universo. É normal que você queira voltar para ele, mas eu não faria isso. O que a atrai em Diego é algo que ele não tem, e se você não estiver bem ancorada e completamente segura, ele continuará a te procurar. É melhor flertar com ele do que se deixar prender por completo; faça algo da sua vida, pois é isso que te assusta quando vêm os golpes e as quedas. Diga: eu estou aqui, aqui eu tenho valor.

Nayeli nunca entendeu o que dizia a carta, mas estava certa de que, naquele papel que Frida lia e relia às escondidas, havia palavras importantíssimas escritas por Ana Brenner, a mulher que ela tinha visto apenas uma vez em San Francisco. O encontro durara alguns poucos minutos, tempo necessário para que Frida recebesse a carta guardada em um envelope rosa-choque. Com o cabelo tão curto que apenas lhe cobria o formato redondo da cabeça, um nariz muito grande para seu rosto e os olhos mais azuis do mundo, Ana Brenner, à primeira vista, parecia um rapaz jovem e excêntrico.

Ela não usava saias; uma calça reta cobria suas pernas finas e o colarinho de sua camisa branca era feito de babados de renda. O aspecto físico de Ana desconcertou e hipnotizou Nayeli com a mesma intensidade. A mulher que parecia um rapaz murmurou frases inteiras em inglês, enquanto segurava as mãos de Frida entre as suas. Tempos depois, Nayeli soube que ela era mexicana e que evitou falar em espanhol perto dela para que seus segredos permanecessem no domínio privado: os ouvidos de Frida. Depois do abraço de despedida, Ana usou o espanhol para dizer à amiga apenas uma frase: "O dinheiro é a sua independência".

Nayeli entendeu, tempos depois, a transcendência daquelas palavras que ressoariam em sua cabeça durante toda a vida.

O rangido metálico que faziam as rodas da cadeira de Frida a distraiu. Ela espreitou pela janela e pôde ver os movimentos no ateliê. Não teve dúvida: Frida estava criando. Desde que tinham voltado dos Estados Unidos, sua perna estava mais forte e ela não precisava se pendurar em arneses para alongar sua coluna; além disso, Diego tinha voltado a ser seu marido. Por essas razões, a princípio, pareceu-lhe estranho que a pintora passasse horas e horas diante de seu cavalete testando rascunhos, figuras e cores que dizia inventar. Frida só mergulhava na arte quando a tristeza a afogava, era o mecanismo que usava desde criança para esquecer as dores no corpo e na alma. Uma nova Frida Kahlo tinha se instalado dentro do corpo da pomba ferida: a Frida decidida a ganhar dinheiro com sua obra.

Apesar da exaustão, Nayeli atravessou a casa correndo e subiu as escadas de pedra saltitando. Nada a agradava mais do que ver Frida pintando. No fundo do seu coração, tinha certeza de que estava testemunhando um acontecimento histórico. Ninguém confiava tanto nas obras da pintora como ela. Nem sequer Diego, muito menos a própria Frida.

A lamparina de querosene iluminava o ateliê. A luz amarela cobria cada canto criando um ambiente quente e tenebroso ao mesmo tempo. Os móveis, as latas de tinta e os cavaletes projetavam sombras que se moviam ao ritmo da chama de luz nas paredes. Nayeli ficou em silêncio ao cruzar a porta, quis guardar na memória a imagem que tinha diante de seus olhos.

Frida estava sentada em sua cadeira de rodas. Uma manta tecida com fios verdes e dourados cobria-lhe as pernas. O nariz pequeno, em forma de ervilha, roçava a tela que ela pintava. A luz forte não a deixava ver os detalhes, a única opção era aproximar-se e entrefechar os olhos. O cabelo penteado repartido ao meio e as duas metades trançadas e presas na altura da nuca lhe davam o aspecto de uma garotinha com pressa para chegar à escola a tempo. A cada movimento imperceptível da cabeça, os brincos de cristal turquesa brilhavam formando uma pequena chuva de estrelas sobre seus ombros; a mão direita, suspensa no ar; as pontas dos dedos polegar, indicador e médio seguravam o pincel com uma delicadeza comovente.

Nayeli prendeu o ar para não a interromper, mas não adiantou. Frida era tão sensitiva como um animalzinho em perigo, sempre estava alerta. Sem tirar os olhos de sua obra, ela abriu um sorriso.

— Olá, bailarina. É bom ter companhia! Não gosto de ficar sozinha. Você pode se sentar ao meu lado se quiser.

A garota pegou a cadeira pequena de madeira na qual costumava se sentar para observar o espetáculo, mas, daquela vez, uma pintura sobre a mesa de trabalho chamou a sua atenção. Ela não se lembrava de tê-la visto antes. Era um dos tantos autorretratos que Frida pintava, mas aquele era diferente, especial. Frida não parecia Frida. Era a versão masculina da mulher mais feminina que Nayeli já tinha visto na vida. Por um segundo, veio à sua cabeça a figura de Ana Brenner, mas ela silenciou suas impressões.

No lugar dos trajes habituais, a Frida da pintura vestia uma roupa larga muito parecida com as que Diego usava de vez em quando. As peças eram escuras, quase pretas; uma camisa marrom, abotoada até o colarinho, não deixava à mostra nem um centímetro sequer de seu peito. Tudo o que era feminino fora anulado. O cabelo não estava na cabeça. As longas madeixas se esparramavam ao seu redor e, entre as mãos, uma tesoura e uma trança.

— Pareço um pouco estranha, não é? — perguntou Frida. Seu instinto soube onde estava o interesse da garota. — Já tive o cabelo curto assim, você se lembra? Foi você quem me ajudou a ficar careca.

Nayeli se lembrava, mas não conseguiu evitar a impressão que a obra lhe causou. Frida continuou fazendo o que sabia fazer: dar satisfações que ninguém lhe havia pedido. Ela gostava de se ouvir falar de si mesma.

— Muitas vezes eu me senti amada só por causa de meus atributos femininos, que os homens acham excitantes e que as mulheres acham excêntricos. Ambos, por razões distintas, desejam meu corpo. Quando pintei essa tela, quis mandar todos para o inferno.

Eu também posso ser essa pessoa. Quando dei a última pincelada, esperei alguns dias para que a tinta secasse e a cobri com um tecido para nunca mais vê-la.

— Por que você a escondeu? — perguntou a garota com curiosidade. Superado o espanto inicial, concluiu que a obra era muito linda. Tinha algo de diferente em cada traço.

Frida mergulhou o pincel em um pote com água e, com as duas mãos, moveu as rodas da cadeira até Nayeli.

— Eu a escondi porque, apesar de a tristeza estar refletida em cada um dos meus quadros, neste em particular a emoção é avassaladora e me machuca.

— E por que você a tirou do esconderijo agora?

— Porque aceitei que eu não tenho mais saída. A tristeza é meu destino, e há uma certa liberdade em fazer as pazes com isso.

A lamparina de querosene brilhava e o reflexo dos brincos de cristal turquesa entraram nos olhos de Frida. Ela vestia uma túnica preta; incomum para ela, que fazia das cores uma forma de vida.

— Por que não está usando roupas coloridas hoje? — perguntou Nayeli. Tinha certeza de que a escolha da roupa não era por acaso.

— Não, hoje eu me vesti de luto. Um luto pelas coisas que perdi — respondeu Frida.

Nayeli não quis continuar fazendo perguntas. Cada vez que Frida falava de perdas, referia-se sempre a si mesma: os filhos que nunca pudera gestar. Certa vez, a garota escutara um dos tantos médicos que visitavam a pintora falar de algo chamado "aborto"; Nayeli engoliu as perguntas que habitualmente soltava pela boca. O grito angustiante de sua mentora quando o médico pronunciou a misteriosa palavra deu-lhe um frio na barriga, e ela soube que aquele era um assunto proibido. Então decidiu falar sobre outra coisa.

— Frida, esse quadro não tem nome?

— Não, não tem — respondeu, pensativa —, mas não é um quadro que anda sozinho pela vida. Estou fazendo um companheiro para ele.

As duas cruzaram o ateliê, uma com a cadeira de rodas e a outra com as pernas. No cavalete, a pintura semiacabada estava iluminada pela luz amarela. Outro autorretrato, mas, naqueles traços, Frida era a Frida que Nayeli conhecia, a Frida que estava ao seu lado.

Como na obra gêmea, toda a força e a mensagem estavam colocadas no cabelo: na primeira, pela ausência; na segunda, pela presença absoluta. O penteado luzia no centro da tela: o cabelo para trás, bem esticado, e uma mecha grossa enroscada em uma fita de lã vermelha estava presa para cima, formando um aplique alto e trançado.

— Que penteado lindo! — murmurou Nayeli. — Em Oaxaca vi várias mulheres com arranjos de cabelo parecidos.

Frida sorriu satisfeita.

— A fita vermelha não tem fim. Se você prestar bastante atenção, não vai conseguir dizer onde ela começa e onde termina. É como o tempo: infinita. As duas pinturas devem ser expostas juntas, elas dialogam entre si. No chão da primeira está o cabelo que brilha na segunda, mas nenhuma das duas têm nome. Essa é a sua tarefa, bailarina. Nomear as coisas órfãs.

A garota foi de um cavalete ao outro. Uma e outra vez. Assumia com muita responsabilidade a tarefa de dar nome às pinturas de Frida. Algo em seu coração lhe dizia que era um ato muito importante. Ela demorou quase vinte minutos para tomar a decisão. Apontou para a primeira e disse, em tom cerimonioso:

— *Autorretrato de la pelona*.[26]

A potência da risada de Frida fez com que o gato Manchitas acordasse de repente e desse um salto.

— É fabuloso, bailarina, fabuloso! *Autorretrato da careca*. Eu gosto muito! E a outra, como a batizaremos? — perguntou, ansiosa.

— Bem... vamos ver, acho que tenho uma ideia — disse Nayeli, fazendo-se de difícil. Gostava que a pintora a olhasse com tanta expectativa.

— Diga, diga agora mesmo que estou morrendo de curiosidade!

— *Autorretrato con trenza*.[27]

Mais uma vez a risada, outro salto do gato Manchitas.

---

26 Autorretrato da careca. (N.T.)

27 Autorretrato com trança. (N.T.)

— Adorei! Claro que sim! Esses serão os nomes: *Autorretrato de la pelona* e *Autorretrato con trenza* — disse Frida, enquanto anotava os nomes com um lápis grafite sobre uma folha de rascunho.

Uma batida de porta e um vozeirão distraíram as duas. Do outro lado da Casa Azul chegavam os barulhos inconfundíveis de Diego. Nada era silencioso no pintor, que não sabia o que era decoro nem moderação. Falava quase gritando, seus dentes ruidavam quando ele mastigava, a comida passava por sua garganta de maneira estrondosa e, até dormindo, sua presença era notória: roncava, gemia e entoava canções com os olhos fechados. De longe, elas escutaram seus gritos.

— Mas que maravilha, que maravilha! — exclamava Rivera quase sem respirar. Como se cada vez que gostava muito de alguma coisa, precisasse repeti-la várias vezes.

Frida se levantou com dificuldade; desde que se casara de novo com Diego, ela tentava esconder suas indisposições dos olhos dele. Queria que ele a visse forte e com saúde, tinha certeza de que uma mulher doente era desejável apenas para os médicos. Nayeli a segurou por um braço para que ela pudesse mover as pernas em círculos a fim de que os músculos e as articulações relaxassem.

— Certo, estou aqui — disse quando conseguiu ficar parada sem que a coluna tombasse para um lado.

Diego estava na cozinha, de pé em um canto. Com uma mão segurava um caderno de desenhos e com a outra, um pedaço de grafite que ele movia sobre uma das folhas com habilidade avassaladora. Sempre que desenhava, não prestava atenção em coisa alguma. As mulheres poderiam gritar, chorar, sapatear ou rodopiar por toda a cozinha sem que o homem parasse um segundo o que estava fazendo.

Sobre a mesa de madeira amarela, havia três vasilhas cheias de frutas e quatro jarros de barro repletos de flores coloridas. Todos os dias, Frida transformava a mesa em uma natureza-morta para Diego. Ela aproveitava seus passeios matinais, recomendados pelo médico, para colher flores silvestres e montar arranjos que, em algumas ocasiões, adornavam seu cabelo junto com as fitas. Quando ela teve a ideia, ficou obstinada em acrescentar seus periquitos à decoração. Mas seu entusiasmo durou pouco: as aves bicavam todas as frutas e muitas vezes faziam cocô em cima da toalha. Assim Frida chegou à conclusão de que nada que tinha vida poderia funcionar como natureza-morta.

Só quando o desenho estava pronto, Diego aceitou que Nayeli retirasse as flores para que os três pudessem usar a mesa para comer. Pãezinhos doces, biscoitos e xícaras de chocolate quente substituíram a natureza-morta.

— Tenho uma fantasia dando voltas na minha cabeça — disse Diego sem deixar de mastigar. Entre uma palavra e outra, podia-se ver os pedaços de comida dançando de um lado para o outro em sua boca.

— Mentira — disse Frida com os cotovelos apoiados sobre a mesa. — Você não tem fantasias, você só tem planos e caprichos, e cumpre todos eles. Vamos ver, conta para a gente...

— Quero construir um museu, meu e seu. Algo só para a gente e para os nossos amigos. Algo grande, monumental. O que você acha, Nayeli?

A garota engasgou com um pedaço de maçã. Apesar do tempo que estava vivendo na Casa Azul, todas as vezes que Diego lhe dirigia a palavra, ela não sabia o que dizer.

— Bem, não sei... — titubeou, enquanto os dois pintores a olhavam em expectativa. — Um lugar onde estarão todas as pinturas juntas?

Diego levantou os dois braços com entusiasmo.

— Eu não tinha pensado nessa possibilidade, mas seria magnífico. Imaginem as paredes todas com meus murais...

Frida interrompeu dando um tapa na mesa com a palma da mão.

— Se os seus murais vão estar em todas as paredes, onde ficarão pendurados os meus quadros, então?

Os três ficaram em silêncio. Nayeli cravou os olhos no seu prato. Diego se encolheu como um garotinho cuja mãe descobre um erro e Frida, com as mãos na cintura, insistiu:

— Vamos ver... Diga-me, sapo egoísta, onde colocarei meus quadros? Pois eu lhe digo: em lugar nenhum do seu museu horrível. Meus quadros valem dinheiro e eu só os pendurarei nas paredes de quem possa pagar por eles.

A carta secreta de Ana Brenner tinha mergulhado em Frida muito mais fundo do que ela mesma podia imaginar. Uma das condições que havia colocado para voltar a se casar com Rivera fora muito clara e inflexível: ela se manteria com o dinheiro do seu trabalho como artista e não seria mais o pintor quem pagaria todas as despesas da Casa Azul. Frida seria responsável por metade dos gastos.

— Claro que sim, minha pombinha, você tem razão. Meu humilde museu não é lugar para a sua obra e eu não poderia pagar nem cinco por cento do que vale cada pincelada sua — disse o pintor com sinceridade. Ele sentia uma admiração profunda pelo trabalho de sua mulher. — Talvez eu pudesse guardar a minha coleção de figuras pré-colombianas nesse lugar.

Nayeli mordeu a língua para não opinar, até que não aguentou mais. E quis contribuir com uma ideia:

— Talvez vocês pudessem construí-lo em um rancho bonito como os que existem em Tehuantepec. Na terra, cultivariam seus próprios alimentos e manteriam animais em um estábulo...

Os aplausos de Frida explodiram. O barulho das palmas de suas mãos, acompanhado pelo tilintar das pulseiras de pedra e metal que adornavam seus pulsos, interrompeu o discurso da garota.

— É perfeito, bailarina, é perfeito! Nada me faria mais feliz do que ter meu próprio rancho com minhas verduras e meus animaizinhos. — Ela girou o corpo e se colocou diante de Diego. — Sapo gordo, eu quero esse museu.

Diego estava exultante. Nunca tinha pensado que a ideia, com algumas modificações, ia ser tão bem recebida por Frida. Vê-la feliz era o que ocupava grande parte de sua vida, ainda que a outra parte ele compartilhasse com suas amantes.

— Eu já tenho o lugar. Um terreno bem grande em El Pedregal. Há muito para ser feito.

— E muito dinheiro para gastar — finalizou Frida, que costumava ser o cérebro do casal. A pombinha que sabia ter os pés na terra quando não alcançava as coisas com as asas.

— Você tem razão, Friducha, mas eu tenho algumas economias e ainda não toquei nos dólares que me pagaram nos Estados Unidos.

Frida concordou com a cabeça e, enquanto passava manteiga em uma fatia de pão doce, avaliou as possibilidades. Ela sabia que o dinheiro de seu marido não ia ser suficiente. Diego era uma máquina de sonhar alto, sonhos tão grandes como seus murais; ninguém o conhecia mais do que ela, e ela tinha certeza de que ele não ficaria satisfeito com a ideia de um rancho, uma horta e um estábulo.

— Posso vender a casinha da avenida Insurgentes, a que herdei da minha família — disse Frida.

— Não vai ser preciso, minha pombinha. Com o meu dinheiro nós ficaremos bem.

— Tanto faz, sapo — respondeu a pintora.

Uma hora depois, enquanto ajudava Nayeli a tirar a mesa e arrumar a cozinha, Frida esperou que Diego fosse para o quarto e disse:

— Olha, bailarina. Amanhã mesmo, bem cedo, vamos procurar um escrivão que eu conheço. Trata-se de um homem bom, que já comprou duas obras minhas bem bonitas. Pedirei a ele que coloque a casinha da Insurgentes à venda, para eu juntar dinheiro.

Nayeli não entendia nada de dinheiro nem de valores de propriedades, mas imaginou que Frida falava de muito dinheiro, tanto quanto ela nunca havia imaginado.

— Mas o senhor Diego falou…

— Ah, não importa o que diga aquele tolo. Ele não entente nada de dinheiro. Eu aprendi tudo com a minha mãe, uma mulher que não fazia outra coisa que não fosse contar dinheiro. Venderei o que tenho para realizar o sonho do sapo Diego, você verá.

Nayeli friccionou as costas de Frida com a mão. A pintora estava tão magra que ela podia contar cada uma de suas costelas e até as vértebras torcidas de sua coluna. Sentiu uma admiração enorme por sua mentora. Como um flash, apareceu-lhe a figura de sua irmã mais velha e ela sorriu com tristeza. Rosa e Frida eram as duas únicas pessoas no mundo que mediam a lealdade em períodos de dedicação inabaláveis.

39

Buenos Aires, janeiro de 2019

Os ladrilhos do pátio da Casa Solanas tinham sido recém-alvejados; algumas pequenas poças de água, acumuladas nas fendas, brilhavam com o sol; as azaleias e os jasmins das floreiras eram uma explosão de cores e aromas. Ainda que faltasse uma mão de tinta nas paredes, as partes descascadas e as manchadas de umidade criavam no entorno uma atmosfera acolhedora.

    O que me levou à residência de idosos onde minha avó tinha morrido não foi o ônibus, o metrô nem um taxi; cheguei empurrada por duas certezas: eu era herdeira de uma obra de arte valiosa e estava disposta a recuperá-la. Rama continuava sem responder as minhas mensagens. Desta vez, intuí que seu silêncio não tinha nada a ver com nosso romance fracassado ou com o fato de eu representar um universo estreito para seus olhos: Ramiro Pallares também queria recuperar a pintura de Nayeli, mas sem mim. Como em tantas outras vezes na vida, soube que estava sozinha, mas, longe de me entristecer, eu me sentia bem. A solidão também pode ser um caminho para a liberdade.

    O que você deseja ter quando você crescer?, minha avó me perguntou uma tarde quando voltávamos caminhando da escola para a casa. Lembro que respondi que eu queria quase tudo. Naquele momento, eu desejava muitas balas, muitos sorvetes, muitos vestidos bonitos, muitos brinquedos. Se minha avó ainda estivesse viva e repetisse aquela pergunta, eu teria respondido a mesma coisa, embora meus desejos fossem bem diferentes. Eu também queria quase tudo, mas muito de mim. E, como nunca antes na minha vida, precisava descobrir quem eu era; sobretudo, de onde eu vinha e que tipo de sangue corria pelas minhas veias.

Parei em frente a um dos janelões do pátio da Casa Solanas. O vestido que eu tinha resgatado do armário da casa de minha falecida avó serviu-me perfeitamente, como se tivesse sido feito sob medida para mim. Reconfortou-me saber que nós duas compartilhávamos a mesma largura de quadris e de busto, o mesmo comprimento das pernas e contorno da cintura. A maioria das roupas de minha avó era de trabalho: os vestidinhos de tecido barato para cozinhar, as calças de gabardina para limpar a casa, os macacões de algodão marrom para mexer no jardim e duas saias com blusas no mesmo tom, que ela vestia exclusivamente para ir ao mercado. Os trajes "de sair" ou "de festa", como ela dizia, ocupavam apenas três cabides.

Verde oliva, de lã suave e trama fina; justo até cobrir os joelhos; decote redondo com botõezinhos de madrepérola em formato de coração, mangas até a altura dos cotovelos e um cinto de couro na mesma cor. Aquele era o vestido mais luxuoso de Nayeli, o que eu tinha escolhido para recriá-la sobre a minha pele. Vesti-o com a certeza de que usar o vestido adequado iria me ajudar a sair com êxito daquela situação.

Gloria se aproximou pelo corredor que dava para o pátio. Tinham passado apenas alguns meses desde a última vez que a vira na despedida da minha avó; no entanto, percebi que ela caminhava mais lentamente, mais encurvada, com mais dificuldade, como se o tempo para ela tivesse passado mais rápido. Ainda assim, a idosa mantinha seu penteado tão impecável quanto o esmaltado de suas unhas.

— Olá, Palomita! Que alegria te ver aqui! Pensei que já tivesse se esquecido destas velhas — disse com ternura, mas sem perder a oportunidade de deixar registrada a sua reclamação.

Eu lhe dei um abraço rápido e dois beijos, um em cada bochecha. Ela me observou com a atenção e o descaramento que costumam demonstrar as pessoas que têm mais anos vividos do que anos por viver, e não gastam energia com cortesias banais ou boas maneiras.

— Que vestido lindo, querida! Esta é a primeira vez que te vejo tão bem-arrumada, você sempre anda tão maltrapilha.

Eu ri. Ela tinha razão.

— Este vestido era de Nayeli — disse, com a intenção de levar o assunto da conversa ao lugar que me interessava. — Ele é muito lindo, mas a lã está me dando muito calor. Por que não nos sentamos na varanda?

Sem dizer uma palavra sequer, ela se virou e caminhou naquela direção. Nós nos sentamos em umas poltronas de vime muito malcuidadas, mas confortáveis. Durante quase vinte minutos ela me colocou a par das novidades da Casa Solanas: a enfermeira nova era muito jovem e passava o dia inteiro olhando o celular, o encanamento do banheiro da entrada tinha quebrado e ainda estava sendo consertado, o mistério de um bolo de chocolate que tinha desaparecido do balcão da sala, as poucas visitas que seus colegas recebiam e a discussão sobre a ceia de Natal para aqueles que não tinham uma família que os levassem para celebrar a data em casa. Ela mal terminava de reclamar de uma coisa e já pulava para o próximo assunto, e tudo lhe causava a mesma indignação. Eu a escutei com paciência, dizendo que ela tinha razão em tudo.

— Vim especialmente para te ver, porque você é a única que tem memória suficiente para me ajudar. — Exagerei no elogio, embora fosse verdade. — No dia em que Nayeli morreu, lembro-me de que nós conversamos um bom tempo e você mencionou um caderno de receitas...

— Sim, claro. Eu me lembro perfeitamente — interrompeu para que não houvesse dúvida de que sua memória continuava intacta. — Sua avó sentava-se à mesa do pátio das enfermeiras e escrevia naquele caderno vermelho, que ela levava de um lado para o outro.

— Era vermelho?

— Sim, parecia um daqueles livros grossos, sabe? A capa era de couro vermelho e tinha umas letrinhas douradas — lembrou-se. A dureza dos cantos de seus lábios suavizou-se de repente e seus olhos umedeceram.

— Eu gostaria de recuperá-lo, preciso saber mais. Sinto que minha avó não consegue chegar até mim, sinto que ela é muito pequena para mim.

Nós duas nos surpreendemos com minhas palavras. Sabíamos que não existia confiança suficiente para confissões, mas algo naquela intimidade tão repentina como um raio incentivou Gloria a entrar no terreno do desabafo.

— Ele está comigo.

Gostaria de saber o motivo que a levou a esconder o caderno durante meses, mas a necessidade de tê-lo em minhas mãos era mais urgente.

— Que alegria, Gloria! — disse, ignorando o ocultamento, e percebi como seu corpo relaxava. — Eu adoraria tê-lo em minhas mãos.

— Sim, claro! Venha comigo até meu quarto.

Gloria virou-me as costas, como se meu destino fosse apenas segui-la. E assim eu fiz.

O quarto era pequeno e a luz natural entrava somente por uma janela mal localizada em um canto da parede. Os raios de sol apenas cobriam a metade que estava próxima ao banheiro. No entanto, Gloria tinha conseguido deixar seu espaço precário muito acolhedor. Um detalhe chamou a minha atenção: metade da cama estava coberta com uma quantidade exagerada de ursinhos de pelúcia.

— Esses são os ursinhos que eu compro para os meus netos — explicou sem que eu tivesse perguntado nada. — Ficam amontoados aqui porque meus netos quase não vêm me visitar. Qualquer dia vou me cansar, vou colocá-los em um saco de lixo e vou jogá-los fora. Os ursinhos, claro, não os meus netos.

Nós rimos da piada. Naquele instante, soube que Gloria jamais iria tomar aquela decisão, mas assenti com a cabeça e fingi acreditar nela.

A idosa me pediu ajuda para mover a cômoda. Ao fazê-lo, algumas caixas dos vários remédios que tomava diariamente caíram no chão. Ela fez um gesto com a mão para minimizar o incidente, a nossa atenção estava em algo muito mais importante. A cômoda escondia uma porta pequena incrustada na parede, uma espécie de caixa-forte sem cadeados nem fechaduras. Nós nos agachamos como duas garotinhas entusiasmadas, prestes a abrir os presentes do Papai Noel.

Gloria girou o trinco redondo de bronze e a porta se abriu. As dobradiças soaram com o barulho agudo das peças pouco lubrificadas.

— Aqui eu guardo as minhas coisinhas privadas — disse, enquanto enfiava as duas mãos em um buraco no qual cabia apenas uma caixa grande de sapatos. — Este é o único lugar onde as funcionárias da limpeza não metem o nariz.

Com cuidado, ela tirou uma sacola vistosa de cor rosa fosforescente, talvez a lembrança de algum presente recebido há muito tempo. Eu a ajudei a ficar de pé e colocamos a sacola em cima da cama. Com ansiedade, ela tirou uma quantidade enorme de objetos, os quais foi organizando em fila com cuidado. O documento de identidade, o passaporte, uma pilha de papéis com carimbos de órgãos do governo, outra pilha de tesouros religiosos, um terço de pedras azuis com uma cruz de metal escurecido, três cartões de aniversário decorados com purpurina, a caixa de veludo de alguma joia que já não estava mais ali, dois lenços de seda amassados, uma agenda de endereços e, por último, o caderno de Nayeli.

Era tal e qual ela o havia descrito: um livro grosso com muitas folhas, com capa de couro vermelho e duas letras impressas com tinta dourada: J. K. Nenhuma das duas se atreveu a tocá-lo. Durante um longo tempo, prestamos uma homenagem silenciosa a ela, como se a única tumba de Nayeli fosse essa recordação misturada a tantas outras.

— Sua avó sempre andava com esse caderno na mão, gostava muito dele — disse Gloria sem tirar os olhos do volume. — Quando sua cabeça começou a apresentar alguns pequenos deslizes, ela o esquecia em qualquer lugar. Várias vezes o resgatei na cozinha ou no pátio...

— Nunca vi Nayeli com esse caderno — murmurei, desconcertada. — Eu não entendo.

— Nós, velhas, somos assim, Paloma: escondemos coisas. Quando a vida começa a escapar diante de nossos olhos, nos aferramos às nossas coisas. Muitas vezes, esses objetos são pedaços da vida que está indo embora e nó nos agarramos com força a eles, não queremos compartilhá-los com ninguém. É nosso direito, querida.

Embora a sua desculpa não me convencesse muito, optei por aceitá-la. Gloria continuou com sua história; seu tom já não era o da mulher bisbilhoteira e rabugenta, havia certa indulgência em sua voz.

— Ela passou seus últimos meses na cama, você deve se lembrar. Os ossos dela não conseguiam sustentar seu corpo, estava muito fraca. Eu tinha deixado o caderno em sua cômoda. Pensei que, talvez, ela precisasse tê-lo por perto, mas eu estava enganada. — Ela fez silêncio, pegou o caderno e o abraçou contra o peito. — Todas as vezes que eu ia até o quarto dela para visitá-la, sua avó virava a cabeça e fixava aqueles olhos verdes que ela tinha no caderno. Inicialmente, pensei que ela queria segurá-lo nas mãos, mas ela o recusava desesperadamente sempre que eu o pegava para lhe dar. Até que, um dia, por acaso, percebi o que sua avó queria.

— E o que ela queria? — perguntei.

— Ela queria que eu o levasse comigo, que eu o escondesse — respondeu Gloria. — Naquela tarde, eu estava com ela quando a Sandra, aquela enfermeira que sempre foi uma intrometida e não parava nunca de falar, entrou. Vi nos olhinhos de Nayeli. Ela olhava para Sandra e para o caderno. Então, eu entendi tudo...

— E o que aconteceu? — interrompi.

— Eu me levantei da cadeira de um salto, nem sei como pude levantar tão rápido, e peguei o caderno. Vi a expressão de alívio da sua avó. Sem dar explicações, porque imagina se eu tenho que explicar alguma coisa para a Sandra, dei meia-volta e saí do quarto — disse, enquanto colocava o caderno em cima da minha saia. — Desde aquele dia, eu o guardo escondido no meu esconderijo, até hoje.

— Foi um pacto — disse com um sorriso.

— Sim, um pacto de amizade. Nós, velhas, também temos amigas, Palomita.

Não pude deixar de abraçá-la. O corpo de Gloria enrijeceu. Não era uma mulher acostumada a manifestações de carinho nem as apreciava muito, mas, apesar de sua reticência, ela se deixou abraçar.

Saí do quarto de Gloria com o caderno de minha avó guardado no fundo da bolsa. Meu coração palpitava com rapidez, mas compassado.

A sensação de quem dá um passo em direção ao objetivo me preenchia. Meu objetivo era recuperar a pintura de minha avó, mas, para isso, eu tinha de conhecer a misteriosa e secreta Nayeli primeiro.

Atravessei o corredor que separava os quartos da sala principal e a vi. Eva Garmendia estava parada no pé da escada de mármore, uma escada que ela já não conseguia mais subir nem descer, degraus que não a levavam a parte alguma. Custei a dissimular o impacto. Ela usava um vestido verde oliva, de lã suave e trama fina; justo até cobrir os joelhos; decote redondo com botõezinhos de madrepérola em formato de coração, mangas até a altura dos cotovelos e um cinto de couro na mesma cor. Eva e eu estávamos vestidas da mesma maneira. Nossos vestidos eram idênticos.

40
Coyoacán, abril de 1944

As paredes do mercado de Coyoacán estavam cheias de panfletos escritos à mão. Alguns com letras pequenas e ordenadas; outros com letras grandes que saltavam do papel com flores e caveiras; e alguns poucos com letras sombrias, sem nenhum tipo de desenho nem cor. Mas, em todos, o convite era o mesmo e prometia ser um dos eventos mais importantes do ano:

> *Este sábado, às 11 horas da manhã, grande inauguração das pinturas decorativas da importante pulquería[28] La Rosita, localizada nas ruas Aguayo e Londres. As pinturas que decoram o mural foram feitas pelos Fridos, alunos da professora de pintura da Secretaria de Educação Pública, a senhora Frida Kahlo. Os anfitriões oferecerão à clientela um delicioso churrasco importado diretamente de Texcoco e acompanhado do melhor pulque fabricado nas melhores fazendas produtoras do néctar nacional. Também celebraremos o aniversário de dezoito anos da senhorita Nayeli Cruz, a estimadíssima cozinheira de Frida.*

Nayeli tinha certeza de que sua mentora era uma pessoa querida e reconhecida, mas aquela fama repentina lhe causava uma mistura de excitação e pudor. De relance e com dissimulação, ela leu todos os panfletos expostos não apenas no mercado, mas também na praça e nos muros de algumas ruas. Todas as vezes que chegava à última linha, a que aparecia seu nome, seu coração acelerava.

Frida tinha prometido a ela um bolo de aniversário gigante, com muito chantili, morangos, chocolate e velas, dezoito velas. A pessoa

---

[28] Casa onde se vende e se serve o pulque, bebida alcoólica típica do México produzida a partir da fermentação do mel e outros ingredientes. (N.T.)

encarregada do bolo era dona Lupita, a famosa confeiteira de Coyoacán, a quem a emoção levara a revelar um pedido da pintora: o bolo de Nayeli teria a forma de um coração.

Na manhã do evento, Frida acordou feliz, como há muito tempo não acontecia. Sorriu diante da trégua que seu corpo resolvera lhe dar naquele dia tão especial: a eterna dor na coluna era apenas uma pontada no lado esquerdo, e o fêmur direito, que a cada movimento parecia cravar-se como uma adaga em seu quadril, estava mudo, quieto, sem ser notado. Ela conseguiu se agachar sem problemas; debaixo de sua cama, tinha escondido o presente de aniversário de Nayeli. Guardou o segredo por dias para não estragar a surpresa.

Ela atravessou os corredores da Casa Azul enquanto, aos gritos, entoava "Las mañanitas". Pelo aroma dos pãezinhos frescos, sabia que a sua garota já estava na cozinha.

— Larga tudo o que está fazendo, bailarina — disse ao vê-la com as tigelas nas mãos, prestes a colocá-las sobre a mesa. — Vamos, venha aqui! Tenho um presente de aniversário para você.

O rosto de Nayeli se iluminou. Embora Frida a presenteasse com frequência, aquilo que a pintora tinha nas suas mãos parecia ser algo muito especial. Estava embrulhado em um papel de seda vermelho, preso por várias fitas coloridas; na parte da frente, um buquezinho primoroso de flores silvestres que faziam do embrulho um presente por si só. As duas se sentaram nas cadeiras de madeira, em frente à mesa. Frida colocou o pacote sobre as pernas da aniversariante. Nayeli fechou os olhos e encheu de ar os pulmões.

Sua mãe havia inculcado nas filhas o costume que, segundo ela dizia, tinha sido herdado de seus ancestrais de Tehuantepec; com o tempo, Nayeli e Rosa contestaram aquela certeza. Ninguém na vila tinha conhecimento do ritual dos presentes; no entanto, jamais deixaram de realizá-lo em todos os aniversários. Era preciso fechar os olhos para anular qualquer imagem externa e se concentrar naquelas que estivessem escondidas na mente. O ar do ambiente entrando no peito fazia que os desejos se revigorassem e perdurassem por mais tempo. O objetivo era visualizar e adivinhar o conteúdo do embrulho.

Nem todas as imagens nem todo o ar do universo conseguiram ofuscar o impacto que Nayeli sentiu quando rasgou o papel de seda vermelho. Diante de seus olhos estava a roupa de tehuana mais linda que ela já tinha visto na vida.

— Mas... Não pode ser... Eu não... — balbuciou a jovem. Suas mãos tremiam tanto que ela demorou para entender a roupa que tinha diante de si e para olhá-la por inteiro. — Eu não mereço este presente.

— Você merece tudo isso e muito mais — assegurou Frida, e a ajudou a colocar a roupa sobre a mesa.

O traje era dourado. A cor dos deuses, dos raios de sol, do ouro dos mexicas; uma cor atrevida e luxuosa. Não apenas o tecido da saia brilhava, mas também o huipil e a renda. O babado inferior era branco e, com o brilho das roupas, adquiria uma tonalidade alaranjada; a faixa, também dourada, estava bordada com folhinhas verdes e violeta. Dentro de uma bolsinha de tecido, Frida tinha colocado os detalhes que, de acordo com a sua opinião, eram fundamentais para acompanhar aquela roupa: dois broches de metal em forma de borboleta e umas flores de papel para enfeitar o cabelo.

Nayeli não cabia em seu corpo de tanta alegria, não encontrava palavras para agradecer aquele monte de objetos mágicos que brilhavam sobre a mesa. Mas as surpresas ainda não tinham terminado. Frida se levantou da cadeira e caminhou até o móvel da cozinha. Na primeira prateleira estavam acomodadas as panelas de barro de diferentes tamanhos; na segunda, os pratos de madeira e cerâmica. No lado direito, um carpinteiro tinha anexado um armário fechado por uma porta pequena, com janelinhas de vidro. Era naquele lugar que Frida guardava, como um tesouro, as recordações que trazia de suas viagens; os gifts, como gostava de chamá-los em inglês. Ela girou a chave prateada que sempre estava na fechadura e tirou de lá dois cadernos idênticos. Voltou a se sentar ao lado de Nayeli e colocou os cadernos sobre a roupa nova. Os dois tinham capa de couro vermelha e, no centro, escritas em dourado, duas letras: J.K.

A jovem franziu a testa com curiosidade. Antes que pudesse abrir a boca para perguntar, Frida se adiantou:

— Isto que vê aqui e que parecem livros, na verdade não são livros. — Ela pegou um dos cadernos e mostrou que as páginas estavam em branco. — São diários íntimos. Uma amiga me deu de presente há muitos anos. Ela disse que os tinha comprado em Nova York e que haviam pertencido ao poeta John Keats. Gosto de pensar que é verdade, mas não tenho certeza — disse, e com delicadeza colocou um dos cadernos entre as mãos de Nayeli. — Este é para você. Quero que escreva ou desenhe nele as coisas que vêm à sua cabeça. Todas as páginas estão em branco e uma folha em branco é uma tristeza — acrescentou em voz baixa, como fazia sempre que dizia algo importante. — Ficarei com o outro e o preencherei todinho com minhas ideias.

A garota abraçou o caderno como se se fosse uma criança pequena a ser cuidada e alimentada. Ela assentiu com a cabeça, emocionada. Estava muito feliz de ter um plano compartilhado com a pintora. Frida endireitou-se e mudou de assunto, era uma mulher de poucas intimidades.

— Você estreará a roupa no evento e será a tehuana mais luxuosa de todo o México. Verá como Joselito vai cair de costas quando te ver — disse Frida e piscou um olho com cumplicidade.

As bochechas de Nayeli ficaram vermelhas e não lhe restou outra opção senão olhar para baixo. Uma descarga de pudor tomou conta de seu corpo. Desde que tinha visto Joselito pela primeira vez, ela não conseguia parar de pensar nele. Apenas a ideia de que Frida tivesse se dado conta de seus devaneios amorosos a deixava morta de vergonha. Ela não conseguia parar de pensar que, se a pintora tinha percebido o que sentia, Joselito também poderia ter notado.

Tudo começou quando Frida teve que parar de dar aulas presenciais de desenho na escola do Colégio de Artes. Em muitas manhãs, as dores no corpo não lhe permitiam sair da cama ou manter-se de pé; deslocar-se com a cadeira de rodas era impensado: ela não queria que seus alunos a vissem com rodas no lugar de pernas, costumava dizer.

Foi Diego quem deu a ideia que rapidamente se tornou solução: se Frida não podia ir à escola, então que a escola fosse até Frida. E foi isso que aconteceu. O jardim da Casa Azul converteu-se em sala de aula. Uma sala de aula verde onde os jovens deviam copiar cada planta, árvore, fonte de água e bicho de estimação.

— Deitem de barriga no chão. Sintam a terra. Desenhem o que vocês estão vendo. Não copiem os artistas, pois também são artistas, e cantem enquanto trabalham. Cantar é inspirador — gritava Frida feliz da vida. Ensinar era uma das coisas de que ela mais gostava.

Joselito não tinha o talento dos seus companheiros, mas ninguém se esforçava tanto quanto ele. Nunca se cansava de desenhar, nem sequer fazia uma pausa para descansar e comer uns pãezinhos ou beber um copo de leite ou de suco. Joselito insistia com firmeza em levar ao papel o que sua imaginação ditava. Por isso, era o favorito de Frida, porque lutava contra os obstáculos. Ele tinha dezenove anos, mas suas feições de nariz pequeno, olhos grandes com cílios curvados e corpo miúdo o faziam parecer mais jovem. Sempre se vestia como quem vai a uma festa: calças escuras, camisa branca abotoada até o colarinho e sapatos lustrados. Mas o que mais chamava a atenção de Nayeli era seu perfume: Joselito cheira a rosas.

No primeiro dia de aula, Frida o surpreendeu copiando um mapa do México. A fúria da pintora não tardou a aparecer.

— Joselito, por favor! Artistas não copiam nada. Olhe bem os contornos do nosso país e o faça de próprio punho. O que você vê é o que é, nada mais.

Os jovens ficaram tensos, nunca tinham visto Frida tão convicta de algo. Joselito não se atreveu a discutir a ordem e limitou-se a desenhar o mapa como pôde. Dois dias depois, apresentou-se diante da pintora com o desenho; sua mão tremia ao mostrá-lo. A professora de geografia tinha lhe dado um zero. Frida olhou a folha durante um bom tempo, foi até sua caixa, pegou um lápis preto e, sem hesitar, colocou um número um ao lado do zero.

— Muito bem, Joselito. Você tirou um dez! — exclamou e olhou satisfeita para seus alunos. — Eu sou a professora.

Com o tempo, o grupo de alunos se transformou em uma pequena comunidade de artistas que orbitava ao redor de Frida. Para eles, a pintora era uma divindade. Defendiam-na, ajudavam-na, seguiam cada um de seus conselhos malucos e ideias revolucionárias. Em homenagem à sua professora, decidiram se chamar os Fridos. Eles eram nove, quatro mulheres e cinco homens. Tinham decidido usar um uniforme que os identificasse: calças escuras e camisas azul-claras que, com o passar dos dias, iam adquirindo manchas de várias cores.

A poucos metros da Casa Azul, na esquina da rua Londres com a Aguayo, a pulquería La Rosita tinha se transformado no centro das atenções de todo Coyoacán. Durante um mês, seus muros e calçada foram palco de um show que ninguém quis perder. Frida Kahlo, com macacão de trabalho e a cabeleira coberta por um lenço de seda amarela, dava as instruções aos gritos. Nos dias em que sua perna apenas se movia, ela comparecia com um bastão de madeira que tinha decorado com fitas e sinos. Ao seu lado, Diego Rivera, também vestido com macacão, encarregava-se de garantir que as dimensões dos desenhos sobre as paredes não ficassem grandes nem pequenas demais. Ele espalhava os esboços feitos em papel de cera sobre o chão da rua e, com uma vara de metal, tirava as medidas com olhar de especialista.

O tema do mural — cenas rurais baseadas no pulque — fora escolhido, por unanimidade, durante as longas tardes de inverno, quando começou a ganhar forma a ideia de levar a arte às ruas. Na parede principal, uma mesa gigante com uma família mexicana dedicada ao processo de fabricação da bebida; e no mural menor, vasilhas, piteiras e paisagens campestres.

— O México é inexpressável, severo, rico, desgraçado e exuberante. Merece ser pintado — disse Diego Rivera quando os Fridos foram pedir conselho ao grande muralista. E assim foi feito, eles o pintaram.

A responsável por levar as bandejas com refrescos, frutas e pãezinhos era Nayeli, que aproveitava cada oportunidade para elogiar as pinceladas de Joselito, apesar de o rapaz ficar morrendo de vergonha quando a via sair pela porta verde da Casa Azul.

A inauguração dos murais da La Rosita começou pontualmente. A rua Londres estava decorada com balões, figuras de papel machê e flores, muitas flores. Nas esquinas, algumas garotas levavam sacos de confete que jogavam sem parar, de cima de algumas banquetas de madeira. Todos os participantes da festa ficaram com cabelo e roupas cheios de pequenos confetes coloridos dos quais, no começo, tentavam se limpar e, como o passar das horas, aceitavam com a resignação de quem está parado debaixo da neve.

— Quem é aquela mulher tão linda com tranças longas? — perguntou Nayeli.

Com seu vestido de tehuana dourado, ela tinha chamado a atenção de todos. Caminhou a quadra que separava a Casa Azul da pulquería La Rosita pendurada no braço da Frida, com Diego escoltando as duas mulheres. Sua estratégia para evitar a vergonha que sentia em ser observada e comentada pelos outros, foi fixar o olhar em tudo que a rodeava, e a mulher magra com traje rural, tranças longas e soltas até a cintura e um violão pendurado nas costas despertou a sua curiosidade. Frida sorriu satisfeita, ela admirava a mulher das tranças.

— É Concha Michel. Ativista comunista e defensora dos direitos de todas nós — explicou. — Além disso, ela tem corridos[29] encantadores que ridicularizam os ricos, como deve ser. Venha, vou te apresentar a ela.

Diego antecipou-se. Ele se ajoelhou aos pés da cantora, beijou sua mão e pediu que lhe concedesse a honra de dançar com ele uma jarana yucateca.[30]

— Claro que sim! — gritou Frida, e caminhou alguns passos até onde estavam os mariachis. — Está na hora dos corridos. Vamos dançar, camaradas!

Concha tirou o violão das costas, acomodou-o contra o peito e, com suas unhas longas, começou a tocar as cordas com uma

---

29 Composições musicais características do folclore mexicano. (N.T.)

30 Dança tradicional mexicana. (N.T.)

velocidade sobre-humana. Ao mesmo tempo, ela acompanhava o ritmo da música com os pés. Dançava e cantava, conseguia ostentar ambos os dons sem que um ofuscasse o outro. Os convidados caíram aos seus pés, era irresistível.

Ora va la ley del pobre,
ya verán que es la mejor,
solo queremos justicia,
solo queremos razón...
Ora ricos, no se asusten,
ningún mal se les hará,
si quieren vivir como hombres
y ponerse a trabajar.

Nayeli nunca tinha escutado aquele corrido, mas o ritmo, a letra e a melodia entraram-lhe por cada poro da pele. Sua saia dourada movia-se de um lado para o outro e, com o reflexo do sol, lançava raios luminosos sobre todas as pessoas que se aproximavam. Joselito estava deslumbrado e despejou sua fascinação em um caderno de rascunhos, no qual desenhou uma garota em forma de sol que eclipsava tudo ao redor.

Dona Rosita, a dona da pulquería, percorria todos os cantos. Apoiava em seus quadris voluptuosos uma bandeja enorme, cheia de copos de pulque.

— Venha aqui, Nayelita! Venha comigo! — gritou Frida, enquanto segurava dois copos cheios até a borda com as mãos.

Nayeli aproximou-se dela, estava suada de tanto dançar; as flores de seu penteado estavam caídas ao lado de sua cabeça.

— Você já tem dezoito anos, pode tomar um pouquinho de pulque ou de licor.

A garota aceitou o convite com mais curiosidade do que vontade. Sempre se perguntava o que havia de tão maravilhoso nas bebidas alcoólicas para que todos deixassem de lado o recato, os bons costumes e até a saúde em proveito desses líquidos que, como dizia a sua avó, eram do capeta. Antes de dar o primeiro gole, ela o cheirou. Franziu o nariz, a intensidade lhe fez lembrar as cebolas picadas.

— Vai, bailarina! Deixe de tanta manha! — Frida a encorajou. — Engole de uma vez, sem hesitar.

Nayeli tomou coragem e esvaziou o copo de uma vez só. Um fogo ficou preso em sua garganta e peito. Ela escutou as gargalhadas de Frida ao longe, como se a pintora estivesse rindo do além. De repente, o fogo se apagou e ela teve vontade de dançar outra vez. Voltou à rua e desfrutou das canções que Concha Michel continuava interpretando.

Durante quase três horas a festa manteve-se em um nível altíssimo, ninguém se atrevia a interromper a celebração. Cada vez chegavam mais mulheres, mais homens, mais crianças e mais jovens. Alguns, elegantemente trajados, vinham de carro com motorista; outros, vestidos com roupa de trabalho, tinham caminhado quilômetros desde muito cedo para chegar a tempo e não perder nem um detalhe sequer. Pela primeira vez em anos, o mercado de Coyoacán teve de fechar as portas: nenhum vendedor quis perder o evento.

Em um canto da pulquería, os operários que habitualmente trabalhavam com Diego nos murais dos prédios do governo tinham levantado um palco de madeira. A frente estava coberta com panos brancos manchados de tintas de diferentes cores, uma decoração imaginada por Frida. Com aqueles panos, os Fridos tinham protegido a calçada durante os meses em que pintaram as paredes da La Rosita.

— Amigos e amigas mexicanos! — gritou Diego, parado no meio do palco. Minutos antes, ele havia pedido que os mariachis parassem de tocar. Era a hora dos discursos e agradecimentos. — Peço que vocês se aproximem deste palco, minha Friducha e eu queremos dizer algumas palavras.

Diego segurou as mãos de Frida e de uma só vez conseguiu colocá-la sobre o palco; com ternura, ele a posicionou ao seu lado. O gesto arrancou uma explosão de aplausos espontâneos da multidão. A pintora cruzou as mãos sobre o peito e baixou a cabeça em gratidão.

Para aquele dia, ela havia escolhido um traje de tehuana de fundo preto aveludado, com um desenho de flores de piteira bordadas com fios verdes e amarelos, as mesmas cores que luziam no penteado de flores, firme sobre seu cabelo trançado. Catorze anéis decoravam os dedos de suas mãos e uma gargantilha de pedras de jade pendia de seu pescoço fino. O contraste com a imagem de Rivera, vestido com uma roupa simples marrom, era tão intenso como inquietante. Os dois formavam um par perfeito, que ninguém podia ignorar. Diego Rivera deu um pequeno passo à frente e gritou com seu vozeirão:

— Precisamos de outra revolução, mas encabeçada pelos artistas! Em todas as pulquerías do México deveria haver murais como os que tem a La Rosita a partir de hoje. O povo deve ter espaço para expressar suas queixas e necessidades. — Ele fez um breve silêncio e se virou para cravar os olhos em Frida, que o escutava atentamente. — Pegue da vida tudo o que a vida lhe der, minha pombinha, sempre que for interessante e lhe traga alegria e prazer. Se você realmente quer me agradar, saiba que nada me agrada mais do que saber que você está contente. Não os culpo por gostarem de Frida, porque gosto dela também. Gosto dela mais do que de qualquer coisa neste mundo!

Outra vez, os aplausos soaram pelas ruas de Coyoacán. Da lateral do palco, Nayeli os admirava encantada e com as bochechas ardendo, uma mistura de excitação e pulque. Não se lembrava de já ter escutado palavras tão amorosas da boca de Diego. No entanto, Frida tinha mudado de postura; seu porte de princesa sofredora dizia outra coisa, mesmo que ela não pronunciasse uma palavra sequer. De cabeça erguida, ombros para trás e olhos apontados para o céu, a pintora parecia exclamar com orgulho: "Sim, é verdade! Eu mereço tudo isso!".

Era a vez de Frida. Ela também deu um passo à frente e, antes de falar, lançou beijos e sorrisos a todos que esperavam ansiosamente por suas palavras. Uma espécie de agradecimento antecipado.

— Antes de mais nada, quero dizer que tudo o que estamos vivendo hoje é obra dos meus meninos, meus adorados Fridos. — Com uma mão, ela apontou para o grupo de alunos que a escutava da primeira fila. Outra vez, aplausos e ovação. — Fui apenas o impulso de que precisavam para se animarem a ser artistas, só isso. Minha pintura leva a mensagem da dor, salvou minha vida. Eu perdi três filhos e muitas outras coisas que teriam feito de minha vida algo terrível, e tudo isso foi substituído pela pintura. Muitos críticos me classificaram como surrealista, mas eu não sou. Meus quadros representam a expressão mais franca de mim mesma e nada mais. Por isso, quero que minha obra me exceda, quero que contribua para a luta do meu povo pela paz e pela liberdade. E é isso que começamos a conquistar hoje, preenchendo estas paredes populares da nossa cidade com as imagens do nosso país. Aqui, ao meu lado, está o melhor muralista que esta terra gerou; meu Diego Rivera está levando o nosso povo às paredes dos palácios. E, a partir de hoje, cada parede do nosso México será um palácio de cores e tradições. Esta será a nossa revolução!

Assim que Frida terminou seu discurso, um grupo de homens e mulheres, fabricantes de pulque, tirou os papelões que protegiam os desenhos dos muros. A surpresa foi revelada. Os mariachis retomaram a sua música. Frida e Diego desceram do palco e se juntaram aos beijos e abraços incansáveis que os Fridos recebiam. Dona Rosita escrevia em um caderno uma lista enorme de pedidos: todos os comércios de Coyoacán queriam ter a arte mexicana em suas paredes.

Nayeli caminhava entre os convidados e, a cada passo que dava, ouvia elogios ao seu vestido dourado; a tehuana de olhos verdes não passava despercebida. A sensação era tão estranha como agradável. Ela nunca tinha tido nada tão bonito e que chamasse tanto a atenção. Pela primeira vez, sentiu-se admirada e incomodada com o frio no estômago provocado por olhares alheios. No entanto, não queria deixar de se mover entre as pessoas; desejava que aquele momento durasse para sempre.

A poucos metros da pulquería, ela parou na ponta dos pés e esticou o pescoço; queria saber o que Joselito estava fazendo. Conseguiu vê-lo parado junto à porta do local recebendo apertos de mão, tapinhas nas costas e beijos nas bochechas. Ele estava esfuziante. Nayeli não quis interromper, o rapaz também tinha o direito de desfrutar do prazer de ser alguém uma vez na vida. Ela deu meia-volta com a intenção de entrar um pouco na Casa Azul para lavar o rosto; fazia muito calor e ela precisava se refrescar.

A poucos metros do portão verde, seus olhos cruzaram com os olhos de uma garota que a atraiu como se fosse um ímã. Sua juventude não combinava com sua aparência, e sua tristeza destoava de sua beleza. Ela se vestia de preto, como se estivesse de luto: a saia reta e justa cobria seus joelhos, embora ela deixasse descoberta as panturrilhas finas de pela branquíssima; a camisa de chiffon branca abotoada até o colarinho, apenas enfeitada com um colar de pérolas pequeninhas. O cabelo liso que, de tão louro, parecia branco; ela o usava curto, bem abaixo das orelhas. Nayeli teve a sensação de que a jovem precisava de ajuda. Ela exalava uma fragilidade espantosa. Sem hesitar, a tehuana se aproximou.

— Bom dia, senhorita. Está passando bem? — perguntou.

— Não, estou me sentindo muito mal — respondeu a garota com uma firmeza e uma coragem desconcertantes. — Essa é a casa da Frida Kahlo?

A pergunta surpreendeu Nayeli. Não havia pessoa alguma em Coyoacán que não soubesse aquela informação. A Casa Azul era um santuário.

— Sim, aqui vivem Frida e Diego.

A garota elevou as duas sobrancelhas, enquanto percorria cada canto da fachada com os olhos; parecia quere gravar todos os detalhes em sua memória.

— Obrigada pela informação — disse com uma voz infantil e um gesto elegante. — Mande lembranças minhas a Diego.

— Sim, claro. Diga-me seu nome e faço que ele as receba.

— Branquela. Diga-lhe que a Branquela mandou lembranças — disse com um sorriso.

Com o mesmo ar misterioso e elegante com que tinha chegado, ela foi embora. Deu meia-volta com seus pés de salto baixo, atravessou a rua Londres com passos de gazela e misturou-se entre as pessoas. Nayeli ficou olhando para ela até que as madeixas louras da Branquela desapareceram.

41

Montevidéu, janeiro de 2019

Dentro das possibilidades de Martiniano Mendía, a sensação mais próxima do prazer sexual era despertada pela arte. Cada vez que tinha acesso a um quadro, uma escultura ou uma peça de joalheria, ele realizava o ritual dos cinco sentidos, um procedimento que ninguém entendia, mas que todos obedeciam sem questionar. Apenas ao escutar o tilintar de um sininho de ouro que Mendía guardava em seu bolso, dona Aurelia se apressava em colocar sobre uma mesinha portátil os elementos que sempre estavam à mão.

— Antes de tirar a pintura, peço, por favor, que me conceda alguns minutos. — Mendía controlava como ninguém a habilidade de disfarçar ordens como se fossem pedidos.

Ramiro voltou a fechar a tampa do tubo de plástico vermelho e o guardou. Sobre a mesinha, já estava tudo preparado. Apenas um olhar bastou para que dona Aurelia começasse o ritual. A mulher usava luvas brancas e mantinha a expressão séria de quem está no controle de algo muito importante. Ela pressionou os botões do controle remoto e a galeria se inundou de música que saía dos alto-falantes pendurados nos cantos do teto.

— "Sinfonia alpina", de Richard Strauss — anunciou Mendía com os olhos fechados. — São quarenta e cinco minutos perfeitos, com ritmo ascendente. Podemos imaginar que Strauss tenha encontrado o ritmo certo para escalar os Alpes da Baviera.

Enquanto os acordes soavam, dona Aurelia cobriu os joelhos do patrão com uma pele cinza. Uma de cada vez, e com extremo cuidado, ela acomodou as mãos do homem sobre a pele. Os dedos apenas se moveram em um esboço truncado de carícia.

— Esta pele belíssima era de Gala, minha gata angorá de pelo longo. — A cara de espanto dos Pallares obrigou-o a explicar o assunto. — Não, por favor. Meus estimados amigos, não imaginem nada estranho. Gala foi minha adorada gata de estimação durante quase quinze anos. Passar minha mão sobre suas costas era a coisa mais tranquilizante que eu tinha ao meu alcance; somente com ela sobre o peito eu conseguia dormir. Entretanto, com os anos vieram as doenças e a pobrezinha morreu. Minha tristeza foi tanta que me ocorreu apenas guardar sua pelagem para, de alguma maneira, seguir tendo a sua suavidade ao meu lado para sempre.

Dona Aurelia assentia a cada palavra de Mendía, enquanto esperava ao seu lado com uma caixa de bombons equatorianos da marca Pacarí. O homem girou apenas a cabeça e abriu a boca. Levou um bom tempo saboreando o doce, até que só ficasse o gostinho do sabor perfeito em sua língua. Por último, ele esticou o pescoço com um movimento quase imperceptível. Dona Aurelia borrifou o perfume de laranjas amargas nas laterais de suas orelhas.

— Este aroma é inebriante! Vocês sentem? — os Pallares assentiram. — É uma mistura secreta fabricada para mim por Leonor Duré, a melhor perfumista da França. Certo, já tenho os quatro sentidos aguçados para passar, então, ao sentido que me falta: a visão. Essa parte vai estar aos seus cuidados, Ramiro.

Em sua cabeça, Emilio Pallares registrou o ritual de Mendía; estava fascinado. Ele também pensava que a arte deveria ser desfrutada com todos os sentidos do corpo, mas nunca tinha pensado em uma dinâmica tão perfeita. Ramiro abriu outra vez o tubo e tirou de lá a tela enrolada. Na galeria só se escutavam os acordes de Strauss; até os pássaros que costumavam cantar dos galhos das árvores decidiram ficar em silêncio.

Ele não pretendia gerar expectativas nem aumentar a notória ansiedade de Mendía. Ramiro também tinha os seus rituais. Fechou os olhos e aproximou o nariz da tela; encheu os pulmões com o cheiro ácido que exalava, um cheiro que apenas um olfato treinado podia perceber. O tempo parecia estar contido no rolo. A imagem de Paloma Cruz surgiu em sua mente; a última vez que sentira a acidez da pintura da avó mexicana tinha sido junto com ela. E se surpreendeu diante de uma estranha necessidade: a de que Paloma estivesse, agora também, junto com ele. Concentrou-se em tirá-la de sua cabeça, não tinha tempo nem vontade de ficar à mercê de seu coração. Ele também, como Martiniano, precisava de todos os sentidos voltados para aquele momento.

Ainda que Emilio Pallares confiasse cegamente no olho experiente de Lorena Funes e – mesmo que não quisesse admitir – no instinto de Ramiro, ele estava nervoso. Nunca tinha visto a obra e a simples ideia de não ficar bem diante de Mendía gelava seu sangue. À medida que Ramiro desenrolava a tela com uma tranquilidade espantosa, seu pai respirava em intervalos curtos – a única forma que tinha encontrado para controlar seu corpo que, por vezes, tremia como se fosse um apostador que joga a última ficha na roleta do cassino.

Sem que ninguém pedisse, dona Aurelia aproximou a cadeira de rodas do patrão em alguns centímetros do lugar onde Ramiro segurava a tela pela borda superior. O rosto de Martiniano Mendía era indecifrável. As linhas de expressão ao redor dos olhos e dos lábios pareciam ter sido passadas a ferro de maneira automática. Nem um gesto, nem uma expressão.

Emilio Pallares também estava impressionado. Não era especialista em arte mexicana nem em muralistas, mas o que tinha diante dos olhos era algo muito diferente. A figura daquela garota nua, as madeixas, a mancha na coxa, a água acariciando suas pernas. Tudo era fascinante.

— Quanta paixão! — ele se animou a dizer com uma certeza que poucas vezes havia sentido.

— Sim, exato. Ela era assim — murmurou Mendía.

Antes que alguém tivesse tempo de perguntar a quem ele se referia, o homem girou a cadeira com a ajuda das mãos e saiu da galeria.

— Os senhores podem ficar aqui, o churrasqueiro já vai servir a carne — disse dona Aurelia, e seguiu seu patrão.

Os Pallares ficaram sozinhos e pensativos. Ramiro enrolou a tela e a colocou de volta no tudo vermelho.

— Vou ligar para a Lorena — disse Emilio em voz baixa. — Não estou entendendo nada. Ela tinha muita certeza com relação à autenticidade...

— É autêntica — interrompeu Ramiro.

— Então, o que aconteceu? Como você explica a atitude de Mendía? — insistiu Emilio Pallares.

Ramiro deixou o pai sentado à mesa da galeria e com as perguntas no ar. Caminhou alguns metros pela trilha que cruzava o jardim. A reação de Mendía provocara dúvidas em seu pai; no entanto, tinha lhe dado a certeza de que precisava. Ele voltou a pensar em Paloma e conteve o impulso de ligar para ela. O que iria dizer? Como iria explicar que tinha sido ele quem a havia abordado e, à força, roubado a herança de sua avó?

Ele pegou o telefone celular do bolso, entrou no Instagram e procurou a conta de Paloma. A última foto chamou sua atenção. Sentou-se debaixo da sombra de uma árvore e aumentou a imagem: era a fachada de um casarão antigo, estava pintado de branco com vãos em madeira. Ao pé da foto, Paloma escrevera, "Seguindo os passos de Nayeli", e tinha adicionado uma bandeirinha argentina e outra mexicana. Ele voltou a se concentrar na foto. Ao lado da porta de entrada do casarão havia uma placa que dizia "Casa Solanas"; as letras menores eram ilegíveis.

Quando levantou a cabeça, ele pôde ver o pai na galeria conversando com dona Aurelia, enquanto o churrasqueiro lhe servia uma carne em uma travessa de madeira. A mulher sorriu quando viu Ramiro se aproximar.

— O senhor Mendía mandou que viesse buscá-lo, ele o aguarda em seu escritório — ela disse. — E pediu que leve a pintura, por favor.

Emilio não conseguiu disfarçar a perplexidade e engoliu com raiva um pedaço de carne bem suculenta.

Os corredores da propriedade eram intrincados. Alguns trechos eram retos; outros, diagonais. Todos pareciam levar a parte alguma.

À medida que dona Aurelia caminhava, seguida de perto por Ramiro, eles deixavam pelo caminho uma quantidade enorme de portas fechadas. Apenas um olhar muito atento poderia contar o número de cômodos. Ramiro contou catorze. No final do corredor mais largo, uma porta dupla abriu-se automaticamente; do outro lado, Mendía o esperava, sentado em uma poltrona de couro adaptada para mantê-lo ereto. Fora da cadeira de rodas, seu corpo parecia ainda mais magro.

Dona Aurelia acompanhou Ramiro até uma cadeira acolchoada colocada bem na frente do patrão; com um gesto, indicou ao rapaz que ele poderia se sentar. Ramiro obedeceu. Sem dizer mais nada, a mulher saiu do escritório. Mendía pressionou um dos botões do controle remoto que estava sobre a sua perna direita e a porta se fechou tão lentamente como tinha se aberto.

— Este é um dos poucos movimentos que ainda consigo fazer — disse, depois de limpar a garganta. — Também consigo mexer a cabeça para a direita, para a esquerda, um pouco para trás e muito para a frente. Nada mais. Do pescoço para baixo, meu corpo é um tronco velho e inútil. Um tronco que sente frio, calor ou dor. Às vezes, conforme a temperatura ambiente, consigo virar para os lados sobre meu próprio eixo. Porém, ainda que seja um movimento, não me serve de nada. Tetraplegia total com lesão medular, dizem os médicos. Morto em vida, digo eu.

— Lamento muito o que lhe aconteceu — disse Ramiro mais por cortesia do que por interesse.

— É lamentável, sim. Diante de você não existe um corpo, mas um território abandonado, um terreno baldio sem nenhum valor, colonizado por mãos estranhas que o invadem, com permissões impostas, com o único fim de que não apodreça.

— Mas a sua cabeça é outra coisa — aventurou-se Ramiro.

Pela primeira vez naquele dia, Martiniano sorriu e suas expressões suavizaram. Duas pequenas covinhas foram desenhadas em suas bochechas, os olhos brilharam com astúcia e sua boca mostrou uma fila perfeita de dentes brancos.

— Isso mesmo, a minha cabeça é outra coisa. Uma coisa bem diferente. Toda a atenção que tirei do meu corpo eu coloquei no meu cérebro. Eu o nutri, o exercitei, o eduquei, o informei com o rigor com que se treina um atleta olímpico. Minha mente me salvou da queda. Apenas minha mente me torna poderoso e implacável.

— E o dinheiro — finalizou Ramiro sem pudor.

O sorriso de Martiniano cresceu ainda mais. O descaramento do garoto Pallares lhe agradava.

— E o dinheiro, sim. Sempre ajuda.

Durante uns minutos só se escutava o barulho cadenciado do ar-condicionado e o canto dos pássaros que entrava por uma das janelas. Foi Ramiro que rompeu a tranquilidade para ir direto ao assunto.

— O que acha da pintura que lhe mostrei?

— Qual é o seu plano? — respondeu Martiniano com outra pergunta.

— Primeiro, quero saber se é uma obra original — ele arriscou.

— Você não estaria sentado neste escritório se não soubesse que é — disse Martiniano. Antes de continuar, moveu a cabeça para a direita e fixou o olhar na janela. — Eu já disse que minha mente é poderosa e que dentro dela está o meu instinto.

— Tenho uma boa dose de certeza — disse Ramiro. — A tela de suporte e os materiais são antigos. Uma das maiores especialistas em arte latino-americana considera a pintura autêntica, mas preciso de mais informações. Não são muitas as pessoas que conseguem separar joio de trigo com relação a Rivera, e o senhor é um dessas poucas pessoas.

— É verdade. Saiba que há mais quadros atribuídos a Diego Rivera circulando pelo mundo do que telas realmente pintadas por ele. Rivera foi um muralista, um pintor de palácios. O melhor, na minha opinião. Por isso, os poucos quadros autênticos que existem são muito valiosos. — O tom de voz de Mendía tinha mudado. Falar de arte o relaxava. Fazia isso com a clareza e a ilusão de compartilhar o conhecimento. — Para saber se estamos diante de um Rivera original, temos que observar alguns detalhes. Atrás da cortina roxa tem um cavalete, vamos analisar alguns pontos.

Como se fosse um aluno de escola, Ramiro tirou a poeira do cavalete. Depois prendeu a pintura da avó de Paloma com as faixas especiais para não estragar nem um centímetro sequer da tela, e colocou o cavalete diante de Mendía, a uma distância ideal de observação. O homem semicerrou os olhos, parecia querer desnudar ainda mais a figura feminina da pintura.

— A primeira boa notícia é que nada nesse quadro é da cor de terra queimada. Rivera odiava essa cor, dizia até que lhe provocava náuseas. — Os dois sorriram. Martiniano estava entusiasmado. — Em 1926, se não me falha a memória, o presidente da Comissão de Artes de San Francisco recebeu de presente uma pintura de Rivera. Era o retrato de uma mulher mexicana com uma criança nos braços. A olho nu, a obra era bastante simples: o menino de proporções incomuns e sem graça, a mulher com uns traços toscos, sem expressão alguma. A escolha da paleta de cores parecia ter sido feita por um aprendiz: um lilás aguado, azuis desbotados e um pouco de marrom. O homem ficou decepcionado. O quadro lhe parecia horrível, ele nem sequer o pendurou. Deixou-o apoiado contra uma parede. Com o passar das horas, aconteceu-lhe algo inexplicável: ele não conseguia tirar os olhos do quadro. As cores começaram a lhe parecer maravilhosas; aos poucos, foi se dando conta de que tinham uma saturação perfeita. Até a falta de carisma da mulher e do filho mudou diante de seus olhos. Ele conseguiu perceber nos traços deformados a delicadeza da proteção materna. O amor, as origens, tudo estava ali. Era preciso apenas olhar com atenção.

— Eu me identifico um pouco com o que aconteceu com esse homem — disse Ramiro com fascinação. — A primeira vez que vi a mulher nua, também não gostei da paleta de cores nem dos traços. Tudo me pareceu estranho. Mas, à medida que continuava olhando...

— Você descobriu a magia — conclui Mendía. — Rivera tem esse efeito. Com os seus murais acontece algo parecido, embora o tamanho distraia bastante. Em obras menores, o efeito é mais intenso.

— Então, é um Rivera? — insistiu Ramiro.

— Na minha opinião, é mais do que isso — respondeu Mendía com convicção.

Ramiro conseguiu perceber a ganância nos olhos do especialista. O homem tinha aprendido a concentrar no olhar todas as manifestações que seu corpo o impedia de expressar. Seu rosto era um mapa que, igual ao quadro de Rivera, revelava-se na proporção que passavam os minutos.

— Que pintura pode ser mais do que um Rivera? — perguntou Ramiro, confuso.

Martiniano Mendía mordeu o lábio e, com a ponta da língua, limpou uma gota de sangue. Pérolas de transpiração cobriram-lhe a testa e escorreram pela lateral de seu rosto sem que ele pudesse secá-las.

— Um Frida Kahlo é mais do que um Rivera — respondeu diante da perplexidade de Ramiro Pallares.

42

Coyoacán, maio de 1944

Tirou o pilão da prateleira e meteu dentro dele três tomates, uma cebola e quatro dentes de alho; esmagou cada pedaço com o socador. Um cheiro picante inundou a cozinha. Na cabeça de Nayeli, só havia lugar para uma imagem: a de Diego Rivera. Por isso, enquanto suas mãos, de maneira mecânica, formavam uma pasta vermelha e uniforme, seus pensamentos voavam para longe, para bem longe.

Colocou um pouco de óleo na panela de ferro e acendeu o fogo da cozinha. Quando escutou o estalar intenso do óleo fervendo, ela esvaziou o pilão na panela. Sua mãe costumava dizer que não demorava mais de cinco minutos para fritar. Nayeli nunca soube calcular o tempo; então, encontrou uma forma que se mostrou estratégica e precisa: cantar dez vezes o refrão de "La tortuga", um som do istmo com o qual seu pai a fazia dormir quando era pequena.

Ay, bigu xi pé scarú
jma pa ñacame guiiñado'
jma pa ñoome ndaani' zuquii
nanixe' ñahuaa laame yanna dxi![31]

Enquanto entoava a canção, ela separou uma porção generosa de arroz e duas xícaras de água. Colocou tudo na panela e ficou olhando, fascinada, como as cores e os aromas se juntavam e, ao mesmo tempo, iam formando uma sopa suave e encorpada.

---
[31] Ay, ay, tortuga, qué linda / pero mejor en un mole, / pero mejor asada en un horno. / ¡Qué rico si me la comiera hoy!

Curvada para um lado, apoiando-se na parede com a mão direita e o rosto atravessado pela dor que lhe causava uma pontada no quadril, a pintora chegou à cozinha.

— Frida, eu fiz uma sopa deliciosa para você — disse Nayeli, e correu para segurá-la. Havia adquirido a habilidade de ampará-la segundos antes que caísse no chão. — E não me faça essa cara... Você tem que comer! Está mais magra a cada dia.

— Magra como uma caveira — concluiu a pintora, e riu com uma de suas gargalhadas. — Eu vou comer, mas só porque você está me pedindo.

As dores tinham voltado ao corpo de Frida. Uma depois da outra, foram se acomodando como hóspedes em uma casa; hóspedes que se sentiam à vontade furando cada osso, cada gota de sangue. A fúria que as havia dissipado não estava mais lá. A cadeira de rodas tinha ficado largada em algum lugar da Casa Azul; Frida costumava perdê-la ou esquecê-la no ateliê ou no jardim. "Não conseguimos ficar amigas", ela dizia, morrendo de rir.

Nayeli serviu a sopa em tigelas de cerâmica, presente dos Fridos para a sua professora. Estavam pintadas com desenhos diferentes, não havia uma igual a outra. Apesar da imagem dissonante que formavam sobre a mesa, eram as favoritas de Frida. Segundo ela, a comida era mais saborosa dentro daquelas pequenas obras de arte dos seus alunos.

— Desta vez, vou comer dois pratos de sopa — anunciou Frida. — Preciso de energia para terminar a obra que vou dar de presente a Diego no nosso aniversário de casamento.

— Então, que coma três pratos — disse Nayeli, entusiasmada. A saúde de Frida a preocupava, algo com que ninguém mais parecia se importar tanto. Todos tinham se acostumado com a ideia de que a pintora fosse uma mulher doente. — Posso ver do que se trata o presente?

Ela se arrependeu da pergunta quando, sem sequer ter experimentado a comida, Frida se levantou da cadeira para ir ao ateliê.

— Dá-me alguns minutos para eu ajeitar minhas coisas e te espero lá. Sua opinião me interessa. Ninguém conhece o sapo Diego como você.

A frase de Frida impactou tanto Nayeli que ela se esqueceu de insistir para que tomasse a sopa, e sentiu-se aliviada quando ficou sozinha na cozinha. Por um momento, temeu que as cores em sua bochecha revelassem o efeito das palavras da pintora. Ela nunca se vira daquela forma; jamais pensou que conhecesse Diego e, no entanto, Frida tinha razão: ela o conhecia, e bem. À noite, só de ouvir o arrastar de seus pés no chão, ela sabia se ele estava cansado; conhecia de memória a cadência de sua respiração enquanto dormia; podia descrever cada ruga que se formava ao redor de seus olhos quando o pintor saboreava algum de seus pratos; sabia que o café com açúcar lhe dava azia e que era preciso esquentar seu leite à temperatura humana; percebia quando tinha estado com alguma de suas amantes – com mais precisão até do que Frida.

Com três colheradas de sopa, conseguiu apagar a imagem de Diego de sua cabeça. Caminhou até o ateliê no piso térreo e ficou observando a pintora do último degrau. Frida tinha a postura de uma pessoa consumida pela dor: ombros caídos para a frente, costas encurvadas e as mãos entrelaçadas, uma segurando a outra.

— Venha aqui, bailarina. Olha que lindo! — Frida a convidou e indicou uma obra muito diferente das outras que a rodeavam.

No centro de uma placa de madeira em forma de vaso, Frida tinha desenhado e pintado com tinta a óleo seu próprio rosto e o de Diego, juntos em uma mesma cabeça dividida em duas metades; o tronco de uma árvore velha unia as partes pelo pescoço de ambos. Os vermelhos intensos, os marrons saturados e os brancos madreperolados iluminaram os olhos de Nayeli.

— Por que esse tronco não tem flores nem folhas? — perguntou Nayeli impressionada. Ela não achava que um presente de aniversário precisasse de flores.

— Bem, porque Diego e eu não tivemos filhos — respondeu Frida, enquanto alisava a saia com as mãos. — Estou seca por dentro como esse tronco. As crianças não crescem dentro do meu corpo. A maternidade se esquivou de mim. Tudo aconteceu sempre para eu sangrar e chorar. E acumular bonecas, gosto muitíssimo de bonecas. São as filhas congeladas que guardo em uma caixa.

Mais de uma vez Nayeli surpreendeu Frida sentada no chão penteando as bonecas de sua coleção. Ela lhes falava com doçura e, antes de guardá-las na caixa, cantava para elas uma canção de ninar com uma voz aguda e baixinha. Uma voz de criança.

— Não tem flores, mas tem conchas, e eu gosto muito disso — exclamou Nayeli para mudar de assunto. Não gostava que a escuridão inundasse Frida todas as vezes que ela falava dos filhos que não tinha conseguido gerar. — Nunca vi uma concha de verdade.

— São muito lindas. Para mim, as conchas significam o amor profundo, pois não há coisa mais profunda do que o oceano.

Nayeli estava de acordo: conchas era muito melhor do que flores que, definitivamente, tinham uma beleza efêmera.

Frida acomodou-se em uma cadeira e começou a discursar. De sua boca saía uma enxurrada de palavras sem lógica alguma. A jovem tinha aprendido que o blá-blá-blá era a estratégia que a mulher tinha desenvolvido para se esconder: mais dor, mais palavras. Era quase impossível acompanhar seu ritmo, passava das anedotas da adolescência no Colégio Nacional aos namoricos nos viveiros de Coyoacán. Sem continuidade, ela descrevia com riqueza de detalhes o guarda-roupa ousado por Lupe, ex-mulher de Diego, e falava sobre os dias longos e tediosos de sua primeira viagem aos Estados Unidos. As histórias nunca se repetiam e, à medida que sua coluna vertebral se retorcia como uma serpente moribunda, os relatos adquiriam matizes trágicos: a cor dos coágulos de sangue, resultado de seus abortos, e a tonalidade dos ossos de sua perna quando ficaram expostos no acidente que marcou sua vida. Esse era o momento em que Nayeli corria do lugar onde estava para pegar o último artefato que os médicos tinham fabricado para Frida: um colete de aço. O equipamento era tão pesado quanto ameaçador: um espaldar de aço que ia do pescoço até a cintura e sustentava seu corpo com faixas de couro e fivelas de metal. Nayeli tinha aprendido a carregá-lo em seus braços como se fosse um bebê.

— Está bem aqui — anunciou, tentando não prestar atenção nos gestos dilacerantes da pintora. As palavras de Frida ficaram presas em sua garganta, ela teve de interromper as histórias desesperadas. Ou falava, ou respirava. — Fique tranquila. Vamos, levante os braços!

Frida obedeceu enquanto podia. Ela levantou os braços para que a jovem pudesse colocar seu corpo dentro do aço. A dor lhe dava vontade de morrer. Mas de uma vez ela agradeceu em silêncio por não ter uma arma de fogo por perto naqueles momentos, não teria hesitado em disparar contra o próprio peito. As duas suavam e, em circunstâncias semelhantes, as lágrimas lhes escorriam pelo rosto. A dor de uma e a compaixão da outra as unia em mares de água salgada que brotavam de seus poros.

— Pronto, pronto! Consegui colocá-lo direito — Nayeli a tranquilizou.

A garota ajustou com firmeza as fivelas de metal: nas clavículas, ente os seios, na boca do estômago, na metade da cintura e nos quadris. As faixas de couro conseguiram fazer com que aço endireitasse a coluna de Frida e o alívio surgiu como por um passe de mágica. Todas as vértebras se acomodaram e deixaram de pressionar o nervo.

— Meu licorzinho, bailarina. Vamos celebrar! — disse Frida, como em todas as vezes que ficava presa dentro do colete e as dores cediam. — Ai, cada vez é pior! Estou ficando louca!

— Não diga isso, não repita isso nunca mais — Nayeli a repreendeu, enquanto lhe servia o licor em uma tacinha de cristal azul. — Você não está louca.

— Gostaria de ser louca e fazer o que me desse vontade a pretexto da loucura. Eu cuidaria das flores do jardim todos os dias. Pintaria a dor, o amor e a ternura. Riria à vontade da estupidez dos outros e todos diriam: "Coitadinha, ela está louca!".

— Mas isso você já faz — respondeu Nayeli, logicamente.

Frida deu uma gargalhada e esvaziou a tacinha azul.

— Então já estou louca. Há mais motivos para celebrar! — exclamou, levantando a mão com a taça. — Mais licor para a louca!

A jovem negou com a cabeça e guardou a garrafa de licor dentro do móvel.

— Mais sopa e menos licor — ela disse. — Você não comeu nada. Tive que ajustar um ponto a mais nas faixas do colete. Está mais magra a cada dia.

— Quem me dera fosse esse o meu único problema. Venha aqui, tenho que conversar com você.

Nayeli sentou-se no chão, ao lado da cadeira de Frida. Sempre que a pintora dizia "venha aqui", a jovem sabia que era o prelúdio de alguma história. Ela gostava muito de cruzar as pernas, uma sobre a outra, apoiar as mãos sobre os joelhos e olhar para a mulher, que então se transformava em uma trovadora de voz rouca.

— Este troço de aço que me mantém dura como uma estátua me ajuda muito, você bem sabe, mas já não serve mais. É como se o pobrezinho do colete tivesse ficado sem forças e minhas dores voltassem. O doutorzinho Zimbrón me disse que minhas meninges estão inflamadas e que devo ficar de repouso para evitar que isso fique ainda pior...

— O que são meninges? — perguntou Nayeli. Ela nunca tinha ouvido aquela palavra e, por um segundo, acreditou que era um dos tantos modismos inventados por Frida.

— São como um tecido de gaze bem fino que cobre o sistema nervoso. Isso foi o doutorzinho que me contou, mas acho que é outra coisa bem diferente. Acho que é a baba do diabo — declarou.

Os olhos de Nayeli ficaram arregalados, como duas moedas. Seu rosto desbotou como se fosse perder as feições.

— Não fique tão surpresa! — exclamou a pintora. — Nem todos os judas são bons. Há alguns que se metem no meu corpo à noite e largam lá dentro a sua baba para afogar meus bons sentimentos, mas eles não me vencerão. Sei manter o equilíbrio entre o bem e o mal. Os médicos que me examinaram disseram que, talvez, eu tenha que me submeter a outra operação para acabar com esse mal-estar horrível. O que você acha?

— Eu não sou médica. Não sei... — balbuciou Nayeli.

— Mas o que isso importa? Você é a única pessoa que considera as minhas banalidades coisas transcendentais, é a única que me leva a sério. Você se importa comigo, você sabe de tudo.

O excesso de confiança que Frida tinha depositado em cada palavra oprimiu Nayeli. Ela podia mudar de assunto, como costumava fazer todas as vezes que sua mentora entregava a cabeça ao delírio. Bastava apontar alguma flor nova no jardim ou contar uma travessura inventada dos cachorros, ou mesmo contar uma fofoca trazida dos corredores do mercado. Frida dirigia a sua atenção às guinadas, como um motorista embriagado. Mas Nayeli não conseguiu. Não quis. Ter uma vida alheia nas mãos requeria uma responsabilidade maior.

— Deveríamos consultar Diego — disse Nayeli com solenidade.

Como resposta, Frida ajustou ainda mais uma das faixas de couro do colete que apertava seu corpo, e Nayeli soube o que tinha de fazer.

43

Buenos Aires, janeiro de 2019

Depois de olhar para ela de cima a baixo, tive de baixar a cabeça para conferir. O vestido que eu tinha colocado de manhã, o vestido de minha avó, permanecia o mesmo: verde oliva, de lã macia, que ia até os joelhos. Com a mão direita, acariciei os botões de madrepérola em forma de coração, e com a esquerda, apalpei o cinto de couro que se ajustava à minha cintura.

— O vestido lhe cai muito bem — disse Eva Garmendia. Falou isso sem surpresa, sem emoção. Sempre fora especialista em frases protocolares com as quais deixava exposta a sua condição de mulher elegante.

— Estamos vestidas exatamente iguais — disse, mostrando com o dedo indicador.

Ela deu de ombros, como se encontrar alguém usando o mesmo vestido confeccionado nos anos 1950 fosse a coisa mais natural do mundo.

— Ao longo dos anos eu me dei conta de que nunca fui uma pessoa muito criativa. Costumava fazer blusas, saias e vestidos idênticos. Mas eu era muito prolixa ao costurar e tinha um olho muito bom para cores e tecidos.

— Foi a senhora quem deu este vestido para a minha avó? — perguntei.

Ela ficou em silêncio enquanto avaliava a resposta.

— Poderíamos dizer que sim.

— Que coincidência termos escolhido a mesma roupa no mesmo dia, não é?

— Não, a verdade é que não é — ela respondeu, entediada. — Deixe-me passar, querida. Vou me deitar um pouco.

— Gloria me devolveu o caderno vermelho de Nayeli — disse para detê-la. Embora Eva sempre fosse arredia comigo, eu gostava de estar na presença dela.

Sua reação me surpreendeu: ela se aproximou com passos ágeis e estendeu as duas mãos.

— Dê-me esse caderno, Paloma — disse com determinação.

Eu a olhei com uma mistura de perplexidade e raiva. Quem era Eva Garmendia para exigir alguma coisa com aqueles modos? Instintivamente, abracei minha bolsa e pude sentir o formato duro do caderno contra meu peito. Não ia permitir que ninguém me tirasse mais nada que tivesse pertencido à minha avó, a pintura já tinha sido suficiente.

— Não, Eva, de maneira alguma. É o caderno da minha avó — repliquei.

— É da sua mãe, Paloma. Pare de agir como se Felipa não existisse e você fosse a única herdeira de Nayeli.

Senti a convicção de suas palavras como uma bofetada. Era tão óbvio o que ela acabava de dizer que fiquei pasmada por nem sequer ter levado aquilo em consideração. Durante anos, minha avó e eu tínhamos formado uma equipe em que só havia lugar para duas pessoas: ela e eu. Perguntei-me muitas vezes se Nayeli tinha colaborado para criar o abismo que me separava de minha mãe, mas nunca quis nem pude encontrar uma resposta; eu me limitei a me deixar ser amada por ela, algo que a minha mãe nunca soube fazer.

— Eva, por favor, a senhora sabe muito bem que tudo o que diz respeito a Nayeli sempre esteve dentro do meu universo — disse, sobretudo para mim mesma. — Não queira tirar a única coisa que me resta dela, que é me ocupar de sua morte.

Com suas mãos de dedos longos e unhas impecavelmente esmaltadas, ela ajeitou o cabelo branco e macio atrás das orelhas, deixando-as à vista em sua forma pequena e perfeita, embelezadas com argolinhas douradas. Foi o tempo necessário para lançar uma pergunta.

— Que dia é o aniversário de sua mãe?

— Vinte e quatro de novembro — respondi, perturbada.

— Bem, não. Essa não é a data do aniversário dela — concluiu, triunfante.

— Ai, Eva, por favor...

— Eva por favor nada — ela me interrompeu. — Sua mãe nasceu no dia vinte quatro de dezembro, mas sua avó sempre dizia que Felipa não poderia ofuscar o nascimento de Jesus, então decretou que a filha faria aniversário um mês antes, por temer que Deus pudesse castigá-la. Então, Paloma, para de pedir para que não te tirem as coisas, porque, nessa história, a única desprovida de tudo foi sua mãe, de quem até a data de nascimento sua avó tirou.

Ela aproveitou meu desconcerto para passar pelo meu lado. Quando dei a volta, eu a vi de costas: ela caminhava ereta pelo corretor que levava ao seu quarto.

— Qual é a história, Eva? — gritei. Quando ela parou de caminhar e ficou no meio do corredor, soube que eu tinha de insistir.

— Qual é a história que vale mais que um quadro? Você me disse isso quando me entregou a chave, que a história é a verdadeira obra de arte.

Ela não respondeu e continuou caminhando, mas sem a arrogância que tinha ostentado minutos antes. Consegui me afastar quando escutei que ela fechava a porta do quarto.

Entrei no banheiro da recepção e lavei o rosto. A água fria da torneira me tranquilizou bastante. Retoquei o batom dos lábios e, com uma base cor da pele, tentei esconder as manchas vermelhas que apareciam no meu peito toda vez que eu ficava nervosa. Enfiei a mão no fundo da minha bolsa para verificar se o caderno de Nayeli continuava no mesmo lugar, como se Eva pudesse fazê-lo desaparecer com um estalar dos dedos.

O escritório de Eusebio Miranda estava localizado a poucos metros da entrada principal da Casa Solanas. Durante as primeiras horas da tarde, depois do almoço, ele sempre deixava a porta aberta. A maioria dos residentes se refugiava em seus quartos para dormir a sesta e a casa ficava em silêncio. Aquele era o momento em que o diretor da residência de idosos aproveitava para ventilar seu espaço; certa ocasião, ele tinha me confessado que as janelas haviam emperrado anos atrás e que nunca se empenhara muito para consertá-las. Apesar de minha avó nunca ter sido uma residente fácil, Eusebio sempre foi muito gentil comigo e com ela. A comida, o excesso de ar condicionado no verão, o excesso de calefação no inverno, a falta de irrigação das plantas do pátio, a limpeza dos banheiros, tudo era motivo de reclamação para Nayeli ou uma forma de chamar atenção.

Cheguei e dei duas batidinhas no batente de madeira. Eusebio estava sentado em frente a sua escrivaninha, comendo algumas frutas com uma porção de chantili tão grande que as frutas quase sumiam. Ele levantou a cabeça do prato e sorriu como a boca cheia. Autorizou a minha entrada com um gesto de cabeça.

— Que bom te ver por aqui, Paloma! Veio visitar as amigas de sua avó?

— Sim, estive com Gloria um tempo e depois topei com Eva na sala — disse, tentando parecer casual.

— Que figuras aquelas duas! É impossível que se deem bem algum dia — comentou com ternura, como se falasse de duas garotas rebeldes da escola.

— Venho lhe incomodar porque estou procurando a ficha que preenchemos, eu e minha mãe, quando internamos Nayeli. Vocês costumam guardar essa documentação?

Eusebio me olhou com curiosidade e assentiu. Cruzou os talheres sobre o prato, limpou a boca com um guardanapo de papel e caminhou até um móvel com prateleiras cheias de pastas.

— Vamos ver, vou procurar aqui — disse, enquanto verificava os arquivos. — Aurora, minha secretária, é uma bênção. Secretária como as de antigamente. Tudo arrumadinho, numerado, nomeado. Vamos ver... Cruz, Cruz, Cruz... Aqui está, Nayeli Cruz.

Uma pilha de folhas, algumas escritas à máquina e outras em computador, presas com um clipe prateado, era o resumo dos últimos anos de minha avó. O final de uma vida contido em uma pasta de papelão rosa. Senti uma pontada de tristeza no meio do peito.

Eusebio voltou a se sentar à sua escrivaninha e me olhou, expectante. Era óbvio que eu pretendia consultar os documentos naquele momento, naquele lugar e diante dele. E assim fiz.

Na página de rosto estava o que eu tinha ido buscar: a ficha de admissão de Nayeli. Passei o dedo indicador pela folha, de cima a baixo, e me lembrei daquela tarde de inverno em que, na companhia de minha mãe, preenchemos os espaços vazios. Ela, com uma caneta-tinteiro dourada que tirou com delicadeza de sua bolsa de couro; eu, como uma esferográfica que encontrei no fundo da minha mochila. Até nos detalhes nós éramos muito diferentes. Naquele momento, não prestei atenção ao que agora atraía meu interesse. Na parte superior, sobressaía a letra prolixa de minha mãe: *Felipa Cruz, solteira, mexicana, nascida em 24 de dezembro de 1955*. Eu não consegui ler mais nada. Eva Garmendia tinha razão.

— Veja que na pasta está todo o histórico clínico de Nayeli. Se precisar, pode levar com você. As únicas coisas que têm que ficar aqui são a ficha de admissão, a lista de visitas e a cópia da certidão de óbito — disse Eusebio.

Para dissimular meu nervosismo, passei as páginas até chegar à lista de visitas e encontrei uma situação estranha. Tive de revisá-la várias vezes para entender. Meu cérebro é especialista em evitar situações que me colocam à beira do abismo.

— Senhor Eusebio, deve haver algum erro nesta lista — disse, e entreguei o papel a ele por sobre a mesa. — Aí consta uma quantidade enorme de visitas da minha mãe para a minha avó. Não quero entrar em detalhes, mas elas não se davam muito bem. Sei que vinha raramente visitá-la.

— Não sei nada sobre assuntos familiares, mas sei que vi Felipa muitas vezes neste lugar. Sua mãe não é mulher que passe despercebida — disse, com um sorrido bobo.

Peguei a lista da mão dele e tentei me concentrar. Felipa Cruz tinha estado na Casa Solanas três vezes por semana, desde o primeiro instante da internação de Nayeli até os dias que antecederam sua morte. Sua assinatura com a caneta-tinteiro dourada certificava cada visita. Abaixo de cada uma de suas entradas, figuravam as minhas. Pude entender o motivo pelo qual nunca tínhamos nos cruzado ali: minha mãe parecia ter calculado o horário exato para me evitar, o horário em que eu estava dando aulas de música na escola.

— Estou muito surpresa. Nenhuma das duas nunca me contou sobre essas visitas.

Não comentei com ele que, nos últimos tempos, minha avó costumava reclamar bastante que minha mãe não ia visitá-la. Deixei a lista de visitas em cima da mesa e procurei o histórico clínico. Com o dedo indicador, marquei cada uma das orientações e diagnósticos médicos: artroses, uma anemia leve, alguns problemas para conciliar o sono e as questões cardíacas que determinaram seu fim. Não havia linha alguma que mencionasse demência ou confusões.

— Senhor Eusebio, sabe se Nayeli tinha algum tipo de dificuldade para se lembrar das coisas?

— De maneira alguma. Jamais tive uma paciente daquela idade com uma memória tão boa. Lembrava-se de tudo: quantas vezes por semana servíamos carne vermelha ou frango, os turnos das meninas da limpeza e o nome de cada uma delas. E mais: ela reclamava quando servíamos gelatina mais de uma vez ao mês. Tinha uma memória de elefante, eu diria.

— E minha mãe a visitava no quarto ou elas saíam ao pátio? — Ainda que as provas do ocultamento estivessem diante dos meus olhos, eu me negava a aceitá-las.

Eusebio ficou pensativo. Acariciou o queixo com uma mão, como se aquele gesto pudesse ajudar a sua memória.

— Na verdade, Paloma, eu não me lembro. Costumo passar muito tempo aqui no escritório; vejo entrar e sair as visitas, mas não ando atrás de cada uma delas. Eu me envolvo quando há algum problema ou quando alguma norma é descumprida, mas, no caso de sua mãe e de sua avó, nunca aconteceu nada que requeresse a minha presença.

Eu lhe devolvi a pasta. Não precisava levar nada comigo. Eusebio e eu nos despedimos com afeto e prometi voltar, a cada ano, para o jantar de aniversário da Casa Solanas. Havia chegado ali com uma dúvida e saía com muitas mais.

Eu me dirigi ao pátio que separava a casa do portão de entrada. Em um canto, como sempre, sentada em sua cadeira de balanço sob o guarda-sol, estava Gloria. Ela lia o jornal enquanto tomava suco de laranja. Eu me aproximei para me despedir dela. Ela cravou os olhos em mim. Estava furiosa. Os lábios apertados formavam tantas rugas ao redor de sua boca que ela parecia ter babados de renda no rosto. Colocou o copo de suco e o jornal sobre a mesa e segurou minhas mãos com uma firmeza que me pareceu excessiva em uma mulher de mais de noventa anos.

— Escute bem o que vou te dizer, Paloma — disse, como se a sua vida dependesse daquele pedido. — Sua mãe nunca visitou Nayeli.

Eu a olhei com surpresa.

— Sim, sim. Não me olhe assim. Escutei a conversa que teve com Eusebio. Você já deveria saber que nada me passa despercebido. E também não me passou despercebido aquilo das visitas de mentira. Felipa vinha muito aqui, isso é verdade, mas não era para ver a sua avó.

— O que ela vinha fazer aqui? — perguntei com certo alívio. A possibilidade de que minha avó tivesse me escondido algo tão importante era insuportável.

Gloria apertou minhas mãos com mais força.

— Ela vinha ver Garmendia, Eva Garmendia. Felipa era como uma filha para ela.

44
San Ángel, maio de 1944

Os cactos altos, plantados um do lado do outro, formavam uma cerca perfeita; no entanto, podia-se espiar entre os espinhos e ver um pouquinho do que acontecia nas casas de San Ángel. Uma espécie de convite mesquinho e perigoso para os poucos que se animavam a se aproximar. O sol tinha saído por completo e não havia uma nuvem sequer que pudesse aliviar o calor intenso. A garota secou o suor da testa com o dorso de uma mão; com a outra, segurava as compotas que tinha feito horas antes. O portão estava aberto, não havia ninguém que a impedisse de entrar na propriedade.

O vidro enorme de uma das janelas se apresentou como incentivo para que ela verificasse a própria aparência. Duas horas antes, Nayeli tinha se trancado dentro do seu quarto da Casa Azul para escolher, com certa culpa, a roupa que usaria para visitar Diego Rivera. Seu refúgio de paredes amarelas era modesto. O único tesouro à vista era um baú enorme onde a jovem guardava os poucos pertences que havia trazido de sua terra de origem, Tehuantepec, e as roupas que Frida tinha lhe dado nos últimos anos. Ela hesitou durante quase meia hora em frente à roupa. Quando estava prestes a escolher um huipil branco e uma saia lisa azul, uma voz interior, muito parecida com a de sua madrinha, sussurrou-lhe um conselho: *Você deve ser quem você realmente é, não outra pessoa parecida com você.*

No fundo de seu cesto, dobrado e passado, estava o traje vermelho de tehuana que sua mãe havia feito para ela usar na última Vela. Seu estômago ficou embrulhado e os olhos encheram-se de água. Em Nayeli, o processo do choro sempre começava da mesma maneira: com desconforto físico e uma necessidade urgente de expulsar a dor que nascia em seus órgãos vitais. E mais uma vez a voz de sua madrinha a inundou: É preciso parir as angústias no tempo certo, *como as crianças; nunca antes*. Talvez por isso, ela não tivesse conseguido chorar, não era o momento certo. As lágrimas ficaram represadas formando um laguinho no canto dos olhos. Ela as dissipou e vestiu sua roupa com um cuidado quase cerimonial. Apertava-lhe um pouco na cintura – a comida abundante na casa de Frida a fizera ganhar peso. As corridas nos cerros com sua irmã, as longas caminhadas até o mercado e as horas nadando no rio de Tehuantepec eram coisas do passado que às vezes pareciam ter se alojado em outra vida. Uma vida alheia.

Embora o vidro da janela de San Ángel estivesse sujo, o reflexo serviu para que ela ajeitasse o cabelo; tinha crescido tanto que já passava da altura dos ombros. Ela tirou a fita que havia atado na cintura e prendeu o cabelo com cuidado, desobstruindo seu rosto. Com a borda do huipil, ela poliu o canto do vidro. Percebeu que seus olhos, que sempre tinham sido de um verde claro, estavam agora mais escuros; verde-oliva, como Frida chamava aquela cor indefinida. Seu corpo também tinha esticado: o babado da saia já não tocava mais o chão. Com vaidade, ela beliscou as bochechas para que ficassem com uma tonalidade rosada e sorriu. Seus dentes brancos, perfeitamente alinhados, ficaram expostos. Ela gostou, gostou dela mesma. Já não se via mais como uma menina, já não era mais uma menina.

O jardim era muito menor do que o da Casa Azul e com bem menos vegetação. Um caminho pequeno e bem cuidado, feito com predrinhas brancas, levava diretamente à entrada de uma das casas; eram duas. Antes de subir um dos degraus de acesso, levantou a cabeça para tentar entender a construção que se erguia diante dela. Nunca tinha visto nada igual. O espaço estava ocupado por três estruturas quadradas e muito sem graça; duas delas, unidas por uma passagem coberta no topo, e a terceira, a menor, no fundo. A casa principal tinha sido pintada de um vermelho vivo com detalhes em branco; a outra, de um azul exatamente igual ao das paredes da casa de Frida. Aquele detalhe a fez sentir confiança. Por um segundo, sentiu que, de alguma maneira, sua benfeitora estava ali, junto dela.

Nayeli entrou na casa vermelha. À sua direita, uma escada em caracol de concreto alisado era o único lugar por onde seguir. Ela subiu com cuidado, um pouco por medo e outro pouco por recato. Sentiu que sua presença era dispensável naquele espaço. De cima, vinha o som da voz de Diego. Ele cantava aos gritos:

Soy un pobre venadito
que habita en la serranía.

Como no soy tan mansito,
no bajo al agua de día.
De noche, poco a poquito,
y en tus brazos vida mía.

Ele desafinava e não chegava aos tons agudos, mas a paixão que colocava em cada estrofe de "El venadito" deitava abaixo qualquer crítica. Nayeli deixou-se guiar pela voz dele, mas, no alto da escada, o impacto a impediu de seguir em frente: tudo o que se apresentava diante de seus olhos era espantoso. A sala era enorme e luminosa. Com exceção de uma, todas as paredes estavam cobertas de janelões de vidro muito amplos. O pé-direito era tão alto que, por um instante, ela pensou que a casa pudesse ter sido construída para um gigante. Cinco judas de papel machê formavam a decoração principal; alinhados contra um dos janelões, eles pareciam ter vida própria. As figuras eram idênticas às que enfeitavam o corredor de entrada da Casa Azul. Mas, ainda que os dois lugares compartilhassem alguns poucos detalhes, eram bem diferentes. Até o cheiro das pinturas e das tintas a óleo irritavam mais o seu nariz em San Ángel do que em Coyoacán.

Diego cantava no meio da sala, em cima de uma escadinha de metal, enquanto pintava sobre uma tela enorme. Nayeli nunca tinha visto uma obra tão grande, mais alta e mais larga do que os quadros que Frida pintava. Ela não soube como chamar a atenção dele, então lhe ocorreu tossir. Uma tosse suavezinha e falsa. Por um segundo, ela temeu que o corpo robusto do pintor caísse rodando pela escada que somente parecia sustentá-lo. Diego Rivera se virou apenas um pouco. Em uma das mãos, segurava uma paleta redonda de madeira, manchada de tinta colorida, e na outra, um pincel grosso. O homem emitiu uma de suas famosas gargalhadas: estridente, sincera. Tinha o dom de rir com todo o corpo. Ele sacudia as mãos, a barriga subia e descia, e tombava a cabeça para trás, como se ela fosse soltar de seu corpo.

— Venha, entre! Seja bem-vinda! — exclamou. — Deixe esse embrulho em qualquer lugar que esteja livre.

Nayeli procurou com o olhar uma mesa ou uma cadeira para apoiar o prato com os buñuelos, mas não encontrou nada vazio; tudo no ateliê de Diego estava ocupado, tudo que o rodeava era excessivo.

— Senhor Diego, se posso levar os doces à sala de jantar, se quiser.

— Aqui não tem sala de jantar, minha querida. Decidi abolir a tirania da sala de jantar. Podemos comer onde quisermos ou onde tivermos fome ou comida, ou o que vier primeiro. Pode deixá-lo no chão, em qualquer canto — disse, apontando de maneira confusa ao redor da sala, e desceu da escada com uma habilidade impensada para um corpo daquele tamanho.

Na borda de uma mesa cheia de potes de tinta, Nayeli encontrou uma pequena toalha branquíssima. Parecia um milagre que nenhuma daquelas cores tivessem encostado ali. Ela a esticou no chão e colocou o prato de doces no centro. Apesar de já estarem frios, ainda preservavam o perfume intenso de baunilha e canela.

Eles se sentaram, um de frente ao outro, sobre o chão de cimento. Fazia calor, mas o frescor do piso se mantinha inalterado. Diego atacou as bolinhas açucaradas como se não tivesse engolido nada durante meses; enchia a boca e, quase que ao mesmo tempo, lambia os dedos.

— Isto é uma delícia, Nayeli Cruz! — disse, com a boca cheia.

A jovem tentou acalmar a tremedeira do corpo. Poucas vezes alguém tinha lhe chamado pelo nome e sobrenome. A maneira como sua identidade completa soou nos lábios de Diego Rivera lhe provocou vontade de chorar.

— Essa é uma receita que costumávamos fazer na minha casa de Tehuantepec, em Oaxaca. É a minha terra, o meu lugar.

O pintor deixou um dos buñuelos pela metade, levantou-se de um salto e, enlouquecido, começou a revirar um baú que decorava um dos cantos do ateliê.

— Aqui está o meu tesouro — disse, enquanto apertava contra o peito um caderno de capa de couro.

Voltou até onde Nayeli estava e lhe estendeu o caderno, com a atitude de um menino prestando conta de suas tarefas escolares.

— Esse é meu diário de viagem. Tudo o que vivi em sua terra está nessas folhas. — Ele tocou o peito com as duas mãos e acrescentou: — E aqui, no meu coração.

Com medo de manchar alguma das obras que Diego havia colocado em suas mãos, Nayeli passou folha por folha com a ponta dos dedos. Algo lhe dizia que o que estava vendo era muito valioso. Todas as páginas mostravam momentos que Diego Rivera tinha vivido em Tehuantepec: frutas e flores enormes, vegetação densa, rios turbulentos e, sobretudo, mulheres. Mulheres tehuanas.

— Oaxaca é o paraíso. Ali as amazonas reinam e deixam os homens embasbacados, sem capacidade de reação. Elas são bruxas. — Falar era uma das coisas de que Rivera mais gostava. Ele era tão bom em contar histórias exageradas, e muitas vezes inventadas, como em pintar. — Muitas dessas nativas têm manchas na pele como se fossem leopardos. E a pele dos homens nasce branca e se tinge aos poucos, até alcançar a cor da terra. Na Europa, a minha pintura se perdeu. Tudo o que era europeu meteu-se em meus pincéis e na minha alma. Nada do México restava dentro de mim.

Com dissimulação, Nayeli tocou a mancha de nascimento de sua perna e sorriu. Nunca pensara que talvez descendesse de um leopardo. Ela gostou da ideia.

— Foi Vasconcelos quem disse que o meu mural *La creación* não o agradava — continuou Diego. — As marcas europeias estavam ali, não tinham saído da minha arte. Ele me levou à terra zapoteca e ali eu encontrei a intuição, a força vital, tudo. Em Tehuantepec, encontrei meu verdadeiro trópico mexicano, como se eu tivesse voltado a nascer.

Nayeli o escutava maravilhada. Cada palavra que saía dos lábios de Diego Rivera era pronunciada para ela. Sentiu que todo o seu corpo era uma pátria por descobrir.

Ainda que os desenhos das mulheres – todos diferentes – que Rivera havia retratado em seu caderno lhe parecessem muito lindos, nenhum a surpreendeu. Ela tinha sido criada entre todas aquelas mulheres. A pele suave, os quadris largos e arredondados, as mãos de dedos finos, os cabelos longos e cacheados, os pés pequenos com dedos como garras, as maçãs do rosto altas, a boca carnuda, os olhos puxados. Tudo era familiar para Nayeli. Ela conseguia, inclusive, se reconhecer em cada uma daquelas imagens.

— Tenho que terminar de pintar alguns detalhes. Você pode ir à casa ao lado pela porta no andar de cima, para conhecer este lugar fabuloso — disse Diego, e se levantou. Ele limpou as duas mãos nas laterais de seu jaleco de trabalho. As manchas de gordura dos buñuelos se misturaram com as da tinta.

— Precisamos conversar sobre a Frida — disse Nayeli. Ela cuspiu cada uma das palavras, o verdadeiro motivo pelo qual estava naquele lugar.

— Claro que sim. Minha Friducha querida. Eu poderia passar horas falando da minha pombinha...

— Da saúde debilitada de Frida — interrompeu a jovem, seriamente.

Diego mostrou-se surpreso. Havia se habituado tanto à fragilidade do corpo de Frida que transformar suas dores em um tópico de conversa lhe parecia estranho.

— Frida está cada vez pior. O colete de aço já não a ajuda mais e seu médico disse que o melhor a fazer é submetê-la a outra operação.

— O que você acha? — perguntou o pintor.

Nayeli estremeceu. Essa pergunta havia marcado o final de sua adolescência. Diego e Frida costumavam se comportar como crianças grandes, e ainda que a tentação de cuidar dos dois fosse enorme, ela não queria, não podia.

— Eu não penso nada. Só quero que Frida não morra — balbuciou.

O pintor dissimulou a raiva, muito diferente da fúria explosiva de Frida. Seu rosto ficou vermelho, uma veia azulada cruzou sua testa, os olhos esbugalhados lançaram chamas e ele deu um soco com os punhos fechados na lateral do quadril.

— Eu não quero ter que escutar isso de novo! Frida é eterna como o céu, como a chuva, como o oceano. — Soltou o ar e mudou abruptamente de assunto. — Tenho que terminar esse quadro. Pagaram-me um bom dinheiro adiantado e a entrega tem data e hora marcadas. Se quiser, você pode subir as escadas, atravessar a ponte e visitar o espaço lá em cima. É algo digno de ser visto, não perca — insistiu. Suas palavras soaram mais a uma ordem do que a um convite.

Diego Rivera girou nas botas de couro e com três movimentos precisos trepou no andaime, como um animal ferido que se refugia em uma caverna. Ele mergulhou rapidamente naquele mundo de concentração que o evolvia quando trabalhava em suas obras, aquele mundo paralelo que só tinha lugar para uma pessoa: ele mesmo.

Naquele mesmo instante, Nayeli tomou uma decisão: não iria embora de San Ángel sem uma resposta para Frida. Com o passar dos anos, ela havia aprendido que Diego tinha o seu tempo. As informações e as notícias amontoavam-se em sua cabeça e ele demorava para ordená-las; por isso, suas conclusões costumavam estar repletas das reviravoltas e dos modismos de quem não improvisa nada.

Ela seguiu as poucas orientações que ele havia lhe dado. O andar de cima tinha o pé-direito tão alto quanto o do ateliê, mas os quartos eram muito menores e mais austeros. Não havia pinturas, nem judas, nem cores. Tanto as paredes como o piso eram de cimento cru; assemelhava-se mais à casa de um monge do que à de um artista. Ela não pôde deixar de espiar o que parecia ser o quarto de Diego, a porta estava aberta. Uma cama estreita chamou sua atenção. Como um homem tão grande faria para deitar sobre aquele colchão sem cair pelas laterais? Grudada à cama havia uma mesa de cabeceira pintada de um verde pálido e, como único objeto de decoração, pendurado na parede, um desenho em carvão dentro de uma moldura de madeira.

Um corredor estreito levou-a até a porta de ferro laranja que dava para uma varanda quadrada de poucos metros e desembocava em um passadiço de concreto. Do outro lado, estava a construção similar de cor azul. Nayeli cruzou o passadiço com o coração batendo muito depressa. Ela não pôde deixar de olhar para baixo. O jardim sobre o qual estavam erguidas as casas era visto em todo o seu esplendor: trilhas de pedrinhas brancas, nopais e cactos, muitos deles floridos.

A casinha do outro lado do passadiço cheirava a perfume de mulher, um de aroma muito mais intenso do que o que Frida usava. Antes de chegar à porta, ela pôde ver uma sombra que cruzava de um lado ao outro, uma sombra como um espectro. Seu corpo teve o impulso de dar a volta e refazer seus passos, mas a curiosidade foi maior. Ela aguçou os ouvidos tentando escutar algum passo, alguma voz, algo que lhe desse a certeza de que aquilo que tinha visto era humano. Apenas chegou até ela o bater de asas de dois pombos que se acasalavam sobre os galhos de uma das árvores do jardim.

Nayeli tinha crescido rodeada de mitos e lendas de sua terra natal, histórias que faziam parte de cada célula de seu corpo; por seu sangue de tehuana corriam litros e litros de histórias do além. Sua madrinha sempre lhe dizia que o inimigo não são os mortos nem os fantasmas, tampouco os espíritos inquietos. O único inimigo das pessoas é o esquecimento. Ela rememorou aquelas palavras para se encorajar e cruzar a porta que tinha diante de si. Girou a cabeça de um lado para o outro a fim de relaxar a tensão no pescoço e avançou.

Com apenas alguns passos, ela se deu conta de que o lugar era bem diferente daquele que acabava de deixar para trás. As paredes do hall estavam pintadas de um amarelo que, sob o raio de sol que se infiltrava, parecia dourado. Ela atravessou com cuidado a primeira porta: era o quarto de Frida, não tinha dúvida. A manta com folhas bordadas sobre a cama, o vaso cheio de flores de papel colorido, os colares de pedra e de pérola pendurados no encosto de uma cadeira e um lenço roxo no chão denunciavam algum esquecimento da pintora. Nayeli não pôde deixar de entrar no quarto que tinha apenas alguns centímetros a mais que o banheiro pequeno da Casa Azul. Ficou feliz em saber que Frida tinha seu espaço dentro dos confins privados de Diego Rivera.

— Não toque nisso. Não lhe pertence.

A voz às suas costas fez que Nayeli soltasse um dos travesseiros da cama como se fosse brasa incandescente. Ela se virou com um movimento rápido, regido pela adrenalina; ao mesmo tempo, apoiou as mãos sobre o coração, como se aquele gesto pudesse evitar que ele saísse de seu peito. Apoiada contra o batente da porta estava ela, a Branquela, a garota que havia conhecido na porta da Casa Azul no dia da inauguração do mural da pulquería. Mas agora ela estava muito diferente. Já não usava mais aquela roupa preta que a fazia parecer acompanhante de um cortejo fúnebre. Parecia iluminada como uma princesa saída de uma carruagem. No entanto, sua roupa era bem simples: um vestido rosa justo até a cintura, a saia godê indo na altura dos joelhos. Frida teria dito que a jovem era só pele e osso e que lhe faltava comer uns bons guisados; que seus braços finos, saídos de ombros marcados, e suas pernas magras a faziam parecer um esqueleto esquecido do Dia dos Mortos. Mas, para Nayeli, a mulher que estava na sua frente era a própria imagem da fragilidade e da sutileza. Uma figura etérea e encantadora.

— Me desculpe. Queria arrumar a cama, está um pouco desarrumada — balbuciou Nayeli, que não era muito boa em inventar desculpas. — Quem é você?

— Você já sabe. Sou a Branquela, uma aluna de Diego — respondeu com firmeza.

— Eu não sabia que Diego era professor — disse Nayeli, procurando a brecha na mentira.

— Nem eu.

A resposta da Branquela a deixou muda e sem ação; demorou uns segundos para reagir. A garota se virou graciosamente para se retirar. Nayeli a seguiu pelo corredor que dava em um ateliê luminoso.

Em um canto, dois cavaletes seguravam telas com pinturas de naturezas-mortas por terminar. Eram obras de Frida. No centro, uma mesa mais larga do que comprida estava vazia. O que estivera em cima dela agora se amontoava no chão: dois potes com pincéis mergulhados em água, uma lata cheia de lápis de cor, uma caixa de papelão muito maltratada com gizes de carvão usados e dois rolos grandes de papel branco. Nayeli percorreu os objetos descartados com o olhar e uma onda de raiva a tomou por completo. Sentiu como suas bochechas ferviam e um suor frio correu-lhe pelas costas. Quem era aquela garota de cabelos dourados, quase brancos, que tinha se atrevido a tirar os pertences de Frida do lugar? Com passos rápidos, posicionou-se na frente dela, muito perto. Os olhos verdes da tehuana lançavam faíscas.

— Quero que você coloque os objetos de Frida de volta na mesa, porque essa aí é a mesa dela — a jovem a interpelou ameaçadora, com os punhos fechados na lateral do corpo. Segurou a vontade de gritar para evitar que suas palavras chegassem a Diego.

A Branquela levantou as sobrancelhas, deixando sem moldura os olhos que, de tão claros, pareciam transparentes; seus lábios pintados com um rosa pálido entortaram-se para cima, em uma careta de surpresa. Não estava acostumada a que lhe falassem daquela forma.

— Eu nem sei quem você é — disse com uma calma elegante —, mas lhe aviso que eu não recebo ordens de ninguém.

— Eu sou Nayeli Cruz, a cozinheira da Frida — respondeu com orgulho. Toda vez que seu nome era vinculado ao seu trabalho, ela sentia o peito inchar; às vezes, achava até que crescia alguns centímetros.

— Ah, por favor! — exclamou a Branquela mexendo uma das mãos como se estivesse espantando uma mosca imaginária. — Vou fazer de conta que esta conversa nunca existiu. Eu me recuso a discutir com uma empregada doméstica. Se você é cozinheira, deveria estar na cozinha e não aqui, no ateliê. Além disso, se você é a cozinheira de Frida, deveria estar em Coyoacán e não aqui, em San Ángel. Você tem sorte de eu estar de bom humor e não contarei a ninguém sobre este incidente. Por muito menos, na minha família, te jogariam no meio da rua.

Nayeli deu um passo para trás, desconcertada. Até aquele momento ela achava que ser a cozinheira de Frida era um mérito, um cargo de importância. Mas, com algumas poucas palavras e um simples gesto de desdém, a garota que estava na sua frente tinha destruído cada uma de suas suposições. Ela relaxou os punhos. Tinha perdido a batalha.

45
Montevidéu, janeiro de 2019

Emilio Pallares estava furioso. Sempre soube que seu filho Ramiro era capaz de captar a atenção de qualquer pessoa; desde pequeno, e sem se dar conta, ele conseguia que todo o mundo girasse ao seu redor. No entanto, nunca tinha sido um garoto simpático nem agradável; também não era bom de conversa, e, quando falava, parecia escolher as palavras mais curtas do dicionário para ocupar a menor quantidade de tempo possível na narrativa, como se o tédio o incomodasse. E isso bastava. Duas ou três frases e o restante desaparecia. Elvira, mãe dele, costumava dizer que Ramiro era um encantador de serpentes. Para Emilio, Ramiro era a serpente.

Eles saíram da residência de Martiniano Mendía em silêncio. Também não abriram a boca durante o trajeto no carro que os deixou no centro histórico de Montevidéu. Ainda que Pallares estivesse morrendo de vontade de saber os detalhes da conversa privada entre seu filho e Mendía, ele não disse nada; preferiu morder a língua e engolir saliva amarga a se jogar aos pés do rapaz.

Caminharam pela Plaza Independencia; Emilio, uns passos na frente de Ramiro. Ninguém teria dito que eram pai e filho seduzidos por um mesmo interesse: a história. Eles pararam ao mesmo tempo em frente à porta de entrada da antiga fortaleza.

— Que maravilhoso é esse monumento, e que fascinante é a sua trajetória! — exclamou Emilio Pallares. Ele se aproximou e apoiou as mãos sobre as pedras. — Em 1877, a Ciudadela foi demolida, mas a porta permaneceu erguida. Dois anos depois, foi levada para o prédio da Escola de Artes e Ofícios. Recentemente, em 1959, foi devolvida a este local, o seu lugar de origem.

Ramiro também se aproximou e imitou o gesto do pai, como se pudesse absorver a história pelos poros da pele.

— Ela foi restaurada? — perguntou com genuína curiosidade. No fundo, bem no fundo, ele sentia admiração pelo pai. Mais de uma vez questionou se o interesse que ele próprio tinha pela arte era autêntico ou apenas se tratava de uma desculpa para atrair a atenção paterna.

— Claro que sim. Foi restaurada durante quatro anos e reinaugurada em 2009. Fizeram um trabalho maravilhoso, inclusive conseguiram manter a cor e a textura originais.

— É uma Frida Kahlo — disparou Ramiro com aquela habilidade que era a sua marca registrada: mudar de assunto.

Emilio afastou as mãos das pedras da porta, como se fossem pedaços de brasa incandescentes. Demorou uns segundos para entender o que seu filho estava dizendo. Ele não conseguiu responder nada.

— O Mendía me disse que a pintura é mais valiosa e rara do que qualquer pessoa possa imaginar.

— Preciso de algo forte. Vamos procurar um bar — disse Emilio.

Eles atravessaram a praça, dessa vez caminhando lado a lado. Os pensamentos lhes inquietavam a cabeça. Uma mistura de excitação e medo os invadia. Ramiro recordava as palavras exatas e o pranto aflito de Mendía quando, após um pedido dele, apoiou a pintura sobre as pernas mortas do colecionador.

— É ela. É ela. Eu não tenho dúvidas. Toda a sua paixão está aqui. A fúria, a explosão de raiva, a dor. Eu a entendo, apenas eu a entendo. — Sua integridade e elegância haviam ruído. De repente, ele se convertera em um homem que balbuciava palavras incoerentes.

— Eu não entendo, Mendía — disse Ramiro. — Peço que se recomponha. Estou aqui para fazer negócio, não para aliviar esse seu descontrole.

A estratégia de Ramiro surtiu efeito. Mendía podia suportar qualquer coisa, menos a debilidade e a vergonha – que, para ele, eram exatamente a mesma coisa. O homem respirou fundo e se endireitou como pôde em sua cadeira de rodas. Apesar da irritação dos olhos e das bochechas úmidas de lágrimas, seu aspecto voltou ao de sempre: estoico. Ele limpou a garganta com uma tosse forçada e seca.

— A obra de Frida Kahlo nunca me interessou. Sempre a considerei infantil, sem decoro, sem elegância. Repugnava-me ver nas suas pinturas o sangue de seus abortos, seu útero exposto diante do mundo, sua dor, suas lacerações. Lembro-me da vez que, diante de colecionadores mexicanos, disse que todo o seu percurso artístico me parecia o relato de uma mentira. Afirmei que Frida era uma impostora — disse, e concluiu a frase com uma gargalhada. — Fui um idiota! Como estava equivocado!

— O que o fez mudar de ideia? — perguntou Ramiro sem tirar os olhos da pintura da avó de Paloma, que continuava em cima das pernas de Mendía.

— O acidente que me deixou feito um cadáver em vida, do pescoço para baixo. Frida também foi um cadáver em vida depois daquele acidente de trânsito que quase a matou. Meses e meses prostrada, pensando se alguma vez todo aquele padecimento ia fazer algum sentido. — Limpou de novo a garganta, mas dessa vez como forma de dissimular um pranto engasgado no meio do peito. — Ela se saiu melhor que eu. Frida Kahlo ressuscitou. Escute bem isto que vou te dizer. Ela é mais que uma pintora, mais que uma mulher, mais que uma inspiradora. É um cadáver que voltou a viver. Não há muitos por aí, e Frida é um desses poucos. Durante os primeiros dias depois do meu acidente, quando ninguém tinha coragem de me dizer a verdade sobre a gravidade das minhas lesões, foi Frida que me confirmou o que eu já sabia: eu estava destinado a ser um cadáver para sempre. Foi ela que me disse.

Ramiro levantou as sobrancelhas. Não conseguia esconder a surpresa que lhe causava ver aquele homem, que todos consideravam um rei, transformado em um inválido de fala errática e fantasiosa.

— Sim, sim, Ramiro. Não faça essa cara. Eu não estou louco. Quando digo que Frida sinalizou o meu destino, não estou mentindo. Deram-me todo tipo medicamento para aliviar a dor do corpo e outros tantos para que a minha cabeça não se voltasse contra mim.

Ninguém queria responder as minhas perguntas. Talvez por isso, calavam-me com soníferos. Eu não os culpo. Não deve ter sido fácil dizer para um garoto que ele iria ficar prostrado para sempre. Até que uma tarde chegou Frida, sim, Frida. Isso dizia o crachá de identificação que uma das enfermeiras trazia no peito de seu uniforme. E foi ela que me disse a verdade. A partir daquele momento, fiquei obcecado. Vi naquela mulher uma mensagem: "Se Frida foi capaz, você também será". E a verdade é que fui capaz de pouco.

— Não posso concordar — disse Ramiro, sem vontade de ser compassivo. — O senhor recuperou muitas peças de arte que estavam perdidas e as recolocou em circulação para deleite da humanidade.

Mendía sorriu.

— Nem todas, Ramiro, nem todas. Algumas eu ainda guardo como se fossem tesouros. Sou vítima de um egoísmo cruel.

— Por isso estou aqui — concluiu Ramiro. — Altruísmo também não é meu forte.

O garçom serviu a cerveja em dois copos com uma morosidade que tirou Emilio Pallares do sério. Não tinha ânimo para mais nada, nem sequer diante da possibilidade de uma cerveja gelada com a quantidade certa de espuma.

— Deixa, deixa, homem. Eu termino de servir. Vá cuidar dos seus afazeres — disse, irritado, como se o trabalho do garçom não fosse aquele que ele estava fazendo. Ramiro não conseguiu deixar de sorrir diante das palavras do pai. — Bem, chega de rodeios. Dê-me os detalhes da reunião com Mendía e me explique o que foi aquilo que você disse há pouco sobre Frida Kahlo.

— A pintura é uma joia única. É a única obra de arte no mundo que une em uma mesma pintura dois dos melhores artistas: Frida Kahlo e Diego Rivera.

— Eu não entendo — balbuciou Emilio.

— É difícil de entender, mas confio em Mendía. Ele garante que a figura da mulher nua é obra de Rivera e que o desenho vermelho é um Frida.

Emilio deixou de lado seus modos de cavaleiro inglês; com dois goles, esvaziou a caneca de cerveja e limpou a boca com o dorso da mão. Estava lutando para processar o que seu filho tinha acabado de dizer; não conseguia mensurar o peso do que eles tinham nas mãos.

— Vamos ver, filho, vamos pensar direito — disse para acalmar a si mesmo. — Essa mancha vermelha é isto, uma mancha. Eu te diria, inclusive, que ela compromete a obra. Talvez Rivera tenha deixado cair uma lata de tinta ou, o que seria ainda pior, quem a manteve sob custódia não cuidou dela como devia.

— Não é uma mancha, papai — assegurou Ramiro. Os dois se assustaram e, ao mesmo tempo, tentaram dissimular a própria reação. Nenhum deles estava acostumado a que a palavra "papai" tivesse lugar em suas escassas conversas. — Mendía insiste em que parte da pintura de Rivera está coberta pelo desenho de Frida, aquele desenho vermelho.

Emilio assentiu, não lhe restava outra possibilidade senão abrir a mente diante daquela informação. Entretanto, agarrado às suas convicções, ele disse como se estivesse pensando em voz alta:

— Frida era uma grande pintora, muito figurativa. Suas intenções são vistas claramente em sua obra. Uma maçã é uma maçã, um coração é um coração, os animais são animais...

— Uma bailarina é uma bailarina e uma história é uma história — interrompeu Ramiro sem deixar de pensar em Paloma.

— O que você está dizendo, Ramiro?

— Que a pintura sem a história não é nada.

— Desde quando precisamos de uma história no nosso negócio? Temos em mãos uma obra monumental. Precisamos decidir o que faremos como ela. Eu tenho um plano.

— Estou te ouvindo.

— Eu não tenho dúvida de que Mendía vá querer comprar o original. Nós podemos fazer uma réplica idêntica e, com a ajuda de Lorena, armar uma ação de imprensa sobre o achado, ela certamente vai pensar em alguma mentira. — Ele ficou pensando alguns segundos. — Talvez eu consiga expor a obra em meu museu.

— E Cristóbal?

— Bem, você já sabe... Seu irmão é um falsário fenomenal.

— Disso eu tenho certeza — disse Ramiro, dando por terminada a conversa.

O plano em sua cabeça já estava em marcha, e era muito diferente desse que seu pai acabava de explanar. Mas, como a mãe havia lhe ensinado, ele fingiu concordar.

46
Coyoacán, julho de 1944

Nayeli não sonhava muito. Todas as noites ela apoiava a cabeça sobre o travesseiro, fechava os olhos e dormia com facilidade. Amanhecia fresca e renovada com as primeiras luzes do dia, que sempre vinham acompanhadas pelo canto dos pássaros no jardim e pelos latidos dos cachorros de Frida que, geniosos, costumavam determinar os horários em que deviam ser alimentados. Nas poucas vezes que os sonhos interferiam em seu descanso, a sensação era estranha e triste. As imagens familiares, que não tinham espaço durante a vigília, apareciam involuntariamente enquanto ela dormia. Sonhava com Tehuantepec, com sua mãe e, sobretudo, com sua irmã Rosa. Naquelas noites ela via a mãe com a pele morena mais enrugada e com as madeixas brancas entrelaçadas em suas tranças azeviche. Rosa também não era mais uma jovenzinha reluzente; continuava ainda muito bonita, mas seu rosto e, sobretudo, seus olhos mostravam uma maturidade maternal. Houve uma noite, inclusive, em que ela sonhou que Rosa estava grávida, com uma barriga enorme, e soube que seu sobrinho seria um menino.

Naquela madrugada de julho, ela tinha dormido apenas algumas horas quando começou a sonhar. O vale de Tehuantepec estava coberto com flores e, ao longe, escutava-se o canto das tehuanas que lavavam a roupa às margens do rio. Nayeli sentiu que suas pernas estavam leves, quase aladas, e que ela poderia correr e voar ao mesmo tempo. De repente, o céu celeste escureceu; algumas nuvens escuras carregadas de chuva cobriram o sol com rapidez. As pernas enrijeceram; ela tentou movê-las, mas não conseguiu. O canto das tehuanas transformou-se em rugido de tigre e, subitamente, a distância, o grito desesperado da irmã fez que ela tivesse de tampar os ouvidos com as mãos.

— Estou me afogando! Estou me afogando! Não consigo respirar! Alguém me ajude! — O pedido de socorro era assustador. A voz deixou de ser cristalina para se tornar um grunhido áspero.

Nayeli abriu os olhos e os fixou no teto de seu quarto. Sentiu a pele coberta por um suor frio. Tehuantepec tinha desaparecido, mas os gritos, não.

— Estou sem ar! Minhas costelas vão explodir! Nayeli! Nayeli!

Não era Rosa quem gritava. O pedido assustador saía da boca de Frida. A garota saltou da cama e, às escuras, correu até o quarto da pintora. Abriu a porta com tudo e ficou paralisada diante da cena que tinha diante dos olhos Frida estava caída no chão, totalmente nua da cintura para baixo. Seu tronco estava coberto com o colete de gesso que um médico conhecido lhe havia colocado naquela tarde. Nayeli jogou-se ao seu lado e, também aos gritos, perguntou o que estava acontecendo.

— O colete, o colete... — murmurou Frida, que tinha parado de gritar para economizar o pouquinho de ar que conseguia entrar em seus pulmões. — É muito apertado. Tire-o de mim! Tire-o já de mim!

Desesperada, Nayeli tentou enfiar os dedos entre o colete e a pele do peito de Frida, mas apenas conseguiu que entrassem as pontas dos dedos. O gesso com que o médico tinha coberto a parte superior do corpo da pintora havia endurecido com o passar das horas; umas dobras roxas tinham começado a se formar sob as axilas e as escápulas.

— Fique tranquila, Frida, fique tranquila — ela disse ao ouvido da mulher, enquanto lhe tirava do rosto umas mechas de cabelo úmido de suor e lágrimas. — Respire aos pouquinhos. Vou buscar um canivete.

Frida a olhou amedrontada e assentiu com a cabeça. Ela não tinha outra opção exceto obedecer e esperar. Sentiu que os lábios inchavam e até imaginou que estavam ficando roxos. As veias das têmporas faziam pressão, e as mãos e os pés ficaram frios de repente. Ela quase não se deu conta quando Nayeli entrou correndo com o canivete na mão.

— Estou aqui! Estou aqui! — exclamou.

Com cuidado para não ferir a pele e, ao mesmo tempo, com a velocidade exata, ela conseguiu cortar um pedaço do gesso no meio do peito. O ar entrou subitamente no corpo da pintora e soou como um assobio distante. O alívio foi imediato, mas insuficiente: ela tinha que cortar mais. Frida abriu a boca para dizer alguma coisa, mas Nayeli ordenou que continuasse calada. Cada tomada de fôlego era essencial.

— Vou continuar cortando — anunciou a tehuana. — Você tem que me ajudar.

Enquanto uma cortava, a outra puxava com as duas mãos para os lados. O gesso foi cedendo aos poucos, até que o corpo de Frida ficou completamente livre. Nayeli conteve a vontade de gritar quando viu aquele torso nu. As dobras secas de gesso tinham machucado sua pele, deixando linhas vermelhas que pareciam marcas de chicotadas; na altura das costelas, eram hematomas violáceos. Frida sentou-se no chão com as costas contra a parede e, com as pontas dos dedos, percorreu cada uma daquelas feridas. Estava fascinada.

— Olhe, Nayeli. Eu me transformei em um tigre. Que maravilha! — exclamou diante da surpresa da jovem. — Quero que meu corpo fique assim, todo marcadinho como se tivesse sido desenhado pela desgraça. Você não acha lindo? Chame Diego, ele deve estar em San Ángel. Diga-lhe que me transformei em tigre.

Nayeli a ajudou a se deitar na cama novamente. Frida parecia encantada, inclusive com a dor que ela dizia sentir nas costelas. *Até que ponto ela sofre com seus padecimentos?*, pensava a jovem enquanto esquentava um chocolate quente bem grosso em uma panela de cobre. Mais de uma vez, escutara Diego e os médicos assegurarem que, sem as suas enfermidades, Frida não seria Frida; que sua arte estava tão ligada às dores de seu corpo que, sem elas, não teria fonte de inspiração.

O cheiro do chocolate quente inundou a cozinha. Para que ficasse mais intenso, Nayeli adicionou uma fava de baunilha e uma dose pequena de rum. A pintora a esperava na cama totalmente nua – tinha decidido que as lacerações do colete de gesso iam ser seu traje até que desaparecessem.

— Bailarina, nem pense em jogar o colete fora — disse, e apontou para os pedaços brancos que tinham ficado em um canto. — Amanhã vou me dedicar a decorá-lo com as minhas cores.

Nayeli assentiu e levou os pedaços brancos de gesso e as gazes ao ateliê, onde Frida guardava cada um dos coletes que já tinha usado como se fossem tesouros. Os objetos de tortura que ela tinha decidido converter em arte.

O corpo de tigre de Frida não causou em Diego a impressão desejada por ela. Quando ele chegou à Casa Azul pela manhã e a viu naquele estado, ajoelhou-se diante da cama, cobriu o rosto com as mãos e começou a chorar. Ela, como sempre, embalou-o nos braços e cantou-lhe uma canção de ninar durante quase uma hora, como se ela fosse uma mãe e ele, seu filhinho doente.

Naquela mesma tarde, depois do pranto e das canções, os dois decidiram que a única opção razoável seria uma nova operação. Com um cesto gigante cheio de tecidos, cadernos de desenho, lápis e pincéis, eles deixaram a Casa Azul para internar Frida no hospital em que era sempre recebida como uma rainha. Médicos e enfermeiras espalhavam-se ao seu redor para escutar suas histórias e receber todos os desenhos que a pintora fazia por encomenda. O doutor Zimbrón teve que esperar na cafeteria até que sua paciente mais famosa terminasse de cumprimentar as pessoas que se aproximavam em fila. Ele estava acostumado; preferia ter Frida de bom humor. Contradizê-la era sinônimo de birras e extravagâncias que, longe de ajudar sua saúde, a prejudicavam.

A pintora tinha o dom de transformar cada situação em uma festa. Improvisava carnavais em qualquer época do ano. "As coisas felizes nos fazem felizes", afirmava. Para aquela ocasião, tinha escolhido sua vestimenta com muito esmero: uma camisola longa de seda verde brilhante e um lenço amarelo bordado; no cabelo, ao redor de suas tranças, colocara uma chuva de borboletas de papel feitas, uma por uma, pelos seus alunos da Escola de Arte. Ela disfarçou a cor azeitonada do rosto com uma maquiagem estridente.

Enquanto Frida dispensava os últimos membros de seu séquito do quarto, Nayeli fazia o de sempre: esvaziava no vaso sanitário as garrafas de licor que sua patroa escondia no fundo da mala.

— Senhora Frida, já está na hora de receber o médico — disse uma enfermeira atarracada que não tinha cedido ao charme da paciente.

Antes que Frida pudesse autorizar sua entrada, o doutor Zimbrón cruzou a porta acompanhado de Diego. Toda a efervescência ostentada até aquele momento desabou em segundos, e a mulher madura logo se tornou uma espécie de menina com medo do desafio dos adultos. Até seu corpo ficou menor.

— Cada dia que passa estou pior. Tenho muita dificuldade de me acostumar com esses equipamentos que sustentam meu corpo, mas não consigo andar nem pintar nada sem eles — ela se queixou com a voz vacilante. — Eu não tenho escolha.

O médico sentou-se na cama e segurou as mãos de Frida.

— Suas meninges estão inflamadas, e ficar com a coluna imobilizada ajuda a evitar a irritação dos nervos...

— Mas isso já não funciona mais. Todos os meus nervos estão irritados, os do corpo e os da alma. Preciso de mais Lipidol.

— Não, Frida. Não podemos te dar mais. Seu corpo não o elimina por completo e é isso que pressiona o seu cérebro e provoca as dores de cabeça.

— Mas, então, vocês têm que me operar — interrompeu Frida. — Vamos, faça! Eu te autorizo!

Diego avançou alguns passos e se sentou do outro lado da cama.

— Não é possível, minha Friducha linda. O doutor Eloesser já tinha falado. Outra operação colocaria você em risco e não melhoraria a sua situação.

Nayeli acompanhava a conversa com atenção. Em sigilo, comoveu-lhe a decisão de Diego de guardar para si grande parte da conversa que tinha tido com o médico preferido de Frida, o único médico em quem ela confiava cegamente. Eloesser afirmava que Frida fora submetida a cirurgias desnecessárias, que ela tinha entrado em um looping doentio e que via nas intervenções cirúrgicas uma forma de chamar atenção.

Ele também acreditava que, graças à sua personalidade fantasiosa e lúdica, a pintora vislumbrava um toque de esperança salvadora na possibilidade de ser operada, algo que a mantinha de pé. Diego não disse nada sobre as conclusões do médico e se limitou a exercer seu poder. As palavras de Rivera eram, para Frida, verdades reveladas.

Nayeli tinha presenciado aquela cena várias vezes. Tudo era visto como uma peça de teatro repetida à exaustão: Diego se negava, então Frida começava a chorar; depois ele implorava e ela cedia. O roteiro podia ser rápido ou demorar horas, mas o final era sempre o mesmo: Frida fazia o que Diego mandava, embora estivesse convencida de que as decisões eram tomadas por ela. Finalmente, eles chegaram a um acordo: Frida iria permanecer alguns dias internada para ajustar a medicação e, por enquanto, a cirurgia ficava suspensa.

Nayeli voltou à Casa Azul. Os animais de Frida precisavam de cuidados e a pintora preferiu que sua cozinheira tirasse alguns dias de folga, sem ter de se preocupar com nada que tivesse a ver com doenças, colunas destroçadas e choros na madrugada.

Sobre a mesa da sala, tinha ficado esquecido o diário de capa vermelha que Frida preenchia com letras e desenhos. Sentindo-se culpada, como se estivesse cometendo um pecado, ela o abriu e examinou cada uma das páginas; a metade já estava preenchida. Entre a capa dura e a primeira folha, Nayeli encontrou um pedaço de papel escrito a lápis preto. Era a letra de Frida, sem dúvida. Teve muita dificuldade em decifrar o texto curto. Ainda que as aulas de leitura e escrita nunca tivessem parado, eram cada vez mais esporádicas.

Cuidado com a Branquela, Diego, dizia o bilhete, na parte superior. Abaixo da advertência, Frida tinha escrito um endereço.

Nayeli teve de repassar várias vezes cada uma das letras para confirmar a mensagem. Outra vez, a Branquela aparecia em sua vida. Ela quase tinha se esquecido do encontro em San Ángel. Quando Frida soubera da existência da misteriosa aluna de Diego? Nayeli dobrou o papel e o guardou no bolsinho do huipil. Algo em seu peito lhe ditou os passos a seguir. Uma espécie de arrebatamento, de pressentimento que ela não deixaria passar despercebido.

47

Buenos Aires, janeiro de 2019

Em apenas dois dias consegui mudar todos os meus pertences para a casinha de Boedo, aquela casinha onde minha avó Nayeli me havia feito tão feliz. Vendi meus móveis, não precisava mais deles. Tinha decidido dormir, comer e me sentar no mobiliário que minha avó comprara com tanto esforço. À medida que o mundo se retraía, cada um de seus objetos se tornava mais importante para mim. Roupas, panelas, guardanapos, toalhas de mesa e de banho; tudo, absolutamente tudo que fizera parte da vida de minha avó me pertencia e, de alguma maneira, me aproximava mais dela.

Durante dias, tentei entrar em contato com minha mãe; como de costume, ela não respondia as minhas chamadas. Respondeu uma, mas do seu jeito: "Estou ocupada, falamos depois". A palavra "depois" era uma medida de tempo que ela usava a seu bel-prazer.

Eu sabia que ela sofria. Minha mãe é daquelas pessoas que se escondem para ocultar a dor. Com o tempo, aprendi que, no caso dela, o que esconde é sempre muito pior.

O fato de que durante anos ela tinha visitado Eva Garmendia com frequência quase devocional me deixou, primeiro, gelada; depois, confusa. O punhal da traição calou fundo em meu estado de ânimo. Ela não só me traiu, como também traiu Nayeli. Talvez por isso eu tenha apressado a minha mudança; foi a maneira bem particular que encontrei de dizer à minha avó: *Eu estou aqui. Não abandonarei a sua memória nem o seu universo de gerânios, gardênias e móveis velhos e simples.*

O caderno de capa vermelha continuava no fundo da bolsa que eu tinha levado aquela tarde à Casa Solanas, a tarde em que Gloria me confessou tê-lo escondido. Apesar de a curiosidade ser uma de minhas inclinações mais acentuadas, não quis abri-lo nem o ler. O objeto se transformou em uma caixa de Pandora que eu não estava disposta a enfrentar. No ringue, os boxeadores que permanecem em pé são aqueles que conseguem dosar os golpes que recebem. Foi isso que tentei fazer: dosar.

A história vale mais que o quadro. A história é a verdadeira obra de arte, tinha dito Eva no dia em que nos despedimos de minha avó. Repeti a frase várias vezes. Sentei-me por tardes inteiras no pátio da casa de Nayeli, que agora era meu, organizando aquela história ou o pouco que eu sabia dela. Minha cabeça sempre encontrava uma desculpa para evitar o objetivo de encontrá-la: a mancha de umidade na parede do fundo; o jasmim que tinha se enchido de bichinhos brancos; a almofada da espreguiçadeira que rasgara com o sol; a culpa que sentia por não molhar o pátio com a mesma regularidade que Cándida, a vizinha. Do outro lado da parede, podia-se escutar o barulho do balde e da vassoura lavando cada lajota.

Preparei um aperitivo como Nayeli costumava fazer: água tônica com um pouquinho de limão e dois pratinhos; um com queijo cortado em cubinhos e outro com azeitonas. A mistura de sabores me transportava à minha infância. Com o passar dos anos, soube que ela adicionava um pouco de tequila em seu copo. Nem cheguei a colocar a bandeja sobre a mesinha do pátio quando alguém tocou a campainha. Fiquei surpresa. Ninguém sabia que eu tinha me mudado e Cándida, antes de aparecer, sempre ligava ou gritava da cerca. Deixei as coisas no balcão da cozinha e limpei as mãos em um pano de prato.

Antes de abrir a porta, espiei pelo olho mágico. Não havia ninguém ali. Procurei as chaves que estavam penduradas em um gancho de bronze, na parede do corredor da entrada. Abri e saí para a rua.

Algo fora do comum me fez olhar a madeira da porta do lado de fora. Meus joelhos tremeram e senti o coração bater entre as minhas costelas. Colada com fita adesiva, estava a pintura da minha avó, a mesma que tinham me roubado. Nenhuma outra. Voltei a olhá-la, hipnotizada: o corpo túrgido de uma Nayeli jovem com sua madeixa desordenada e a marca de nascimento no meio da coxa nua. As pinceladas que formavam as pequenas ondas do rio no qual ela se banhava e a mancha vermelha em um canto, a mancha que escondia a imagem de uma bailarina.

Recuperei-me do fascínio e fiquei parada no meio da calçada. Na minha frente, do outro lado da rua, estava Ramiro, que me olhava com uma expressão indecifrável. O vento quente bagunçou meu cabelo ao mesmo tempo que deixou minhas pernas descobertas. Tentei ajeitar o cabelo com uma mão e segurar minha saia com a outra. Não consegui fazer uma coisa nem outra. Meus olhos e minha atenção estavam postos no homem que, sem hesitar, atravessou a rua e parou diante de mim com um sorriso. Aquele sorriso com o qual tinha me conquistado tempos atrás.

— Não vai me convidar para entrar? — perguntou com a confiança de quem sabe que dificilmente receberá uma resposta negativa.

— A pintura... — disse, enquanto indicava a porta.

Ele assentiu com a cabeça sem deixar de olhar para mim.

— É sua. Eu a arranquei de você à força naquela noite, na rua. Me arrependi e estou te devolvendo.

Minha perplexidade fez-se notar.

— Vamos entrar, por favor. Temos muito o que conversar — ele disse e, com cuidado, despregou a pintura da porta. Aquele pequeno museu privado que havia montado para mim desapareceu dentro do tubo de plástico vermelho.

Pareceu-me estranho ver um homem como Ramiro caminhando pelo corredor longo e descascado que ligava a casa ao pátio dos fundos. A calça de linho de tão boa qualidade que só marcava os vincos certos, a camisa azul com o botão aberto bem na altura do peito, o Rolex no punho esquerdo e aquele cheiro de pessoa que acabou de sair do banho compunham uma elegância despreocupada que destoava do entorno. No entanto, parecia confortável e até relaxado quando se sentou em uma das poltronas de Nayeli e aceitou, com prazer, que eu dividisse a minha bebida com ele.

— Então me explique isso de que foi você quem me roubou a pintura — disse, encorajada. Imitando minha avó, eu tinha colocado uma dose generosa de tequila na bebida.

— Bem, roubar é um pouco forte — balbuciou, envergonhado.

— Mais forte é saber que um cara desceu de uma moto, cruzou com você na rua, te apontou uma arma e tirou de você algo que é seu — respondi. Conforme relatava o ocorrido, minha raiva aumentava.

Ramiro levantou as mãos, reproduzindo o gesto de quem cede completamente.

— Desculpa, tá bem, desculpa. Nunca quis te assustar, mas não me restou outra opção.

Meu primeiro impulso foi o de me levantar da cadeira, jogar a bandeja com os aperitivos para o alto e apagar aquela cara de cachorrinho abandonado com uma bofetada. Mas não fiz isso. Veio-me à cabeça a imagem de Nayeli com seu avental de cozinha florido, esgrimindo uma concha na mão como se fosse uma diretora de orquestra e me dizendo: *Seja esperta, Palomita. Os acessos de raiva não servem para nada. Você tem apenas que ficar alerta. O mundo a mantém alerta, e isso já basta.* Coloquei minha fúria de lado e apelei para uma atitude bem mais intimidante. Às vezes, a calma pode ser a pior das ameaças.

— Eu não sei se antes você tinha muitas opções, mas agora sei que tem apenas uma: a verdade — disse em um tom que surpreendeu até a mim e que, sem dúvida, herdei de minha mãe.

Essa Paloma que tirei da cartola como um mágico surtiu efeito em Ramiro, acostumado com a anuência das pessoas diante de sua figura, por medo de serem excluídas de sua órbita magnética. Ele ficou alguns minutos olhando para baixo e, de uma golada, esvaziou o copo de bebida. Magnânima, concedi-lhe aquele tempo. A verdade nunca é um lugar confortável.

Ele começou seu relato relembrando as situações que tínhamos vividos juntos: a primeira vez que lhe mostrei a pintura de minha avó, o passeio estranho ao apartamento da tal Lorena Funes e o momento em que decidiu se passar por assaltante na moto e arrancar, com a ajuda de uma pistola, o que havia definido como minha herança.

— Foi a primeira coisa que me veio à cabeça e a minha vida toda não será suficiente para te pedir desculpas. Foi uma decisão errada, mas eficaz. Eu precisava da pintura e você não estava interessada em que ela se tornasse mais que um presente post mortem da sua avó.

— Mas é apenas isso: um presente post mortem, uma lembrança — eu disse, embora tivesse clareza de que não era. Também levava jeito para mentir.

— Está vendo? Você ainda não entendeu. É como se falássemos línguas diferentes — disse, desapontado.

Eu me entristeci de repente. Era verdade o que Ramiro dizia: falávamos línguas diferente. Ele considerava banal o que para mim era transcendental. Mostrava-se confortável na poltrona do pátio. Ainda que a conversa fosse árdua, o corpo de Ramiro parecia relaxado, com as pernas cruzadas e segurando o copo da bebida com a mão para o alto. A flor do limoeiro exalava aquele perfume inebriante e o entardecer, com sua luz mágica, realçava o brilho dos olhos dele. Eu o olhei com voracidade, para gravá-lo na minha memória. Embora o olhar tenha durado apenas alguns minutos, acreditei que preservaria aquela imagem para sempre.

— Por que você precisava da pintura da minha avó? — perguntei com interesse.

— Para chegar a algumas certezas — disse, esperando a minha pergunta —, e as consegui.

Eu não abri a boca. Às vezes, o silêncio é mais efetivo que as perguntas. Não estava errada: Rama continuou falando.

— Estive em Montevidéu e mostrei sua pintura a um dos especialistas mais reconhecidos do mundo da arte — disse e sorriu quando percebeu que não conseguira esconder o assombro. — E ele não apenas confirmou a suspeita que tínhamos sobre a autoria de Diego Rivera. Martiniano Mendía, esse é o nome dele, acredita que aquela mancha vermelha foi feita por Frida Kahlo…

— Não é uma mancha — interrompi.

— Não, claro que não — garantiu com um sorriso ainda mais largo. — É outro desenho, mais impactante, mais passional… Mais Frida.

— É uma bailarina — insisti.

— Sim, é uma bailarina.

Ficamos em silêncio por um bom tempo. Sabíamos que a mesma pergunta nos rondava a cabeça, uma que ele não se atrevia a fazer e que eu não me atrevia a responder. De repente, uma imagem me veio à mente. Levantei da cadeira como se, do nada, tivessem saído pregos do assento e bati o joelho na borda da mesa. Não fosse por Ramiro, que conseguiu apará-la, tudo acabaria esparramado no chão. Mas eu não me importei.

Quase correndo, atravessei o pátio, a cozinha e o corredor que ligava a sala aos quartos. Abri o armário onde minha roupa continuava desarrumada e peguei uma bolsa de náilon do fundo de uma gaveta. O nervosismo não me permitiu desfazer o nó com o qual a tinha fechado dias atrás. Depois de várias tentativas fracassadas, finalmente consegui rasgar o náilon e coloquei o conteúdo sobre a minha cama. Era a tela branca que, durante anos, Nayeli tinha usado para proteger a pintura. As letras pequenas e meticulosas de minha avó continuavam ali, no canto.

No quiero que nadie vea lo que hay dentro mío cuando mi cuerpo se rompa. Quiero volver al paraíso azul. Eso es lo único que quiero.

Em que momento de sua vida minha avó decidiu deixar por escrito aquele pedido? Fez isso pensando em mim ou na minha mãe? Naquele instante, realizar seu desejo tornou-se o único plano que eu tinha em mente. Uma sombra interrompeu minhas divagações. Ramiro estava parado ao meu lado, em silêncio. Ele também cravou os olhos no pedido de próprio punho e na letra de Nayeli.

— O paraíso azul — murmurou, e me tirou dos devaneios.

— O que poderia significar? — perguntei em voz alta.

Ramiro cobriu o rosto com as mãos, como se quisesse com isso apagar o transbordamento. Ele esfregou os olhos. Será que estava emocionado?

— Paloma, eu não tenho dúvida. O paraíso azul é a famosa Casa Azul, o lugar onde Frida Kahlo nasceu, viveu e morreu — explicou com a voz entrecortada. — Sua avó...

Levantei uma mão e, gentilmente, apoiei os dedos sobre os lábios dele. Havia chegado o momento que eu vinha tentando evitar desde o instante em que descobrira aquela pintura. A pergunta saiu da minha boca de uma só vez, como se estivesse esperando ansiosamente na ponta da minha língua.

— Será que minha avó conheceu Frida e Diego? Será que ela fez parte da vida deles?

Ramiro beijou meus dedos, ainda sobre seus lábios, com delicadeza. Foi o prelúdio agradável da resposta a uma dúvida que era mais minha do que dele.

— Tenho certeza de que isso aconteceu e acho também que sua avó criou raízes na Casa Azul. — Ele se sentou na cama e apontou para a linha de letras. — Veja que seu pedido póstumo é de voltar para aquele lugar, um lugar que ela descreve como o paraíso. Talvez ela tenha sido muito feliz lá.

Senti uma tristeza tão grande que precisei manifestá-la. Todas as partes do meu corpo se lançaram em cima do corpo de Ramiro. Eu o abracei, ele me abraçou. Pela primeira vez em muito tempo, senti aquele alívio que só pode oferecer o corpo de determinadas pessoas, e Ramiro era uma delas. A outra tinha sido a minha avó, e ela estava morta. Quis chorar muito, até que minhas lágrimas deixassem a camisa dele molhada como se uma tormenta o tivesse surpreendido. Na verdade, o que eu sentia dentro de mim era isto: uma tormenta, mas sem lágrimas. Não consegui chorar. Mas tremi, e muito.

Ramiro me conteve de uma forma simples e eficaz: friccionou minhas costas com as mãos. Tive a sensação de possuir um corpo, algo de que, às vezes, eu me esquecia. Quando meus músculos relaxaram, ele me pegou pelos ombros e me afastou de seu peito. Olhou-me com seriedade e testa franzida.

— Sua avó deixou outras coisas além da pintura? — Seu pragmatismo se impôs novamente.

Sorri e mais uma vez tive vontade de chorar, mas, daquela vez, era pelo simples fato de estar com ele.

— Sim, havia outras coisas com a pintura — disse com o entusiasmo de uma menina que prepara uma caça ao tesouro. — Eu não lhes dei muita importância, são bugigangas velhas, mas agora... não sei.

— Agora tudo mudou — concluiu, e pude ver que a tensão que o envolvia desde que tinha entrado na casa havia desaparecido. — Mostre-me tudo.

Saímos do quarto e, ansiosos, atravessamos toda a casa. As luzes automáticas do pátio já tinham se acendido e iluminavam as plantas de minha avó. Abri as janelas para que o frescor da noite entrasse nos ambientes. Sobre uma das estantes do móvel de madeira de lei que ocupava a parede central da sala, estava o cesto de vime em que ela havia colocado os presentes do além. Durante anos, aquele cesto tinha guardado as lãs e as agulhas de tricô de Nayeli. Eu o coloquei sobre a mesa e olhei para Ramiro com ar triunfante. Com cuidado, coloquei os objetos em fila: a caixa de veludo rosa e o frasco vazio do perfume Shocking de Schiaparelli, o colar de moedinhas de bronze, o lápis amarelo, o lápis azul-claro, a blusa vermelha com bordados geométricos e a saia da mesma cor, com babado de renda de um branco amarelado.

— Uma roupa de tehuana — murmurou Ramiro, enquanto roçava o tecido com a ponta dos dedos. — É muito bonita.

— Sim, muito linda. O tamanho é pequeno — disse, e a olhei com curiosidade. — Minha avó nasceu em Tehuantepec. Ela se orgulhava de ser tehuana. Imagino que tenha usado esse traje na infância, e o colar deve ter sido sua primeira e única joia. Ela não costumava usar argolas, nem pulseiras, nem colares. Nayeli era uma mulher muito austera.

Ramiro se concentrou na caixa do perfume. Tirou o frasco vazio e ficou maravilhado com o cristal em forma de torso de mulher.

— Este não parece ser um perfume que uma mulher austera usaria — arriscou.

— Não, sem dúvida. Eu jamais a ouvi mencionar esse perfume, não o conhecia até ver o frasco — disse.

Ramiro afastou a caixa e digitou o nome do perfume no Google em seu telefone. Com avidez, ia abrindo uma por uma as páginas que apareciam na tela enquanto lia alguns fragmentos em voz alta.

— Elsa Schiaparelli, italiana, estilista, uma das artistas mais importantes de sua época. Viveu seu período de glória entre os anos 1930 e 1940. Destacou-se por ter se casado com um vestido de noiva preto.

Aquele fato me pareceu engraçado e soltei uma gargalhada. Ramiro não me deu ouvidos e continuou concentrado à procura de informações.

— Aqui está — disse, triunfante. — Escute bem isto. Tem um artigo que conta sobre uma mostra em que foram expostos os objetos favoritos de Frida Kahlo. Descreve vestidos, colares, sapatos e nomeia dois perfumes: Shalimar de Guerlain e...

— Shocking de Schiaparelli — completei. — Rama, isso é muito estranho. Não sei como minha avó possa ter se aproximado de Frida e Diego. Ela não era da elite mexicana. Não era artista. Nunca teve dinheiro. O único patrimônio que tinha era a sua habilidade para cozinhar e criar as melhores receitas que provei na vida.

Conforme as palavras saíam de minha boca, o rosto de Ramiro ia se transformando. Ao perceber isso, também me dei conta do peso das minhas palavras.

— Cozinheira! — A exclamação nos ocorreu ao mesmo tempo.

Tínhamos começado a falar a mesma língua e fui tomada por uma explosão de confiança.

— Tenho algo que talvez possa nos servir — disse, usando o plural. Estava convencida de que éramos uma equipe.

O caderno vermelho que Gloria havia resgatado continuava no lugar do qual eu não tinha tido coragem de tirá-lo sozinha: o fundo da minha bolsa. Mas agora eu já não estava sozinha.— O que é isso? — perguntou Ramiro quando me viu empunhar o caderno como se fosse um troféu.

— Um caderno, uma espécie de diário íntimo que Nayeli guardava — respondi.

— Há algo que possa nos interessar? — Ele também usou o plural.

— Não sei.

Antes de voltarmos a nos sentar nas cadeiras do pátio, preparei dos copos grandes de água tônica com limão e adicionei duas doses generosas de tequila.

— À sua saúde, Nayeli Cruz! — exclamei, olhando o céu estrelado, então abri a capa de couro vermelho.

48

Coyoacán, julho de 1944

Joselito aceitou o convite de Nayeli e compareceu ao encontro nos viveiros de Coyoacán vestido como sempre: calça escura e camisa branca impecável. Mas, daquela vez, tinha colocado ao redor do pescoço um lenço de seda violeta que havia ganhado de Frida em seu aniversário. E também, como sempre, cheirava a sabão de rosas que sua mãe lhe emprestava para que usasse durante do banho.

A relação entre os dois era de extrema confiança e se baseava no amor e na admiração que sentiam pela pintora. Os dois consideravam que Frida tinha lhes salvado a vida. Pintar e desenhar eram as únicas atividades que causavam nele verdadeira felicidade; para Nayeli, aquela mulher exagerada, intensa e excêntrica, era a mãe que o destino tinha colocado em seu caminho. Ainda que conversassem sobre Frida e Diego sempre que saíam para passear pelas trilhas arborizadas do viveiro de Coyoacán, o que acontecia entre eles era absolutamente pessoal e nada tinha a ver com os pintores.

Nayeli cruzou a praça correndo, com o coração desabalado. Saber que Joselito a esperava do outro lado dos arbustos fazia que todas as células de seu corpo acelerassem. Frida lhe dissera que aquilo que sentia era amor e que ela o desfrutasse, porque já não havia mais amores eternos como os de antigamente. Cada vez que ela se referia a Joselito, a pintora lhe dizia: *Seu Diego*. Aquela era a sua maneira de equiparar os sentimentos que ambas compartilhavam no tocante a um homem; Diego era para ela o padrão, a régua com que media o amor.

O sorriso explodiu no rosto de Joselito. Nayeli corria até ele envolta em uma saia amarela, com um huipil verde que combinava com seus olhos; o cabelo longo e ondulado flutuava no ar e emoldurava o rosto de pômulos altos da garota. Seus corpos jovens se uniram em um abraço que não passou despercebido aos vizinhos que caminhavam no parque.

— Que bom te ver, Nayeli! — disse Joselito, e delicadamente moveu uma mecha de cabelo que roçava o canto da boca dela. Esteve a ponto de beijá-la, mas se conteve. — Você está muito bonita.

Os olhos verdes da garota se voltaram para o chão, o calor que sentia no corpo dava-lhe vergonha.

— Que bela surpresa o seu convite!

— Você é a única pessoa que pode me ajudar, a única em quem confio.

Joselito não cabia em si de tanta satisfação: a garota mais linda de todo Coyoacán o considerava único. A honra de ter sido notado por uma tehuana o deixava com o coração na boca. Nayeli pegou a mão dele e o puxou até os bancos de pedra que rodeavam o parque. Escolheram o mais afastado, o da ponta, e se sentaram.

— Olha isto que eu tenho aqui — sussurrou Nayeli.

Ela tirou do seu bolso o papelzinho que tinha encontrado no diário de Frida e o estendeu para Joselito. O garoto leu com curiosidade, não entendia qual era o interesse de Nayeli em uma anotação tão simples.

— Isso é um endereço, não é? — perguntou a garota. Ele assentiu. — Bem, quero que você me acompanhe até esse lugar. Eu não sei onde fica nem como chegar lá.

— Não fica tão longe daqui, podemos ir caminhando — respondeu entusiasmado. — Foi Frida quem escreveu isso?

— Sim.

— Quem é a Branquela?

Nayeli se levantou e, mais uma vez, pegou a mão dele.

— Vamos até esse lugar e eu te conto no caminho — sugeriu.

Nayeli contou a Joselito, com riqueza de detalhes, sobre aquela misteriosa garota que ela tinha visto, pela primeira vez, no dia da inauguração do mural da pulquería e depois no ateliê de Diego, em San Ángel.

Caminharam devagar, sem soltar as mãos. Nenhum dos dois quis renunciar aquele contato físico. Apesar de estarem entusiasmados com o plano de procurar a Branquela, precisavam sentir que estavam próximos um do outro. A descrição tão detalhada que Nayeli fez da Branquela deu a Joselito um panorama da situação ao qual a tehuana jamais chegaria.

— Acho que ela é da alta sociedade mexicana. Surpreende-me que dom Diego tenha um namorico com ela. Ele gosta de outro tipo de mulher — refletiu o rapaz, em voz alta.

— Como tem tanta certeza, se você nem sequer a viu?

— Pela roupa que você descreveu e pelo desdém com que ela falou sobre seu trabalho de cozinheira. Minha mãe trabalha como babá na casa de uma família com muito dinheiro, que mora perto de Chapultepec. Toda essa gente se prepara para ganhar a vida sem ter que fazer trabalhos manuais ou físicos, isso fica para pessoas como a gente. Os dois meninos ricos de quem minha mãe cuida têm a obrigação de comer oito pratinhos de comida no almoço. A dona da casa não toca em uma única tortilha. Minha mãe acha que, se ela tivesse que ir à cozinha, alguém teria que fazer um mapa para ela.

Os dois riram da ideia. Nayeli descobriu, pela boca de Joselito, um mundo desconhecido. Lembrava que o sinônimo de riqueza de algumas famílias de Tehuantepec era bem simples: o banheiro ficava dentro de casa e não a alguns metros dela, rodeado de arbusto que, de forma precária, davam algum tipo de privacidade. Mas toda tehuana que se prezasse, rica ou pobre, cozinhava, limpava a casa, bordava, carregava os cestos no mercado e confeccionava as roupas de toda a família.

— O que fazem, então, as mulheres ricas aqui na cidade? — perguntou Nayeli.

— Nada. Bem, pouca coisa. Elas dão ordens aos empregados domésticos e cuidam das crianças e dos maridos.

— Frida é da alta sociedade? — insistiu Nayeli com as perguntas. Para ela, Joselito era uma fonte de informação diante da qual não se sentia burra nem ignorante.

— Frida é comunista — respondeu o garoto com firmeza.
— E isso significa que ela é pobre?
— Não sei.

Eles caminharam em silêncio por mais de vinte quadras até chegar a um casarão que ocupava quase um quarteirão inteiro.

— Chegamos — disse Joselito. — Por que estamos aqui?

Nayeli estava impactada. Nem em Coyoacán nem nos Estados Unidos ela tinha visto uma casa tão imponente. Paredes brancas impecáveis; grades pintadas de preto, entre as quais se enroscavam alguns roseirais de flores vermelhas; janelas com batentes de madeira e vidros sem marca alguma.

— Viemos conferir quem é a Branquela e por que Frida acha que Diego deve tomar cuidado com ela — respondeu Nayeli, sem acreditar demais em suas palavras. No fundo do coração, sentia que aquela garota lânguida e branca como o leite era perigosa, mas não para Diego. A Branquela era perigosa para Frida.

Um policial se aproximou deles com passos rápidos e cara de poucos amigos.

— Fora daqui! — ele ordenou, movendo os braços como se quisesse espantar moscas. — Este é um local privado.

Nayeli deu um passo para trás amedrontada, mas Joselito ficou plantado em seu lugar, com as duas mãos na cintura.

— Desculpe, mas a rua é pública e minha namorada e eu só estamos caminhando e conversando sobre as casas bonitas que há pelo bairro.

O policial e Nayeli o olharam com o mesmo espanto, mas por motivos distintos: Nayeli não sabia que era namorada do garoto e o policial não encontrava nenhum argumento lógico para refutar o direito que os jovens tinham de passear pelo bairro. No entanto, ele não cedeu e elevou o tom de voz.

— Essa casa é de pessoas muito importantes e a segurança da família depende de mim, por isso peço que vocês circulem. Já viram o que tinha para ser visto.

Nayeli pegou o braço de Joselito e, com um olhar desesperado, implorou para que ele não enfrentasse o policial. Desde que a polícia tinha entrado na Casa Azul para levar Frida, anos atrás, depois do assassinato de Trotski, os uniformizados davam-lhe pavor.

— Deixa, pare com isso — ela murmurou ao seu ouvido.

Às costas dos três, uma voz de mulher lhes deu um susto.

— O que está acontecendo aqui? Saiam da rua, que isso não é uma festa. Vamos, vamos! — Ela se aproximou do policial e apontou para ele ignorando Nayeli e Joselito. — E você, fique na esquina, que daqui a pouco lhe trago algumas tortilhas com a sua cervejinha.

O aspecto da mulher era impressionante. Nayeli nunca tinha visto alguém carregar tanto peso com tamanha habilidade.

— E quem são vocês? — perguntou, quando o policial se retirou para a esquina. — Eu sou María Francisca — ela se apresentou, esticando a mão cheia de pulseiras de metal prateado. Um sorriso de dentes tortos, mas branquíssimos, foi o convite perfeito para que Nayeli deixasse de lado o medo que o policial lhe causara. Sem hesitar, a garota apertou a mão da mulher.

María Francisca estava coberta por metros de tecido branco que moldavam uma túnica que só deixava à mostra o pescoço e os antebraços. O lenço turquesa que envolvia a sua cabeça não conseguia segurar completamente a cabeleira de cachos pretos que escapava pelos lados.

— Obrigada, senhora — disse Nayeli —, por tirar aquele homem de cima da gente...

— Ele é um bom funcionário — interrompeu María Francisca. — Não o culpo. Nessa mansão vivem pessoas importantes, que estão sob os cuidados dele.

— A Branquela mora aqui? — perguntou Nayeli, com a certeza de que aquele mulherão que estava diante de seus olhos não iria lhe mentir.

— Não conheço nenhuma Branquela — respondeu. — Ninguém nessa casa usa esses apelidos populares que nós costumamos usar.

— Nessa casa mora uma garota bem lourinha, bem magrinha, com a pele branca como a neve? — Joselito uniu-se à conversa. Ele gostou que María Francisca tivesse dito "nós". Também achava que a sociedade estava dividida entre "nós" e "eles". Eles eram os ricos, os que maltratavam sua mãe, empregada doméstica; os que moravam em casarões como o que se erguia a poucos metros dele. Nayeli, no entanto, deixou passar o comentário. Seus interesses tinham uma única direção.

— Ah, sim! Claro que ela mora aqui! É a filha do meu patrão — respondeu María Francisca. — É a jovenzinha mais triste deste mundo, pobre garota. Teve o azar de nascer na família errada.

— Eu duvido — disse Joselito com ironia, e apontou para a mansão.

— Ah, o que você sabe, menino? Essas mansões são jaulas de cristal. Meu patrão é um homem muito firme e muito sério — explicou María Francisca, enquanto se abanava com uma das suas mãos. As pulseiras tilintavam ao ritmo do movimento. Para Nayeli o ruído metálico fez lembrar Frida. A pintora soava do mesmo jeito. — Ele é um homem importante. Trabalha na administração de um órgão, ou algo do tipo, dos Estados Unidos. Segundo me contou a governanta, eles querem que os mexicanos saibam das coisas boas e bonitas que os gringos têm...

— Nem tudo é tão bonito assim — respondeu Nayeli.

— E o que você sabe disso? — perguntou a mulher.

— Eu já estive nos Estados Unidos — disse Nayeli com orgulho. Ainda que Frida e Diego sempre reclamassem da Gringolândia, como dizia Frida, Nayeli ainda achava incrível ter voado em um avião e ter caminhado por lugares onde todo mundo falava inglês.

María Francisca riu, ela não acreditava em uma só palavra. A tehuana sentiu vontade de fazer valer a sua história e de gritar na cara da mulher que ela não era nenhuma mentirosa, mas a possibilidade de estabelecer uma conversa com alguém tão próxima da Branquela pareceu-lhe mais importante do que ganhar aquela discussão. Foi Joselito quem a tirou daquela situação.

— Senhora, sabe se essa garota branquela é uma pessoa perigosa, que possa colocar em risco outras pessoas?

— Ah, que bobagem! Já lhes disse que ela é uma pobre garota triste. Seus pais lhe arranjaram um casamento com um jovem muito importante e assim vive a coitadinha, cada dia mais magra. Já tiveram que ajustar seu vestido de noiva duas vezes, ela está no osso. Toda branca e com os olhos esbugalhados, parece um fantasma.

Joselito e Nayeli trocaram um olhar de alívio. Os dois suspeitavam que a Branquela era um namorico de Diego, mais um, como tantos outros. O que não combinava era a preocupação de Frida. A pintora nunca se incomodava com as amantes do marido, inclusive tinha ficado amiga de várias delas. Mas a advertência escrita em um papel dentro do seu diário íntimo não era algo habitual.

— E quando a garota se casará? — perguntou Nayeli.

— Quando o noivo voltar de viagem. O pai dele também é diplomata e viajaram para a Argentina.

— E onde fica isso? É muito longe?

María Francisca se gabava de saber tudo e, quando não sabia, não hesitava em inventar.

— Argentina é um lugar onde se juntam as pessoas que tomam todas as decisões dos governos. Eles vão para lá para fazer reuniões muito importantes e secretas em uns lugares muito grandes — assegurou com a cabeça erguida. Ela gostava de se ouvir dando respostas imaginárias com o tom de quem detém uma informação privilegiada. — Estão preparando o noivo da garota para ser um homem poderoso, e quando isso acontecer e eles se casarem, irão morar nesse lugar, na Argentina.

Nayeli escutava com atenção; Joselito, com desconfiança. Ele estava seguro de que, no colégio, tinham lhes mostrado mapas do continente americano e que a Argentina era um país distante, não um lugar de reuniões, mas preferiu não questionar María Francisca. Sua mãe tinha lhe ensinado a não discutir com as pessoas mais velhas.

— Eu gostaria de conhecer a Branquela — arriscou Nayeli.

— Mas ela certamente não gostaria de ver você. É uma jovenzinha muito solitária — respondeu María Francisca.

— Ela não tem amigos?

— E como teria? Coitadinha, anda sempre tão sozinha e triste — disse María Francisca. Depois, dando por terminada a conversa, ajeitou a cabeleira dentro do lenço que lhe cobria a cabeça e acrescentou: — Bem, tenho que voltar para casa. Há muitas tarefas pendentes e hoje vou cuidar das flores do jardim. Elas têm que estar bem bonitas, como a patroa gosta.

— Qual é o nome da Branquela?

— Eva Felipa Garmendia.

— Que nome lindo — disse a tehuana.

Os jovens tomaram o caminho de volta com a tranquilidade do dever cumprido. No fim, o monstro ameaçador que eles tinham construído na cabeça não passava de uma pobre garota triste confrontada com seu destino. Enquanto voltavam aos viveiros de Coyoacán, chegaram à conclusão de que a tal Eva não era um perigo para Frida e se esqueceram do assunto. Um assunto que voltaria muitos anos depois em forma de tábua de salvação, em meio a um dos mares mais furiosos.

49

Buenos Aires, janeiro de 2019

Ela não se incomodava com o calor escaldante do verão portenho. Tinha vivenciado sóis e suores mais árduos em sua Colômbia natal. Além disso, na cabeça de Lorena Funes não existia outro incômodo mais profundo do que a sensação de milhões de dólares escapando-lhe das mãos como se fossem areia no mar. A jogada que Ramiro e seu pai tinham arquitetado a deixou desorientada por vários dias. Ela só conseguiu ficar largada na cama assistindo a séries por horas e comendo quilos de sorvete sob o frio do ar-condicionado. Conhecia detalhadamente o funcionamento do seu cérebro: pensar em nada para pensar em tudo.

Numa daquelas noites de inquietação, enquanto cochilava sob a letargia provocada por algumas taças de champanhe, um solavanco a despertou de repente. Não foi um ruído nem nada que tivesse vindo de fora; no seu interior, como um raio, a clareza se manifestou em forma de turbulência física. Ela se sentou na cama. Cabelo despenteado, olhos inchados e camisola de seda enroscada nos quadris. Como não tinha pensado naquilo antes? A informação mais importante estava diante de seus olhos. Em uma atitude pouco comum para ela, fez uma autocrítica e pensou que ia ter de trabalhar muito para domar sua ambição.

Desde pequena, seu pai tinha lhe ensinado a não pular as etapas: primeiro uma, depois a outra, e a outra, e a outra. Dessa maneira, formavam-se os caminhos: muitos passos consecutivos, sem saltos, sem obstáculos. Ela não levara em conta aquele ensinamento. Tinha dado um salto sem considerar que a solução estava na etapa que havia pulado.

Ela se levantou e correu para o computador. Não tinha tempo a perder. Toda a sua atenção estava posta em reparar seu erro.

Demorou menos de uma hora para encontrar a informação de que precisava. Olhou com ansiedade para o relógio de ouro em seu pulso, ainda não havia amanhecido. Ela não tinha outra opção senão esperar que o dia avançasse. Foi até as prateleiras de vidro na parede da sala e escolheu uma garrafa de uísque importado. Ela merecia.

★ ★ ★

Lorena Funes tinha planejado um jantar ou, no máximo, um almoço, mas quando a mulher do outro lado da linha insistiu em um café da manhã, ela não pôde deixar de aceitar imediatamente. Ficou aliviada ao perceber que compartilhavam a mesma intenção. A conversa foi breve. Lorena se apresentou e com pouquíssimas palavras expôs o motivo da sua ligação. Do outro lado, a pessoa também foi breve: *Vamos tomar um café da manhã às onze horas no bar do Hotel Regidor.*

O lobby do hotel continuava impecável apesar dos anos. Pisos de mármore, sofás capitonê cinza e lustres de cristal acesos dia e noite. No fundo, o balcão da recepção em madeira e bronze sempre parecia recém-encerado, assim como os botões dourados do uniforme da senhorita que recebia os visitantes.

— Tenho uma reserva para duas pessoas no bar — disse Lorena sem olhá-la nos olhos.

A recepcionista a acompanhou em silêncio até a lateral do prédio e se despediu à porta com um sorriso ensaiado.

O lugar era agradável e contava com a particularidade de não precisar de ar condicionado em pleno verão; a espessura das paredes e o mármore davam-lhe um frescor natural. Lorena chegara meia hora antes, costume que tinha adquirido com Emilio Pallares. Aquele detalhe permitia-lhe escolher o lugar da mesa que iria ocupar e perceber a segurança, o medo e o nervosismo com os quais o outro – nesse caso, "a outra" – chagava ao encontro. Quando, entre uma torrada e outra, milhões de dólares são negociados, o estado de humor do oponente não é menos importante.

Lorena sentou-se do lado da mesa onde conseguia ver todas as pessoas que entravam no salão. Leu o menu sem entusiasmo e pediu uma garrafa de água mineral. Retocou o batom e repassou mentalmente a sua roupa: vestido de linho branco sem mangas, que deixava à mostra os joelhos; mocassim de salto baixo de couro caramelo, combinando com a carteira pequena. Para que a umidade portenha não desarrumasse as ondas de seu cabelo, tinha feito um coque requintado na altura da nuca. Ela abriu os dez dedos das mãos e verificou se o esmalte cor de areia estava como sempre: perfeito. Quando estava prestes a reforçar seu aroma com algumas gotinhas de perfume cítrico, um movimento na porta do bar chamou sua atenção. Não teve dúvidas. Era Felipa Cruz, a mulher que ela esperava.

Lorena havia revisado durante horas, uma por uma, as fotos que Paloma postava em sua conta no Instagram. Precisava saber por que aquela garota atraente, mas comum, chamara a atenção de Ramiro. Não tinha encontrado nada demais. Por outro lado, a mãe dela, Felipa, causou-lhe uma impressão bem diferente, um quê de importante. Parecia muito mais alta do que era na verdade. Sua postura ereta de bailarina clássica lhe somava alguns centímetros a mais.

Como radares, os olhos de Lorena detectaram que o vestido floral que Felipa ostentava com muita elegância, de mangas curtas e longo até a altura dos calcanhares, era de seda natural de excelentíssima qualidade, e que as sandálias baixas de couro dourado e faixas cruzadas sobre o peito do pé não ficavam atrás. No entanto, o extremo cuidado com a roupa não combinava com seu cabelo castanho, com reflexos cor de mel: ainda estavam úmidos, sinal de que a mulher tinha acabado de sair do banho. Nem sequer tinha reservado alguns minutos para ajeitar as mechas que caíam, rebeldes, ao redor de seu rosto.

Felipa Cruz parou no meio do salão e procurou com o olhar a desconhecida que havia lhe telefonado. Lorena levantou a mão para se fazer notar e, ao mesmo tempo, lançou seu sorriso mais encantador. Felipa não ficou atrás. Uma competição de encantos dominou o palco contido em uma mesa pequena e redonda.

— Felipa, que prazer em conhecê-la! Agradeço-lhe imensamente por não se furtar a aceitar meu convite — disse a colombiana, ostentando seu encanto. Percebeu que a convidada cheirava a sálvia, um aroma intenso e agradável que a rodeava.

— Vou querer ovos mexidos com uma fatia de presunto cozido. Apenas uma, por favor. Neste lugar, eles costumam colocar duas ou três fatias, o que me parece um exagero. Além de um café duplo, sem leite, bem forte e sem açúcar — respondeu Felipa como se sua companheira de mesa fosse a garçonete.

Lorena ficou confusa durante alguns segundos, mas se recompôs rapidamente e levantou a mão para chamar o garçom. Ela repetiu o pedido de Felipa e acrescentou frutas e um chá verde para si. A mãe de Paloma lhe pareceu tão estranha que decidiu apressar a conversa. Optou por falar sem encará-la demais, temeu ficar hipnotizada pela intensidade dos olhos verdes da mulher.

— Como já lhe contei por telefone, eu me dedico à recuperação e à restauração de obras de arte para o governo — disse Lorena, usando sua estratégia mais ensaiada: salpicar com verdades as suas mentiras. — Uma investigação internacional nos forneceu uma informação importantíssima com relação a uma obra de arte que tem a ver com a sua família. — Ela fez um breve silêncio para avaliar a reação de Felipa. A mulher remexia seu café com indiferença. Lorena percebeu que teria de apressar ainda mais a conversa se quisesse tirá-la do tédio. — O que eu quero dizer, senhora Cruz, é que sua família possui uma pintura que vale milhões de dólares.

— Eu não tenho dúvida disso. — Ela apoiou a colherinha sobre a toalha branca e a manchou de café. Depois acrescentou: — Não sou uma especialista como a senhorita, mas não sou burra. Sei que uma obra de Diego Rivera vale muito dinheiro.

A colombiana não conseguiu nem quis esconder o espanto.

—A senhora está ciente de que sua filha está com a pintura?

— Poucas são as coisas que podem ser escondidas de mim; então, se pretende continuar me segurando aqui, exijo me diga algo que eu não saiba. Tenho muita facilidade para me entediar.

Lorena já tinha tido reações descomunais diante de respostas bem menos depreciativas. No entanto, engoliu o orgulho. Projetou na cabeça uma imagem cheia de potes com dinheiro e a fantasia permitiu que ela se tranquilizasse. Esvaziou a xícara de chá de um gole só, o líquido queimou sua garganta.

— Talvez não lhe deixe entediada saber que parte do meu trabalho é conseguir compradores para obras maravilhosas que ficaram desaparecidas durante anos...

— Havia entendido que seu trabalho não tem nada a ver com compras ou vendas — interrompeu Felipa, interessada pela primeira vez. — Quando me disse por telefone o que fazia, eu me dei o trabalho de pesquisá-la no Google. Segundo o que li na página oficial do governo argentino, seu trabalho é recuperar as obras para domínio público, sempre e quando os verdadeiros donos estejam de acordo. Não dizia nada sobre compra e venda. A menos que a senhorita não passe de uma mercadora de objetos caros disfarçada de funcionária.

Lorena arregalou os olhos. Nunca alguém tinha definido o seu trabalho com tanta precisão. Apesar do desapreço das palavras de Felipa, ela teve de admitir que a mulher não estava errada: ela era uma mercadora de objetos caros.

— E a senhora gostaria que a pintura de sua mãe estivesse exposta em algum museu nacional e público para deleite das pessoas? — perguntou Lorena, fazendo de conta de que nada do que a mulher tinha dito a surpreendera.

— Isso é algo que a senhorita teria que conversar com minha filha, Paloma. A pintura de Rivera é dela.

A simples menção daquele nome causou um pequeno arrepio em Lorena. Aquela garota vulgar e comum que tinha atraído a atenção do único homem pelo qual se interessara na vida. Ela tentou deixar de lado os ciúme infantil e focar o que era importante: o dinheiro.

— Sua filha não me interessa, senhora Cruz — disse, cuspindo as palavras. — A única opinião legítima é a sua.

Felipa franziu a testa e inclinou a cabeça para um lado. Lorena sorriu. Finalmente, tinha acertado o alvo. Sentiu que, a partir daquele momento, começava a somar pontos a seu favor.

— Eu não entendo — murmurou a mulher.

— É muito simples — explicou a colombiana. — A herdeira universal de Nayeli Cruz é a senhora. Assim funcionam as leis argentinas. Tudo o que foi de sua mãe agora é seu. Sua filha, Paloma, é uma convidada indesejada nesta festa.

A notícia abriu o apetite de Felipa. Ela se acomodou na cadeira e esvaziou seu prato de ovos mexidos com três mordidas. Lorena, perita em decisões alheias, deixou-a comer. E esperou enquanto repetia, com uma paciência infinita, uma xícara de chá verde. Com delicadeza, Felipa secou os lábios com o guardanapo e o colocou com uma dobra perfeita ao lado do prato quase vazio.

— Muito bem, senhorita Funes. — Ela apoiou os cotovelos sobre a mesa, o queixo nas mãos e levantou a sobrancelha direita. — Estou lhe ouvindo. Qual é o seu plano?

50
Coyoacán, agosto de 1949

Frida deu um pulo e saiu da cama. A camisola larga e comprida de seda havia grudado em suas costas, nas nádegas e no peito. Estava tão suada que qualquer um juraria que ela tinha acabado de tomar banho. Com o coração batendo muito forte e a respiração agitada, ficou alguns segundos quieta, aguçando o ouvido. O cabelo longo, cacheado e despenteado cobria-lhe a parte de cima das costas e quase chegava à cintura.

— Aí está! — gritou, e começou a dar socos no ar. — Toma, toma, bicho do demônio! Eu te dei! Vamos, vamos! Vem aqui se se tiver coragem, seu covarde!

O bicho do demônio era tão grande que ocupava metade do quarto. Às vezes, seu corpo era redondo e verde, até que se modificava e transformava-se em uma serpente alada de tons violetas. Cada golpe que recebia de Frida mudava-lhe a forma em algo diferente. Rugia com uma fúria ameaçadora e tamanha intensidade que não restou outra opção a Frida senão cobrir as orelhas com as duas mãos. Impossibilitada de seguir batendo no bicho do demônio, a sensação de orfandade lhe caiu como um balde de água fria.

— Bailarina! Bailarinaaaaaa! — gritou, desesperada. — Ajude-me! Preciso de ajuda!

Nayeli escutou os gritos do jardim. Ela deixou as tesouras de poda e tirou as luvas de couro que usava para que os espinhos das rosas não espetassem seus dedos. Não se apavorou nem correu desesperada. Os delírios de Frida haviam se tornado parte do cotidiano. Desde a última cirurgia, a pintora já não era a mesma. Disse isso a Diego, a seu médico dos Estados Unidos e aos cirurgiões mexicanos. Todos concordaram que a morfina estava causando estragos nela; no entanto, nenhum deles encontrou solução para que a pintora deixasse o vício que, por vezes, a enlouquecia.

Quando Nayeli entrou no quarto, encontrou-a totalmente nua, sentada no chão com as pernas cruzadas. Havia tirado a camisola de seda. O ataque, que existia apenas em sua frondosa imaginação, tinha terminado. As cicatrizes das várias operações davam ao corpo magro de Frida o aspecto de uma prisioneira de guerra. A maior ia do pescoço à parte baixa de suas costas, uma linha retinha que parecia desenhar sua coluna vertebral; no quadril direito, a linha era mais curta, mas ainda tinha a cor roxa das feridas às quais falta tempo e adaptação. O torso não pareia melhor. As faixas de couro que sustentavam os coletes metálicos deixavam marcas cada vez mais profundas na pele que cobria as suas costelas. Apesar dos cremes caseiros que uma vizinha fabricava e que Nayeli lhe aplicava com insistência, o aspecto da pele não melhorava.

— Já passou, Frida. Você tem que ficar de pé — disse a garota, enquanto ajudava a pintora a se levantar. — Você tem que escolher o vestido mais bonito que tiver. Esta noite você tem que brilhar mais do que nunca.

— Ainda há tempo. Ainda está cedo — respondeu Frida. Ela estava esgotada. As brigas imaginárias a deixavam exausta. Tinha se transformado em uma mulher que voltava da guerra todos os dias. — Preciso do meu diário. Tenho que tirar algumas coisas lá de dentro.

Enquanto Nayeli buscava o caderno de capa vermelha e a caixa de lápis e tintas, Frida vestiu-se de novo com a camisola de seda.

— Aqui está — murmurou a jovem e colocou os dois objetos sobre a cama.

Com a habilidade adquirida com os anos, Frida montou uma pilha de travesseiros contra a cabeceira da cama e acomodou as costas o mais eretas possível; flexionou as pernas e as usou como suporte para seu diário. Abriu-o e folheou as páginas com a calma de quem encontra seu refúgio. Naquele lugar de poucos centímetros, ela tinha criado para si um cérebro paralelo no qual conseguia exorcizar seus fantasmas. Abriu a caixa de madeira onde guardava seus lápis e apertou os olhos – escolher uma cor nunca foi para ela uma tarefa banal.

— Verde — murmurou, e segurou alguns segundos o lápis no ar.

Embora sua mão direita ainda tremesse, ela começou a escrever, a riscar e a corrigir seu texto. Às vezes, a pressão que exercia sobre o papel era maior do que a resistência que a folha apresentava; pequenos buraquinhos davam textura às suas palavras. Depois de encher duas páginas completas, ela leu em voz alta.

— Gostaria de fazer o que me desse vontade a pretexto da loucura. Assim: cuidaria das flores, todos os dias, pintaria a dor, o amor e a ternura, riria à vontade da estupidez dos outros e todos diriam: coitadinha, ela está louca. Sobretudo, eu riria da minha estupidez, construiria meu mundo que, enquanto eu vivesse, estaria de acordo com todos os mundos. O dia ou a hora ou o minuto que eu vivesse seriam meus e de todos. Minha loucura não seria uma fuga do trabalho.

Nayeli a escutou com atenção. Não era a primeira vez que Frida fazia referência à loucura. Nos últimos tempos, obstinara-se em dar nome às suas reações, e tinha convertido a loucura em um espaço que lhe era confortável diante do olhar dos outros.

— E o seu diário? — perguntou a pintora mais como uma queixa do que como uma dúvida. — Você tem que escrever nele todos os dias, não quero que se esqueça das letras. As mãos são muito manhosas e se você não praticar, elas se distraem por aí e você pode perdê-las.

— Eu não escrevo todos os dias, mas escrevo — respondeu Nayeli.

— Quero ver — insistiu Frida.

— Eu te mostro se você colocar uma roupa e vier comer alguma coisa na cozinha.

Os anos negociando preços, primeiro no mercado de Tehuantepec e depois no mercado de Coyoacán, tinham dotado Nayeli de uma habilidade espantosa para conseguir o que desejava em troca do que possuía. E Frida era permeável a qualquer tipo de permuta. A pintora desejava muito, o tempo todo, e não movia um fio de cabelo sequer na hora de ceder em troca de realizar um desejo. O funcionamento das duas era um conjunto perfeito.

Pãezinhos frescos, frutas cortadas em pedaços pequenos e café bem preto faziam parte do café da manhã que Nayeli preparava diariamente para Frida. Os pratos mais elaborados com os quais a tehuana costumava surpreender todas as manhãs tinham ficado para trás. Os remédios e as noites em claro por causa das dores haviam tornado o estômago da pintora um órgão pequenininho no qual, a duras penas, cabia o mínimo necessário para não morrer.

— Vamos ver, estou aqui. Quero que você leia para mim alguma coisinha do seu diário íntimo — disse, enquanto se sentava à mesa. Ela havia tirado a camisola de seda e, no lugar, tinha enfiado uma túnica marrom-escura, que combinava com seu cabelo.

— Coma — insistiu Nayeli.

— Leia — Frida duplicou a aposta.

As duas sustentaram o olhar. Os olhos verdes de Nayeli penetraram nos olhos cor de café de Frida. Nessa troca de olhares, elas chegaram a um acordo: Frida pegou um pãozinho, partiu-o ao meio com uma faca pequena e untou uma das metades com manteiga. No exato momento em que sua boca recebeu o primeiro pedaço, a jovem começou a ler seu diário de capa vermelha, idêntico ao de Frida:

— "Na parte dos fundos dos viveiros de Coyoacán nós nos beijamos quase todas as tardes. Esse é o lugar perfeito para esconder nosso amor. Às vezes, suas mãos tão ansiosas e apressadas em meu corpo me incomodam. Sinto que ele imagina que, com essas carícias, minha roupa vá desaparecer..."

A pintora abriu a boca e os olhos ao mesmo tempo, e deu um grito de surpresa misturado com uma gargalhada.

— Nayeli, por favor! Isso é demais! Você tem um namorado e não me contou nada?

— Estou te contando — respondeu Nayeli, envergonhada, sem tirar os olhos do diário.

— Quem é o seu namorado?

— Você já sabe, Frida.

— Joselito?

Um leve movimento de cabeça da tehuana lhe deu a confirmação.

— Ah, mas que bom! Gosto muito desse rapaz. Ele é muito bonito e talentoso. Nada melhor do que um artista, Nayelita.

— Joselito não é um artista.

— Como não? Claro que ele é! E é um artista muito esforçado, fazia uns trabalhos muito bons nas minhas aulas. Sempre foi o meu favorito.

Nayeli não quis contradizê-la. Seu namorado tinha parado de pintar e desenhar havia muito tempo. Seus sonhos tinham se afundado nas dificuldades financeiras em que a mãe estava mergulhada. Ele era o homem da casa e teve de sair para trabalhar de sol a sol para levar um prato de comida à mesa. Trocou os pincéis e as telas pelas ferramentas de ferro e madeira que usava como funcionário da ferrovia. As mãos e os dedos longos e suaves que Frida tinha domesticado para dançar sobre formas e cores já não existiam mais. Agora Joselito tinha calos, asperezas e fissuras que, à noite, dificultavam-lhe até o ato de segurar a colher de sopa.

Nayeli insistiu com o café da manhã e Frida, com o diário. Passaram a manhã entre tortilhas, frutas e leituras apressadas. A jovem tinha dificuldade com algumas letras: custava a entender quando era preciso colocar um S ou um C, a diferença entre o G e o J, e decifrar o momento exato em que as frases exigiam um ponto ou uma vírgula era um mistério para ela.

— Não consigo te explicar algo que sai instintivamente — argumentava Frida. — Há silêncios longos que exigem um ponto e silêncios mais curtos que pedem uma vírgula. Vamos fazer um exercício: leia o que você escreveu em voz alta; quando precisar fazer uma pausa longa, desenhe com um lápis amarelo um sol pequeno, e se a pausa for curta, desenhe com um lápis azul-claro uma estrelinha.

Satisfeita com a ideia que tinha acabado de ter, a pintora tirou os dois lápis de sua caixa de madeira e os deu de presente para Nayeli. Um sorriso ocupou quase todo o rosto da jovem e ela abraçou o amarelo furioso e o azul-claro cor de água contra o peito. Nunca tinha tido lápis de cor e sentiu uma alegria enorme que aqueles fossem os primeiros.

— Tire essa cara de bobinha. Você já tem seus lápis para exercitar a ortografia. Vou te acompanhar bem de perto, bailarina — disse Frida, usando o tom professoral que lhe saía tão bem. — Agora vou me trocar. Diego disse que viria me visitar com uma surpresa muito especial.

Diego era o rei das surpresas. Ele gostava de avisar com antecedência o dia e a hora em que pretendia surpreender as pessoas, e assim assegurava uma chegada cheia de expectativas. Frida sabia que aqueles rompantes de Rivera tinham mais a ver com ele do que com outra pessoa. Apesar de sua fama, Diego nunca tinha deixado de ser um garoto inseguro, com pânico à rejeição. Um novo bicho de estimação, uma lata em que tinha misturado várias cores para inventar uma nova, alguma figura pré-colombiana para a sua coleção ou uma roupa de tehuana que tivesse comprado após vários meses economizando dinheiro transformavam-se em desculpas que ele usava para receber abraços, aplausos e festejos exagerados que sua mulher fazia a cada presente.

Frida passou duas horas fechada em seu quarto. Avaliar cada detalhe de sua roupa era como gestar uma obra de arte. Quando ela finalmente entrou na sala, Nayeli ficou pasma. Não se lembrava de tê-la visto tão radiante e encantadora. Até sua coluna mantinha-se erguida sem a necessidade do colete, e seu coxear era apenas percebido por um olho muito experimentado. Ela tinha escolhido o melhor vestido de tehuana de toda a sua coleção, o que havia usado uma vez na exposição de Paris. Os raios de sol que entravam pelas janelas pousavam em cada uma das pregas e criavam uma cintilação iridescente. Os bordados de fios de ouro projetavam luzes nas paredes e no chão. Parecia uma mulher rodeada de estrelas fugazes. A faixa roxa que ajustava a sua cintura era da mesma cor das fitas de veludo que entrelaçavam as tranças do cabelo. Fivelas de bronze na forma de pássaros prendiam-lhe as tranças sobre a cabeça formando um penteado deslumbrante. Ela tinha se maquiado e isso era um bom sinal.

Já havia algum tempo, Frida dizia a quem quisesse ouvir que nunca mais usaria maquiagem porque queria se acostumar com o rosto da morte. No entanto, suas afirmações desapareceram sob um blush rosado, que marcava e elevava as maçãs de seu rosto, e um batom vermelho intenso.

— Como estou? — perguntou, embora já soubesse a resposta. As dores e enfermidades não tinham diminuído nem um pouco a sua vaidade encantadora.

— Maravilhosa, Frida.

No mesmo instante em que a pintora exclamou que já estava pronta, a porta da Casa Azul se abriu. Os tempos de Frida e Diego funcionavam no compasso perfeito. Não precisavam avisar nada. Percebiam a presença um do outro como os animais na selva.

— Frisita, meu amor. Pombinha do meu coração! — gritou Rivera. Como sempre, seu estrondo chegava antes da sua figura.

— Aí está esse gordo escandaloso — murmurou Frida olhando para Nayeli com simpatia, e depois gritou. — Estou aqui, sapo assustador! Vá para o jardim, porque quero tomar um pouco de sol. Eu te encontro lá.

Era mentira. A intenção de Frida não era tomar sol, queria apenas que Diego pudesse apreciar seu vestido branco em todo o seu esplendor. Exibir-se para ele entre os nopais floridos como uma deusa tehuana, como uma aparição descida de um paraíso inventado. Para a pintora, mais que uma ferramenta de sedução, a ousadia era uma arma de guerra.

Frida respirou fundo e girou a cabeça de um lado ao outro para aliviar a tensão no pescoço. A morfina tinha feito com que suas costas e seu quadril suportassem aquela dor traiçoeira e suave com qual aprendera a conviver. Ela atravessou a porta da sala e, sem ajuda, desceu os três degraus de cimento que davam no jardim. A água da fonte jorrava pela boca do sapo de metal que ela tinha comprado anos atrás em uma feira em Chapultepec. A seda branca acariciava suas pernas ao ritmo do tilintar das pulseiras e das argolas de ouro cheias de sininhos. Diego a esperava na outra ponta, de pé, como um noivo no altar.

No momento em que a viu, ele tirou o chapéu e o segurou contra o peito. Sorriu com aquela boca larga que ocupava quase toda a parte inferior de seu rosto, e os olhos verdes e esbugalhados brilharam de emoção. Frida o emocionava como apenas um grande quadro poderia fazer. Frida era arte. E Diego era permeado por arte. Durante algum tempo, esqueceu-se de que não estava só; toda a sua atenção estava voltada para Frida, sua Frida, que se aproximava dele movendo os quadris de um lado para o outro como tinha feito tantas vezes, tempos atrás, naqueles primeiros anos em que soube que aquela mulher ia ser a de toda a sua vida.

A expressão de surpresa da pintora tirou-o da hipnose: as sobrancelhas grossas arqueadas para cima e a boca vermelha entreaberta em uma exclamação silenciosa. Diego se virou para a direita e fixou os olhos na outra mulher, a que estava parada ao seu lado. Ela também estava impactada pela figura de Frida Kahlo. Tinha ouvido muito sobre ela, e agora que estava a poucos metros da pintora, entendeu que todo comentário era pouco. Nada seria capaz de descrever o magnetismo e a luz da princesa tehuana que deixou os movimentos ondulantes de lado para convertê-los em pequenos saltinhos de menina na manhã de Natal.

— Ah, virgenzinha de Guadalupe! Não posso acreditar no que meus olhos veem! — gritou Frida, enquanto cobria o rosto com as mãos. — Nayeli, Nayeli, venha aqui! Você não pode perder o presente que meu Dieguito trouxe para mim!

A Dona deu uma gargalhada cristalina que deixou à mostra seus dentes brancos e alinhados. Tinha gostado que uma mulher tão incrível a definisse como um presente para ela. Frida esticou as mãos para roçá-la, queria ter certeza de que não ia desaparecer enquanto a tocasse. A Dona se deixou tocar com uma submissão que ela própria desconhecia. Fechou os olhos e sentiu como os dedos frios percorriam seu rosto com a suavidade de uma borboleta.

— Que bonita você é, María! — murmurou Frida.

— Não, de jeito nenhum. Bonita pode ser qualquer uma. A essência da beleza é outra coisa, vem lá do fundo, e eu sou bela. E você é bela.

A risada que quebrou o encanto saiu da boca de Diego. Estava felicíssimo de ter tão perto dele as duas mulheres mais inquietantes do México: María Félix e Frida Kahlo. Ele era um homem afortunado.

Nayeli havia acudido ao chamado de sua mentora, mas não tinha tido coragem de se aproximar; um dos nopais, o maior, serviu-lhe de esconderijo. Ela tinha ouvido falar uma infinidade de vezes de María Félix; inclusive, em umas das lojas do mercado havia um pôster enorme com a foto dela – um primeiro plano do rosto perfeito que enfeitiçava qualquer pessoa que passasse perto da parede. Mais de uma vez ela ficou olhando a foto com curiosidade. O cabelo preto penteado para cima, as sobrancelhas finas que delineavam seu olhar, os olhos puxados e aquele ar de tigresa que chamava a atenção de todo mundo.

Joselito ficara encantado com a foto a primeira vez que a viu, não conseguiu dissimular o efeito inebriante. Até discutiu com Nayeli durante várias horas sobre o nome daquela beldade. Ele insistia que ela se chamava dona Bárbara, porque assim dizia o cartaz, em letras gigantes; a jovem negava com a cabeça e argumentava que seu nome era María e que dona Bárbara era apenas um apelido. Os dois estavam errados. A dona da barraca do mercado lhes explicou entre risos que *Dona Bárbara* era o nome do filme que tinha levado María Félix ao auge da fama.

— Você viu, minha Friducha, a surpresa que eu te trouxe? É María em pessoa! A bela, a imagem do México, o ícone da nossa nação! — exclamou Diego, que não cabia em si de tanta alegria. — Vamos à sala ou ao seu ateliê. Mostre a ela os quadros fabulosos que você pinta. Falei muito de você para a nossa Dona.

Sem abandonar o seu esconderijo, Nayeli ficou pensando quem era, na verdade, a destinatária da surpresa: María ou Frida.

Os três cruzaram o jardim sem parar de tagarelar. As mulheres soltavam palavras e exclamações ao mesmo tempo. Era impossível saber se conseguiam ouvir uma à outra, mas pareciam felizes. Logo atrás, Diego as seguia com o peito erguido, ombros para trás e expressão análoga à de um leão da alcateia no meio da selva.

O cheiro intenso das pinturas, dos solventes e das tintas a óleo fizeram com que a Dona franzisse seu nariz perfeito; os olhos se encheram de lágrimas.

— Ah, María, desculpe! — disse Frida, enquanto abria as janelas. — Às vezes, eu me esqueço de que nem todo mundo tem o olfato acostumado a esses ardores.

María levantou a mão de unhas esmaltadas de vermelho e dedos finos. Um anel de ouro com um rubi do tamanho de uma noz refletiu um feixe de luz avermelhado no vestido branco de Frida.

— Não tem problema, minha querida — disse, minimizando o inconveniente com elegância e girou seu corpo esbelto para Diego. — Preciso me acostumar, terei várias horas pela frente posando para o mestre Rivera.

Uma pontada atravessou a coluna de Frida como um raio e, ao mesmo tempo, sua perna doente ficou sem forças. As dores, todas juntas, voltaram ao lugar onde se sentiam mais à vontade: seu corpo. A pintora se apoiou com a mão direita sobre a escrivaninha. Apenas pôde esboçar um sorriso forçado, um trejeito incomum.

— Você não tinha me falado nada, Diego. Eu não sabia que você ia pintar a Dona — disse, com um tom maternal.

— É que era uma surpresa, outra surpresa. Farei uma pintura enorme, magnífica, para que todo o México e o mundo possam apreciar a beleza de María.

Depois de um breve passeio pelo ateliê, Frida convidou María para tomar tequila ao pé da fonte do jardim. A bela aceitou, encantada; poucas coisas lhe davam mais prazer do que tequila entre mulheres.

— Agrada-me muitíssimo que vamos ocupar todos os espaços dos homens. E, neste país, a tequila sempre foi um refúgio dos machos! — exclamou, e colocou sal e limão na língua.

Frida aproveitou a demonstração de intimidade. Estava gostando muito de María e não queria que nada a magoasse. Em seu afã de cuidar de tudo ao redor como uma mãe, ela a advertiu:

— Tenha cuidado, bela María. Não se deixe seduzir por Diego. Sei que é muito difícil não cair em suas redes, mas não caia, não se deixe enganar...

A Dona cravou seu olhar nela e piscou um olho. Aproximou o rosto do de Frida. O cheiro do perfume de sândalo e seu hálito de tequila eram um paraíso.

— Fique tranquila, Frida — murmurou. — Ninguém me seduz. Sou eu que seduzo. Nunca sou escolhida. Eu escolho.

51
Buenos Aires, janeiro de 2019

Na parte dos fundos dos viveiros de Coyoacán nós nos beijamos quase todas as tardes. Esse é o lugar perfeito para esconder nosso amor. Às vezes, suas mãos tão ansiosas e apressadas em meu corpo me incomodam. Sinto que ele imagina que, com essas carícias, minha roupa vá desaparecer... Mas eu me deixo levar, ainda que, às vezes, acredite que as sensações da pele estão próximas do pecado. Joselito diz que não, que o amor não é nenhum pecado e que ele me ama. Eu também digo que o amo, mas, como não sei bem o que é amar um homem, às vezes me sinto culpada por achar que estou mentindo para ele...

★ ★ ★

A missão de decifrar os textos do caderno de minha avó era complicada. À sua letrinha inexperiente, pequena e apertada, somavam-se alguns sóis e estrelas azuis e amarelos que preenchiam alguns espaços e dificultavam, ainda mais, a leitura. Foi Ramiro que descobriu o primeiro mistério.

— Os lápis! — exclamou com um entusiasmo que transformava suas expressões nas de um garoto.

Deixamos as poltronas do pátio e fomos buscar o cesto que tinha ficado em cima da mesa da sala. Recuperamos os dois lápis entre os pertences de Nayeli: um azul-claro e outro amarelo. Com delicadeza, Ramiro fez duas marquinhas na lateral de uma das folhas do caderno, uma com cada lápis. Eram iguais, não havia dúvida. Ele me olhou com curiosidade. Depois de anos trabalhando em colégios como professora de música, eu tinha certa habilidade para detectar técnicas de aprendizagem.

— Acho que as estrelinhas e os sóis perto das letras têm a ver com algum exercício de ortografia. Minha avó me contou que aprendeu a ler e a escrever bem tarde — eu disse, com convicção.

— Estes lápis são excelentes — disse Ramiro, enquanto arranhava as pontas com a unha. — Têm um pigmento de muita qualidade. Quem era esse tal Joselito que sua avó descreve com tanta ternura? Ela falou dele alguma vez?

Após a pergunta, senti de novo aquela pontada no meio do peito que aparecia quando alguma informação sobre minha avó vinha à tona. Seus segredos acabavam sendo mais dolorosos do que o sentimento de orfandade de tê-la perdido. Eu adoraria ter conversado com ela sobre aquele seu primeiro amor distante; suas primeiras intimidades, a paixão louca. Mas não, ela tinha escolhido o silêncio.

— Pouco. Era meu avô, mas ela nunca falou dele de forma amorosa — murmurei.

Segundo Gloria, Nayeli passava o tempo escrevendo; no entanto, mais da metade do caderno estava em branco. Procurei as últimas anotações. Com um simples passar de olhos sobre alguns textos, meu estado de ânimo mudou de repente. A letra parecia muito mais solta, mais experiente. Não havia rastro das marcas azuis e amarelas. Em seus últimos anos, minha avó tinha ficado obcecada com listas. Em todas, ela colocava um título e o sublinhava com uma linha errante: "Plantas do pátio da Casa Solanas", "Condimentos da despensa da cozinha", "Nomes das enfermeiras dos dois turnos", "Remédios da minha mesa de cabeceira". A última lista chamou minha atenção. O título era um nome: "Eva Garmendia". Todos os itens estavam numerados. Eram três: "1 – manta rosa de linha"; "2 – xícara de prata"; "3 – fivela de borboleta".

Não quis que Ramiro continuasse lendo aquela parte do caderno. Não queria que ele me perguntasse sobre Eva Garmendia. Aquela mulher e eu tínhamos contas a acertar, mas eu ainda não estava preparada para isso. No entanto, passamos um bom tempo revendo as receitas que Nayeli tinha deixado escritas detalhadamente. Prometi a Rama que um dia iria cozinhar alguma delas para ele.

— O que você vai fazer com a pintura? — Seu tom de voz já não era empático. Notei que o Ramiro que eu tinha conhecido, prático e sem graça, havia retornado. A pintura de Nayeli não deixava de ser um ponto a mais de tensão entre nós.

— O que eu deveria fazer? — respondi com outra pergunta para ganhar tempo, ainda que, no fundo, me interessasse a sua opinião. Ele era o especialista em arte, eu não.

Ele se levantou e caminhou em círculos pelo pátio. Já era totalmente noite. Quando se afastou das luzes, transformou-se em uma sombra.

— Há várias opções. Você pode vendê-la para algum colecionador por uma quantia milionária. Pode emprestá-la para algum museu local ou do exterior...

— Ou posso pendurá-la em uma das paredes desta casa e pronto — interrompi.

Ramiro saiu das sombras e voltou a se sentar em uma das poltronas. Ele me olhou com a testa franzida e segurou minhas mãos com as dele.

— Isso já não é possível. É tarde demais.

— Por quê? — perguntei com uma mistura de curiosidade e preocupação.

— Por minha culpa. Há pessoas que já sabem da existência dessa obra perdida e fariam qualquer coisa para tê-la em seu poder. Estamos falando de milhões de dólares, Paloma.

Pensei no comerciante assassinado na loja de molduras do bairro, na noite em que acompanhei Ramiro para recuperar a pintura em um apartamento de Puerto Madero, nos interesses que o levaram a se disfarçar de assaltante em uma moto e me roubar em plena rua. Tive medo, mas também uma certeza.

— Eu não quero me desfazer da pintura. Além do mais, quero descobrir as circunstâncias em que foi pintada. Por trás de tudo isso está a história da minha avó, e preciso conhecê-la.

Os olhos de Ramiro brilharam, mas não de emoção. Foi um brilho estranho, quase ardiloso.

— Muito bem. Se você quer ficar com a pintura, eu tenho um plano.

— Estou te escutando.

52
Coyoacán, janeiro de 1950

Os dedos do pé direito de Frida tinham ficado pretos. Não aconteceu de repente nem de um dia para o outro. Foram escurecendo aos poucos: o dedinho, roxo; os três do meio, azul-escuros; o dedão, cinza-escuro. Frida demorou para avisar, sabia que os médicos iriam intervir com remédios e pomadas, e que impediriam que ela desfrutasse da paleta de cores naturais que seu corpo estava lhe oferecendo. Um espetáculo particular que ela adorava admirar secretamente todas as noites, antes de dormir. Foi a dor que a obrigou a colocar um ponto final no show privado. E a partir do anúncio, tudo o que veio em seguida foi um pesadelo. Rápido, eficaz, mas um pesadelo afinal.

No Hospital Inglês, a receberam com empatia. Muitos dos funcionários a admiravam e queriam que a pintora de Coyoacán ficasse bem o mais rápido possível. Cada um, à sua maneira, colaborou com aquele desafio coletivo, mas o panorama era deprimente. A obra de arte que Frida dizia ter no pé direito não era outra coisa senão uma gangrena cujo único prognóstico era a amputação. Mas antes tiveram que fundir três vértebras da coluna. A intervenção obrigou os médicos a colocarem nela um colete de gesso a fim de mantê-la imobilizada.

Durante dias, a febre de trinta e nove graus não cedeu e as dores nas costas não deixou outra alternativa que não fosse sedá-la com Demerol. Como se não bastasse, a ferida da operação infeccionou. Pela segunda vez, em menos de uma semana, ela teve de passar pelo cirurgião. Apesar de tanta laceração, a voz de Diego continuava sendo um sedativo mais poderoso que a morfina. Todas as noites, ele entrava sorrateiramente no quarto do Hospital Inglês; apenas daquela maneira ela conseguia conciliar o sono.

— *Aquel cisne encantado / y el pelícano negro tenebroso; / el gallo degollado / y la sangre en el pozo / y el mago del sorbete misterioso*[32] — repetia Diego. Os poemas de Guadalupe "Pita" Amor, amiga dos dois, eram um bálsamo para o corpo maltratado de Frida.

— Que lindo, meu Dieguito! Tenho muita vontade de pintar esse poema! — respondia, entorpecida. — Agora recite outro, o das carícias.

Diego sentava-se na cama e a aconchegava contra o peito. Com movimentos lentos e compassados, ele a embalava como se fosse uma garotinha, e ela o obedecia.

— *Cansado de esperarte / con mis brazos vacíos de caricias, / con ansias de estrecharte, / pensaba en las delicias / de esas noches, pasadas y ficticias.*[33]

Nayeli era responsável por cuidar de Frida durante o dia e satisfazer seus desejos como se fossem póstumos. Todas as paredes estavam abençoadas com arte. Nada deixava a pintora mais nervosa do que espaços em branco; ela dizia que nenhum lugar tinha razão de existir sem cores. A tehuana havia enchido o carro de um dos médicos de Frida com várias telas – algumas terminadas e outras por terminar – que decoravam o ateliê da Casa Azul. Em uma tarde, o quarto despido ficou cheio de vida. Mas não era suficiente. Sobre a mesa de cabeceira e a bancada também colocaram os vasos de vidro azuis e verdes que Diego tinha comprado para ela em Los Angeles e os encheram de flores.

— Sabe o que está faltando aqui, Nayelita? — perguntou Frida uma manhã, ao abrir os olhos. — Velas, caveiras... Falta México. É isso que eu quero, México.

Nayeli correu para o mercado de Coyoacán. Na esquina, ela se encontrou com Joselito. Estavam felizes de poder colaborar para que o estado de espírito de Frida se mantivesse o melhor possível. Depois do almoço, os jovens se ocuparam da decoração do quarto com as

---

[32] Aquele cisne encantado / e o pelicano preto tenebroso; / o galo degolado / e o sangue no poço / e o mago do sorvete misterioso. (N.T.)

[33] Cansado de te esperar / com meus braços vazios de carícias, / com ânsia de te abraçar, / pensava nas delícias / daquelas noites, passadas e fictícias. (N.T.)

caveiras de açúcar, candelabros em forma de árvore da vida, borboletas de parafina e uma quantidade enorme de passarinhos de papel de várias cores. Enquanto Nayeli e Joselito penduravam em todos os cantos os objetos comprados com o dinheiro que Diego havia lhes dado, Frida gritava, cantava e aplaudia entusiasmadíssima.

— Isso é muito lindo, parece a decoração de uma festa de aniversário. Vocês transformaram meu quarto em um aniversário eterno.

— Mas se você fizer aniversário todos os dias, ficará velhinha muito rápido — argumentou Joselito, morrendo de rir.

Frida ficou pensativa.

— Nunca imaginei que eu ficaria velha. Não acho que isso seja uma opção para mim. Sou isto: a sem filhos, a sem anos por vir. É como estar morta. A Caveira me buscou e se esqueceu de desligar o coração que bate e bate. Ela me matou com seus erros.

Os jovens não souberam o que dizer. Frida era perturbadora, passava sem interrupção das explosões de alegria mais inesperadas às discussões mais profundas. Com o passar dos anos, Nayeli conseguiu descobrir uma estratégia por trás daquela dinâmica: era a maneira que a pintora encontrava para lembrar a todos que, apesar dos risos e das celebrações, ela era um ser em sofrimento. Sabia fazer da sua dor um templo, uma corrente para prender os mais próximos; sobretudo, para não perder Diego. Oferecia a ele sua imensa tristeza, sua dor, suas feridas como quem as oferece a Deus. Para Frida, ele era exatamente isto: seu Deus.

— Seu colete está muito branco — disse Nayeli com astúcia. Ela também tinha as suas estratégias para tirar Frida dos pântanos nos quais costumava mergulhar. — Acho que deveríamos corrigir isso.

Os olhos da pintora se abriram e brilharam ao mesmo tempo. Ela olhou para seu peito e deu um grito.

— Que despropósito! Isso não pode continuar assim! — Sem parar de gritar, começou a dar ordens acompanhadas de movimentos destrambelhados das mãos. — Joselito, venha aqui. Você é maravilhoso! Sobre aquela mesa estão meus pincéis e minhas tintas. Quero que você prepare um vermelho bem bonito para mim, um vermelho comunista. E quero que faça um marrom misturadinho com ocre na lateral da paleta. Ah, e também um azul bem clarinho, como o céu.

Joselito sentiu nas veias o entusiasmo que considerava perdido. Preparar as cores era uma paixão que ele guardava no fundo da alma. Embora, por necessidade, tivesse tido de trocar a pintura pelo trabalho duro, Frida tinha razão: nunca se deixa de ser artista.

Nayeli ajeitou o corpo de Frida entre os travesseiros para que pudesse ficar ereta. Joselito entregou a ela a paleta de madeira com os tons preparados e dois de seus pincéis favoritos. Com uma habilidade avassaladora e muita calma, a mulher começou a fazer um desenho perfeito sobre o gesso que prendia seu tronco. Na parte superior, fez um martelo, uma foice e uma estrela bem vermelhos sobre um azul celeste bastante aguado.

— Muito bem — murmurou. — Agora vou completar a parte inferior.

Nayeli e Joselito se aproximaram, um de cada lado da cama. A curiosidade fez que ambos se inclinassem tanto para a frente que suas cabeças projetaram sombras sobre o colete que Frida tinha transformado em tela. Para o segundo desenho, ela não precisou de nenhum teste, de nenhum rascunho. Tudo estava em sua cabeça. Durante anos, ela tinha pintado seus desejos mais profundos na imaginação. As mãos apenas acompanhavam o que saía de sua memória.

A concentração os impediu de notar a presença de Diego, que tinha entrado de fininho para não atrapalhar. Ele continuava de pé, quase sem respirar, enquanto o pincel de Frida criava a figura dos seus sonhos, na altura em que o colete cobria seu abdome. Nayeli foi a primeira que decifrou o desenho; seus olhos se encheram de lágrimas. À medida que os traços iam tomando forma, as bochechas da jovem umedeciam mais e mais, até que o choro caladinho a tomou por completo.

Com a obra quase terminada, Frida levantou a cabeça e olhou para Diego. Seu rosto desanuviou a expressão concentrada para transformá-la em um semblante cheio de ternura.

— Veja, Diego. É nosso filho — disse com o tom mais maternal que pôde imprimir. — Eu o fiz com a cabeça grandinha como a sua e o braço fino como os meus. Ele não é lindo?

O feto, perfeitamente desenhado, ocupava a região abdominal de Frida; do meio do corpo saía o cordão umbilical que o cercava até fechá-lo em um círculo protetor. A cabeça estava apoiada em um joelho pequeno e flexionado.

— Parece um garoto pensando — disse Joselito sem tirar os olhos do colete.

— Mas é claro! — exclamou Frida. — Será um garoto muito inteligente e pensativo. Dedicarei meus próximos dias a escolher um nome muito lindo para ele.

Nayeli e Diego trocaram olhares intensos. Ninguém mais do que eles conhecia os devaneios de Frida. Sabiam que uma simples piada ou curiosidade podia se transformar em obsessão, e não havia tempo para obsessões. A jovem assentiu levemente com a cabeça; era o sinal que dava a Diego para que mudasse de assunto com sua força arrebatadora e tirasse Frida do abismo da loucura.

— Friducha, meu amor, tenho uma surpresa para você, uma bem grande — disse, exagerando cada palavra.

Frida parou de acariciar o desenho do feto que decorava seu abdome e deu uma risada. A varinha mágica de Diego era infalível.

— Já chega, sapo gordo mentiroso! A última grande surpresa que você me trouxe foi María Félix, e tudo acabou em um escândalo monumental!

Rivera abaixou a cabeça envergonhado, já não se lembrava de quantas vezes teve de pedir desculpas a Frida por causa de seu affair com a Dona e dos comentários que saíram na imprensa mexicana. Durante dias, a mulher mais linda do México tinha posado para ele no ateliê de San Ángel. Antes de começar o desenho, María testou uma dezena de posturas e de roupas para ficar mais espetacular do que já era, como se isso fosse possível. Diego tomou a decisão final: vestido branco de cintura fina com uma saia de voal que cobria quadris e pernas, e tinha um decote em forma de coração. Ela posou sentada em uma banqueta, com uma das pernas parcialmente esticada e o braço apoiado sobre o joelho da outra, flexionada; o torso, um pouco inclinado para mostrar sutilmente o começo do busto. O enquadramento da parte superior da obra era dado pelo cabelo da María, solto, esvoaçante e brilhante.

— O retrato era lindo — desculpou-se Diego com o ego ferido —, mas María teve um chilique.

— No que fez muito bem, não é, sapo! — repreendeu-o Frida. — Você armou uma cilada para ela e o vestido de voal ficou bem mais transparente do que era de fato, e na parte de cima você pretendia mostrá-la quase nua ao Instituto Nacional de Belas Artes. Que atrevido, mãe de Deus!

Joselito e Nayeli entretinham-se com a discussão. Não era a primeira vez que o casal ressuscitava cada cena da briga monumental com a Dona. Uma coreografia perfeita na qual o papel dos dois ficava exposto: Frida censurava e Diego pedia perdão.

— Desta vez a surpresa que tenho é melhor! Muito melhor do que María, que não era grande coisa! — exclamou Diego.

— Não era grande coisa, mas bem que você estava apaixonado por ela — contestou Frida.

— Mas é claro! Como todos os homens nascidos nesta terra.

— E como todas as mulheres — respondeu Frida e piscou um olho com malícia.

Os quatro riram em voz alta. Apesar das dores e do prognóstico desanimador, Frida não perdia a piada e o dom de converter qualquer situação em uma festa.

— Bem, chega de conversa fiada! Vou te contar qual é a surpresa — disse Diego, que não renunciava ao protagonismo e, apesar de tudo que já tinha vivido, não perdera a vontade de fazer Frida feliz. — O seu doutorzinho amado me cedeu um quarto coladinho a este para que eu fique mais tempo ao seu lado, minha pombinha.

Todos esperavam o terremoto de felicidade que Frida provocava diante dos repentes de Diego; no entanto, não foi o que aconteceu. O ar do quarto ficou tão pesado que Nayeli pensou, por um momento, que todos iriam morrer asfixiados. Frida não aplaudiu, não deu gargalhadas, não mexeu as mãos como se fossem asas de borboletas, não começou a cantar nem lançou cataratas de beijos no ar. Frida Kahlo respirou profundamente, cobriu o rosto com as mãos e começou a chorar.

53
Buenos Aires, janeiro de 2019

Emilio Pallares desligou o telefone após uma conversa de quase uma hora. Na sua frente, do outro lado da mesa, Lorena Funes e seu filho, Cristóbal, olhavam para ele com expectativa.

— Mendía quer o quadro de qualquer jeito. Está disposto a pagar o que for preciso — disse, olhando de um para o outro de seus interlocutores —, mas nós não temos a pintura.

— Mas vamos recuperá-la — disse Lorena com ar despreocupado. — Estou cuidando disso, como sempre.

— Já faz muito tempo que seus métodos são frágeis e estão contaminados por esse fogo entre as pernas que sente pelo meu filho mais novo — disse Emilio Pallares e deu um tapa na xícara de chá que ele não tinha bebido. Foi um gesto de raiva incomum para ele.

— Não seja vulgar! Eu não te permito! — gritou Lorena.

— Você não me permite nem deixa de me permitir nada, Lorena. Você se deixou enganar, foi lenta para reagir. Conduziu a operação de uma das obras mais impactantes dos últimos tempos como se fosse uma novata.

— Fale mais baixo, porque ninguém grita comigo. Você está me ouvindo? Acabo de te dizer que estou cuidando disso e eu nunca falho.

À medida que discutiam, a raiva de Lorena e de Pallares diminuía. Os dois concordavam que seus rompantes deixavam à vista as vulnerabilidades típicas das pessoas de baixa classe; gente como eles controlava suas paixões com decoro. Mas Cristóbal Pallares era diferente; era feito de outra madeira, uma madeira talhada atrás das grades. A única maneira de sobreviver na prisão é falando pouco e agindo muito. Antecipar os movimentos é uma condenação à morte. Não foi preciso muito mais para ele entender que Lorena tinha um romance com seu irmão e não ficou surpreso com a novidade: Ramiro havia lhe tirado o amor de sua mãe; a rapinagem estava em sua natureza. Mas agora as coisas eram diferentes para Cristóbal, agora precisavam dele. Deixou que seu pai e Lorena terminassem de medir forças, algo que para ele não fazia o menor sentido. Quando os dois desistiram de continuar discutindo, ele interveio no debate.

— Quando eu começo a copiar a pintura de Rivera? — perguntou.

Lorena passou a brincar com seus anéis de ouro, como costumava fazer todas as vezes que não tinha respostas. Pallares respirou fundo e decidiu que tinha de dividir com eles a informação que obtivera no Uruguai, junto com Ramiro.

— Em primeiro lugar, fiquem sabendo que a pintura da namoradinha de Ramiro é bem mais do que imaginávamos a princípio. — Sentiu satisfação em ver como Lorena mordia o lábio com raiva ao escutar a palavra "namoradinha". — Temos uma tela com os traços de Diego Rivera e, sobre ela, há outra obra que parece uma mancha, mas não é.

A colombiana e Cristóbal ficaram tensos e, pela primeira vez desde que havia começado a reunião, demonstraram um interesse genuíno.

— Não me olhem desse jeito. Guardem um pouco de estupor para o que vou lhes contar. A mancha, na verdade, é a imagem de uma bailarina, e segundo Martiniano Mendía não há dúvida: é uma obra de Frida Kahlo.

— Eu não acredito — balbuciou Lorena.

Cristóbal encolheu os ombros. Não achava que falsificar um Kahlo fosse mais complicado do que um Rivera, e insistiu:

— Quando eu começo?

— Por isso eu chamei vocês aqui — disse Emilio Pallares. — Ramiro está com a pintura. Desde que voltamos do Uruguai, ele desapareceu. Não atende às minhas chamadas, também não está no seu apartamento.

— Bom, então vou ter que cuidar disso — disse Cristóbal, tentando dissimular a excitação.

Nem Lorena nem Pallares se animaram a contradizê-lo. Nenhum dos dois tinha uma ideia melhor.

54
Coyoacán, maio de 1953

A Casa Azul tinha se transformado em um inferno. Até os cachorros estavam ariscos: brigavam entre si e atacavam as pessoas. Já não pareciam animais de estimação, mas uma matilha. Os dois papagaios desapareceram uma manhã e ninguém se preocupou em ir procurá-los. Nayeli continuou deixando pedaços de frutas para eles sob a árvore, mas, com o passar das horas, elas apodreciam e o pátio se enchia de moscas varejeiras. A porta permanecia aberta todo o tempo; o entra e sai de pessoas era incessante: os médicos de Frida e as enfermeiras que se encarregavam de lhe dar banho; os ex-alunos da Escola de Arte; María Félix, Teresa Proenza e Machila Armida; algumas mulheres jovens sem nome que diziam ser namoradas da pintora; os jardineiros e a faxineira que alternava seus turnos de trabalho com outras mulheres da sua família; Alejandro, o namorado da juventude de Frida; e Diego, que, apesar de passar grande parte do dia no estúdio de San Ángel, dormia na Casa Azul.

De sua cama no quarto – sua tumba em vida, como ela costumava repetir –, Frida tinha montado um carnaval de admiradores profissionais prontos para mimá-la e adulá-la o tempo todo.

— Odeio ficar sozinha. O vazio me deixa apavorada — disse, enquanto Nayeli acomodava quatro das caixas que tinham chegado aos pés da cama. Depois, exclamou com entusiasmo: — Abra aquela com o laço amarelo! Eu adoro a cor amarela!

Ninguém sabia como ela, a partir de seu repouso, conseguira estabelecer uma dinâmica coordenada de presentes de amigos, conhecidos, vizinhos, admiradores de sua obra e camaradas do Partido Comunista. Todas as manhãs, sobre os degraus de entrada da Casa Azul, mãos anônimas deixavam caixas e cestos repletos de objetos:

frutas, flores, lápis de cor, desenhos, fitas para cabelo, rendas bordadas à mão, argolas, pulseiras de várias cores. Todos pareciam querer adornar a Frida que tinham em sua memória, mas ninguém sabia que, do outro lado daquelas paredes azuis, a mulher que eles honravam era outra muito diferente.

O cabelo preto, longo e brilhante tinha se tornado uma juba opaca com nós impossíveis de desatar; a pele que lhe cobria os ossos estava amarelada e desgastada; a expressão de dor constante tinha transformado as linhas de expressão ao redor dos lábios em rugas permanentes; os lóbulos das orelhas, sem suas argolas, pareciam pedaços de cartilagem. A única coisa que resistia em meio ao colapso eram seus olhos, que não tinham perdido o brilho e enfeitiçavam qualquer um que tivesse a sorte de estar sob a sua órbita.

Nayeli desfez o laço amarelo com cuidado. Frida tinha tido a ideia de pendurar as fitas dos presentes com a intenção de formar uma cortina na janela da sala; era o sinal de que o mimo fora recebido e honrado.

— Outra boneca — murmurou a tehuana e colocou-a nos braços magros da pintora.

— Outra, não. Olhe bem. Esta é muito diferente.

Sua paixão pelas bonecas era conhecida em todo Coyoacán. Mais de uma vez, os vizinhos a viram percorrer os corredores do mercado ou das feiras procurando as suas filhas; chamava-as assim, "minhas filhas". Ela comprava bonecas novas, usadas, sujas, limpas. Algumas vinham com roupinha e sapatos, outras totalmente nuas. Frida não se importava, seu desejo era de ter todas elas. Durante dias, cuidava das bonecas e dormia com elas sobre o peito; depois as esquecia e as guardava em um móvel que tinha se convertido em um cemitério de bonecas abandonadas. Ela não sentia falta delas, sempre havia bonecas novas para brincar de ser mãe. Mas a pintora tinha razão: aquela boneca da caixa com laço amarelo era diferente.

— Veja que roupa mais elegante, Nayelita. Isto é puro luxo! — exclamou, enquanto acariciava o cabelo feito de lã marrom. — E é verde. Que linda é a cor verde! Como as folhas da floresta, iguaizinhas.

Nayeli se aproximou com curiosidade. A boneca era simples, feita de gabardina recheada de algodão; as costuras pareciam muito precárias. Os olhinhos, o nariz e a boca tinham sido pintados com pouco cuidado, e o cabelo estava apenas colado a uma cabeça ovalada. O vestido, no entanto, era muito bonito: feito de lã verde-oliva com decote redondo e, na frente, botões de madrepérola em formato de coração; mangas até a altura dos cotovelos e a cintura estava marcada por um cinto de couro do mesmo tom do vestido.

— Quero um vestido igualzinho a este — disse Frida com um ímpeto que há muito tempo não demonstrava. — Este é o estilo de mulher que eu quero ser. Não outro. Este.

— Mas você é uma tehuana — replicou Nayeli, ofendida.

— Já não sou mais. A única tehuana de verdade aqui é você. Agora eu quero ser uma mulher elegante, uma comunista elegante, é isso que eu quero. Muitas coisas desta vida já me aborrecem. Quero coisas novas.

A jovem pegou a boneca das mãos de Frida com delicadeza e a certeza de que ia conseguir um vestido idêntico para que a pintora pudesse ser o que desejava. Devia isso a ela. Como em todas as vezes que tinha de resolver um problema que ia além de sua competência, ela pensou em Joselito. O rapaz sempre tinha respostas para tudo e, se não as tivesse, ele as inventava; era capaz de fazer qualquer coisa para resolver a vida de Nayeli. Além do mais, eles eram namorados e estavam juntando dinheiro para se casar. Joselito sonhava com uma festa de casamento enorme, com mesas cheias de comida, convidados, seresta e dança; e sobretudo desejava um vestido de noiva fabuloso para Nayeli. Ela era a sua princesa e merecia tudo do melhor.

Com a boneca apertada contra o peito, ela atravessou o jardim em direção à saída; sabia que Joselito fazia uma hora de almoço antes de retomar o trabalho na oficina da ferrovia. Ela estava tão concentrada que não viu Diego avançando no sentido contrário. Ele também tinha a cabeça tomada por suas coisas. Esbarraram-se no corredor, aos pés dos judas de papel machê. O impacto foi tão grande que, não fossem as mãos de Diego, os dois teriam caído de costas.

— Opa, querida, cuidado! — exclamou o pintor enquanto a segurava, com as mãos enormes e firmes cravadas nos braços da jovem.

Apesar do encontrão, Nayeli conseguiu segurar a boneca, mas houve outras coisas que não foi capaz de segurar. O corpo não mente, não engana, não se comporta como deve; é desobediente. Os olhos verdes da tehuana mergulharam nos de Diego. Foram apenas alguns segundos, uma partícula de tempo suspensa em algo que foi mais do que um olhar: foi um convite secreto, proibido. Nayeli não conseguiu fazer que a pele esfriasse. Cada poro ficou eriçado e até pensou sentir um estalido, como o que faz a cebola quando cai no óleo fervendo.

— Desculpe — murmurou.

Diego ficou olhando para ela com a cabeça inclinada para um lado, como se a visse pela primeira vez. Na sua frente, entre suas mãos, ele não tinha uma menina; uma mulher nova se revelava diante de seus olhos. Apesar das pregas e dos babados, a saia roxa e o huipil branco marcavam as curvas de Nayeli. O cabelo cacheado cor de chocolate cobria os ombros torneados, de aspecto suave e macio. Mas o que mais chamou a atenção do pintor foram os cílios escuros quem emolduravam os olhos verdes da jovem. Eram de um verde que ele já tinha visto em outro lugar, em outras situações. Um verde de lugar feliz. Ele teve de fazer um esforço enorme para não acariciar os pômulos altos do rosto dela, aquelas saliências que seguravam os olhos nos quais ele parecia ter se perdido. O cheiro inebriante que emanava dela o desconcertou.

— Quem é você? — perguntou, domando o vozeirão.

— E você? — respondeu Nayeli.

Os dois sabiam que eram os de sempre, mas, ao mesmo tempo, eram outras pessoas.

— Quero que me acompanhe aos jardins de Chapultepec — disse Diego.

— Não posso. Tenho uma tarefa a fazer para Frida.

O nome de Frida funcionou como um feitiço para que o sonho se esfumaçasse. Outra vez era Diego Rivera. Outra vez era Nayeli Cruz. E ela colocou a boneca diante do rosto do pintor.

— Preciso encontrar um vestido idêntico a este para Frida. É o que ela mais deseja na vida.

Diego riu alto.

— Minha pombinha sempre exagera. Esse vestido é o que ela mais quer neste momento — disse, contemplativo.

— Que diferença há entre a vida e um momento? — perguntou a jovem.

Para um homem que sempre tinha respostas, histórias reais ou inventadas, palavras aplaudidas, argumentos ovacionados e gestos desejados, o fato de não saber o que responder em face da simplicidade o jogava no vazio. A mulher diante dele era um buraco profundo, escuro e tentador. Com a falta de jeito de um adolescente, ele arrancou a boneca das mãos dela e tentou se concentrar no vestido. Não lhe pareceu nada do outro mundo, mas ele tinha prometido cumprir todos os desejos de Frida. Era o mínimo que podia fazer por ela.

— Acho que sei quem pode te ajudar — disse finalmente, tomando o controle da situação.

Ele deu meia-volta e saiu para a calçada da rua Londres. Desviou de duas caixas esquecidas sobre os degraus da porta da casa. O motorista que ele tinha contratado para fazer o percurso entre Coyoacán e San Ángel o esperava na esquina, apoiado no capô do carro, fumando. Tão logo percebeu que seu chefe se aproximava, com movimentos rápidos e certeiros, jogou o cigarro no chão, ajeitou o paletó e abriu a porta traseira.

— Leve a garota à casa de Leopoldo Aragón, o argentino — ordenou Diego e olhou para Nayeli, que se sentava no banco de trás. — Diga à esposa do argentino que fui eu quem te enviou e entregue a boneca. Ela vai saber o que fazer.

Os movimentos abruptos do carro e as vãs tentativas do motorista de evitar os buracos que enchiam as ruas de Coyoacán provocaram enjoos em Nayeli. Ela abriu a janela, fechou os olhos e tentou fazer que todo o ar da rua entrasse em seus pulmões. Frida havia lhe ensinado aquele macete eficaz para controlar as náuseas.

Pararam de repente em frente à entrada de uma casa fabulosa nos arredores de San Ángel. Nenhum dos dois soube bem o que fazer. A opulência deixa as pessoas simples mudas, e a cozinheira e o motorista eram pessoas simples.

— Eu fico te esperando aqui fora — aventurou-se o homem.

Apenas Nayeli desceu do carro; o alívio foi imediato e o enjoo desapareceu como em um passe de mágica. A grade da casa ocupava quase toda a quadra; as copas das árvores ultrapassavam os muros, criando uma espécie de bosque fechado, um bosque para poucos. Nayeli apertou a boneca contra o peito e, com a mão livre, sacudiu a corrente do sino de bronze. Colocou a cabeça entre as barras da grade e tentou distinguir o que havia no final de um caminho de terra rodeado por nopais perfeitos, de mesma altura e tamanho.

A porta dos fundos da casa se abriu e uma mulher baixinha e gorducha apressou o passo. Apesar dos quilos a mais, exibia uma agilidade prodigiosa para percorrer o caminho de entrada. Em poucos minutos, estava diante de Nayeli com um sorriso de boas-vindas encantador.

— Bom dia, senhora. Procuro a esposa do argentino. Venho da parte do senhor Diego Rivera.

O sorriso da mulher congelou; um raio de pânico parecia tê-la atingido.

— Ai, garota, por favor, fale baixo! — exclamou, sussurrando. — Não volte a pronunciar o nome desse mentiroso nesta casa...

— Desculpe, eu não...

A mulher a interrompeu. Estava nervosa.

— Tá, tá, tá. Não tem problema. Mas não repita o nome dele — disse, com ar pensativo. — Vamos, entre. A senhora está terminando a aula de balé e vai te atender em seguida.

O jardim era muito maior, denso e bonito do que se via do lado de fora. Nayeli seguiu o caminho da governanta a passos lentos, a fim de prolongar o percurso ao máximo, enchendo-se do aroma e do canto díspar dos pássaros.

— Entre — disse a mulher depois de subir os degraus da entrada.

O hall era amplo e fresco, com piso de mármore branco e paredes no mesmo tom; na lateral direita, sobre o piso, um vaso enorme, decorado com desenhos japoneses, dava ao ambiente os únicos toques de cor: vermelho e preto. Mas Nayeli não conseguiu prestar atenção no detalhe. Também não se deu conta de que a música soava a um volume altíssimo; não apreciou os quadros enormes que decoravam a sala nem o lustre de cristal. Nem sequer se agachou para acariciar o gato que rodopiava entre as suas pernas. Ela só tinha olhos e admiração para o que acontecia no meio da sala. Uma mulher jovem, usando um macacão rosa ajustado ao corpo, dançava com os olhos fechados. Seu corpo esbelto, de pernas longuíssimas, movia-se ao compasso da música ensurdecedora, como se pudesse levitar. Os braços sobre a cabeça terminavam em mãos que pareciam asas de um pássaro. O cabelo dourado, quase branco, cobria-lhe as costas e as pontas acariciavam a sua cintura fina. O impacto que lhe causou a beleza da garota que dançava não chegou a embaçar a memória de Nayeli. Era ela, não havia dúvida. A Branquela Garmendia era o anjo que flutuava.

55

Buenos Aires, janeiro de 2019

A voz tão calma do outro lado da linha deveria ter chamado a minha atenção. Minha mãe sempre dava ordens ou lançava palavras como facas usando um tom firme ou carregado de sarcasmo; no entanto, o sussurro aveludado com que falara comigo não despertou em mim qualquer alarme. Foi um erro. A única forma de ser filha de Felipa Cruz e sobreviver é transformar-se em um posto de bombeiros onde até o mínimo cheiro de queimado deve colocar todos os sentidos em alerta.

— Oi, Paloma. Aqui é a sua mãe. Precisamos nos encontrar e conversar sobre um assunto importante. Podemos almoçar juntas.

Eu não me lembrava de quando tinha sido a última vez que ela havia me chamado para almoçarmos juntas e, inclusive, se tal convite realmente existira alguma vez. Talvez por isso a sua gentiliza não tenha me parecido estranha e, com um entusiasmo dissimulado, eu aceitei.

Felipa tinha feito uma reserva em um restaurante de comida peruana em Palermo. Enquanto eu me deslocava de táxi até o local, lembrei que Nayeli odiava comida peruana; dizia que a do México era muito melhor e que no Peru cozinhavam apenas para ofuscar as delícias mexicanas. Sorri. Minha mãe não se atinha àquele tipo de detalhe.

Com um nó no estômago e gosto de traição no paladar, sentei-me no lugar que estava reservado para nós, a mesa no canto do pátio com algumas árvores. Minha mãe chegou atrasada, como sempre. Ela não tinha por defeito a impontualidade, mas ostentava todas as formas conhecidas de exibicionismo. Adorava chegar por último aos encontros ou às festas com o único propósito de chamar atenção e monopolizar todos os olhares. Sabia que era dona de um corpo que merecia ser admirado e venerava essa condição.

— Que linda você está. Gosto de como fica com esse penteado — disse em forma de saudação, enquanto deixava a carteira de couro sobre uma cadeira vazia.

Agradeci o elogio, embora soubesse que era falso. Eu não tinha feito nenhum penteado novo e meu cabelo estava solto, sem qualquer arranjo especial. Conversamos amenidades durante o tempo que o garçom demorou para trazer a nossa comida: o clima, a cotação do dólar, o divórcio escandaloso de uma atriz e a qualidade de um creme antirrugas que, segundo Felipa, era mágico. Ela até prometeu que ia me dar um frasco de presente. Outra mentira. Minha mãe não costuma dar nada de presente a ninguém.

Os pratos de ceviche foram o sinal de largada, era o momento em que se revelaria o mistério.

— Desde que eu liguei, você certamente está se perguntando o motivo do meu convite. — Encontrei minha mãe naquelas palavras; sobretudo no tom que usava para falar: firme, seco, carente de todo tipo de afeto ou empatia. Assenti com a cabeça. — É muito simples, Paloma. Quero conversar com você sobre a minha herança.

Olhei para o prato com um pouco de tristeza, soube que não ia conseguir dar nenhuma garfada. Apelei para a minha atitude habitual: fazer-me de tonta para ganhar tempo.

— Não sei do que você está falando.

— Das coisas da minha mãe, que por lei pertencem a mim. Sou a herdeira legítima de Nayeli.

Ela disse "lei" e "herdeira legítima" com um tom próprio de condessa europeia. Há palavras que apenas os ricos usam, palavras de privilégio. Voltei a assentir e continuei fingindo.

— Claro. Quando você quiser pode ir em casa e levar o que desejar. A vovó colocou a propriedade no meu nome, fez ainda em vida...

— Eu não me interesso por aquele casebre em Boedo, filha, por favor! Tenho meu apartamento majestoso, e acho bom que você tenha um lugar onde morar. Quero a pintura — disse, e respirou antes de continuar falando. — A que você me mostrou aquela vez.

Tomei um gole demorado de água. Minha boca secou de repente. Tive de fazer um grande esforço para continuar fingindo.

— Por que você a quer? É uma pintura comum, banal até; além do mais, não tem nada a ver com o estilo refinado da sua decoração. Mas talvez algumas coisas do guarda-roupa de Nayeli possam te interessar. Não sei. Você teria que ir um dia e olhar com calma.

Conforme eu falava, a dureza no rosto de minha mãe ia se acentuando. Por um momento, consegui ver no brilho de seus olhos algo parecido com maldade ou desespero. Felipa sempre me deixava desconcertada.

— Eu quero a pintura — repetiu, como se fosse um capricho.

— Eu também — disse com firmeza.

— Mas ela é minha. Quando eu morrer, será sua. Antes, não. Você é minha herdeira e eu sou a herdeira de Nayeli. É simples e claro, minha querida. Eu estou te pedindo por bem...

— E como seria pedir por mal? — Preferi me adiantar ao que vinha pela frente. Não estava preparada para ameaças maternas.

Felipa sorriu com a lateral direita da boca e levantou uma sobrancelha.

— Com a lei, minha querida. Não sou uma mafiosa.

Espetei um pedaço do peixe do ceviche. Fiz com raiva, como se estivesse fincando o garfo em alguma parte do corpo de minha mãe. Ela tinha razão, e me encheu de fúria porque ela nunca tinha razão. No entanto, com ou sem razão, Felipa sempre agia da mesma maneira: triunfante, fabulosa.

Decidimos fazer uma trégua silenciosa e, ao mesmo tempo, saboreamos as delícias peruanas como se a outra não estivesse presente. Eu gostaria de poder entrar na cabeça dela e saber o que estava pensando enquanto, de esguelha, eu a via mastigar a cebola roxa como se nada estivesse acontecendo. Como um raio, fui cortada ao meio por duas certezas ao mesmo tempo: minha mãe estava a par do valor da pintura e eu não tinha opção senão aceitar o plano que Ramiro havia me proposto. Cruzei os talheres sobre o prato, tomei outro gole de água e cravei o olhar nela.

— Muito bem, mamãe. Você terá a sua herança.

56

San Ángel, maio de 1953

A Branquela Garmendia cheira a pau-santo. Cada movimento de seus braços, de seu cabelo dourado ou de suas mãos provocava uma onda inebriante. Logo que percebeu que alguém tinha entrado na sala, parou de dançar e, na ponta dos pés, correu até a vitrola e desligou a música. Um robe de seda rosa a esperava sobre uma cadeira; ela o pegou para cobrir o corpo. A peça era longa e chegava até seus tornozelos.

Nayeli observou com atenção e fascínio cada gesto da garota. Nunca tinha visto tanta elegância, nem sequer nas amigas que Frida havia lhe apresentado nos Estados Unidos; nenhuma delas tinha aquele aspecto de gazela nem aquela delicadeza. Lembrava-se da jovem sutil e etérea, mas a essas virtudes havia-se acrescentado uma força contida que a remeteu aos animais selvagens que eram caçados em sua Tehuantepec natal.

— Sou Eva Garmendia — disse a Branquela, e parou diante de Nayeli. — Acho que eu te conheço de algum lugar.

— Sim, nós nos conhecemos. Nos vimos há alguns anos em San Ángel — respondeu a tehuana. Ela evitou mencionar o nome de Diego Rivera, tal como havia lhe pedido a governanta.

— Ah, é verdade. Você é a cozinheira de Frida. Eu me lembro muito bem. — Desta vez, seu tom de voz foi muito mais gentil do que anos atrás. — O que a traz aqui?

Nayeli estendeu a boneca para ela com delicadeza, como se fosse uma criança de verdade. A Branquela inclinou a cabeça para um lado e franziu a testa.

— É um presente para mim? — perguntou, desconcertada.

— Não. É uma das bonecas da coleção de Frida, mas essa é incomum. Sua roupa é bem diferente das que vestem as outras, e

Frida quer um vestido igualzinho ao da boneca, e talvez outras roupas similares no seu tamanho.

A Branquela deu um passo para trás, sem soltar a boneca.

— Foi ele quem te mandou aqui?

Nayeli soube que ela se referia a Diego, o homem que não podia ser mencionado.

— Sim, foi ele.

— Acompanhe-me — disse a Branquela e, sem esperar a resposta, deu meia-volta.

Saíram da casa pela porta dos fundos e cruzaram outro jardim maior e mais bonito do que o jardim da entrada. No final de um caminho estreito de terra havia uma casinha de paredes brancas e teto de telhas vermelhas. Parecia um depósito ou um espaço para guardar ferramentas de manutenção. A Branquela pegou a chave que estava escondida no fundo do vaso de barro que decorava uma das laterais da fachada. Teve de empurrar com o ombro para que a porta abrisse.

Não se via quase nada. A única claridade que apenas iluminava o local era a da porta que acabavam de abrir. Nayeli não se animou a entrar, o cheiro a guardado e umidade era penetrante. A Branquela entrou e rapidamente abriu a janela que ocupava toda a parede do fundo.

— Agora sim, pode entrar — disse com um sorriso. — Qual é o seu nome?

— Nayeli Cruz. — A garota continuava com a boneca de Frida apertada contra o peito.

A casinha se resumia a quatro paredes e um teto. A única coisa que havia em seu interior era uma mesa de madeira enorme, colocada no centro, e três caixas grandes cheias de outras caixas menores. Nayeli se aproximou da mesa enquanto a Branquela varria a grande quantidade de folhas secas que forravam o piso. Até aquela ação tão mundana lhe assentava maravilhosamente bem, ela limpava de um lado para o outro como se dançasse. Sobre a mesa também havia algumas folhas e um pó cor de terracota que seguramente tinha caído do teto. Nayeli limpou a mesa com um pano que encontrou sobre uma das caixas.

— Este era o meu ateliê — disse a Branquela com as mãos na cintura e a cabeça erguida como se fosse a rainha de um palácio —, mas eu o abandonei há muito tempo.

A expressão não passou despercebida para a tehuana, que tinha se acostumado a calibrar o peso das palavras ao longo dos anos. Viver com Frida era frequentar a universidade das emoções durante todas as horas do dia.

— E por que você o abandonou? — perguntou.

— Porque eu me casei e tenho que estar à altura.

— À altura de quem?

A Branquela a olhou irritada. Não estava acostumada a que lhe fizessem tantas perguntas.

— Bem, vamos colocar as mãos na massa e ocupar o tempo com a tarefa que te trouxe aqui — disse, apelando àquele tom faraônico que lhe saía tão bem.

Nayeli depositou a boneca sobre a mesa ao mesmo tempo que a Branquela tirava de uma das caixas um caderno e uma bolsa de gabardina cheia de carvão e itens de costura. Com uma tesoura dourada, cortou os fios que mantinham o vestidinho verde preso ao corpo da boneca. Depois de alguns minutos e de muita paciência, conseguiu removê-lo por completo sem estragá-lo.

— Vejamos — disse, analisando detalhadamente a peça de lã. — A qualidade do tecido é muito vulgar, posso conseguir algo bem melhor para que tenha um caimento elegante. E estes botões são de plástico. Temos que conseguir uns de madrepérola. Também vou precisar das medidas do corpo da Kahlo.

A tehuana estava surpresa. Nunca tinha escutado alguém chamar Frida de "a Kahlo". Não soube dizer se aquilo era bom ou ruim. Também não quis se aprofundar na questão, precisava do vestido.

— Ela tem um corpo parecido com o meu. Talvez seja um pouco mais baixa... Além disso, a doença a deixou muito magra — respondeu, enquanto esticava os braços para que a Branquela pudesse medir seu tamanho a olho.

— Ela está doente? O que ela tem? — perguntou a Branquela ao mesmo tempo que desenrolava uma fita métrica com números escritos à mão.

— Um pouco de tudo. Sua coluna já não a sustenta mais. Passou por várias operações e as feridas infeccionaram. E, além disso, sente tristeza, muita tristeza.

— Isso é o mais grave — respondeu a Branquela, e foi rodeando a cintura, o torso e o quadril de Nayeli com a fita métrica caseira. — Porque não existe cura para a tristeza.

Falava da tristeza como uma especialista, como se estar triste fosse um lugar turístico que ela visitava com frequência. Não havia mais que resignação e certezas em suas palavras. Nayeli também tinha estado nesse lugar; esse espaço lúgubre que tira a fome e o sono, onde todo o bonito desaparece. Assentiu lentamente, não poderia estar mais de acordo.

— É verdade, a tristeza de ter perdido minha irmã mais velha nunca foi embora.

— Ela morreu? — perguntou a Branquela sem levantar a cabeça de um bloquinho de folhas amareladas no qual, com um lápis preto, anotava as medidas de Nayeli.

A tehuana não soube como responder à pergunta. Não sabia se Rosa continuava viva ou não. Uma dezena de motivos poderiam tê-la matado: um acidente doméstico, as garras de algum animal selvagem, as águas profundas do rio de Tehuantepec, um parto complicado ou os punhos furiosos de seu marido.

— O que aconteceu? — insistiu a Branquela. Dessa vez, ela tinha deixado tudo de lado para olhar a outra com atenção. Nayeli estava pálida, com os olhos lacrimejantes.

— Nada, nada. É que eu nunca falo com ninguém sobre a minha irmã e não gosto de falar sobre isso.

— Você não precisa falar. Temos muitas outras coisas a fazer.

Ela arregaçou as mangas do robe de seda rosa e, com uma fita, prendeu o cabelo em um rabo de cavalo dourado e perfeito. No fundo de uma das caixas, havia uns papéis finos e transparentes que a jovem guardava como se fossem um tesouro. Elas os abriu sobre a mesa e começou a desenhar um corpo humano com um pedaço de carvão. O corpo de uma mulher. Diante dos olhos de Nayeli, uma magia avassaladora se revelou. Pernas, quadris, braços, pescoço; linhas verticais e horizontais; sombreados e números sobre cada uma das partes daquele corpo de mentira que a Branquela tinha criado.

— Isto é um figurino de moda, o início de um processo criativo — explicou com uma alegria transbordante. — A partir deste rascunho abre-se um mundo lindo. Farei este desenho em escala, no tamanho real, e depois, sobre o papel, cortarei o tecido com o qual vou confeccionar o vestido para a Kahlo. O que você acha?

— É lindo. Você desenha muito, mas muito bem mesmo. Aprendeu em San Ángel? — perguntou Nayeli, apesar de não ter dúvida disso. Ela conseguia ver os ensinamentos de Diego naqueles traços.

— Sim, todas as coisas boas eu aprendi em San Ángel — respondeu a Branquela com resignação e passou a falar sem que Nayeli perguntasse nada. As palavras escapuliram de sua boca, ela as tinha reprimido no peito por muito tempo.

Eva Garmendia nascera com o destino marcado, um destino de elite, em que a família e os valores educativos, patrióticos e morais eram o único caminho possível.

— Fui criada para ser esposa e mãe. Nós, mulheres mexicanas, somos mais mães do que qualquer outra mulher do mundo, nascemos com esse dom — disse, enquanto acariciava o ventre achatado. — A melhor escola para uma criança é o lar e as melhores professoras, as mães.

— Só as ricas podem se dedicar a isso que você está falando — respondeu Nayeli, e se surpreendeu diante das próprias palavras. Onde havia escutado tal coisa? Quem tinha ensinado isso justo para ela, que fora criada sem mãe?

— Eu sou rica, nasci rica. Desde pequena conheço a forma correta de tomar banho, as regras na hora de comer. Também sei como tenho que dar ordens aos empregados domésticos e que não devo tomar álcool em público para não perder o decoro. O decoro é um valor importante. Aprendi muito bem qual é o branco ideal das toalhas e que tipo de flor convém ter na sala. Sei recitar os oitos pratos necessários para o almoço de toda família decente e nunca faço uma visita sem hora marcada.

— Desculpe-me, então. Vim aqui sem avisar ou pedir permissão — disse a tehuana, envergonhada.

A Branquela sorriu.

— Não se preocupe. Ninguém espera esse tipo de coisa de alguém como você. Você tem muita sorte — respondeu e ficou uns segundos em silêncio, pensando. — Eu gostaria muito de ser uma mulher em quem não se deposita nenhuma expectativa. Em minha classe social, as mulheres se dividem em três grupos: solteiras, casadas e viúvas. As possibilidades que temos dependem do grupo ao qual pertencemos.

— E você é do grupo das casadas?

Muitas vezes, Nayeli tinha escutado Frida falar sobre as classes sociais no México. A pintora sempre se enfurecia e a cada duas frases gritava que era comunista, mas nunca se aprofundava no assunto. Nayeli sempre ficava com vontade de conhecer mais.

— Sim, sou casada. Por isso, as minhas possibilidades são escassas. Dependo do meu marido, como antes dependia do meu pai, quando era solteira.

Nayeli pensou, então, que era melhor fazer parte da equipe das viúvas ou das sem pai, como ela mesma desde que tinha saído de Tehuantepec. Mas preferiu guardar os pensamentos para si. Achava a história da Branquela mais interessante e insistiu para que a outra continuasse falando. Não custou muito para ela.

— Meu marido é argentino, mas desde pequeno vive aqui no México. O pai dele, argentino também, é um diplomata muito importante. Meu pai achou apropriado que eu me atirasse nos braços de um rapaz com tanto potencial e futuro. Não me queixo, ele é um homem bom e me dá tudo o que quero, menos o que me desperta mais paixão.

— E o que é? — perguntou a tehuana sem deixar de olhar as mãos da Branquela, que durante todo o relato não pararam de se mover sobre os papéis de seda que, aos poucos, iam se transformando no vestido da boneca de Frida, mas em tamanho real.

— Isto que você vê — respondeu, mostrando sua tarefa com a cabeça. — Meu sonho era ser estilista. Inventar roupas, vestidos e chapéus. Levá-los ao papel, depois ao tecido e por último ao corpo das mulheres. Mas esse não é um trabalho para alguém da minha posição. Meu marido fala que eu não preciso trabalhar e que essas coisas tiram meu tempo do que é importante: a casa e os filhos.

— Você tem filhos?

— Ainda não — respondeu e voltou a colocar a mão sobre o ventre antes de mudar de assunto com maestria. — Já terminei o desenho. Vou mandar uma empregada ao centro para comprar o tecido e a madrepérola para os botões. Acho que dois dias de costura serão suficientes e a Kahlo terá seu modelito.

Como já haviam adquirido mais intimidade, Nayeli atreveu-se a ir um pouco mais além.

— Por que você diz a Kahlo? Nunca ouvi ninguém chamar Frida dessa forma.

A Branquela dobrou os moldes de papel e sorriu. Pela primeira vez, parecia estar à vontade.

— Essa é uma história tão velha que quase sinto que não se trata de mim, mas de outra pessoa.

— Quero saber, gosto de histórias — insistiu Nayeli, e não mentia. Podia passar horas escutando histórias de outras pessoas.

A Branquela tirou o robe de seda rosa, sentia calor. Ficou com o macacão justo que vestia por baixo, igual ao que usam as bailarinas clássicas. Com um saltinho pequeno de duende ela se sentou sobre a mesa; as pernas compridíssimas ficaram penduradas.

— Quando fiz dezoito anos, pensei que a vida finalmente se abria diante dos meus olhos. Meus pais deixaram de acompanhar de perto cada uma das minhas atividades e os dois decidiram que não era importante que eu fosse para a universidade. Pareceu-me uma boa ideia. Eu não queria ficar rodeada de livros nem de estudos, nem de cálculos matemáticos, como meu irmão mais velho. Eu só queria desenhar roupas e fazer aqueles desenhos se transformarem em realidade. Desenhava o dia inteiro, e muitas vezes acordava no meio da noite porque tinha sonhado com um desenho bonito e minhas mãos precisavam materializá-lo do lado de fora. Naqueles anos, meu pai viajava muito aos Estados Unidos e minha mãe ficava responsável pela casa. — A Branquela fez uns segundos de silêncio e subiu as pernas na mesa. Cruzou uma sobre a outra, endireitou as costas e continuou. — Ela não se importou que eu fizesse aulas de desenho para aperfeiçoar a técnica. Uma amiga com quem minha mãe costumava dar alguns passeios recomendou que eu fosse ao ateliê de San Ángel...

— Por que você nunca menciona o nome de Diego? — interrompeu Nayeli.

— Porque esse nome está amaldiçoado. Só trouxe desgraças para a minha vida. Mas estamos falando da Kahlo, não daquele homem.

Nayeli assentiu e mordeu o lábio inferior para lembrar que, se quisesse saber a história, não deveria interrompê-la.

— Então, seguindo a indicação da amiga de minha mãe, fui a San Ángel. Passei muitas tardes no andar de cima do prédio de cor azul. Horas e horas. O tempo fugia do meu controle. Apenas meus gizes de carvão, meus rolos de tecido e meus papéis. Desenhei enxovais completos. Fui feliz, até que Rivera arruinou tudo.

A Branquela sussurrou o sobrenome de Diego com um medo absurdo de ser escutada. Lembrou do dia em que Diego passou mais de duas horas revisando o seu trabalhado e fazendo as correções sobre os figurinos: as linhas rígidas dos braços, o pescoço muito comprido, os tornozelos muito finos, a cabeça tombada demais e os quadris excessivamente estreitos para o gosto dos homens mexicanos. Explicou com uma paciência infinita que o corpo humano desenhado tinha que ter alma e propôs a ela ser modelo de uma de suas obras.

— E você aceitou? — perguntou Nayeli.

— Claro, e não me arrependo. Graças a isso meus desenhos deram uma guinada, mas o preço que paguei foi muito alto.

— O que aconteceu?

— Combinamos um encontro fora do horário das minhas aulas. Um sábado pela manhã eu me apresentei tal e como ele havia pedido: cabelo solto, sem maquiagem e vestida com roupa branca de algum tecido fino, com os ombros nus. — Sorriu levemente, como se a lembrança fosse boa, apesar de tudo. — Quando cheguei, o ateliê de San Ángel estava pronto. Rivera tinha desocupado todo o andar de baixo e preparado uma tela gigante branca e limpa. Também tinha reunido umas latas de cores fabulosas e até limpado uma paleta de madeira. Eu me senti importante, lisonjeada.

— Talvez você fosse — murmurou Nayeli.

A Branquela negou com a cabeça. Com o tempo, ela tinha se dado conta de que a única coisa importante para Diego Rivera era Diego Rivera e sua arte. Nada nem ninguém mais.

— Demoramos um bom tempo para encontrar uma pose que permitisse o enquadramento perfeito de todas as partes do meu corpo. Finalmente, apoiei meus glúteos sobre uma banqueta, com as pernas esticadas. O mais difícil foi manter os braços para cima. — Ela desceu da mesa com outro saltinho de duende e imitou a postura. — Depois de terminar o esboço, ele me deixou descansar. O traçado era perfeito. Mais que um desenho, parecia uma foto. Minhas pernas e meus quadris pareciam mais cheios, inclusive. Ele nunca tinha gostado da minha magreza.

Ela baixou os braços e vagou o olhar pelo pequeno ateliê. Nayeli esperava em expectativa. Percebeu que cada lembrança que rondava a memória da Branquela atingia seu peito como um punhal; no entanto, a garota retomou o relato. Não estava disposta a continuar calada.

— Meu vestido era branco, tal como ele havia pedido. Mas como a arte é o mundo da fantasia, decidimos mudar a cor. Escolhemos um amarelo bem clarinho que destacava meu cabelo. Rivera nunca chegou a terminar a obra.

— Por quê?

— Porque meu pai quase o matou.

Nayeli abriu os olhos e a boca ao mesmo tempo. Não se lembrava de ter ouvido aquela história. Que outros segredos guardaria Diego?

A Branquela contou que seu pai voltara de viagem muito antes do previsto e que, quando a mãe lhe contara que Rivera era o professor de sua filha, ele explodiu.

— Meu pai, o motorista e um segurança chegaram a San Ángel. Entraram aos gritos. Enquanto meu pai vociferava que eu era uma prostituta, o segurança chutava os potes de tinta e o motorista arrancou a tela do cavalete e a rasgou em pedaços. — Apesar do tempo transcorrido, seus olhos encheram de lágrima e as bochechas ficaram vermelhas de vergonha. — Só me restava chorar, e foi o que eu fiz. Meu pai me arrastou pelo braço rumo à porta e antes de sair ordenou que batessem em Rivera. Segundo ele, aquela era a única forma de assegurar que o pintor nunca mais se aproximaria de mim, mas o motorista salvou a pele dele.

— O motorista? — perguntou Nayeli, comovida.

— Sim, o motorista. O homem se negou a bater em Rivera. Com os pés, moveu os pedaços da pintura que estavam espalhados pelo chão e disse que não podia machucar Diego, porque feri-lo era como ferir a Kahlo. E ele era incapaz de fazer mal à Kahlo. Meu pai ficou ainda mais bravo e me empurrou com tanta força que fiquei esparramada na porta de entrada. Embora fosse um homem cultíssimo, não fazia ideia de quem era a Kahlo. O motorista lhe contou quem era Frida e que graças a ela sua família sempre tinha tido um prato de comida sobre a mesa.

Nayeli se levantou de uma vez. Ela conhecia aquele homem.

— Manuel Salinas! — exclamou. A Branquela assentiu. — Sua filha, Guadalupita, foi aluna de Frida, uma das garotas que participou do mural da pulquería La Rosita. Cada palavra do pai dela é verdadeira. Frida mandava para a casa dos Salinas uma sacola de comida, eram pessoas muito humildes.

— Sim, e muito agradecidas. O senhor Salinas arriscou seu trabalho de motorista em minha casa por lealdade à Kahlo. Meu pai teve que retroceder, mas não deixou de falar para Salinas que avisasse Frida para ela ter cuidado.

— Ele a ameaçou?

— Ameaçou Diego, através dela. Foi muito claro. — A Branquela franziu a boca e disse, imitando o tom de voz grosso de seu pai. — "Escute bem, senhor Salinas. Diga à Kahlo que se Rivera voltar a se aproximar da minha filha eu quebrarei todos os seus ossos."

— E o que fez Diego?

A Branquela deu uma risadinha triste.

— Que eu saiba, nada. Mas tenho certeza de que o senhor Salinas mandou a mensagem para Frida, porque, desde aquele momento, ele nunca mais entrou em contato comigo. Eu me tornei uma pessoa perigosa para ele.

Cuidado com a Branquela, Diego; Nayeli se lembrou daquele bilhetinho que havia levado ela e Joselito até a casa dos Garmendia anos atrás. Eles tinham se enganado quando pensaram que Diego e a jovem tinham um caso. Aquele bilhetinho era apenas a advertência que o senhor Salinas fizera chegar aos ouvidos de Frida.

— Foi Diego que me mandou aqui com a encomenda do vestido para Frida...

— Ele é um homem inteligente — disse a Branquela. — Sempre soube que a Kahlo salvou sua pele e também a minha. Meu pai não teria hesitado em me dar uma surra depois de bater em Diego. Frida foi nosso salvo-conduto. E sinto que eu devo muito a ela.

— Eu também devo muito a ela — disse Nayeli.

A Branquela se aproximou e, com uma ternura incomum para ela, tomou as mãos da tehuana entre as suas. Os olhos verdes de Nayeli Cruz se fundiram nos olhos azul-celeste de Eva Garmendia. Os destinos de ambas tinham se cruzado.

57
Buenos Aires, janeiro de 2019

Antes de sair de casa, verificou a distância no mapa do navegador de seu telefone celular. Poderia ter ido de carro ou em transporte público, mas decidiu caminhar. Embora não fossem poucos os quarteirões que o separavam do destino final, eram suficientes para acalmar a fúria que o corroía. Caminhar sempre tinha sido um bálsamo em momentos turbulentos. Quando sua mãe só cuidava do pequeno Ramiro, ele caminhava; quando os olhos de seu pai destilavam um brilho especial diante de algum desenho do seu irmãozinho, ele caminhava; quando as poucas garotas por quem se interessava na juventude insistam em ser convidadas para a casa dos Pallares a fim de chamar a atenção de Ramiro, ele caminhava. E depois, na prisão, dar voltas ao redor do pátio da penitenciária como um alienado o havia salvado de várias surras.

Conforme anoitecia, a avenida Rivadavia mudava de aspecto; deixava de ser um formigueiro comercial repleto de gente local de todo tipo e de compradores carregados de sacolas para se transformar em um beco com persianas fechadas e calçadas cheias de lixo. Cristóbal ficou um tempo entretido contando as ratazanas que rasgavam as sacolas numa tentativa desesperada de encontrar comida. Havia ratazanas grandes e pequenas, cinza e marrons. *A cidade é um ninho de ratos*, pensou, e não conseguiu deixar de sorrir. O que, para muitos, era escabroso e repugnante, para ele era parte de um hábitat que o reconfortava. Ele gostava de ser diferente. Ele gostava dos ratos.

Os passos firmes e o calor úmido do verão portenho o sobrecarregavam. Sentiu como o suor molhava a sua camiseta na altura das costas e das axilas. Em várias ocasiões, teve de secar as gotas que escorriam da testa até o pescoço com o dorso da mão, mas em momento algum ele diminuiu a passada. O ódio o empurrava. Os planos de Lorena Funes para recuperar a pintura de Diego Rivera o entediavam. Ele estava cansado de esperar as idas e vindas elegantes e diplomáticas de seu pai, mas, sobretudo, tinha se cansado de Lorena.

Havia dissimulado com maestria a mistura de dor e asco que sentiu naquela tarde no museu, quando, por um descuido do pai, inteirou-se de que sua amante andava também com seu irmão. Mas ele não se surpreendeu, estava acostumado a ficar em segundo plano diante da figura de Ramiro. Aquela foi a gota que transbordou o copo, o maldito fato que o colocou em ação. Ele passou noites em claro, remoendo o assunto; no fundo, sabia o que tinha de fazer. Um único temor o freava: voltar à prisão. De todo modo, estava decidido a encarar o assunto do seu jeito. Nem Lorena nem seu pai podiam falsificar a obra; sem ele, os dois estavam perdidos.

A casinha que ele fora procurar estava iluminada por um lampião pequeno, pendurado na parte superior do batente da porta. O restante da quadra estava às escuras. Ele se escondeu atrás de um contêiner de lixo situado bem na entrada e ficou alerta, ativando todos os sentidos. Não tinha como saber se havia alguém lá dentro. A única janela que dava para a rua estava fechada a sete chaves. Ele respirou fundo para diminuir os batimentos cardíacos e tocou a cintura com a mão direita. A arma calibre vinte e dois estava no lugar, entre o cinto do couro e as suas costas. Ele se tranquilizou. Nada lhe dava mais calma do que sentir o toque de uma arma carregada contra a pele.

58

Coyoacán, agosto de 1953

A morte de Frida é iminente. Devemos prestar homenagem às pessoas enquanto estão vivas; depois de mortas, isso não serve para nada, tinha dito Clara Lucero para anunciar que daria início a uma tarefa muito importante: organizar uma exposição com as obras de Frida Kahlo na Galeria de Arte Contemporânea. A primeira exposição de Frida no México. As pessoas mais próximas, os artistas, a imprensa, o público e Diego consideraram a ideia genial e a endossaram. Durante dias, as palavras da dona da galeria ressoaram na cabeça de Nayeli: *A morte de Frida é iminente.*

Apesar da magreza, da pele de uma coloração tão estranha que nem ela, a dona das cores, podia definir, dos tufos de cabelo que caíam e das dores que estavam mais dilacerantes do que nunca, Frida demonstrou um entusiasmo desmedido diante do plano de expor seus quadros. A primeira coisa que pediu foram cartolinas coloridas, lápis, flores secas e fios de lã; tinha decidido que os convites para o evento teriam a sua marca. Ninguém a questionou e um bando de assistentes rodeou a cama daquela que não se movia; acomodaram-na entre os travesseiros para manter suas costas eretas, como se ela fosse uma boneca, e colocaram sobre suas pernas uma tábua de madeira que lhe serviu de base para que, com uma letra redondinha e perfeita, escrevesse os convites à mão:

Com amizade e carinho
nascidos do coração,
tenho o prazer de convidá-lo
para a minha humilde exposição.

Em outro parágrafo, ela acrescentou a data e a hora, e decorou o cartão com desenhos de pequenas flores e caveiras.

Na manhã do dia da inauguração, Frida amanheceu com febre. As dores nas costas não a tinham deixado dormir à noite e, ainda que tivessem lhe dado mais remédios do que o habitual, as pontadas no quadril não cediam. Nayeli tentou baixar sua temperatura com lenços umedecidos em água fria. Conseguia por um momento, mas quando retirava a compressa, o fogo interno do corpo de Frida reacendia. A Casa Azul era um formigueiro de gente que entrava e saía; todos achavam que era imprudente levar Frida à galeria de arte naquele estado, mas ninguém teve coragem de dizer isso em voz alta. Como sempre, foi Diego quem tomou a iniciativa. Ele entrou no quarto e, com as mãos apoiadas na cintura larga, disse com seu vozeirão:

— Pombinha do meu coração, você está em condições de ir à sua exposição? Diga-me a verdade.

— Eu nunca minto para você — respondeu Frida, entorpecida pelos remédios.

— Então, diga-me.

— Claro que irei. Sempre estou em condições para tudo.

— Não vamos mais falar disso então, Friducha. Eu cuido de tudo. — Diego olhou para Nayeli, que estava sentada na beirada da cama torcendo os lenços de algodão em uma vasilha com água. — Você, Nayelita, conseguiu o que te pedi?

— Claro que sim, Diego — respondeu a cozinheira com um sorriso travesso.

Ela deixou a vasilha no chão e correu até seu quarto para buscar a encomenda. Demorou apenas alguns minutos. Quando voltou ao quarto de Frida, encontrou-a reclinada sobre o peito de Diego; usava o corpo robusto do seu homem para se apoiar.

— O que é isso, bailarina? — perguntou com um fio de voz. O cansaço que sentia era voraz. A doença a devorava a olhos vistos.

Nayeli abriu o embrulho e desdobrou uma roupa de tehuana, a mais bonita que tinha visto em toda a vida. Os olhos atormentados de Frida brilharam de repente. A saia era de uma seda branquíssima, bordada com fios vermelhos e verdes; a faixa de pedras copiava a bandeira mexicana e o huipil era do vermelho cor de sangue que Frida mais gostava.

— É um modelo exclusivo, feito só para você. Para que seja a mais tehuana e a mais mexicana de todo o México! — exclamou Nayeli. — Ninguém jamais terá uma roupa de festa tão delicada e luxuosa como essa. É o que você merece, o melhor.

Nayeli não contou a ela o melhor da história. Embora sua mãe sempre lhe tivesse dito que ocultar a verdade é o mesmo que mentir, ela preferiu arcar com a culpa. A alegria e os aplausos de Frida enquanto Diego lhe colocava o vestido valiam o peso moral do segredo. Eva "a Branquela" Garmendia também concordara que seu nome ficasse oculto, ao insistir que ninguém deveria saber que tinha sido dela a ideia de desenhar uma roupa especial para Frida. Durante muito tempo, havia simulado o tamanho perfeito da pintora sobre metros de seda, lã e algodão. Depois do primeiro vestido verde com botões de madrepérola, Frida quis mais; Nayeli pediu mais e Eva fez outros mais. Uma equipe perfeita e clandestina tinha entrado em ação. Aquele primeiro vestido verde foi a pedra fundamental da amizade secreta entre Nayeli e Eva. Para selar o pacto de silêncio, a Branquela fez três cópias idênticas daquela roupa: uma para ela, outra para Nayeli e a terceira para a pintora.

Diego não apenas vestiu Frida com a roupa nova, mas também escolheu para ela as melhores joias de sua coleção: um colar de pedras de jade, as argolas em forma de pássaros e três anéis de ouro que lhe havia dado de presente com seu primeiro pagamento nos Estados Unidos. Depois de enfeitá-la, ele parou no meio do pátio da Casa Azul e, com seu corpo enorme e redondo, sua voz imponente e, sobretudo, com os atributos que o legitimavam como a outra metade de Frida, tirou o chapéu e se comportou como o que realmente era: o mestre de cerimônias da vida da pintora.

— Senhoras e senhores, a magistral artista Frida Kahlo estará presente na inauguração de sua exposição. Façam de tudo para que isso possa acontecer.

A ambulância estacionou na porta da Galeria de Arte Contemporânea. Um grupo numeroso de repórteres, artistas e convidados esperava Frida, amontoados na calçada. Ninguém queria perder um detalhe sequer. Muito tinha sido dito sobre a saúde da pintora, mas, em Coyoacán, nunca se sabia ao certo o que era verdade, o que era mentira e onde estava o limite do exagero. Um enfermeiro abriu as portas traseiras e, ajudado por Diego, desceu a maca que transportava Frida. A decisão tinha sido tomada por ela mesma algumas horas antes: "Se eu não consigo ficar de pé, então irei deitada", sentenciou. E assim aconteceu.

As amigas de Frida se encarregaram de que o público deixasse o caminho livre para que a maca pudesse chegar à galeria. Lá dentro, no meio do salão, estava a sua cama de quatro pilastras com teto de madeira e espelho, que fora trazida da Casa Azul um pouco antes. Nayeli tinha colocado os lençóis favoritos de Frida, uns de linho azul-celeste bem clarinho; ela dizia que gostava deles porque sentia que estava deitada no céu. Enquanto os enfermeiros levantavam Frida da maca, a tehuana arrumou seus travesseiros e ajeitou as fotos que a pintora tinha colocado no encosto de madeira: uma de seu pai e de sua mãe, outra de suas irmãs, uma dela com Diego caminhando por San Ángel e os retratos de seus três líderes políticos: Lênin, Stálin e Mao Tsé-Tung.

— O perfume está na minha bolsa, Nayeli — disse, enquanto a acomodavam na cama e Clara Lucero estendia a saia de tehuana para que todos pudessem apreciar os bordados maravilhosos.

Nayeli tirou a tampa do frasco de perfume e o borrifou no peito e no pescoço de Frida. Com as últimas gotas, perfumou os travesseiros.

— Já não tem mais nada — disse, e mostrou o frasco vazio de Shocking de Schiaparelli à pintora.

— Fique com o vidro, é muito lindo.

Quando as portas da exposição se abriram, o público fez uma fila aos pés da cama; todos queriam cumprimentar Frida. Ela fez um esforço enorme para conseguir o que mais quis em toda a sua vida: agradar.

A procissão ininterrupta durou quase duas horas, até que Clara Lucero, aos gritos, mandou que todos ficassem quietos. A artista queria dizer algumas palavras. Uma plateia cheia da rebeldia intelectual e elitista reagiu submissa ao pedido e fez-se um silêncio instantâneo. Frida sorriu apenas com a boca. Seus olhos estavam vidrados e perdidos. Percebia-se o esforço que fazia para estar feliz.

— Muito obrigada por terem aceitado o meu convite. Quero que saiam daqui com uma verdade dita por meus lábios — ela disse com uma clareza surpreendente para o seu estado. — Não estou doente. Estou destroçada, mas feliz de viver enquanto puder continuar pintando.

Os aplausos foram ensurdecedores. Nayeli e Diego trocaram um olhar demorado e intenso. Os dois sabiam o que ia acontecer horas mais tarde, e Frida também sabia.

Depois da exposição de arte, ela conseguiu dormir durante cinco horas, sem qualquer interrupção. O reconhecimento do seu trabalho foi o melhor analgésico. Antes de fechar os olhos, uma catarata de sensações saiu de sua boca. Estava excitada e feliz. Não disse uma palavra sequer sobre a operação à qual iam submetê-la.

No hospital, receberam-na de braços abertos, como sempre. Todos amavam aquela mulherzinha de aspecto frágil que exalava um ímpeto e uma vontade de viver tão resistentes como o aço.

— Serei Frida, perna de pau, a manca da cidade dos coiotes! — exclamou pouco antes de entrar em cirurgia no hospital.

Ninguém se atreveu a contrariar sua decisão de entrar na sala de cirurgia enfeitada com seu vestido novo de tehuana. Ela tinha gostado tanto dele que não queria tirá-lo. A contragosto, aceitou que retirassem suas joias, sob promessa de que as devolveriam assim que passassem os efeitos da anestesia.

— O que há com vocês? — perguntou com altivez. Diego e Nayeli olhavam compungidos para ela na lateral da maca que a levava à sala de cirurgia. — Parece que se trata de uma tragédia. Vão cortar a minha pata, e daí?

Nenhum deles abriu a boca. Limitaram-se a esboçar um sorriso de cumplicidade. A conversa foi interrompida pelo médico responsável pela imputação. "Era um homem jovem, alto e bonito", lembraria Frida tempos depois.

— Muito bem, senhora Kahlo. Eu lhe prometo que faremos isso o mais rápido possível e que vou me encarregar pessoalmente de que não sofra nenhum tipo de dor — disse com moderação e calma.

A pintora virou a cabeça para vê-lo em sua totalidade. Flertando com ele, olhou o médico de cima a baixo.

— Tenho asas de sobra, doutorzinho. Cortem a minha pata e eu voarei.

59

Buenos Aires, janeiro de 2019

A concentração de Ramiro era absoluta. Durante três dias, não conseguiu dormir mais de duas horas seguidas. Depois de insistir, sem sucesso, para que ele comesse, eu me limitei a preparar saladas leves e cortar frutas, e deixar o prato ao seu alcance sem dizer uma palavra sequer. Mas ele dava poucas garfadas e preferia tomar litros de água com limão e gelo. E relaxantes musculares a cada quatro horas para aliviar a dor nas costas.

O almoço com minha mãe tinha sido um antes e um depois. Soube que não havia como voltar atrás e que a única maneira de impor minha vontade era sair do buraco no qual tinha me metido, como ensinara minha avó. Estava decidida a conservar a pintura e devolver as cinzas dela ao paraíso azul. Eu cumpriria o desejo póstumo de Nayeli e se tivesse de me tornar uma delinquente para que isso acontecesse, iria fazê-lo.

Desde que contei o ocorrido a Ramiro, ele teve a certeza de que por trás da obsessão de minha mãe com sua herança estavam Lorena Funes e Emilio Pallares. Ele me explicou que a voracidade de Martiniano Mendía era suficiente para que os dois apelassem a qualquer artifício a fim de levar a pintura para Montevidéu o mais rápido possível. Felipa era uma peça-chave para recuperar o que eles não tinham.

— É uma jogada de mestre, muito condizente com as artimanhas da Lorena. Eu a conheço bem — disse, e não pude deixar de sentir um ciúme terrível que tive de conter. Não era o momento.

O plano de Ramiro era perfeito: falsificar a obra, entregá-la à minha mãe como se fosse a verdadeira e, por intermédio dela, fazê-la chegar a Lorena e Emilio. Eles seriam, então, os responsáveis por introduzir aquele cavalo de troia em Montevidéu.

— Como se trata de uma obra inédita, não será preciso que a copiem para armar o show de recuperação que eles sabem montar tão bem — continuou explicando. — Terão seus milhões sem qualquer esforço.

Enquanto eu acompanhava, fascinada, os movimentos da mão direita de Rama, continuava repassando a conversa com Ramiro; esse momento em que, além de sermos amantes, nos transformamos em cúmplices.

— Esse tal Martiniano Mendía não se dará conta de que a obra é falsa? — perguntei, logicamente. Segundo Rama, o homem era profundo conhecedor de Rivera e Kahlo.

— Estou quase convencido de que ele não vai notar, pelo menos no começo, e, quando perceber, será tarde — respondeu com tranquilidade. — A casa dele em Montevidéu está cheia de obras de arte de todo tipo: esculturas, louças, quadros, joias. Meus olhos não conseguiam absorver tanta beleza, mas houve algo que me chamou a atenção e sustenta a minha teoria.

— E o que foi? — perguntei com ansiedade. Seu jeito pausado de falar naquele momento me tirou do sério.

— Um quadro em particular, um muito pequeno, muito delicado, chamado *A rosa arcaica*. — Enquanto me explicava, ele tirou o celular do bolso, tocou na tela e o entregou para mim. — Veja, tirei uma foto. O que você vê?

Ramiro tinha razão: a obra era de uma delicadeza única. Uma rosa repleta de pétalas em distintas tonalidades, que pareciam lhe dar volume. Mais que uma pintura, parecia um objeto em três dimensões.

— Vejo uma flor muito linda, sutil, mas voluptuosa.

— Esse quadrinho está desaparecido do circuito da arte há décadas. Foi visto publicamente pela última vez no Museu de Amberes, na Bélgica. A artista era inglesa, uma mulher chamada Rose Pitels. Ela só pintava rosas em homenagem ao próprio nome. — Os dois riram. — Os quadrinhos não tinham muito valor separadamente, mas, nos anos noventa, houve uma caçada às rosas de Pitels e todos os colecionadores queriam montar o roseiral completo. Alguns diziam que eram dez rosas no total; outros, que eram vinte. Nunca se soube ao certo quantas eram de fato, mas quem tivesse mais de cinco rosas era dono de uma pequena fortuna.

— Como colecionar figurinhas de um álbum — disse, entretida com a anedota.

— Exato. A necessidade de ter todos os itens é a mesma. Martiniano Mendía tem oito rosas e há um espaço vazio na parede em que estão penduradas, reservado para que continue preenchendo seu álbum. Mas a rosa que fotografei não é uma Pitels, embora seja muito parecida.

Voltei a olhar a foto com atenção, inclusive dei zoom em algumas partes na vã esperança de perceber algo que eu desconhecia completamente. Olhei para ele com curiosidade. Ramiro sorriu e continuou me explicando:

— Na borda inferior direita, na pontinha de uma das pétalas tem uma marca quase imperceptível para todo mundo, menos para mim. Essa marca é um aviso colorido diante dos meus olhos. É impossível que não a veja.

Concentrei-me de novo e aumentei a imagem naquele ponto exato. Não consegui distinguir a marquinha; meu olho inexperiente continuava se confundindo com as dobras da pétala.

— Sem chance — disse, resignada, enquanto devolvia o telefone para ele. — Eu não vejo nada.

— É a marca que meu irmão, Cristóbal, coloca em todas as suas falsificações. Até os melhores falsificadores caem na tentação de se fazer notar. O desespero de Mendía de ter em seu poder o roseiral completo de Pitels é tão grande que seu olho de especialista o engana.

— Todos acreditamos no que queremos acreditar — pensei em voz alta.

— Exatamente. E Mendía, embora não pareça, é um ser tão mundano como qualquer outro. Vamos apelar para esse desespero e fazê-lo acreditar no que ele quer acreditar...

— Que comprou um Rivera-Kahlo original — deduzi.

Rama me convidou para ficar com ele no quarto de hotel que usava como ateliê. A princípio, recusei. Não queria incomodá-lo e, além disso, eu tinha medo. Não podia ser testemunha e, ao mesmo tempo, partícipe de um ato ilícito tão fascinante como a falsificação de uma obra de arte. Ramiro me convenceu com duas perguntas feitas ao acaso:

— Se a obra é falsa, isso a torna menos autêntica? Quantas faces tem a verdade?

Em resposta, coloquei uma muda de roupa em uma bolsa, fechei minha casa de Boedo e embarquei na sua aventura, que também começava a ser a minha. Ele não quis me contar de onde tinha tirado a tela, os carvões, a tinta e os pincéis para levar a cabo a falsificação. Cada um daqueles elementos parecia ter saído de uma máquina do tempo. Disse-me que um contato dele tinha lhe arrumado materiais originais que datavam da época em que minha avó tinha posado nua e livre. Em um canto, também havia uma lata de tinta vermelha para o toque final: a bailarina furiosa de Frida.

— Não posso cometer nenhum erro — disse com o tom de um soldado que sai para a guerra. — Não vai ser fácil conseguir tudo isso de novo se eu errar algum traço ou alguma mistura. A primeira coisa que vou fazer é analisar bem a pintura original; tenho que decifrar cada passo e repeti-lo minuciosamente.

Eu o ajudei a estender a pintura sobre um cavalete e, a partir daquele momento, Ramiro Pallares desapareceu. Seu corpo continuava no ateliê, ao meu lado; sua mente, não. Levou vinte e quatro horas examinando o original. Fez anotações e mais anotações em um bloco, encheu uma mesa de livros de arte e de química e, em três oportunidades, falou ao telefone com uma pessoa com quem tirou algumas dúvidas bem pontuais. Não entendi muita coisa, também não quis perguntar. Aquela não era a minha parte no plano. Fiquei responsável por uma tarefa mais complexa do que falsificar um Diego Rivera ou até mesmo imitar o teto da Capela Sistina: distrair minha mãe.

Ramiro e eu precisávamos de tempo, justo o que Felipa insistia em não poder me oferecer. Ela ligava várias vezes ao dia, usava tons diferentes para falar comigo: gentil e melosa, seca e ríspida, ansiosa e infantil, furiosa e exigente. Às vezes, na mesma ligação, usava todas as facetas ao mesmo tempo. Queria a pintura ou a sua "herança", como ela gostava de repetir. Eu a enganei, como tantas outras vezes, mas agora sem culpa e até com satisfação: "Mãe, não estou em Buenos Aires. Viajei com algumas amigas para Salta, precisava me afastar por alguns dias e, além do mais, tenho que aproveitar as férias do colégio". Depois de dizer isso, aumentei a aposta na mentira: "A partir de amanhã, não terei sinal no celular porque vamos estar bem alto, nos cerros. Não se assuste se eu não lhe atender. Assim que voltar a Buenos Aires, eu te ligo e levo a pintura da vovó à sua casa. Fica tranquila". Foi muito libertador deixar de ser a ambulância dos seus desejos. Mas ela não acreditou em mim, ou não totalmente. Como única resposta, murmurou um tíbio "que conveniente", que em outro momento teria me causado pânico. Ninguém gostaria de estar no centro das suspeitas de Felipa.

O trabalho de Ramiro avançava lentamente, mas sem interrupções. Eu ficava hipnotizada em ver como a tela amarelada ia se enchendo de traços – traços tão idênticos aos originais que gelava meu sangue. Enquanto isso, transformei-me em um robô que girava ao redor daquele ser que parecia estar possuído por um espírito de outra época e de outro país. Preparava-lhe saladas, água com limão, relaxantes; frutas, mais água com limão, chá de ervas.

Numa daquelas noites, esgotada de tanto observá-lo, adormeci em uma poltrona. Acordei com a mão úmida de Ramiro sobre a minha testa.

— Paloma, acho que estamos próximos do final — murmurou, antes de me dar um beijo suave e rápido nos lábios.

Dei um pulo. Invadiu-me uma mistura de entusiasmo, nervosismo e urgência. Imaginei que os ladrões devem sentir o mesmo quando deparam com o butim completo. A pintura da minha avó era um butim.

Ramiro me pegou pela mão e me levou à sala. Cruzamos o corredor a passos curtos e lentos. Sem nos darmos conta, tentamos fazer a mesma coisa: postergar o momento de nos confrontarmos com a falsificação quase terminada. Eu, por medo de notar as imperfeiçoes; ele, por medo do meu olhar.

Quando chegamos à sala, ele soltou minha mão e deixou que eu me acomodasse sozinha em frente aos dois cavaletes. Em um deles estava apoiado o original, a minha pintura; e no outro, a falsa, a de minha mãe. O frio do ar condicionado chocou-se contra o calor da minha pele. Meu sangue fervia. Fiz um esforço enorme para não me jogar no chão e encolher-me em posição fetal, como se fosse uma menina assustada.

As duas obras eram idênticas. Só soube qual era a original porque ainda faltava a bailarina vermelha de Frida sobre a falsa. Nem sequer a mão de Ramiro sobre meu ombro conseguiu aliviar o impacto que me causou ver a imagem duplicada de minha avó. Duas Nayelis nuas, inclinadas para baixo. Duas Nayelis com as madeixas cacheadas e longas. Duas Nayelis com a mancha mágica sobre a coxa. Duas Nayelis eróticas.

O homem que aguardava um comentário sobre o seu trabalho tinha o dom de duplicar a minha avó. Inquietou-me aquela possibilidade e, por alguns segundos, fantasiei a ideia desvairada de que ele pudesse fabricar para mim uma avó idêntica à que eu tinha perdido. Viva. Eu comecei a chorar. Cada parte do meu corpo chorou ao mesmo tempo, em cascata. O abraço de Ramiro apenas conseguiu conter o dilúvio de tremores e angústia. Não foi preciso que eu abrisse a boca. Minha reação lhe deu a resposta tão ansiada: seu trabalho como falsificador era perfeito.

— Falta a mancha vermelha — murmurou com seus lábios grudados na minha testa.

— A bailarina — corrigi.

— A bailarina — consentiu.

Nós nos separamos e voltamos a nos dar as mãos, petrificados diante das duas Nayelis. A mão de Ramiro estava gelada. Ele tinha medo, eu sabia. Para conseguir a intensidade de Frida era preciso muito mais que talento. Era preciso raiva, ódio e dor.

60
Coyoacán, agosto de 1953

Ela lavou bem as favas com água limpa e fresca; uma por uma, para que não restasse nenhuma partícula de terra. Aproveitou o momento de picar a cebola e o alho para desabafar. As lágrimas provocadas pelo ácido da cebola misturavam-se com as causadas pelo medo: estavam amputando a perna de Frida. O médico mandara que descansassem um pouco. Diego e Nayeli obedeceram. A operação poderia demorar horas e quando Frida acordasse da anestesia, não ia poder receber visitas.

O cheiro do alho, da cebola e do tomate mergulhados em óleo fervente a acalmou. Para Nayeli, cozinhar era o mesmo que abrir a porta da sua infância, tão distante no tempo e no espaço. Quando a mistura engrossou, ela acrescentou a água, o coentro, o sal e, finalmente, as favas que brilhavam de tão limpas. Faltava apenas esperar que ficassem suaves e macias. Era uma questão de tempo, como tudo na vida.

Ela caminhou até o quarto de Frida. A cama tinha ficado desarrumada. Os funcionários que a tinham trazido da galeria não fizeram seu trabalho com boa vontade e deixaram-na bloqueando o acesso; para entrar, Nayeli teve de espremer seu corpo contra o batente da porta. No ambiente, ainda pairava o cheiro do Shocking de Schiaparelli, o perfume de Frida. O frasco precioso que a jovem tinha recebido de presente já estava guardado no fundo do cesto em que ela entesourava seus objetos preferidos.

Com muita dificuldade, conseguiu mover a cama e colocá-la no lugar, contra uma das paredes. Esticou o lençol azul-celeste e o ajustou por baixo. Seus dedos toparam com um objeto duro, escondido entre o colchão e o estrado de arame. Era o diário vermelho do qual

Frida não se separava. Nayeli sentou-se no chão com as pernas cruzadas. Apesar de saber que aquele diário era cópia fiel do interior da pintora e que o interior das pessoas deve permanecer privado, ela não resistiu a dar uma espiadinha. Com culpa, mas sem sombra de arrependimento, folheou as últimas páginas escritas.

O desenho que a impactou ocupava toda a página. Um corpo de mulher nua que, no lugar da cabeça, tinha uma pomba e, no lugar dos braços, asas. Frida havia retratado a si mesma outra vez, mas de uma forma mais cruel que a habitual. A coluna vertebral fora trocada por um tubo rachado e a perna direita era artificial. Ela virou a página, não queria mais ver a imagem.

Concentrou-se no texto. Respirou fundo e endireitou as costas. Para Nayeli, ler continuava sendo um desafio intelectual enorme que, quase sempre, causava-lhe dor atrás das órbitas oculares.

Estou preocupada, muito; mas, ao mesmo tempo, sinto que será uma libertação. Tomara eu possa caminhar e dedicar todo o esforço que puder a Diego. Tudo para Diego.

Frida enganava todo mundo, pensou Nayeli, *menos a si mesma*. Essa ideia a confortou. Ainda que, nos últimos tempos, ela preferisse estar rodeada de amigas e aduladores, não parasse de contar suas muitas aventuras sexuais e sempre tivesse na ponta da língua o nome de Alejandro, seu primeiro namorado, continuava amando Diego. Ele era o seu mundo e quem fazia a lava interior de seu vulcão ferver.

A tehuana tentou encontrar alguma semelhança entre o que Frida sentia por Diego e o que acontecia entre ela e Joselito. Não encontrou nenhum ponto em comum. Nayeli trocaria Joselito por uma viagem a Tehuantepec, por exemplo; Frida não trocaria Diego por nada. Diego era a sua viagem. E, no entanto, essa viagem quase sempre fracassava. Mas a pintora não se importava, o amor parecia uma boa razão para que tudo fracassasse.

Ela esticou as pernas e apoiou as constas contra a cama. O chão estava gelado e o contraste com o calor sufocante da Casa Azul lhe pareceu agradável. Apertou o diário de Frida no peito sem parar de pensar em Joselito. O garoto havia lhe pedido em casamento. *Quero que você seja minha mulher e mãe dos meus filhos,* assim ele resumiu simploriamente o futuro dos dois. Nayeli lhe deu a resposta vaga e genérica que se costuma dar a perguntas constrangedoras: sorriu e o abraçou. E nada mais. Joselito achou que era um "sim, quero", e desde então começou a fazer horas extras no trabalho; sua meta era economizar dinheiro para a festa de casamento. Foi Eva quem colocou o preto no branco como a sua experiência.

— Isso é muito simples, Nayeli. A única coisa que você tem que se perguntar sobre Joselito é se quer estar no comando do coração dele ou não. O resto não interessa.

Durante meses ela buscou uma resposta para a pergunta da Branquela. Não a encontrou até aquela manhã, no exato momento em que Frida entrou na sala de cirurgia para sair com um pedaço a menos do corpo. Ela beijou a capa do diário vermelho e o colocou sobre os travesseiros da cama. Frida ia ficar feliz em saber que o objeto a esperava. Acreditava que muitos dos seus pertences tinham vida e sentimentos próprios. Ninguém se atrevia a contradizê-la. Para quê?

O cheiro da sopa de favas tinha inundado a casa. Essa era a medida do ponto certo: quando cheira a comida, é que já está pronta. Os alimentos são muito sábios e preparam os humanos com o olfato antes do paladar.

Diego estava na cozinha, parado em frente ao fogão. Tinha enfiado um pedaço de pão na panela. Tomou um susto quando viu Nayeli. Olhou para baixou, colocou as mãos contra o peito e pediu desculpas como uma criança pega de surpresa fazendo uma travessura. Nayeli pediu para que ele se sentasse à mesa. Serviu a sopa em duas tigelas grandes e adicionou um fio de azeite e páprica em cada uma.

— Diego, vou me casar com Joselito — anunciou Nayeli sem rodeios.

— Que ótima notícia! — exclamou Diego, enquanto tirava o guardanapo do pescoço e limpava a boca. — Você escolheu bem, tehuana. Frida já sabe?

— Não, estou esperando o momento certo para falar com ela.

Diego assentiu, pensativo. Sabia que a garota era um apoio inigualável para Frida e que a possibilidade de Nayeli deixar a Casa Azul provocaria uma hecatombe no ânimo de sua mulher.

— Tenho uma ideia maravilhosa. O que acha de se casar com o rapaz e os dois virem morar aqui com Frida? Ela adora o Joselito e você é como uma filha para ela, isso você já sabe. Na Casa Azul tem lugar de sobra para todos.

Antes de responder, Nayeli tomou três colheradas cheias de sopa. A ideia lhe pareceu boa, mas, como tudo que saía da cabeça de Diego tinha uma segunda intenção, preferiu adiar a resposta. Ele era habilidoso na arte de se beneficiar com os favores que oferecia às outras pessoas, e a própria Frida lhe ensinara a ter cuidado com as palavras que saíssem da boca dele. Ela costumava dizer que Diego era um mitomaníaco e que já escutara ele dizer todo tipo de mentira, mas que suas mentiras tinham um enorme senso crítico. Ela jamais o tinha ouvido pronunciar uma mentira estúpida ou banal. Insistia que ele era como um garoto que nem a escola nem a mãe conseguiram transformar em idiota, e justamente por isso ele era perigoso.

— Depois resolvemos isso, Diego. — Para mudar de assunto, ela ficou de pé e recolheu as duas tigelas vazias de sopa. — Você quer alguma fruta ou um pedaço de pão com doce de leite?

— Não, não, muito obrigado. Você deveria descansar um pouco. Tenho planos para esta tarde em San Ángel. Os médicos disseram que vão ligar para cá ou para o ateliê assim que terminar a cirurgia.

— Muito bem. Vou arrumar a cozinha e preparar um cesto com pincéis e cadernos para que Frida possa se entreter no hospital — disse, enquanto deixava o pintor sozinho na cozinha.

Diego olhou para baixo, como costumava fazer todas as vezes que algum pensamento obscuro passava por sua cabeça. Ele inclinava o tronco enorme para a frente, afundava a cabeça entre os ombros e ficava em silêncio, esperando que a tempestade provocada por sua imaginação abrandasse. Ele tinha certeza de que seus pressentimentos eram proféticos e, naquele momento, pressentiu que Frida nunca mais voltaria a pintar. E, para ela, não poder pintar e morrer eram a mesma coisa.

Nayeli voltou com o cesto de Frida pendurado em um ombro. Aproximou-se de Diego na ponta dos pés e em silêncio; teve medo de tirá-lo bruscamente de seus pensamentos.

— Obrigado — ele disse, e pegou o cesto.

Minutos depois, Nayeli escutou a porta da Casa Azul sendo fechada. Aguçou o ouvido. Só se escutavam os cantos dos pássaros e, ao longe, os gritos dos comerciantes que ofereciam seus produtos no mercado de Coyoacán. Ela não se lembrava de quando fora a última vez que tinha ficado sozinha em casa, ou se alguma vez isso havia realmente acontecido. Nos últimos tempos, Frida conseguira organizar um roteiro de visitas que entravam e saíam o tempo todo; inclusive, tinha mandado instalar na porta de entrada uma mesinha com copos limpos e orchata à vontade para todos que quisessem entrar para cumprimentá-la. Os homens só chegavam até a sala, onde conversavam com Diego e com alguns militantes comunistas que o escoltavam. Sobre a mesa, eles deixavam presentes para Frida: garrafas de tequila e de vinho, flores, chocolates e lenços coloridos. Um limite invisível, mas claro, dividia o espaço do quarto da pintora, onde só entravam mulheres. De sua cama, Frida presidia a própria tertúlia. "As mulheres são as únicas que sabem ajudar na hora da morte", havia dito. E nenhuma quis se ausentar da corte da rainha.

O calor dentro da Casa Azul tornara-se sufocante. Não entrava um pingo de ar. Até as paredes e os vidros estavam mornos. O sol rachava a terra do jardim. Nayeli tirou a saia e o huipil. Sua roupa de baixo estava encharcada de suor. Ela também a tirou. Apoiou a testa contra o espelho do seu quarto na esperança de que o frescor entrasse pelos poros de sua pele. Mas não aconteceu.

Sobre a mesa, estava seu diário vermelho, o que Frida havia lhe dado a fim de que ambas tivessem um objeto gêmeo. Ela não gostava tanto de escrever como a pintora, por isso costumava deixá-lo à vista para se forçar a acrescer algumas letras de vez em quando. Sobre o diário, estava o batom vermelho que, anos atrás, María Félix tinha lhe dado de presente. Com o punho pouco firme, conseguiu preencher seus lábios até deixá-los da cor de sangue. Sorriu de frente para o espelho. Os dentes grandes e brancos brilharam. Ela gostou.

O barulho da água a distraiu. Água que corria e salpicava. Água que refrescava e aliviava. Água que limpava e purificava. Espiou pela janela e cravou os olhos na fonte do pátio: estava cheia, a ponto de transbordar. Conta tantas idas e vindas, ela tinha se esquecido de fechar a torneira. Água como rio, pensou. Água de Tehuantepec. Nua como estava, atravessou o corredor. Passou pela porta do quarto de Frida, pelo corredor principal, pela cozinha e pela sala. Os rastros de sua nudez se espalharam pela casa.

As pedras que revestiam o piso do pátio queimaram seus pés, ela não se importou. A água da fonte a atraía como um feitiço e caminhar sobre as pedras ardentes era parte do encanto, do preço que ela tinha de pagar para chegar ao paraíso, do sacrifício. O sapo gigante de metal que decorava a fonte estava coberto de ferrugem e cuspia pela boca um jato brilhante que salpicava gotinhas na borda de azulejos coloridos. Gotinhas como cristais, água como estrelas. Rio de Tehuantepec.

Com a ponta dos dedos das mãos, Nayeli roçou as borbulhas que flutuavam e as estourou com pequenos toques. Primeiro uma, depois outra, até que o respingo se tornou irresistível. Levantou uma perna e a mergulhou até o joelho. O jato que o sapo soltava ficou mais potente e as gotas salpicaram seu corpo. Os quadris, o abdome, os seios, o pescoço, o rosto. Abriu a boca e colocou a língua para fora. Precisava que o líquido fresco a penetrasse. Os lábios, o paladar, a garganta. A água, os cristais. O rio de Tehuantepec.

Com uma pressa quase sexual, entrou na fonte e mergulhou por completo. Prendeu o ar até o limite da asfixia. Uma asfixia prazerosa. Saiu de repente, com um gemido, e encheu os pulmões de ar. Tremendo, uivando e rindo ao mesmo tempo. A madeixa encharcada de água ficou longa e pesada, cobrindo-lhe as costas inteiras. Só estava vestida com a mancha de nascença em sua coxa direita. Fechou os olhos e defrontou o sol, que de tão fulgurante evaporou a água do seu corpo em segundos. Deu uma gargalhada e voltou a mergulhar na água fresca. Emergiu como uma sereia e, instintivamente, esfregou cada parte do corpo. Braços, quadril, pernas, ombros, joelhos. Queria que a água entrasse por suas veias. Sangue tehuano, rio de Tehuantepec.

No cesto que Nayeli havia preparado faltara o tubo de tinta violeta, um dos preferidos de Frida. Diego Rivera nunca imaginou que, voltando à Casa Azul para buscá-lo, seria presenteado com uma das imagens mais impactantes de sua vida. Atravessou o corredor da entrada e sorriu com tristeza para os judas de papel machê pendurados na parede. Quando chegou ao jardim, seu corpo petrificou no chão de terra. Não se lembrava de ter visto ao semelhante.

A tehuana, nua na fonte, o deixou fascinado. Tudo o que rodeava a garota que se banhava desapareceu aos poucos, como se virasse fumaça. No lugar dos nopais, das árvores frutíferas da Casa Azul, dos bancos de madeira e ferro, foram tomando forma os cerros, a vegetação verde, as flores e, sobretudo, o céu, aquele céu de Oaxaca – um céu que ele nunca voltou a ver, mas que ficara guardado em sua memória.

A água da fonte era um rio, o rio Tehuantepec. Ele não teve dúvida. Lembrou-se da visita tão distante no tempo e nas sensações. Evocou a imagem das ninfas mexicanas, as mais belas, as tehuanas que nadavam como ninguém nas águas de um marrom que ele nunca conseguiu reproduzir com seus pincéis. Elas não se molhavam, elas se nutriam da água. Deixavam-se penetrar, regar, inundar, misturar. Elas eram rio, água, céu e sol.

Para Diego Rivera, pintar era deixar constância, a prova concreta da existência, e cada vez que algo o impactava ele precisava derramar a certeza do ocorrido sobre uma tela. Pela primeira vez na vida, pôde passar despercebido; disfarçou a sua estridência para mergulhar na dissimulação. Caminhou até a sala com movimentos lentos. Teria dado dez anos de sua vida em troca do dom de flutuar. Pegou uma tela em branco, que Frida tinha esquecido abandonada; estava colada em uma moldura de madeira leve. Com um quê de desespero, olhou ao redor. Não encontrou sua paleta nem seus pincéis, também não viu os potes de tinta. Teve vontade de chorar. A possibilidade de pintar Nayeli escapava de suas mãos. Não lhe restava outra opção senão usar uma paleta de Frida. Olhou com atenção as cores que estavam preparadas e franziu o nariz com resignação. Não tinha tempo a perder. Ele deu uma espiada pela janela: a garota continuava na fonte.

Regressou na ponta dos pés e acomodou o corpo enorme atrás de uma das colunas do pátio. Daquele lugar, podia ver a fonte a uma distância que, embora lhe parecesse longa, era suficiente. Nayeli continuava em seu mundo. Salpicava, mergulhava, ria. Movia sua madeixa para provocar uma catarata de água fresca que, como se fosse chuva, molhava-a ainda mais. Estava agitada. Os movimentos, um após outro, aceleravam o seu coração. Seu peito subia e descia em um ritmo anormal. Ela se inclinou para um lado a fim de recuperar o ar; apoiou uma das mãos sobre um joelho e a outra, na coxa. A curvatura de suas costas, a perfcição de sus glúteos e sua pele escura e brilhante ficaram expostas a um sol que parecia ter-se rendido aos seus pés e que contribuía com as luzes e as sombras perfeitas para que, diante do olho experiente de Diego, a imagem resultasse perfeita.

"Fique quieta, tehuana, eu já te peguei", murmurou, enquanto desenhava os traços na tela com uma rapidez incomum para ele. O que mais lhe custou retratar foi o cabelo de Nayeli. A madeixa estava cheia de ondas, mas, com o peso da água, algumas mechas esticaram sem ficar totalmente lisas. As gotas de suor escorriam pela testa e pelas bochechas de Diego; até suas mãos estavam úmidas. A pressão autoimposta para que nenhum detalhe daquela maravilha que tinha diante dos olhos se perdesse provocava-lhe um nervosismo de principiante. Nem diante das paredes do Palácio Nacional ele tinha se sentido tão intimidado.

Quando o desenho estava quase terminado, ele decidiu ignorar todo o entorno. O jardim da Casa Azul, os nopais, os canteiros de flores, as árvores frutíferas e até o sapo gigante de metal que coroava a fonte lhe pareceram desnecessários. Apenas a água e a tehuana. A perfeição não precisava de nada mais.

Ele ficou alguns segundos observando, paralisado, sem conseguir mover um músculo sequer. O feitiço tinha tomado conta de todo o seu ser. De repente, um detalhe chamou sua atenção. Com muito cuidado, ele se afastou uns centímetros da coluna que o mantinha escondido e colocou uma mão sobre a testa para mitigar o reflexo do sol. Uma mancha escura em uma das coxas da garota tinha passado despercebida. Não se surpreendeu que a tehuana estivesse marcada como se fosse uma peça exclusiva. E ela era.

Voltou ao seu esconderijo e, com delicadeza, copiou a mancha de nascença na coxa da mulher de sua pintura.

Uma nuvem negra e carregada de chuva tampou o sol. Diego olhou para o céu e o amaldiçoou. Subiu de repente uma brisa úmida e os pássaros voaram todos ao mesmo tempo. Nayeli se sentou alguns segundos na borda de azulejos, ainda estava quente. Torceu o cabelo com as mãos para escorrer a água. Respirou fundo e tirou as pernas da fonte, uma de cada vez. Atravessou o pátio e entrou na casa.

Um trovão longo e estridente fez que Diego se assustasse. Os primeiros pingos da tempestade começaram a cair. O sonho tinha terminado.

61

Buenos Aires, janeiro de 2019

Nenhum gesto lhe parecia mais sincero, mais brutal e mais selvagem que o de provocar pânico. Os olhos se abrem até o limite das órbitas; as pupilas se dilatam tanto que conseguem mudar a cor original; a pele da testa e das bochechas se estica e as rugas desaparecem; os lábios perdem a tonalidade natural até assumir um cinza cadavérico. Várias vezes, Cristóbal tinha retratado o medo refletido no semblante de muitos de seus companheiros de prisão. Andavam noite e dia com o terror estampado no rosto como se fosse a máscara de um carnaval sem festa. Mas, nas mulheres, tudo é mais intenso, mais visceral. Estava convencido de que elas têm um instinto de sobrevivência superior que corre em seu sangue. Não apenas temem o destino de seu corpo, mas também a perda da possibilidade de que aquele corpo gere outra vida. E isso não muda. Não importa a idade que tenham. As mulheres são artesãs do medo. Ele adoraria ter à mão seus lápis e cadernos para desenhar a expressão da senhora idosa quando ele colocou a arma em sua testa.

— Não me mate, por favor — balbuciou.

Cristóbal se distraiu alguns segundos. Os dentes postiços da mulher pareciam dançar dentro da boca trêmula. A cena lhe pareceu fascinante. Ele a avistara pouco antes, desde seu esconderijo na calçada da frente, atrás de um contêiner de lixo. A princípio, quando viu que ela fazia força para abrir, pensou que se tratava de uma velha que tinha errado de porta, mas, quando ela finalmente conseguiu, ele ficou em posição de alerta. Colocou as luvas de látex, cruzou a rua estreita com dois passos largos e empurrou a mulher para dentro do corredor de acesso à casa. O corpo frágil poderia ter se estatelado no chão, mas Cristóbal a segurou pelo braço com firmeza. Percebeu uma poça no piso. A mulher tinha feito xixi, outra das tantas manifestações do medo.

— Se você se comportar bem, não vai acontecer nada. Você me escutou? — disse, enquanto a arrastava para dentro. — Quem é você?

— Cándida — respondeu a mulher entre soluços.

Com a precisão adquirida ao longo dos anos, ele sentou e amarrou Cándida em uma cadeira. As abraçadeiras que ele tinha levado para Paloma feriram os pulsos da senhora. Cristóbal se agachou, colocou uma mão sobre o joelho dela e com a outra encostou-lhe a arma no meio da testa.

— Onde está a puta da Paloma? — perguntou com um ódio que havia tempos não sentia.

A mulher começou a chorar.

— Eu sou a sua vizinha — conseguiu dizer e pediu a ele que por favor não a matasse.

A primeira bofetada deixou sua cabeça tombada para um lado e caída sobre o ombro.

— Fala, velha de merda ou eu te mato de porrada. Onde está a puta da Paloma? — insistiu, daquela vez aos gritos.

— Não sei. Eu juro... que eu não sei...

A frustação o atingiu. Ele se levantou e percorreu a sala com o olhar.

— Tá bem, tudo o que acontecer aqui dentro vai ser culpa sua, velha de merda. Vai se foder.

Furioso, mas com método, começou a abrir cada uma das gavetas, móveis, caixas e armários que encontrava; roupas, sapatos, livros e vasilhas voaram pelos ares. Ele precisava encontrar a pintura de Rivera. Atravessou o corredor e entrou no quarto de Paloma. Durante alguns segundos, pensou onde ele esconderia uma pintura tão valiosa. Respirou fundo e tentou se acalmar. Deslizou por debaixo da cama, iluminou com a lanterna do celular a parte de baixo do colchão e o estrado de madeira; vasculhou centímetro por centímetro o fundo dos armários e arrastou alguns móveis. Nada de nada.

Saiu do quarto e atravessou um corredor; um móvel antigo instalado contra a parede chamou sua atenção. Sobre a prateleira mais alta havia um caderno pequeno, estava aberto. Ao lado, um lápis preto com a ponta quebrada. No canto superior havia algo escrito. Uma linha com letras de fôrma. Um endereço. A cabeça de Cristóbal começou a funcionar. A tensão de seu corpo relaxou quase que imediatamente. Nunca conseguiu manter o selvagem e o racional ativados ao mesmo tempo. Era uma rua no bairro da Recoleta. Escreveu o endereço exato no navegador de seu telefone e sorriu, satisfeito. Já sabia onde estava Paloma.

Voltou à sala e se surpreendeu quando viu o corpo da idosa amarrado à cadeira. Ele a olhou com espanto. Abriu e fechou os olhos. Moveu a cabeça de um lado para o outro, como se esse movimento conseguisse organizar seus pensamentos. Toda vez que era arrastado por um ataque de fúria, costumava esquecer as consequências de seus atos, como se outra pessoa, em algum momento, tivesse assumido as rédeas de sua vontade. Mas a mulher continuava ali, com a cabeça tombada para o lado e o corpo caído para a frente. Ele não soube dizer se ela estava morta ou desmaiada. Não se importava. A vida alheia não era um território que lhe interessasse muito. Tocou na parte baixa de suas costas, para ter certeza de que a arma continuava no lugar, e saiu da casa.

Antes de fechar a porta da entrada, olhou para os dois lados da rua. Não havia ninguém. Tirou as luvas, acendeu um cigarro e caminhou tranquilamente para a avenida.

62
Coyoacán, junho de 1954

Cada vez que Frida adormecia, entorpecida pelos medicamentos, a Casa Azul transformava-se em uma tumba. No hospital, tinha ficado para trás não apenas sua perna amputada, mas também suas risadas, sua vontade de viver, seu bom humor e até seu desejo de pintar. "Se eu tivesse coragem, a mataria. Não consigo vê-la sofrer dessa maneira", repetia Diego várias vezes ao dia, mas ninguém lhe dava atenção. Alguns destacavam a sinceridade de suas palavras, outros consideravam que dizia barbaridades para não deixar de ser o centro das atenções. Frida estava devorando o lugar de destaque de ambos à custa de gritos, acessos de raiva e desespero.

Nayeli era uma das poucas pessoas que tinham ficado por perto. Os inúmeros visitantes que desfilavam pela Casa Azul antes da amputação foram desaparecendo. Muitos, enxotados por Frida, que tinha perdido a educação e a elegância; outros, simplesmente porque não queriam ser testemunhas dos ataques violentos da pintora.

— Nayelita, venha aqui e me traga a caixa com minhas bonecas lindas e também as minhas tesouras — pediu depois de uma sesta.

A tehuana obedeceu, sabia que o efeito dos remédios para aliviar as dores estava acabando.

— Aqui estão — disse, e colocou a caixa sobre os quadris de Frida, que mal podia se sentar na cama. — Tenha cuidado com as tesouras, porque estão muito afiadas.

Frida não escutou a recomendação e, determinada, cortou uma perna de cada boneca. De algumas, tirou a direita; de outras, a esquerda. A imagem era dantesca. Uma chuva de bonecas coxas, acompanhada de uma quantidade enorme de perninhas órfãs.

— Gosto mais das minhas bonecas assim. Gosto de ver que estamos todas iguais. É uma pena que as bonecas não tenham sangue; seria muito bonito ver minha cama repleta de amputações alheias. Essa imagem não é mesmo muito potente?

Um líquido ácido subiu das tripas de Nayeli até sua língua. Ela correu escada abaixo, empurrou a porta do pátio e vomitou no chão, com a cabeça apoiada na parede de pedra. Foi até a fonte e tomou um gole de água. E chorou por muito tempo. Frida já não era mais Frida.

Certa manhã, Diego anunciou que as duas empregas que cuidavam da limpeza abandonaram o trabalho. Nayeli e a enfermeira sabiam que, na verdade, as pobres mulheres tinham fugido desesperadas. Frida ameaçara bater em uma delas com o bastão de madeira que, em algum momento, tinha lhe servido para caminhar; e havia insultado tanto, tanto, a outra, que a mulher teve medo de que as maldições que saíam da boca da pintora se cumprissem. Restavam cada vez menos pessoas ao redor da cama da manca sofredora, como Frida gostava de se autodefinir; menos corações para suportar cada vez mais intensidade.

O único que conseguia, às vezes, acalmar o furacão era Diego. Ele se deitava na cama ao lado dela e lhe contava histórias fantásticas e inventadas de suas viagens pela Europa. Passava muitas horas penteando seu cabelo com um pente de cerdas rígidas que havia comprado no mercado para ela, ou lhe propunha mil ideias de possíveis desenhos para tentar ressuscitar o entusiasmo pela pintora. Ele sabia melhor do que ninguém que deixar de pintar e morrer eram a mesma coisa, e Frida estava morrendo. Também era o único que Frida deixava tomar a decisão mais importante: o lugar nas costas onde a enfermeira podia enfiar a agulha para injetar Demerol, aquele limbo narcótico que aliviava o peso de ter que seguir com a vida. Cada vez que Diego entrava no quarto, Frida levantava a camisa, girava o corpo e ficava de bruços.

— Escolha você, meu Diego. Algum lugar você tem que encontrar — dizia.

Diego analisava com atenção cada centímetro daquelas costas cheias de cicatrizes, machucados abertos, picadas novas e antigas, e escaras. Era cada vez mais difícil achar um lugar de pele saudável para furá-la.

— Temos que organizar nossas bodas de prata, meu sapo. Agora falta pouco para a data — insistia Frida, enquanto o Demerol se infiltrava em seu corpo e lhe causava um sossego temporário.

— Claro que sim, minha pombinha — assentia Diego todas as vezes.

— Uma festa, quero uma grande festa. Convidaremos todos em Coyoacán, que ninguém fique de fora — divagava com entusiasmo. Ninguém se animava a contradizê-la.

Frida transitava entre dois estados permanentes. Dormia e gritava com fúria, exceto quando algum plano ocupava a sua cabeça. Algumas vezes, eram planos modestos: uma sopa, uma visita ou a cor com a qual ela queria pintar os lábios; outras, eram planos grandiosos: festas, passeios e um anel de ouro para Diego.

— Nayelita, venha aqui bem pertinho de mim, tenho que lhe pedir um favor secreto. Não vai poder abrir esse bocão — disse certo dia, antes de dormir a sesta.

Nayeli se sentou ao lado dela na cama e acariciou sua testa com ternura. Estava fria.

— Diga-me o que precisa. Serei um túmulo, se é o que quer — disse.

— Escute bem. No meu ateliê, dentro da lata vazia de solvente, aquela amarela, tem um dinheirinho que eu guardo escondido. Pegue-o e me consiga um anel de ouro bem bonito para Diego. Quero presenteá-lo em nossas bodas de prata.

Antes que Frida caísse no sono, Nayeli lhe prometeu que se encarregaria do presente. Não tinha a menor ideia de onde conseguir um anel de ouro, mas se propôs a cumprir com o juramento.

Foi até a oficina onde Joselito trabalhava. Como todas as tardes, levou para ele um cesto cheio das sobras do almoço. Os dois se sentaram debaixo de uma árvore no viveiro de Coyoacán e estenderam uma manta sobre a grama. Frutas, pães fresquinhos, queijo de cabra e alguns doces eram parte do banquete. Joselito lhe deu um beijo apaixonado e começou a comer com um guardanapo pendurado no colarinho do seu macacão de trabalho.

— Joselito, tenho que comprar um anel de ouro — disse Nayeli. Sabia que seu noivo teria menos ideia ainda do que ela quanto a lugares onde se poderia comprar semelhante coisa, mas ela gostava de compartilhar suas preocupações com ele.

O garoto encolheu os ombros e, com a boca cheia, sugeriu-lhe que perguntasse à Branquela. Certamente, ela saberia ajudar com algo tão luxuoso.

— Você não vai comer, Nayeli? Não provou nenhum pedaço — perguntou.

— Não, estou sem vontade. Tudo que eu coloco para dentro, acabo vomitando. Ando muito nervosa por causa da Frida.

— Agora falta pouco, minha tehuana linda. Logo nos casaremos e Frida será uma lembrança.

Nayeli não respondeu. Ela nunca havia falado da proposta de Diego para ele. Tinha certeza de que Joselito não ia gostar da ideia de morar na Casa Azul. Ela o abraçou e se despediu dele, tinha uma longa caminhada pela frente até a casa da Branquela.

Assim que chegou à mansão nos arredores de San Ángel, Eva abriu a porta com um sorriso de orelha a orelha. Estava feliz, como nunca tinha estado antes, e a visita de Nayeli dava-lhe uma oportunidade que nunca tinha tido: compartilhar com alguém a sua alegria.

— Entre, entre, Nayeli. Tenho algo muito lindo para te contar — disse aos gritos e batendo palmas.

Elas não entram na casa, seus encontros sempre aconteciam na casinha dos fundos. Aquele era o lugar onde as duas tomavam chocolate quente e comiam os doces que muitas vezes a tehuana preparava. Lá Eva desenhava os vestidos e os provava em Nayeli que, por um momento, tornava-se modelo de moda. Uma amizade baseada em brincadeiras infantis fora do tempo entre duas mulheres que se alegravam ao encontrar aquelas meninas que nunca puderam ter sido.

— Vamos, vamos! Conta, Branquela, e deixa de fazer tanto mistério! — apressou-a Nayeli, que sempre tivera uma curiosidade voraz.

— Vou morar na Argentina — disse a Branquela, triunfante.

Os olhos verdes da tehuana se cobriram de um verniz opaco, como toda vez que fazia esforço para não chorar. Ela não sabia bem onde ficava a Argentina, mas achava que era longe, muito mais longe que Tehuantepec. A Branquela continuou seu relato.

— Estou indo embora. Você bem sabe que meu marido trabalha para o governo. Ele me disse que os laços diplomáticos entre México e Argentina são importantes, por isso o estão mandando para viver um tempo em Buenos Aires, que é a capital desse país.

— E fica muito longe? Do outro lado do oceano?

— Não, não tem que cruzar o oceano. Isso é a Europa. Fica no sul da América. Ele me disse que é um país muito grande e muito bonito — explicou a Branquela.

— Se você está feliz, eu estou feliz — disse Nayeli com um nó na garganta. — Mas fico triste com despedidas. Nunca gostei delas.

Eva mudou de assunto, não queria que os olhos de sua amiga deixassem de brilhar. Haveria tempo para falar de sua viagem, ainda faltava muito para a partida.

— Bem, já alinhavei o vestido que desenhei para o seu passeio com Joselito — anunciou, e tirou uma roupa de algodão roxa de uma caixa.

— Que passeio, Eva? — perguntou Nayeli após uma risada. Eva gostava de inventar eventos para justificar seus modelitos.

— Que importa? Primeiro você tem o vestido e depois arrumamos um passeio lindo. Venha aqui. Tire a roupa e experimente esta belezura que estou fazendo para você.

Nayeli deixou sua saia e o huipil sobre a mesa e, com cuidado para não romper o alinhavo, colocou o vestido inacabado. O rosto da Branquela a desconcertou. Ela nunca a tinha visto tão desnorteada.

— O que aconteceu, Branquela? — perguntou.

— Eu não entendo. Tomei as medidas certinhas — murmurou, enquanto revisava as anotações que tinha escrito em um bloquinho.

— Deixe-me ver...

Com a fita métrica, voltou a tomar as medidas do peito, da cintura e dos quadris da tehuana. Não coincidiam com seus apontamentos. Aproximou-se da amiga e segurou suas mãos.

— Nayeli, quando foi a sua última menstruação? — perguntou com seriedade.

As bochechas de Nayeli enrubesceram e uma ânsia ficou presa em sua garganta. Alguns anos atrás, Frida havia lhe explicado tudo sobre menstruação e os cuidados que teria de ter a partir daquele momento. Nunca mais voltou a falar daquele assunto com ninguém. Nayeli pensou uns segundos e lembrou que fazia tempo que não cortava os lenços de gaze branca que usava naqueles dias.

— Bem, não faço contas, Eva, mas acho que já faz um tempo que não... Bem, você sabe — respondeu, aterrorizada.

— Você teve relações sexuais com Joselito?

A naturalidade com que a Branquela lhe perguntava coisas tão íntimas deu à tehuana a confiança de que precisava.

— Sim, tive, mas Joselito me jurou que sabia o que ele estava fazendo e que eu não precisava me preocupar.

— Todos os homens falam a mesma coisa e toda vez que eles falam isso é quando mais temos que nos preocupar — disse a Branquela, cuspindo as palavras.

— Você acha que estou grávida?

— Acho que sim.

Nayeli começou a chorar. Dentro dela, uma mistura de medo, alegria, pavor e vergonha preencheu-a por completo. Olhou sua amiga com desespero.

— Não diga nada, Branquela. Prometa-me. Vou ver o que faço, mas preciso do seu silêncio — suplicou.

— Você tem meu silêncio. Eu juro.

As duas garotas se abraçaram. Daquela maneira selaram um pacto de amizade, com um abraço que as deixou sem ar.

63

Buenos Aires, janeiro de 2019

Depois de várias horas de trabalho e inúmeras tentativas fracassadas, Ramiro conseguiu exatamente o vermelho necessário para que a bailarina falsa tivesse o mesmo tom da original, a que Frida tinha estampado sobre a pintura de Rivera. No entanto, ele continuava nervoso. Não conseguia decidir sobre como reproduzir com precisão a fúria que emanava da mancha.

— Fique tranquilo, Rama — eu disse, e afundei meus dedos no cabelo de sua nuca. — Talvez devêssemos parar um pouco para que tudo decante. Sair para dar uma volta, relaxar e...

Gentilmente, talvez para não me ofender, tirou a cabeça da minha mão e esfregou os olhos com as dele.

— Eu não sei se vou conseguir. É muito difícil — explicou. — Não há traçado, não há método. É uma mancha...

— Uma bailarina — interrompi.

Pela primeira vez ele não aceitou a minha correção e me olhou como seu eu tivesse dito algo inédito.

— E se não for uma bailarina? — perguntou mais para si do que para mim.

— Claro que é — insisti.

Ele foi até a estante embutida em uma das paredes do ateliê. Cada uma das prateleiras estava cheia de livros de arte, não havia espaço para mais nenhum. Ramiro percorreu com o dedo cada uma das lombadas da terceira prateleira. Tirou cinco volumes e se sentou no chão com as pernas cruzadas. Eu me sentei ao lado dele sem tirar os olhos de suas mãos, que passavam com rapidez as páginas dos livros.

— Nestes volumes há várias amostras das obras de Frida Kahlo — disse com aquele tom gentil, mas firme, que os professores costumam usar. — Se você prestar atenção, suas pinturas são figurativas. Um sol é um sol. As frutas são frutas. Os macacos são macacos e as figuras humanas são figuras humanas. É verdade que, na maioria das vezes, Frida usava os objetos para recriar questões relativas à sua imaginação, aos seus sonhos, às suas fantasias. Ela possuía o dom único de dizer muitas coisas com apenas um desenho – por exemplo, o de uma maçã. Ela não fazia traçados aleatórios. Sua obra é muito racional, muito inteligente.

— Eu não entendo — murmurei.

— Acho que essa mancha ou bailarina, como você gosta de chamá-la, não é fruto de um projeto de desenho ou de uma estratégia artística. Acho que, primeiro, foi uma mancha, depois uma bailarina.

— Então, Frida não quis pintar uma bailarina... — refleti em voz alta.

— Não. Eu estou convencido de que não.

— E isso torna a sua tarefa de falsificador mais difícil? — perguntei com medo da resposta que ele poderia me dar.

— Sim, muito mais difícil, porque é impossível adivinhar o que ela quis fazer antes de desenhar uma bailarina. Não vejo sentido.

— Nada disto faz sentido — disse, vencida.

Ramiro percebeu meu desgosto e me puxou para junto de seu corpo. Ficamos um tempo sentados no chão, com as costas apoiadas na parte baixa da estante de livros e minha cabeça sobre o seu ombro. Apesar das incertezas, tê-lo por perto me tranquilizava. Senti que ao seu lado nada de mau poderia acontecer.

Cochilamos uns minutos. O cansaço dos últimos dias nos atingia em cada músculo, mas as emoções também haviam se tornado uma bigorna que pressionava o nosso peito.

— Que tal sairmos para comer algo — propôs. — Ainda temos uma longa noite pela frente.

— Sim, acho uma boa ideia — aceitei com entusiasmo. Um encontro em meio às ruínas me pareceu esperançoso e até poético.

Eu me levantei e fui ao banheiro molhar o rosto. Olhei-me no espelho com dissimulação, tentando ignorar o óbvio: queria que Ramiro me achasse linda. O sol do verão costuma dar à minha pele um tom acobreado do qual sempre tirei vantagem, vestindo roupas de cores berrantes que ressaltavam cada centímetro. Em vez de herdar seus olhos verdes, recebi de Nayeli a sua cor de tehuana, como ela gostava de dizer. As idas e vindas dos últimos dias tinham deixado marcas na minha aparência: olheiras profundas por falta de sono e uns quilos a menos por falta de boa alimentação. Tirei o elástico que prendia meu cabelo e sacudi a cabeça de um lado ao outro para soltar os cachos. Algumas mechas ainda estavam úmidas do banho que havia tomado à tarde. Juntei o cabelo de lado com uma fivela de tartaruga e passei um brilho de baunilha para hidratar os lábios. Não podia fazer muito mais pela Paloma agoniada que o espelho me mostrava.

Pendurei a bolsa no ombro. Quando entrei na sala, Ramiro estava agitado. Tinha tirado a pintura original da minha avó do cavalete e a enrolava com pressa.

— Paloma, não fique aí parada! — gritou diante da minha surpresa. — Traga aqui o tubo vermelho que está no quarto. Rápido, vai!

Nem me atrevi a perguntar o que estava acontecendo. A urgência de sua ordem não me deixou outra opção senão obedecer às cegas.

Ele arrancou o tubo da minha mão, parou na minha frente e apoiou a mão no meu ombro.

— Que merda está acontecendo? — perguntei com uma mistura de raiva e medo.

— Escute bem o que vou te dizer. Olhe para mim e não faça nada diferente do que eu disser.

Assenti levemente e prestei atenção. Escolhi confiar nele.

64

Coyoacán, junho de 1954

A fúria, o ódio e a dor fizeram o que nada nem ninguém tinha conseguido: colocar Frida de pé. Apesar das costas destroçadas e de sua perna amputada, ela fincou a bengala no chão e com uma força tirada das entranhas deslocou o corpo até a cadeira de rodas. Um passo, dois passos, três passos. A bengala ocupou o lugar da perna que lhe faltava, mas não conseguiu evitar que Frida tivesse de parar para recuperar o fôlego e o equilíbrio. Ela parou quatro vezes, até que chegou ao seu destino.

O velho cavalete que Diego guardava em seu quartinho na Casa Azul estava montado no meio do cômodo, entre a cama e a parede. Desde que ele tinha mudado seu ateliê para o estúdio de San Ángel, o lugar ficara vazio; havia apenas um esqueleto de madeira lembrando a todos que, esporadicamente, naquele espaço austero dormia um pintor. O que chamara a atenção de Frida e fez que ela entrasse no quarto com sua cadeira de rodas foi que, sobre o cavalete, agora descansava uma tela pintada e fixada em uma moldura. Ela se aproximou tanto do quadro que o cheiro da tinta lhe entrou pelo nariz e a fez espirrar. Não se importou. Desejava que o ar estivesse envenenado para cair morta naquele chão que a sustentava.

O corpo de Nayeli dentro das águas de um rio a deixou sem ar. O erotismo, a nudez, a beleza exuberante, as madeixas, os peitos, os quadris, tudo lhe pareceu sufocante. Os traços apressados de Diego lhe revelaram as sensações de seu homem diante daquela mulher, aquela tehuana, sua tehuana, sua bailarina, aquela bailarina. Ela havia dito à jovem uma vez, duas vezes, mil vezes. Advertiu-a de que deixar que Diego a pintasse não era apenas entregar a carne à sua arte. Era entregar a carne ao corpo dele. E Nayeli não a escutou, não lhe deu ouvidos.

Ela apoiou o peso sobre o braço com o qual segurava a bengala ao lado da perna inteira e esticou a mão que estava livre. Com a ponta do dedo indicador, acariciou o ventre da mulher da pintura, o ventre de Nayeli. Fechou os olhos e as lágrimas molharam suas bochechas, lábios e pescoço. A imagem de Nayeli grávida, caminhando pelo pátio da Casa Azul; o momento em que a garota anunciou que teria um bebê com Joselito; suas mãos sobre o ventre, apenas incipiente, que abrigava a menina – porque Frida tinha certeza de que a tehuana ia dar à luz a uma menina. E agora ela estava ali, diante de seus olhos. Despida de traição e mentira.

Um passo para o lado, dois passos, três passos. Quando estava perto do guarda-roupa em que Diego guardava seus macacões de trabalho, tomou impulso e abriu a porta. Teve dificuldade para distinguir os objetos e as roupas. Mais lágrimas alagavam seus olhos. Mas conseguiu distinguir uma lata prateada no piso de madeira do guarda-roupa, uma lata de tinta. Apoiou a parte boa do corpo contra a borda da porta e deslizou para baixo aos poucos. O quadril pressionou uma das vértebras baixas das costas e uma pontada de dor a paralisou. Poderia ter gritado para pedir ajuda, mas não gritou. Contentou-se em resistir, como em tantas outras vezes. A resistência estava em sua essência.

Demorou uns minutos para se recuperar e esticou a mão. Esteve prestes a uivar de felicidade quando conseguiu alcançar a lata.

Um passo, dois passos, três passos. Até que voltou a estar diante de Nayeli, a desonesta, a libertina, a desavergonhada. Ela tirou a tampa de plástico da lata com os dentes. Vermelha, a tinta era vermelha. Como o sangue, como o útero, como as vísceras, como a traição. Segurou a lata com a mão e virou parte do corpo para trás. Respirou fundo, respirou raiva, respirou dor e, com a impetuosidade que apenas uma autêntica Frida Kahlo poderia demonstrar, lançou a lata contra a pintura.

Um grito abafado, uma risada, uma gargalhada enlouquecida e a fascinação de ver as gotas vermelhas deslizando pela lateral da tela, pelas pernas do cavalete até caírem no chão como pequenas explosões de caos. Mas o impulso não foi suficiente para que a lata acertasse em cheio a pintura de Diego; a mancha vermelha cobria apenas a parte inferior. Nayeli ficou metade coberta, metade à vista. Frida franziu a testa e os lábios ao mesmo tempo, aquela expressão habitual diante de algo que não está bom. "Não deu certo, esta obra não deu certo", murmurou.

Às vezes no começo de uma ideia, outras no meio e muitas vezes no final, seu olho experiente detectava os erros. Ela sempre se vira como um mecânico que adivinhava qual dos parafusos estava mal colocado e fazia a máquina travar, superaquecer ou, simplesmente, deixar de funcionar. Naquele caso, a peça defeituosa era a mancha que, embora perfeita, mostrava uma carência.

Um passo, dois passos, três passos. Respirou fundo e fez uma pausa momentânea. O braço que segurava a bengala e o peso de seu corpo começava a lhe dar câimbras. Ela não se importou. Faltava pouco. Muito pouco. Esticou a mão livre e juntou os dedos polegar e indicador contra a palma da mão. Os três dedos maiores seriam suficientes. Fechou os olhos e obrigou sua memória a refazer toda uma vida até o momento em que a bailarina, sua amiga invisível, tinha entrado pela porta que seu dedo de menina desenhara no vidro da janela. Enquanto dava forma à mancha com os dedos, com a boca ela falava: "Minha amiga imaginária me esperava sempre. Era alegre, ria muito, dançava como se não tivesse peso algum. Eu a acompanhava e lhe contava meus segredos, e ela dançava, dançava e dançava".

Demorou alguns minutos para conseguir o que queria. Estava acostumada a despir sua imaginação sobre o papel. Sem tirar os olhos da bailarina que havia desenhado sobre a mancha, ela limpou a mão na lateral da saia e sorriu, mais calma.

Um passo, dois passos, três passos. Caiu sobre a cadeira de rodas e, sem perder um segundo, saiu do quarto de Diego para fechar-se no seu. Da cozinha, Nayeli pôde escutar o chiado metálico das rodas da cadeira de Frida. *Já está na hora de lubrificar as engrenagens*, pensou. Mergulhou uma tira de pano no pote grande que usava para guardar o óleo. Suave, perfumado, dourado, caprichoso. Ela gostava muito de óleo.

Atravessou a sala e o corredor que ligava os quartos. Algumas manchas vermelhas no chão gelaram seu sangue e a levaram ao quarto de Diego. Aproximou-se do cavalete e se viu. Era ela, não tinha dúvida. Não se lembrava de ter estado nua em nenhum rio, mas recordava-se, sim, do deleite na fonte, do frescor da água sobre a sua pele. Colocou as mãos sobre o ventre e soube que seus dias na Casa Azul haviam terminado.

65

Buenos Aires, janeiro de 2019

Nunca soube o motivo que o levou a sair para a sacada que dava para o cemitério da Recoleta. Apesar de as abóbadas ostentarem esculturas fascinantes, muito valorizadas por especialistas em patrimônio cultural e turistas, Ramiro as considerava grotescas e pouco atrativas. No entanto, um impulso estranho o arrastou para a sacada, a fim de espreitar e observar.

De noite, o cemitério ficava iluminado apenas pelo reflexo das luzes da calçada da frente. Bares, restaurantes, hotéis e duas sorveterias davam à região um sentido que não passava despercebido a ninguém: de um lado, os vivos; do outro, os mortos. Naquele dia, em especial, a lua também ajudava a minimizar a escuridão e banhava as tumbas principais com um brilho branco azulado. *Aqui jazem os que nos precederam na estrada da vida,* dizia uma placa de metal verde afixada sobre o muro de cimento que formava o perímetro.

Um homem apoiado contra o contêiner de lixo do cemitério chamou sua atenção. Ramiro coloco os óculos para ver de longe e, embora fosse impossível distinguir as feições, não teve dúvida: era seu irmão, Cristóbal. Seria capaz de reconhecê-lo entre milhões de homens de aspecto similar: a forma como fincava os pés no chão, os ombros projetados para a frente e aquela expressão prepotente, uma marca distintiva que o irmão sustentava desde pequeno. A rudeza e a maldade encaixavam nele com perfeição.

Ele ficou olhando. Uma mistura de angústia e fúria o invadiu, mas também uma afeição estranha, descabida, que nunca deixou de sentir apesar de saber que, por trás da fachada social de irmandade, não havia nada. Cristóbal olhou para as sacadas iluminadas do hotel. Ramiro levantou e abaixou a mão. Uma saudação rápida, efêmera.

Um carro passou lentamente. Os faróis iluminaram o rosto de Cristóbal. Para Ramiro, bastou aquele segundo de luz para decifrar as intenções do irmão mais velho. Ficara uma dezena de vezes sob a mira daquele olhar sombrio, severo, carregado de ódio, e que Cristóbal mantivesse essa característica ao longo dos anos era uma garantia de que a paz nunca voltaria.

Entrou na sala, fechou a porta da sacada e as cortinas. Os dois cavaletes – um com a Nayeli original e o outro com a Nayeli falsa – continuavam ali, onde os havia deixado. Deu uma olhada para uma, depois para a outra, e soube o que tinha de fazer. Ramiro Pallares é muito bom em encontrar soluções quando tudo parece estar desmoronando.

Primeiro, precisava tirar Paloma daquela situação; nunca se perdoaria se acontecesse algo de ruim a ela por ficar no meio de uma briga que não lhe dizia respeito. Além do mais, tinha de proteger a obra de Rivera e Kahlo.

Triou o desenho original do cavalete e o enrolou. Com firmeza e sem um pingo de hesitação, deu a Paloma uma série de recomendações. Não deixou de surpreendê-lo que, mesmo confusa, ela aceitasse cada palavra sua. Durante toda a vida, Ramiro tinha travado vários duelos, mas os mais dolorosos e difíceis foram os duelos de confiança. O fato de Paloma ter confiado nele, deu-lhe a certeza de que nem tudo estava perdido.

Calculou os minutos que Paloma levaria para deixar o lugar em que estavam. Abriu as cortinas e, com dissimulação, olhou para fora. Seu irmão continuava parado no mesmo lugar. Olhava para cima e fumava um cigarro.

Desceu para o lobby do hotel e o percorreu com o olhar: um homem e uma mulher vestidos informalmente tomavam uma bebida sentados no sofá da entrada; três mulheres faziam o check-in no balcão da recepção e o carregador esperava, apoiado no carrinho de malas, a poucos metros dos toaletes. Através dos vidros da porta giratória e sem tirar os olhos de cima dele, pôde ver Cristóbal atravessando a rua e entrando no hotel. Ramiro o esperou de pé, no meio do lobby. Nenhum dos dois lembrava exatamente há quantos anos não se viam e, agora que estavam frente a frente, isso não importou.

— Sabia que você viria — disse Ramiro em forma de saudação.

— Sabia que você me esperava — respondeu Cristóbal.

Ninguém que os visse poderia imaginar que eram irmãos. Apesar de terem altura e estrutura física parecidas, as diferenças eram notórias. Não tinham o mesmo tipo de cabelo. A cor da pele e dos olhos era diferente. Assim como a maneira de sorrir e o tom da voz. Nem sequer coincidiam em alguns trejeitos. Nada os aparentava. Era como se a vida tivesse se encarregado de tornar a distância física.

Com discrição, Cristóbal olhou para o teto baixo do lobby.

— Não há câmeras de segurança, Cristo — disse Ramiro. — Não costumo ficar em lugares que registram a minha presença. Aprendi algumas coisas, poucas, com o papai.

— Tenho uma arma aqui comigo — disse Cristóbal.

— Vamos subir — Ramiro o desafiou. — Não quero saber de escândalos públicos.

Cristóbal sorriu com sarcasmo.

— Vejo que não são poucas as coisas que você aprendeu como o papai.

A viagem breve no elevador foi silenciosa e tensa. Se os cálculos de Ramiro não estivessem errados, Paloma já deveria estar fora do prédio, com a pintura debaixo do braço.

— Pode entrar — disse Ramiro com um tom debochado, enquanto abria a porta de seu quarto.

Cristóbal parou em frente ao cavalete. A falsificação que seu irmão tinha feito o surpreendeu. Sentiu um sopro de admiração – que ficou sepultada sob o ódio que lhe causou perceber que alguns traços eram muito melhores que os dele. Com as pontas dos dedos, acariciou as bordas do papel. O tratamento que seu irmão tinha feito para simular a época era perfeito. Aproximou-se mais. Fechou os olhos e cheirou os pigmentos.

— Bom, muito bom — murmurou, sem poder evitar.

Os lábios de Ramiro tremeram levemente. Toda a vida esperara o momento em que seu irmão mais velho o elogiasse. No entanto, quando Cristóbal deixou de apreciar a pintura, girou o corpo e o enfrentou; o rapaz soube que nada nele havia mudado. Nem sempre temos a chance de ver a cara do diabo.

— Se a sua puta e você quiserem ter uma vida longa e sem sobressaltos, vão ter que me entregar a obra original — ameaçou, e apontou para a pintura falsa, ainda inacabada. — Esta que você fez está muito boa. Algum idiota vai comprar de vocês. Deixa que o papai, Lorena e eu cuidemos dos negócios importantes com Mendía. Coisas importantes são para pessoas importantes.

— Eu não tenho mais o original, e Paloma também não — mentiu Ramiro. Virou as palmas das mãos para cima e encolheu os ombros. — Quando eu terminar a obra falsa, se você quiser, posso te dar de presente. É um objeto ideal para você. Um quadro falso de Rivera e Kahlo para um Pallares falso.

Cristóbal o olhou com curiosidade. Nunca conseguia entender as palavras de seu irmão, mas sabia que Ramiro jamais dizia uma coisa em lugar de outra. Sempre que abria a boca, suas palavras se transformavam em punhaladas certeiras e afiadas.

— O que você quer dizer? — perguntou com cautela.

Ramiro sorriu com malícia e se deu conta de que tinha estudado o irmão durante anos, com o mesmo afinco que havia dedicado ao estudo da pintura. Ninguém o conhecia melhor do que ele. Com calma, mas sem deixar de prestar atenção na arma que Cristóbal trazia às costas, caminhou até o móvel onde guardava seus grafites. Abriu a primeira gaveta e tirou de dentro um dos cadernos de capa alaranjada de sua mãe. Sobre uma etiqueta branca, podia-se ler a palavra "GINA", pseudônimo com que Elvira assinava seus textos. Ao ver o caderno, Cristóbal teve de conter a náusea.

— Você se lembra destes cadernos? — perguntou Ramiro. — Mamãe escrevia o tempo todo nestas folhas. Documentava o que sentia e o que via...

— E os queimava — interrompeu Cristóbal.

— Nem todos, Cristo. Este, por exemplo, ela não queimou. — Ele se sentou no sofá, cruzou as pernas e abriu o caderno. — Gostaria de ler algumas partes para você, é uma linda homenagem.

Ramiro não pôde conter o ataque. A força de Cristóbal o superou completamente. Apenas conseguiu opor um pouco de resistência quando seu irmão colocou as mãos em seu pescoço e prendeu-lhe os pulsos com duas abraçadeiras de plástico.

— Eu te dou três minutos para que me diga onde está o original. É a última chance que vou te dar antes de começar a quebrar cada osso do seu corpo. E vai doer. Mais cedo ou mais tarde, você vai falar.

— Antes de arrancar meu primeiro osso, peço que você leia a página marcada no caderno da mamãe — pediu Ramiro, impostando tranquilidade. Sabia que estava usando a bala de prata.

Cristóbal hesitou alguns segundos. Durante toda a infância espiara a mãe enquanto ela se escondia para escrever em seus cadernos. Mais de uma vez, e em vão, ele os procurou em todos os cantos da casa quando ela saía para fazer compras. Detestava que aquela mulher, a quem odiava e amava ao mesmo tempo, guardasse segredos aos quais ele não tinha acesso. Sempre quis saber tudo sobre Elvira e nunca conseguiu. Sua mãe era secreta.

Ele agachou e pegou o caderno do chão. O mistério estava entre suas mãos. Os ossos de Ramiro podiam esperar um pouco. A letra de sua mãe chamou-lhe a atenção: desleixada, carente de qualquer estética gráfica. Elvira sempre fora uma mulher caprichosa em todos os aspectos; sua caligrafia parecia ser um ato de rebeldia. Naqueles cadernos ela podia dar-se ao luxo de errar.

A ponta de uma das folhas estava dobrada. Aquela era a página marcada, como tinha dito seu irmão. Antes de começar a ler, olhou para Ramiro: gotas de suor lhe escorriam pelo rosto. Ele gostou de vê-lo fora de linha, assustado. Mergulhou a cabeça no texto escrito tantos anos atrás. À medida que avançava, sua respiração se agitava e as bochechas coravam. Um calor inumano saía de suas entranhas.

— Isto não é verdade — murmurou.

Queria parar de ler, mas não podia. Virou a página desesperado. O assombro o ajudou a compreender muitas coisas; entre elas, o ódio que abrigava em seu íntimo desde pequeno, aquele parasita que crescia e crescia ocupando tudo. Pensou em matar seu irmão logo ali, a sangue-frio. E depois? Suicidar-se seria uma opção. Mas nada do que fizesse mudaria as palavras que, da tumba, sua mãe dizia para ele. Aquela puta, aquela venerada puta.

Cristóbal revirou o caderno com a ilusão de que se desintegrasse antes de cair no chão, para que nada do que estava escrito ali existisse. Não aconteceu. O caderno caiu aberto, com a página marcada aberta para cima, indigna, obscena. Ele passou as duas mãos pela cabeça. Estava tremendo. Caminhou até a porta e socou-a com o punho fechado. Um grito selvagem, gutural, acompanhou o impacto. Ramiro continuava no mesmo lugar. Preso, quieto, indefeso. Cristóbal avançou na direção dele e, com um chute, empurrou a mesa de centro que estava ao lado do sofá.

É agora, pensou Ramiro, e mais do que um pensamento, foi uma súplica ao destino. O pote de tinta vermelha que ele havia preparado para terminar a falsificação estava no chão. Era a fronteira que separava os irmãos.

O telefone do quarto soou. Uma vez, duas vezes, três vezes. Os dois olharam para o aparelho. Voltou a soar. Uma vez, duas vezes, três vezes. Cristóbal agarrou o pote, virou de frente para o cavalete e arremessou-o contra a tela. O vermelho cobriu a parte inferior da pintura. Ramiro sorriu. Aquela era a certeza de que seu irmão Cristo era o melhor.

66

Coyoacán, julho de 1954

Diego ficou várias horas de pé, com o rosto encostado uma das paredes da sala da Casa Azul; entre suas mãos, o anel de ouro que sua Friducha havia lhe dado de presente algumas horas antes. Parecia um garotinho em eterna penitência. "Morreu a menina Frida", tinha lhe dito a enfermeira. E, desde aquele momento, não houve um segundo sequer em que não rogasse aos santos – nos quais ele não acreditava – que o levassem embora com ela.

A notícia correu como correm todas as notícias em Coyoacán, como rastilho de pólvora. Os Viveiros, o mercado, os parques e todas as ruas se enfeitaram de tristeza. Alguns vizinhos penduraram fitas de luto em suas janelas, outros preferiram as caveiras que Frida tanto gostava. Em algumas esquinas escutavam-se corridos improvisados, encabeçados por aqueles que preferiam cantar a chorar. Joselito acompanhou Nayeli até a esquina da rua Londres com Allende. A tehuana sabia que as ordens tinham sido claras: Frida havia proibido a sua entrada, mas ela queria estar perto, o mais perto possível.

A enfermeira abriu a porta e saiu na calçada, precisava tomar um pouco de ar fresco. O clima dentro da casa lhe causava uma angústia esmagadora. Ela chorou profundamente, enquanto secava as lágrimas com um lencinho de gaze. Nayeli se aproximou devagar. Haviam lhe ensinado a respeitar as lágrimas alheias e, sobretudo, a não as interromper. As lágrimas, como os rios, deviam correr livremente até se esgotarem. Quando a mulher a viu, deixou escapar seu primeiro sorriso naquele dia. Balançou o lenço para que Nayeli chegasse mais perto.

— Menina bonita, olhe só, já dá para ver um pouquinho a barriga! — exclamou. — Imagino que já tenha ficado sabendo...

A tehuana não conseguiu abrir a boca, limitando-se a assentir com a cabeça.
— Você quer entrar?
— Não, não. Os desejos de Frida sempre foram sagrados para mim e ela nunca mais quis me ver.
— Mas agora ela já não vê mais, Nayeli. Fridita está morta — insistiu a mulher.
— Os desejos das pessoas não mudam, ainda que estejam mortas, mas há algo muito importante que você tem que fazer — disse, e pegou as mãos da mulher entre as suas. — Frida não queria que as pessoas a vissem com qualquer vestido, ela tinha escolhido um muito especial para este dia.
— Claro que sim, minha querida. Farei o que você me pedir.
Enquanto Nayeli dava os detalhes à enfermeira, Diego as observava de dentro da casa, escondido atrás da borda da janela. Quando as duas se despediram com um breve abraço, ele voltou para seu refúgio: a parede da sala.
A enfermeira passou pelo armário de Frida e depois entrou no quarto. Acreditou, por um segundo, que a pintora ainda estava viva. Sua expressão relaxada, o cabelo brilhante e as mãos sobre o peito não faziam que parecesse uma morta; qualquer um teria visto uma virgem adormecida. Ela a vestiu com a saia de veludo preta e um huipil tão branco que ofuscava. Trançou seu cabelo e o decorou com fitas e flores. Colocou-lhe um anel em cada dedo; Frida gostava tanto de seus anéis que costumava usá-los todos juntos.
— Que bonita você a deixou — disse Diego da porta.
— Senhor Diego, que susto me deu! — disse a mulher, timidamente. — Nayeli esteve aqui. Foi ela quem me instruiu sobre como enfeitar a menina Frida.
— Você fez muito bem — concordou Diego. — Mas quero acrescentar um detalhe.
O pintor tinha envelhecido dez anos em apenas sete horas. Seus olhos esbugalhados estavam afundados em órbitas escuras; o cabelo ficara mais ralo e mais branco; e a cor de seus lábios não existia mais,

agora eram duas linhas cinza, geladas. Ele se sentou na cama, junto ao cadáver de sua mulher, e colocou-lhe um colar de pedras de jade.

— É um colar de Tehuantepec. Verde como a cor dos olhos de Nayeli.

Ele não conseguiu falar mais. Tampouco foi necessário. Tranquilizou-o saber que Frida partia como o que realmente era: uma mulher de coração tehuano. A enfermeira preferiu sair do quarto. Deixou que Diego se despedisse em solidão.

Nayeli continuava na esquina, com o olhar perdido nos paralelepípedos da calçada. Ela foi contando-os, um por um, até chegar a cem. Frida tinha lhe ensinado os números daquele jeito. Em cada caminhada, uma lição.

— Ei, Nayeli! Ei, venha aqui! — chamou a enfermeira da porta da Casa Azul.

A jovem se aproximou.

— Fiz o que você pediu. Frida ficou muito linda com a saia preta e suas fitas de festa.

Elas se abraçaram de novo, agora mais demoradamente do que antes. As lágrimas de uma ensoparam o ombro da outra. Antes de ir embora, Nayeli quis saber uma última coisa.

— Quais foram as últimas palavras de Frida?

A enfermeira olhou para o céu e sorriu, como se Frida, lá de cima, tivesse lhe dado permissão para revelar uma intimidade.

— Eu nunca vou esquecê-las. Ela as disse com um fio de voz, mas claramente. "Espero que a partida seja feliz, e desta vez espero não voltar", foi a última coisa que escutei ela dizer.

Nayeli memorizou as palavras como se fossem um mantra, um amuleto. Não sabia que, muitos anos depois, muito distante de Coyoacán, aquele mantra voltaria aos seus lábios no final. No seu final.

67

Buenos Aires, janeiro de 2019

As orientações que Ramiro me dera foram claras e simples de cumprir. Eu tinha que tirar a pintura da minha avó do hotel sem que ninguém me visse. E quando disse "ninguém", ele se referia a seu irmão, Cristóbal. Antes que eu saísse do quarto, enrolamos o tubo vermelho onde guardamos a pintura em uma toalha branca e o colocamos dentro de uma sacola que dizia: "Lavanderia".

Não usei o elevador. Atravessei o corredor e abri a porta da escada de emergência. Durante um tempo, me senti em um filme de espionagem: morta de medo, fugindo de um hotel porque um homem capaz de matar queria se apossar, a qualquer preço, de algo que era meu. Algo que estava avaliado em milhões de dólares. Quanto mais eu pensava, mas incrível me parecia.

A escada terminava em uma das laterais do lobby. Fiz o que Ramiro me dissera: prestar atenção em tudo o que acontecesse ali. Pude ver o momento exato em que Cristóbal entrou e parou em frente a Rama. Apesar da distância, percebi a tensão daquele encontro: os olhares, as posturas das costas, os punhos que se abriam e fechavam ao ritmo de ódios não tão distantes. Todo o espetáculo me encheu de tristeza. Trocaram algumas palavras e entraram no elevador. Aquele era o momento em que eu teria de sair do hotel, sentar à mesa de algum restaurante em que houvesse muitas pessoas e fazer uma ligação telefônica. Não fiz isso.

Minha avó me ensinou uma infinidade de coisas, muitas delas triviais. A maneira de tirar as manchas da roupa, o ponto de ebulição para os caldos, a forma educada de tomar um sorvete, o nome das estrelas e as tradições para homenagear os mortos. Gastou horas e horas com essas explicações. Repetia mil vezes todos os passos, até considerar que a informação tinha ficado gravada para sempre na minha cabeça. No entanto, os ensinamentos fundamentais tomavam apenas alguns minutos; com uma frase simples, ela exemplificava um mundo. *As atitudes bonitas nos fazem pessoas bonitas. As feias nos transformam em monstros,* ela me disse uma vez. A voz áspera de Nayeli ressoou em minha mente no exato momento em que, segundo o plano de Rama, eu teria de escapar do hotel. Fugir nunca foi uma atitude bonita e eu não queria me transformar em um monstro.

Subi as escadas às pressas, daquela vez. O corredor era longo. As paredes eram revestidas de um papel azul-celeste com arabescos azul-marinho, a mesma cor do carpete que cobria o piso. O quarto de Rama ficava no fundo, a última porta. Uma das funcionárias da limpeza saiu da primeira porta e deixou, em um canto, o carrinho com o qual recolhia os lençóis sujos.

— Bom dia, senhorita. Quer que eu leve esta sacola à lavanderia? — perguntou, apontando para a minha mão.

— Ah, não. Não precisa. Estou esperando uma pessoa — menti.

— Tudo bem. Vou buscar alguns produtos de limpeza e volto já. Se mudar de ideia, pode deixar sua sacola no carrinho — disse ela antes de sair.

Naquele momento, eu soube o que fazer. A oportunidade estava diante dos meus olhos. Entrei no quarto vazio e coloquei o tubo com a pintura da minha avó debaixo da cama. Antes de teclar o número do quarto de Ramiro, relembrei as orientações: se ninguém atendesse o telefone após duas tentativas, eu teria de chamar a polícia. Não houve resposta a nenhuma das minhas ligações.

Saí para o corredor e caminhei até o fundo, com o celular na mão. Uma ousadia desconhecida tomou conta dos meus movimentos. Quando estava prestes a digitar 911, a porta do quarto de Ramiro se abriu de repente. A menos de dois metros de distância estava Cristóbal, seu rosto tão enevoado que pensei que suas feições poderiam desaparecer. Quando vi suas mãos, gritei. Um grito forte, desesperado.

Um líquido vermelho escorria entre seus dedos, deixando gotas úmidas no carpete. Não tive tempo de fazer nada. Ele correu na minha direção e me lançou contra a parede com um empurrão. Uma dor forte no ombro me fez gritar outra vez. A última coisa que escutei às minhas costas foi o barulho da porta da saída de emergência se fechando.

— Paloma, Paloma! Fique tranquila, eu estou bem! — gritou Ramiro.

O cenário dentro do quarto era assustador. Manchas vermelhas por todos os lados e a mesa de centro revirada. Eu me senti aliviada quando vi Ramiro sorrindo do sofá. Um sorriso claro, limpo; um sorriso que destoava do caos que o rodeava.

— Estou amarrado — disse, tentando mover os braços.

Peguei uma faca na caixinha de ferramentas e cortei as abraçadeiras.

— E a pintura? — perguntou. O sorriso tinha desaparecido.

— Eu a escondi debaixo da cama do primeiro quarto, está aberto — respondi, enquanto mergulhava a ponta do dedo indicador em uma das manchas vermelhas do piso. Demorei alguns segundos para me dar conta de que não era sangue, mas tinta. — O que aconteceu, Rama? Não estou entendendo nada.

— Olhe para o cavalete e você vai entender — respondeu, e saiu correndo para buscar a pintura da minha avó.

Virei-me e comecei a entender. A falsificação estava quase pronta.

Ramiro voltou com o tubo debaixo do braço. Colocou a pintura no outro cavalete. Aproveitou que a mancha ainda estava úmida para copiar à mão a bailarina que durante anos acompanhara a Nayeli desenhada. Pouco a pouco, os dois quadros começaram a ficar idênticos. Enquanto Ramiro terminava de fazer os últimos detalhes da obra, arrumei a mesa de centro e tentei limpar a tinta do chão com um pano umedecido em solvente.

Em um canto, aberto e com algumas gotas da tinta, havia um caderno de capa alaranjada. A letra chamou minha atenção: desleixada, desalinhada, desesperada. Uma das páginas tinha a pontinha dobrada. Ramiro continuava pintando tão concentrado como sempre. Eu me tranquei no banheiro com o caderno. Sentindo-me um pouco culpada, comecei a ler.

A diferença entre meus filhos é cada vez mais dolorosa. Apesar de tudo o que fiz para que Cristóbal conseguisse escapar de seus genes, não deu certo. Decidi gestá-lo, pari-lo, amá-lo. Dei a ele um pai que, embora severo, não hesitou em conceder-lhe um sobrenome importante, o sobrenome da arte: Pallares. E, no entanto, o monstro fez ninho em seu coração. Não consegui matá-lo, silenciá-lo, fazê-lo desaparecer. Às vezes, ele me olha de longe, mas quase sempre com ódio, com desprezo, como se soubesse, como se imaginasse.
Nos olhos de Cristóbal parece-me ver seu pai, o verdadeiro. O homem que me machucou, que me forçou, que me dobrou, que me quebrou por dentro. Preciso que Deus me dê forças para que os lampejos do meu violador não iluminem meu filho...

Fechei o caderno de uma vez, não quis continuar a leitura. Decidi oferecer a Elvira a única coisa que estava ao meu alcance: um gesto de respeito diante da intimidade de uma mulher que fez o que pôde com o pouco que tinha.

Fúria, ódio e dor. Foi disso que ele precisou para imitar a mancha de Frida. E foi Cristóbal o encarregado de colocar todas aquelas emoções juntas à nossa disposição.

68

Coyoacán, dezembro de 1955

Apesar das inúmeras tentativas, Eva não conseguia ser mãe. Gostava de dizer que os filhos fugiam dela como se fossem crianças rebeldes que não se deixam pegar; crianças que se negavam a vir a este mundo. Ela repetia isso com graça, com ironia, como se não se importasse. Tinha sido educada para o decoro e para a compostura, muito distante da exacerbação mexicana dos sentimentos e das dores. Apenas Nayeli sabia da sua frustração, apenas ela podia adivinhar as feridas de uma mãe em suspenso. Durante anos, tinha escutado os uivos de animal dilacerado que saíam da boca de Frida depois de cada aborto, de cada mês em que o útero avisava que não abrigava nada.

Dias antes do parto, elas tinham feito uma aposta. Eva dizia que seria uma menina, a tehuana jurava que em seu ventre havia um varão.

— O que apostamos? — perguntou Eva. — Temos que apostar alguma coisa. Não tem graça fazer uma aposta sem que alguém ganhe ou perca alguma coisa.

— Você tem razão. Deixe-me escolher com qual das coisas lindas que você tem eu vou ficar — disse Nayeli entre risos. Ela tinha certeza absoluta de que iria parir um menino e que ele se chamaria Miguel, como seu pai.

— Tenho uma ideia! — exclamou a Branquela, fingindo algo que, na verdade, era um plano, uma ideia que vinha acalentando em segredo havia muito tempo. — Se você tiver uma menina, serei a vencedora. Então, você virá comigo para a Argentina.

Nayeli teve um ataque de riso tão grande que precisou fazer força para segurar o ventre.

— Você me fez rir tanto que minha barriga ficou dura, Branquela — disse, enquanto se deitava no sofá do pequeno ateliê da mansão de San Ángel.

— Não tem graça nenhuma. É uma proposta, uma proposta muito séria — disse Eva, ofuscada.

A viagem que durante muito tempo vinha sendo planejada com seu marido, Leopoldo Aragón, estava prestes a se concretizar. O jovem diplomata tinha sido nomeado para um cargo na embaixada mexicana em Buenos Aires, aberta em 1927.

— Uma casa linda nos espera na Argentina, e muitas coisas novas por descobrir. O que vai ficar fazendo aqui, Nayeli? Já se esqueceu de que em muito pouco tempo estará sozinha e com uma criança para criar?

— Posso arrumar um trabalho, Eva. Sempre trabalhei. Sou cozinheira e muito talentosa — disse, convencida. — Além do mais, posso entrar em contato com as amigas de Frida. Elas vão me ajudar.

Eva não costumava perder a compostura. Tinha sido educada para dissimular tudo que viesse do seu coração ou de suas entranhas, mas, diante da amiga, permitia-se momentos de explosão. Caminhou de um lado para o outro do ateliê, como uma leoa enjaulada. Arrancou a fita que lhe prendia o cabelo e a jogou pelos ares. A pele alva de seu rosto ficou corada e os olhos brilharam com mais intensidade.

— E onde estão as amigas de Frida, hein? Vamos lá, mostre-as para mim, que não as vejo. Elas estão escondidas em algum lugar? Elas te buscaram para que pudesse se despedir dela? Perguntaram sobre você e o seu bebê? — À medida que fazia as perguntas, seu tom de voz ficava mais agudo. — E Diego? Onde está Diego? Você não vai vê-lo nunca mais, Nayeli, nem ele nem nenhuma das amigas de Frida. Você precisa admitir que já não é mais nada na Casa Azul. Pense com a cabeça e pense no seu filho.

A Branquela tinha razão, Nayeli sabia. Mas suas palavras doíam muito mais que as pontadas que sentia no baixo ventre, nas costas e no meio da barriga. Tentou ficar de pé. Um impulso misterioso para abrir as pernas tornou-se insuportável. Empurrou-as com as mãos apoiadas nos joelhos e um líquido escuro e morno escorreu por suas coxas e panturrilhas até o chão. Antes que ela pudesse reagir, a Branquela correu para o seu lado.

— Fique tranquila, Nayeli, fique tranquila. Está chegando, está chegando. — Ela ajudou Nayeli a se acomodar. — Eu já volto, já volto. Vou buscar a dona Leonora, ela sabe o que fazer.

O tempo que a Branquela demorou para buscar ajuda lhe pareceu eterno. À tensão da barriga juntou-se uma câimbra que a deixou sem ar, uma câimbra que ficava mais e mais intensa. Inspirou o mais fundo que pôde e expirou com força, voltou a inspirar fundo e expirou outra vez. Sentiu frio e calor ao mesmo tempo. E tremores, muitos tremores. Ela apoiou as costas na beirada do sofá e deslizou até ficar sentada no chão, com as pernas abertas. Desde as entranhas, pôde sentir como seu filho fazia força para sair e ela precisava ajudá-lo, embora não soubesse como.

Apertou os olhos e os dentes a um só tempo e deixou que sua mente viajasse para longe, muito longe. Os cerros, a terra vermelha e verde, as flores, o rio de Tehuantepec, o rancho. O seu rancho. Sua mãe, sua madrinha, sua irmã. Elas estavam próximas, Nayeli as escutava. Outra pontada mais forte, mas dessa vez a laceração veio com uma mensagem indicando o que tinha de ser feito. Com toda força que foi capaz de reunir, empurrou com a parte inferior do corpo. Abaixou a cabeça e abriu os olhos: sua barriga gigante se deformava. Voltou a fechá-los. Não precisava ver mais nada, já sabia o caminho.

Foram várias vozes de mulheres que a guiaram. As vozes das suas mulheres, daquelas que a construíram, que fizeram dela a mulher que se descobria naquele momento. A de Frida ressoou sobre todas elas: *São as mulheres que sabem nos ajudar a morrer e a nascer, elas conhecem o caminho.* Nayeli assentiu com a cabeça. Fez força outra vez e gritou. O momento de alívio não aconteceu em solidão. Enquanto abria a boca para recuperar o ar, a Branquela se jogou no chão ao lado dela e segurou seus ombros.

— Está quase, está quase, Nayeli. Vamos, respire tranquila. Estou do seu lado — murmurou com a boca colada em seu ouvido.

As mãos experientes de Leonora manobravam entre suas pernas, até que surgiu o choro. Agudo, profundo, vital.

— Muito bem, muito bem, querida! Você fez um trabalho estupendo! — disse dona Leonora, e colocou o bebê no peito da mãe.

Quente. Pele, osso, sangue. Uma penugem da cor de chocolate sobre a cabeça perfeitinha. Cheiro de ervas. Das ervas medicinais de Tehuantepec.

— Ganhei, ganhei! — exclamou a Branquela entre risos e lágrimas de emoção. — É uma menina, é uma menina linda!

Nayeli encostou a boca no topo da cabeça perfumada de sua filha. Quis rir, quis chorar, quis gritar, quis dançar. Mas não fez nada disso. Virou o rosto e olhou nos olhos de sua amiga Eva Felipa Garmendia.

— Esta menina vem abençoada, Nayeli — disse Eva, emocionada. — Justo hoje, vinte e quatro de dezembro. Véspera de Natal, do nascimento de Jesus.

A tehuana arregalou os olhos verdes.

— Eu não tinha me dado conta, Branquela. Mas diremos a todos que ela nasceu em vinte e quatro de novembro, não quero que ela compita com o Menino Jesus, isso não está certo.

— O que você está falando? Esta menina é mais importante que o próprio Menino Jesus! — exclamou Eva aos risos.

Nayeli colocou uma mão sobre a cabecinha úmida de sua filha e com a outra acariciou a bochecha de sua amiga. Acabava de tomar uma decisão.

— Ela se chamará Felipa e crescerá na Argentina. As mulheres Cruz cumprem as apostas. Somos mulheres de palavra.

69

Buenos Aires, fevereiro de 2019

Ela me esperava com um sorriso e uma reclamação, como sempre.

— Você comprou algum vinhozinho doce para eu tomar uma tacinha esta noite?

Eu não apenas tinha comprado o vinho como também dois livros de poesia ilustrados que, sabia, ela iria adorar. Cándida havia enganado Cristóbal. Apesar da idade, das dores e de um corpo que respondia pouco à vontade de seu cérebro, tinha conseguido fazê-lo acreditar que ela estava morta e ir embora sem machucá-la.

— Eu me fingi de morta, querida. Até parece que aquele grandalhão ia me vencer! — repetia com ar de heroína. — Com tudo que passei na vida, Palomita, eu me defendo como posso. Antes fazia isso com as mãos. Agora, com a inteligência.

Eu a convidei para passar alguns dias na minha casa até que estivesse completamente recuperada. Ainda que ela se fizesse de durona, no fundo eu sabia que o medo perdurava. Cada vez que a campainha soava, quando alguém na televisão gritava ou o cachorro do vizinho latia, Cándida se assustava e apertava os braços magros, de pele quase transparente, com as mãos.

A polícia demorou menos de vinte e quatro horas para encontrar e prender Cristóbal. A justiça revogou sua liberdade condicional e ele voltou para a cadeia. No entanto, Ramiro tinha sido muito claro: era preciso seguir adiante com o plano. Insistia que a história não tinha terminado com a prisão de Cristóbal, repetia que os cérebros da operação não iam parar até obter a pintura original e que nós realizaríamos a fantasia deles.

A pintura falsa, dentro do tubo vermelho, continuava sobre a mesa da sala de casa, a casa de Nayeli, escoltada por uma travessa com frutas e duas velas aromáticas. A verdadeira estava protegida em um cofre bancário registrado em meu nome.

— Querida, você vai deixar essa coisa vermelha muito mais tempo sobre a mesa? Você tem que ser mais organizada, sua avó não te criou na desordem — insistia Cándida toda vez atravessava a sala para ir à cozinha esquentar água para o chá mate.

Ela não tinha ideia do que significava aquela "coisa vermelha", como a chamava, mas sua insistência conseguiu me tirar da inércia. Sem pensar muito, e com a determinação forçada de quem toma de repente um remédio com sabor amargo, peguei o telefone e avisei minha mãe que já tinha voltado de viagem e estava com a pintura de Nayeli para lhe entregar. Em duas oportunidades, repeti a palavra "herança", sabia que ela adorava escutá-la.

Esperei que ela marcasse um encontro em algum dos seus bares ou restaurantes preferidos, mas minha mãe não fez isso. Sempre encontrava um jeito de me mostrar que era imprevisível, surpreendente, e que eu nunca poderia antecipá-la nem duvidar dela. Felipa disse que fazia um bom tempo que não dirigia e que estava com vontade de dar um passeio de carro. Tentei fazê-la mudar de ideia. Mas não consegui.

Minha mãe é a pior motorista do mundo: esquece o carro nos estacionamentos e adia até o limite as idas ao posto de gasolina para abastecê-lo; os semáforos vermelhos são para ela uma perda de tempo: simplesmente os cruza e desobedece, com rebeldia infantil, as conversões permitidas. Apesar do fato de que entrar em um veículo dirigido por ela pode ser menos seguro do que jogar roleta-russa, acabei concordando com o passeio.

Ela me esperou estacionada na calçada. Não quis entrar na casa que tinha sido de Nayeli, nem sequer desceu do carro. Os amassados na lataria revelavam que muitas de suas irreverências ao volante tinham terminado em batidas que se recusava a consertar. Para ela, aquelas marcas eram medalhas a ser exibidas; para mim, uma das tantas extravagâncias de que se valia para disfarçar sua loucura.

Pela primeira vez, não me preocupei muito com a aparência. Desde pequena, procurei estar linda, bem-arrumada, limpa e bem vestida para que minha mãe gostasse de mim. Qualquer coisa que pudesse me privar de sua aceitação me aterrorizava. Mas, desta vez, eu tinha abandonado essa ideia impossível: eu nunca brilharia ante seus olhos. Um jeans preto, uma regata branca, tênis vermelho e, com único acessório, preso ao pescoço, um lenço de seda mostarda que tinha pertencido a Nayeli. Deixei o cabelo solto, sem pentear.

— Que linda, Paloma! Sua pele está ótima, e gosto desse look casual — disse ela, enquanto eu me sentava no banco do passageiro.

Eu não tinha sequer colocado o cinto e Felipa já havia se encarregado de me fazer um elogio. Murmurei um obrigada tímido e pouco convencido. Mostrei a ela o tubo vermelho.

— Trouxe a pintura da vovó. Você tem que guardá-la com cuidado. É muito antiga, muito delicada. Não sei se você vai emoldurá-la ou não, mas, se for fazer isso, é melhor procurar um lugar bom — eu disse e me arrependi. Toda vez que minto eu cometo o erro de falar demais, de dar explicações que ninguém pede.

— Eu decidirei isso depois — respondeu ela, enquanto arrancava com o peito apoiado no volante e os olhos concentrados na rua.

Como minha mãe mente bem, pensei. Com que austeridade. Usou apenas quatro palavras: *Eu decidirei isso depois.* Ela nem sequer olhou de relance para o tubo que continha a pintura que, ela sabia, valia milhões de dólares. A sobriedade que demonstra para enganar é desconcertante. Eu estava tão concentrada em sua maneira errante de dirigir que preferi não emitir um barulhinho sequer que pudesse distraí-la e, no final, quem se distraiu fui eu.

— Já chegamos. Nem vou procurar lugar para estacionar, deixarei esta lata velha aqui na porta — anunciou.

— O que estamos fazendo aqui, mamãe? — perguntei, abismada. Estávamos na porta da Casa Solanas, a residência de idosos onde minha avó tinha morrido.

Felipa não respondeu. Tirou um batom da bolsa, retocou os lábios sem olhar no espelho e, quase ao mesmo tempo, borrifou seu perfume. Fez tudo isso como se eu não estivesse ali, como seu não lhe tivesse feito uma pergunta e com aquela habilidade de me tratar como seu eu fosse um fantasma apático. Saiu do carro e, antes de bater a porta, ela mandou que eu descesse com o tubo da pintura de Nayeli. Obedeci mais por curiosidade do que por submissão.

Como sempre, Gloria estava sentada diante de sua mesa com guarda-sol, ocupando seu lugar de guardiã. Levantou a cabeça das palavras cruzadas inacabadas e ficou boquiaberta quando nos viu entrar juntas. Aproximei-me dela para cumprimentá-la. Felipa a ignorou e, fazendo um barulho exagerado com os saltos no piso, atravessou o pátio de entrada. Eu me limitei a segui-la, com o tubo apertado contra o peito.

Chegamos à porta do quarto de Eva Garmendia. Pude constatar com meus próprios olhos a informação que descobri naquele dia, ao revisar os registros de visitas: minha mãe era habitué daquele lugar. Ela deu três batidinhas suaves na madeira.

— Eva, sou eu, Felipa — disse.

Mais uma vez tinha usado apenas quatro palavras para defini-la; nesse caso, minha mãe o fez com uma característica impensada para ela: com ternura.

Elas trocaram um abraço intenso, que me encheu de inveja. Minha mãe nunca tinha me abraçado com tanta urgência. Por um segundo, percebi que ela deixava seu corpo transformar-se em algo frouxo que devia ser amparado. Eva era aquela amparo.

— Olá, Paloma. Seja bem-vinda — a idosa me disse sem sorriso nem entusiasmo, embora o brilho de seus olhos me confirmasse que não mentia. Pela primeira vez eu me senti realmente bem-vinda em seu reino.

Ao entrar no quarto, eu me dei conta de que Eva estava nos esperando. Sobre a mesa com tampo de vidro havia posto alguns pratos com comida: sanduichinhos de pão de forma e biscoitos amanteigados; uma chaleira fumegante e três xícaras com seus pires e colherinhas de metal.

— Podem se sentar, se quiserem — disse. — Eu só tenho duas poltronas, mas podemos usar a cama.

Minha mãe se sentou em uma das poltronas, pegou um dos pratos e examinou os sanduíches. Finalmente, ela se decidiu por um de presunto cru e ovo.

— Ah, Eva! Estes são os meus preferidos! — exclamou antes de dar a primeira mordida.

— Eu sei, querida — respondeu Eva, satisfeita.

Eu me sentei na beirada da cama, com o receio de alguém que comparece a uma festa em que as pessoas dançam uma música que jamais escutou. Continuei apertando o tubo contra o peito. Era a coisa mais firme que eu tinha para não me sentir tão perdida.

— Mãe, você pode me explicar o que estamos fazendo aqui? — perguntei.

Da segunda poltrona, Eva sorriu, enquanto servia o chá nas três xícaras.

— Viemos visitar Eva, Paloma — respondeu e limpou os lábios com o guardanapo de linho.

— Eu não estou para visitas, mamãe. Eu te liguei para te dar o que você me pediu — falei, elevando o tom de voz. Minha paciência se esgotava a cada minuto.

Eva apoiou a chaleira na bandeja, virou o corpo e fixou seus olhos em mim.

— Você é igual à sua avó — concluiu.

— E tenho muito orgulho disso — respondi na defensiva.

— Faz muito bem. Nayeli foi uma mulher maravilhosa.

Minha mãe se levantou. Alisou a saia de pregas e esticou o casaco de linho com as mãos.

— Bom, bom, vamos tentar nos acalmar um pouco, minhas queridas.

Ergui as sobrancelhas com resignação. Minha mãe não sabia nadar nas águas que ela mesma revolvia. Sempre escolhia o silêncio como válvula de escape, mas dessa vez estava decida a falar. Apontou para o tubo vermelho e ordenou:

— Paloma, tire a pintura desse tubo ordinário.

Abri a tampa e desenrolei a pintura. Senti medo enquanto fazia isso. O que minha mãe estava tramando? Com cuidado, segurei a tela pelas pontas da parte superior e respirei fundo.

— A história das mulheres Cruz está toda nessa pintura — disse Eva sem tirar os olhos da tela.

Uma avalanche de perguntas inundou minha mente, mas a reação de minha mãe me deixou muda. Felipa levantou os braços sobre a cabeça e dispôs os dedos longos e finos em uma postura tão fabulosa que pareciam asas de uma borboleta. Ela tirou os sapatos com uma sacudidela e ficou na ponta dos pés. Esticou o pescoço e levantou o queixo. Fixou o olhar em um ponto imaginário. Em sua cabeça, começou a soar a música que só ela escutava, e pôs-se a dançar com giros lentos e passinhos curtos. Pela primeira vez, seus surtos de loucura, longe de me irritar, provocavam-me vontade de chorar.

— Ela não está aqui, Paloma — disse Eva com ternura. — Sua mãe está dançando em um lugar muito distante. É melhor deixá-la fazer seu passeio e esperar pacientemente que ela volte.

— Eu me cansei de ter paciência — eu disse. Apoiei a pintura sobre a cama e sequei as lágrimas com o dorso da mão.

— Nisso você não se parece com sua avó. Que pena não ter assimilado as suas virtudes.

— Quem somos nós, as mulheres Cruz? — perguntei.

Eva se aproximou de mim e se sentou ao meu lado, na cama. Passou a mão ossuda pelas minhas bochechas e deixou que eu recostasse a cabeça em seu ombro. Ela tinha aquele calor tímido que costumam ter as pessoas mais velhas, como se o sangue corresse mais lentamente em suas veias e o fogo não passasse de algumas brasas. Ela continuava cheirando a rosas, aquele cheiro que tanto me fascinava toda vez que vinha nos visitar durante a minha infância.

— As mulheres Cruz salvaram a minha vida, ou melhor, fizeram que a minha vida tivesse um sentido. Eu resgatei sua avó e ela me resgatou. Tudo isso aconteceu em outra vida, em outro país, em outro mundo.

— No México? — perguntei.

— No México — respondeu.

Enquanto minha mãe continuava dançando em seu teatro imaginário, Eva começou a contar sua história, uma história em que ela era a Branquela, uma garota que nasceu triste e destinada a uma tristeza ainda mais profunda.

— Sua avó era fascinada pela minha casa, pelas minhas roupas, pelos meus perfumes, pelas minhas maquiagens. Ao mesmo tempo, eu admirava seu ímpeto, sua valentia, sua liberdade, seu caráter. Tudo o que era maravilhoso em mim se ofuscava com minha falta de coragem, e Nayeli tinha muita coragem. Tinha tanta que emprestou um pouco para mim.

Precisei me erguer e olhá-la nos olhos. Não queria perder nenhum detalhe. Ela não se opôs.

— Você me lembra muito a sua avó. Ela também adotava uma postura atenta para ouvir histórias, amava que lhe contassem histórias.

Fiquei desolada diante daquelas palavras. É estranho descobrir que adotamos gestos, costumes e modos das pessoas que já não estão mais conosco. Apenas consegui sorrir.

— Sua avó foi a cozinheira de Frida Kahlo — disse, e em seguida fez silêncio. Ainda que eu suspeitasse, a confirmação me abalou.

— Ela nunca me contou isso — atinei a murmurar.

— Nayeli era uma grande colecionadora de segredos, a melhor. — Sorriu com ternura e apontou para a pintura. — Essa pintura mudou a vida dela. Não sei se para melhor ou para pior, mas mudou. Quando Frida descobriu que Diego a havia pintado, ficou furiosa...

— Ela teve ciúme da minha avó? — perguntei, surpresa.

— Não. Frida não era esse tipo de mulher, mas estava morrendo, e quando a morte respira em nossa nuca, adotamos muito da personalidade daqueles que nos precederam, e Frida não foi uma exceção. Não era ciúme, não. Frida sentiu-se traída. Enquanto ela murchava como um tronco seco e velho, Nayeli florescia com sua mãe no ventre. Então Frida a expulsou de casa.

— E a deixou sem trabalho?

— Mais que isso. Ela a deixou sem algo muito mais importante que um trabalho, deixou-a sem poder se despedir. Não há castigo maior, minha querida, que não poder dizer adeus aos nossos mortos.

Minha mãe continuava dançando. De vez em quando, ficava quieta, desfrutando dos aplausos da sua imaginação.

— É lindo vê-la tão feliz — assegurou Eva, sem tirar os olhos dela.

Eu não respondi, mas a idosa tinha razão. Há algo mágico nas pessoas que sabem construir seu próprio universo.

— E o que aconteceu depois? — perguntei, e apoiei a mão na perna dela. Tive medo de que também fugisse para o universo da minha mãe. Medo de ficar sozinha outra vez.

Eva levou apenas alguns segundos para retomar o relato. Sua memória era um elástico que esticava com facilidade.

— A despedida de Frida Kahlo foi monumental e estranha. Eu me surpreendi ao perceber que tantas pessoas a amavam.

— Você compareceu?

— Claro que sim! Meu marido foi convidado pelo pessoal da cultura que trabalhava no Museu de Belas Artes, embora, na verdade, eu tivesse ido apenas para contar tudo a Nayeli. Ela havia me pedido que eu fosse seus olhos. O saguão do museu foi o lugar escolhido. O caixão com o corpo de Frida foi colocado sobre uma tapeçaria preta que cobria todo o piso. Estava rodeado de lindos buquês de rosas vermelhas. — Fez uma pausa e abafou uma risada. — O mais escandaloso para a época foi a bandeira que Diego e Siqueiros estenderam sobre o caixão. Lembro-me da cara as pessoas e até hoje acho divertido. Cobriram Frida com uma bandeira vermelha estampada com o martelo, a foice e a estrela. Uma despedida comunista.

— E minha avó? — perguntei.

Eu me lembrei que, entre tantas coisas que enfureciam Nayeli, a que mais lhe tirava do sério era não ser convidada para lugar nenhum. Uma festa de aniversário, a inauguração de alguma loja do bairro ou a reunião de vizinhas para tomar um mate. Costumava dizer que sua própria ausência era o que mais lhe causava dor. Escutar Eva, além da história em si, revelava para mim quem fora a minha avó.

— Sua avó ficou na minha casa naquele dia. Seu avô Joselito tinha sido enviado pela rede ferroviária em uma viagem ao norte do México e não quis que ela ficasse sozinha, zanzando pelas ruas — respondeu.

Surpreendeu-me que ela se referisse a Joselito, meu avô. Nayeli mal falava seu nome, quase nunca. Para ela, sempre fomos "as mulheres Cruz". Não quis interrompê-la e Eva continuou falando.

— Meu marido se aproximou de Diego e lhe deu os pêsames; eu fiz o mesmo. Por alguns segundos, acho que ele soube quem era eu. Nós havíamos nos conhecido na minha adolescência, mas essa é outra história. Ele me estendeu a mão, eu ofereci a minha para ele. Sua pele estava gelada como a de um morto; Rivera morreu com Frida, nem sangue corria mais por suas veias. Foi muito triste vê-lo daquele jeito. Fiquei aliviada que Nayeli não tivesse presenciado tamanha degradação. Ela já havia sofrido muito por causa daquele casal. Embora, bem, ainda lhe faltasse sofrer um pouco mais.

— O que aconteceu?

— Uma situação muito triste, da qual eu soube muito antes de sua avó ao menos suspeitar. Tinha a ver com seu avô.

Fiquei enternecida ao perceber sua irritação. Apesar dos anos, a dor de sua amiga ainda a enchia de raiva.

— Com todo o respeito, Paloma, digo que Joselito foi um sem-vergonha. Primeiro, disse que a viagem de trabalho ia demorar uma semana. Depois de duas semanas, ligou para avisar que demoraria uma semana mais. Passado aquele tempo, enviou uma carta com poucas linhas, na qual não falava claramente sobre o seu retorno. E, no último parágrafo, desejava a Nayeli muita sorte com o parto e lhe enviava um enorme carinho. Sua avó me fez reler a carta mais de dez vezes na ilusão de encontrar alguma esperança entre aquelas palavras. Mas não.

— Ele nunca mais voltou? — perguntei com tristeza. Ainda que nunca na vida eu tivesse me importado com qualquer coisa relacionada ao meu avô, eu me senti órfã e abandonada. Queria compartilhar com Nayeli aquela rejeição.

Eva balançou as mãos ossudas, decoradas com dois anéis de ouro branco.

— O quê? Nunca mais soubemos nada daquele verme. Ele nem sequer ligou para saber se havia sido pai de uma menina ou de um menino.

—Assim são os homens, Paloma! Não se esqueça disso! — exclamou minha mãe e levantou uma de suas pernas torneadas na altura do quadril.

Eu tinha quase me esquecido de sua presença, e Eva também. No entanto, gostei de saber que ela estava escutando o relato, aquela também era a sua história. Para que Felipa não evadisse outra vez ao seu universo inventado de bailarina, insisti com um assunto que a interessava.

— E a pintura de Nayeli? Como ela fez para recuperá-la? — perguntei.

Eva ficou de pé e, com dificuldade, moveu as pernas. A pintura continuava esticada sobre a cama.

— Eu a roubei para ela — ela respondeu com naturalidade.

Minha mãe ficou encantada com a resposta e deu uma gargalhada. Ela gostava de certas atitudes alheias. Imagino que não devesse ser fácil estar sempre sozinha no meio de tanta extravagância. Eva também riu.

— Não me olhem desse jeito! — exclamou, divertida. — Quem disse que uma mulher da minha classe não pode ser ladra uma vez na vida?

70
Coyoacán, fevereiro de 1956

Vestidos, batinhas, gorrinhos de algodão, fitas, flores, bordados. A Branquela apenas tirava um cochilo e beliscava algumas frutas com queijo. A menina Felipa tinha que ter o melhor enxoval de todo o México, e sua madrinha ia cuidar disso.

— Mas, Branquela, já chega de tanta roupinha. Esta bebezinha vai ficar muito mimada! — exclamava Nayeli, fascinada com os detalhes primorosos que decoravam sua filha como se ela fosse uma rainha.

— Que seja! Felipita será a mais mimada e a mais linda! Uma tehuana dos pés à cabeça — respondia sem parar de desenhar, cortar e costurar uma peça atrás da outra. — E também vou costurar alguns vestidos para você. Usa sempre as mesmas duas peças de saia e três de huipil...

— E um lenço — interrompeu Nayeli.

— E um lenço, é verdade. Sua roupa ficou na Casa Azul? — perguntou.

Nayeli assentiu com tristeza. Na tarde em que Frida a expulsou de lá, depois de ter descoberto a pintura de Diego, ela não teve chance de explicar que não sabia daquela obra; também não pôde levar seus pertences.

— Sim. Minha roupa é o que menos importa. Gostaria de recuperar o cesto com minhas lembranças de Tehuantepec.

Eva prendeu o cabelo e arrumou os moldes e retalhos de tecido que estavam empilhados em cima da sua mesa de trabalho.

— Dê de comer à menina. Vamos à Casa Azul — disse com tanta firmeza que Nayeli não foi capaz de contradizê-la.

O motorista de Eva as levou a Coyoacán. À medida que avançavam pelas ruelas de paralelepípedo e o cheiro das tílias inundava o carro, Nayeli tinha mais vontade de chorar. Foi naquele momento que ela percebeu que Tehuantepec já não era mais o seu lar. Seu lar era a terra dos coiotes.

Eva desceu do carro com ares de senhora. Ninguém ostentava sua condição social com tanta elegância como ela. Nayeli, com Felipa nos braços, a seguiu.

A porta da Casa Azul estava aberta, como sempre. Por educação, a Branquela bateu duas vezes com o punho e, sem esperar resposta, entrou.

— Siga reto até a porta do outro lado do pátio — indicou Nayeli.

No hall de entrada, elas toparam com dona María, a encarregada das mulheres da limpeza. Quando viu Nayeli, sua expressão de surpresa mudou. Com um sorriso largo e gentil, deu as boas-vindas à cozinheira. Ofereceu-lhe café, chocolate quente, pãezinhos, abraços e mimos para a pequena Felipa.

— Muito obrigada, senhora, mas não precisamos comer nem beber nada. Viemos buscar os pertences da senhorita Cruz.

Nunca ninguém havia lhe chamado de "senhorita Cruz", mas Nayeli gostou que o sobrenome paterno começasse a defini-la. Dona María ficou incomodada, mas aceitou o pedido de Eva e lhes autorizou a entrada.

— Claro que sim. — Olhou para Nayeli, já sem aquele sorriso. — Podem entrar no seu quarto e pegar suas coisas.

A Casa Azul já não tinha mais o cheiro de Frida. Nem do seu tabaco nem do seu perfume. A maioria das portas estava fechada. Da janela do corredor, Nayeli pôde ver que as cortinas do ateliê de vidro do primeiro andar também tinham sido fechadas. Tudo se transformara em um fantasma de paredes e tetos.

— Que casa linda! — disse Eva, para quem toda a estética de Frida Kahlo sempre pareceu vulgar. — É muito espaçosa e muito iluminada.

Felipa se remexia nos braços da mãe. Apesar de estar dormindo, mostrava-se muito inquieta.

— Lá no fundo, Eva. Ali estão as minhas coisas — indicou Nayeli.

Atravessaram a cozinha. A tehuana parou de repente. As panelas, as vasilhas, as conchas e os pratos já não estavam em seus lugares habituais. O despojo era total. Não havia resquícios do cheiro dos guisados, das sopas, da tortilha. A cozinha estava morta. Do lado de fora, escutaram a voz de dona María.

— Se vocês precisarem de alguma coisa, estarei no jardim, catando as folhas.

Nayeli entrou no quarto que tinha sido o seu. A cama continuava desarrumada, tal e qual ela deixara tempos atrás. Nos cantos, havia bolas de poeira acumulada e, sobre a mesa e o armário, o pó ofuscava a cor da madeira. Com muito cuidado, ela acomodou Felipa nos braços de Eva. A Branquela suavizou a expressão, como acontecia toda vez que tinha junto do peito aquela bebezinha que ela amava como se tivesse saído de seu próprio ventre.

O cesto continuava no mesmo lugar. Nayeli o esvaziou sobre a cama. A roupa vermelha de tehuana dos tempos em que era menina, seu primeiro colar de moedas, a caixa de veludo rosa e a garrafa vazia do perfume Shocking de Schiaparelli que Frida tinha lhe dado de presente; o lápis amarelo e o lápis azul-claro com os quais ela praticava gramática e seu caderno vermelho de memórias. No fundo, enganchado nas tranças do cesto, estava o amuleto de sua irmã: uma tira de couro da qual pendia uma pedra de obsidiana. Ela o desenganchou e beijou a pedra. Aproximou-se da filha e colocou o adorno diante de seus olhos.

— Isto será seu, minha Felipa — murmurou. — Ele te protegerá para sempre.

Eva sorriu sem deixar de olhar enfeitiçada para a pequena que parecia entender cada palavra pronunciada pela mãe.

— Apresse-se, Nayeli! Guarde suas coisas enquanto eu aproveito para dar um passeio pela casa — anunciou. — Eu levo a menina, que está inquieta.

O ressentimento que Eva sempre teve da Casa Azul foi diminuindo à medida que percorria o lugar. O pé-direito alto, os quartos amplos, as cores nas paredes e a luz que entrava pelas janelas imensas lhe pareceram acolhedores e donos de uma elegância bastante particular, mas de uma elegância, enfim.

A porta no final do corredor estava escancarada. Eva olhou sobre os ombros e confirmou que dona María continuava trabalhando no jardim. Sem pensar duas vezes, entrou. Era um lugar pequeno, decorado com uma cama e uma mesinha contra a parede. No meio, um cavalete de madeira. Havia manchas vermelhas de tinta no chão. *Que gente mais grosseira! Estragar um piso tão maravilhoso,* pensou, enquanto rodeava o cavalete.

Quando ficou diante da pintura de Nayeli, ela entendeu a fúria de Frida: o erotismo que emanava da imagem era avassalador. Ela apoiou Felipa sobre a cama com cuidado e rapidamente enrolou a tela, e sorriu. Sua educação, despojada de qualquer emoção, provera-a de uma lógica pragmática e irrefutável. Os anos que passou ouvindo sobre dinheiro e valorações a levaram a uma conclusão: Diego e Frida eram dois dos artistas mais valorizados do México, o tempo iria transformar esse valor em dinheiro. Essa pintura garantiria o futuro de Nayeli e, sobretudo, o de Felipa, que era menina dos seus olhos.

71

Buenos Aires, fevereiro de 2019

Eva, minha mãe e eu parecíamos convidadas de um velório de corpo presente. As três de pé, ao redor da cama, contemplando a imagem pintada de Nayeli. Uma Nayeli jovem, linda, erótica, oculta.

— Eu não estava errada em minha previsão — continuou Eva. — A obra adquiriu um valor econômico monumental, mas Nayeli se negou terminantemente a vendê-la e não quis revelar sua existência. E quando ela colocava uma coisa na cabeça, não havia maneira de fazê-la mudar de opinião.

Minha mãe e eu rimos ao mesmo tempo, sabíamos muito bem que Eva tinha razão.

— Por que ela não quis ganhar dinheiro com a pintura? — perguntei.

— Primeiro, disse que tinha vergonha de que todo mundo a visse nua, depois assegurou que ninguém iria se importar com uma pintura feita às pressas e sem o consentimento da modelo, e eu não me lembro de todas as outras bobagens. Acho que, na verdade, sua avó não quis lucrar com o sofrimento de Frida, e nessa pintura o sofrimento da pobrezinha é revelador.

Nós três prestamos atenção às palavras de Eva, sem tirar os olhos de Nayeli.

— Nayeli foi uma mulher muito digna — disse com emoção. — Vocês tiveram uma mãe e uma avó maravilhosa. Eu digo isso apesar de termos ficado brigadas por muito tempo.

— Por quê? — perguntei, cheia de curiosidade.

— Porque minha mãe não entendia o meu universo — respondeu Felipa. — Ela não conseguia ver o teatro em que eu dançava nem escutava os aplausos que eu ouvia. Ela não se dava conta de que, apesar de estar vestida de sainha e blusa, na minha imaginação eu vestia as minhas roupas de balé. Ela não era má, apenas não enxergava. Ela achava que eu estava louca. E eu apenas era uma bailarina.

O impacto que me causou ouvir as palavras de minha mãe foi atroz. Eu me dei conta de que também jamais tinha visto nela uma bailarina. Nem minha avó nem eu soubemos enxergá-la. Eva Garmendia foi a única que conseguiu desvendá-la.

— As bailarinas invisíveis devem ser deixadas onde estão — disse Eva —, em seus palcos, com seu público. São como fadas. Temos que acreditar nelas. Se não acreditamos nas fadas, então as fadas morrem.

— E ninguém quer que as fadas morram — conclui Felipa antes de dar um grito que sacudiu todas nós. — Esta não é a pintura de Nayeli!

Minha alma desabou no chão. Não era possível que a minha mãe tivesse percebido a falsificação. Eva sentou-se na cama e colocou os óculos que estavam pendurados com uma corrente em seu pescoço.

— O que você está dizendo, Felipa? Claro que é a pintura! — ratificou.

A unha esmaltada de minha mãe tocou em uma das bordas da tela, quase na ponta da mancha vermelha.

— Olhem esta marquinha, olhem com atenção. Passei anos da minha vida olhando a bailarina vermelha e essa marquinha nunca existiu! — assegurou, sem para de gritar.

Com esforço, mantive a compostura. Minha mãe estava certa: a marquinha não era outra coisa senão o crucifixo que Cristóbal desenhava nas obras que falsificava, a imitação dos brincos de sua mãe. Ramiro tinha omitido aquele detalhe de mim. Eu deveria ter sentido raiva, mas não consegui. Seu plano era magistral. Ele tinha assinado a obra falsa com a assinatura do irmão, e assim nos tirava de cena. Mas agora tínhamos outro problema para resolver: minha mãe.

— Não sei, mamãe. Essa é a pintura que encontrei em um armário velho da vovó...

Senti como os olhos de Eva me despiam. Por um momento, pensei que ela ia pular como uma leoa e devorar meu pescoço, mas não fez isso. Em vez de se dirigir a mim, dirigiu-se à minha mãe:

— Felipa, meu tesouro, há muitos anos que você não tem contato com essa obra. Talvez seja um detalhe que tenha esquecido ou está...

— Eu nunca me esqueço dos detalhes. Eu vivo dos detalhes. A maior parte de mim é um detalhe — disse, e com passos lentos rodeou a cama e se colocou ao meu lado. — Paloma, filha, eu vou fazer o que tem de ser feito com essa falsificação, mas você tem uma missão, e vai levá-la a cabo enquanto te dou cobertura.

Eva sorriu. Ao mesmo tempo, meu coração voltou a bater normalmente. Minha mãe, minha aliada.

— Estou te escutando, mamãe — falei, aliviada.

Ela se sentou na cama, apoiou as palmas das mãos sobre a imagem de sua mãe e repetiu a frase que Nayeli tinha escrito na tela com a qual conseguiu proteger a pintura durante tantos anos:

— *No quiero que nadie vea lo que hay dentro mío cuando mi cuerpo se rompa. Quiero volver al paraíso azul. Eso es lo único que quiero.*

Assenti em silêncio e coloquei as mãos sobre seus ombros. A decisão estava tomada: eu viajaria à cidade do México, iria à Casa Azul de Frida Kahlo e espalharia as cinzas de minha avó. Talvez fossem as lágrimas, talvez a emoção, mas, por um segundo, pude ver minha mãe vestida com tules. Pude ver a bailarina.

Nota da autora

Escrever sobre uma época distante e um país alheio é uma viagem ao desconhecido. Mas, se os companheiros de jornada são Frida Kahlo e Diego Rivera, e o destino final é o México, o desafio se torna uma aventura.

Nayeli Cruz nunca existiu. Foi o artifício da minha imaginação para eu entrar de cabeça no fascinante mundo das tehuanas e do Dia dos Mortos; para mergulhar nas texturas e nos paladares que crescem em uma terra riquíssima em explosões de sabores; para sentir na própria pele as dores e as paixões que acompanharam uma revolução e os personagens que a habitaram. De todo modo, a história da cozinheira de Frida teria sido impossível de contar sem recorrer a um material biográfico e histórico de valor incalculável. Livros que foram o trampolim que me ajudou a dar o salto, que me impulsionaram.

Em homenagem à ficção, muitas das histórias foram modificadas e adaptadas não só no tempo, mas também na forma. Por isso, compartilho o material que defino como os tíquetes desta viagem: *La fabulosa vida de Diego Rivera*, de Bertram D. Wolfe; *Heridas. Amores de Diego Rivera*, de Martha Zamora; *Tu hija Frida. Cartas a mamá* (compilação, introdução e notas de Héctor Jaimes); *Frida Kahlo. Me pinto a mí misma*, de Josefina García Hernández; *El diario de Frida Kahlo. Un íntimo autorretrato* (introdução de Carlos Fuentes); *Frida Kahlo. Dolor y pasión*, de Andrea Kettenmann; *La tehuana* (número 49 da revista *Artes de México*); *Día de Muertos* (número 62 da revista *Artes de México*); *Frida. Una biografía de Frida Kahlo* (prólogo de Valeria Luiselli), de Hayden Herrera; *Cocina esencial de México*, de Diana Kennedy; *Frida Kahlo. La belleza terrible*, de Gérard de Cortanze; *Arte y falsificación en América Latina*, de Daniel Schávelzon; *El istmo mexicano: una región inasequible* (coordenadores: Emilia Velázquez, Eric Léonard, Odile Hoffmann e M. F. Prévôt-Schapira) e *El Maestro. Revista de Cultura Nacional* (1921- 1923).

Visitei cada um dos lugares que descrevo e, em cada passo, pude sentir que muitas das histórias que conto neste livro continuam batendo forte no coração dos mexicanos e das mexicanas, porque se o México entra no seu coração, ele não te larga nunca mais. Fica ali guardadinho, aninhado, e se manifesta na vontade de voltar. Muita vontade, sempre.

Buenos Aires, maio de 2021

Florencia Etcheves

Nasceu na cidade de Buenos Aires, Argentina, em 22 de novembro de 1971. Jornalista especializada em casos policiais, foi produtora de programas de televisão sobre crimes, apresentadora e colunista em jornais em seu país natal. Durante três anos consecutivos, ganhou o Prêmio Martín Fierro de melhor trabalho jornalístico feminino da Argentina. É autora dos romances *La Virgen en tus Ojos* (2012), *La Hija del Campeón* (2014), *Cornelia* (2016), *Errantes* (2018) e *La Sirena* (2019).

Em 2018, estreou o filme *Perdida*, adaptado de seu romance *Cornelia*. *La Corazonada*, da Netflix, é a versão cinematográfica de *La Virgen en tus Ojos* e, em 2022, também na Netflix, estreou o filme *Pipa*, baseado em Manuela Pipa Pelari, personagem criada pela autora. Faz parte da equipe de roteiristas que adaptou suas obras para o formato audiovisual.

◉ floetcheves